Anne
Nørdby

EIS.
KALT.
TOT.

Anne Nørdby

EIS. KALT. TOT.

Thriller

GMEINER

Immer informiert

Spannung pur – mit unserem Newsletter informieren wir Sie regelmäßig über Wissenswertes aus unserer Bücherwelt.

Gefällt mir!

Facebook: @Gmeiner.Verlag
Instagram: @gmeinerverlag
Twitter: @GmeinerVerlag

MIX
Papier aus verantwortungsvollen Quellen
FSC
www.fsc.org
FSC® C014496

Besuchen Sie uns im Internet:
www.gmeiner-verlag.de

Im Ehnried 5, 88605 Meßkirch
Telefon 07575/2095-0
info@gmeiner-verlag.de

1. Auflage 2021

Lektorat: Katja Ernst
Herstellung: Julia Franze
Umschlaggestaltung: U.O.R.G. Lutz Eberle, Stuttgart
unter Verwendung eines Fotos von: © Jonas / adobe stock
Manon van Goethem / shutterstock
Antony McAulay / shutterstock
Druck: GGP Media GmbH, Pößneck
Printed in Germany
ISBN 978-3-8392-0024-7

Personen und Handlung sind frei erfunden.
Ähnlichkeiten mit lebenden oder toten Personen
sind rein zufällig und nicht beabsichtigt.

1. KAPITEL

Bente Villumsen wollte weg. Sie schulterte ihren Expeditionsrucksack und öffnete die Wohnungstür. »Tschüss, Schatz!«, sagte sie zu ihrem Mann, der hinter ihr stand, und gab ihm einen Kuss. »Wir sehen uns in einer Woche.«

»Ja, mach's gut. Und viel Erfolg!« Er strich über ihre Wange und lächelte.

Bente löste sich von ihm und trat in den Hausflur. Sie winkte Arnt zu und lief rasch die Treppen hinunter. Das Taxi zum Bahnhof wäre sicher bald da. Sie hätte auch oben in der warmen Wohnung warten können, aber sie ertrug Arnts Gegenwart nicht länger. Sie war froh, hier rauszukommen. Das beengende Gefühl, das jetzt im Winter noch stärker wurde, ließ ihr kaum Luft zum Atmen. Lag es am Schnee, an der Kälte? Oder war es die Dunkelheit? Jedenfalls bot ihr die Geo-Konferenz in Bremerhaven am AWI die perfekte Gelegenheit, eine Auszeit zu nehmen. Es würde ihr guttun, etwas anderes zu sehen und sich mit anderen Wissenschaftlern auszutauschen. Ihre Arbeit im Institut war das Einzige, was sie momentan aufrechterhielt. Was ihr einen Hauch von Normalität verschaffte und was sie nicht ständig an das denken ließ, was vor ein paar Monaten passiert war. Ihr Mann wusste nichts davon. Sie konnte es ihm nicht erzählen, sie durfte es nicht.

Bente erreichte die Haustür und zog sie auf. Eisige Luft schlug ihr entgegen. Eine Luft, die sie an das erinnerte, was … Auch deshalb wollte sie weg. Es schien ihr, als würde die Kälte sie verfolgen.

Sie stellte ihren Rucksack auf den Bürgersteig und schlug fröstelnd den Kragen ihrer Jacke hoch. Hoffentlich brauchte das Taxi nicht mehr lange. Sie vermied es, sich umzudrehen und an der Hausfassade nach oben zu sehen. Mit Sicherheit stand Arnt am Fenster und blickte zu ihr hinunter. Es tat ihr wirklich weh, ihn so zu behandeln, aber es ging nicht anders. Bente presste die Lippen aufeinander. Hätte sie doch nie diesen Vertrag unterschrieben! Und hätte sie bloß nie einen Fuß auf diesen verfluchten Gletscher gesetzt!

Sie hörte das Knirschen von Reifen auf Eis und hob den Kopf. Ein Taxi erschien in der verschneiten Straße. Sie hob den Arm und winkte. Der schwarze Mercedes hielt neben ihr an. Der Fahrer, ein dürrer Mann mit Baseballkappe und dichtem Vollbart, stieg aus und half ihr beim Einladen ihres schweren Rucksacks in den Kofferraum. Dann setzte sie sich auf den Rücksitz, nannte dem Fahrer ihr Ziel, und sie fuhren los.

Draußen schwebten die Lichter der winterlichen Stadt vorbei. Es war kurz vor sieben am Morgen und noch waren nicht viele Menschen unterwegs, erst recht nicht bei dem außergewöhnlich kalten Wetter. Bente hatte mit Absicht eine frühe Verbindung ausgewählt. Sie konnte es kaum erwarten, Kopenhagen hinter sich zu lassen. Im Zug würde sie es sich gemütlich machen, ein Buch lesen und das Wienerbrød zum Frühstück essen, das sie sich gleich am Bahnhof holen würde. Dazu einen schönen Caffè Latte. Bente fühlte, wie ihr innerlich etwas leichter wurde.

Sie passierten die Geschäfte und Cafés in der Vesterbrogade und schließlich bog das Taxi in die Bernstorffsgade ein. Der Bahnhof kam in Sicht und Bente wollte sich schon abschnallen, doch der Fahrer fuhr einfach vorbei.

»Äh, Moment mal«, sagte sie. »Sie müssen anhalten. Ich will hier raus.«

Der Fahrer antwortete nicht.

»Haben Sie gehört? Ich will aussteigen. Am Bahnhof!«

Das Taxi bog nach links ab in die Straße zwischen dem Tivoli und der Ny Carlsberg Glyptotek.

»Hallo?«, rief Bente nach vorn. »Halten Sie gefälligst an!« Ärger packte sie. Was sollte das? War der Kerl taub? Vorhin hatte er doch verstanden, wo sie hinwollte. Als der Mann immer noch nicht reagierte, beugte sich Bente in den Spalt zwischen den beiden Sitzen und sah ihn an. Als sie seinen starren Blick bemerkte und erkannte, dass sein Bart nur angeklebt war, packte sie die Angst.

Die große Kreuzung zum H. C. Andersens Boulevard lag vor ihnen. Dort warteten mehrere Autos vor der roten Ampel und eine Reihe Fahrradfahrer. Bente überlegte, ob sie aus dem Taxi springen sollte. Dann müsste sie zwar ihr Gepäck im Kofferraum zurücklassen, aber sie wäre wenigstens weg von diesem Verrückten!

Sie wollte sich gerade wieder zurücklehnen und zur Tür rutschen, da schnellte die Faust des Fahrers auf sie zu und traf sie mitten im Gesicht. Es knackte laut und Bente stach der Schmerz direkt ins Hirn.

Aus ihrer Kehle drang ein halb verwunderter, halb entsetzter Laut. Sie wollte die Hand heben, um sich zu schützen, doch da traf sie der nächste Schlag mit voller Wucht. Diesmal an der Schläfe, sodass Bente Sterne sah. Blut schoss ihr in den Rachen und Tränen in die Augen.

Sie wollte etwas sagen, da gab der Mann Gas und raste bei Grün um die Kurve. Bente wurde auf dem Rücksitz hin und her geschleudert und stieß sich hart Ellenbogen und Kopf an.

»Hilfe«, kam es blubbernd aus ihrem Mund. »Hi-Hilfe!«

Doch im selben Moment wusste sie, dass niemand sie hören würde.

2. KAPITEL

Mit Zähnen aus Eis biss sich der Februar in die Stadt. Hielt die Häuser, Straßen und Menschen in seinem klirrend kalten Griff. Eisschollen trieben im Hafenbecken und schoben sich auf den Kanälen wie eine kalte Kontinentaldrift übereinander. Das war ungewöhnlich für die dänische Hauptstadt, in der dank ihrer Nähe zum Øresund meist ein milderes Klima herrschte. Doch ein stetiger Nordwind brachte seit Wochen arktische Kälte bis in den skandinavischen Süden.

Minus 15 Grad um halb neun Uhr morgens, Frostblumen an den Fenstern und knirschender Schnee unter den Sohlen. Dinge, auf die Jesper Jørn Bæk allzu gerne verzichtet hätte. Missmutig stopfte er seine Hände trotz Handschuhen in die Jackentaschen. Ein paar unerschrockene Fahrradfahrer kurvten an ihm vorbei und kämpften sich durch die schneidende Kälte, die sich in seine Wangen fraß. Verdammt, morgen würde er sich so einen dämlichen Gesichtsschutz kaufen, wie ihn die Radfahrer trugen. Mit einem grinsenden Totenkopf darauf. Er zog die Kapuze noch tiefer in sein Gesicht. Zwar erinnerte er in seiner Daunenjacke an ein schwarzes Michelin-Männchen, aber sie hielt ihn wenigstens warm. Im Gegensatz zu seiner Jeans, die sich steifgefroren um seine Oberschenkel legte. Scheißwinter!

Jesper sah sich um. Er stand vor der Fahrradbrücke, die hinüber nach Christianshavn führte. Zu seiner Rechten lagen die bunten Häuser vom Nyhavn und vor ihm der Innenhafen mit den darauf treibenden Eisschollen. Wo musste er noch mal hin? Kirsten Vinther, seine Kollegin bei der Kopenhagener Mordkommission, hatte ihn vor einer halben Stunde angerufen, als er gerade in seiner warmen Küche beim Frühstück gesessen hatte.

»Komm zum Schauspielhaus, das liegt direkt am Ende des Nyhavnkanals. Ein schwarzer Würfel, nicht zu verfehlen. Und beeil dich, wir haben einen Toten.«

Na super. Nicht zu verfehlen? Er drehte sich um die eigene Achse. Wo war dieses verdammte Schauspielhaus? Er konnte keinen schwarzen Würfel entdecken. Und er befand sich ganz sicher am Ende des Nyhavnkanals. Oder doch nicht?

Nach vier Wochen in Kopenhagen kannte er sich in der Stadt nach wie vor nicht so richtig aus und verirrte sich ständig. Er fluchte, kleine Wölkchen stiegen von seinem Mund auf. Die Blöße, jemanden nach dem Weg zu fragen, wollte er sich nicht geben. Außerdem liefen hier ohnehin nur Touristen herum.

Jesper ging ein Stück auf die Fahrradbrücke hinaus und wandte sich nach links, dabei entdeckte er einen schwarzen Kubus, der hinter dem »Hotel 71« zum Vorschein kam. Schnell machte er kehrt und schlitterte über den vereisten Fußweg zurück auf die andere Seite des Nyhavnkanals. Über das Kopfsteinpflaster an der Mole schaffte er es gerade noch im aufrechten Gang, legte sich dann aber auf der hölzernen Rampe zum Schauspielhaus auf die Schnauze. Schimpfend rappelte er sich auf und rieb sich den schmerzenden Ellenbogen.

Das ungewöhnlich kalte Wetter zehrte zusätzlich zu seinem Wechsel nach Kopenhagen an seinen Nerven. Leider lag sein nächster Flug in die Sonne in weiter Ferne. Erst für Mai hatte er seinen Urlaub gebucht. Jesper klopfte sich den Schnee von der Hose und brachte sich in eine würdevolle Haltung. Erneut sah er sich um. Vor ihm ragte das Gebäude des Schauspielhauses auf, aber nirgendwo waren Polizisten oder eine Absperrung zu entdecken. Schräg gegenüber auf der anderen Seite des Hafenbeckens thronte der hässliche Block der neuen Oper. Skandinavisches Trutzdesign. Nicht sein Geschmack.

Als er seinen Blick von der optischen Verschandelung abwandte und seinen Weg fortsetzte, blinkten ihm die Blaulichter von Polizei- und Feuerwehrwagen entgegen. Na endlich. Er hatte den Einsatzort gefunden.

Ein Aluminiumboot der Feuerwehr manövrierte zwischen den Eisschollen umher. Die Männer darin stießen sich mit langen Stangen von den Eisbrocken ab. Sie trugen neongelbe Rettungsjacken und einer von ihnen hielt einen Bootshaken in der Hand. Jesper korrigierte seine Beobachtung. Der Mann mit dem Bootshaken war eine Frau, genauer gesagt Kriminalkommissarin Kirsten Vinther. War ja klar, dass sie das keinem Kollegen überließ, sie war ein harter Hund und ein Kontrollfreak obendrein. Kirsten stand hinten im Boot und konzentrierte sich auf das schwarze Wasser. Ihren Schal hatte sie vor den Mund gezogen und die graue Strickmütze hing ihr so tief ins Gesicht, dass man nur ihre Nase und die Augen erkennen konnte.

Jesper trat auf einen Polizisten in Uniform zu, der vom Rand des abgesperrten Bereichs aus die Aktion beobachtete.

»Jesper Bæk, Mordkommission«, sagte er mit gezücktem Ausweis, und der Kollege ließ ihn passieren. Jesper schlitterte die vereiste Mole entlang und stieß zischend Luft aus. Verdammt, ein falscher Tritt und man landete im Hafenbecken. Er musste sich dringend vernünftige Winterstiefel kaufen. In seiner Naivität hatte er angenommen, dass es in Kopenhagen nie so kalt werden würde, dass er arktische Winterklamotten bräuchte. Unsicher kam er neben einem rostigen Poller zum Stehen und blickte zum Boot hinab, das zwischen den Eisschollen schaukelte.

»Hej, Kirsten!«, rief er. »Was gibt's?«

»Da bist du ja endlich!«, gab seine Kollegin zurück. Sie machte sich nicht einmal die Mühe ihn zu grüßen, und begann sogleich mit den Fakten. »Ein Toter liegt im Wasser. Ein Passant hat ihn heute Morgen entdeckt. Wir versuchen gerade, ihn rauszuholen.« Sie zeigte auf etwas Blasses, das neben dem Boot trieb. Als Jesper den nackten Körper mit der bläulich gefrorenen Haut bemerkte, rieselte es ihm kalt über den Rücken. Etwas stimmte damit ganz und gar nicht.

»Hat die Leiche etwa keinen Kopf mehr?«

»Sieht danach aus«, antwortete Kirsten.

»Aber warum? Liegt sie schon so lange im Wasser, dass er abgefallen ist?«

»Keine Ahnung, das werden wir hoffentlich bald wissen. Dr. Bostrup müsste gleich hier sein.«

Jesper rollte heimlich mit den Augen. Den zuständigen Gerichtsmediziner hatte er bereits bei einer anderen Gelegenheit kennengelernt. Dr. Flemming Bostrup war ein glatzköpfiger Mittfünfziger mit seltsamem Humor und einem stechenden Blick, der bewertend über Jesper geglitten war.

Jesper presste die Kiefer aufeinander. Er hasste es, der Neue zu sein, der Bauerntrampel vom Lande. Aber er war selbst schuld, schließlich war es sein Wunsch gewesen, nach Kopenhagen versetzt zu werden.

Er trat von einem Bein aufs andere, während die Kälte seine Glieder hinaufkroch und drohte, sich seiner privateren Regionen zu bemächtigen. Ungeduldig verfolgte Jesper die Bergungsaktion, die nur zäh vorankam. Mit dem Haken bugsierte Kirsten den Körper behutsam zum Boot, wo sich zwei Feuerwehrmänner vorbeugten und versuchten, ein feinmaschiges Netz unter dem Toten zu platzieren. Wasserleichen waren empfindlich, es war nicht leicht, sie möglichst an einem Stück und ohne weitere Beschädigungen an Land zu ziehen. Plötzlich drehte sich die Leiche im Wasser, und Jesper konnte das gräulich ausgefranste Fleisch rund um den freigelegten Wirbelknochen am Hals sehen. In seinem Magen meldeten sich der Kaffee und die zwei Tebirkes zu Wort, die er gefrühstückt hatte. Das wunderte ihn, denn normalerweise ekelte er sich vor nichts.

»Schön unten bleiben, Freunde«, sagte er leise und sog die eisige Luft ein, um das flaue Gefühl zu vertreiben. Derweil war es den beiden Männern gelungen, die Leiche mithilfe des Netzes an Bord zu hieven. Jetzt lag sie auf einer weißen Plastikplane und würde hoffentlich bald in einem der Leichensäcke verschwinden. Mit nach oben gestrecktem Daumen signalisierte Kirsten den Kollegen an der Mole, dass die Aktion geglückt war.

»Eine kopflose Leiche. Fucking cool, oder nicht?«, fragte ein Kriminaltechniker im weißen Overall neben Jesper, grinste breit und schoss eifrig Fotos.

»Hm«, brummte Jesper, der innerlich damit beschäftigt war, mit seinem Mageninhalt zu diskutieren. Die Begeisterung des jungen Kriminaltechnikers konnte er nicht teilen. Er ahnte, dass dieser Fall ein gefundenes Fressen für die Presse werden würde. Es erinnerte ihn an den durchgeknallten U-Boot-Killer, der vor ein paar Jahren eine schwedische Reporterin zerstückelt und in den Øresund geworfen hatte. Auch wenn er das Ganze damals lediglich aus der Ferne mitverfolgt hatte, war es für ihn das widerlichste und zugleich verrückteste Verbrechen gewesen, das es in Dänemark je gegeben hatte. Um solche Fälle hatte er die Kopenhagener Polizisten nie beneidet. Und nun war er einer von ihnen. Ein Hauptstadtbulle. Er wusste nicht, wie er das fand.

Mit zusammengekniffenen Augen beobachtete Jesper, wie der Tote vom Boot zur Mole hinaufgezogen wurde. Danach wandte er sich um, weil er überprüfen wollte, wer sich das Spektakel ansah. Nicht selten tauchten Täter erneut am Ort des Verbrechens auf, um sich an ihrer Tat zu ergötzen. Aber hinter ihm hatten sich bisher nur wenige Neugierige am Absperrband versammelt. Ein Paar, vermutlich Touristen, denn die Kleidung war kaum dem Wetter angepasst, ein Mann mit grauer Mütze und ähnlicher Daunenjacke, wie er selbst sie trug, ein Fahrradfahrer mit Helm und drei ältere Frauen, dick eingemummt in modische Wintermäntel. Hoffentlich war keiner von denen von der Presse. Sonst spräche sich die Nachricht von dem Toten schnell herum und dann würden ihnen die Reporter um die Hacken schwirren wie die Fliegen.

»Jesper Bæk?«, hörte er plötzlich seinen Namen. Es war der Kerl mit der Daunenjacke.

»Ja?«, fragte er misstrauisch.

»Du bist es wirklich? Das ist ja ein Ding!« Der Mann lachte. »Erkennst du mich nicht? Jonathan Møller. Jonny M.« Er zog seine Mütze vom Kopf. »Sag, was machst du denn hier?«

Skeptisch blickte Jesper in das sommersprossige Gesicht des alten Schulkameraden. In Ringkøbing hatten sie des Öfteren miteinander zu tun gehabt, weil Jonny M. bei der lokalen Presse arbeitete und die Berichte über die Polizeieinsätze in der Region schrieb.

»Das Gleiche könnte ich dich fragen«, sagte er. »Machst du Urlaub?«

Jonny M. schüttelte den Kopf. »Nein, ich arbeite seit ein paar Monaten für das Ekstra Bladet. Ich wohne jetzt in Kopenhagen.«

»Aha«, entgegnete Jesper knapp und seufzte innerlich. Nun hatten sie doch die Presse am Hals.

»Ich habe es nicht mehr ausgehalten in der Provinz«, plapperte Jonny M. munter weiter. »War mir auf Dauer zu öde. Und du? Wolltest du auch Hauptstadtluft schnuppern? Hast du dich versetzen lassen? Was macht Lisa? Ist sie ebenfalls in Kopenhagen? Das ist ja cool.«

»Hm, hm«, brummte Jesper, der den Reporter ganz bestimmt nicht in seine privaten Angelegenheiten einweihen wollte.

»Kannst du mir vielleicht was über den Leichenfund verraten?« Jonny deutete in Richtung Hafenbecken.

Jesper, der sich fragte, wie zum Teufel die Pressehaie so schnell davon erfahren hatten, schüttelte den Kopf.

»Ach, komm schon. Um der alten Freundschaft willen.«

»Tut mir leid. War schön, dich getroffen zu haben. Ich muss wieder an die Arbeit.«

»Alright, wir sehen uns! Gern mal auf ein Bier.« Jonny winkte ihm hinterher.

Jesper drehte sich um und stieß erschrocken Luft aus. Hinter ihm stand Kirsten Vinther, als wäre sie aus der Erde gewachsen.

»Wer ist das?«, fragte sie scharf.

»Ein alter Schulfreund«, erklärte Jesper und setzte sich in Bewegung. Er wollte weg von der Absperrung. Kirsten folgte ihm.

»Ist der von der Presse?«

»Ich habe ihm nichts gesagt, wenn es das ist, was dich interessiert. Und es ist reiner Zufall, dass wir uns begegnet sind. Der Typ war vorher bei der Zeitung in Ringkøbing und ...« Jesper hielt inne. Warum rechtfertigte er sich? Er hatte nichts getan.

»Und ... weiter?« Kirsten blickte ihn mit ihren schwarzen Augen an. Sie war größer als er. Nicht viel. Und eigentlich hatte er nichts gegen große Frauen, aber Kirsten hatte etwas an sich, das ihn sich jedes Mal noch kleiner fühlen ließ. Ob es ihre reglose Miene war oder ihre zynische Art, das wusste er nicht. Es reichte zumindest, dass er sich von ihr ständig in die Defensive gedrängt fühlte.

»Nichts.« Jesper wandte sich dem Hafenbecken zu.

Der Leichnam war mittlerweile samt Plastiksack auf eine Bahre verfrachtet worden. Daneben hockte Dr. Bostrup in einem weißen Overall und mit Mundschutz und gab seinem Assistenten mit knappen Handbewegungen Anweisungen. Seufzend stapfte Jesper Kirsten hinterher. Seine Zehen pochten heftig vor Kälte, und er hoffte, dass sie draußen bald fertig wären, sonst würde er die Mittagspause nicht mehr erleben.

»Hej«, grüßte er den Gerichtsmediziner.

»Hej«, antwortete Dr. Bostrup und sah Kirsten an.

»Und?«, fragte sie.

»Männlich, zwischen 30 und 40 Jahren. Gut ausdefinierte Muskeln. Relativ groß. Die genaue Größe ist ohne Kopf schwer zu sagen, das werden wir aber noch herausfinden. Weiße Hautfarbe, vermutlich Nordide.« Bostrup wies auf die Schambehaarung. »Blond. Keine Tattoos, dafür eine Narbe am linken Knie. Vielleicht eine Sportverletzung.«

»Der Penis fehlt«, stellte Kirsten trocken fest. »Wurde er von den Fischen abgefressen?«

Mit unbehaglichem Gefühl betrachtete Jesper die Stelle, auf die der Gerichtsmediziner seinen behandschuhten Finger legte. Eine rundliche Wunde im blassen Fleisch.

»Schwer zu sagen«, brummte Bostrup. »Die Wundränder sind ausgefranst. Der Mann lag mit dem Bauch nach unten im Wasser, gut möglich, dass sein Schniepel interessant war für die Fische.« Er gab dem Assistenten ein Zeichen, dass er die Leiche auf die Seite drehen sollte, um einen Blick auf den Rücken zu werfen. Bostrup schüttelte den Kopf. »Ansonsten keine sichtbaren Beeinträchtigungen. Insgesamt gibt es wenig Tierfraß, ebenso kaum Treibverletzungen, was darauf hindeuten könnte, dass der Leichnam nicht lange im Wasser gelegen hat. Es gibt jedenfalls nur geringe Anzeichen von innerlicher Gasbildung oder Waschhautbildung.« Er hob den Arm des Toten an und deutete auf das, was alle bereits registriert hatten. »Keine Fingerkuppen. Sieht so aus, als seien sie mit einer Art Zange oder Bolzenschneider abgetrennt worden, die Knochen sind gesplittert. Ganz bestimmt kein Fischfraß.« Er platzierte den Arm achtsam neben der Leiche. Dabei wirkte er beinahe liebevoll.

Blitzlicht flammte auf. Der KTU-Mann machte fleißig Fotos.

»Vielleicht wollte der Täter verhindern, dass wir die Leiche identifizieren«, konstatierte Kirsten.

»Möglich«, antwortete Dr. Bostrup und betastete den Halsstumpf. »Der Kopf wurde sauber abgetrennt, vermutlich mit einer elektrischen Säge. Hier – an diesem freiliegenden Wirbelkörper sind feine Rillen zu erkennen.«

»Todesursache?«

»Das lässt sich noch nicht sagen. Für den armen Kerl hoffe ich jedoch, dass ihm Penis und Kopf nicht bei lebendigem Leib abgetrennt wurden.«

»Todeszeitpunkt?« Kirstens Fragen kamen wie aus der Pistole geschossen. Sie und Bostrup waren ein eingespieltes Team, das merkte man. Jesper fühlte sich ein wenig außen vor und vermisste nicht zum ersten Mal seine alten Kollegen aus Ringkøbing. Verdammt, er hatte Heimweh!

»Grob geschätzt wurde der Mann vor zwei Tagen getötet. Genaueres bekommt ihr später mit meinem vorläufigen Bericht.«

»Danke, Flemme.« Kirsten nickte.

Jesper verlagerte unruhig das Gewicht von einem Bein aufs andere. Er wollte etwas sagen, traute sich jedoch nicht. Ihm war ein Detail aufgefallen. Bemerkten die anderen das nicht? Er räusperte sich, und zuerst wirkte es, als würden Kirsten und Bostrup nicht darauf reagieren. Doch dann wandten sie sich ihm zu.

»Ähm, ich … also …« Jesper hasste sich dafür, dass er so unsouverän vor sich hin stammelte. Was war bloß los mit ihm? »Da sind merkwürdige Einschnitte in der Haut am Hals. Sie verlaufen senkrecht zum Wundrand.« Er zeigte auf die Stellen, die in gleichmäßigen Abständen um den Stumpf herum verliefen.

Bostrup runzelte die Stirn. »Ja, die sind mir aufgefallen. Was ist damit?«

»Das ist doch nicht auf natürlichem Wege entstanden.«

»Nein, das ist richtig.«

»Könnte uns das nicht verraten, was … Ich meine, wie …?« Jesper ballte eine Faust in seinem Rücken. »Ich meine, warum gibt es diese Einschnitte? Ich finde, sie sehen nicht so aus, als seien sie beim Absägen entstanden, dafür sind sie zu regelmäßig.«

Die steile Falte zwischen Bostrups dunklen Augenbrauen wurde noch tiefer. Verstand er nicht, was er sagen wollte? Auch Kirsten bedachte ihn mit einem dieser völlig blanken Gesichtsausdrücke.

»Ach, vergesst es«, wollte Jesper schon sagen, da streckte Bostrup eine Hand aus und strich mit einer sanften Bewegung über einen der Einschnitte. Sie waren circa einen Zentimeter lang.

»Sie haben recht, Herr Bæk«, sagte er. »Das ist ein unnatürliches Muster. Aber das sind keine Schnitte, sondern …« Er beugte sich tiefer über die Leiche. »Das könnten Einstiche gewesen sein, die ausgerissen sind. Als ob …«

»… etwas am Hals festgenäht gewesen wäre?«

Bostrup und Kirsten starrten Jesper an. Der Gerichtsmediziner nickte langsam. »Das könnte sein. Ich werde das untersuchen, sobald ich die Leiche im Institut habe. Deshalb würde ich sie jetzt gerne abtransportieren lassen, wenn's recht ist.«

»Natürlich. Je eher wir Informationen von dir bekommen, desto besser.« Kirsten stopfte ihre Hände in die Jackentaschen. »Und wir versuchen, den Kopf zu finden. Vielleicht ist er abgefallen und im Hafenbecken versunken. Ich frage mich nur, warum der Mörder den Kopf erst abschneidet und dann wieder drannäht – falls die Theorie denn stimmt. Hoffentlich ist das nicht wieder so ein durchgeknallter Idiot wie der U-Boot-Killer. Das hätte uns gerade noch gefehlt. Deshalb gilt vorerst absolute Nachrichtensperre. Keinerlei Informationen an die Presse, verstanden?«

Warum sah sie ihn dabei an? Etwa wegen Jonny?

»Klar«, antwortete Jesper trotzig.

Als der Leichenwagen und Dr. Bostrups Auto abgefahren waren, telefonierte Kirsten kurz mit ihrer Chefin und informierte sie, dass sie ein Team von Spezialtauchern bräuchten, die mit vier Grad kaltem Wasser und Eisschollen fertigwurden. Dann legte sie auf und blickte eine Zeit lang auf das Hafenbecken. Schräg gegenüber thronte die Oper grau und wuchtig vor dem bleiernen Himmel. Dahinter stiegen weiße Dampfwolken von der modernen Müllverbrennungsanlage auf.

Großstadtidylle.

»Na!«, sagte Kirsten unvermittelt. »Wir sind hier fertig. Die Therkildsen will, dass wir schnellstmöglich eine Taskforce bilden. Das heißt: Goodbye, Wochenende. Kannst dich schon mal darauf einstellen, Kollege.«

Jesper verzog keine Miene und nickte. Er war fest entschlossen, sich durch nichts von dem schocken zu lassen, was Kirsten äußerte.

»Los, komm. Ich nehme dich im Wagen mit.« Sie stapfte zu dem zivilen Polizeiwagen hinüber, der vor der Absperrung parkte. Jesper folgte ihr und geriet ein paarmal auf den eisigen Flächen ins Rutschen. »Du solltest dir andere Schuhe kaufen.«

3. KAPITEL

Marit Rauch Iversen drückte auf den roten Hörer und ließ das Handy sinken. Sie hatte eine Mail von Professor Jeff Henrey bekommen und ihn sofort angerufen.

Professor Henrey lehrte Psychologie an der University of Greenwich in England und betreute eine Forschungsgruppe mit besonderen Ausnahmetalenten: Menschen, die andere anhand ihrer Gesichter blitzschnell und treffsicher identifizieren konnten, obwohl sie diese zuvor nur einmal gesehen hatten. Laut einer Studie besaß lediglich ein Prozent der Bevölkerung diese besondere Gabe, und Marit zählte dazu. Sie war eine sogenannte Super-Recognizerin.

Es war ihr schon immer leichtgefallen, sich die verschiedensten Gesichter zu merken, und sie erkannte Leute sogar an ihrem Gang. Aber wirklich ans Tageslicht gekommen waren ihre überragenden Fähigkeiten erst bei einem Lehrgang beim FBI, damals, als sie noch bei der dänischen Polizei gearbeitet hatte. Einer der Lehrgangsleiter in Quantico war während einer Übung auf ihr Talent aufmerksam geworden und hatte sie nach Beendigung der Seminare an Professor Henrey weiterempfohlen, der gerade ein Forschungsprojekt auf diesem Gebiet ins Leben gerufen hatte. In dem von Henrey entwickelten Eingangstest erreichte Marit 98 Prozent Trefferquote. Der Professor hatte sie daraufhin nach Greenwich eingeladen und ihr gezeigt, woran er arbeitete. Er wollte erforschen, warum manche Menschen diese besondere Gabe besaßen und andere nicht. Denn eines hatte er bereits herausgefunden: Entweder war man ein Super-Recognizer oder man war keiner, erlernen konnte man diese Fähigkeiten nicht, lediglich das vorhandene Talent trainieren und ausbauen. Und das war Henreys zweites Anliegen. Er wollte weltweit Super-Recognizer aufspüren und sie in einem speziellen Trainingsprogramm ausbilden, denn nicht nur die Wissenschaft interessierte sich brennend für das Phänomen der Gesichtserkennung, sondern auch sämtliche Polizeibehörden. Und so wurde Marit Iversen eine der ersten Versuchspersonen im Recognizer-Programm von Professor Henrey, mit dem sie seither eng zusammenarbeitete. In regelmäßigen Abständen traf sie sich mit anderen Recognizern, tauschte sich aus und leitete selbst Trainingsseminare bei der

Polizei oder beim PET, dem dänischen Geheimdienst. Außerdem wurde sie regelmäßig von nationalen wie internationalen Sicherheitsbehörden um Hilfe gebeten, um Terroristen oder andere Verbrecher auf Überwachungsvideos zu identifizieren.

Ein Job, der vielseitig war und sie erfüllte. Vor allem aber unterlag er nicht den strengen Regularien und Vorgehensweisen der Polizei. Denn Regeln, so hatte Marit im Laufe der Zeit festgestellt, waren nichts für sie.

Sie hob den Kopf und blickte aus dem runden Bullaugenfenster des Hausbootes, auf dem sie wohnte. Heute schien es nicht hell werden zu wollen. Ein weiterer unfreundlicher Wintertag hauchte seine Kälte gegen die Scheibe. Marit zog sich die Wolldecke fester um die Schultern. Trotz der Elektroheizung und des Feuers, das sie nach dem Aufstehen im Ofen entfacht hatte, war es bei solch harschen Minusgraden schwer, den stählernen Rumpf des Bootes ausreichend warm zu bekommen. Das war einer der Nachteile des Lebens auf einem Hausboot: von unten das kühle Wasser und von oben Schnee, Regen und Eis. Ständig musste sie aufpassen, dass die Rohre nicht einfroren. Hoffentlich käme ihr Mitbewohner und gleichzeitig der Besitzer des Hausbootes bald zurück, dann wäre sie wenigstens nicht so allein. Aber Kjell trieb sich irgendwo in Syrien herum, und Gott allein wusste, wann er hier aufkreuzen würde.

Sie lenkte ihre Aufmerksamkeit auf ihre Aufgabe. Professor Henrey hatte sie eingeladen, einen neuen Onlinetest zu absolvieren, und ihr den Link dazu geschickt. Außerdem gäbe es im April in New York eine kleine Konferenz zu dem Thema »Super-Recognizer versus Künstliche Intelligenz«, und er wollte unbedingt, dass sie als sein Vorzeigeobjekt mit dabei wäre. Marit musste schmunzeln. Henrey war Mitte 50, hatte eine charmante Frau und drei wundervolle Töchter. Und sie, Marit, war sein viertes Baby. Wenn sie wieder einmal erfolgreich einen Täter identifiziert hatte, war er genauso stolz auf sie, als wenn eine seiner

Töchter ein Examen bestanden hätte. Etwas, das in Marits Familie immer als selbstverständlich gegolten hatte. Studienabschluss mit Auszeichnung, hart arbeiten, Ehrgeiz zeigen. Für erfolgreich abgelegte Prüfungen hatte sie nie ein Lob bekommen. Es war obligatorisch, dass man im Hause Iversen Erfolg hatte.

Ja, dachte sie, vielleicht fliege ich nach New York. Es würde guttun, ein wenig Zeit mit Jeff zu verbringen.

Sie stand auf und ging, die Decke noch immer fest um die Schultern geschlungen, in die zum Wohnzimmer hin offene Küche, wo sie sich Teewasser aufsetzte. Wenig später nahm sie die dampfende Tasse mit zum Sofa. In dem Moment, in dem sie sich setzte, klingelte das Telefon.

»Kjell Martinsson«, stand auf dem Display. Ihr Mitbewohner! Hastig stellte sie die Tasse ab, sodass der heiße Inhalt überschwappte. Leise fluchend griff sie zum Smartphone und schüttelte ihre verbrühte Hand.

»Hallo? Kjell? Wo bist du? Geht es dir gut?«

»Hej, Marit ... ich ... am ...gen ... über ... ja?«

»Was hast du gesagt? Die Verbindung ist ziemlich schlecht.« Marit hielt mit einem Finger das andere Ohr zu und versuchte, zwischen dem ganzen Knacken und Rauschen zu verstehen, was er sagte.

»Mei...te ...end...st ... da? Ich ...en ... bald.«

»Sorry, Kjell. Ich verstehe kein Wort. Schick mir eine Nachricht. Dann kann ich sehen, was du willst. Okay?« Die Verbindung brach ab, und wartend hielt sie das Telefon in der Hand, doch nichts geschah. Das war häufig so. Kjell war irgendwo in der Walachei unterwegs, und sie durfte entschlüsseln, was er wollte. Sorgen stiegen in Marit hoch. Hoffentlich war ihm nichts passiert und er brauchte ihre Hilfe. In seinem Job konnte jede Sekunde etwas geschehen, das ... Sie wagte es nicht, diesen Gedanken weiter auszuführen. Wie immer, wenn sie auf das Thema Kjell und seinen Job kam, erfüllte sie diffuse Angst.

Sie sah auf das gerahmte Bild, das über dem Sideboard umgedreht an der Wand hing. Dahinter klemmte ein Briefumschlag. Der steckte dort schon seit bestimmt sechs Jahren. Seit sie und Kjell sich wieder über den Weg gelaufen waren und sie bei ihm eingezogen war. Auf rein platonischer Basis natürlich.

Auf dem Umschlag stand in Kjells schöner Handschrift: »Im Falle meines Todes zu öffnen von Marit Rauch Iversen«.

Der Brief wirkte bedrohlich auf Marit. Hing dort wie ein spitzer Eiszapfen über einer Toreinfahrt. Bereit, bei der kleinsten Erschütterung herunterzufallen.

Sie wandte den Blick ab und nippte am Tee. Kjell hatte sich gemeldet. Er lebte also. Kein Grund, an das Schlimmste zu denken. Dennoch, Kjell fehlte ihr. Sein leises Murmeln, wenn er in seiner Dunkelkammer Fotos entwickelte. Das Rascheln, sobald er im Wohnzimmer saß und die fertigen Abzüge durchging. Oder seine sachten und selbstverständlichen Handgriffe beim Essenzubereiten in der kleinen Küche.

Marit fröstelte. Wenn Kjell nicht da war, war es gleich viel kälter auf dem Hausboot.

Sie setzte ihre Brille auf. Dann zog sie den Laptop auf dem Couchtisch zu sich heran und öffnete Professor Henreys Test. Auf dem Bildschirm erschien das Gesicht eines Mannes, und Marit konzentrierte sich auf die frontale Schwarz-Weiß-Aufnahme. Eine Uhr am oberen Rand tickte runter. Nach 15 Sekunden sprang das Bild um. Nun waren acht verschiedene Gesichter zu sehen, alle im Profil, leicht verzerrt und grobkörnig, wie man es von Überwachungskameras kannte. Ohne zu zögern, klickte Marit eines davon an. Danach tauchte wieder ein einzelnes Gesicht auf, das sie sich einprägte, und kurz darauf acht neue Aufnahmen, aus denen sie wählen musste. Das machte sie 14-mal, danach war der Test zu Ende und lieferte das Ergebnis. Marit hatte 14 von 14 Punkten. »Herzlichen Glückwunsch, Sie sind ein Super-Recognizer«, stand darunter, zusammen mit der

Mailadresse von Professor Henrey und der Bitte, sich bei ihm zu melden, sollte man Interesse an weiteren Tests und einer Teilnahme am Forschungsprogramm haben.

Marit schrieb Jeff Henrey eine kurze Nachricht, dass der Test gut ausgearbeitet war – nicht zu schwer und nicht zu leicht – und sich zum Ende hin steigerte. Anschließend klappte sie den Laptop zu und sah auf die Uhr. Fast 12 Uhr mittags – und ihr wurde jetzt schon langweilig. Entspanntes Nichtstun war einfach nicht ihre Sache. Sie brauchte endlich einen neuen, richtig interessanten Auftrag. Einerseits war es ja gut, dass die Polizeibehörden sie nicht anforderten, denn das bedeutete, dass im Moment kein Verrückter die Welt unsicher machte. Aber die Arbeit fehlte ihr, und leider kam auch über ihr zweites Beschäftigungsfeld nichts rein. Kein Auftrag für die Privatermittlerin Rauch Iversen. Dank ihrer Recognizer-Fähigkeiten war sie sehr gut darin, verschwundene Menschen ausfindig zu machen. Selbst welche, die bereits sehr lange vermisst wurden. Denn für einen Recognizer spielten Alterungsprozesse keine Rolle. Sie erkannte Menschen in allen Altersphasen wieder. Darin hatte sie sich einen Namen gemacht, und das nicht nur in Dänemark.

Erneut sah Marit nach der Zeit und seufzte.

Kurz nach zwölf.

Sie dachte an ihre beste Freundin Kirsten. Was die wohl gerade machte?

Marit griff zu ihrem Handy, um sie anzurufen, doch sie wurde weggedrückt. Natürlich wusste sie, was das bedeutete, und nahm es ihrer Freundin nicht übel. Wahrscheinlich steckte sie mitten in einem Fall.

Neid stieg in Marit auf. Wenn sie damals bei der Polizei geblieben wäre, müsste sie jetzt nicht herumsitzen und sich langweilen. Dann würde sie sich über zu viele Überstunden und schlechte Bezahlung beklagen. Aber der Truppe den Rücken zu kehren, war eine bewusste Entscheidung gewesen. Die einzig richtige. Würde sie heute noch als Polizistin arbeiten, wäre sie vermutlich inzwischen mehrfach strafversetzt oder schlicht entlassen worden.

Marit griff nach ihrer Teetasse, als sie ein leises Poltern vernahm. Sie hielt inne und lauschte. Es polterte erneut. Diesmal leiser. Waren das die Eisschollen, die von außen gegen den Rumpf des Hausbootes stießen? Oder kamen die Geräusche vom Deck? Auf einem Boot war es manchmal schwer, den Ursprung von Lauten zu erkennen.

Marit stand auf und stieg mit der Wolldecke um die Schultern die Treppe hinauf in das zweite Stockwerk, das sich in den Aufbauten des Schiffs befand. Oben gab es einen Raum mit großer Fensterfront und ein kleineres Zimmer, in dem Kjell schlief. Marits Schlafkabine lag unten, ebenso wie das Bad, Wohnstube, Kjells Arbeitszimmer und seine Dunkelkammer. Insgesamt hatten sie großzügige 120 Quadratmeter zur Verfügung. Mitten im Zentrum Kopenhagens der reine Luxus.

Marit blickte hinaus auf das schneebedeckte Vorderdeck. Die Gartenmöbel waren mit einer Plane abgedeckt und bildeten unförmige weiße Buckel. Vor dem Fenster hingen lange Eiszapfen. Bei einigen fehlten die Spitzen, die zerbrochen im Schnee lagen. Vielleicht war es das gewesen, dachte Marit und wollte zurück nach unten gehen, da hörte sie das Geräusch erneut.

War jemand auf dem Achterdeck?

Normalerweise verirrten sich keine Fremden auf das Schiff. Selbst wenn sie manchmal eine eingeschränkte Privatsphäre hatten, weil Neugierige vom Ufer aus zu ihnen ins Boot äugten, hatte sich noch nie jemand getraut, es zu betreten. Und für die Kiffer von Christiania, die ab und zu in der Gegend herumhingen, war es viel zu kalt.

Unschlüssig stand Marit vor der schweren Eingangstür. Es widerstrebte ihr, nach draußen zu gehen und auf dem Achterdeck nachzusehen. Obwohl sie in Nuuk in Grönland geboren und dort bis zu ihrem neunten Lebensjahr gelebt hatte, fror sie allein bei dem Gedanken daran. Wie konnte man nur so verweichlichen?

Kopfschüttelnd kehrte sie ins Wohnzimmer zurück und hockte sich in die Decke gewickelt aufs Sofa. Doch sie konnte sich nicht helfen, ihr saß noch immer das beklemmend kalte Gefühl im Nacken, welches die seltsamen Geräusche in ihr ausgelöst hatten. Ihre Laune stürzte in noch eisigere Tiefen, als ihr Blick erneut auf den Umschlag unter dem Bilderrahmen fiel.

4. KAPITEL

Mord.

Das Wort löste immer hektische Betriebsamkeit aus, und eine dementsprechende Atmosphäre herrschte in dem Besprechungsraum, den Kriminalkommissarin Kirsten Vinther als Leiterin der Ermittlung im Fall »Eisscholle« zugeteilt bekommen hatte. Pinnwände wurden hin und her geschoben, mit Fotos und Karten bestückt und Computerterminals aufgebaut. Der Raum mit den drei Meter hohen Wänden und dem Stuck an der Decke lag im Herzen des Polizeihauptquartiers – oder auch »dem Bunker«, wie er von allen aus der Truppe genannt wurde. Kirstens Chefin und Leiterin des Morddezernats, Ann Katrine

Therkildsen, hatte dem Fall oberste Priorität eingeräumt und ihr ein 20-köpfiges Team zur Verfügung gestellt. Noch lief alles unter strengstem Ausschluss der Öffentlichkeit und besonders: der Presse. Bis sie erste Ergebnisse hatten, sollte die Journaille außen vor bleiben. Es brachte nichts, die Bewohner der Stadt mit spekulativen Schauermärchen in Panik zu versetzen.

Kirsten sah sich in dem Chaos um. Die alten Heizkörper an den Wänden liefen auf Hochtouren. In der warmen Luft vermischten sich die Ausdünstungen von nassen Schuhen, feuchtem Mauerwerk und angebranntem Kaffee zu einem betäubenden Bouquet. Und irgendeiner aus dem Team hatte Knoblauch gegessen. Kirsten rümpfte die Nase. Unterdessen waren einige Kollegen konzentriert damit beschäftigt, ihre Arbeitsplätze einzurichten, anderen war deutlich anzusehen, dass sie den Samstag lieber zu Hause bei ihren Familien verbringen würden.

Kirsten war es egal, welchen Tag sie hatten. Und wenn es Heiligabend gewesen wäre, sie wäre im Präsidium gewesen. In ihrer Zweizimmerbude in Vesterbro wartete niemand außer dem Staubsaugroboter auf sie. Und den hatte sie noch nicht mal aus seiner Verpackung genommen. Der ganze Kernfamilienquatsch, dieser bis zum Gipfel der Hyggeligkeit hochstilisierte Mama-Papa-Kind-Unsinn, ging ihr am Allerwertesten vorbei. Das war nicht ihr Ding. Klar, ab und an mal ein wenig Sex, um in Balance zu bleiben. Doch das war's schon mit ihrem Repertoire an häuslicher Gemütlichkeit. Kirsten wusste, dass sie wegen dieser Einstellung als Freak galt. Welche Frau wollte denn keine Kinder? Das rief per se Misstrauen beim Rest der Bevölkerung hervor. Das konnte nicht normal sein. Kirsten wollte allerdings gar nicht normal sein. Normal, durchschnittlich, angepasst – das war das dänische Ideal, aber, mal ehrlich, auch stinklangweilig. Natürlich behielt sie diesen Gedanken meist für sich. Und seit sie ihre Mutter davon überzeugt hatte, sich jegliche Kommentare zu sparen, was das Thema Kinder und Familie anging, war für sie alles in Ordnung. Sie kam gut damit klar, dass so mancher Kollege nicht gerne mit ihr zusammenarbeitete, weil sie oft kein Ende fand und sich in die Fälle verbiss, bis die Kiefer knirschten. Sie brauchte wenig Schlaf, war immer hellwach und äußerst aufmerksam. Das jagte vielen Menschen in ihrer unmittelbaren Umgebung Angst ein, das wusste sie. Denn es bedrohte sie in ihrer kleinen heilen Welt mit ihrer bewusst etablierten Engstirnigkeit. Kirsten machte sich nichts daraus. Sie war gut in dem, was sie tat. Sehr gut sogar. Und ihre Aufklärungsquote war genauso furchteinflößend wie der Klang ihrer Schritte auf dem Flur.

Eine Polizistin mit blondem Pferdeschwanz kam herein und schwenkte prall gefüllte Tüten vom Lagkagehuset. »Hej, Leute. Ich habe leckere Teilchen besorgt!« Ein beifälliges Raunen ging durch den Raum.

Mit einem verächtlichen Blick drehte Kirsten sich weg und suchte den Neuen. »Mr. Dauerzerknirscht«, wie sie ihn getauft hatte. Der Kerl litt so jämmerlich an Heimweh, dass sie sich fragte, warum er sich überhaupt von Ringkøbing nach Kopenhagen hatte versetzen lassen. Sie würde bei ihrer Freundin aus der Personalabteilung mal nachhaken, vielleicht verriet sie ihr unter der Hand, was sein Grund dafür gewesen war. Neugierig war sie ja schon. Leider hatte Bæk bisher nicht viel von sich verraten, war eher von der wortkargen Sorte. Doch dass es ihm dreckig ging, konnte man auf 100 Meter erkennen. Dennoch hatte er vorhin eine interessante Entdeckung am Leichnam gemacht. Er schien eine hervorragende Beobachtungsgabe zu haben.

Kirsten entdeckte Bæk, der verloren in der Ecke neben der Tür stand und einen Kollegen beobachtete, wie er die Fotos des Toten an der Pinnwand befestigte.

»Bæk!«, feuerte sie seinen Namen quer durch den Raum. Dabei klang ihre Stimme so gewaltig, dass einige der Anwesenden erschrocken zusammenzuckten.

Der Neue kam sofort durch das Gewusel auf sie zu. Seine unmodischen Schuhe quietschten dabei auf dem Terrazzoboden, auf dem sich kleine Pfützen aus geschmolzenem Schnee gebildet hatten.

»Ja?«, fragte er. Sein Kopf war auf dem Weg zu ihr zwischen seine Schultern gesunken, und er hielt ihn beinahe demütig gesenkt. Hatte er sie überhaupt schon einmal richtig angesehen? Sie wusste bis heute nicht, was für eine Augenfarbe er hatte.

Sie schnippte mit den Fingern, und Bæks Kinn zuckte hoch. Kurz trafen sich ihre Blicke. Ah, grün. Na also. Geht doch.

»Solange wir auf Dr. Bostrups Obduktionsbericht warten, gehst du alle Vermisstenmeldungen des letzten Jahres durch. Für ganz Dänemark. Gib die Parameter ein, die Bostrup genannt hat. Männlich, groß, blond, um die 30 und so weiter. Vielleicht passt ja einer der Gemeldeten auf unsere Leiche. Es könnte auch nicht schaden, wenn du bei den schwedischen Kollegen in Malmö nachhakst. Womöglich haben die ein Match für uns. Ich werde derweil die Wetterdaten der vergangenen Woche anfordern, damit wir wissen, wie die Strömungsverhältnisse im Hafen waren. Auf diese Weise können wir vielleicht herausfinden, an welcher Stelle unser Toter ins Wasser geworfen wurde.«

Bæk nickte. »Von wo aus soll ich arbeiten …?«

»Geh da rüber. Der Kollege soll dir ein Terminal freischalten.«

»Okay. Danke.«

Er schlurfte zu dem Tisch mit den Computern, zog sich einen Stuhl heran, hängte seine viel zu große Daunenjacke über die Lehne und ließ sich schwerfällig nieder. Als der Teller mit den Kanelsnegle an ihm vorbeiging, lehnte er mit einer Miene ab, als hätte er spontan eine Allergie gegen Zimtschnecken entwickelt.

Kirsten schüttelte den Kopf. Was für ein jämmerlicher Typ, und ausgerechnet ihn hatte sie an der Backe. Die Therkildsen hatte ausdrücklich verlangt, dass sie ihn unter ihre Fittiche nahm.

Warum ihre Chefin sie für diese Aufgabe erkoren hatte, war ihr ein Rätsel, denn sie war nicht gerade für ihre Geduld bekannt.

Kirsten nahm sich einen Stuhl und klappte ihren Laptop auf. Sie trank eine halbe Flasche Wasser, die sie aus ihrer Umhängetasche gezogen hatte. Wenn sie in einer hitzigen Ermittlung nicht genug Flüssigkeit zu sich nahm, ließ ihre Denkleistung nach.

Eine halbe Stunde später lehnte sich Kirsten zurück und streckte ihren Rücken. Sie trank die Flasche leer und äugte zu Bæk hinüber. Der telefonierte gerade auf Englisch, vermutlich mit den Kollegen aus Malmö. Sie blickte wieder auf ihren Bildschirm. Darauf waren die Strömungsdaten des Øresunds und des Innenhafens abgebildet, der sich als breiter Kanal von Nordost nach Südwest einmal quer durch Kopenhagen zog und die Innenstadt von der Insel Amager trennte – jenem tropfenförmigen Anhängsel, das nicht zu Sjælland gehörte, dessen nördlicher Zipfel jedoch zum Stadtgebiet von Kopenhagen zählte.

Die Wetterdaten ergaben für die vergangene Woche einen anhaltenden Wind von Nordost mit 20 Zentimetern Schneefall und durchschnittlichen Temperaturen von minus zwölf Grad. Damit war es in Dänemark momentan kälter als in Südgrönland. Eine ungewöhnliche Wetterlage.

Die Strömungsdaten vom Innenhafen, welche die Seite des FCOO lieferte, zeigten, dass die Oberflächenströmung in südlicher Richtung verlief. Die Leiche war auf Höhe des Schauspielhauses gefunden und aus dem Wasser gezogen worden. Kirsten markierte sich den Punkt auf einer Karte. Dann ging sie in Gedanken alle möglichen Orte durch, an denen man mit einem Auto bis an die Mole heranfahren konnte. Sie ging davon aus, dass der Täter ein Fahrzeug benutzt hatte. Niemand bei Verstand würde bei diesem Wetter eine Leiche bis zum Hafen tragen. Sie runzelte die Stirn und korrigierte sich: Niemand bei Verstand würde einer Leiche den Kopf absägen oder überhaupt jemanden töten. Sie hatten es ziemlich sicher mit einem Täter zu tun, der sich außerhalb ihrer gewöhnlichen Parameter bewegte.

Mit einem gelben Marker hob Kirsten die Stellen hervor, die infrage kamen, und zwar nördlich des Fundortes. Es waren einige Kilometer Uferbereich. Eine Menge Fußarbeit, die ihnen bevorstand, aber die einzige Möglichkeit, einen Hinweis auf den Täter oder den Tatort zu finden. Vielleicht gab es ja auch irgendwo Bereiche mit Überwachungskameras. Mit Sicherheit am Langeliniekaj, wo viele der Kreuzfahrtschiffe anlegten.

Ein zweiter Schritt könnte sein, die Presse mit ins Boot zu holen und einen an die Einwohner gerichteten Aufruf zu starten, das käme jedoch erst in der nächsten Runde infrage. Im Moment mussten sie alles strikt unter Verschluss halten.

Kirsten schreckte aus ihren Gedanken, weil sie ein Räuspern vernahm. Jesper Bæk stand neben ihrem Tisch.

»Was gibt's?«, fragte sie.

Bæk hob sein Handy. »Keine Übereinstimmung mit irgendwelchen Vermissten. Weder in Dänemark noch in Schweden.«

Enttäuscht verzog Kirsten den Mund. »Fuck.«

»Hast du was rausbekommen?«

»Ja, dass ein Arsch voll Arbeit vor uns liegt.« Sie wies auf die Karte vom Hafen. »Da wir leider null Anhaltspunkte haben, wo der Täter die Leiche ins Wasser geworfen hat, werden wir alle potenziellen Stellen überprüfen müssen.«

»Vielleicht sollten wir Hundeschlitten benutzen.«

Überrascht sah sie Bæk an. War das etwa ein Witz gewesen? Von Mr. Griesgrämig?

Ein Schmunzeln huschte über sein Gesicht, verschwand jedoch schnell wieder.

»Okay«, sagte er kühl, »hast du einen Auftrag für mich, oder soll ich auf eigene Faust weitermachen?«

Kirsten überlegte. Sollte Bæk sich ruhig eigene Gedanken machen. Das würde zeigen, wozu der Kollege fähig war. Wenn er nichts zustande brachte, konnte sie ihm immer noch eine Aufgabe übertragen.

»Du kannst vorerst alleine weitermachen«, sagte sie und wandte sich demonstrativ ihrem Bildschirm zu. Mit eingezogenem Kopf schlurfte Bæk von dannen.

Kirstens Handy klingelte. Es war Bostrup. So früh? Sie nahm ab.

»Hej, Kris.« Die sonst so ruhige und nasale Stimme des obersten Staatsobduzenten klang ungewohnt erregt, was ihr verriet, dass er eine ungewöhnliche Entdeckung gemacht haben musste. Gespannt lauschte sie. »Ich bin zwar erst bei der oberflächlichen Untersuchung der Leiche, aber eines kann ich dir mit Sicherheit sagen: Dein Kollege hatte recht. Am Hals des Toten war etwas angenäht. Ich habe Fasern eines groben Garns in den ausgerissenen Löchern gefunden.«

»Gruselig. Das ist ja wie bei Frankensteins Monster.«

»Wenn du denkst, dass das alles ist, dann warte, was ich dir außerdem noch zu erzählen habe. Das macht die Sache noch kranker.«

In Kirstens Nacken begann es zu prickeln. Nervös fuhr sie sich mit der Zunge über die Lippen.

»Im Halsstumpf des Opfers befand sich dessen Penis«, fuhr Bostrup fort. »Der Täter hat ihn abgeschnitten und in die Speiseröhre gesteckt.«

»Was? Das ist ja abartig! Warum sägt der Kerl jemandem den Kopf ab, schiebt ihm seinen Penis in den Hals und näht den Kopf wieder dran?«

»Klingt völlig verrückt, ich weiß, aber das ist der momentane Stand der Dinge.«

»Könnte das die Todesursache sein? Das Abschneiden des Penis?«

»Schon möglich. Dabei werden wichtige Blutgefäße verletzt. Ich werde feststellen, ob die Amputation ante- oder postmortal durchgeführt wurde, und melde mich, sobald ich mit der Obduktion durch bin.«

»Gut. Danke, dass du Bescheid gesagt hast, Flemme.«

»Kein Problem.« Bostrup legte auf, und Kirsten blickte nachdenklich auf den Tisch. Was für ein geisteskranker Scheiß lief hier?

Ein Gedanke kam ihr in den Sinn. Eine Leiche konnte man auf vielfältige Weise loswerden. Aber sie ins Hafenbecken zu werfen, war doch sehr auffällig, und das Risiko, dabei entdeckt zu werden, war größer als bei einer Entsorgung im Wald oder an der Küste im Norden. Nein, der Täter hatte gewollt, dass sie die Leiche fanden. So musste es sein.

Kirsten hob den Blick und suchte ihren neuen Kollegen, doch Jesper Bæk war nirgendwo zu sehen.

5. KAPITEL

Mit einer Stimmung, die ungefähr der Außentemperatur entsprach, marschierte Jesper auf das Schauspielhaus zu. Der Tag war nicht viel heller geworden, graue Wolken hingen über der gefrorenen Stadt, und auf dem fast schwarzen Wasser des Hafenbeckens dümpelten Eisschollen. Eines der orangegelben Hafenbusboote schob sich in sein Blickfeld. Das ließ Erinnerungen in ihm aufsteigen. An sein Leben vor Kopenhagen, als er glücklich gewesen war. Seine Brust zog sich zusammen. Der Verlust tat immer noch furchtbar weh, vielleicht würde er nie darüber hinwegkommen. Sein Telefon klingelte, als er gerade die Glasfront des Schauspielhauses umrundete. Genervt fummelte er das Gerät aus seiner Jackentasche. Es war Kirsten Vinther. Wer sonst. Mit einem Seufzen nahm er das Gespräch an.

»Bæk, wo bist du?«, schallte es aus dem Handy. Dass sie ihn nie mit seinem Vornamen ansprach! Eine weitere Sache, die ihn an seiner neuen Vorgesetzten störte. Neben ihrer Humorlosigkeit.

»Ich bin am Schauspielhaus. Will mir den Fundort mal genauer angucken.«

»Das ist gut, ich denke nämlich, dass der Täter gewollt hat, dass wir die Leiche finden.« Sie erzählte ihm, was Dr. Bostrup entdeckt hatte und was ihr außerdem in den Sinn gekommen war. »Der Typ muss über ein Auto verfügen. Außerdem scheint er sadistisch veranlagt zu sein. Zumindest muss er großen Hass empfinden, wenn er seinem Opfer den Penis abschneidet und in den Hals steckt.«

»Womöglich eine betrogene Frau«, bemerkte Jesper trocken.

»Das ist statistisch eher unwahrscheinlich, genauso wie die Möglichkeit, dass es ein Irrer ist. Könnte eher jemand sein, der seinen Konkurrenten beseitigt hat. Ein eifersüchtiger Ehemann oder Liebhaber. Wollen wir hoffen, dass Bostrup noch mehr entdeckt, ansonsten stochern wir im Dunkeln. Wenn ich eines hasse, dann ist es eine Ermittlung, die nicht richtig in Gang kommt.«

»Vielleicht geht ja in den nächsten Tagen eine Vermisstenmeldung ein.« Jesper bemerkte sein Spiegelbild in der Glasfront des Schauspielhauses. Eine dunkle Silhouette vor dem silbriggrauen Hintergrund des Wintertages. Seine Haare standen vom Wind ein wenig ab und er drückte sie zurück an ihren Platz. Dabei bemerkte er, dass ihn jemand beobachtete. Im Café hinter dem Fenster saß eine Frau mit kurzen braunen Haaren. Sie verzog ihren rot geschminkten Mund zu einem Lächeln und sah etwas verlegen wieder auf ihr Buch, das neben ihrem Cappuccino lag.

Jesper grinste befangen und wandte sich schnell ab. Er ging ein paar Schritte zum Rand der hölzernen Mole und widerstand dem Drang, sich zu der Frau umzudrehen.

»Bæk? Bist du noch dran?«, hörte er Kirstens Stimme.

»Äh, ja.«

»Ich werde jetzt sämtliche ungelösten Fälle nach etwaigen Ähnlichkeiten im Modus Operandi durchgehen und bei den einschlägigen therapeutischen Einrichtungen nachfragen, ob jemand ihrer Insassen in der letzten Woche Ausgang hatte.«

»Alles klar. Und ich laufe das Ufer vom Fundort in Richtung Norden ab und sehe nach, ob es eine Auffälligkeit gibt. Du sagtest ja, dass der Täter die Leiche bewusst in das Hafenbecken geworfen haben könnte. Vielleicht hat er uns einen Hinweis an Land hinterlassen. Was ist mit den Tauchern? Haben die schon was gefunden?« Er suchte den Hafen nach den Booten der Feuerwehr ab und fand sie als kleine rote Punkte vor dem Kai der Oper dümpelnd.

»Nein, bisher nicht. Es gestaltet sich recht schwierig, in dem kalten Wasser zu tauchen. Die Aktion wird wohl einige Tage dauern. Wäre schön, wenn wir einen Anhaltspunkt hätten, solange die Spur heiß ist.«

Jesper stimmte ihr zu und verabschiedete sich. Mit vor Kälte bebenden Lippen drehte er sich um. Die Frau im Café war in ihr Buch vertieft. Sie trug einen weißen Kaschmirpullover, Jeans und Stiefel. Es wirkte gemütlich, wie sie da so im Warmen saß, und am liebsten hätte Jesper sich zu ihr an den Tisch gesetzt und einen heißen Americano getrunken. Dabei ein bisschen plaudern, die Frau etwas näher kennenlernen und allmählich Fuß fassen in der neuen Stadt. Kurz überlegte er, es tatsächlich zu tun, doch es kam ihm zu verwegen vor. Er senkte den Blick und konzentrierte sich darauf, den gefährlich glänzenden Eisflächen auf dem Weg auszuweichen.

Wenig später erreichte er die Stelle, an der die kopflose Leiche aus dem Wasser gezogen worden war. Dort stand jetzt nur noch ein Streifenwagen. Vermutlich war der Kollege, der darin hockte, dafür abgestellt worden, mit den Tauchern und der Feuerwehr Kontakt zu halten.

Jesper grüßte ihn, stellte sich direkt an den Rand und sah hinunter ins Wasser. Eisbrocken in verschiedenen Formen und Größen hatten sich hier gesammelt, vermutlich drückte die Strömung sie in diese Ecke. Jesper ging davon aus, dass die Feuerwehr dort bereits alles abgesucht hatte, und setzte seinen Weg fort. Zuerst schritt er die Seebrücke mit dem Namen Ofelia Plads ab, die an dieser Stelle weit in das Hafenbecken hineinragte. Um sich in den Täter hineinzuversetzen, wiederholte er mehrfach dieselben Fragen. Was habe ich gedacht? Warum habe ich es gemacht? Was war geplant und was war Zufall gewesen?

Ich bin mit einem Auto gekommen. Ich will, dass sie den Toten finden.

Meter um Meter marschierte Jesper das Ufer ab. Auf der Höhe von Schloss Amalienborg blieb er stehen. Einige Touristen trotzten den widrigen Temperaturen und schossen Fotos von der Sichtachse, welche die Architekten zwischen der Residenz der Königin und der Oper angelegt hatten.

Aber auch hier gab es keine ungewöhnlichen Spuren im zertrampelten Schnee und erst recht keinen abgetrennten Kopf, der zufällig im Wasser dümpelte. Jesper bezweifelte sowieso, dass dieser an der Wasseroberfläche schwimmen würde. Er war vermutlich von der Leiche abgerissen worden und direkt versunken. Fragte sich nur, warum der Körper nicht auch untergegangen war. Normalerweise sanken Tote im Wasser auf den Grund und kamen erst wieder hoch, wenn die Faulgase ihnen

Auftrieb verliehen. Laut Dr. Bostrup schien das Opfer dafür allerdings gar nicht lange genug im Wasser gelegen zu haben.

Über diesen Fakt nachgrübelnd marschierte Jesper weiter. An einer exotisch anmutenden Frauenstatue, die schwarz und gebieterisch auf ihn herabblickte, hielt er inne. Seine Zehen waren faktisch nicht mehr vorhanden, und er rieb sich die taubgefrorene Nasenspitze. Vielleicht sollte er sich aufwärmen, bevor er … Plötzlich fiel ihm ein verräterisches Muster im Schnee ins Auge: Die Reifenspur eines Wagens, die von einer Durchfahrt zwischen zwei Gebäuden in gerader Linie zur Mole führte.

Jesper bückte sich und fuhr mit den behandschuhten Fingern über das gefrorene Relief. Er sah hinüber zum Fundort der Leiche, der ungefähr einen Kilometer entfernt lag. Hatte er die Stelle gefunden? Hatte der Täter hier die Leiche ins Wasser geworfen?

Jesper trat an den Rand des Hafenbeckens. Im Wasser unter ihm war nichts außer Eisbrocken. Dennoch war es an diesem Platz ganz einfach, mit dem Auto rückwärts an die Mole zu fahren, den Kofferraum zu öffnen und den Toten mit minimalem Kraftaufwand ins Becken zu stoßen. Das hätte selbst eine Frau hinbekommen. Eine Täter*in* war also noch nicht von ihrer Liste, selbst wenn die Statistik dagegensprach.

Jesper strich sich über das Kinn. Das schabende Geräusch, das dabei entstand, erinnerte ihn daran, dass er sich seit Tagen nicht rasiert hatte. Vielleicht sollte er sich bei dieser Kälte den Bart stehen lassen. Das wäre praktisch und hip zugleich.

Er wählte Kirstens Nummer. Die Spurensicherung sollte das Areal absperren und Fotos von den Reifenprofilen machen. Möglicherweise gab es auch verwertbare Fußabdrücke.

Während Jesper wartete, dass seine Kollegin dranging, drehte er sich zu der schwarzen Frauenstatue um. »I am Queen Mary«, stand auf dem Sockel. In einer Hand hielt sie eine Art Hackmesser und in der anderen etwas, das eine Fackel darstellen sollte. Ein Armband mit regelmäßig aufgefädelten schwarzen Perlen baumelte an ihrem Handgelenk. Jesper runzelte die Stirn. Aus was für einem Material bestand die Statue, dass sie bewegliche Elemente wie dieses Armband besaß? Gips? Glasfaser? Mit dem Telefon am Ohr trat er näher. Es klingelte scheinbar ewig.

Mann, Kirsten, nimm ab.

Interessiert betrachtete Jesper das Gesicht der Königin und dann wieder das Armband, das in der kalten Brise leicht schaukelte. Die Perlen hatten eine seltsame Form, waren eher halbrund und sahen aus wie …

In dem Moment, als Jesper erkannte, was es war, hörte er Kirsten fragen: »Bæk, was gibt's?«

»Fuck«, sagte er und keuchte mehrmals laut, weil die Überraschung über seine Entdeckung ihm den Atem verschlug.

»Sag mal, hast du früher bei einer Sexhotline gearbeitet?« Kirsten stieß einen grunzenden Laut aus, der vermutlich ein Lachen darstellen sollte. »Du stöhnst ja wie ein …«

»Kirsten!«, unterbrach er sie heiser. »Du musst sofort hierherkommen.«

»Und wo ist dieses ›Hier‹?«, fragte sie zynisch

»Bei … bei dieser seltsamen Statue. Queen Mary heißt sie.«

»Queen Mary?«

»Scheiße, muss ich denn alles zweimal sagen? Komm her und sieh es dir an!«

6. KAPITEL

»Na, Bæk? Haben wir eben ein wenig die Contenance verloren?«, fragte Kirsten spöttisch, während sie aus einiger Entfernung verfolgte, wie die Kollegen der Spurensicherung eine Leiter an der Queen-Mary-Statue aufstellten. Sie hatten den Bereich vor dem Kunstwerk großräumig abgesperrt, um die Spuren zu schützen, die es dort möglicherweise gab. Der Täter war hier gewesen, das schien sicher. Vielleicht hatte er dabei ein Haar verloren oder einen Fußabdruck hinterlassen. Kirsten würde nach allem greifen, egal, wie mickrig es war.

Sie musterte ihren Partner kritisch. Seine aufgeregten Worte, mit denen er ihr den Fund gemeldet hatte, hallten in ihren Ohren wider. Sollte Bæk nicht mit dem klarkommen, womit sie in der »Mord« zu tun hatten, konnte er sich gleich eine neue Abteilung suchen. Wirtschaftskriminalität zum Beispiel, die Jungs saßen meist am Computer, trugen Schlips und Kragen und hatten schön manikürte Hände.

Als Jesper merkte, dass sie ihn anstarrte, senkte er den Blick und begann, mit den Füßen im Schnee zu scharren. Seine Kiefermuskeln traten hervor. Dass er sie nie direkt ansah, machte sie rasend. Nahm er sie nicht für voll? Hatte er was gegen Frauen? Oder war er bloß verklemmt?

Immerhin hatte er erneut einen entscheidenden Hinweis gefunden, und obwohl es sie wurmte, musste sie das anerkennen. Sie spähte hinauf zu dem KTU-Mann, der die Leiter hochgestiegen war und gerade das vermeintliche »Armband« sicherstellte. Behutsam kam er wieder herunter und zeigte es ihnen.

Das Armband war so groß, dass es einem Menschen als Kette gedient hätte. Es bestand aus grobem Paket- oder Flachsband mit zehn daran festgeknoteten »Perlen«. Alles war in schwarze Farbe getaucht worden, damit es wirkte, als gehöre es zur Statue.

Kirsten nahm ein steriles Wattestäbchen und hob eine der »Perlen« an. Es war eine Fingerkuppe. Genauer gesagt die eines Daumens, mit Nagel und Haut und allem. Nur schwarz angemalt.

»Wirkt fast wie ein Geschenk«, sagte sie. »Eine Gabe.«

»Oder er verspottet uns«, entgegnete Jesper.

»Möglich. Zumindest fühlt er sich sicher, wenn er uns diesen Hinweis derart frech präsentiert. Er hat beabsichtigt, dass wir das Armband finden.« Kirsten ließ von dem Daumen ab und betrachtete die anderen abgetrennten Fingerspitzen. »Wenn Bostrup die Farbe entfernt, erhalten wir vielleicht brauchbare Prints.«

»Du meinst, das hat er geplant?«

»Der Täter oder die Täterin will mit uns tanzen, so scheint es zumindest.« Kirsten richtete sich auf. »Dem werden wir die Musik schneller abdrehen, als er oder sie gucken kann.« Sie nickte dem KTU-Kollegen zu und wies ihn an, den grausigen Fund einzutüten und sofort in die Rechtsmedizin zu schicken. Dann wandte sie sich an einen kleinen, stämmigen Mann, der an der Mole kniete. »He, Wang, gibt's schon was von den Reifenspuren?«

Wang Ze, der Leiter der kriminaltechnischen Abteilung, sprang wie ein Gummiball auf und lief zu ihnen herüber, dabei wich er vorsichtig zahlreichen Schildchen aus, die auf dem Boden standen.

»Ja, also«, sagte er mit tiefer Bassstimme, die nicht so recht zu seiner Körpergröße passte. »Die Spur führt von dem Parkplatz zwischen den beiden Gebäuden direkt zum Wasser und auf fast demselben Weg zurück. Daraus schließe ich, dass der Wagen rückwärts an die Mole gesetzt wurde. Wir konnten weiter hinten auf dem Parkplatz gute Abdrücke sicherstellen, dort hat er gewendet, um auf die Toldbodgade zu fahren. Aber auf der Straße verliert sich die Spur, weil Salz gestreut wurde. Wir wissen also nicht, in welche Richtung er verschwunden oder woher er gekommen ist. Zum Reifenprofil selbst würde ich sagen, es handelt sich um Winterreifen, die zu einem Lieferwagen gehören. Das verrät uns der Radabstand, der ist größer als bei einem herkömmlichen PKW. Allerdings ist das Profil der Reifen reichlich abgefahren. Ein paarmal sind die Räder auf dem Eis durchgedreht.«

»Kameras?«, fragte Kirsten knapp.

Wang schüttelte den Kopf, dabei raschelte die Kapuze seines Overalls. »Nichts. Auch nicht an der Einfahrt oder dem betreffenden Abschnitt auf der Toldbodgade.«

»Sind vorne am Königspalast nicht welche?«, wollte Jesper wissen.

Wang verneinte.

»Irgendwelche Fußspuren vom Täter auf dem Kai?«, erkundigte sich Kirsten.

Wangs schwarze Augen blitzten amüsiert auf. »Oh, es gibt jede Menge! Leider müssen sie nicht automatisch vom Täter stammen. Hier am Ufer sind so viele Leute herumgetrampelt, dass kein Fußabdruck von dem anderen zu unterscheiden ist. Ich werde trotzdem versuchen, etwas zu finden.«

»Gut. Danke, Wang.« Kirsten gab Bæk ein Zeichen, ihr zu folgen.

»Wo willst du hin?«, fragte er.

»Zuerst einmal in den Mannschaftswagen und mich aufwärmen. Mir ist arschkalt! Und dann muss ich mit dir reden.«

Sie stiegen in den Bus. Drinnen war es warm, es roch nach Wurstbrot und den Ausdünstungen alter Schuhe. Kirstens Geruchssinn war sehr empfindlich, was ihr manchmal Schwierigkeiten bereitete. Sie verabscheute stinkende Orte und schlecht riechende Menschen. Zu einem hohen Prozentsatz stammten

Tatorte und Verbrecher jedoch aus ebenjener Kategorie, sodass sie oft eine Herausforderung für sie darstellten. Deshalb mochte sie Zigaretten und den Winter. Beides schwächte unangenehme Gerüche ab.

Sie rutschte auf der Sitzbank zum Fenster und zog den Reißverschluss ihrer Jacke ein Stück auf.

»Also!«, sagte sie an Bæk gewandt, der mit größtmöglichem Abstand auf der gegenüberliegenden Bank hockte. »Was ist dein Problem?«

Bæk machte ein überraschtes Gesicht. »Was meinst du?«

»Ich möchte wissen, was für ein Problem du mit mir hast.« Sie fixierte ihn, wollte ihn nicht entkommen lassen. Jesper Bæks Blick irrlichterte zwischen einem Punkt über ihrer Schulter und der Kopfstütze des Beifahrersitzes hin und her. Ihm war deutlich anzumerken, dass er am liebsten aus der Enge des Busses geflohen wäre. Er wollte ihr ausweichen, den schnellen Rückzug wählen. Keine Chance, sie würden das jetzt klären.

Schweigend fummelte Bæk an seinen Handschuhen herum.

»Nun, was ist? Das wäre ein guter Moment, sich auszusprechen.«

»Was denn? Es gibt nichts, worüber wir beide uns unterhalten müssten.«

»Oh, das glaube ich schon. Zum Beispiel, warum du dich scheust, mir ins Gesicht zu sehen? Hier, in meine Augen! Bist du verklemmt? Oder hast du ein Problem mit Frauen in Führungspositionen?«

»Nein, hab ich nicht.«

»Was ist es dann?«

»Darüber möchte ich nicht sprechen.« Er schob den Unterkiefer vor und drehte sich weg.

Verärgert stieß Kirsten Luft aus. »Ist das dein Ernst?«

»Mein voller.«

»Okay«, sagte sie bemüht ruhig. Sie konnte ihn nicht dazu zwingen, mit ihr zu reden, auch wenn sie lieber ein offenes Wort mit ihm gewechselt hätte. »Du nimmst dir jetzt einen der uniformierten Kollegen und beginnst damit, die Leute zu befragen, die in den beiden Gebäuden am Kai arbeiten. Vielleicht hat ja jemand den Lieferwagen bemerkt.«

»Ist das alles?«, fragte Bæk kalt.

»Ja, das ist alles. Und denk an die Abendbesprechung um sechs.«

Bæk nickte knapp und öffnete die Tür. Ein Schwall frischer Luft drang herein. Der Neue stieg aus und warf die Tür zu. Durch das beschlagene Fenster sah Kirsten ihn davonstapfen.

Eine Weile später verließ sie ebenfalls den Bus und wanderte unruhig an der Mole auf und ab. Immer wieder blickte sie zu dem abgesperrten Bereich hinüber, in dem das Team von Wang dabei war, in akribischer Kleinarbeit jeden Millimeter des vereisten Bodens zu erfassen. Sie fragte sich, was der Mörder mit seiner Darbietung beabsichtigt hatte. Er wollte, dass sie das Armband entdecken. Dass sie die Leiche finden. Aber was war sein Motiv? Warum hatte er dem Opfer den Kopf abgeschnitten und ihm den eigenen Penis in die Speiseröhre gesteckt? War es Rache? Ein Spiel? Stand der Tote in irgendeiner Beziehung zum Mörder, oder war er zufällig für diese abartige Inszenierung ausgewählt worden? Es war alles so grotesk. Ein normaler Eifersuchtsmord war das jedenfalls nicht. Kirsten spürte, wie ihr Herz zu pochen begann. Es war nicht dieses kraftvolle, befriedigende Schlagen, wenn sie gerade Sport gemacht oder Sex gehabt hatte, sondern ein flaches, erhitztes Flimmern kurz unterhalb der Kehle, als hätte sie zu viel Kaffee getrunken oder litte unter hohem Fieber.

Kalter Schweiß brach ihr unter der dicken Jacke aus und sammelte sich in ihren Achselhöhlen. Unbehaglich wand sie sich. Mit dem Bedürfnis, sich die schlagartig zu warm gewordene Kleidung vom Leib zu reißen, überkam sie eine erschreckende Erkenntnis: Der Kopflose würde nicht der einzige Tote bleiben. Der Killer würde erneut töten.

Außerdem musste sie Jesper Bæk zurückpfeifen, denn sie brauchten dringend ein Täterprofil. Und darin, so hatte sie gehört, war er angeblich ein verdammtes Genie.

7. KAPITEL

»›Horrormetzger schneidet Opfer Kopf und Penis ab und wirft Leiche ins Hafenbecken‹! Fuck!«

Marit trank gerade einen Schluck von ihrem Gin Tonic, als Kirsten ihr Smartphone so heftig auf den Bartresen knallte, dass sie zusammenzuckte.

»So eine Scheiße!« Kirstens schwarze Augen glühten, ihr Gesicht war so blass, als wäre sie jetzt schon zu müde für ihren neuen Fall.

Marit strich ihrer Freundin mitfühlend über dem Arm. »Ärger dich nicht, Kris. So ist es doch immer.«

»Ja, ich weiß.« Sie hob eine Hand und signalisierte Gerlof, dem Barkeeper, dass er ihr noch einen Drink machen sollte.

Gerlof Sørensen, ihr gemeinsamer Freund und der Besitzer des Nighthawks, schenkte ihr ein mildes Lächeln und griff entschlossen nach der Whiskeyflasche. Marit machte sich Sorgen. Wenn Kirsten heute Abend so weitertrank, müsste sie aufpassen, dass sie nicht komplett die Beherrschung verlor. Es machte sich bestimmt nicht gut, wenn sie morgen mit Fahne und Kater im Präsidium auftauchte. Obendrein würde Kirsten dort ziemlich sicher von einer Journalistenmeute empfangen werden, die in diesem Augenblick vermutlich schon um die besten Plätze vor dem Haupteingang kämpfte. Aber Marit wusste, wie ihre Freundin sich fühlte. Viele Male hatte sie selbst an Ermittlungen teilgenommen, die besonders stark im Fokus der Öffentlichkeit gestanden hatten. Die meisten Polizisten ließen sich nicht anmerken, dass der Ansturm der Presse sie unter Druck setzte. Denn natürlich wollten sie ihren Job gut machen und arbeiteten sich jeden Tag Leib und Seele kaputt. Wenn in den Zeitungen dann stand, dass die Polizei nicht genug tat, um die Bevölkerung zu schützen, war das ziemlich deprimierend. So würde es auch in diesem Fall bald sein, das war so sicher wie die Neujahrsansprache der Königin.

Gerlof servierte Kirsten einen frischen Whiskey Sour, und diese nahm einen großen Schluck. Danach stellte sie das Glas mit einem Knall ab und wiederholte ihren Fluch: »So eine Kacke!«

»Reg dich nicht auf, Süße«, sagte Gerlof. »Die Presse übertreibt schließlich gerne mal.«

»Ich ärgere mich nicht über die Presse … ja, doch, auch. Aber das, was da seit Kurzem im Internet steht, bedeutet, dass einer von uns geredet hat. Einer von uns steckt der Presse Informationen. Das ist Täterwissen. Das haben wir nicht freigegeben. Verdammte Scheiße!«

»Vielleicht ist es gar nicht so, wie du denkst, und einer der Reporter hat beobachtet, wie ihr die Leiche geborgen habt«, entgegnete Marit beschwichtigend. »Dass dem Toten der Kopf fehlte, war mit Sicherheit nicht zu übersehen, oder?«

»Und das mit dem Penis? Das wurde erst bei der Obduktion

entdeckt.« Kirsten setzte sich ruckartig auf, als fiele ihr plötzlich etwas ein. »Dieser Arsch!«

»Wen meinst du?«

»Ach, ist egal.« Sie nahm einen weiteren Schluck von ihrem Drink.

Marit legte den Kopf schief. »Du meinst nicht etwa deinen neuen Kollegen aus Jütland?«

»Genau den.« Kirsten aß grimmig die Kirsche aus ihrem Glas.

»Hattest du nicht vorhin erzählt, dass ihr heute beim Erstellen des Täterprofils ganz gut zusammengearbeitet habt?«

»Ja. Da habe ich ihm auch noch vertraut. Mann, der kann was erleben, wenn ich den morgen in die Finger kriege. Dann wird er einen echten Grund haben, sich zurück in seine Provinz zu wünschen. Dieser Mistkerl!«

»Aber er ist gerade erst seit ein paar Wochen in Kopenhagen, wie sollte er da Kontakt zur hiesigen Presse haben? Das ist doch unwahrscheinlich.«

»Das würdest du nicht denken, wenn du wüsstest, was ich heute Morgen mitbekommen habe.« Sie kippte den Rest des Whiskey Sour runter und blickte zu Gerlof hinüber, der jedoch mit dem Kopf schüttelte. Kirsten starrte ihn böse an.

»Glaub mir, Süße. Das reicht für heute«, sagte er streng.

»Oh, besten Dank, Mama!«

Der bärtige Barkeeper grinste. »Det var så lidt.«

Marit lehnte sich vor und berührte Kirsten an der Schulter. »Was meinst du damit, was hast du gesehen?«

Kirstens Augen blitzten auf. »Als wir die Leiche am Hafen geborgen haben, hat Herr Bæk unbefangen mit einem Journalisten geplaudert. Angeblich ein alter Schulfreund.« Sie lehnte sich zurück und schlug mit der flachen Hand auf den Tresen. »Dass ich nicht lache!«

Marit zog überrascht die Brauen hoch.

»Außerdem«, Kirsten hob einen Finger und ließ ihn kreisen, »weicht er mir ständig aus, selbst mit dem Blick. Der Kerl ist verdächtig. Aus seinem Versetzungsgrund macht er auch ein totales Geheimnis. Der hat definitiv etwas zu verbergen.«

Marit war skeptisch. Sie konnte sich nicht vorstellen, dass der neue Kollege, kaum, dass er nach Kopenhagen gewechselt war, nichts anderes zu tun hatte, als mit der Presse zu kollaborieren. Warum sollte er das tun? Nein, da verrannte sich ihre Freundin.

Sie trank den Rest ihres Drinks aus. »Sei mir nicht böse, Kris«, sagte sie, »aber ich gehe nach Hause.«

»Hast du gerade einen Job?«

»Leider nicht.« Sie beugte sich näher an Kirsten heran. »Aber solltet ihr einen für mich haben, sag Bescheid, mir ist so langweilig, dass ich schon daran denke, freiwillig Schnee zu schippen.«

»Okay, mache ich.« Lachend rutschte Kirsten vom Barhocker. »Ich mache mich jetzt auch auf den Weg. Sag mal, ist Kjell inzwischen zurück?«

»Nein, der schwirrt weiterhin irgendwo in Syrien rum. Habe heute Morgen einen Anruf von ihm erhalten, war aber kaum was zu verstehen.« Marit lachte unglücklich. »Immerhin lebt er noch.«

»Syrien?« Kirsten schüttelte den Kopf, dass ihre dunklen Locken flogen. »Ich kapier einfach nicht, warum er das freiwillig macht.«

Ich schon, dachte Marit, behielt das allerdings für sich. Wenn es um ihren besten Freund und Mitbewohner ging, hielt sie sich stets bedeckt. Sie wollte nicht hinter Kjells Rücken über ihn reden. Erst recht nicht über seine Gefühle oder Beweggründe. Das würde sich für Marit wie ein Verrat anfühlen.

»Okay, ich zahle«, sagte sie und winkte Gerlof, der jedoch zu beschäftigt war und lediglich »Geht aufs Haus« rief. Sie bedankte sich mit einem Luftkuss und zog ihren Mantel an. Indes schlüpfte Kirsten in ihre schwarze Lederjacke, die sie tough und unnahbar aussehen ließ. Beides war beabsichtigt, wusste Marit. Sie öffnete die Tür und trat hinaus, Kirsten folgte ihr.

»Oh, wow«, stieß sie hustend hervor, als die eiskalte Luft ihren Atem stocken ließ. Sie schlug den Kragen ihrer Jacke hoch und zog schnell die Handschuhe an.

»Brrr. Was für eine Saukälte.« Bibbernd hauchte Kirsten sich in die bloßen Hände.

»Immer noch besser als der ewige Regen.«

»Da hast du recht.« Kirsten stupste Marit mit dem Ellenbogen an. »Na, Sweetheart, soll ich noch mit zu dir kommen? Damit du zu Hause nicht so alleine bist?«

Marit musste an das verwaiste Hausboot denken und an das beklemmende Gefühl, das die seltsamen Geräusche am Morgen in ihr ausgelöst hatten. Trotzdem lehnte sie ab. »Danke, Kris. Ich schaffe das schon.« Sie schob ein neckisches Grinsen hinterher, weil sie genau wusste, was ihre Freundin mit ihrem Angebot eigentlich gemeint hatte, denn sie konnte es nicht lassen, sie hin und wieder scherzhaft anzubaggern.

»Sicher?« Kirsten ließ anzüglich ihre Brauen tanzen.

»Gaaanz sicher.« Tatsächlich herrschte in Marits Bett seit Monaten Flaute. Aber sie redete sich ein, dass das okay war. Ein wenig Abstinenz würde den Appetit bis zum nächsten Mal umso mehr anheizen … wann immer das sein mochte.

»Na, ihr Süßen, habt ihr Feuer?«

Neben ihnen waren zwei junge Männer aufgetaucht. Beide grinsten dämlich.

»Alter, guck dir das an«, sagte der eine plötzlich und lachte dreckig, »die eine ist ein Albino!«

Unwillkürlich fuhr sich Marit durch ihre kurzen Haare. Sie hätte ihre Mütze aufsetzen sollen.

»He, zieht Leine, ihr Schwachköpfe!«, blaffte Kirsten die Typen an, die bestimmt 20 Jahre jünger waren als sie. Sie trugen Käppis und Trainingshosen und glaubten, unheimlich cool zu wirken.

»Was bitchst du so rum, Alte? Ich hab nur gesagt, dass deine Freundin aussieht wie ein Albino. Mann, total der Freak. Geh mal ins Solarium, Schneefrau.« Wieder lachte er.

»Und ich sagte, macht 'ne Fliege!«

»Was willst du, Fotze?« Der größere der beiden wollte Kirsten am Arm packen, doch die wich geschickt aus, nahm den Typen in den Polizeigriff und drückte ihn gegen die kalte Hauswand. »Fass mich an, Freundchen, und ich breche dir sämtliche Finger – mehrfach!«, knurrte sie.

»Ey, spinnst du? Ich zeige dich bei der Polizei an!«, schrie der Typ.

»Kleine Info, du pisst gerade einer Polizeibeamtin ans Bein.«

Der Typ stieß abfällig Luft aus, hielt aber den Mund.

Kirsten ließ von ihm ab. »Verzieh dich bloß.«

Der Kerl rückte provokant sein Käppi zurecht und starrte sie hasserfüllt an. Unwillkürlich ballte Marit in ihrer Manteltasche ihre Hand zur Faust. Was, wenn der Typ zuschlug?

»Ihr Scheißterrorschlampen gehört mal so richtig durchgefickt!« Er hielt seinen Mittelfinger vor Kirstens Gesicht. Schnell drehte er sich um und zog mit seinem Kumpel ab.

Erleichtert atmete Marit aus, und Kirsten legte einen Arm um sie. »Das mit dem Albino tut mir leid. Was für Idioten!«

»Macht nichts. Das kenne ich ja.« Marit lächelte müde. Was sie sich im Laufe ihres Lebens schon alles hatte anhören müssen wegen ihres außergewöhnlichen Aussehens ... Dagegen war das eben harmlos gewesen.

»Soll ich dich nicht doch nach Hause bringen, Schatz? Ich meine, da ist dieser durchgeknallte Killer.«

»Nein, danke. Das ist wirklich lieb von dir, Kris. Aber ich nehme ein Taxi.«

»Nun gut, dann schlaf schön.« Kirsten drückte ihr einen Kuss auf die Wange und stapfte mit großen Schritten davon. Dabei wirkte sie wie eine Kriegerin, unverwüstlich und selbstbewusst.

Manchmal, so dachte Marit, wäre sie auch gerne so.

8. KAPITEL

Elias Kaspersen ärgerte sich. Es war kurz vor halb elf, als ihm und seiner Frau aufgefallen war, dass ihnen für ihren gemütlichen Samstagabend der Wein fehlte. Er hasste es, jetzt noch mal raus in die Kälte zu müssen, aber ohne einen guten Tropfen würde der Abend nur halb so schön verlaufen. Sie hatten ihre beiden Töchter ins Bett gebracht und es sich auf dem Sofa unter einer Decke aus Fuchsfell bequem gemacht. Im Ofen hatte einladend das Feuer geknistert, und Kaspersen war gerade dabei gewesen, Cecille den Träger ihres Tops über die Schulter zu streifen, da war ihm der verdammte Wein eingefallen. Der gehörte zum Ritual und durfte nicht fehlen. Also war er mit einem Seufzen aufgestanden und hatte sich angezogen.

Zum Glück lag der nächste Supermarkt nicht weit entfernt. Zähneklappernd bog Kaspersen um die Ecke und in eine der düsteren Seitenstraßen ein. Er zog sich den Mantelkragen enger um den Hals und fluchte. Die verdammte Kälte fraß an seinen Ohren und an seiner Stimmung. Er versuchte, an den bevorstehenden Abend zu denken, an das geheizte Wohnzimmer und den weichen Körper seiner Frau, wenn er sie hinüber ins Schlafzimmer tragen würde. Zufrieden stellte er fest, dass seine Lust nicht erloschen war.

Der Gehweg war mit Eis und Schnee bedeckt, Kaspersen musste aufpassen, nicht auszurutschen. Rings um ihn herum ragten die für dieses Viertel typischen fünfstöckigen Backsteinhäuser auf mit ihren erleuchteten Fenstern und finsteren Eingängen. Niemand war auf der Straße. Wer hielt sich schon bei dieser arktischen Kälte freiwillig draußen auf?

Kaspersen dachte wieder an seine Frau, die unter dem Fuchsfell auf ihn wartete. Mit ihren großen, glänzenden Augen und ihrer fast schüchternen Bereitwilligkeit. Cecille wusste genau, was ihn anmachte.

Ein plötzlicher Schlag in den Nacken erschreckte ihn zu Tode. Ehe er reagieren konnte, packte ihn eine Hand und stieß ihn in eine unbeleuchtete Toreinfahrt. Kaspersen geriet ins Stolpern, versuchte aber, auf den Beinen zu bleiben. Sein Herz klopfte heftig. Verdammt. Welcher Straßenräuber war bei diesem Scheißwetter unterwegs? Der Kerl hatte sie doch nicht alle.

Kaspersen gelang es, sich aufzurichten und umzudrehen. Vor ihm baute sich nicht nur eine Gestalt auf, sondern gleich drei. Da sie mit dem Rücken zum Licht der Laternen standen, konnte er ihre Gesichter nicht erkennen. Nur die Atemwolken, die in rhythmischen Abständen von ihren Mündern aufstiegen, als seien diese Typen riesige dampfende Kampfmaschinen.
Scheiße! Was sollte das? Kaspersen wollte die Kerle gerade warnen, schließlich war er Anwalt und würde ihnen allen mächtig in den Arsch treten, sollten sie ihm auch nur ein Haar krümmen. Da trat die größte Gestalt auf ihn zu und schlug ihn ohne Vorwarnung. Zuerst war der Schmerz gar nicht so schlimm. Aber als der Kerl ihm seine Faust gegen den Kiefer rammte, fühlte

es sich an, als ob Knochen brächen. Kaspersen krümmte sich zusammen und Blut tropfte auf den gefrorenen Boden. Es war schwarz wie Teer. Ein Stöhnen drang aus seiner Kehle, zu mehr war er nicht fähig, weil ihm der Schmerz alle Sinne raubte. Fieberhaft überlegte er, was die Angreifer von ihm wollten. Seine Brieftasche konnte es nicht sein, sonst hätten sie sie ihm längst abgenommen.

Vorsichtig hob er den Kopf. Seine Sicht war verschwommen, weil ihm Tränen in die Augen schossen. Schemenhaft erkannte er, dass jetzt auch die beiden anderen Typen auf ihn zukamen. Ihre Schatten wurden größer, füllten sein Gesichtsfeld aus. Kaspersen wurde klar, dass dies womöglich seine letzte Nacht auf Erden war, und er wollte den Mund öffnen, um nach Hilfe zu schreien. Doch der Kerl, der ihm am nächsten stand, drückte ihm seine behandschuhte Faust in den Mund. Kaspersen riss die Augen auf, schmeckte Blut und Leder und noch etwas anderes. Die brennende Vorahnung von Gewalt, die gleich über ihn hereinbrechen würde.

Er spürte den nächsten Schlag als dumpfen Aufprall in seinem Unterleib, und dann war alles nur noch rot, weiß und schwarz, während die Kerle auf ihn eindroschen. Schon bald konnte er sich nicht länger auf den Beinen halten und sackte zusammen. Die drei Schläger setzten ihr Werk fort, prügelten und traten auf ihn ein. Immer und immer wieder. Die ganze Sache ging bizarr lautlos vonstatten. Keiner der Typen sagte ein Wort oder gab einen Laut von sich. Es schien, als wären sie stumm.

Das machte Kaspersen am meisten Angst. Diese absonderliche Stille, mit der die drei Kerle vorgingen. Ein Schuh landete in seinen Nieren, und Kaspersen gab ein ersticktes Keuchen von sich. Würden sie ihn töten?

Als er kurz vor der Bewusstlosigkeit stand, ließen sie von ihm ab. Als hätten sie ein Signal gehört, hoben sie ihre Köpfe, wie Hunde, die dem Ton einer Pfeife gehorchten.

»Bitte … Was wollt ihr?«, gelang es Kaspersen hervorzubringen.

Der größte der Typen stand über ihm. Vollkommen reglos. Langsam ließ er eine Hand in seiner Tasche verschwinden. Der Kerl war schlank, wirkte nicht sonderlich muskulös. Er trug einen schwarzen Regenoverall für Motorradfahrer und eine Skimaske. Als er seine Hand wieder hervorzog, befand sich darin ein Gegenstand, von dem Kaspersen glaubte, es wäre ein Gummiknüppel. Instinktiv duckte er sich, doch es folgten keine erneuten Schläge. Stattdessen packte der Typ ihn an den Haaren, riss seinen Kopf nach hinten und rammte ihm das Ding gegen die Lippen. Kaspersen wehrte sich, aber der Kerl drückte mit aller Gewalt seine Kiefer auseinander und schob ihm den Gegenstand bis in den Rachen. Kaspersen musste würgen, rang verzweifelt nach Luft. Grelle Panik durchflutete seinen Körper. Der Rest seines Adrenalins wurde von einer eisigen Schwärze verschluckt. Sie breitete sich aus, floss durch seine Nervenbahnen bis in sein Hirn und lähmte ihn.

Kaspersen nahm wahr, wie der Typ sich aufrichtete und auf ihn hinabsah. Die anderen beiden Gestalten rührten sich nicht. Mit fahrigen Bewegungen versuchte Kaspersen, den Gummiknüppel zu entfernen, doch seine eiskalten Hände gehorchten ihm nicht. Die Würgereflexe ließen seine Kehle in pulsierenden Zuckungen erbeben, und die gurgelnden Geräusche, die er dabei von sich gab, klangen in seinen Ohren unnatürlich laut.

Mit einem Mal beugte sich der große Typ vor. Diesmal hielt er etwas Weißes in der Hand, aber Kaspersen konnte es in seinem Überlebenskampf nicht erkennen. Er spürte einen scharfen Stich in seiner Brust, und ein verzweifelter Schrei baute sich hinter dem Ding in seinem Mund auf. Seine überdehnten Kiefer protestierten mit einem widerlichen Knacken. Kaspersen musste erneut würgen, bis seine Kehle ein einziger brennender Schmerz war.

Als er die Augen öffnete, waren die drei schwarzen Gestalten verschwunden. Als wären sie niemals dagewesen.

Hastig rollte sich Kaspersen auf die Seite und führte seine zitternden Finger zum Mund. Endlich bekam er den Gegenstand zu fassen und zog ihn heraus. Mit einem feuchten Klatschen fiel er auf den Boden, während Kaspersen angewidert das herauswürgte, was sich in seinem Rachen angesammelt hatte: Blut und Speichel und seine rasende Wut auf diese Typen. Er krabbelte auf allen vieren von dem Ding weg und betrachtete es aus einiger Entfernung.

Es war ein überdimensionierter Penis aus schwarzem Latex.

Kaspersen keuchte vor Schmerz und Angst. Dabei hielt er sich die Seite. Bestimmt hatten sie ihm die Rippen gebrochen oder Schlimmeres. Eine Nierenruptur.

Mühsam setzte er sich auf und lehnte sich mit dem Rücken gegen die Wand. Die Kälte spürte er kaum, aber er wusste, dass er schnell Hilfe rufen musste, sonst würde er innerlich verbluten oder erfrieren. Als er den Arm hob, um sein Handy hervorzuholen, erinnerte ihn das erneut aufflammende Stechen in seiner Brust daran, dass da noch etwas war.

Kaspersen senkte den Kopf und sah an sich hinab. Eine Kanüle, wie Drogensüchtige sie benutzten, ragte aus seiner Brust, daran hing ein Zettel. Mit zusammengebissenen Zähnen zog Kaspersen die Nadel heraus und ließ sie auf das Pflaster neben sich fallen. Er atmete ein paarmal durch, bis das Stechen nachließ, erst dann faltete er das Papier mit fahrigen Bewegungen auseinander und las.

Du weißt, wofür das ist. Wir beobachten dich.
Und wenn du nicht damit aufhörst, werden wir wiederkommen.
Dann wird es mehr als diesen Nadelstich geben.

Ein Schauer schüttelte ihn und ließ seine Zähne hart aufeinanderschlagen. Aber es waren nicht nur die Schmerzen und die Todesangst, die er erlitten hat, sondern auch die Kälte, die seine Kräfte schwinden ließ. Seine Finger und Zehen spürte er kaum noch. Er musste Hilfe rufen.

Seine Hand fuhr in die Innentasche seiner Jacke, traf dort jedoch auf Leere. Scheiße. Er hatte sein Handy zu Hause vergessen.

9. KAPITEL

Sie lief. Bergauf. Der steil ansteigende Hang vor ihr leuchtete im kalten Licht des Vollmondes. Unter ihren Stiefeln knirschten Eis und Schnee. Ihr Atem rauschte rau und hastig durch ihre Kehle, ließ weißen Nebel vor ihrem Mund aufsteigen. Sonst herrschte absolute Stille. Eine Stille, in der man seine Gedanken hören konnte. In der die Geister einem zuflüsterten. Man musste gut damit umgehen können, um nicht verrückt zu werden. Deshalb sehnten sich viele Leute, die hier lebten, nach dem Wind. Sein Säuseln und Heulen brachte die ewig kreisenden Gedanken zum Schweigen. Die Geister allerdings nicht. Sie waren immer da. Im Schnee, in den Felsen, im Meer, im Wind. So wie Asiaq oder Equngasoq oder das kleine Volk der Innersuit.

Terianniaq drehte sich im Laufen um. Hinter ihr versuchte Nivi Schritt zu halten. Dabei benutzte sie die Spuren, die Terianniaq im tiefen Schnee hinterließ. Auch sie atmete schwer, in ihr schweißüberströmtes Gesicht standen Anstrengung und Furcht geschrieben.

Terianniaq riss sich zusammen und zwang sich, nicht auf das zu achten, was unten am Fuß des Berges suchende Kreise zog. Der große weiße Körper, der sich bewegte wie ein betrunkener Bär.

»Los, schneller!«, rief Terianniaq. Das Luftholen fiel ihr schwer. In der Kälte fühlte es sich so an, als würde sie Eis einatmen.

»Ich kann nicht mehr«, keuchte Nivi und ließ sich in den Schnee fallen. Unten am Berg nahm die Gestalt ihre Witterung auf und hob ihren klobigen Kopf. Sie sah zu ihnen hinauf, das spürte Terianniaq. Rasch packte sie Nivi am Arm und zog sie auf die Beine. Tränen strömten ihrer Freundin über die Wangen, gefroren zu weißem Reif. »Wir müssen weiter«, drängte Terianniaq.

»Er wird uns einholen.«

»Nein, das wird er nicht. Wir werden uns verstecken. Komm.«

Terianniaq zerrte Nivi den Berghang hinauf. Dorthin, wo die ersten schroffen Felsen aus dem Schnee ragten. Dort, wo der Sermilissuaq zu Hause war. Er würde ihnen helfen. Er war zwar ein furchterregender Geist, aber er würde das, was sie verfolgte, mit einem einzigen eisigen Atemhauch ersticken.

Doch bevor sie den Geist des Sermilissuaq herbeirufen konnte, so wie ihre Großmutter es ihr früher gezeigt hatte, mussten sie ein Versteck finden. Hastig drehte Terianniaq sich um. Dabei registrierte sie, dass die weiße Gestalt bereits die Hälfte des Berghanges hinter sich gebracht hatte. Ihre wütenden Schritte wirbelten pulvrige Schneewolken auf, die im Mondlicht frostig glitzerten. Kraftvoll arbeiteten die starken Muskeln unter dem zotteligen Pelz.

»Los, komm!« Sie zog Nivi hinter sich her. »Bis zu dem Felsen dort drüben, der aussieht wie ein sitzender Hase. Da können wir uns verstecken.«

Nivi wimmerte, die Atemwolken vor ihrem Mund leuchteten hell im Mondlicht. Aber sie half mit und kämpfte sich den Berg hinauf. Endlich erreichten sie den Schuttfächer, wo der Wind den Schnee von den Felsen fortgefegt und dicke Eiskrusten hinterlassen hatte.

»Vorsicht, es ist glatt«, warnte Terianniaq und betrat das unwegsame Steinfeld. Wenn sie ausschließlich auf die hartgefrorenen Stellen traten, würden sie ihre Spuren verwischen. Also sprangen sie so achtsam wie möglich von Felskuppe zu Felskuppe. Doch für Terianniaq hörten sich das Knirschen ihrer Füße und ihr Keuchen viel zu laut an. Wenn doch wenigstens etwas Wind aufkäme, dann würde dieser ihre Geräusche verbergen und die Sicht trüben.

Sie lief weiter, ohne sich umzusehen, sie wusste auch so, dass die große Gestalt näherkam, denn ihr Knurren und Stampfen wurde immer lauter. Geduckt schlug Terianniaq einen Haken und hockte sich hinter den Hasenfelsen. Sie deutete auf ein schwarzes Loch unter dem Felsen, das vom Mondlicht nicht erreicht wurde. »Wir kriechen dort rein. Du zuerst.«

Nivi ging auf die Knie und schob sich durch die Öffnung. Terianniaq schlüpfte hinterher und half ihrer erschöpften Freundin, sich in der kleinen Höhlung aufzusetzen. Die Köpfe mussten sie gebeugt halten, aber immerhin passten sie beide hinein. Ihre Körper würden sich gegenseitig wärmen, während sie darauf hofften, dass der Schatten da draußen sie nicht fand.

Marit schlug die Augen auf. Etwas in ihrem Unterbewusstsein hatte sie geweckt. War da wieder dieses Geräusch gewesen? Sie merkte, dass sie stark geschwitzt hatte und strich die

Decke ein wenig zurück, lauschte eine Weile. Nein, dachte sie schließlich. Da war nichts.

Ihr Blick wanderte zum Bullauge hinauf, zu dem fahlen Laternenlicht, das in ihr Zimmer fiel. Gänsehaut bildete sich auf ihren Unterarmen. Sie wollte eine Hand ausstrecken und den Vorhang zuziehen, da erstarrte sie.

Hatte sich vor dem Fenster etwas bewegt? Ihr war es so vorgekommen, als wäre für den Bruchteil einer Sekunde ein Schatten durch den Lichtfleck an der gegenüberliegenden Wand gehuscht.

Marits Hand fuhr in den Nachtschrank und glitt über die kühle Oberfläche des Gegenstandes, der sich in der Schublade verbarg. In ihrem Job fühlte sie sich sicherer, wenn sie eine Waffe besaß. Zwar trug sie die Sig Sauer nicht oft bei sich, aber angesichts dessen, dass da draußen ein Mörder rumlief, der seine Opfer verstümmelte, hatte die Pistole eine sehr beruhigende Wirkung auf sie.

Marit ließ die Schublade offen und schloss die Augen.

Einige unruhige Herzschläge später riss sie sie auf und starrte in das Zimmer. Da war es wieder. Das Klopfen von heute Morgen. Nur diesmal hörte es sich viel näher an. Als käme es aus dem Innern des Schiffs.

Unschlüssig verharrte Marit in ihrem Bett. Ihr Gesicht und ihr Oberkörper waren eiskalt, der Rest ihres Leibes schwitzte unter der Decke. Warum hatte sie solche Angst?

Das Geräusch wiederholte sich, und mit einem Mal war Marit sich sicher, dass es seinen Ursprung im Innern des Schiffs hatte.

Scheiße, was sollte sie machen?

Sie zögerte einige bange Sekunden. Schließlich schob sie entschlossen die Decke von sich, die sie ohnehin zu ersticken drohte, und setzte sich auf.

Du gehst sofort nachsehen. Sonst glaube ich nicht, dass du Marit Rauch Iversen bist. Ein dumpfer Laut unterbrach ihre

Gedanken. Es folgte ein Schaben. Das kam eindeutig aus dem Wohnzimmer. Jemand war hier.

Marit griff nach der Pistole und lud sie im Schutz der Daunendecke durch, damit das Klicken den Eindringling nicht warnte.

Langsam stand sie auf, trat an die Tür und lauschte gebannt. Nichts war zu hören. Hatte sie sich das alles eingebildet? Spielte ihre Fantasie verrückt, weil ihr Hirn nicht ausgelastet war?

Ihr Herzschlag trommelte laut in ihren Ohren, als Marit die Klinke runterdrückte und die Tür öffnete. Durch den Spalt war nichts zu sehen. Da lag nur der kurze Flur, über den man das Bad, Kjells Arbeitszimmer und am Ende das Wohnzimmer erreichte. Leider drang das Licht der Straßenlaterne nicht bis dorthin vor.

Mit zusammengepressten Kiefern schob sich Marit aus dem Raum, die Waffe im Anschlag, wie sie es bei der Polizei gelernt hatte. Ohne einen Laut zu verursachen, schlich sie auf Socken zum Wohnzimmer. Vor der Tür verharrte sie und holte leise Luft. Ihr Herz raste immer noch. Verdammter Verräter!

Dann zählte sie bis drei und trat mit vorgehaltener Waffe in den Raum. Der Pistolenlauf folgte ihren Augen, während sie blitzschnell ihre Umgebung scannte. Dabei entdeckte sie einen Schatten, der im Sessel gegenüber dem Sofa hockte.

»Okay, ganz ruhig«, sagte sie mit fester Stimme. »Ich habe eine Pistole auf Sie gerichtet. Wenn Sie sich bewegen, schieße ich.« Die Gestalt rührte sich nicht, während Marit rückwärts nach dem Lichtschalter tastete. Sie fand ihn, und im nächsten Moment wurde alles von grellem Licht übergossen. Auch die Person, die mit dem Rücken zu ihr im Sessel saß und nun den Kopf in ihre Richtung drehte.

»Scheiße, verdammt!«, entfuhr es ihr. »Was machst du hier im Dunkeln?«

Gelassen verzog Kjell sein unverschämt gut geschnittenes Gesicht zu einem noch unverschämteren Grinsen. »Also, ich war zwar lange weg, aber ich hätte dennoch mit einem herzlicheren Empfang gerechnet.«

10. KAPITEL

Kirsten zog am Rest der Zigarette und drückte sie im Aschenbecher auf dem Nachttisch aus. Sie rauchte nur, wenn sie ihre Nase aufgrund von starken Gerüchen betäuben wollte, oder wie jetzt, wenn sie sich entspannte. Sie entließ einen wohligen Seufzer, als Mimi ihr zärtlich über die Brust strich.

»Das war schön, Kris. Du bist am besten, wenn du wütend bist, weißt du das?« Mimi kniff sie in die Brustwarze, und Kirsten schlug ihre Hand mit spielerischem Ernst weg.

Mimi grinste anzüglich. »Ich mag diese Überfälle. Dann bist du wie ein Raubtier …« Sie gab Kirsten einen fordernden Kuss und strich sanft an ihrem Körper hinab. »Na, was ist? Soll ich meine Uniform wieder anziehen und wir fangen noch mal von vorne an?«

Kirsten seufzte erneut. Sie fühlte Mimis Finger zwischen ihren Beinen, und zu gerne hätte sie sich von ihr verwöhnen lassen. Beim ersten Mal hatte sie solch einen Druck verspürt, dass sie es Mimi stürmisch besorgt hatte, ohne auf sich selbst zu achten. Mehr eine Form des Abreagierens als die Sehnsucht nach Nähe. Kirsten hatte ein schlechtes Gewissen. Für einen gefühlvolleren zweiten Gang hatte sie einfach nicht die Nerven. Unablässig geisterte ihr der Fall durch den Kopf, vor allem das Leck in ihrer Abteilung bereitete ihr Sorgen. Wer war das gewesen?

Sie presste die Kiefer fest zusammen und schob Mimis Hand sachte, aber bestimmt zur Seite. Dann setzte sie sich aufrecht hin.

»Bleibst du heute Nacht nicht hier?«, fragte Mimi.

»Nein, ich muss los.«

»Och, schade.« Mimi stützte sich mit den Ellbogen auf und sah zu ihr hoch. »Ist es der Horrormetzger?«

»Nenn den bloß nicht so!«, schnaubte Kirsten und stand auf. Sie ging ins Bad, wo sie rasch duschte. Danach kehrte sie ins Schlafzimmer der kleinen Wohnung zurück, die Miriam Albech gehörte. Sie war eine Kollegin von der Bereitschaftspolizei, mit der sie sich ab und zu traf. Kirstens Klamotten lagen überall im Raum verteilt und sie sammelte sie nacheinander ein. Als sie sich angezogen hatte, wanderte ihr Blick von der nackten Mimi, die sich zwischen den Laken ausgestreckt hatte, zu der Uhr auf dem Nachttisch. Kurz vor 3 Uhr. Eigentlich hätte sie gut hierbleiben können. Schon oft hatte sie bei Mimi übernachtet, wenn sie sich zum Sex verabredet hatten oder wenn sie wie heute Nacht überraschend hereingeschneit war. Die Beziehung zwischen ihnen war eher ungebundener Natur, ab und zu gingen sie zusammen Essen und hinterher ins Bett. Es war nichts Verbindliches, keine große Liebe. Lediglich ein gutes Arrangement. Und das mochte sowohl Kirsten als auch Mimi. Allerdings sollte keiner der Kollegen im Präsidium davon erfahren. Das hatten sie abgesprochen. Über Beziehungen innerhalb der Truppe wurde viel zu viel getratscht. Und das wiederum hassten sie beide.

Kirsten schloss den Gürtel, beugte sich hinab und gab Mimi einen Abschiedskuss. Wenn sie sich auf dem Präsidium begegneten, was selten vorkam, da sie in verschiedenen Abteilungen arbeiteten, merkte niemand, dass zwischen ihnen mehr stattfand, als nur nach Feierabend gemeinsam in ein Restaurant zu gehen.

»Mach's gut, Süße.« Kirsten stieg in ihre Stiefel und zog die Lederjacke an.

»Bis bald.« Mimi winkte ihr zu und wickelte sich in ihre Decke. »Hoffentlich kriegt ihr den Scheißkerl.«

»Das hoffe ich auch.« Dass Mimi damit den Killer und Kirsten die undichte Stelle meinte, war dabei egal. Sie stibitzte sich noch einen Apfel aus der Küche und verließ die Wohnung im zweiten Stock des Mehrfamilienhauses, das in Vesterbro lag. Doch anstatt nach Hause zu gehen, was nur ein paar Straßen weiter gewesen wäre, schlug sie die entgegengesetzte Richtung ein. Dabei biss sie krachend in den Apfel und sog genüsslich den Saft aus dem zerkauten Fruchtfleisch. Der Sex mit Mimi war gut gewesen. Er hatte sie geerdet, sie fokussiert. Jetzt konnte sie wieder mit kühlem Kopf denken.

Kirsten marschierte durch die einsamen Straßen des Viertels, ging geradeaus über den Kreisel und passierte das DGI-byen, in dem so spät keine Lichter mehr brannten. Außer in den Clubs war in der Stadt selbst am Wochenende nach 3 Uhr nicht viel los.

Auf ihrem Weg blickte Kirsten sich nicht ein einziges Mal um. Sie hatte keine Angst. Sie trug ihre Waffe unter der Jacke, und außerdem beherrschte sie einen ziemlich üblen Bodykick, den sie beim Muay Thai regelmäßig trainierte.

Sie überquerte die Brücke hinter dem Hauptbahnhof, von der aus man auf die Gleise hinabblicken konnte. Ein weißer Transporter fuhr an ihr vorbei, sein Motor klang, als müsste er dringend zur Inspektion, die Auspuffgase wehten wie eine weiße Fahne hinter ihm her. Kirsten dachte sich erst nichts dabei, bis ihr plötzlich etwas durch den Kopf schoss und sie sich umdrehte. Doch der Transporter war längst weg. Außerdem war ihr Gedanke eh Quatsch. Es gab Tausende solcher Lieferwagen in Kopenhagen.

An der Kreuzung bog sie in die Bernstorffsgade ab. Von hier aus waren es nur noch fünf Minuten zu Fuß bis zum Präsidium. Um kurz vor halb vier schaltete Kirsten das Licht in ihrem Büro an, das sie sich mit weiteren Kollegen von der »Mord« teilte. In der Ecke stand ein nagelneues Sofa von Jysk, für das sie zusammengelegt hatten, nachdem sie von dem alten solche Rückenschmerzen bekommen hatten, dass sie ein Dauerabo beim Physiotherapeuten gebraucht hätten.

Müde zog sich Kirsten die Stiefel aus, nahm sich Wolldecke und Kissen und legte sich auf das Sofa. Sie blickte in das Licht der Schreibtischlampe, während sie darüber nachgrübelte, wer der Whistleblower in ihren Reihen sein könnte. Es war klar, dass sie am nächsten Morgen einen Riesenanschiss von der Therkildsen dafür erhalten würde. Kirsten leitete die Ermittlung, also war sie verantwortlich für ihre Leute. Alles fiel auf sie zurück. Sie hasste es, wenn jemand ein falsches Spiel mit ihr trieb.

11. KAPITEL

Die gebogene Sattlernadel glitt durch die zähe, kalte Haut. Konzentriert klemmte er sich die Zunge zwischen seine Lippen, während er den groben Faden festzog. Es gab ein schmatzendes Geräusch, was am vielen Blut lag. Blut, das er später wegspülen würde. Leider stank das Ganze bestialisch. Deshalb hatte er sich einen Mundschutz aufgesetzt und Pfefferminzöl unter die Nase geschmiert. So war es ein wenig erträglicher. Nur dass er wahrscheinlich nie wieder Pfefferminztee würde trinken können. Egal. War sowieso Schnickschnack.

Er stach die Nadel erneut in das Fleisch, darauf bedacht, seine eigene Hand nicht zu treffen, mit der er die Hautränder zusammenhielt. Zwar trug er dicke Gummihandschuhe, aber er hatte keine Lust, sich durch einen Stich in den Finger mit irgendetwas zu infizieren. Wer wusste schon, was in den toten Körpern alles schlummerte.

Der Faden schmatzte durchs Fleisch. Die Fettschicht auf der einen Seite war mindestens vier Zentimeter dick. Auf der anderen befand sich nur dünne Haut, das machte das Nähen nicht einfach. Beim ersten Mal war es schiefgegangen, der Kopf hatte sich gelöst und lag jetzt irgendwo im Hafenbecken. Das hätte nicht passieren dürfen. Die Polizei hätte das gesamte Kunstwerk finden sollen. Die vollständige Botschaft. Ohne den Kopf ergab es keinen Sinn. Kein Wunder, dass die Polizei es nicht verstand.

Deshalb sicherte er sich nun mit einer doppelten Naht ab. Damit alles schön zusammenhielt.

Ein letztes Mal fuhr die Nadel durch Haut, Fett und Fleisch. Er zog den Faden fest und verknotete ihn sorgfältig. Dann legte er die Nadel beiseite und trat vom Tisch zurück. Mit fachmännischem Blick betrachtete er sein Werk, verglich es mit dem Bild, das er zuvor laminiert und an den Schrank mit dem Werkzeug geklebt hatte. Ja, es sah der Abbildung darauf ziemlich ähnlich. So konnte es bleiben.

Zufrieden hob er den Schlauch vom Boden auf und spülte den Körper ab, damit kein Blut mehr daran klebte. Das Wasser war eiskalt und ließ ihn frösteln. Ohnehin war es in dem Zelt recht frisch, trotz des Heizlüfters, der in einer Ecke stand und vergebens gegen die zweistelligen Minusgrade ankämpfte. Zu große Wärme hätte den Geruch allerdings verschlimmert, also war ein wenig frieren das kleinere Übel, fand er.

Darauf bedacht, alles schön sauber zu halten, schob er den stählernen Rolltisch aus dem Zelt. Der Transporter wartete mit offenen Hecktüren. Es war ein ausrangierter Ambulanzwagen ohne Aufbauten. Daher war es sehr einfach, die Rolltrage mit dem modifizierten Körper einzuladen. Kinderleicht. So wie der ganze Plan. Na, okay, die Arbeit mit den Körpern war nicht ohne. Aber das störte ihn nicht.

Als er im Wagen verstaut hatte, was er brauchte, schlug er die Türen zu und zog sich Schlachterschürze, OP-Haube, Mundschutz und Handschuhe aus. Er hängte die Sachen an einen Infusionsständer. Danach schlüpfte er in seinen wattierten Winteroverall und setzte sich eine Skimaske so auf den Kopf, dass sie aussah wie eine Mütze. Bei Bedarf könnte er sich damit schnell maskieren. Er sah auf sein Handy. Darauf war nur eine Nachricht: Es war alles in Ordnung. Gut. Er ging ins Internet und las die neueste Schlagzeile. Dabei breitete sich ein Grinsen auf seinem Gesicht aus.

»Horrormetzger macht Kopenhagen unsicher. Polizei tappt im Dunkeln. Wird der Killer erneut zuschlagen?«

Wenn die wüssten …

Er steckte das Handy weg und streifte sich nagelneue Lederhandschuhe über. Die würde er hinterher verbrennen, so wie er alle Kleidung verbrannte, die er getragen hatte. Die Polizei würde nichts finden, von dem er nicht wollte, dass sie es fand. Die Kette mit den abgeschnittenen Fingerkuppen zum Beispiel. Die hatten die Bullen ziemlich schnell entdeckt, das war ja schließlich Absicht gewesen. Er hatte die Polizisten von der anderen Seite des Hafens aus mit einem Fernglas beobachtet. Genau wie die Taucher und die Feuerwehr mit den Booten, die im Hafenbecken unterwegs gewesen waren. Er musste immer gut informiert sein. Damit er wusste, wann es so weit war, den nächsten Zug zu machen. Alles war eine Sache des Timings.

Er setzte sich hinters Steuer und fuhr los. Durch die vereisten Straßen der Stadt, vorbei an dunklen Häusern und geparkten Autos. Ganz Kopenhagen schlief, niemand ahnte etwas von der widerwärtigen Fracht, die er dabeihatte – oder von dem Sturm, der spätestens ab morgen losbrechen würde. Was für arglose, naive Schäfchen.

Wieder musste er schmunzeln. Die Welt war so simpel: Aufgeteilt in Menschen, die Gewalt nutzten, und in solche, die davor zurückschreckten. In Täter und Opferlämmer. Letztere starben zwar nicht aus, doch sie waren auch nicht dafür gemacht, jemals etwas zu ändern. Geschweige denn, eine neue Weltordnung zu errichten. Mit dem Recht des Stärkeren als einziges Gesetz. Er käme prima damit klar, denn er kannte seinen Platz, akzeptierte, dass da noch Stärkere über ihm waren. Man musste nur zusehen, dass man eine saubere und makellose Arbeit ablieferte. Dass man gut war in seinem Job. Verdammt gut. Ja, das war das Wichtigste. Das brachte einem Respekt ein. Und er war bereit, sich diesen Respekt zu verdienen.

Er fuhr mit dem Wagen über eine beleuchtete Brücke, links lag der Hauptbahnhof und rechts ging eine einsame Fußgängerin mit Lederjacke. Sonst war nichts los. Um diese Stunde wirkte die Stadt wie ausgestorben, und dort, wo er hinwollte, war sowieso keine Sau.

Er stellte das Radio lauter und wippte den Kopf im Takt. Mal sehen, was morgen in der Zeitung stehen würde. Aber eigentlich war das egal. So oder so, es würde spannend werden.

Das Spiel hatte begonnen.

12. KAPITEL

»Horrorkiller führt Polizei von Kopenhagen in die Irre.« Ann Katrine Therkildsen klatschte die Zeitung so abrupt auf den vordersten Tisch im Einsatzraum, dass Jesper Bæk vor Schreck blinzelte. Kirsten Vinther und die anderen Kollegen der Sonderkommission »Eisscholle« standen hinter ihm. Anscheinend traute sich niemand in die erste Reihe, wenn die Chefin des Morddezernats eine Ansprache hielt.

»Und damit nicht genug«, fuhr die Therkildsen fort. »Die Presse belagert mich wie George Clooney auf dem roten Teppich. Ich kann das Präsidium nicht verlassen, ohne dass die Meute mir Mikrofone und Kameras ins Gesicht hält. Kirsten! So einen Mist können wir nicht gebrauchen. Wie konnte das passieren? Wir hatten Geheimhaltung vereinbart.«

»Ich weiß es nicht, Ann. Aber ich werde es rausfinden und denjenigen kreuzigen, das verspreche ich dir.« Als Kirsten das sagte, sah sie dabei nicht die Therkildsen an, sondern Jesper. Was sollte das, dachte er empört.

»Das will ich hoffen«, stieß die Chefin aus. »Und jetzt seht zu, dass ihr diesen Spinner fasst. Ich brauche nicht noch so eine Hysterie wie nach dem Kim-Wall-Mord.« Sie drehte sich um und rauschte aus dem Besprechungsraum. Ihre blondierten Haare wehten hinter ihr her wie der Schweif eines Kriegsrosses, was zu dem donnernden Hall ihrer Schritte passte, fand Jesper. Ob die Therkildsen jedoch zu Recht wütend war, konnte er schwer einordnen. Grundsätzlich war er der Ansicht, dass Rumschreien niemanden weiterbrachte. Das verursachte schlechte Stimmung und demotivierte die Truppe.

Er bemerkte Kirstens zusammengepresste Lippen. Gleich würde sie explodieren und ihre giftige Brühe über das Team ausgießen. Warum sollte nur sie den Ärger von oben abbekommen? Eine wie sie gab den Druck sicher nach unten weiter. Und als hätte sie sich an seinen Gedanken ein schlechtes Beispiel genommen, wandte sie sich um und spießte jeden Einzelnen von ihnen mit ihren Blicken auf. Auf Jesper verharrten ihre dunklen Augen besonders lange und unwillkürlich brach ihm der Schweiß aus. Was wollte sie von ihm? Hatten sie nicht gestern Nachmittag erfolgreich und friedlich miteinander das Täterprofil erarbeitet? Ja, er hatte sogar das Gefühl gehabt, sie würden sich seitdem einen Hauch besser verstehen.

Doch anstatt des erwarteten Ausbruchs hob Kirsten eine Hand. Sie spreizte zwei Finger, führte sie vor ihre Augen und stieß sie anschließend in die Richtung der anderen. »Ich habe euch im Blick«, hieß das. Eine deutliche Geste. Und jeder konnte sich ausmalen, was mit demjenigen geschehen würde, der die Infos an die Presse gegeben hatte. Sie waren Polizisten, sie hatten Fantasie. Allerdings nicht im positiven Sinne.

»Und jetzt setzt ihr euch hin und spitzt die Ohren. Zuerst lese ich euch den Bericht der Kriminaltechnik vor.« Sie zog ein Blatt Papier aus einer Mappe. »Das KTU-Team hat bei der Queen-Mary-Statue massenweise Spuren am Kai gefunden, die noch verifiziert werden müssen. Die meisten stammen vermutlich von Passanten, also sollten wir nicht zu viel erwarten. Nur eine einzige Spur ist konkret: Reifenabdrücke, die zur Mole führen. Dabei handelt es sich um Continental-Winterreifen für Transporter. Sie sind älteren Datums, denn die Profiltiefe liegt unter der zulässigen Norm. Außerdem wurden die Leute befragt, die in den an den Fundort angrenzenden Gebäuden arbeiten. Niemandem ist ein Transporter aufgefallen. Und leider gibt es keine Aufnahmen irgendwelcher Überwachungskameras. Das Einzige, was klar ist, ist, dass er aus der Toldbodgade gekommen und nach dem Entsorgen der Leiche wieder über sie weggefahren sein muss. In welche Richtung, wissen wir nicht. Wir werden daher alle Anwohner der Straße befragen, und ich plane außerdem, das Desaster mit der Presse zu unseren Gunsten zu nutzen.«

Sämtliche Anwesende inklusive Jesper sahen Kirsten aufmerksam an.

»Wir starten einen Aufruf an die Bevölkerung über die Zeitungen und das Fernsehen bezüglich eines Transporters unbekannter Herkunft, Farbe und Bauart. Wenn wir die Journaille schon am Arsch kleben haben, dann können wir sie auch für unsere Zwecke einspannen. Aber!« Sie hob einen Finger. »Es werden nur Informationen rausgegeben, die ich vorher autorisiert habe, ist das klar?«

Die Polizisten nickten einhellig.

Kirsten wandte sich an die uniformierten Kollegen. »Sanne, du hast weiterhin die Koordination der Ermittlungsgruppe inne und fungierst als Leitstelle. Børge, du bist dafür verantwortlich, dass Befragungen der Anwohner in der Toldbodgade durchgeführt werden. Hol dir ein paar Leute dazu, sollte es nötig sein. Und du, Ahmed, kümmerst dich darum, die Videoüberwachung der großen Verkehrsknotenpunkte in der Nähe des Leichenablageortes für den betreffenden Zeitraum anzufordern. Vielleicht finden wir unseren Transporter ja darauf.« Die drei Köpfe wippten auf und ab.

Kirsten befeuchtete einen Finger mit der Zunge und schlug eine zweite Mappe auf, die vor ihr lag. »Als Nächstes folgt der Bericht der Gerichtsmedizin. Wir haben ihn gerade von Dr. Bostrup reinbekommen.« Sie blickte auf. »Sollte ich auch nur ein Detail davon morgen in der Zeitung lesen, gnade euch Gott.«

Sie ließ ihre Drohung einen Augenblick lang stehen und trug dann mit grimmiger Miene die Ergebnisse der Obduktion vor. Dabei wurden die Gesichter der Anwesenden noch blasser, als sie es nach diesem unsanften Start in den Morgen ohnehin schon waren. Jesper stieß einen verhaltenen Seufzer aus.

»Unser Toter aus dem Hafenbecken ist circa 40 bis 45 Jahre alt, wiegt etwa 85 Kilo, ist von weißer Hautfarbe, blond und geschätzt 1,85 Meter groß – was bei dem unvollständigen Leichnam natürlich nicht exakt zu bestimmen ist. Er ist seit zwei Tagen nicht mehr am Leben und lag nur ein paar Stunden im Wasser. Als äußere Verletzungen weist der Körper schwerwiegende Verstümmelungen auf. Allerdings gibt es keinerlei Abwehrspuren. Die Leichenflecken auf dem Rücken sind ausgeprägt und zeigen an, dass der Tote eine Zeit lang auf dem Rücken gelagert wurde, vermutlich, um die Abtrennungen von Kopf, Penis und Fingerkuppen vorzunehmen. Diese geschahen postmortal und wurden bei Kopf und Penis höchstwahrscheinlich mit einer elektrischen Handsäge ausgeführt, wie man sie im Baumarkt bekommt. Die Fingerkuppen wurden mit einer Zange abgeknipst. Der Kopf wurde nach dem Absägen mit einem groben Flachsband an den Hals genäht. Leider sind die Nähte in der Haut ausgerissen, und der Kopf ging verloren. Die Taucher suchen im Hafenbecken gezielt auf der Strömungsroute nach ihm.«

Jesper bemerkte, dass eine der Kolleginnen von der Mordkommission eine Hand hob. »Ähm, welchen Sinn soll das ergeben, den Kopf wieder anzunähen?«

»Guter Einwand, Camilla«, sagte Kirsten. »Es wurde nämlich noch eine weitere Manipulation an dem Toten vorgenommen, die uns Rätsel aufgibt. Der abgeschnittene Penis wurde in die Speiseröhre des Opfers eingeführt, bevor der Kopf angenäht wurde.« Sie drückte auf den Knopf einer kleinen Fernbedienung, und während der Beamer über ihren Köpfen leise zu rauschen begann, erschien auf der Leinwand ein Foto von der Obduktion. Einige der Anwesenden pressten eine Hand auf ihren Mund, als müssten sie sich gleich übergeben. Jesper konnte es ihnen nicht verübeln, er hatte das Ganze gestern live mit angesehen.

»Die abgetrennten Fingerkuppen«, erklärte Kirsten, »hat der Täter mit einer Nadel auf ein grobes Flachsband gefädelt und in schwarze Farbe getunkt. Weshalb, ist uns klar. Es sollte so aussehen, als sei es ein ›Armband‹ der Queen-Mary-Statue. Das ist ein Hinweis an uns, und deshalb gehen wir davon aus, dass die Leiche tatsächlich an dieser Stelle ins Hafenbecken geworfen wurde, von wo aus sie dann zum Fundort getrieben ist. Dr. Bostrup ist es gelungen, die Farbe von den Fingerkuppen zu entfernen und Abdrücke zu nehmen. Leider gibt es in unserer Kartei keinen Treffer. Auch keine passende Vermisstenmeldung. Unser Toter bleibt vorerst unbekannt. Sollte der Kopf auftauchen, erhalten wir vielleicht mehr Hinweise auf seine Identität.« Kirsten atmete tief durch. »An der Leiche wie auch am Armband wurde keine Fremd-DNA festgestellt. Der Täter arbeitet sauber, er weiß anscheinend, was er tut.«

»Also ist das alles bewusst geschehen?«, fragte einer der anderen Männer im Raum. Es war Kriminalkommissar Ebert Clausen, den Jesper bereits persönlich kennenlernen durfte. Der Mann war arrogant, selbstgefällig und von feister, bulliger Statur. Seine ablehnende Haltung hatte Jesper vom ersten Tag an klargemacht, was er von ihm hielt. *»Was kannst du Landei uns schon erzählen?«*

»Wir gehen davon aus, dass der Täter geplant vorgeht. Es war bestimmt keine Affekttat.«

»Wer ist ›wir‹?«, hakte Clausen mit bissigem Ton nach.

»Kollege Bæk und ich.« Kirsten zeigte auf Jesper. »Wir haben gestern ein vorläufiges Täterprofil erstellt, dazu kommen wir gleich.«

Clausens eiskalter Blick traf Jesper und hielt ihn eine ganze Weile gefangen, ehe er von ihm abließ.

»Todesursache?«, fragte der Kommissar, während es in Jesper rumorte. Was bildete dieser Kerl sich ein?

Kirsten ließ sich nicht aus der Ruhe bringen. Sie klickte das nächste Bild an. Es war eine Großaufnahme vom aufgeschnittenen Magen des Toten. Das Organ lag auf einem Edelstahltablett, daneben stand eine Nierenschale mit dem Mageninhalt. Einigen der Anwesenden wurde schlecht, und fast hatte Jesper den Eindruck, als quälte Kirsten ihre Kollegen absichtlich mit diesen Fotos. Er verkniff sich ein Schmunzeln und wartete, wie die anderen auf das reagieren würden, was Kirsten gleich verkünden würde. Denn bei der Obduktion war eine weitere rätselhafte Komponente aufgetaucht.

Sie zeigte auf das vergrößerte Bild hinter sich auf der Leinwand. »Seht ihr die roten Äderchen an der Magenaußenwand?«

Alle nickten.

»Die sind Dr. Bostrup bei der Sektion aufgefallen. Eine außergewöhnliche Rotfärbung des Venenblutes. Außerdem ging ein charakteristischer Geruch vom Mageninhalt aus.«

»Was für ein Geruch?«, fragte Clausen schroff.

»Nach Bittermandeln.«

»Das heißt, unser Opfer wurde mit Zyankali vergiftet?«

»Exakt! Dem Toten wurde das Gift mit einem Glas Rum verabreicht. Im Magen wurde neben Resten von Erdnüssen auch hochprozentiger Alkohol festgestellt. Durch die Magensäure entstand Blausäure, wovon schon kleinste Mengen tödlich sind. Unser Opfer erlitt eine schwere Hypoxie und starb kurz darauf an Atemstillstand.« Kirsten klickte das Foto weg. Zur Erleichterung der Anwesenden tauchte ein Kurvendiagramm auf. An einer Stelle schlug die Kurve mit einer markanten Spitze nach oben aus.

»Dr. Bostrup hat eine Gaschromatografie an Gewebeproben durchgeführt, die bestätigt, dass der Tote ein Zyanid verabreicht bekommen hat. Und zwar in einer äußerst letalen Dosis.«

Einige der Polizisten bliesen die Backen auf. Offensichtlich fiel es ihnen schwer, die vielen Informationen in einen sinnvollen Zusammenhang zu bringen. Jesper war es ähnlich ergangen, als Kirsten ihm vor der Besprechung die Todesursache verraten hatte. Warum tötete jemand mit Gift – einer verdeckten Mordmethode – und sägte dem Opfer hinterher Kopf und Penis ab – eine offen sichtbare Verstümmelung und ganz und gar nicht »saubere« Methode –, um dann die Leiche später so zu »entsorgen«, dass sie sicher gefunden wurde? Entweder passte da etwas nicht zusammen, oder es bedeutete, dass …

»Okay«, sagte Kirsten laut und schaltete den Beamer aus. »Das bringt uns zum Täterprofil.« Mit einer auffordernden Geste wandte sie sich an Jesper. »Dein Einsatz, Kollege.«

Er stand auf und ging nach vorne. Sanne, die blonde Polizistin, die gestern die Teilchen vom Bäcker mitgebracht hatte, lächelte ihm aufmunternd zu. Augenblicklich spürte Jesper, wie sein Mund trocken wurde. Er sehnte sich nach einem Kaffee. Heiß und schwarz – wie eine Gutenmorgenfaust mitten ins Gesicht. Leider hatte er heute früh nicht gefrühstückt, weil er die halbe Nacht über dem Täterprofil gegrübelt und deshalb verschlafen hatte. Jetzt fühlte sich sein Hirn zäh wie Urschleim an.

Einfach ganz normal und locker reden, sagte er sich selbst. Die Kollegen kochen auch nur mit Wasser. Du bekommst das schon hin.

Er räusperte sich und trat entschlossen an das Flipchart, dessen oberstes Blatt er umschlug. Darunter kamen, sauber in Punkten geordnet, die Überlegungen zutage, die er und Kirsten gestern zusammengetragen hatten. Als Jesper einen Stift zur Hand nahm und auf den ersten Aspekt tippte, spürte er Clausens Blick auf sich lasten. Unauffällig atmete er durch und begann mit seinem Vortrag über das Täterprofil.

Als er geendet hatte, spürte er das Unbehagen und die Anspannung der anderen. Einige verlagerten ihr Gewicht auf dem Stuhl und tranken ihren längst erkalteten Kaffee. Niemand sagte etwas. Es wirkte, als seien die meisten relativ beeindruckt von dem, was sie gehört hatten. Erleichtert straffte Jesper die Schultern. Die erste Probe schien bestanden.

Dann hob Clausen eine Hand. »Soll das heißen, wir suchen nach einem Killer, der sowohl intelligent und in guter körperlicher Verfassung ist als auch ein bisschen crazy?«

»So könnte man das ausdrücken«, antwortete Jesper. Beim Profiling fühlte er sich sicher, das war sein Terrain. »Dazu kommt eine gewisse Portion Narzissmus und Überheblichkeit. Vielleicht denkt er, er sei unverletzlich und stünde über den Dingen. Womöglich sogar über der Menschheit im Allgemeinen. Jedenfalls geht der Täter kontrolliert vor, ist weder erregt noch zu sehr berauscht von seiner Tat, wodurch er schlampig werden würde. Er kennt sich mit dem Gift aus, beherrscht die Werkzeuge, besitzt anatomische Kenntnisse und hat keine Scheu davor, Verstümmelungen vorzunehmen. Er hat die Tat vorab minutiös geplant. Und er will mit uns spielen. Darauf deutet sein Modus Operandi hin.«

»Sie meinen, das mit der Fingerkette?«

»Genau. Er wollte, dass wir sie finden – und auch die Leiche. Dass der Kopf abgefallen ist, war womöglich nicht geplant. Es könnte also sein, dass uns ein wesentlicher Hinweis in diesem ›Spiel‹ fehlt. Das wiederum heißt …«

»… dass er uns diesen Hinweis zukommen lässt, damit das Spiel weitergeht?«

»Das könnte durchaus sein«, bestätigte Jesper. Clausen war zwar ein bissiges Arschloch, aber nicht dumm.

Eine Weile schienen die anderen die Aussage sacken zu lassen. Schließlich meldete sich Sanne und stellte jene Frage, die Jesper seit seinen nächtlichen Grübeleien eisige Beklommenheit verursachte.

»Wird der Kerl erneut morden?«

Er leckte sich über die trockenen Lippen. »Ja, davon sollten wir dringend ausgehen! Ich befürchte, der Kopflose wird nicht sein einziges Opfer bleiben.«

Geschocktes Schweigen breitete sich im Raum aus. Hatten sie geglaubt, dass es bei einer einmaligen Tat bliebe? Jesper hatte das von Anfang an bezweifelt.

»Sollten wir nicht die Bevölkerung warnen?« Das war Ahmed. Das Gesicht des Polizeiassistenten zeigte eine seltsame Mischung aus Entschlossenheit und Kummer.

»Ahmed hat recht, das können wir doch nicht einfach für uns behalten«, rief Børge, und plötzlich entbrannte eine wilde Diskussion. Es war, als wäre ihre schlimmste Befürchtung wahr geworden. Ein verrückter Killer machte die Stadt unsicher!

Durch das Stimmengewirr vernahm Jesper ein Telefonklingeln. Kirsten hob ihr Smartphone ans Ohr und lauschte dem Anrufer. Dabei machte ihre Miene eine so deutliche Wandlung durch, dass Jesper ein Schauer über den Rücken lief.

Als Kirsten das Handy sinken ließ, pfiff sie einmal laut auf den Fingern. Schlagartig wurde es still im Raum. Jesper registrierte, dass Kirstens Atem schneller ging und eine seltsame Starre in ihren Augen lag. Das verhieß nichts Gutes.

»Das war der Leiter des Tauchteams von der Feuerwehr«, erklärte sie ernst. »Er sagt, sie hätten soeben einen Kopf aus dem Schlamm im Hafenbecken gezogen.«

»Bravo«, rief Clausen, »dann wissen wir ja bald, wer der Tote ist.«

Kirsten verzog den Mund. »Es ist nicht so, wie du denkst, Ebert. Ich fürchte, unser Täter ist noch viel kranker, als wir alle angenommen haben.«

13. KAPITEL

Benedicte Fredsted schaute sich am Strand um. Keine Menschenseele war zu sehen. Nur im Strandbad nebenan tauchten ein paar Todesmutige ihre splitternackten Körper in das Loch, das man dort ins Eis gehackt hatte. Es war wirklich ungewöhnlich, dass das Meer im Uferbereich zugefroren war. Noch nie hatte Benedicte erlebt, wie sich Eisschollen an der Wasserlinie zu einem Wall aus weißgrauen Schuppen auftürmten. Der Wind hatte aufgefrischt und blies kräftig von Schweden herüber, das auf der anderen Seite des Sunds als gewellte Linie zu erkennen war. Im Süden schwang sich die Øresundbrücke über das stahlgraue Meer hinüber nach Malmö, dessen Skyline heute nur zu erahnen war. Darüber hing die Sonne als kalter weißer Punkt am diesigen Himmel.

Benedicte schaute hinunter zu ihrem Hund Pelle, der erwartungsvoll vor ihr hockte. Er trug eine gefütterte Hundeweste, damit er sich nicht erkältete. Eigentlich albern, aber bei diesen Temperaturen fror selbst ein Collie. Sie bückte sich und machte die Leine los. Wie mit einem Gummiband weggeschnippt, fegte Pelle los, mit fliegenden Pfoten und wippenden Ohren, einmal den Strand hinauf und wieder hinab. Auf einer der flachen Dünen blieb er stehen, drehte sich zu ihr um und bellte auffordernd. Das Signal, dass er sein Spielzeug haben wollte. Benedicte nahm den roten Ball aus der Hüfttasche und schleudert ihn so weit von sich, wie sie konnte. Pelle flitzte hinterher, schnappte sich das Gummiding und brachte es wedelnd zu ihr zurück.

»Bleib!«, befahl sie ihm. Sie warf den Ball erneut. Er holperte über den gefrorenen Sand und kullerte zu den Eisschollen hinunter. Pelle blickte ihm aufmerksam nach, blieb aber brav sitzen.

»Na dann, lauf!« Kaum hatte Benedicte den Befehl ausgesprochen, war Pelle auch schon unterwegs. Einen Augenblick später saß er vor ihr und hielt ihr den Ball in der Schnauze hin.

Das Spiel konnte er ewig spielen. Benedicte holte weit aus und warf ihn in einem hohen Bogen über den Strand. Er hüpfte über die Unebenheiten und rollte erneut zu den Eisschollen, wo er aus ihrem Blickfeld verschwand.

»Hoppla«, sagte Benedicte. Pelle legte den Kopf schief. »Ja, wo ist er denn?«

Der Hund wartete mit aufgestellten Ohren auf ihr nächstes Kommando.

»Wo isser? Los, hol ihn dir!«

Pelle sprang davon, doch er schien den Ball nicht zu finden und begann, aufgeregt hin und her zu laufen.

»Such«, rief Benedicte ihm zu. »Such den Ball!«

Pelle schnüffelte sich durch Eisschollen und Seetang, ohne Erfolg. Vielleicht war es heute selbst für begabte Hundenasen zu kalt, oder der Ball war in einen Spalt unter den Schollen gerollt und Pelle kam nicht heran. Jetzt schien er endlich eine Spur wahrgenommen zu haben, denn er lief mit der Nase am Boden zielstrebig an den Schollen entlang und blieb schließlich stehen. Für Benedicte sah es so aus, als würde er etwas fressen. Einen toten Fisch oder eine Möwe?

»Pfui, Pelle. Lass das!«, rief sie streng. »Das ist nichts für dich. Komm her.«

Doch Pelle hörte nicht auf sie und fraß weiter. Da Benedicte nicht wusste, was es war, und sie sich über ihren ungehorsamen Hund ärgerte, stapfte sie auf ihn zu.

»Pelle, hierher. Sofort!«

Der Kopf des Collies ruckte kurz hoch, doch hastig senkte Pelle ihn wieder und fuhr mit seinem zweiten Frühstück fort.

Dieser kleine Stinker!

Benedicte lief schneller, hinter den aufgetürmten Eisbrocken kam eine dunkle Masse zum Vorschein. Ein großes totes Tier mit grauem, torpedoförmigem Körper. Benedicte spürte ein Frösteln und rief erneut nach Pelle. Der reagierte nach wie vor nicht und kaute hastig an dem Kadaver.

»Verdammt, Pelle!«, knurrte Benedicte und zog den Hund am Halsband von dem ekeligen Ding weg. »Das ist Pfui, habe ich gesagt.«

Sie hob einen Finger vor die Schnauze ihres Hundes und sah ihn durchdringend an, bis Pelle den Blick senkte und sich mit eingezogenem Schwanz hinsetzte.

»Schäm dich, du Strolch.«

Benedicte legte ihm die Leine an und fasste sie kurz, damit der Hund nicht ausbüxen konnte. Erst dann betrachtete sie noch einmal das tote Tier. Es war eine Robbe mit silbrig grau geflecktem Fell, schwarzen Flossen und … Mein Gott!

Schockiert riss Benedicte die Augen auf. Was trug der Seehund da anstelle seines Kopfes? Ein wimmernder Laut drang aus ihrer Kehle. Himmel, das konnte doch nicht sein.

Sie wollte schreien, um Hilfe rufen, vor Schreck kreischen …, doch ihr ganzer Körper zitterte so stark, dass ihre Beine wegknickten. Mit den Knien sank Benedicte auf die harten Eisschollen, direkt neben dieses schreckliche Ding.

Sie ließ Pelles Leine los, und sofort begann der Hund am Kadaver zu lecken. Unaufhörlich fuhr seine rosige Zunge über die aschfahle Haut. Über Augen, Nase und Mund.

Das Gesicht eines Menschen.

Die Robbe … sie hatte den Kopf eines Mannes. Er war mit dickem, grobem Garn angenäht und seine trüben Augen glotzten sie an.

»Warum hast du mich nicht früher gefunden, Benedicte?«, schienen seine starr gefrorenen Lippen zu formulieren. »Warum? Dann hätte ich nicht so lange frieren müssen, Benedicteee …«

Erst jetzt löste sich etwas in Benedictes Brust, und kurz darauf hallte ihr kraftvoller Schrei bis hinüber zum Strandbad, wo sich die Köpfe der Eisschwimmer in ihre Richtung drehten.

14. KAPITEL

Marit legte sich eine Scheibe Räucherlachs auf die Brötchenhälfte, verfeinerte das Ganze mit selbstgemachter Dijonnaise und biss herzhaft hinein.

»Das nächste Mal«, sagte sie mit vollem Mund, »schleichst du dich nicht so herein. Ich hätte dir fast eine Kugel verpasst!«

»Und ich habe gehört, dass man nicht mit Waffen spielen soll«, gab Kjell scherzhaft zurück. »Mal im Ernst, ich habe dir doch gesagt, dass ich in der Nacht nach Hause komme.«

»Der Empfang war total schlecht! Ich habe nichts von alldem verstanden.« So sehr Marit sich freute, dass ihr Freund und Mitbewohner endlich von seiner Reise zurück war, und das auch noch heil, so sehr ärgerte sie sich, dass sie solche Angst gehabt hatte.

»Kannst du dir nicht einen anderen Job suchen?«, fragte sie. »Ich will mir nicht ständig Sorgen machen.«

»Das musst du gerade sagen, Frau Privatermittlerin«, Kjell zwinkerte ihr zu. Seine gute Laune war unverwüstlich. Aber nur so lange, bis ihn das nächste Fernweh packte. Oder die dunkle Sehnsucht nach Gefahr. Denn Kjell war Kriegsfotograf und seine Arbeit bestand daraus, an die fürchterlichsten Orte dieser Welt zu reisen und das Unvorstellbare sichtbar zu machen. Marit hatte größten Respekt davor, doch es gab eben auch eine negative Seite. Sie vermied es, auf den Briefumschlag hinter dem Bilderrahmen zu blicken.

»Was hast du heute vor?«, fragte sie und biss erneut in ihr Lachsbrötchen.

Kjell verzog empört sein Gesicht. »Ich glaub's ja nicht. Ich bin gerade mal ein paar Stunden zurück und du willst mich schon wieder loswerden!«

»Mensch, so war das doch gar nicht gemeint.« Sie bewarf ihn mit ihrer zusammengeknüllten Serviette, die er gekonnt auffing. Wenn Kjell eines auf seinen Reisen erworben hatte, dann blitzschnelle Reflexe. Er zeigte sein charmantestes Grinsen. Als blonder und bärtiger Bilderbuchschwede liefen ihm die Frauen reihenweise nach, was Marit manchmal eifersüchtig machte.

Sie wollte sich gerade den Rest ihres Brötchens in den Mund stopfen, da vernahm sie ein Klingeln. Es kam von ihrem Handy, das auf dem Küchentresen lag.

Mit einem Seufzer stand sie auf und schaute auf das Display. Augenblicklich beschleunigte sich ihr Puls, denn es war Kirsten. Da ihre Freundin gerade mitten in einer üblen Mordermittlung steckte, konnte der Anruf nur eines bedeuten …

Schnell ging sie dran. »Hej, Kris. Was gibt's?«

»Nichts Gutes. Wir haben den Kopf der Leiche gefunden. Aber die ganze Sache ist, wie soll ich es sagen, bizarr. Könntest du ihn dir in der Gerichtsmedizin ansehen? Das Gesicht des Toten ist noch gut zu erkennen. Wir könnten also gut deine Recognizer-Fähigkeiten gebrauchen.«

In Marits Adern prickelte es. Endlich bekam sie etwas zu tun. »Bin unterwegs«, sagte sie zu Kirsten und beendete das Gespräch. Als sie sich umdrehte, fing sie Kjells neugierigen Blick auf.

»Frag nicht«, sagte sie. »Ich müsste lügen.«

Lächelnd hob Kjell die Hände. Er wusste, wenn sie für die Polizei oder den PET arbeitete, war alles topsecret. »Kein Problem, mein kleiner Polarfuchs, dann kann ich mein Frühstück wenigstens ohne das schmatzende Raubtier an meinem Tisch fortsetzen.«

Marit knuffte ihn in den Oberarm.

»Aua. Wo ist die Nothotline für verprügelte Männer?«

Sie gab ihm einen weiteren Klaps, beugte sich zu ihm hinab und küsste ihn auf die frisch rasierte Wange, wobei sie heimlich den Duft seines Aftershaves einsog. Danach verschwand sie in ihrem Zimmer, um sich umzuziehen.

Das Institut für Rechtsmedizin befand sich in einem wenig einladenden Gebäude auf dem Gelände der Universitätsklinik mitten im Zentrum von Kopenhagen. Es trug den Namen »Teilum«, benannt nach dem dänischen Professor für pathologische Anatomie Gunnar Teilum, und lag direkt neben dem ebenso finster wirkenden Hochhausblock des Rigshospitals.

Normalerweise wäre Marit mit dem Fahrrad gekommen, aber heute war ihr die Metro lieber, die dank des neuen Cityrings jetzt auch eine Haltestelle in der Nähe des Krankenhauses hatte. Das Wetter war genauso eiskalt wie gestern, und in dem Park hinter dem Teilum-Gebäude reckten die Bäume ihre kahlen Äste zum milchtrüben Himmel hinauf.

Marit trat durch den Haupteingang und nahm den Fahrstuhl in die Abteilung der Rechtsmedizin, die für die Obduktionen zuständig war. Kurz darauf erreichte sie den Flur, der zu den Sektionssälen führte.

Je näher sie ihnen kam, desto durchdringender wurde der Geruch … und der Klang von Kirstens Stimme. Ihre Freundin stand vor der Tür zu einem der Obduktionsräume und diskutierte erregt mit jemandem am Telefon. Als sie Marit bemerkte, beendete sie das Gespräch und gab ihr ein Begrüßungsküsschen auf die Wange. Danach hielt sie ihr einen Bogen Papier hin. »Dein Berater-Vertrag.«

Marit kannte das schon. Es war das übliche Prozedere, bevor Kirsten sie in ermittlungsrelevante Details einweihen durfte. Marit unterschrieb das Dokument, das neben der üblichen Verschwiegenheitsklausel eine Ermächtigung zu aktiver Ermittlungsarbeit enthielt und von Kirstens Chefin gegengezeichnet worden war. Kirsten faltete das Papier zusammen, ließ es in ihrer Jackentasche verschwinden und überreichte Marit ihren temporären Polizeiausweis. Danach seufzte sie laut.

»Wegen des Presseleaks ist die Kacke ganz schön am Dampfen, das kann ich dir sagen.«

»Weißt du inzwischen, wer es war?«

»Nein, aber ich habe der Journalistenmeute einen kleinen Happen hingeworfen, damit sie beschäftigt ist. Wir fahnden öffentlich nach einem Lieferwagen, und die Therkildsen hält gleich eine Ansprache fürs Fernsehen. Drück die Daumen, dass jemand einen Hinweis für uns hat.«

»Und was ist jetzt mit dem Kopf?«, fragte Marit.

»Ja … der … Komm mit.«

Marit folgte Kirsten in den Saal, in dem ein technischer Assistent und ein glatzköpfiger Rechtsmediziner gerade bei der Arbeit waren. Der Ältere von den beiden stand als Supervisor vor dem Sektionstisch. Marit kannte ihn von etlichen Einsätzen her und sie waren seit Langem befreundet. Als er hörte, dass jemand eintrat, drehte er sich zu ihnen um. Er trug einen weißen Kasak mit Schürze, Mundschutz und Haube. Kaum hatte er Marit entdeckt, bildeten sich Hunderte kleiner Lachfältchen um seine Augen. Sie wollte ihn begrüßen, da fiel ihr Blick auf die groteske Gestalt, die auf dem Tisch vor ihm lag, und mit einem Mal pulsierte ihr Blut schneller durch ihre Adern. Etwas an dem Seehundkörper mit dem angenähten Menschenkopf stieß eine Erinnerung in ihr an. Es war wie ein Déjà-vu, doch bevor Marit es zu fassen bekam, entfloh es ihr und schwebte wie ein Heliumballon davon.

»Hallo, Fräulein Marit«, sagte Dr. Bostrup in dem väterlichen Ton, den er stets anschlug, wenn sie einander begegneten. »Wir haben uns lange nicht gesehen. Wie geht's?«

»Gut. Und selbst?«

»Oh, prächtig. Wie du siehst, sind wir gut beschäftigt.« Schwungvoll wies er auf den Seehundkadaver. »Darf ich vorstellen, das ist die aufregendste Leiche, die ich seit Jahren auf dem Tisch hatte. Es scheint eine Art Skulptur zu sein. Ich nenne sie ›Der Seehundmann‹.« Er lachte trocken. »Vielleicht sollte ich mir auf den Namen ein Copyright sichern, dann muss die Presse jedes Mal an mich abdrücken, wenn sie ihn nennt.«

Kirsten warf ihm einen warnenden Blick zu. »Nicht lustig, Flemme. Ganz und gar nicht.«

Der Staatsobduzent zuckte mit den Schultern und beugte sich zu Marit vor. »Weißt du, was sie hat? Ihre Laune ist echt mies.«

Kirsten gab einen gereizten Seufzer von sich. »Können wir bitte sachlich bleiben und uns auf die Arbeit konzentrieren?«

Bostrup nickte huldvoll. »Natürlich.«

Sie wandten sich dem Tisch zu und verfolgten, wie der junge Assistent – Marit erinnerte sich, dass er Erik Schmidt hieß – mit einer scharfen OP-Schere die Nähte zu kappen begann, um den Kopf vom Rumpf zu lösen. Die Schere klackte laut, und das Echo hallte im Saal wider, während Marit versuchte, ihre erste Assoziation, die sich vorhin bei ihr eingestellt hatte, wiederzubeleben. Aber es funktionierte nicht. Der Heliumballon schwebte als winziger unerreichbarer Punkt am Himmel.

Als der letzte Faden am Kadaver durchtrennt worden war, rollte der Kopf mit einem dumpfen Laut zur Seite, und die Schnittfläche am Hals wurde sichtbar. Bostrup nahm ihn liebevoll in beide Hände und drehte ihn so, dass Marit das gut erhaltene Gesicht betrachten konnte. Der Mann war um die 30, hatte eine breite Nase, schmale Wangen, volle Lippen und ausgeprägte blonde Augenbrauen. Dazu einen modischen Kurzhaarschnitt, der wirkte, als wäre das Opfer kurz vor seinem Tod beim Frisör gewesen.

»Erkennst du ihn?«, wollte Kirsten wissen.

Marit verneinte.

»Schade. Wäre auch zu einfach gewesen.«

»Einfach ist es nie.«

»Du klingst wie mein Großvater, wenn er zum Fischen rausgefahren ist.« Kirsten blickte Bostrup an. »Hast du vielleicht etwas, das mich aufheitert, Flemme?«

»Nun ja.« Bostrup besah sich den Kopf näher. »Er scheint nicht wie der Rest der Leiche im Wasser gelegen zu haben. Es gibt keine Flüssigkeitsansammlungen in Mund oder Ohren. Was gut ist, denn so finden wir womöglich verwertbare Spuren, die wir am Körper nicht sicherstellen konnten. Der ist nämlich klinisch sauber, denn er wurde mit Lauge abgewaschen.«

»Unser Täter ist clever«, warf Kirsten ein. »Er geht überlegt und penibel vor. Dennoch wäre es schön, wenn wir endlich einen Anhaltspunkt fänden, das würde uns enorm weiterhelfen.«

Bostrup nickte. »Ich weiß. Und ich verspreche dir, dass wir alles geben werden, Liebes.« Mit einer eleganten Bewegung zeigte er auf ein Loch im Nacken des Seehundkörpers. »Womöglich haben wir schon den ersten kleinen Hinweis für dich. Das hier ist mit Sicherheit ein Einschussloch. Unser Täter muss also entweder im Besitz einer Jagdflinte sein oder jemanden kennen, der damit umgehen kann. *Oder* er hat sich die tote Robbe beschafft, ergo, er kennt einen Jäger. Der Kadaver ist sehr gut erhalten und war nicht lange exponiert, sonst gäbe es stärkere Verwesungsanzeichen oder Tierfraß. Ich tippe deshalb auf höchstens fünf bis sechs Stunden Liegezeit.«

»Er wurde also nicht angespült?«, fragte Kirsten.

»Nein, aufgrund der Tatsache, dass der Kopf keinen Kontakt zum Meerwasser hatte, können wir das ausschließen.«

»Okay, dann werde ich Wang informieren, dass er besonders gründlich nach Spuren am Strand suchen soll. Ich denke …«

»Warte mal«, sagte Bostrup und beugte sich hinab, um eine Stelle im glatten Fell der Robbe zu begutachten. »Auf dem Rücken sind einige kleine Löcher in der Haut. Sieht wie feine Nadelstiche aus.« Mit einer Pinzette zupfte er das Fragment eines dünnen Fadens aus der Schwarte und hielt es hoch. Es war ein Stück festes schwarzes Garn.

»Ich schätze mal, dass damit ebenfalls etwas angenäht wurde«, sagte Bostrup.

»Was denn?«

»Keine Ahnung.«

Marit bemerkte, wie Kirsten die Nase kraus zog. Sie wusste, dass ihre Freundin generell hart im Nehmen war, doch bei üblen Gerüchen wie hier im Sektionssaal reagierte sie empfindlich. Ihr selbst machte das nicht viel aus. Es gab Schlimmeres als Gestank. Das waren lediglich harmlose Molekülketten, die einem in die Nase drangen.

»Und das Werkzeug, das der Kerl zum Zerteilen der Körper benutzt hat?«, erkundigte sich Kirsten.

»Scheint bei beiden Leichen dasselbe zu sein. Eine handelsübliche elektrische Säge. Bekommt man in jedem Baumarkt. Das Garn und die schwarze Farbe für die Fingerkuppenkette übrigens auch.«

»Wir werden natürlich alle Baumärkte checken, keine Sorge. Aber wo könnte sich der Täter das Zyankali besorgt haben? Bei jem & fix gibt es so was nicht.«

»Vielleicht in der Apotheke?«, warf Marit ein.

Bostrup schüttelte den Kopf. »Dort wird jeder Kauf in einem offiziellen Register vermerkt. Besonders bei großen Mengen.«

»Er muss es ja gar nicht in Dänemark gekauft haben, sondern hat es sich vielleicht aus Schweden oder Deutschland mitgebracht. Ich denke, wenn unser Täter so durchdacht vorgeht, wie wir glauben, hat er bei der Beschaffung des Zeugs bestimmt keine Spuren hinterlassen. Dieser scheißclevere Mistkerl zeigt uns nur das, was wir sehen sollen!«

»Ich hätte noch eine Idee, woher das Zyankali stammen könnte«, sagte Marit. »Soweit ich weiß, werden in Galvanisierungsbetrieben in großen Mengen Zyanidbäder verwendet. Da kann man leicht etwas abzweigen. Vielleicht ist euer Mörder in diesem Bereich zu finden.«

»Richtig«, sagte Dr. Bostrup. »Sogar Goldschmiede verwenden derartige Glanzbäder in ihren Werkstätten. Bleibt uns noch, über die Art und Weise zu sprechen, mit der dem Opfer das Zyankali verabreicht wurde. Ich kann nicht sagen, ob es heimlich geschehen ist oder mit Gewalt. Denn ich habe keinerlei Abwehrspuren gefunden. Und den Bittermandelgeruch könnte man mit einem Rum durchaus übertünchen.«

»Meinst du, die beiden haben einander gekannt und sich in aller Freundschaft auf ein Gläschen getroffen? Skål, weg damit und noch ein paar Nüsschen hinterher?«

»Warum nicht?«, meinte Bostrup.

»Na, dann ist ja alles ganz einfach!«, brachte Kirsten zynisch hervor. »Wir müssen nur den Bekanntenkreis des Opfers durchleuchten. Und derjenige, der eine Lizenz für Jagdwaffen besitzt, in einem Galvanisierungsbetrieb oder einer Goldschmiede arbeitet und ein Faible für Rum hat, ist unser Mörder!«

»Ach, meine Liebe, sei doch nicht so negativ.« Bostrup hob seine dunklen Brauen. »Wir haben einige gute Anhaltspunkte gefunden, mit denen du arbeiten kannst.«

Kirsten brummte missmutig.

Unterdessen trat Marit an den Tisch und holte ihre Kamera hervor. »Ich mache ein paar Fotos, wenn es euch recht ist.«

»Das brauchst du nicht«, sagte Erik Schmidt, der hinter ihnen stand. »Ich habe bereits alles gründlich abgelichtet. Ich schicke dir die Bilder zu. Dafür brauche ich nur deine E-Mail-Adresse.« Er lächelte breit.

Netter Versuch, dachte Marit. Aber meine Adresse bekommst du nur über meine Leiche.

»Schick sie an Flemme, der hat meinen Kontakt«, ließ sie den jungen Rechtsmedizinassistenten abblitzen, der es einfach nicht aufgab, sie anzubaggern. Sofort erlosch sein hoffnungsvolles Lächeln. Mit seinem Wikingerbart, den Tattoos auf den Unterarmen und den blonden Locken, die er zu einem Männerdutt hochgebunden hatte, der momentan allerdings unter der Haube verborgen war, sah er zwar ganz passabel aus, aber Marit stand nicht auf Typen, die sich cool gaben, es jedoch nicht ansatzweise waren. Heutzutage konnte sich jeder hinter einem lässigen Hipsteroutfit verstecken.

Sie wandte sich an Kirsten. »Mit den Fotos erstelle ich euch ein digitales Porträt von dem Toten, wie er zu Lebzeiten ausgesehen hat, mit dem kannst du dann an die Presse gehen.« Zusammen mit Professor Henrey hatte Marit ein spezielles Computerprogramm entwickelt, das aus toten Gesichtern lebendige machte. Auf diese Weise hatten sie aus Shakespeares Totenmaske ein dreidimensionales animiertes Antlitz erstellt, das vollkommen lebensecht wirkte. Sie würde das Programm mit den Fotos des Toten füttern und so hoffentlich ein sehr gutes Bild von ihm erhalten. Das würde sie anschließend in das weltweite geheime Recognizer-Netzwerk einspeisen, in der Hoffnung, dass einer ihrer Kollegen das Opfer erkannte. Dem Netzwerk gehörten sämtliche Recognizer an, die Professor Henreys Seminare durchlaufen und sich als vertrauenswürdig erwiesen hatten. Sie stellten eine Art menschliches Gesichtserfassungsprogramm dar, das hundertmal effektiver arbeitete als jede digitale Erkennungssoftware oder KI, die bisher zu diesem Zweck entwickelt worden war. Das Bild des Toten in den dänischen Zeitungen abzudrucken, war die zweite Möglichkeit, mit der sie hoffentlich Hinweise auf dessen Identität erlangten.

Die Tür zum Sektionssaal ging auf und ein Mann in Straßenkleidung kam herein. Zielstrebig ging er auf die Gruppe am Seziertisch zu. Er hatte dunkelbraunes Haar, einen Dreitagebart und traurige grüne Augen. Sein Körper war durchtrainiert, und die breiten Schultern wirkten, als könnte er damit so einige Last im Leben stemmen. Wie die beiden jungen Typen von gestern zeigte auch er die üblichen Reaktionsmuster, die alle Leute durchliefen, wenn sie Marit zum ersten Mal begegneten: Seine Augen weiteten sich überrascht und seine Bewegungen wurden langsamer. Wenn es nicht auf solch abfällige Weise geschah wie am vergangenen Abend, stand Marit dem mittlerweile gelassener gegenüber. Sie wusste, dass sie eine außergewöhnliche Erscheinung darstellte, und hatte sich weitestgehend damit arrangiert.

»Ah, da ist ja Herr Bæk«, sagte Kirsten und zwinkerte Marit zu nach dem Motto: Nun kannst du ihn kennenlernen. »Darf ich vorstellen«, sagte sie an ihren neuen Kollegen gewandt, »das ist unsere externe Expertin in Sachen Gesichtserkennung, Marit Rauch Iversen. Sie ist eine Super-Recognizerin.«

»Oh, hallo. Ich bin Jesper Bæk.« Er reichte Marit eine schweißfeuchte Hand und sah dabei verlegen zur Seite. Er wirkte etwas schüchtern, aber so schlimm, wie Kirsten ihn beschrieben hatte, war er nun auch wieder nicht. Sie blinzelte, und sein Gesicht war für immer in jener Region ihres Hirns abgespeichert, die für die Forschung nach wie vor ein großes Rätsel darstellte.

»Freut mich«, sagte er unsicher.

»Gleichfalls«, gab sie zurück und wandte sich wieder dem zerstückelten Körper auf dem Tisch zu. »Also, ich kann das Porträt heute noch fertig machen, wenn euch das hilft.«

»Ja, unbedingt, Marit.« Kirsten nickte bekräftigend, während Jesper stumm zwischen ihnen hin- und herblickte.

Kirsten hob den Arm. »Okay, danke Flemme. Wir müssen jetzt los.«

Daraufhin ließen sie Dr. Bostrup und seinen Assistenten mit der Obduktion allein und begaben sich zu dritt zu den Fahrstühlen.

Als sie im Erdgeschoss ausstiegen, wartete dort eine Polizistin in Uniform. Neben ihr stand ein Mann Mitte 40 mit grauem Anzug und schütterem dunkelblondem Haar. Sein Gesicht zierten ein schwarzes Hämatom und eine mit Klammerpflastern versorgte Platzwunde an der Oberlippe. Als er Marit entdeckte, machte seine Mimik genau dieselben Reaktionen durch wie zuvor die von Jesper Bæk. Marit sagte nichts. Stattdessen trat die Polizistin grüßend an ihnen vorbei in den Fahrstuhl. Der Mann folgte ihr. Marit vermutete, dass er in jenen Bereich der klinischen Rechtsmedizin gebracht wurde, der für die Lebenden vorgesehen war. Zumeist waren das Opfer von Gewalttaten, die zur Feststellung von Verletzungen, Abwehr- und anderen Spuren untersucht wurden. Denn entgegen der landläufigen Meinung, dass Rechtsmediziner sich hauptsächlich mit dem Tod befassten, untersuchten sie im Schnitt weit mehr lebendige Menschen als tote.

»War das nicht dieser Skandalanwalt?«, fragte Kirsten und steuerte auf den Ausgang zu. »Wie heißt der noch …? Weißt du das, Marit?«

Marit zuckte mit den Schultern. Jesper Bæk ebenso.

»Der ist doch ständig im Fernsehen wegen des aufsehenerregenden Gerichtsverfahrens zu diesem Fall mit der Zwangsprostitution … Ach, jetzt weiß ich's. Kaspersen heißt der. Genau, Elias Kaspersen.« Kirsten schnippte mit den Fingern. »Der sah ganz schön ramponiert aus. Ob das mit seinem Verfahren zu tun hat?«

Erneut hoben Marit und Jesper die Schultern.

»Na, egal. Wir haben andere Probleme.«

Jesper nickte stumm. Es schien, als hätte es ihm die Sprache verschlagen. Marit bemitleidete ihn ein wenig. Es musste furchtbar sein, einen neuen Job mit einer solch heftigen Ermittlung zu beginnen. Sie schenkte ihm zum Abschied ein aufmunterndes Lächeln und erinnerte Kirsten daran, ihr Bescheid zu sagen, sollte es weitere Erkenntnisse geben. Als sie das Gebäude verließ, hörte sie hinter sich ein Telefonklingeln und Kirstens lauten Fluch.

Vom Klinikgelände aus ging Marit durch den verschneiten Fælledpark. Dabei musste sie an Grönland denken. Die weißen Weiten des Packeises und die stillen Felshänge der Fjorde im Winter. Und an den rötlich schimmernden Mittsommernachtshimmel und die blühende Heide im Sommer. Wäre sie jetzt in Nuuk, würde der Horizont nicht durch das Fußballstadion des F.C. København versperrt werden und Automotoren und Baustellenlärm ihre geplagten Ohren quälen. In der Ferne würde der schneebedeckte Gipfel des Sermitsiaq aufragen, majestätisch und unverrückbar, und das Flüstern des Windes und das Knistern des Eises würden ihre innere Unruhe besänftigen. Sie spürte ein sehnsuchtsvolles Ziehen in ihrer Brust und fragte sich, warum sie nicht längst wieder einmal in ihre alte Heimat gereist war.

Sie gelangte zum Ausgang des Parks und wandte sich zur Metrostation. Mit einem Mal fühlte sie ein Prickeln im Nacken. So, als wäre jemand hinter ihr. Aus ihrer Zeit in Grönland besaß sie noch immer den eigentümlichen Instinkt, eine sich nähernde Gefahr zu spüren. Rasch drehte sie sich um. Doch da war niemand.

Mit angespannter Aufmerksamkeit verharrte sie einen Moment, setzte dann aber ihren Weg fort, weil sie nichts Ungewöhnliches entdecken konnte. Als sie den Eingang zur Station erreichte, schaute sie sich noch einmal rasch in alle Richtungen um. Wie zuvor war dort nichts Auffälliges. Nur ein paar Autos und eine Handvoll Menschen, die mit dem Rücken zu ihr an einer Bushaltestelle warteten.

Witternd sog Marit die kalte Luft ein. Sie wusste, dass sie sich nicht getäuscht hatte. Auf ihr Gefühl war Verlass. Da war jemand gewesen. Jemand, der sie beobachtet hatte. Sie musste wachsam sein.

Mit eiligen Schritten lief sie die Treppe zur Metro hinab und hinein in das System aus Tunneln, das ihr eine gewisse Sicherheit gab.

15. KAPITEL

Jesper folgte Kirsten durch die schneidende Kälte. Ihr Dienstwagen parkte vor dem Gebäude der Rechtsmedizin, die er nun zum ersten Mal von innen gesehen hatte.

Während seine Kollegin am Telefon lautstark mit ihrer Chefin diskutierte, war Jesper in Gedanken bei der magischen Begegnung von eben. Marit Rauch Iversen. Wahnsinn! Bei ihrem Anblick hatte es ihm glatt die Sprache verschlagen, was ihm im Nachhinein total peinlich war. Er musste sie ziemlich blöd angeglotzt haben, das hatte ihr wissendes Lächeln verraten. Aber alles an ihr hatte nahezu überirdisch gewirkt. Ihr hochgewachsener schlanker Körper, ihre fließenden Bewegungen und das markante Gesicht. Ja, das hatte ihn am meisten gefesselt. Diese hohen Wangenknochen, die schmale Nase, die blasse Haut und die kurzgeschnittenen platinblonden Haare.

Weißer als weiß – das war alles, woran er in diesem Moment hatte denken können. Nein, das war nicht ganz richtig. Er hatte an Schnee gedacht, an kühl glitzernde Eiskristalle in der Sonne.

Und dann erst ihre Augen!

Jesper hätte schwören können, dass er ein solches Blassblau nie zuvor bei einem Menschen gesehen hatte. Er spürte, wie ihm selbst jetzt noch eine Gänsehaut über den Rücken lief. Schnell verbarg er seine Faszination hinter einer coolen Miene. Kirsten durfte nichts mitbekommen. Sie würde ihn auslachen, weil er sich wie ein Teenager benahm.

Kirsten hatte ihr Gespräch mittlerweile beendet und bedeutete ihm, in den Wagen zu steigen. Jesper schlug die Tür zu und hatte einige Mühe, sich mit seiner dicken Winterjacke anzuschnallen. Außerdem drückte ihm sein Pistolenholster in die Seite, was ihn daran erinnerte, dass er dringend mit seiner neuen Dienstwaffe trainieren musste. Als er es endlich geschafft hatte und der Gurt richtig saß, lehnte er sich zurück und holte Luft. Jetzt war ihm heiß.

Er sah Kirsten an. »Diese Marit, ist sie …?«

»Sie ist kein Albino, wenn es das ist, was du fragen wolltest!«, schnauzte Kirsten ihn an.

Jesper runzelte seine Stirn. »Nein, ich wollte eigentlich wissen, ob ihr oft mit Super-Recognizern zusammenarbeitet.«

Kirsten schnaubte durch die Nase. »Ja.« Mehr kam nicht als Antwort. Stattdessen fummelte sie an ihrem Handy herum. Mann, sie könnte ruhig mal ein wenig entspannter sein, dann würden sie vielleicht langsam miteinander warm werden.

»Ist Frau Rauch Iversen die einzige Recognizerin in Kopenhagen? Oder gibt es hier mehrere?« Jesper hatte beschlossen, in diesem Punkt stur zu bleiben. Er würde Kirsten ausquetschen – komme, was wolle. Er musste einfach mehr über Marit erfahren.

»Soweit ich weiß, gibt es noch andere Recognizer in Dänemark«, antwortete Kirsten. »Wir arbeiten bisher allerdings ausschließlich mit Marit zusammen.«

»Das mit den Recognizern im Polizeidienst ist neu, nicht wahr? Ich meine, die Londoner Metropolitan Police war die erste Behörde, die vor ein paar Jahren eine solche Spezialeinheit eingerichtet hat, um das Talent dieser Menschen für die Verbrechensbekämpfung zu nutzen. Das ist ein sehr interessantes Thema und ich habe schon einiges darüber gelesen, aber Frau Rauch Iversen ist die erste Recognizerin, der ich begegnet bin.«

»Willst du ihre Nummer?«

Jesper stutzte. »Äh, nein. Ich wollte nur ...«

»Gut. Das könntest du nämlich gleich vergessen. Bei Marit hast du keine Chance.« Schlecht gelaunt rammte Kirsten den Schlüssel ins Zündschloss. Danach legte sie den ersten Gang ein und ließ die Kupplung viel zu früh kommen, sodass Jespers Kopf gegen die Stütze prallte.

Instinktiv hielt er sich am Türgriff fest. Wenn das so weiterginge, hätte er in zwei Wochen ein chronisches Magengeschwür und ein Schleudertrauma.

»Schmollst du etwa?«, feuerte Kirsten ihm entgegen.

»Nein.«

»Gut. Und jetzt sag mir mal, was du denkst.«

»Was soll ich denken? Worüber?«, fragte er gereizt zurück. Das war auch so eine Eigenart von Kirsten Vinther. Sie stellte ständig Fragen, die völlig aus dem Kontext gerissen waren.

»Na, über den ganzen Scheißfall!«, zischte sie und riss beim Abbiegen das Steuer herum, was Jesper gegen die Tür warf. Als sie zurück auf gerader Strecke waren, sah Kirsten ihn an. »Ein

Mann mit einem Seehundkopf und ein Seehund mit einem Menschenkopf. Was zum Teufel soll das? Ist das ein beschissener Scherz oder kranker Irrsinn?«

»Keine Ahnung, vielleicht ist es Kunst, vielleicht lebt der Täter seine abartige Fantasie aus, oder es soll ein Fabelwesen darstellen«, entgegnete Jesper. »Gibt es nicht in Sagen ähnliche Chimären, die Tierköpfe tragen? Wie der Minotaurus aus der griechischen Mythologie, oder nimm die ägyptischen Götter. Da wimmelt es nur so von Hybridwesen.«

Kirsten zuckte mit den Schultern. »Damit kenne ich mich nicht aus.«

»Also sollten wir schleunigst Nachforschungen darüber anstellen. Das hätten wir längst tun sollen.« Jesper verstummte, weil er merkte, wie die Knöchel an Kirstens Händen weiß wurden. Sofort bereute er es, so frei mit ihr gesprochen zu haben, wie er es bei seiner Arbeit in Ringkøbing gewohnt gewesen war. Dort hatte niemand darauf geachtet, in welchem Ton er etwas äußerte. Neue Ideen waren immer willkommen gewesen, denn die brachten das Team voran. Das war das Einzige, was gezählt hatte. Kirsten schien da anders zu ticken. Sie erweckte nicht den Eindruck, eine gute Teamplayerin zu sein, und sie mochte es bestimmt nicht, wenn man ihr als Leiterin der Ermittlung zu forsch gegenübertrat.

In Erwartung eines bösen Kommentars biss er sich auf die Zunge, doch seine Vorgesetzte reagierte nicht auf seinen scheinbaren Affront. Sie wirkte, als wäre sie tief in Gedanken, während sie an der Ampel auf Grün warteten. Links von ihnen lag ein Platz mit lieblos dahingepflanzten Lichtsäulen, nierentischähnlich überdachten Gebäuden und jeder Menge geparkter Fahrräder: die Nørreport Station. Mehrere Stockwerke unter dem schmutzigen Pflaster lag einer der wichtigsten Verkehrsknotenpunkte der Stadt mit seinen Metro- und S-Bahn-Anschlüssen. Das ganze Arrangement sollte wohl futuristisch wirken, doch Jesper fand, dass es aussah, als hätten die Architekten in einer Schublade einen Entwurf aus den 60ern entdeckt und ihn benutzt, um Geld zu sparen.

»Na!«, sagte Kirsten so laut, dass er zusammenzuckte. »Du hast recht. Wir gehen der Sache mit dem Fabelwesen nach. Ich werde Clausen darauf ansetzen.«

Ausgerechnet der, dachte Jesper. Aber innerlich freute er sich darüber, dass sein Vorschlag angenommen worden war. »Wo fahren wir hin?«, erkundigte er sich.

»Ins Präsidium. Ich will hören, ob die anderen etwas haben. Ruf mal Wang an. Ich muss wissen, wie es bei ihm am Strand von Amager läuft.«

Jesper holte zögerlich sein Handy hervor. Es wäre das erste Mal, dass er direkt mit dem Chef der Kriminaltechnik telefonierte. Eine gewisse Scheu überkam ihn. Er kannte Wang Ze bisher nur von einigen wenigen Treffen, eines davon war gestern gewesen. Auf dem Präsidium war ihm zu Ohren gekommen, dass der Chinese einer der besten Spurensicherungsexperten Dänemarks war und ein wahres Trüffelschwein, wenn es um das Aufspüren von Hinweisen ging. Ihm war sogar eine Urkunde vom Polizeipräsidenten verliehen worden für seine beispiellose Unterstützung in einem besonders komplizierten Fall, in dem er den Täter allein anhand von genetischen Profilen irgendwelcher Pflanzenblätter überführt hatte. Beeindruckend. Aber auch irgendwie einschüchternd.

Zögerlich drückte er auf die Kurzwahlnummer, die er zusammen mit vielen anderen gleich zu Beginn seines neuen Jobs abgespeichert hatte: NKC Wang Ze.

Es klingelte.

»Stell das Handy auf laut!«, sagte Kirsten, und Jesper tat, wie ihm geheißen.

Im nächsten Moment ertönte ein scharfes »Ja!« durch den Lautsprecher, und Jesper erklärte, wer er war.

»Ah, unser Festlandimport«, rief Wang belustigt. Er sprach mit einem leichten Akzent. »Was kann ich für dich tun?«

»Ich würde gern wissen, was ihr bisher gefunden habt«, erklärte Jesper sein Anliegen.

»Nun, wir haben eine Menge interessante Spuren vorliegen. Allerdings ist der Sand so hart gefroren, dass es keine Abdrücke von Schuhen oder Ähnlichem gibt. Nur die von den Reifen, was uns zeigt, dass der Täter über den Betonweg gekommen ist, der sich durch die Dünen schlängelt. Ich vermute, er ist mit einem Lieferwagen bis zum Naturcenter gefahren und hat den Körper von dort aus bis zur Wasserlinie transportiert.«

»Und wie?«

»Das wissen wir bislang nicht. Wir werden die Brücke an der Lagune und die Auffahrt nach weiteren Spuren absuchen und sie mit denen abgleichen, die wir am Kai bei Queen Mary gefunden haben.«

»Gibt es dort Kameras?«, rief Kirsten.

»Ah, hallo, Kirsten! Nein, nicht am Strand. Aber vielleicht vorne an der Straße. Wir checken das selbstverständlich. Ach ja, da ist noch etwas. Die Frau, die den Körper gefunden hat, oder besser gesagt ihr Hund hat wohl am Kadaver herumgenagt und dabei irgendwas abgerissen und gefressen.«

»Und was?«

»Sie sagte, es hätte ausgesehen wie ein menschliches Ohr.«

»Ein Ohr?« Jesper und Kirsten sahen einander fragend an.

»Wir kommen gerade aus der Rechtsmedizin«, sagte er, »an dem Kopf, der an dem Seehundkörper angenäht war, sind beide Ohren dran.«

»Deshalb muss es ja auch ein anderes Ohr gewesen sein«, antwortete der Spurenspezialist. »Leider ist es jetzt im Hund. Da gibt es kaum etwas, das wir tun könnten, außer ihn aufzuschlitzen.« Wang schob ein seltsam klingendes Lachen hinterher.

»Könnt ihr den Hund nicht dazu bringen, es auszukotzen?«, fragte Jesper.

»Wäre einen Versuch wert. Es ist nicht allzu lange her, dass er es gefressen hat.«

»Gut, macht das. Wollen wir trotzdem hoffen, dass die Frau sich geirrt hat. Wenn das tatsächlich ein Ohr war, dann …« Er wagte nicht, es auszusprechen.

»… dann finden wir womöglich bald noch ein Opfer, ganz recht«, beendete Wang den Satz.

Jesper sah, wie sich Kirstens Miene verfinsterte. Ein weiteres Opfer wollte niemand. Er bedankte sich beim KTU-Chef und legte auf.

Sie erreichten das Polizeipräsidium und Kirsten parkte das Auto direkt vorm Haupteingang. Mit gerunzelter Stirn sah sie ihn an.

»Was für eine Scheiße ist das denn?«, fragte sie.

Jesper wollte gerade antworten, da klingelte ihr Telefon und sie ging dran.

»Ein Funkspruch?«, fragte sie angestrengt. »Von einem Frachtschiff? Ja, ich habe verstanden. Wo?« Kirstens Stirn legte sich in noch tiefere Falten. »Gut, danke.« Sie beendete das Gespräch, doch anstatt Jesper zu sagen, was los war, fixierte sie ihr Telefon. Das piepte plötzlich und beinahe hastig öffnete sie die eingegangene Nachricht. Eine Weile starrte sie auf ein Foto, das Jesper von seinem Sitz aus nicht erkennen konnte. Als Kirsten das Smartphone sinken ließ, lag ein Ausdruck auf ihrem Gesicht, den er von ihr nicht kannte. Entsetzen.

Obwohl sein Innerstes alarmiert vibrierte, traute er sich nicht, danach zu fragen. Schließlich steckte Kirsten den Schlüssel zurück ins Zündschloss.

»Bist du seefest?«, fragte sie.

»Ja, warum?«

»Weil wir zum Hafen müssen. Dort wartet ein Lotsenboot auf uns. Ein Frachtschiff im Øresund hat das hier gefunden.« Sie reichte Jesper ihr Handy.

Das Foto war grobkörnig und mehr schwarz-weiß als farbig. Er erkannte trotzdem, was darauf abgebildet war.

»Verflucht«, war alles, was er hervorbrachte, während Kirsten das Blaulicht auf das Autodach knallte und das Gaspedal durchtrat.

16. KAPITEL

Die Vorfreude kitzelte in seinem Bauch. Trotzdem tippte er die Mail in aller Ruhe zu Ende und las sich den kurzen Text durch. Anschließend speicherte er sie ab. Sie würde zu gegebener Zeit versendet werden, mit hübschen Fotos im Anhang. In der Empfängerzeile stand die Adresse der Polizei von Kopenhagen. Diese Kommissarin mit dem Lockenkopf und ihr dunkelhaariger Kollege mit der hässlichen Daunenjacke würden sich ganz schön umgucken, wenn er erst mal richtig loslegte. Natürlich wäre er nicht so blöd, die Mail von seinem eigenen Konto zu verschicken. Dafür standen ihm diverse Fake-Mail-Adressen zur Verfügung, die über Proxyserver in Russland liefen. Die Bullen würden sich daran die Zähne ausbeißen, wenn sie versuchten, seine IP-Adresse zu ermitteln.

Er schaltete den Laptop aus. Den Computer würde er vernichten, sobald alles vorbei war. Doch noch hatte das Spiel ja gar nicht richtig begonnen.

Er blickte zu dem kastenförmigen Gerät hinüber, das auf dem Tisch stand und mit dessen Hilfe er den See- und Küstenfunk verfolgte. Den Polizeifunk konnte man in Dänemark seit einigen Jahren nicht mehr abhören, da er verschlüsselt wurde, aber das war in diesem Fall auch nicht nötig. Er hatte seine Hinweise so platziert, dass er andere Kanäle nutzen konnte, um auf dem Laufenden zu sein. Im Moment waren die Polizeibeamten unterwegs zu dem Frachter Solveig, der mitten auf dem Øresund seine Maschinen gestoppt hatte. Wie er dem Funk entnehmen konnte, näherte sich das Lotsenboot mit den Polizisten gerade dem Frachtschiff und würde gleich längsseits gehen.

Nicht mehr lange, und sie würden seine neue Arbeit zu sehen bekommen. Er konnte es kaum erwarten und war gespannt, wie lange es dauern würde, bis die Bullen begriffen, was seine Werke ihnen mitteilen sollten.

Ein Lächeln breitete sich auf seinem Gesicht aus. Heute Abend hätte Kopenhagen ein neues Wahrzeichen, für das es weltweit berühmt werden würde. Zumindest für eine gewisse Zeit. Eigentlich konnten die Bewohner der Stadt ihm dankbar sein, denn seine Arbeit würde die Horden von Touristen abschrecken, die sonst deren Hauptattraktionen zu ersticken drohten. Allen voran die Kleine Meerjungfrau. Denn bald wäre die Dame nicht länger alleine.

Kichernd erhob er sich und ging zum Kühlschrank. Die Aufregung machte ihn hungrig.

17. KAPITEL

Auf dem Wasser bildeten sich nur kleine Schaumkronen und der Seegang war erträglich. In diesem Abschnitt des Øresunds zwischen Malmö und Kopenhagen entstanden ohnehin selten größere Wellen. Das Wetter war diesig, trotzdem konnte man beide Uferbereiche erkennen. Nicht weit von ihnen entfernt ragten die grauen Pylonen der Øresundbrücke auf.

Kirsten sah zu Bæk hinüber, der breitbeinig im Steuerhaus des Lotsenbootes stand und das Anlegemanöver durch das Seitenfenster beobachtete. Es wirkte, als wäre er öfter auf Schiffen unterwegs, im Gegensatz zu ihr, die es vorzog, an Land zu bleiben.

Im Steuerhaus roch es nach nassem Metall, Schiffsdiesel und Kaffee. Nicht der schlechteste Mix. Der Lotsenkapitän betätigte das Ruder über ein Brückenpult mit unzähligen Knöpfen, während ein Kollege draußen das Tau auffing, das vom Frachter zu ihnen hinuntergeworfen wurde. Das graue Patrouillenboot der Küstenwache lag einige Schiffslängen abseits von ihnen und wartete auf Anweisungen.

Die Solveig war ein kleineres Frachtschiff. Kirsten war dennoch froh, dass sie es gar nicht erst erklimmen mussten. Denn das Boot, um das es ging, lag direkt vor ihnen am schwarzen Schiffsrumpf vertäut.

Die Crew der Solveig hatte die Segeljacht im Sund erst bemerkt, als der Frachter sie beinahe gerammt hätte. Das Boot hatte führerlos auf den Wellen getanzt, und niemand hatte über Funk geantwortet. Es hieß Lille Havfrue und stammte aus Dragør, einem beschaulichen Hafenort südlich des Kopenhagener Flughafens. Der Kapitän der Solveig hatte ein Seenotsignal abgesetzt, die Maschinen gestoppt und das Freizeitboot in einem Rettungsmanöver längsseits genommen. Zwei Crewmitglieder waren auf die Jacht geklettert, hatten jedoch niemanden an Deck angetroffen. Sie hatten zunächst angenommen, der Sportbootführer wäre über Bord gegangen, doch als die beiden Männer die Kabine betreten hatten, war ihnen sofort klar geworden, dass etwas viel Schlimmeres passiert sein musste. Daraufhin hatte der Kapitän der Solveig unverzüglich die dänische Küstenwache verständigt, die wiederum die Polizei in Kopenhagen informiert und der dortigen Notrufzentrale das Foto aus dem Inneren des Segelbootes zugeschickt hatte.

Kirsten atmete tief durch und wappnete sich gegen das, was ihr gleich begegnen würde. Das Lotsenboot hatte inzwischen am Rumpf des Frachters festgemacht, und nun galt es, von einer wackeligen Angelegenheit auf die nächste zu steigen. Der Lotsenkapitän hatte sein Boot so nah wie möglich an die Segeljacht herangebracht, dass Kirsten und Bæk mithilfe des Kollegen von einem Deck auf das andere wechseln konnten. Es schaukelte weniger unter ihren Füßen, als sie gedacht hätte, trotzdem klammerte sie sich mit beiden Händen am Mastbaum fest. Alles, was mit Wasser zu tun hatte, war ihr nicht geheuer. Bæk hingegen bewegte sich leichtfüßig über das Boot, als wäre es das Natürlichste der Welt.

»Keines der Segel ist gesetzt worden«, konstatierte er und berührte das Steuerrad. »Das Ruder wurde nicht fixiert, und der Motor ist aus.«

»Und was sagt uns das?«

»Na, irgendwie muss das Boot hierhergekommen sein, und es wurde schon mal nicht gesegelt, das ist sicher. Ich nehme an, dass es abgeschleppt und von der Leine gelassen wurde. Oder derjenige hat ein Beiboot dabeigehabt und die Jacht damit verlassen.«

»Könnte es abgetrieben sein? Vielleicht hat es sich im Hafen von Dragør losgerissen und wurde vom Wind und der Strömung in den Øresund gedrückt?«

»Möglich. Obwohl ich glaube, dass es in diesem Fall früher von vorbeifahrenden Schiffen gemeldet worden wäre.« Bæk zeigte auf die offenstehende Kabinentür. »Du oder ich?«

So gern Kirsten als Erste reingegangen wäre, überließ sie ihrem Kollegen den Vortritt, denn allein der Geruch, der aus der Kabine stieg, verursachte ihr Übelkeit. Sie wischte sich über die Oberlippe, auf der trotz der schneidenden Kälte Schweiß stand.

Bæk zog den Kopf ein und verschwand, ohne mit der Wimper zu zucken, im dunklen Bauch der Jacht. Eine Zeit lang hörte Kirsten nur seine dumpfen Schritte unter Deck, dann nichts mehr.

Als es ihr zu lange dauerte, rief sie nach Bæk, doch der antwortete nicht. Sie rief erneut, diesmal deutlich ungeduldiger, woraufhin sein dunkler Haarschopf endlich in der Luke erschien. Auf seinem Gesicht lag ein angespannter Ausdruck.

»Das musst du dir ansehen. Ich habe dafür keine Worte«, sagte er und sein Adamsapfel bewegte sich auf und ab. Er machte Kirsten Platz.

Entschlossen griff sie mit ihren behandschuhten Fingern nach dem Türsturz, holte tief Luft und tauchte dicht an Bæk vorbei in das Zwielicht der Kajüte ab. Der Gestank, der ihr mit einer fast stofflichen Intensität entgegenschlug, drang ungefiltert in jede ihrer Poren ein, ließ ihre Stirnhöhle prickeln und ihren Magen Saltos schlagen. Es war eine ekelerregende Mischung aus altem Blut und vergammeltem Fisch mit einer leichten Note von Schimmel und Chemietoilette. Dünnflüssiger Speichel schoss Kirsten in den Mund, und sie musste schlucken. Wenn sie vor Bæk nicht als Weichei dastehen wollte, musste sie sich zusammenreißen.

Mit einem ruckartigen Kopfschütteln und gleichzeitigem Ausatmen versuchte Kirsten, das widerwärtige Bukett aus ihrer Nase zu vertreiben. Sie merkte, dass sie zu frösteln begonnen hatte, und schüttelte sich erneut.

»Alles okay?«, fragte Bæk.

»Ja!« Wenn sie eines nicht brauchte, dann Mitleid.

Nur widerwillig lenkte sie ihre Sinne auf das, was da vor ihr auf dem blaugepolsterten Bett der Kajüte drapiert worden war. Jesper hatte ausreichend Abstand zu ihr eingenommen und starrte ebenfalls auf das abartige Gebilde hinab.

Es war die Kleine Meerjungfrau.

Allerdings nicht das hübsche Wesen aus Bronze, das am Hafen von Kopenhagen die Touristen begrüßte, sondern eine entstellte Kopie aus Fleisch und Blut.

Die Haut der Frau, die da vor ihnen saß, war blass und durchzogen von rötlich blauen Adern, in ihren toten Augen lag ein Ausdruck, der traurig und abgestumpft zugleich wirkte. Die langen blonden Haare fielen ihr bis auf den nackten Oberkörper, eine Brust fehlte. An deren Stelle klaffte eine grellrote Wunde, aus der kein Blut geronnen war. Kirsten blinzelte und ließ ihren Blick sinken. Kurz unterhalb des Bauchnabels war die Frau durchgesägt worden, als Unterleib trug sie die angenähte Schwanzflosse eines Kleinwals oder Tümmlers.

Gegen den Würgereiz ankämpfend hob Kirsten den Kopf und betrachtete erneut den Oberkörper der Frau. Um ihren Hals hing eine selbstgebastelte Kette mit bräunlichen, spitz zulaufenden Klumpen daran. Unterhalb ihrer Schlüsselbeine waren unzählige Schnitte in die Haut eingebracht worden, immer zwei parallel nebeneinander. In den dadurch entstandenen Streifen steckten längliche Gegenstände, die aussahen wie blutige Stöckchen.

Nur widerwillig lehnte sich Kirsten vor. Der Gestank wurde noch unerträglicher, und sie öffnete den Mund, um ihn weniger wahrzunehmen, doch es half nicht. Im Gegenteil, Kirsten meinte sogar, die Geruchsnoten schmecken zu können, und schloss den Mund hastig. Sie richtete ihre Aufmerksamkeit auf die Gegenstände, die in der Haut steckten. Es waren kleine Knochen wie von abgenagten Hühnerbeinen. Und die Kette, das erkannte sie jetzt, bestand aus grobem Garn mit Dutzenden daran aufgefädelten Vogelköpfen in verschiedenen Verwesungsstadien.

Unwillkürlich presste Kirsten eine Faust gegen ihre Lippen, während die Kälte ungehindert unter ihre verschwitzte Kleidung kroch. Ein jäher Schwindel erfasste sie, und sie stützte sich an der Bordwand ab. Wenn sie nicht umkippen wollte, musste sie schnellstens raus hier. Aber so lange Bæk es aushielt, würde sie es auch ertragen!

Wie durch einen flimmernden Schleier nahm sie wahr, dass ihr Kollege einen Arm ausstreckte und vorsichtig das Haar der Frau zur Seite strich. Warum um alles in der Welt tat er das? Sie wollte gerade ihre Kräfte sammeln, um ihn darauf hinzuweisen, den Tatort nicht zu verändern, da entdeckte sie es.

Der Frau fehlten beide Ohren. Da war nichts außer zwei fleischigen Löchern im Schädel.

Sie hörte, wie Bæk zischend Luft ausstieß. Sein Blick traf den ihren, sie waren sich einig.

»Dieses verdammte Schwein!«, sprach er ihre Gedanken aus, wobei seine Zähne im Dämmerlicht der Kajüte aufblitzten.

Da Kirsten es nicht fertigbrachte, auch nur ein Wort herauszubringen, ohne sich übergeben zu müssen, nickte sie ihrem Kollegen zu. Der zog sein Telefon aus der Tasche.

»Ich verständige Wang Ze«, sagte er und verließ die Kajüte, wofür Kirsten ihm dankbar war.

Kurz schloss sie die Augen und atmete kontrolliert ein und aus, in der Hoffnung, die Übelkeit loszuwerden. Vielleicht hätte sie letzte Nacht weniger durch Mimis Bett hüpfen und stattdessen mehr schlafen sollen. Sie brauchte Ruhe und Kraft, wenn sie die Ermittlung durchstehen wollte.

Als sie die Augen wieder öffnete, hatte die Kabine aufgehört, sich um sie zu drehen. Leider glotzte die Kleine Meerjungfrau sie noch immer ungläubig an. Sie hatte sich nicht in Luft aufgelöst, wie Kirsten gehofft hatte. Schnell folgte sie Bæk nach draußen. Es wurde Zeit, die Therkildsen zu informieren.

Mit zitternden Fingern wählte sie die Nummer ihrer Chefin. Das hier würde eine regelrechte Schockwelle auslösen, nicht nur innerhalb der Polizei. Zwei furchtbar zugerichtete Leichen innerhalb von zwei Tagen und so gut wie keine Spuren.

»Ich weiß Bescheid«, sagte die Therkildsen am anderen Ende der Leitung, als Kirsten ihr die Situation geschildert hatte. Ihre Chefin klang erstaunlich ruhig. »Die Küstenwache hat mich unterrichtet. Außerdem ist das Gegenstück soeben eingeliefert worden.«

»Das Gegenstück?«

»Ja, es wurde draußen am Sportboothafen von Hellerup gefunden. Dort saß es auf einer Bank am Wasser.«

»Und was … was ist es?«, fragte Kirsten bang.

»Ein weiblicher Unterleib mit Kopf und Oberkörper eines Schweinswals.«

Kirsten rieb sich fest über das Gesicht. Kalter Schweiß rann von ihrer Stirn. »Mein Gott, Ann«, flüsterte sie.

»Ganz recht, Kirsten. Dieser Fall ist ein Albtraum.«

18. KAPITEL

»Und die drei Männer haben weiter auf Sie eingetreten, als Sie auf dem Boden lagen?«, fragte die Polizistin.

Elias Kaspersen nickte. »Alle drei. Aber einer von ihnen schien der Anführer gewesen zu sein, denn die anderen beiden haben auf ihn gehört, obwohl er kein Wort gesagt hat. Keiner von denen hat irgendetwas gesagt, es lief vollkommen stumm ab.«

»Stumm?«

»Bei dem gesamten Angriff ist kein einziges Wort gefallen«, erklärte Kaspersen und spürte, wie sehr ihn das Ganze anstrengte. In seinem Gesicht pochten die Schmerzen, und er wäre gerne nach Hause gegangen zu Cecille, wo er sich zum Trost an ihren warmen Körper gedrückt hätte. Stattdessen saß er auf der Wache fest, nachdem er mit der Polizistin in der Gerichtsmedizin gewesen war, um seine Verletzungen dokumentieren zu lassen, und musste nun noch einmal alles durchkauen.

»Wie haben die Männer sich verständigt?«, wollte die Polizistin von ihm wissen. Sie hatte ihre Haare zu einem strengen Pferdeschwanz zurückgebunden.

»Mit Handzeichen.«

Die Finger der Beamtin flogen über die Tastatur, um seine Antwort einzugeben. Sie wirkte kompetent, und er war froh, dass die Behörden seinen Fall so ernst nahmen.

»Und weiter?«

»Dann haben die Kerle von mir abgelassen und ihr Anführer, ein schlanker, großer Kerl in einem Motorradoverall, hat mir einen Gegenstand in den Mund gerammt. Ich wäre fast daran erstickt!« Unwillkürlich fasste sich Kaspersen an den Hals.

»Was für ein Gegenstand war das?«

»Ein … ein …« Er machte eine Pause und schluckte. Ihm tat jetzt alles weh. Nicht nur das Jochbein, das sie ihm gebrochen hatten, sondern auch seine lädierten Rippen und sein gesamter Rumpf dank der vielen Prellungen, die er davongetragen hatte. Am meisten jedoch brannte die Scham in ihm. Und das Gefühl der Erniedrigung, dass er der Frau vor ihm davon erzählen musste.

Die Polizistin sah ihn mitfühlend an. »Jeder Hinweis ist wichtig, Herr Kaspersen. Sie helfen uns damit, ein klareres Bild von den Tätern zu erhalten.«

Er nickte, er wusste das. Schließlich war er Anwalt und hatte beruflich oft mit der Polizei und ihren Arbeitsweisen zu tun. Er schluckte erneut und sprach es endlich aus: »Es war ein Gummidildo.«

»Ein Gummidildo«, wiederholte die Polizistin, klang dabei weder erstaunt noch belustigt.

»Ja«, entgegnete Kaspersen mit fester Stimme und hörte das Tippen auf der Tastatur. Langsam entspannte er sich ein wenig. Der erste Schritt war getan. Weitere würden folgen. Er wollte, dass diese Scheißkerle gefasst und hinter Gitter gebracht würden. Mit Elias Kaspersen legte man sich nicht an.

»Und was geschah weiter?«

Kaspersen erzählte den Rest, wie die Kerle plötzlich verschwunden waren und eine Kanüle mit einem Zettel daran in seiner Brust gesteckt hatte. Mein Gott, hoffentlich war die Nadel nicht verseucht gewesen und er hatte jetzt Aids oder Hepatitis oder so einen Scheiß. In der Gerichtsmedizin würde man das prüfen, aber bis er das Ergebnis erhielte, würde es ein paar Tage dauern. Schon allein das machte Kaspersen wütend. Dass er Angst haben musste. Dass er sich hatte Angst machen lassen. Grimmig presste er die Kiefer aufeinander.

»Geht es Ihnen nicht gut, Herr Kaspersen?«

»Alles okay, es sind nur die Schmerzen.«

Die Polizistin las vom Bildschirm laut den Text ab, der auf dem Zettel gestanden hatte. Das Papier selbst war in die Kriminaltechnik geschickt worden. *»Du weißt, wofür das ist. Wir beobachten dich. Und wenn du nicht damit aufhörst, werden wir wiederkommen. Dann wird es mehr als diesen Nadelstich geben.«* Sie blickte in mit ihren wachen blauen Augen an. »Haben Sie eine Idee, was damit gemeint sein könnte?«

Kaspersen schlug ein Bein über das andere und zupfte seine graue Anzughose zurecht. »Na, wahrscheinlich hängt es mit dem laufenden Gerichtsprozess zusammen und der Mandantin, die ich vertrete.«

»Der Fall mit der Zwangsprostitution durch die Hells Angels?«

»Die Verhandlung kommt gerade in die heiße Phase, das haben Sie ja sicher in den Nachrichten verfolgt. Wissen Sie, ich habe in Verbindung mit meiner Arbeit schon so einige Drohungen erhalten, aber noch nie wurde ich heimtückisch angegriffen.«

Die Polizistin nickte. Ein Ausdruck huschte über ihr Gesicht, Kaspersen konnte ihn nicht deuten. War es Ablehnung? Oder ließ sie der Name des Motorradclubs nervös werden? Das könnte er verstehen, denn die Polizei hatte Angst, dass der Bandenkrieg erneut eskalierte. Erst recht nach den vergangenen Sprengstoffanschlägen, von denen der auf das Finanzamt und die Polizeiwache in Nørrebro bisher am schwerwiegendsten gewesen waren.

»Sie nehmen also an, der Angriff hat mit dem Prozess zu tun?«

»Da bin ich mir ziemlich sicher.« Kaspersen lehnte sich vor und ignorierte dabei das Stechen in seiner Seite. »Hören Sie, ich bitte nicht gerne darum, auch weil ich weiß, wie viel Sie mit den verrückten Morden zu tun haben. Aber in dem Brief steht, dass die Kerle nicht lockerlassen werden, wenn ich nicht aufhöre. Und ich habe nicht vor, aufzuhören. Wo kämen wir hin, wenn wir, die für Gerechtigkeit kämpfen, uns von diesen Subjekten einschüchtern ließen? Dann hätten die gewonnen!«

»Sie wollen Polizeischutz?«

Kaspersen lehnte sich zurück. »Ja, allerdings nicht für mich. Ich komme klar. Ich möchte meine Familie beschützt wissen. Meine Frau und meine beiden Töchter. Wahrscheinlich haben diese Irren es auch auf sie abgesehen. Vielleicht beobachten sie sie längst. Meine Töchter gehen noch zur Schule und …«

»Sie erhalten den Schutz.«

»Okay, fein.« Kaspersen faltete seine Hände über den Knien. »Da ist noch etwas, um das ich Sie bitten möchte.«

Die Polizistin schwieg und wartete ab, was er sagen würde.

»Ich wünsche mir, dass der Angriff auf mich diskret behandelt wird, nichts davon darf an die Presse gelangen. Ich möchte so wenig Aufsehen wie möglich erregen, zumindest solange der Prozess läuft. Geht das in Ordnung?«

»Von uns erfahren die Medien nichts.«

Kaspersen sah sie durchdringend an. Ihm war da anderes zu Ohren gekommen. Nämlich, dass die Polizei von Kopenhagen mehr Löcher aufwies als die Haushaltskasse der Kommune Dragør. Er überlegte, ob er seinen Wunsch noch einmal mit Nachdruck formulieren sollte. Doch er entschied sich dagegen. Die Polizistin schien ihn verstanden zu haben.

»Gut«, sagte er und machte Anstalten, sich zu erheben. »Halten Sie mich bitte auf dem Laufenden, was die Ermittlungen in meiner Sache angeht.«

Die Polizistin stand auf. »Natürlich.«

Kaspersen nickte ihr zu und verließ den Raum. Den Namen der Beamtin hatte er sich gemerkt, sollte es nötig sein, sich mit ihr in Verbindung zu setzen. Er lautete Miriam Albech. Und heimlich aufgezeichnet hatte er das Gespräch auch. Man wusste ja nie.

19. KAPITEL

Kirsten senkte den Kopf wie ein Hirsch, der jeden aufs Geweih nahm, der sich ihm in den Weg stellte. Vor ihnen lag das Präsidium, der Weg dorthin wurde von einer Menschentraube versperrt. Sie stopfte ihre Hände in die Taschen und marschierte geradewegs drauflos, gefolgt von Bæk. Die Menge der Reporter vor dem Haupteingang des Präsidiums teilte sich und schrie ihnen wütende Fragen und Vorwürfe hinterher. Innerlich fluchend darüber, dass es keinen geheimen Eingang zum Bunker gab, stürmte Kirsten mit wehenden Locken an der Journaille vorbei durch den Torbogen. Dahinter öffnete sich der runde Innenhof, der zum Glück nur von Befugten betreten werden durfte. Hier war das Geschrei lediglich gedämpft zu hören, und es ebbte vollständig ab, als sie das ovale Treppenhaus nach oben stiegen.

Wenig später erreichten sie den viel zu warmen und muffigen Sondereinsatzraum und Kirstens Magen drohte wieder einmal sich umzudrehen. Sie blieb vor der Pinnwand mit den bereits entwickelten Fotos von der Leiche am Freizeithafen in Hellerup stehen. Einen kurzen Moment schloss sie die Augen. Ganz ruhig. Nicht doch noch kotzen, nachdem du so tapfer durchgehalten hast.

Der Weg zurück von dem Segelboot war die Hölle gewesen. Zu den schrecklichen Bildern von der Leiche, die sich auf ihrer Netzhaut eingebrannt hatten, war das Schaukeln des Lotsenbootes gekommen. Und Jesper Bæks mitleidige Miene. Zum Teufel. Wenn sie eines nicht brauchte, dann seine Sorge um sie. Auch jetzt stand er viel zu dicht hinter ihr, als würde er nur darauf warten, sie heldenhaft aufzufangen, wenn sie in Ohnmacht fiele.

Das konnte er vergessen!

Demonstrativ rückte sie von ihm ab und fokussierte die Fotos. Das Gegenstück zur Meerjungfrau, der nackte Unterleib einer Frau und der angenähte Oberkörper eines Schweinswals mit Brustflossen und Kopf, saß schief wie ein verstörendes Kunstwerk auf einer Bank. Die Beine standen brav nebeneinander, sodass die Scham verdeckt war, und der Wal hatte die Augen geschlossen, als hielte er ein Nickerchen. Nirgends war ein Tropfen Blut, alles war vom Täter säuberlich abgewaschen worden, wodurch das groteske Bildnis wie eine Wachsfigur wirkte.

Bæk zeigte auf den Nacken des Wals, dem etwas anhaftete. »Da ist unser fehlendes Ohr.«

»Ja, danke, das sehe ich auch!«

»Kirsten! Gut, dass du da bist.« Kollege Clausen trat neben sie. Sein kugeliger Kopf war gerötet, nur die lange Narbe auf seiner frisch rasierten Glatze leuchtete weiß. Mit seinem harten Auftreten wirkte Clausen stets, als hätte er die Seiten gewechselt. »Ich habe über Fabelwesen recherchiert und ein bisschen was gefunden. Es …« Clausen hielt inne und warf einen irritierten Blick auf Bæk, der begonnen hatte, sich umständlich aus seiner raschelnden Daunenjacke zu schälen.

»Sorry«, sagte Bæk, als er merkte, dass er störte. Er wollte seine Jacke über einen Stuhl hängen, blieb damit aber an seiner Dienstwaffe hängen und raschelte umso mehr.

Clausen brummte, dass der Kollege sich besser ein weniger nerviges Kleidungsstück zulegen sollte, und wandte sich wieder Kirsten zu. »Also gut, in Schottland und auf den Färöer-Inseln gibt es die Legende von den Selkies. Das sind Seehundwesen, die an Land gehen, ihr Fell ablegen und als Menschen durch die Gegend laufen. Auf Kalsoy befindet sich sogar eine Statue von einem Selkie. Sie heißt Kópakonan, was so viel wie ›Robbenfrau‹ bedeutet.« Carlsen hängte ein Bild der Statue an die Pinnwand, neben dem Foto von der Lille Havfrue. Es zeigte eine Frauengestalt aus grün angelaufener Bronze, deren linkes Bein in einer Robbenhaut steckte. »Wenn ihr mich fragt, haben wir hier einen Verrückten, der diese Statuen nachbaut.«

»Das könnte passen«, sagte Kirsten. »Erst der Selkie, dann die Meerjungfrau und dazu noch das Fingerkuppenarmband am Queen-Mary-Standbild. Der Typ könnte tatsächlich einen Statuentick haben. Selbst das Segelboot heißt Lille Havfrue. – Haben wir dessen Besitzer schon überprüft?«

»Ein 68-jähriger Pensionist. Er wohnt in Dragør, ist aber momentan in Dubai im Urlaub. War also zur möglichen Tatzeit gar nicht da.«

»Danke. Gute Arbeit, Clausen.«

Der Kollege nickte knapp, seine Narbe hatte aufgehört zu leuchten.

Kirsten überlegte, welche Statue sich der Mörder als Nächstes vornehmen würde. Viel drängender war jedoch die Frage: Würde es ihnen gelingen, das zu verhindern?

»Wir brauchen mehr«, sagte sie zu Clausen. »Finde raus, welche Fabelwesenstatuen es noch gibt!«

»Wie? Auf der ganzen Welt?« Clausen guckte angestrengt.

»Nein, zuerst die auf dänischem Hoheitsgebiet. Kopenhagen, Färöer, Grönland. Ich vermute, der Typ ist nur im Königreich unterwegs. Ruf doch mal in der Ny Carlsberg Glyptotek an, vielleicht können die uns weiterhelfen.«

»Okay.« Mit breitbeinigen Schritten ging Clausen davon. Sein Stiernacken glänzte vor Schweiß.

»Ich glaube das nicht«, sagte Bæk unvermittelt.

»Was glaubst du nicht?«, fragte Kirsten, obwohl sie es eigentlich gar nicht interessierte. Zumindest hatte sie keine Lust darauf, dass ihre frischgebackene Theorie über das Mordmotiv infrage gestellt wurde. Es passte perfekt! Ein Statuenfreak. Was gab es daran auszusetzen?

Bæk kratzte sich an seiner Wange, die mit jedem Tag bärtiger wurde. »Ich glaube nicht, dass unser Mörder Statuen nachbaut.«

»Warum nicht?«

»Weil das viel zu chaotisch ist. Sieh mal.« Er tippte mit dem Finger auf das Foto vom Seehundmann. »Allein an dieser Skulptur stimmen mehrere Dinge nicht überein mit der Statue der Selkie-Frau. Erstens es ist ein Mann und keine Frau. Zweitens sind Selkies keine Mischwesen, sondern Gestaltwandler. Sie legen ihr Fell ab und sind danach komplett Mensch, aber nicht aus Mensch und Tier zusammengesetzt wie bei unserer Skulptur. Und drittens: Was soll das mit dem Penis in der Speiseröhre bei dem Seehundmann?«

»Moment. Woher weißt du das mit den Mischwesen?«

Bæk leckte sich verlegen über die Lippen und traute sich wieder mal nicht, sie direkt anzublicken. »Also, ich … meine Tochter hat da so ein Buch.«

»Du hast das aus einem Kinderbuch?«

»Einem Buch über Fabelwesen.«

Kirsten biss sich auf die Lippen. Auch wenn es sie störte, dass er Trivialliteratur für seine Betrachtung heranzog, könnte er recht haben.

»Okay, weiter«, gab sie ihm zu verstehen.

Bæk nickte. »Bei der Kleinen Meerjungfrau stimmt ebenfalls vieles nicht mit dem Kopenhagener Denkmal überein. Die Knochen in der Haut, die Vogelkopfkette und die fehlende Brust. Außerdem die Ohren, die abgeschnitten und an den anderen Skulpturen angenäht wurden. Wenn der Täter ein Statuennarr wäre, hätte er sie exakter nachgebildet. Laut unseres Profilings ist er ein Perfektionist und überlässt nichts dem Zufall. Ich glaube schon, dass seine ›Kunst‹ eine Bedeutung hat, dass sie uns etwas sagen soll. Aber es hat nichts mit den Statuen zu tun. Eine Kette aus Fingern und Vogelköpfen wirkt auf mich eher wie Schamanismus oder Opferkult.«

»Und wie passen die Fabelwesen da rein?«

Bæk zuckte mit den Schultern. »Auch im Schamanismus gibt es jede Menge Gestaltwandler und Mischwesen. Wir müssen nur herausfinden, was er meint.«

Kirsten dachte nach. »Verdammt, Bæk«, sagte sie leise. »Wir stecken ziemlich in der Scheiße.«

»Ja«, entgegnete er, und für einen kurzen Moment sahen sie einander in die Augen.

Eine halbe Stunde später war Kirsten damit beschäftigt, die einzelnen Bereiche zu koordinieren, die zu ihrer Ermittlung gehörten. Bostrup musste die Leichen auf den Tisch bekommen. Und Wang Ze sollte sich die Marina von Hellerup und das Segelboot vornehmen, das von der Küstenwache zu einem abgeriegelten Anleger im Nordhavn geschleppt worden war. Immerhin hatte zwischenzeitlich der Hund das Ohr ausgekotzt, das stark lädiert in die Gerichtsmedizin geschickt worden war – ein weiteres Puzzlestück für Bostrup. Zudem musste Kirsten dafür sorgen, dass die Kollegen aus der Bereitschaft ihre Plätze an den Telefonen einnahmen, falls Hinweise aus der Bevölkerung zum gesuchten Transporter eingingen.

Gestresst stieß Kirsten Luft aus. Alle Fäden in der Hand zu behalten, war schon jetzt keine leichte Aufgabe. Sie wäre mehr und mehr auf Bæks Hilfe angewiesen, wenn das so weiterlief. Als Einzelkämpferin würde sie in diesem Fall schneller untergehen als die Titanic. Sie sah hinüber zu ihrem neuen Kollegen, der an einem Rechner saß und mit zusammengekniffenen Augen etwas las. Neugierig ging sie zu ihm. Er hatte eine Webseite mit Bildern von Fabelwesen geöffnet.

»Das ist Clausens Aufgabe«, sagte sie.

Bæk hob den Kopf. »Clausen sucht nach passenden Statuen, während ich mehr über Selkies und Seejungfrauen in Erfahrung bringe. Das sind beides Meeresgeschöpfe, könnte ja sein, dass unser Täter eine Affinität zum Wasser hat. Und dann ist da noch das schamanistische Element mit den Knochen und den Ketten.«

Kirsten wollte gerade zu einer Erwiderung ansetzen, da kam Clausen zu ihnen. Er tippte mit einem Stift auf seinen Notizblock. »Ich habe mit der Kuratorin der Glyptotek gesprochen. Allein in Kopenhagen haben wir Dutzende von Statuen, die Fabelwesen darstellen. Da wären der Drachenspringbrunnen vor dem Rathaus oder die Meerjungfrau am Black Diamond, der Troll im Garten der Gly…«

»Meine Fresse!«, stieß plötzlich jemand in ihrer Nähe aus. Es war Sanne Hougård. Sie blies die Backen auf. »Kirsten, komm schnell her!«

Kirsten ging zu ihr und blickte ihr über die Schulter. Zuerst wusste sie nicht, was sie da auf dem Bildschirm vor sich sah. Es war eine Reihe von Fotos, die bekannte Szenen zeigten.

»Eine Mail mit diesen Bildern wurde soeben von der Kontaktstelle an uns weitergeleitet«, erklärte Sanne. »Sie ist an dich gerichtet. Hier steht: ›Sehr geehrte Frau Kommissarin Vinther, ich mache mir Sorgen um Sie. Sie wirken ziemlich überarbeitet. Vielleicht sollten Sie mal Urlaub machen. Mit freundlichen Grüßen, A.‹«

Mit freundlichen Grüßen, A.

Kirsten wurde flau im Magen und sie musste sich setzen. Bæk und Clausen traten hinzu und betrachteten die Bilder. Sie waren aus größerer Entfernung aufgenommen und hatten ein und dasselbe Motiv im Zentrum. Kirsten, wie sie am Leichenfundort neben dem Schauspielhaus im Boot mit dem Enterhaken hantierte. Kirsten, wie sie mit in die Taschen gesteckten Händen vor der Queen-Mary-Statue stand, Bæk ihr gegenüber, weiße Atemwolken sammelten sich vor ihren Mündern, weil sie sich gerade stritten. Und schließlich Kirsten, wie sie sich ihren Weg durch die Massen der Journalisten vorm Haupteingang des Präsidiums bahnte.

»Das ist von gerade eben!«, sagte Bæk.

Kirsten nickte. Ihr Puls raste und ihr Atem ging flach. »Das Schwein beobachtet uns.«

20. KAPITEL

Der Tod veränderte das Gesicht eines Menschen. Dazu kam, wie er gestorben war, auch das legte sich auf seine Züge. Beschreibungen, dass ein Toter wirkte, als schliefe er, waren der totale Blödsinn. Das konnte nur jemand behaupten, der noch nie vor einem Toten gestanden hatte. Nein, einem Toten sah man an, dass er tot war. Da war nichts Lebendiges mehr, nur Endgültiges.

Marit schob sich die Brille auf die Stirn und lehnte sich zurück. Auf dem Bildschirm ihres Computers befand sich ein 3-D-Porträt des »Seehundmannes«. Das Programm hatte die Fotos des Mordopfers zu einem Gesamtbild zusammengefügt, hatte die durch den Tod verursachten Verfärbungen und Deformationen ausgeglichen, wie die eingefallenen Wangen und die Nase, sowie die unnatürliche Öffnung des Mundes, die durch die erschlafften Gesichtsmuskeln entstanden war, korrigiert. Der Mann, der ihr nun entgegenblickte, war wieder zum Leben erwacht. Er wirkte attraktiv und gepflegt. Aber er kam ihr in keiner Weise bekannt vor.

Sie schickte das Porträt an Kirsten raus und hoffte, dass sich jemand auf die Suche über die Presse melden würde.

Marits Blick fiel auf die Karte von Kopenhagen, die hinter dem Computer an der weiß getünchten Backsteinwand hing. Das Viertel, in dem ihr geheimes Büro lag, veränderte sich stetig. Eigentlich müsste sie jedes Jahr eine neue Karte kaufen, denn ihr Büro, besser gesagt die alte Autowerkstatt, die sie zu ihrem Basislager umfunktioniert hatte, befand sich in dem schrumpfenden Gewerbegebiet am östlichen Ende des Prags Boulevards auf Amager. Noch vor ein paar Jahren war hier alles voll mit Autowerkstätten, Metallbetrieben und Lagern aus Überseecontainern gewesen. Ein Paradies für Kriminelle und ihr zwielichtiges Gewerbe. Aber seitdem man 2005 den Strandpark vor der Küste von Amager gebaut hatte, war die zuvor berüchtigte »Scheißeinsel«, die so hieß, weil dort früher die Abwässer der Stadt verklappt wurden, plötzlich für Familien attraktiv geworden, und nun schritt die Gentrifizierung Block für Block mit riesigen gesichtslosen Wohnkomplexen voran. Marit hoffte, dass ihr kleines Refugium noch länger bestehen würde, sie hatte wenig Lust, sich einen anderen Ort zu suchen.

Sie setzte die Brille zurück auf ihre Nase und machte das Porträt fertig zum Versenden. Gerade hatte sie die Mail an Kirsten geschickt, da ploppte eine neue Nachricht in ihrem Postfach auf. Der Absender war Dr. Flemme Bostrup, Gerichtsmedizin. Marit öffnete sie und hob verwundert die Augenbrauen. Der Text stammte nicht von Flemme. Sie seufzte und schrieb eine Antwort: »Danke für deine Einladung, lieber Erik. Leider ist es mir nicht möglich, mich mit dir zu treffen. Das hat keine persönlichen Gründe, ich habe einfach viel zu viel zu tun. Du weißt ja, der Fall … Viele Grüße, M.«

Marit drückte auf den Sendebutton, danach verharrte ihr Blick auf ihrer viel zu weißen Hand. Warum sie so attraktiv auf viele Männer wirkte, verstand sie nicht. In der Schule war sie wegen ihres Aussehens ständig gehänselt worden. Manchmal glaubte sie, die Typen wollten nur mit ihr ausgehen, weil sie für sie eine Art Trophäe darstellte. Die große Blasse aus Grönland. Die exotische Schönheit. Der Freak. Der Albino. White Walker. Schneefrau. Eiskönigin. Bleichgesicht. Missgeburt. Riesin. Pale Face. Polarfuchs. All diese Spitznamen hatte man ihr gegeben. Und alle waren ihr egal gewesen. Bis auf einen, der sich tief in sie eingegraben hatte und Teil ihrer DNA geworden war.

Polarfuchs.

»Terianniaq« in Kalaallisut, der Sprache der grönländischen Inuit. Den Namen hatte sie als Kind in Nuuk bekommen. Aber nicht aus Häme oder um sie zu ärgern, sondern weil man sie mochte. Damals hatte jeder sie so genannt, niemand hatte sie Marit gerufen, nicht einmal ihre Eltern und auch keiner ihrer Freunde aus der grönländischen Community. Sie war für alle Terianniaq gewesen. Heute nannte sie kaum noch jemand so. Kjell hatte sich daraus einen eigenen Spitznamen für sie abgeleitet, nämlich »Polarfuchs« oder »min lille ræv«, »mein kleiner Fuchs«. Das war okay, damit konnte sie leben. Kjell war einer der wenigen, der ihre alten Erinnerungen wachrufen durfte, an ihr Leben vor Dänemark mit ihren leiblichen Eltern, die nicht mehr da waren. An ihre Freunde in der Nachbarschaft von Qarsoq, von denen sie niemand gehänselt hatte. An Aanaq, ihre »Großmutter«, die keine war, die aber alle so nannten. Die alte Frau, die ihr gezeigt hatte, dass es mehr zwischen Himmel und Erde gab als das, was man mit seinen weltlichen Augen wahrnahm. Von ihr hatte Marit gelernt, wie magisch das Land war, das sie umgab. Das wechselhafte Eis, die behütenden Berge und das großzügige Meer. Und dass alles mit Respekt behandelt werden wollte, sonst würden sich die Geister eines Tages fürchterlich rächen. Marit war viel mit Aanaq in der Natur unterwegs gewesen, hatte ihre Geschichten gehört und die zahlreichen Mythen und Legenden, die über Generationen in den arktischen Nächten weitergegeben wurden. In Grönland hatte sich Marit zu Hause gefühlt. Selbst wenn sie keine Inuit war, sondern Grönländerin nordischer Abstammung, hatte sie dennoch gespürt, dass sie dort hingehörte. Zu den Menschen mit ihren Makeln, zu der Kälte, zu der kargen Landschaft, in der man eine Lüge nur schwer verbergen konnte. Grönland war unverfälscht, ehrlich und brutal.

Dänemark war anders. Die Menschen waren kühl und distanziert, lebten mit ihrer Kernfamilie in ihrem Hamsterrad und waren zufrieden damit. Zu Beginn hatte sich Marit in Kopenhagen sehr unwohl gefühlt, obgleich ihre Adoptivfamilie alles getan hatte, damit sie sich schnell einlebte. Doch sie hatte die grönländische Herzlichkeit, die Gastfreundschaft und die Offenheit vermisst, das Gemeinschaftsgefühl. Das Du-gehörst-zu-uns. Die menschliche Wärme, die die Kälte draußen vor der Tür wettmachte. Und dann war der erste Tag an einer dänischen Schule gekommen und mit ihm die Namen. Jeder hatte einen für sie gehabt, ihre Mitschüler, deren Eltern oder sogar völlig Fremde. Manchmal sprachen sie ihn ungeniert und offen aus, manchmal hinter ihrem Rücken, wenn sie glaubten, sie höre es nicht. Marit hatte erst als Erwachsene begriffen, warum die Menschen das taten. Weil es ihnen schwerfiel, sie in eine Schublade zu stecken. Die weißhäutige Grönländerin. Oder das zu groß geratene Mädchen mit den flachen Brüsten, das aussah wie ein Junge. Oder ihre überdurchschnittlichen Noten im Königreich des Durchschnitts. Allerdings hatten ihr die Namen nie wirklich wehgetan. Denn es waren nur aneinandergehängte Silben, die in einer anderen Kombination etwas ganz anderes ergaben. Sie waren bedeutungslos. Das, was sie verletzt hatte, waren die Blicke gewesen und die Ausgrenzung, die wie selbstverständlich stattgefunden hatte. Das Du-gehörst-nicht-zu-uns. Weil sie neu war, befremdlich aussah und mit Akzent sprach. Das war in Grönland mit seiner bunten Mischung aus Menschen mit indigener, nordischer oder europäischer Abstammung nie geschehen.

Sie bemerkte, dass sie mit einem Gegenstand spielte, der neben ihrer Tastatur gelegen hatte. Es war ein vergoldeter Uniformknopf. Darauf war ein Auge auf einer Handfläche abgebildet. Er hatte ihrem Vater gehört, Josef Rauch. Er war Polizist in der grönländischen Hauptstadt Nuuk gewesen. Gemeinsam mit ihrer Mutter war er in seinem Wagen tödlich verunglückt. In einer Winternacht bei Eis und Schnee …

Das Klingeln ihres Handys riss Marit aus ihren düsteren Erinnerungen. Schnell ging sie dran. Am anderen Ende der Leitung war Kirsten, die ihr atemlos von den neuesten Entwicklungen berichtete.

»Erst all diese furchtbaren Leichen, und dann beobachtet mich der Kerl auch noch! Der ist doch total krank!« Kirsten klang eher wütend als verängstigt, was typisch war für sie.

Marit hingegen war geschockt, sie wusste nicht, was sie sagen sollte. Was für ein Mensch tat so etwas? Und warum? »Und du meinst, er baut die Wahrzeichen der Stadt nach?«, fragte sie skeptisch.

»Im Moment ist das unser einziger Ansatz. Oder hast du eine andere Idee?«

»Nein. Ich dachte erst, dass ich eine hätte, aber es wirkt alles so krude und durcheinander. Könntest du mir vielleicht ein paar Fotos von den Fundorten schicken? Dann sehe ich mir das mal an.«

»Mache ich.« Im Hintergrund waren Stimmen zu hören, und Kirsten stieß genervt Luft aus. »Du, ich muss weitermachen. Bis später.«

Marit legte auf und blickte auf die Karte von Grönland, die neben der von Kopenhagen an der Wand angebracht war. Darüber hing eine Zeichnung von einem Inuit-Künstler mit einem Polarfuchs als Motiv. Sie überkam ein Frösteln. Aber nicht vor

Unbehagen, sondern weil die Werkstatt bei diesen Temperaturen nur schwer zu heizen war. Sie brauchte jetzt dringend etwas zum Aufwärmen.

Marit sah hinüber zu dem Boxsack, der in der Werkstatthalle an einer langen Kette von einem Stahlträger hing, darunter lag ein blauer Mattenboden. Hier powerte sie sich aus, baute ihre angestauten Aggressionen ab. In Marits Fingern zuckte es, wie automatisch wollten sie in die Handschuhe schlüpfen und loslegen und diese beschissenen dunklen Schatten ihrer Erinnerungen aus sich selbst herausprügeln.

Sie erhob sich und wollte den Glaskasten ihres Büros verlassen, als ihr Handy piepte. Eine Nachricht von Kirsten: »Habe dir eine Mail mit den Bildern geschickt. Bis nachher.«

Marit setzte sich vor den Computer, und kaum hatte sie die Fotos von der verstümmelten Leiche geöffnet, welche die Meerjungfrau darstellte, passierte das, was immer bei ihr ablief, wenn sie jemanden erkannte. Ihr Fokus verengte sich rund um das Gesicht der Person und in ihrem Kopf öffnete sich eine Tür.

Mit zitternden Fingern griff Marit nach ihrem Telefon. Doch Kirsten war nicht erreichbar. Marit fluchte laut. Verdammt, warum hatte sie nicht wenigstens die Nummer von diesem Bæk?

Rasch sprang sie auf, riss ihre Jacke vom Haken an der Wand und stürmte nach draußen in den frostknirschenden Abend.

21. KAPITEL

»54 Anrufe und 73 Mails sind bisher wegen des Transporters eingegangen. Die meisten davon konnten als irrelevant eingestuft werden, der Rest wird von den Kollegen derzeit geprüft.« Sanne Hougård fuhr sich mit dem Ende des Bleistifts über die Unterlippe. »Leider ist bisher kein wirklich konkreter Hinweis dabei. Ich hoffe, das wird mit dem Porträt des Toten besser, das Marit uns geschickt hat. Das geben wir sofort an die Presse raus.«

»Danke«, sagte Jesper.

Die uniformierte Kollegin lächelte ihn an. »Hast du dich schon ein bisschen einleben können?«

Jesper dachte an sein dunkles Zwei-Zimmer-Apartment im Souterrain eines Mehrfamilienhauses, das er möbliert gemietet hatte. Es fühlte sich überhaupt nicht wie ein Zuhause an. Wenn seine Ex-Frau ihm erst das Geld ausbezahlt hätte, das in ihrem gemeinsamen Haus steckte, würde er in eine vernünftige Wohnung ziehen.

»Nicht wirklich«, gab er zu. »Und der Fall macht es nicht besser.«

»Du hast recht. Der ist wirklich furchtbar.« Sanne seufzte wissend. »Aber hey, Kopf hoch, wir werden das gemeinsam stemmen. Und wenn du mal jemanden zum Reden brauchst oder abends einfach ein Bier trinken möchtest, sag Bescheid. Ich kann dir auch ein paar Insidertipps für Kopenhagen geben. Wo man gut essen gehen oder was man am Wochenende so machen kann.« Sie zwinkerte ihm zu und Jesper nickte verlegen. Er fand Sanne wirklich nett. Sie schien die gute Seele des Teams zu sein und immer ein offenes Ohr zu haben. Und mit ihrem blonden Pferdeschwanz und dem breiten Mund, der immerzu lächelte, wirkte sie sehr sympathisch. Zum Glück waren nicht alle Kollegen so biestig wie Kirsten oder Clausen.

Sanne musste seine Gedanken an seiner finsteren Miene abgelesen haben, denn sie sagte: »Mach dir wegen Kirsten keinen Kopf, sie ist zwar schroff, meint es aber nicht so.«

»Ach, tatsächlich?«, fragte er sarkastisch. »Wenn du wüsstest, was sie mir schon vor den Latz geknallt hat.«

»Frag mich mal. Aber sie will wirklich nur das Beste, dass alles gut läuft und so.«

»Du meinst, es soll alles so laufen, wie sie es will.«

Sanne hob die Schultern. »Sie ist eine wirklich gute Polizistin, du kannst froh sein, in ihrem Team gelandet zu sein.«

»Ich weiß nicht … Wenn ich höre, was manche hinter ihrem Rücken über sie sagen.«

»Ach, die sind nur beleidigt, weil Kirsten ihnen Paroli bietet. Und weil sie mit ihnen redet, wie ihr Kerle das so untereinander macht. Sie ist eben sehr direkt. Damit kommt nicht jeder klar. Ich finde, man kann viel von ihr lernen.«

Jesper wollte etwas darauf erwidern, da ging die Tür zum Einsatzraum auf. Seine Augenbrauen hoben sich überrascht, und Sanne wandte den Kopf.

»Ah, unsere Schneekönigin«, sagte sie leise.

In der Tür stand Marit Iversen und schaute sich suchend um. Jesper entschuldigte sich bei Sanne und ging auf die hochgewachsene Gestalt zu, die ihn faszinierte, seit er ihr zum ersten Mal begegnet war.

»Hallo, Marit«, sagte er und spürte, dass er rot wurde. Hoffentlich fiel es niemandem auf. Er lächelte, um seine Unsicherheit zu überspielen. »Ich bin Jesper, wir kennen uns von heute Morgen aus der …«

»… Gerichtsmedizin. Ich weiß, zufällig kann ich mir Gesichter ganz gut merken.« Sie zwinkerte ihm zu, und er wurde noch roter. Wie immer, wenn er unsicher war, begann sein Blick nervös hin und her zu schwirren.

»Wo ist Kirsten?«, fragte Marit und wirkte mit einem Mal sehr aufgeregt. »Ich habe eine wichtige Information für sie.«

»Äh, sie ist in einer Besprechung bei der Therkildsen und dem Polizeichef, es kann noch dauern, bis sie …« Plötzlich packte Marit ihn am Arm und zog ihn in eine Ecke des Raumes. Einige Kollegen, darunter auch Sanne, beobachteten sie neugierig. Und ehe er es sich versah, beugte Marit sich vor und flüsterte: »Ich weiß, wer die Meerjungfrau ist!«

»Wirklich?« Er wollte von ihr zurückweichen, um sie anzusehen, doch sie hielt ihn überraschend hart an der Schulter fest.

»Okay«, murmelte er. »Wer ist es?« Ihre Nähe verwirrte ihn maximal.

»Ich habe sie erkannt«, sprach Marit dicht an seinem Ohr, und er bekam unwillkürlich eine Gänsehaut. »Auf den Fotos, die Kirsten mir von der Leiche geschickt hat. Ich kenne die Frau nicht persönlich, aber ihr Bild war öfter in der Zeitung und im Fernsehen. Es gab mal eine Dokumentation über sie. Sie ist eine bekannte dänische Wissenschaftlerin und war oft in Grönland unterwegs. Sie heißt Dr. Bente Villumsen und arbeitet als Glaziologin für das GEUS.«

»GEUS?«, fragte Jesper. Jetzt flüsterte er ebenfalls.

»Das Geological Survey of Denmark and Greenland. Es hat seinen Sitz in Kopenhagen.«

Jesper ließ diese Information in sein Hirn einsickern. Dr. Bente Villumsen. Grönland. GEUS. Glaziologin. Das waren doch Leute, die an Gletschern forschten, oder? Warum sollte so jemand Opfer eines verrückten Serienkillers werden? Oder war sie nur zufällig in dessen Hände geraten?

Jesper schüttelte den Kopf.

»Was ist?«, fragte Marit und trat nun endlich einen Schritt

zurück, was einerseits bedauerlich war, andererseits besser für seinen außer Kontrolle geratenen Hormonhaushalt.

»Ach«, sagte er, »ich habe überlegt, warum der Täter ausgerechnet diese Frau ausgewählt hat. Irgendwie glaube ich nicht, dass das ein Zufall war, so gründlich wie er bei seiner Planung vorgeht. Und ich wünschte, ich wäre nicht derart ratlos.« Er hielt unvermittelt inne. Hatte er das gesagt oder gedacht? Mist. Derart offen hatte er gar nicht mit ihr reden wollen. Bestimmt besprach sie sich hinter seinem Rücken mit Kirsten, und die sollte nicht wissen, wie er sich fühlte. Auf keinen Fall. Plötzlich klingelte sein Handy. Er warf einen Blick auf das Display und seufzte. Das passte gerade leider nicht. Er drückte den Anruf weg und sah Marit an, die nachdenklich auf einen Punkt über seiner Schulter starrte.

Er fragte sich, ob sie schon viele solch krasse Fälle bearbeitet hatte. Er selbst war bei einigen heftigen Mordermittlungen dabei gewesen und so manches Mal an seine psychische Belastungsgrenze geraten. Marit war wegen ihrer Recognizer-Begabung bestimmt oft international unterwegs. Was sie wohl alles erlebt hatte? Gerne hätte er sich mit ihr darüber unterhalten. Ihr Tätigkeitsfeld interessierte ihn. In einem Anflug von Übermut überlegte er, wie er sie fragen könnte, sich mit ihm privat zu treffen. Er öffnete den Mund: »Ich dachte, wir prüfen am besten, was über Frau Dr. Bente Villumsen im zentralen Personenregister steht.« Rasch drehte er sich um und ging auf eines der Computerterminals zu. Innerlich verfluchte er sich für seine Feigheit. Seit seiner Scheidung war sein Selbstbewusstsein auf die Größe einer Rosine zusammengeschrumpft. Er tippte den Namen der Meerjungfrau in das Suchfeld ein. Einen Augenblick später erschienen die Informationen.

»Darf ich?«, fragte Marit. Sie war ihm gefolgt.

Jesper drehte den Bildschirm, damit sie mitlesen konnte, und Marit setzte sich eine Brille mit dunklem Gestell auf. Er registrierte, wie Sanne sie von ihrem Platz aus noch immer aufmerksam beobachtete. Auf ihrem Gesicht lag ein Ausdruck, der mehr als reines Interesse widerspiegelte. Jesper wandte sich schnell dem Monitor zu und las, was das Register ausgespuckt hatte: »Bente Louise Villumsen, Alter 47, wohnhaft Rahbeks Allé 2a in Frederiksberg, verheiratet mit Arnt Schou Villumsen ...«

Jespers Telefon klingelte erneut und wieder drückte er es weg. Es war dieselbe Anruferin wie vorhin. Das ging jetzt wirklich nicht. Er stellte das Telefon auf Vibrationsalarm um.

»Ich denke, wir sollten Familie Villumsen einen Besuch abstatten«, sagte er und Marit nickte. Er sah auf die Uhr. Es war schon recht spät, kurz vor sieben. Er schrieb sich die Adresse auf.

»Ich weiß, wo das ist«, sagte Marit.

»Du willst mitfahren?«, fragte er überrascht, und sein Herzschlag beschleunigte sich.

Sie nickte. »Wenn es möglich ist. Ich bin jedenfalls befugt, aktiv an der Ermittlung teilzunehmen.«

»Super. Ich bräuchte ja einen Partner, solange Kirsten noch in der Besprechung ist.« Jesper richtete sich auf und rief in die Runde: »Okay, Leute. Ich fahre mit Marit raus. Es gibt einen neuen Hinweis.« Er griff nach seiner Jacke, die laut raschelte, und plötzlich schämte er sich für das hässliche Ding. Neben Marit in ihrem eleganten Lammfellmantel fühlte er sich wie ein unförmiger Klumpen schlechten Geschmacks. Zusammen mit Schuhen würde er sich demnächst dringend eine neue Jacke kaufen müssen, das stand fest.

Bemüht souverän ging er voraus und wollte Marit die Tür aufhalten, dabei drehte er sich zu ihr um und bemerkte nicht, dass jemand den Raum betrat. Schmerzhaft stieß er mit der Person zusammen.

»Scheiße, verd...« Als er erkannte, wer es war, schluckte er seinen Fluch hinunter.

Ärgerlich funkelte Kirsten ihn an. »Bæk! Wo willst du hin?« Ihr Blick sprang auf Marit. »Und was machst du hier?«

Jesper erklärte seiner Kollegin, was Marit herausgefunden hatte und dass sie auf dem Weg zu Familie Villumsen waren.

»Und da wolltet ihr ohne mich hin?«

»Äh, nein. Natürlich nicht«, verteidigte sich Jesper, ließ dann aber die Schultern hängen. Tja, das war's mit Marit und ihm als Team. Verflixt, warum waren sie nicht fünf Minuten eher losgegangen! Sein Handy vibrierte und er drückte den Anruf wütend weg. Verdammt noch mal! Warum konnte nicht einmal etwas laufen, wie er es sich vorstellte?

22. KAPITEL

Bæks Miene hatte sich schlagartig verfinstert, als Kirsten angekündigt hatte, dass sie mit zu der Familie des Opfers fahren wollte. Sie musterte ihn verstohlen. Bestimmt hatte er sich gefreut, mit Marit allein zu sein. So wie er sie angeglotzt hatte, stand er auf sie. Wie fast jeder zweite Kerl in Dänemark. Aber Marit würde sicher nichts mit einem dahergelaufenen Landei wie Bæk anfangen.

Kirsten verbarg ein schadenfrohes Schmunzeln, während sie vorausging. Sie erreichten den Säulenhof, und je näher sie dem Ausgang des Präsidiums kamen, desto lauter wurde das Geschrei der tobenden Pressemeute. Kirsten stählte sich innerlich für den Spießrutenlauf.

»Kein Wort zu niemandem!«, schärfte sie den anderen ein und trat mit gestraffter Haltung durch das Tor. Sofort richtete sich die Aufmerksamkeit aller auf sie. Mein Gott, wie sie das hasste. Kirsten versuchte, nicht auf die einzelnen Reporter zu achten, spähte stattdessen über deren Köpfe hinweg zur anderen Straßenseite. Vielleicht trieb sich dort der Killer herum, der wieder heimlich Fotos schoss. Doch da war niemand.

»Gibt es etwas Neues über die Toten? Wie heißen sie?«, hörte sie mehrere Stimmen aus dem Pulk rufen. Sie ignorierte es und schritt schneller voran.

»Wissen Sie, wer der Seehundmann ist?«

»Wie lange wollten Sie uns die zweite Leiche noch verschweigen? Sie haben doch heute Morgen eine gefunden, oder nicht? Erst ein Seehundmann, jetzt eine Meerjungfrau, was kommt als Nächstes? Ein Troll? Wann werden Sie endlich handeln?«

Meerjungfrau? Als Kirsten das hörte, blieb sie abrupt stehen. Bæk wäre beinahe erneut in sie hineingelaufen, konnte zum Glück aber bremsen und trat ihr nur auf die Ferse.

»Was?«, blaffte Kirsten den Reporter an, der die Frage mit der Meerjungfrau gerufen hatte. Davon konnte er eigentlich nichts wissen. Informationen über die zweite Leiche waren bislang nicht bekanntgegeben worden. Das sollte erst morgen früh bei der Pressekonferenz geschehen. Wütend starrte sie den Mann an, der sogleich in sein Mikrofon zu sprechen begann. Kannte sie ihn? Ja, richtig, das war doch der Kerl, mit dem Bæk gestern geredet hatte.

»Wir haben hier Kriminalkommissarin Kirsten Vinther«, sagte er mit seiner aufgesetzten Reporterstimme, »sie leitet die Sonderermittlung, die sich mit den Metzgermorden beschäftigt. Und ihr Kollege Vizekriminalkommissar Bæk ist auch anwesend. Frau Vinther, Herr Bæk, was sagen Sie zu den jüngsten Vorfällen, was will uns der Mörder mit seinen brutalen Kunstwerken mitteilen?« Er hielt ihr das Mikro vor die Nase.

»Kein Kommentar, verdammt!«

»Wie war das auf dem Boot, als Sie die Leiche fanden? Haben Sie da gleich an die Kleine Meerjungfrau gedacht? Bildet der Mörder die Sehenswürdigkeiten dieser Stadt nach, oder was hat er vor?«

Kirsten trat rasch einen Schritt auf den Reporter zu, der vor Schreck zurückzuckte. Doch im nächsten Moment erschien ein freches Grinsen auf seinem sommersprossigen Gesicht.

»Machen wir Sie nervös, Frau Vinther? Haben Sie Angst, die Öffentlichkeit könnte merken, wie unfähig Sie sind?«, fragte er leise, dass nur sie es hören konnte.

»Halten Sie die Fresse, kapiert?«

Der Reporter lachte. »Ganz bestimmt nicht. Wir müssen die Leute doch darüber informieren, was die Polizei zu ihrem Schutz tut. Und das ist übrigens Nötigung, was Sie hier treiben. Ich fühle mich bedroht.«

»Das ist ein Scheiß gegen das, was ich dir antun werde, wenn du mir nicht sofort verrätst, woher du das mit der Meerjungfrau hast!«

»Pah, glauben Sie etwa, ich gebe meine Quellen preis?« Er lachte erneut und sah kurz zu Bæk hinüber. »Vergessen Sie es!«

Kirsten packte ihn am Kragen seiner Steppjacke und schüttelte ihn. Sofort gab es ein Blitzlichtgewitter.

»Kirsten!«, rief Bæk und zog sie weg. Sie wehrte sich gegen seinen Griff, doch er blieb hart und zerrte sie in Richtung Parkplatz.

»Wo ist der Autoschlüssel? Her damit«, drängte er.

»Las mich los!«

»Gib mir den Schlüssel!«

»Nein!«

»Mensch, Kirsten, hör auf, dich so kindisch zu benehmen«, mischte sich Marit ein. »Siehst du nicht, dass die da drüben alles filmen?« Sie wies auf die Meute, jede einzelne Linse war auf sie gerichtet.

Kirsten ließ die Arme sinken und schnaubte. In ihr brodelte es. »Diese verdammten Schmierfinken! Die Pest über sie!«, zischte sie. »Und du!« Sie zeigte mit einem Finger auf Bæk. »Wir sprechen uns noch!«

»Wieso? Was habe ich denn jetzt …?«

»Kirsten, du …«

»Schnauze halten, alle beide!« Kirsten riss die Autotür auf. »Ich fahre!«

Schleunigst stiegen Bæk und Marit ein, und kurz darauf brauste Kirsten mit dem Wagen vom Parkplatz, wobei sie beinahe eines der Pressearschlöcher auf die Motorhaube genommen hätte.

Als sie am Bahnhof vorbeifuhren, atmete sie gepresst aus. Zum Glück hielten Bæk und Marit sich an ihre Anweisung und schwiegen. Sie saßen auf dem Rücksitz wie Hänsel und Gretel und vermieden es, sie anzusehen.

Weil in der Rahbeks Allé kein Parkplatz frei war, parkte Kirsten mitten auf dem Bürgersteig. Rasch liefen sie zu dem Hauseingang mit der Nummer 2a und klingelten bei dem Namen Villumsen. Eine Stimme ertönte durch die Gegensprechanlage: »Wer ist da?«

Kirsten antwortete und kurz darauf klickte es an der Tür. Sie mussten in den dritten Stock hinaufsteigen, vorbei an Regalen mit den verschiedensten Sammelsurien von Schuhen. Manche schön säuberlich geordnet, manche wild durcheinander.

An der Wohnungstür empfing sie ein früh ergrauter Mittvierziger mit sorgenvoller Miene. Er trug eine Nickelbrille und ein hellblaues Hemd mit Jeans.

»Sind Sie Arnt Schou Villumsen?«, fragte Kirsten und zeigte ihren Ausweis.

Er nickte. »Warum wollen Sie das wissen?«

»Dürfen wir reinkommen?«

»Aber ziehen Sie Ihre Schuhe aus.« Er hielt ihnen die Tür auf, bis sie fertig waren, und geleitete sie danach durch den schmalen Flur zu einem Esszimmer mit offener Küche. Am Tisch saß eine jüngere Frau mit altmodischen Spangen im strähnigen blonden Haar. Ihr leicht dicklicher Körper steckte in einer Strickjacke plus Cordrock, und beides wirkte, als stamme es aus dem vorherigen Jahrhundert, was es vermutlich tatsächlich tat. Sie stand auf, als die unerwarteten Gäste eintraten, und ihr Blick begann unsicher hin und her zu huschen.

An wen erinnert mich das nur, dachte Kirsten zynisch, vermied es jedoch, zu Bæk hinüberzuschauen.

»Das ist eine Kollegin und Freundin von meiner Frau und mir, Rikke Nehlsen«, stellte Villumsen sie vor. »Wir arbeiten zusammen an einem Forschungsprojekt über den Zusammenhang von globaler Erwärmung und vermehrt auftretenden Infektionskrankheiten in Mitteleuropa am Beispiel des Hantavirus.«

»Aha«, entgegnete Kirsten, obwohl sie nur Bahnhof verstanden hatte. »Und wo genau arbeiten Sie beide?«

»Ich bin Professor für angewandte Physik an der Universität von Kopenhagen. Und Rikke ist Meteorologin.« Nervös knetete Villumsen seine Hände. Schweißflecken hatten sich unter seinen Achseln gebildet.

Kirsten erklärte, wer sie und ihre Kollegen waren, und kam zur Sache, weil sie merkte, dass Villumsen und Frau Nehlsen beinahe vor Anspannung kollabierten. »Es ist besser, wenn Sie sich setzen.« Villumsens Blick wurde glänzend vor Panik, doch Kirsten zögerte. »Was wir Ihnen mitzuteilen haben, ist eigentlich nur für Sie gedacht, Herr Villumsen.«

»Rikke kann bleiben. Das ist okay«, sagte Arnt Villumsen und fuhr sich mit dem Finger in seinen Hemdkragen.

Kirsten nickte. »Es tut uns leid, Ihnen mitteilen zu müssen, dass Ihre Frau Opfer eines Gewaltverbrechens wurde.«

»Oh Gott. Doch nicht etwa … Ist sie tot?« Erschrocken von seiner Aussage ließ Villumsen sich auf einen Stuhl fallen. »Sagen Sie nicht, dass sie tot ist!«

»Doch, leider. Und es sieht so aus, als hinge es mit dem vorangegangenen Mord zusammen, dem …«

»Dem Seehundmann? Oh Gott, das kann doch nicht wahr sein!«

Kirsten hasste diesen Ausdruck, den mittlerweile auch die Presse so eifrig benutzte, aber sie nickte. Sie gab Bæk ein Zeichen, Wasser für Herrn Villumsen zu holen. Er ging hinter den Küchentresen, füllte ein Glas am Wasserhahn und drückte es Villumsen in die zitternde Hand. Der nahm einen Schluck und fuhr damit fort, »Oh, Gott, oh Gott, oh Gott« zu sagen.

Rikke Nehlsen hatte am anderen Ende des Tisches Platz genommen, wo sie jetzt wie eingefroren saß, ihr Gesicht bar jeglicher Emotion.

Kirsten berichtete, was sie wusste, ersparte dem Ehemann jedoch die schrecklichen Details. Die würde er später im Beisein eines Seelsorgers erfahren. Als sie auf das Boot zu sprechen kam, horchte Villumsen auf.

»Eine Segeljacht auf dem Øresund? Das kann nicht sein, Bente ist doch in Deutschland, in Bremerhaven.« Ein Hoffnungsschimmer trat in seine tränenfeuchten Augen. »Vielleicht irren Sie sich und es ist gar nicht meine Frau.«

Kirsten zog ein Foto heraus. Es zeigte lediglich den Kopf der Toten, ohne die grausigen Verstümmelungen. Villumsen betrachtete es und verzog schmerzhaft das Gesicht. Also war es ohne jeden Zweifel Bente Villumsen.

»Sie sagten Bremerhaven? Was wollte sie dort?«

Villumsens Kehlkopf zuckte, tiefe Schluchzer bahnten sich ihren Weg. »Sie … sie ist bei einer Konferenz vom Alfred-Wegener-Institut für Polar- und Meeresforschung. Bente ist …«

»Glaziologin am GEUS, das wissen wir bereits.«

»Ach so?« Ein verwirrter Ausdruck zerfurchte seine Stirn. Wie er da so hockte, tat er Kirsten leid, aber was sollte sie machen? Sie brauchte mehr Informationen. Marit und Bæk warteten schweigend.

»Kennen Sie das Boot? Es heißt Lille Havfrue und gehört einem gewissen Malte Kenter aus Dragør.«

»Nein, und Bente segelt nicht einmal. Ich weiß überhaupt nicht, was das bedeutet. Warum ist sie nicht in Bremerhaven?«

»Wann soll sie denn dorthin gereist sein?«

»Sie ist am Mittwoch los und wollte bis Ende nächster Woche bleiben. Ich habe sie in das Taxi steigen sehen, mit dem sie zum Bahnhof wollte.«

»Okay, und wann hat sie sich das letzte Mal bei Ihnen gemeldet?«

»Am Donnerstag, glaube ich, nein, am Freitag war das. Ja, vorgestern, da hat sie spät abends eine Nachricht geschickt. Dass die Konferenz super sei, aber auch total anstrengend, oder so ähnlich.«

»Sie hat nicht angerufen?«

»Nein, wir telefonieren nicht so oft, wenn sie unterwegs ist. Das hat sich so bei uns entwickelt. Sie ist weg und ruft ab und zu mal an und ich mache mir keine Sorgen.« Er schluckte.

Kirsten hörte, wie Marit in ihrem Rücken leise zu Bæk sagte: »Ich vermute mal, dass der Mörder sie deshalb ausgesucht hat. Eine Frau, die mehrere Tage nicht vermisst wird. Da hat er genug Zeit für seine aufwendigen … Installationen.« Kirsten stimmte dem insgeheim zu und war froh, dass Villumsen Marits Worte nicht mitbekommen hatte, denn er weinte hinter vorgehaltenen Händen.

Ihr Blick fiel auf die stocksteif dasitzende Rikke Nehlsen und die zwei halb geleerten Weingläser auf dem Esstisch. Nirgendwo lagen Arbeitspapiere oder Bücher herum. Scheint, als hätte Herr Villumsen in der Abwesenheit seiner Frau so seine eigenen Pläne gehabt.

»Haben Sie eigentlich Kinder?«, fragte sie.

Tränen rollten über Villumsens Wangen. Er hatte seine Brille abgenommen und wischte sich mit dem Handrücken über die Augen. »Zwei. Meine Tochter studiert in Århus und mein Sohn in Berlin. Mein Gott, ich muss ihnen Bescheid geben.«

»Sollen wir das machen?«, bot Kirsten an.

»Nein, das übernehme ich«, mischte sich Rikke ein und erwachte damit aus ihrer Starre. Ich kenne die beiden gut, und wenn Arnt es nicht schafft, kann ich mit ihnen sprechen.«

Villumsen schüttelte vehement den Kopf. »Nein, das ist meine Sache. Ich kümmere mich darum!«

Rikke zog überrascht das Kinn ein. »Okay, Arnt. Wie du willst.«

»Hätten Sie vielleicht ein paar Bilder von Ihrer Frau? Das würde uns sehr helfen.«

Arnt Villumsen nickte. Er stand auf und schlurfte aus dem Zimmer, als sei er in der letzten halben Stunde um 30 Jahre gealtert. Während es im Nebenraum zu rumoren begann, wandte Kirsten sich an Rikke: »Haben Sie ein Verhältnis mit ihm?«

Rikke Nehlsen schoss die Röte ins Gesicht. »Ich weiß nicht, was das mit Bentes Tod zu tun haben soll …«

»Ja oder nein?«

»Äh … ja. Arnt und ich haben eine Affäre. Aber noch nicht lange. Bente war …« Rikke zögerte.

»Bente war was?«

»Ach, nichts.« Trotzig verschränkte Rikke die Arme.

Arnt Villumsen kam zurück und überreichte Kirsten einen kleinen Stapel Fotos. »Die sind von Bentes Arbeit. Sie ist viel unterwegs und da werden häufig Fotos gemacht. Das sind die aktuellsten.«

Kirsten betrachtete die Aufnahmen. Darauf war eine fit wirkende Mittvierzigerin mit sonnengebräuntem Gesicht und strahlendem, lebenslustigem Blick zu sehen – welch ein Unterschied zu der übel zugerichteten Leiche, die ihnen auf dem Segelboot gegenübergesessen hatte. Aber es gab keinen Zweifel, sie war es. Bente Villumsen. Auf den Fotos arbeitete sie zusammen mit mehreren Personen in einer Schneelandschaft mit Spaten und Motorsäge. Weißer Himmel und flache, verschneite Berge, vor denen sich die Menschen als farbenfrohe Tupfer abhoben. Alle trugen bunte Outdoorjacken mit Fellkragen. Mal konzentrierten sie sich auf einen Gegenstand, den sie in ihren Händen hielten, mal wandten sie sich ernst der Kamera zu.

»Wo sind die aufgenommen worden?«

»Ich glaube, auf der Expedition in Grönland voriges Jahr im Sommer«, antwortete Villumsen und ließ sich wieder auf den Stuhl fallen.

»Hat Ihre Frau in letzter Zeit etwas Außergewöhnliches gemacht? An einem speziellen Forschungsprojekt gearbeitet oder sich mit neuen Leuten getroffen? Oder hat sie sich irgendwie seltsam verhalten?«

»Wie soll ich mich jetzt an so was erinnern? Was denken Sie eigentlich? Ich habe gerade erfahren, dass meine Frau ermordet wurde!« Er wirkte empört, seine Wangen, über die unablässig Tränen rannen, waren rot. Waren das Krokodilstränen, weil er die Affäre mit Rikke nicht auffliegen lassen wollte? Oder trauerte er wirklich um seine Frau? Kirsten reichte die Fotos an Marit weiter.

»Entschuldigen Sie meine aufdringlichen Fragen, Herr Villumsen«, fuhr sie fort. »Jeder Hinweis könnte uns helfen, den Mörder Ihrer Frau schneller zu finden.«

Villumsen saß mit hängenden Schultern da und wiegte sich

vor und zurück. Seine Hände lagen flach auf den Oberschenkeln. »Ich … ich kann mich nicht erinnern, es ist alles weg. Tut mir leid.« Er schüttelte den Kopf und begann erneut zu schluchzen. Rikke Nehlsen stand auf und legte beschützend einen Arm um ihn.

»Könnten Sie uns jetzt bitte in Ruhe lassen?«, sagte sie vorwurfsvoll. »Sie sehen doch, wie fertig er ist.«

Kirsten setzte zu einer Erwiderung an, doch Bæk war schneller. »Natürlich, Frau Nehlsen, Sie haben recht. Wir lassen Sie allein. Komm, Kirsten. Gib den beiden eine Karte, dann können sie sich melden, falls ihnen noch etwas einfällt.« Er klang verständnisvoll und sanft.

Kirsten zögerte, schließlich legte sie mit einem klappenden Laut ihre Karte auf den Tisch. »Unter dieser Nummer können Sie mich jederzeit erreichen. Haben Sie vielen Dank für Ihre Hilfe, und mein Beileid, Herr Villumsen. Es ist wirklich schrecklich, was Ihrer Frau widerfahren ist.«

Sie drehte sich um und steuerte auf die Wohnungstür zu, da hörte sie Marit hinter sich rufen: »Wartet! Der Mann auf dem Foto. Das ist er!«

»Wer?«

»Unser erstes Opfer.«

Kirsten kehrte um und betrachtete zusammen mit Bæk das Bild. Der Mann, den Marit meinte, war gegen die Kälte dick eingemummt, trug eine Sonnenbrille, und sein Bart war mit Eiskristallen durchsetzt. Er blickte in die Kamera, als würde er nicht gerne fotografiert werden. Nie hätte Kirsten realisiert, dass er der Seehundmann war.

»Woran erkennst du das denn?«, fragte sie ungläubig, und auch Bæk schien sehr an einer Antwort interessiert zu sein.

»Es ist die Falte hier zwischen den Brauen und die Form von Wangen und Nasenlöchern, seht ihr?«

Nö, hätte Kirsten am liebsten gesagt, aber es war auch egal, was sie dachte. Wenn Marit jemanden erkannte, dann war das zu 99 Prozent sicher!

Hastig blätterte sie durch die Fotos und fand ein besseres Bild, auf dem das Gesicht des Mannes größer abgebildet war. Er hatte Kapuze und Sonnenbrille abgenommen und betrachtete das Gewinde eines spiralförmigen Aufsatzes, der an einer Art Motorsäge hing. Seine Haare waren lang und zottelig.

»Ich glaube, die nehmen Proben aus dem Eis«, sagte Marit.

Kirsten hielt das von Marit angefertigte Porträt daneben. Kein Zweifel. Sie ging zu Villumsen. »Kennen Sie diesen Mann?«

Träge blickte er auf das Bild, und es schien eine Ewigkeit zu dauern, bis die optische Information sein Gehirn erreicht hatte.

»Ja, den habe ich schon mal gesehen.«

»Wo? Und wer ist das? Wir brauchen einen Namen!« Kirsten wurde ungeduldig. Sie spürte, dass sie kurz davor waren, ein weiteres Puzzleteil zu erhalten.

»Das … ist Kenneth«, antwortete Villumsen schleppend. »Den Nachnamen kenne ich nicht. Bente hat ihn immer nur Kenneth genannt.«

»In welchem Verhältnis standen er und Ihre Frau zueinander?«

Villumsen leckte sich in Zeitlupe über die Lippen, runzelte verwirrt die Stirn und seufzte. Ein Zittern ging durch seinen Körper. Kirsten drückte Bæk ihr Smartphone in die Hand. »Ruf eine Ambulanz und den Seelsorger. Er heißt Strøm, du findest ihn in meinen Kontakten.«

»Keine Ambulanz, bitte«, wehrte Villumsen ab. »Es geht auch so.«

»Sicher? Und der Seelsorger?«

Villumsen schien zu überlegen, dann nickte er. »Der wäre gut.«

Kirsten sah, wie Bæk mit ihrem Handy die Nummer wählte, und kurz darauf sprach er mit dem Polizeiseelsorger.

»Können Sie mir noch mehr über diesen Kenneth erzählen?«, fragte sie.

»Er ist ein Kollege meiner Frau vom GEUS. Sie waren oft zusammen auf Forschungsreisen. Grönland, Russland, Spitzbergen, Kanada, alle Nordpolarregionen eben.«

»Waren sie enger befreundet?«

»Weiß ich nicht. Ich glaube, ihre Verbindung war eher beruflich.«

»Und diese Expedition vom GEUS?« Kirsten tippte auf das Bild.

»Ich verstehe nicht.«

»Was war der Grund für die Forschungsreise?«

»Ich weiß es nicht genau. Sie sollten irgendetwas aus dem Eis holen. Vielleicht Proben.«

Fieberhaft überlegte Kirsten. Ging es hier um die Expedition? Immerhin waren zwei der Teilnehmer auf grausame Weise ermordet worden. Oder hatte es mit dem GEUS zu tun? Denn Bente und Kenneth hatten dort als Kollegen zusammengearbeitet. Was es auch war, endlich hatten sie einen Ansatzpunkt.

»Okay, das war sehr hilfreich«, bedankte sie sich. »Wir werden jetzt gehen.«

Als hätte man ihm die Luft abgelassen, sank Villumsen in sich zusammen. Kirsten gab Bæk und Marit ein Zeichen, dass sie ihr folgen sollten. Rikke Nehlsen begleitete sie zum Ausgang, als wollte sie sichergehen, dass sie tatsächlich verschwanden. Mit der Klinke in der Hand stand sie in der Tür, während Kirsten und die anderen beiden ihre Schuhe anzogen.

Plötzlich sagte sie: »Ich glaube, Arnt hat da vorhin etwas vergessen.«

»Ach ja? Und was?« Kirsten hob den Kopf.

»Er ist total durcheinander. Ist ja kein Wunder. Aber mir hat er erzählt, dass sich Bente seltsam verhalten habe. Das war mit der Grund dafür, nun, warum wir …« Sie sah verlegen zu

Boden. »Warum wir zusammengekommen sind. Bente hat sich immer mehr zurückgezogen.«

»Warum das?«

Rikke zuckte mit den Schultern. »Das hat Bente ihm nie gesagt. Sie hat ihn angeschwiegen und war depressiv, hatte wohl fast jede Nacht Alpträume. Dann wurde sie ganz hysterisch. Arnt sagte, er hätte sie gar nicht wieder beruhigen können. Deshalb haben sie inzwischen getrennte Schlafzimmer.«

»Und seit wann hat sie sich so verhalten?«

»Seit dieser Expedition auf das Inlandeis.«

23. KAPITEL

Niedergeschlagen lief Jesper durch die klirrend kalte Nacht nach Hause. Es waren kaum noch Menschen unterwegs. Aber das passte ihm gut, so sah ihn wenigstens niemand in seinem Elend.

Der Fall ging ihm an die Nieren. Doch allem voran machte ihm Kirsten das Leben zur Hölle. Was hatte er ihr getan, dass sie so aggressiv und misstrauisch auf ihn reagierte? Es wirkte fast so, als dächte sie, er wäre das Leck. Das war die Höhe!

Er blieb auf dem Bürgersteig stehen und sah sich um. Scheiße, hatte er sich jetzt auch noch verlaufen? Verdammtes Kopenhagen! Er dachte gerade darüber nach, Google Maps zu öffnen, da vibrierte sein Handy. Rasch zog er es aus der Tasche und ging dran.

»Ja?«

Am anderen Ende war es zunächst still, dann hörte er eine zögerliche Frauenstimme: »Äh, ist das nicht die Nummer von Kirsten Vinther?«

»Nein, hier ist Jesper Bæk, ein Kollege von Kirsten.«

»Okay, aber warum gehen Sie an Kirstens Handy?«, fragte die Stimme argwöhnisch.

Jesper runzelte die Stirn. »Ich verstehe nicht, was Sie meinen ...« Er nahm das Telefon vom Ohr und sah, dass dort »Mimi« stand. Er kannte gar keine Mimi. Plötzlich begriff er. Er hatte Kirstens Diensthandy eingesteckt, vorhin, als er mit dem Seelsorger telefoniert hatte. Fuck! Das gab bestimmt Ärger.

»Entschuldigen Sie«, sagte Jesper und erklärte die Lage, woraufhin die Frau auflachte.

»Ach so, und ich dachte schon, sie hätte einen neuen Freund ... Ich bin Miriam Albech aus der Bereitschaft. Schön, Sie mal kennenzulernen. Kirsten hat schon einiges von Ihnen erzählt. Wir sind uns heute Morgen übrigens begegnet, aber da wussten Sie noch nicht, wer ich war.«

Jesper schwieg, weil er sich nicht daran erinnerte.

»In der Gerichtsmedizin«, fuhr Miriam Albech fort. »Ich war mit einem Mann dort, der Opfer eines brutalen Überfalls geworden ist. Ich habe ihn zu der forensischen Untersuchung gebracht.«

In Jesper regte sich eine Erinnerung. »Ach, Sie sind die Polizistin, die am Fahrstuhl gewartet hat.«

»Ja, genau. Und deswegen rufe ich an. Ich habe die Aussage des Mannes aufgenommen. Sein Name ist Elias Kaspersen. Er ist Anwalt und vertritt eine Mandantin in dem großen Hells-Angels-Prozess, der gerade läuft. Der tätliche Angriff auf ihn könnte damit zu tun haben – oder mit eurem Fall.«

»Aha«, sagte Jesper interessiert.

»Das ist alles streng vertraulich.«

»Klar.«

»Gut, Kaspersen hat nämlich darum ersucht, dass nichts darüber an die Öffentlichkeit gelangt. Er hat ausgesagt, dass er von drei vermummten Kerlen auf übelste Weise zusammengeschlagen wurde, und zum Abschluss haben sie ihm einen Gummidildo in den Hals gerammt!«

»Ja, und?« Jesper kapierte nicht, worin die Verbindung zu ihrem Fall bestehen sollte.

»Na, wurde dem Seehundmann nicht sein abgeschnittener Penis in den Hals gesteckt?«

»Das stimmt, aber …« Jesper zögerte. Irgendetwas störte ihn an diesem Gespräch. Er kam nicht drauf, was es war. Im Hintergrund ertönte ein leiser Piepton, das Signal, dass noch jemand anrief.

»Ich will einfach, dass ihr es wisst«, sagte Albech. »Nicht, dass wir ein wichtiges Detail übersehen. Geben Sie die Info bitte an Kirsten weiter?«

»Mache ich. Und danke.«

»Keine Ursache.«

Jesper verabschiedete sich. Keine zwei Sekunden später vibrierte es erneut. Diesmal stand »Marit« auf dem Display. Als er abnahm, war es jedoch nicht die Recognizerin, die zu ihm sprach, sondern eine ziemlich wütende Kirsten. Mit zusammengepressten Kiefern hörte er sich an, was sie ihm mitzuteilen hatte. Sie war natürlich sauer, dass er ihr Handy eingesteckt hatte, doch das war ihm egal. Er sagte ihr, dass sie ihr Handy bei ihm zu Hause abholen könnte, denn dort ginge er jetzt hin.

»Dafür habe ich keine Zeit!«, blaffte sie zurück. »Ich bin im Präsidium und arbeite noch – im Gegensatz zu dir!«

Bevor Jesper auf diesen ungerechtfertigten Vorwurf reagieren konnte, redete Kirsten einfach weiter. »Bring es morgen mit zum GEUS. Wir sehen uns dort Punkt acht! Und wehe, du nimmst auch nur einen Anruf damit entgegen!« Dann legte sie auf, ehe er ihr von der Dildosache erzählen konnte.

Dann eben nicht, dachte er wütend und stopfte das Handy in die Tasche. Mit dieser Mimi könnte sie schön selber telefonieren, da brauchte es ihn als Boten nicht. Bei dem Gedanken an die Polizistin stutzte er, denn mit einem Mal war ihm klar, was ihn eben gestört hatte. Es war die Sache mit dem abgeschnittenen Penis im Hals des ersten Opfers. Woher wusste Miriam Albech davon? Diese Information war nicht herausgegeben worden. Weder an die Presse noch an die Polizeikollegen. Niemand außerhalb der Ermittlungsgruppe hatte Kenntnis davon.

Es vibrierte erneut in seiner Tasche. Diesmal war es sein eigenes Telefon. Auf dem Display stand »Josefine« und ihm fiel ein, dass seine Tochter in den letzten Stunden immer wieder versucht hatte, ihn zu erreichen. Er konnte sie nicht schon wieder wegdrücken.

»Hallo, mein Schatz!«, sagte er bemüht fröhlich. »Wie geht's dir?«

»Hej, Papa, mir geht's okay.«

Jesper spürte, wie gut es ihm tat, ihre Stimme zu hören. Josefine kam aus einem anderen Universum. Einem Universum, in dem völlig andere Dinge zählten. Jungs, Klamotten, die neuesten Songs von irgendeinem süßen Typen mit Gitarre. Jesper wünschte sich, er könnte in das Leben zurückkehren, in dem diese Welt ein Teil seines Alltags gewesen war. In das weiße Haus am Fjord, das er mit seiner Frau gekauft hatte, als sie mit dem ersten Kind schwanger gewesen war. Das Haus, das sein ganzes Glück bedeutet hatte. Das Haus, in dem jetzt Ich-fick-deine-Frau-in-deinem-Bett-Rasmus wohnte!

»Alles in Ordnung bei dir, Papa?«

»Ja, nur wieder ein stressiger Fall.« Rasch drängte er seine negativen Emotionen beiseite und versuchte, unbeschwert zu klingen. »Wie immer, mein Schatz, das weißt du doch. Aber weshalb rufst du denn an?«

»Ich ziehe zu dir!«

»Was?«, entfuhr es ihm entgeistert. Schnell riss er sich zusammen. »Und was ist mit deiner Ausbildung in Ringkøbing?«

»Mama hat gesagt, es wäre okay, wenn ich die abbreche.«

Mama ist ja auch ein Arschloch, dachte Jesper. »Schatz, das geht nicht. Du kannst nicht einfach so nach Kopenhagen kommen.«

»Warum nicht? Ich bin 18, ich kann gehen, wohin ich will, und deine Wohnung hat doch zwei Zimmer, oder? Du hast gesagt, da wäre genug Platz, um dich zu besuchen. Wann immer wir wollen.«

Ja, das hatte er gesagt, es jedoch völlig anders gemeint. Verdammt, was sollte er jetzt machen? Er fuhr sich mit der Hand durch die Haare, die eiskalt gefroren waren. »Josie, ich finde das nicht vernünftig. Du solltest deine Ausbildung zu Ende machen. Dann können wir darüber reden, ob du eventuell …«

»Bitte, Papa! Ich halte das nicht mehr aus. Rasmus ist nur noch fies zu mir. Er ist ein Vollarsch. Ich habe mich echt übel mit ihm gestritten. Und Mama sagt gar nichts.«

Jesper presste die Lippen aufeinander. Er würde ein ernstes Wort mit Lisa reden müssen, wenn das überhaupt etwas brachte.

»Papa, was sagst du dazu?«

»Josie, tut mir leid, es geht nicht. Zumindest nicht sofort. Versuche das bitte zu verstehen. Ich muss erst darüber nachdenken, wie wir die Sache angehen können. Das braucht Zeit, da kannst du nicht morgen bei mir auf der Matte stehen.«

»Das ist gemein.«

Jesper hörte, wie seine Tochter enttäuscht aufseufzte, außerdem war da noch ein anderes Geräusch im Hintergrund. Ein ärgerliches Zischen.

»Ist das Mama?«, fragte er. »Gib sie mir mal!«

»Sie will nicht mit dir sprechen«, antwortete Josie.

»Gib sie mir, verdammt!«

»Sie will nicht mit dir sprechen, hast du das nicht verstanden?«, schrie seine Tochter. Sie war den Tränen nahe, das hörte er. »Ihr beide seid so scheiße, wisst ihr das?« Damit legte Josie auf, und Jesper trat mit voller Wucht gegen ein geparktes Auto. Seine gefrorenen Zehen und die Alarmanlage heulten auf, woraufhin er hinkend die Flucht ergriff.

Zu Hause angekommen riss er sich die Jacke von den Schultern, dass es gefährlich in den Nähten knackte, doch das war ihm egal. Dieses Scheißding hatte eh ausgedient. Schäumend vor Wut stapfte er ins Wohnzimmer, wo er sich auf das Sofa fallen ließ und mit aller Macht dagegen ankämpfte, nicht wieder in seinen allgegenwärtigen Selbsthass abzurutschen.

Nein, eigentlich war es Lisa, die er in diesem Moment hasste! Und dabei hatte er sie einmal geliebt. Sie war alles für ihn gewesen, bis sie seine Ehe zerstört hatte und mit Rasmus fremdgegangen war. Und jetzt wollten sie und Rasmus Josie aus dem Haus haben und schön zu Papi abschieben. Das war doch eindeutig. Vermutlich hatte Josie kein Blatt vor den Mund genommen und Rasmus gesagt, was sie von ihm hielt. Sie war schon immer recht tough gewesen, wenn es darum ging, ihre Meinung zu vertreten. Jesper tat es leid, dass seine älteste Tochter zwischen die Fronten geraten war. Aber was sollte er tun? Er brauchte Zeit, um darüber nachzudenken.

Er schluckte mit zugeschnürter Kehle und wurde sich bewusst, dass er am ganzen Leib zitterte, weil ihm eiskalt war.

Erschöpft stand er auf und schlurfte mit hängenden Schultern in die Küche. Jetzt einen Rotwein und dann eine heiße Dusche. Er öffnete sich eine Flasche und zog damit ins Bad weiter, dessen Winzigkeit allein ein Argument dagegen war, dass er hier zusammen mit seiner Tochter wohnte. Als Teenager fände sie es bestimmt besonders lustig, wenn man sich auf der Toilette sitzend die Zähne putzen und gleichzeitig duschen konnte. Er nahm ein paar kräftige Schlucke aus der Flasche, stellte sie auf dem Klodeckel ab. Danach zog er sich aus und warf die Klamotten in den Flur. Als ihn ein erneutes Frösteln überkam, griff er schnell nach dem Duschkopf in der Halterung am Waschbecken und drehte den Warmwasserhahn auf.

Doch nicht etwa heiß dampfendes Wasser strömte heraus, sondern ein eiskalter Strahl, der ihn vor Schreck zusammenzucken ließ. Erneut drehte er an den Hähnen, das Wasser wurde trotzdem nicht wärmer. Verdammt, war sein Durchlauferhitzer kaputt? Er inspizierte das Gerät, das unter dem Waschbecken saß, fummelte an dem Knopf herum, doch es veränderte sich nichts. Mittlerweile schlotterte Jesper so sehr, dass er mit den Zähnen klapperte.

Wütend trat er gegen den Durchlauferhitzer, wobei er sich wieder die Zehen demolierte und vor Schmerz aufschrie. Scheiße! Warum konnte nicht einmal etwas funktionieren? Er packte die Flasche und schleuderte sie auf den Boden, wo sie mit einem lauten Knall zerbarst und Wein in alle Richtungen spritzte. Mit der tiefroten Kraft eines 2018er Merlots versaute er die frisch gestrichenen Wände und Fliesen. Auch die Scherben verteilten sich großflächig, und beinahe wäre Jesper hineingetreten. Doch wie durch ein Wunder erreichte er unverletzt sein dunkles Schlafzimmer, wo er sich auf sein Bett warf und laut zu heulen begann.

24. KAPITEL

»Haben wir jetzt zwei undichte Stellen, oder was?«, fragte Kirsten erhitzt. Es war nicht mal halb acht am Morgen und sie war schon auf 180. Die Therkildsen hatte sie gleich um sieben zum Gespräch in ihr Büro bestellt, und dort war Kirsten bislang nicht wieder rausgekommen. Die Kacke war mächtig am Dampfen.

»Möglich«, entgegnete die Chefin der Mordkommission. »Oder es ist ein und dieselbe Person, die Zugriff auf beide Ermittlungsakten hat.«

»Aber von der anderen Ermittlung wusste ich gar nichts.«

»Das ist klar, dennoch ist die Information durchgesickert. Dieser Anwalt ist sehr aufgebracht deswegen. Er hat die verantwortliche Polizeibeamtin gestern ausdrücklich darum gebeten, dass nichts davon nach außen dringt. Und heute steht es in der Zeitung, genau wie das mit der Meerjungfrau. Kirsten, wir müssen den Verantwortlichen finden, sonst sind wir beide am Arsch!«

Beinahe hätte Kirsten der Therkildsen von ihrem Verdacht gegen Bæk erzählt, besann sich jedoch eines Besseren. Woher sollte er von dem Anwalt wissen? Stattdessen erkundigte sie sich nach der Polizistin, die den Fall betreute.

»Das ist Miriam Albech aus der Bereitschaft«, entgegnete die Therkildsen.

Mimi? Kirsten war baff. War sie etwa das Leck? Nein, das konnte nicht sein. Obwohl – Kirsten hatte Mimi so einiges über den Horrormetzger erzählt, auch, wie die Leiche des Seehundmannes zugerichtet gewesen war. Die Meerjungfrau hatte sie ihr gegenüber allerdings nicht erwähnt. Oder doch? Kirsten wurde plötzlich unsicher. Hatte sie Bæk fälschlicherweise verdächtigt? War es Mimi, die die Informationen weitergab? Wenn das zutraf, trug sie selbst mit Schuld daran.

»Jedenfalls will der Anwalt sie anzeigen«, unterbrach die Therkildsen ihren Gedankenstrom. »Wegen unautorisierter Herausgabe von vertraulichen Informationen. Das ist ein Riesenschlamassel, Kirsten. Ich habe Anordnung von ganz oben, die Angelegenheit schnellstmöglich zu bereinigen. Und damit meine ich nicht nur den Polizeipräsidenten, der von jetzt an ein Auge auf sämtliche Mitarbeiter haben wird, die mit den Fällen betraut sind. Solange unsere Untersuchung läuft, habe ich Albech vom Dienst freigestellt. Weitere Maßnahmen werden folgen.«

»Den Bericht über den Angriff auf den Anwalt können doch fast alle Kollegen über das interne Netzwerk einsehen. Das könnte jeder gewesen sein.«

»Albech hat das Protokoll aufgenommen, sie ist dafür verantwortlich. Und was deine Abteilung angeht – ich wünsche, dass du das in den Griff bekommst. Schränke den Personenkreis ein, der Zugriff auf die ermittlungsrelevanten Details hat. Lege Sicherheitsstufen mit Passwörtern und Zugangsbeschränkungen an. Und norde deine Leute ein. Ich will nicht, dass wir uns gegenseitig bespitzeln, dennoch wäre ich dankbar für jeden Hinweis. Mann, wie ich so was hasse! Ich frage mich, warum ich heute eine Pressekonferenz abhalten soll, wenn die Gegenseite sowieso längst alles weiß. Und dann noch dieser Ärger wegen des Fotos in der Zeitung heute Morgen. Das war wirklich nicht besonders schlau, Kirsten. Aber weißt du was?« Ann Katrine Therkildsen lächelte listig. »Ich glaube, du nimmst auch an der Pressekonferenz teil.«

»Ich?«, stöhnte Kirsten.

»Das könnte sich aus mehreren Gründen vorteilhaft für uns auswirken. Zuerst wirst du dich bei der Presse für deinen tätlichen Angriff auf den Reporter entschuldigen – denn in diesem

Fall wird der Mann von einer Anzeige absehen, das hat er uns durch seinen Anwalt mitteilen lassen.«

»Tätlicher Angriff! Lächerlich. Das war überhaupt nichts. Ich habe ihn nur am Kragen gepackt.«

»Das mag sein, aber selbst wenn das Foto dich lediglich in einem unglücklichen Moment zeigt, vermittelt es den Leuten da draußen einen Eindruck. Und zwar jenen, dass sich eine hochrangige Polizistin an einem Journalisten vergreift. Aus welchem Grund auch immer, das ist dabei völlig egal. Du weißt ja, wie das mit der Macht der Bilder ist. Wenn sie erst mal im Umlauf sind, lassen sie sich nicht mehr stoppen oder gar uminterpretieren. Und dieses Bild schadet der Polizei. Dem können wir nichts entgegensetzen außer einer Beamtin, die aufrichtig bereut. Drück meinetwegen auf die Tränendrüse, schieb es auf den Stress, deine kranke Mutter, irgendetwas in der Art. Emotionen sind immer gut. Meinst du, das kriegst du hin?«

»Denke schon«, willigte Kirsten zähneknirschend ein.

»Gut. Und danach folgt Schritt zwei: Du wirst sie mit so vielen Informationen über die Morde füttern, wie wir gerade noch freigeben können. Damit lassen wir es richtig schön nach Offenheit aussehen. Das wird unser Geschenk an die Presse, deren Unterstützung wir schließlich für unsere Ermittlungen brauchen. Wir kraulen denen ordentlich die Rosette. Glaub mir, danach werden sie dich wieder lieben.« Die Therkildsen zwinkerte ihr zu und Kirsten nickte zustimmend. Das könnte funktionieren. »Trotzdem müssen wir die Sache mit der undichten Stelle schleunigst in den Griff bekommen, sonst, so fürchte ich, wird der Polizeichef von mir Konsequenzen fordern, und die werde ich ihm nicht verweigern können. Verstanden?«

Kirsten nickte. Das war Ann Katrine Therkildsens Art, ihr zu sagen, dass sie bisher eine schützende Hand über sie gehalten hatte, es ihr allerdings nicht auf ewig garantieren könnte. Kirsten war froh, nichts von ihrem Verdacht gegen Bæk erzählt zu haben, womöglich hätte das die Therkildsen veranlasst, ihre Hand schneller wegzuziehen als beabsichtigt. Im Stillen küsste sie Marit dafür, ihr gestern Abend so richtig den Kopf gewaschen zu haben.

»Wann ist die PK?«, fragte sie.

»Um neun. Bereite dich gut darauf vor!«

»Werde ich, keine Sorge.« Kirsten hob einen Daumen und verließ das Büro. Sie hatte viel zu tun.

Als sie die Tür zum Raum der Sonderkommission erreichte, hatte sie bereits einen groben Plan entworfen, wie sie die Informationsverteilung in ihrer Ermittlungseinheit ab sofort organisieren wollte. Schwungvoll trat sie ein. Sämtliche Kollegen schienen schwer mit ihren Aufgaben beschäftigt zu sein und lediglich ein paar Augenpaare zuckten kurz in ihre Richtung.

Kirsten pfiff sich Ebert Clausen heran, um ihm mitzuteilen, was sie soeben mit der Therkildsen besprochen hatte. Clausen gehörte für sie unbedingt zum Inner Circle. Sie kannte ihn über zehn Jahre und hatte mit ihm einige heiße Fälle bearbeitet. Er würde sich eher einen Finger abschneiden, als mit der Presse zu kollaborieren.

»Ebert, ich möchte, dass sämtliche Bilder der Leichen von den Pinnwänden genommen und bei mir im Büro aufgehängt werden. Nur wenige werden einen Schlüssel zu dem Raum erhalten, einer davon bist du.«

Clausen ruckte mit seinem fleischigen Schädel einmal auf und ab. Er war nicht der Typ für große Regungen, was Kirsten durchaus zu schätzen wusste.

»Dann möchte ich, dass du dir Sanne schnappst«, fuhr sie fort. »Sie soll sich darum kümmern, dass im Netzwerk verschiedene Sicherheitsbereiche eingerichtet werden. Ich möchte für jeden Einzelnen aus der Ermittlungsgruppe eine komplett neue elektronische Signatur haben, mit Datum, Uhrzeit und Ort, damit wir die Zugriffe nachverfolgen können. Ich erstelle eine Liste mit den Leuten und zu welcher Sicherheitsstufe sie gehören. Gemäß dieser Hierarchie wird fortan alles verteilt. Und noch etwas: Solange diese Ermittlung läuft, wird es unter Androhung von Suspendierungen verboten sein, seine Zugangsschlüssel an andere weiterzugeben. Mach das den Kollegen klar. Wenn wir vollzählig sind, werde ich eine Ansprache dazu halten. Apropos, wo steckt denn Kollege Bæk? War er schon hier?«

»Nö.«

Kirsten sah auf ihre Uhr. Zehn vor acht. Ein paar Minuten hatte er noch. Sie brauchte dringend ihr Handy zurück. »Hat sich Bostrup mit Ergebnissen gemeldet?«

»Nö.«

»Und Wang Ze?«

»Ebenfalls nö.«

»Okay.« Sie schickte Clausen an seine Aufgabe und ging zu einem der Festnetzanschlüsse im hinteren Bereich des Einsatzraumes. Nachdem sie eine halbe Flasche Wasser für ihren Flüssigkeitshaushalt getrunken hatte, wählte sie die Nummer der Gerichtsmedizin.

Wenig später wusste Flemme Bostrup über die neuesten Sicherheitsmaßnahmen Bescheid. Er hatte Anweisung, ausschließlich an Kirsten oder Clausen zu berichten und an sonst niemanden. Was er auch gleich tat, indem er sie über die Ergebnisse der Obduktion unterrichtete. Er hatte die Nacht durchgearbeitet und klang dementsprechend müde.

»Die Todesursache bei Bente Villumsen ist genau wie beim Seehundmann eine Zyankalivergiftung. Diesmal durch Einflößen von vergiftetem Wasser, was eindeutig unter Gewaltanwendung geschehen ist. Ich habe an Hals- und Kinnpartie der Frau Hämatome gefunden und kleine Verletzungen am Zahnfleisch. Der Tod ist schlussendlich durch eine Blockade der Zellatmung eingetreten. Danach ist die Frau mit demselben Werkzeug zerteilt worden, das schon beim Seehundmann benutzt wurde. Ihre linke Brust hingegen und die Ohren sind mit einer langen, scharfen Klinge abgeschnitten worden. Ihr Körper war frei von Fremd-DNA, Fingerabdrücken oder irgendwelchen anderen Hinterlassenschaften. Er ist nahezu klinisch rein. Wie beim Seehundmann hat der Täter alles mit Lauge gewaschen.«

Der Täter war wirklich gut organisiert und agierte sehr bewusst, dachte Kirsten. Wie kaltblütig musste man sein? Oder vielmehr verrückt?

»Und der Todeszeitpunkt von Bente Villumsen?«, fragte sie.

»Der war nicht so leicht zu bestimmen. Ich schätze ihn auf Mittwoch, also vor fünf Tagen.«

»Das heißt, sie wurde an dem Tag getötet, als sie die Reise nach Deutschland angetreten hat.«

»Nicht nur das, sie wurde *vor* dem Seehundmann getötet! Eine merkwürdige Reihenfolge, nicht? Ich gehe davon aus, dass Frau Villumsen eine Weile eingefroren war, und zwar nicht aufgrund des Wetters. Der Sägeschnitt durch ihre Leibesmitte wurde eindeutig in gefrorenem Zustand durchgeführt. Zum Nähen muss sie aufgetaut worden sein, und erst ab diesem Zeitpunkt setzte die Verwesung ein.«

»Du meinst, sie hat in einer Gefriertruhe oder einem Kühlhaus gelegen?«

»Ganz genau.«

»Dann suchen wir nach einem Ort, an dem es eine Möglichkeit gibt, etwas Großes einzufrieren, und der genug Platz und Ruhe bietet, um ungestört diese gruseligen Skulpturen zu erschaffen?«

»So würde ich das sehen«, entgegnete Bostrup.

Kirsten überlegte: In Kopenhagen mochte es Hunderte solcher Orte geben. Das half ihr also nur bedingt weiter. Sie dachte an die Nachricht von Bente Villumsen, die ihr Mann zwei Tage nach ihrem Tod erhalten hatte und die folglich vom

Täter stammen musste. Sie sollten versuchen, das Handy zu orten, vielleicht hatte der Killer es noch. Allerdings waren ihre Hoffnungen dahingehend sehr gering, denn so sorgfältig, wie er vorging, glaubte sie nicht daran, dass ihm ein solcher Fehler unterlief. Dennoch wollte sie nichts unversucht lassen. Sie bedankte sich bei Bostrup für seinen unermüdlichen Einsatz und ging zu Sanne hinüber, die geschäftig an ihrem Terminal arbeitete. Nachdem sie ihr aufgetragen hatte, die Handyortung einzuleiten, sah Kirsten erneut auf die Uhr.

Zehn nach acht. Wo zum Teufel blieb Bæk? Hatte er schon wieder verschlafen oder war er beleidigt, weil sie ihn gestern so angepampt hatte? Von einem Präsidiumsanschluss rief sie ihn auf seinem Handy an. Nach dem zweiten Klingeln ging er dran.

»Wo steckst du denn, verdammt noch mal?«, platzte es ohne Begrüßung aus ihr heraus.

»Das frage ich dich. Ich friere mir den Arsch ab!«

Fieberhaft überlegte Kirsten, ob sie etwas vergessen hatte. Unvermittelt schlug sie sich vor die Stirn. Natürlich, sie hatte Bæk um Punkt acht zum GEUS bestellt, dort hatten sie nach der Identität von Kenneth forschen und mit Bente Villumsens Kollegen sprechen wollen.

»Oh, sorry«, brachte sie zerknirscht hervor. »Ich hab den Termin vergessen.«

»Und jetzt?«

»Ich kann hier nicht weg. Es ist zu viel los. Du musst die Befragungen ohne mich durchführen.«

»Kein Problem«, entgegnete er gelassen.

Kirsten zögerte. Konnte sie ihn wirklich alleine losziehen lassen? In ihr schlummerte noch immer das Misstrauen gegen ihn. Ihr kam eine Idee. »Bæk?«

»Ja, bin dran. Was sonst?«

»Ich rufe Marit an, sie soll dich begleiten. Stehst du vorm Eingang?«

»Ja, verdammt.«

»Geh rein und warte drinnen.«

»Okay.«

Kirsten legte auf und wählte Marits Nummer. Die war nicht begeistert, den Aufpasser spielen zu müssen, doch Kirsten wusste, dass Marit froh war, endlich eine Aufgabe zu haben. Zufrieden mit ihrer Lösung trank sie die Wasserflasche aus. Der Geruch nach Zimtschnecken wehte herüber. Jemand hatte einen Teller mit den Backwaren auf einen der Tische gestellt. Hungrig griff sie sich eine und wollte gerade hineinbeißen, da steckte der Chef des NKC seine Nase in den Raum.

»Ich habe was«, sagte Wang bedeutsam.

Kirsten stopfte sich die kleine Zimtschnecke in den Mund und trat zu ihm auf den Flur. Mit einer Handbewegung gab sie ihm zu verstehen, dass er ihr folgen sollte.

»Warum gehst du eigentlich nicht an dein Telefon?«, fragte Wang vorwurfsvoll.

»Ja, sorry«, entgegnete Kirsten kauend. »Mein Handy ist bei Bæk. Die Geschichte erzähle ich dir später.« Sie öffnete die Tür zu ihrem Büro und ließ Wang eintreten. Drinnen war Clausen eifrig damit beschäftigt, die Materialien aus dem Besprechungsraum an einer Pinnwand neu zu ordnen. Kirsten bedeutete ihm, sich zu setzen.

Unterdessen zog Wang einen Stapel Fotos aus seinem Rucksack und heftete sie ebenfalls an die Pinnwand. Es waren jene, die der Täter Kirsten per Mail zugeschickt hatte, um ihr zu sagen: »Ich beobachte dich!«

Ein leichtes Kribbeln machte sich in ihrem Bauch breit, während sie Wang beobachtete. Was hatte er herausgefunden?

»Ich habe meine Leute zu den Orten geschickt, an denen die Bilder aufgenommen wurden«, erklärte er. »Leider war dort nicht das Geringste zu finden. Es war wie an den Leichenfundorten alles klinisch sauber. Kein Haar, kein Fußabdruck, nicht der kleinste Hinweis auf die Person, die die Aufnahmen gemacht hat. Nur eines wissen wir.«

»Und das ist?«, fragte Kirsten ungeduldig.

»Dass er ein sehr starkes Teleobjektiv benutzt haben muss, und das ist teuer.«

»Na, dann suchen wir jetzt nach einem Profifotografen, oder was?«

»Möglich. Zumindest muss er eine solche Ausrüstung besitzen. Und er hat grobe Kenntnisse in Bildbearbeitung.« Wang befestigte ein weiteres Foto an der Pinnwand. »Dieses Motiv war als kaum erkennbarer Schatten bei allen Aufnahmen hinterlegt. Quasi als zweite Ebene. Ein Mitarbeiter von mir hat es entdeckt, als er mit den Kontrasten herumgespielt hat.«

Kirsten betrachtete das seltsame Gebilde. Es war eine kleine Figur. Ein aus Fell und Leder gefertigter Menschenkörper, auf dessen Hals der Schädel eines Raubvogels saß.

»Was soll das sein? Eine Voodoopuppe?«, fragte sie und musste an Bæks Kommentar über einen etwaigen Opferkult denken.

»Genau haben wir das bislang nicht herausgefunden. Wir recherchieren noch. Aber ich denke, es ist eine klare Drohung gegen dich, Kirsten.«

»Glaubst du etwa, er will aus mir die nächste Skulptur machen? Das ist doch vollkommen absurd!«

»Alles an diesem Fall ist absurd«, entgegnete Wang und seine schwarzen Augen blickten sie dabei so ernst an, dass es Kirsten kalt den Rücken herunterlief.

25. KAPITEL

Es dauerte etwas, bis Jesper und Marit sich im weitläufigen GEUS-Gebäude bis zum Büro von Bente Villumsen durchgefragt hatten. Der junge Doktorand, der sie dorthin gebracht hatte, war aus allen Wolken gefallen, als er gehört hatte, dass Bente Opfer des Horrormetzgers geworden war. Er wollte sich sofort auf die Suche nach ihrem Chef machen, und so hatten Jesper und Marit die Möglichkeit, sich den vollgestopften Raum der Glaziologin in Ruhe anzugucken. Während Marit sich die hohen Regale voller Papiere, Bücher und sonstiger wissenschaftlicher Materialien vornahm, begann Jesper mit der Durchsuchung des Schreibtischs.

Nachdem er die Schubladen und die Unterlagen in dem Ablagekörbchen durchgesehen hatte, wandte er sich an Marit. »Hast du was gefunden?«

Sie schüttelte den Kopf. »Du?«

»Nein, auch nichts. Alles nur Material über etwaige Dissertationen und Essays.«

Draußen vor dem Büro näherten sich Schritte, und im nächsten Moment standen der Doktorand und ein grauhaariger Mann mit jungenhaftem Gesicht in der Tür.

»Das ist Professor Albert Frøhlich. Er ist Bentes Chef«, sagte der Doktorand und seine leicht abstehenden Ohren glühten dabei.

Der Professor nickte Jesper zu, und als er Marit entdeckte, weiteten sich seine Augen, als wollten sie ihm aus dem Kopf kullern. Genauso musste er selbst ausgesehen haben, dachte Jesper und schämte sich dafür.

»Das ist ja furchtbar, was Tobias mir eben über Bente erzählt hat«, sagte Professor Frøhlich betroffen und ließ sich auf Bentes Bürostuhl sinken.

»Ja, das ist es«, sagte Jesper. Er öffnete auf seinem Handy eines der Fotos von Arnt Villumsen und zeigte es Bentes Chef. »Kennen Sie diesen Mann?«

Frøhlich kniff die Augen zusammen. »Ich habe meine Brille nicht auf, aber ich glaube, das könnte Kenneth Dalgård sein.« Er reichte das Smartphone an seinen Doktoranden.

»Ja, das ist er. Ist ihm auch was passiert?« Auf dem Gesicht des jungen Mannes zeigte sich unverhohlene Neugier.

»In welcher Funktion arbeitet Dalgård am GEUS?«, erkundigte sich Jesper, ohne auf die Frage einzugehen.

»Er ist einer unserer Klimaexperten«, entgegnete der Professor. »In der Abteilung von Frau Dr. Zeitzova ein Stockwerk weiter oben.«

»Haben Kenneth und Bente oft miteinander zu tun gehabt? Waren sie enge Kollegen?«

»Soweit ich weiß, waren sie öfter gemeinsam auf Forschungsreisen«, sagte der Professor und betrachtete erneut die Bilder. »Aber das hier war keine von uns, sonst würde ich noch mehr Teilnehmer erkennen.«

»Laut Herrn Villumsen soll das eine Forschungsreise vom GEUS gewesen sein, seine Frau hat ihm das erzählt. Sie fand letzten Sommer statt und führte auf das grönländische Inlandeis.«

»Nein, das kann nicht sein. Bei uns gab es in besagtem Zeitraum keine Expedition mit diesem Ziel. Ich zeige Ihnen gerne die Liste unserer Reiseprojekte.« Der Professor wollte sich erheben, doch Jesper bedeutete ihm, sitzen zu bleiben. Irgendetwas an seiner Reaktion störte ihn.

»Die Listen können Sie uns gleich geben, zuerst möchte ich von Ihnen wissen, ob Ihnen an Bente in letzter Zeit etwas aufgefallen ist. War sie nervös, ängstlich, müde? Oder hat sie länger als sonst gearbeitet?«

»Na ja, sie sah immer sehr müde aus und hat ungewöhnlich viel Zeit in ihrem Büro verbracht, das stimmt.«

»Womit hat sie sich als Letztes beschäftigt?«

»Mit einem Projekt über die Klimaerwärmung und ihre Auswirkungen auf das grönländische Inlandeis. Ich kann Bentes Computer für Sie freigeben, wenn Sie möchten, dann können Sie sich die Daten runterziehen.«

»Das wäre nett.« Jesper wandte sich an den Doktoranden, der die ganze Zeit unruhig auf seinen Lippen herumkaute. »Und Sie? Können Sie sich vorstellen, warum Bente so erschöpft gewirkt hat?«

»Ich …« Sein Blick flog zwischen Jesper und dem Professor hin und her. »Sorry, nein.«

»Und was ist das?«, fragte Marit und hielt ein bedrucktes Papier hoch, das sie von einem Magnetboard an der Wand genommen hatte. »Darauf steht das Wort ›Unfall‹ in Grönländisch und es scheint ein Augenzeugenbericht zu sein.«

Der Doktorand zog überrascht seine Brauen hoch. »Ach, hier ist der Zettel gelandet! Ich wollte ihn eigentlich übersetzen lassen, doch dann war er plötzlich weg. Er hat mit dem Allaq-Incident zu tun.«

»Allaq-Incident?«, fragte Jesper und registrierte, dass die Miene des Professors sich verdunkelte.

»Das kann ich Ihnen erklären. Kommen Sie mit«, sagte der Doktorand begeistert. »Ich habe dazu sämtliches Material gesammelt.«

Sie folgten dem jungen Wissenschaftler und der Professor schloss sich ihnen mit einem missbilligenden Brummen an. Als sie den kleinen Raum erreichten, fanden sie kaum gemeinsam darin Platz, so vollgestopft war er. Mit einem frechen Grinsen zwängte sich der Doktorand an Marit vorbei und wies auf seine Magnetwand, an der kein freier Platz mehr zu finden war. Interessiert begutachtete Marit das Sammelsurium aus Bildern, Karten und Textschnipseln.

»Das sind Berichte über den Allaq-Incident, von Reportern, Hobbywissenschaftlern und anderen Leuten, die Nachforschungen angestellt haben. Ich würde gerne selbst einmal zu dem Ort reisen, um mich dort umzuhören.« Der Doktorand hob einen Arm und tippte mit dem Finger auf eine Landkarte. »Es begann in Paamiut, das liegt an der Westküste von Südgrönland. Die offiziell vom GEUS ausgestattete Expedition mit dem Namen EXPED-7-18 startete im Sommer 2018 von Paamiut aus aufs Inlandeis. Die Siedlung diente als Basislager, von wo aus die Expedition koordiniert wurde. Ziel war es, Probebohrungen und Untersuchungen mit dem Bodenradar auf dem Inlandeis durchzuführen, um das Schmelzverhalten des Eisschildes zu erforschen. In der Gegend wird nämlich ein großer unterirdischer Schmelzwassersee vermutet. Die Gruppe bestand aus Wissenschaftlern vom Alfred-Wegener-Institut und vom GEUS.«

»Waren Bente und Kenneth auch mit dabei?«, fragte Marit.

Der Doktorand starrte sie an. »Nein! Diese Gruppe hier ist nie aus Grönland zurückgekehrt!«

Jesper bemerkte, wie sich das Gesicht des Professors bei dieser Aussage schmerzhaft verzog.

»Was ist passiert?«, wollte Marit wissen.

Tobias warf einen kurzen Blick zum Professor. »Die Expedition ist in einen Sturm geraten. Der Funkkontakt ist abgebrochen und man hat nichts mehr von ihnen gehört. Bis heute wissen wir nicht, was genau passiert ist. Als der Sturm vorbei war, versuchten die Leute aus Paamiut zwar, die Gruppe mit einem Hubschrauber zu finden, aber ohne Erfolg. Es gab keine einzige Spur. Die sieben Wissenschaftler sind einfach verschwunden!«

»Heißt das, sie sind bis heute verschollen?«, hakte Jesper nach. Er hatte beim Zuhören eine Gänsehaut bekommen.

»Ja. Vermutlich sind sie im Sturm erfroren, und nun liegen sie dort irgendwo begraben unter Eis und Schnee.«

»Und man kann sie nicht irgendwie bergen?«

Der Doktorand schüttelte den Kopf. »Das wäre zu teuer

und aufwendig. Es ist so wie beim Mount Everest, wer da oben stirbt, der bleibt auch dort.«

Jesper war schockiert. »Die Angehörigen … ich meine, wie gehen sie damit um? Es ist ja tragisch, die Verunglückten niemals beerdigen zu können.«

»Das Institut trauert um sie, ebenso wie die Angehörigen!«, entgegnete der Professor barsch. Mit verschränkten Armen lehnte er in der Tür.

»Und was hat jetzt der Allaq mit der Sache zu tun?«, fragte Marit nach einem Moment des Schweigens.

Der Professor sog zischend Luft ein. Seinen Doktoranden schien das nicht zu stören, denn er ergriff munter das Wort. »Na, weil viele Leute glauben, dass der Allaq die Mitglieder der Expedition getötet hat. Besonders die Inuit aus Paamiut. Sie haben die Gruppe davor gewarnt, an dieser Stelle auf das Inlandeis zu gehen. Dort würde der Allaq hausen, der es nicht dulde, wenn Menschen in sein Territorium eindringen.«

»Das ist doch alles Quatsch!«, rief der Professor. »Das haben sich ein paar Esoterikspinner und Verschwörungstheoretiker ausgedacht, um sich wichtigzumachen. Was mit EXPED-7-18 geschehen ist, war ein Unglück. Die Teilnehmer sind erfroren und fertig. Sie waren nicht die Ersten, denen das passiert ist. Im ganzen letzten Jahrhundert sind Dutzende von Wissenschaftlern, Touristen, Soldaten und Einheimischen im Eis verloren gegangen. Das ist zwar tragisch, aber nichts Besonderes in Grönland.«

»Es gibt Zeugenberichte von Inuit, die den Allaq genau in der Region gesichtet haben wollen«, hielt der Doktorand dagegen und zeigte auf den Zettel, den er Marit vorhin aus der Hand genommen hatte.

»Humbug!« Der Professor wandte sich an Jesper. »Sie sollten Ihre wertvolle Zeit nicht mit Schauergeschichten verschwenden. Tobias hier mag ja daran glauben, ich hingegen tue es nicht.

Das ist lächerlich. Und nun entschuldigen Sie mich bitte, ich muss zurück an meine Arbeit. Sollten Sie echte Fakten benötigen, etwa über Bente oder Kenneth, dann melden Sie sich bei mir.« Damit verschwand er.

Jesper wandte sich an den Doktoranden. Eines war ihm nicht klar. »Was genau ist denn überhaupt ein Allaq?«

Tobias begann zu strahlen, er schien wirklich für das Thema zu brennen. »Der Allaq ist ein furchteinflößendes Ungeheuer. Ein Zauberwesen aus den Legenden der Inuit, halb Eisbär, halb Mensch. Er …«

»Sie!«, korrigierte Marit.

»Wie bitte?« Der Doktorand blinzelte sie verwirrt an.

»Ein Allaq ist weiblich«, erklärte sie. »Eine Frau, die zunächst zum Qivittoq wird, also jemandem, der sein Dorf für immer verlässt, um außerhalb der Gemeinschaft zu leben. Sie geht in die Berge, wo sie nach fünf Tagen in der Kälte erfriert und schließlich wiederaufersteht. Oft kommt sie verwandelt als Allaq zurück. Halb Mensch, halb Eisbär – der Part war so weit richtig.«

»Woher wissen Sie das?«

»Ich bin in Grönland aufgewachsen. Ich kenne die Legenden.«

Die Augen des Doktoranden wurden groß, und auch Jesper war von dieser Tatsache überrascht. Kirsten hatte mit keiner Silbe erwähnt, dass Marit Grönländerin war.

»Sprechen Sie zufällig Kalaallisut?« Der junge Wissenschaftler rückte näher an sie heran. Er war einen Kopf kleiner als sie und musste zu ihr aufblicken.

»Ja, das tue ich.«

»Oh, spitze! Könnten Sie mir das vielleicht übersetzen?« Er hielt ihr das Papier entgegen, das er aus Bentes Büro mitgenommen hatte. »Das ist ein neuer Hinweis, und es ist immer so schwierig, jemanden zu finden, der diese Sprache versteht.«

Marit zögerte, nahm dann aber den Zettel und überflog den Text. Ihr ohnehin schon blasses Gesicht wurde noch farbloser.

»Wo haben Sie das her?«, wollte sie von dem Doktoranden wissen.

»Das soll ein Bericht von einem Augenzeugen aus Paamiut sein. Er wurde mir auf meine Anfrage hin zugeschickt, die ich nach Paamiut übermittelt habe. Was steht denn drin?«

»Ein Robbenjäger namens Malik erzählt davon, dass die Expeditionsgruppe ihn für die Unternehmung anheuern wollte. Er sollte sie auf den Gletscher führen, doch er lehnte ab. Er würde keinen Fuß auf das Eis setzen, weil dort oben der Allaq wohne. Er hat die Gruppe davor gewarnt, weiterzugehen, sie haben ihm nicht geglaubt. Der Jäger hatte Mitleid mit den Wissenschaftlern und gab ihnen Amulette. Sie waren aus der Kleidung eines Toten gefertigt und sollten die Fremden vor dem Allaq beschützen …« Marit blickte Jesper an, als wäre ihr ein Geist begegnet.

»Was ist?«, fragte Jesper.

Anstatt zu antworten, drückte sie dem Doktoranden das Papier in die Hand. »Danke für die Informationen, wir müssen los.«

Jesper wollte protestieren, doch sie packte ihn am Ellenbogen und zerrte ihn aus dem Raum. Ihr Griff war wieder einmal überraschend fest und Jesper wunderte sich, was plötzlich in sie gefahren war. Gemeinsam eilten sie die Treppe hinunter. Unten in der Eingangshalle hielt Marit an und schaute sich gehetzt um. Dann trat sie mit einem raschen Schritt auf Jesper zu, und er dachte schon, sie wollte ihn küssen, stattdessen flüsterte sie ihm etwas ins Ohr.

»Ich weiß jetzt, was die Leichen darstellen sollen. Mein Gott, ich war blind, dass ich das nicht eher erkannt habe.«

»Und was sollen sie darstellen?«, fragte er leise.

»Der Killer baut keine Denkmäler nach, sondern Tupilaat!«

»Was sind Tupilaat?«

»Hast du Fotos von den Leichen dabei?«

Er nickte.

»Dann komm mit. Ich kenne jemanden, der uns mehr darüber erzählen kann!« Erneut fasste sie ihn hart am Arm und zog ihn zum Ausgang. Wenn das so weiterginge, wäre er morgen grün und blau.

26. KAPITEL

Das Dänische Nationalmuseum lag unweit vom Tivoli in der Ny Vestergade. Sie hatten ein Taxi genommen, um den Weg bei der Kälte abzukürzen, und Marit hatte die neugierigen Blicke des Fahrers gleichmütig ertragen.

Jetzt hielt ihr Jesper Bæk die Tür zum Haupteingang auf, und sie freute sich über die altmodische Geste, welche die modernen Kopenhagener verlernt zu haben schienen. An der Kasse in dem großen, mit einem Glasdach überspannten Atrium gaben sie sich als Polizisten zu erkennen und baten darum, mit der Person sprechen zu dürfen, mit der Marit auf der Fahrt telefoniert hatte.

Die Frau hinter dem Tresen führte ein kurzes Gespräch über den Hausanschluss und signalisierte ihnen, einen Moment zu warten. Jesper nutzte die Gelegenheit für ein Telefonat.

»Kirsten und die Therkildsen sind gerade bei der Pressekonferenz«, erklärte er kurz darauf und steckte das Handy weg.

Oh je, dachte Marit und drückte für ihre Freundin gedanklich die Daumen, dass sie nicht von den Reportern zerrissen werden würde.

Eine Glastür zu ihrer Linken öffnete sich und eine kleine stämmige Frau mit breitem Gesicht kam auf sie zu. Ihre schwarzen Haare waren zu einem langen Zopf geflochten und sie trug einen Norwegerpullover mit buntem Muster. Um ihren Hals hing ein Lederband mit einem Eisbärenkopf aus Elfenbein.

Sie strahlte, als sie Marit umarmte, wobei sie sich auf die Zehenspitzen stellen musste. Danach gab sie Jesper die Hand.

»Das ist Vizekriminalkommissar Jesper Bæk von der Kopenhagener Mordkommission«, stellte Marit ihn vor.

»Sehr erfreut. Ich bin Ivalu Heilmann, Kuratorin der permanenten Ausstellung über Grönland hier im Museum. Terianniaq und ich kennen uns aus der grönländischen Gemeinde in Kopenhagen. Wir veranstalten regelmäßige Treffen und Feste, damit unser Heimweh nicht so schlimm wird.« Sie lachte fröhlich auf. »Aber jetzt zu dem Grund, warum ihr gekommen seid, Terianniaq hat mir erzählt, dass ihr …«

»Äh, Verzeihung, wen meinen Sie mit Terianniaq?«, fragte Jesper mit einem verwirrten Gesichtsausdruck.

»Na, Marit natürlich. Das ist ihr Inuit-Name. Er bedeutet Polarfuchs.«

»Ach so.« Er sah Marit interessiert an.

Es war ihr unangenehm, dass er nun ihren grönländischen Namen kannte, und sie gab Ivalu zu verstehen, dass sie »Marit« in dieser Unterhaltung bevorzugte.

»Okay, kein Problem«, entgegnete die Grönländerin noch immer lächelnd. »Ihr wollt also mehr über Tupilaat wissen?«

Marit nickte.

»Das ist eines meiner Spezialgebiete. Folgt mir bitte.« Ivalu führte sie durch die Eingeweide des Museums in einen Raum voller Glaskästen und unzähliger Exponate. Außer ihnen war niemand anwesend. An einem frühen Morgen wie diesem schien das Interesse, ins Museum zu gehen, nicht allzu groß zu sein.

Ivalu trat vor eine Vitrine mit einer Sammlung von kleinen Figuren, die aus Tierschädeln, Knochen, Stofffetzen, Federn, Fell, Haut und Haaren zusammengesetzt waren.

»Das sind Tupilaat, Einzahl Tupilak. Diese Stücke stammen aus Grönland. Die Inuit-Kultur in Nunavut, Nordostkanada, stellt zwar auch Tupilaat her, aber wir haben hier nur welche aus Kalaallit Nunaat. Das bedeutet Grönland. Diese Exponate bestehen, wie ihr sehen könnt, aus den verschiedensten Naturmaterialien. Die mächtigsten Tupilaat haben sogar Teile des menschlichen Körpers als Bestandteil. So wie die Figur dort mit dem Fuchsschädel, die schwarzen Haare sind menschlich. Und das dort drüben sind die Knochen eines Babys.«

Marit spürte, wie Jesper unruhig sein Gewicht verlagerte. Es war, als hätte er plötzlich verstanden. Erregt fuhr er sich über sein bärtiges Kinn und fragte: »Und wofür braucht man diese gruseligen Dinger?«

»Es gibt mehrere Gründe, der bedeutendste davon ist, dass man einen Tupilak als Rachegeist instrumentalisiert.« Ivalu zeigte auf ein aus dem Zahn eines Walrosses geschnitztes Ungeheuer, das sie zähnefletschend anblickte. Seine Beine waren krumm und sein Penis dazwischen hoch aufgerichtet. »Man erschafft einen Tupilak, indem man sich die Materialien, die man dafür benötigt, zusammensucht und sie zunächst zu einem Fluss trägt, wo man magische Formeln über sie spricht und sie anschließend mit Moos bedeckt. Danach geht man nach Hause und wartet. Es kann unterschiedlich lange dauern, bis der Tupilak zum Leben erwacht. Sobald er bei einem erscheint, muss man ihn füttern, damit er groß und mächtig wird. Das erreicht man damit, dass man ihn an seinen Genitalien saugen lässt.«

Jesper verzog das Gesicht, aber für Marit ergab es einen Sinn. Der Penis in der Speiseröhre des Seehundmannes, die abgeschnittene Brust der Meerjungfrau. Das alles berief sich eindeutig auf dic Mythen der Inuit.

»Wenn der Tupilak groß genug geworden ist«, fuhr Ivalu fort, »trägt man ihn zurück zum Fluss und sagt ihm, an wem er sich stellvertretend für einen rächen soll. Die Rache kann unterschiedlich ausfallen, vom schlichten Unglückbringen bis hin zum Tod. Aber man sollte aufpassen, gegen wen man ihn ausschickt. Ein erfahrener Angakkoq, ein Schamane, ist in der Lage, den Tupilak umzudrehen und zu dir zurückzusenden, dann richtet er sich gegen dich selbst. Du solltest dir also sicher sein, dass derjenige, an dem du dich rächen willst, über weniger spirituelle Kräfte verfügt als du. Hilft euch das in irgendeiner Form?«

Marit und Jesper bejahten gleichzeitig.

»Kann ein Tupilak alle möglichen Formen haben?«, fragte Marit »Auch die von Meerestieren?«

»Ja, es heißt, wenn man die verschiedenen Materialien nach den Elementen aussucht, kann der Tupilak sich genau in diesen Elementen bewegen, also schwimmen, tauchen, fliegen, laufen oder durch die Erde kriechen.«

Marit wechselte einen vielsagenden Blick mit Jesper. Offenbar wollte er ebenfalls einen Schritt weitergehen. Sie wandte sich wieder an Ivalu. »Wir würden dir gerne ein paar Fotos zeigen, aber ich will dich vorwarnen, sie sind furchtbar. Auf ihnen sind die beiden Leichen zu sehen, die wir in den letzten Tagen gefunden haben. Fühlst du dich dem gewachsen?«

Ivalu nickte.

»Okay, du musst mir versprechen, dass du niemandem davon erzählst.«

»Du hast mein Wort«, sagte Ivalu auf Grönländisch und ihre Miene wurde ernst.

Marit gab Jesper ein Zeichen, er öffnete das erste Bild auf seinem Handy und hielt es Ivalu hin. Ihr Gesichtsausdruck blieb hart. Jesper wischte über das Display und gab immer mehr Details preis. Alles, bis auf die Gesichter der Toten. Als sie fertig waren, presste Ivalu ihren Mund zu einem schmalen Strich zusammen.

»Was sagst du dazu?«, fragte Marit gespannt. Jetzt würde sich zeigen, ob sie recht hatte mit ihrer Vermutung. »Sind das Tupilaat?«

»Ja«, antwortete sie knapp.

»Also können wir davon ausgehen, dass die Morde einen Bezug zu Grönland haben? Dass der Mörder sich mit grönländischer Mythologie auskennt?«

»Das scheint eindeutig.«

»Könnte der Täter ein Inuit sein?«

Ivalu schluckte. »Das ist nicht auszuschließen.« Sie ging zu einer anderen Vitrine und zeigte auf Ketten aus verwesten Vogelköpfen. Genau solche, wie die Meerjungfrau sie um den Hals getragen hatte, stellte Marit wenig verwundert fest. Alles passte zusammen und schien unmissverständlich auf Grönland hinzudeuten. Nur warum?

»Was mich stutzig macht«, sagte Ivalu, »ist der Einsatz dieser Ketten. Das sind Schutzamulette. Die wurden meist Kindern umgehängt, um Schaden von ihnen abzuwenden oder sie vor bösen Geistern zu schützen. Die Vogelköpfe sind an dem Band verwest, was in der Kälte nicht besonders schnell ging. Sind die Schädel abgefallen, durfte das Kind das Amulett ablegen.«

»Was könnten sie im Zusammenhang mit der Meerjungfrau bedeuten? Die war ja kein Kind mehr«, wollte Jesper wissen.

»Eine mögliche Erklärung könnte sein, dass der Täter antizipiert hat, dass die Polizei diesen Tupilak fotografiert, und er wollte nicht, dass seine Macht gebrochen wird. Ein Foto kann magischen Wesen die Seele rauben, müsst ihr wissen.«

»Und die Ohren, die er angenäht hat? Wozu dienen die?«

»Das ist ganz klar«, sagte Ivalu. »Der Täter will, dass der Tupilak seine Befehle hört.«

Marit nickte. »Und die abgeschnittene Brust deutet darauf hin, dass er die Legende von Maliina und Aningaaq kennt, nicht wahr?«

»Das würde ich auch so interpretieren«, entgegnete Ivalu und erklärte Jesper, was es damit auf sich hatte. Es war die Geschichte von einem Bruder, der sich im Dunkeln zu seiner Schwester ins Bett legte und mit ihr Geschlechtsverkehr hatte. Als sie am nächsten Morgen herausfand, mit wem sie die Nacht verbracht hatte, schnitt sie sich die Brust ab und warf sie nach ihm. Danach entzündete sie eine Fackel und lief nach draußen, wo sie so schnell rannte, dass sie in den Himmel hinaufstieg und somit zur Sonne wurde. Ihr Bruder folgte ihr mit einer Fackel, doch das Feuer ging ständig aus und er musste in die Glut pusten. Damit wurde er zum schwachen Schimmer des Mondes und die Funken der Fackel zu den Sternen. Seitdem jagten sich Bruder und Schwester in täglicher Wiederkehr über den Himmel.

Jesper schien nachzudenken. »Also sind es keine reinen Tupilaat?«

»Ja, da hast du recht«, bestätigte Ivalu. »Euer Täter baut noch andere Legenden mit ein.«

»Aber warum? Was will er uns damit sagen?«

Ivalu zuckte mit den Schultern und sah Marit an. Doch die war mit einer ganz anderen Frage beschäftigt. Nämlich der wichtigsten von allen. Wenn es sich um Rachegeister handelte, die jemand ausschickte: An wem sollten sie Rache nehmen?

27. KAPITEL

Kirsten war erleichtert. Die Pressekonferenz war gut gelaufen und sie hatte es geschafft, sich zusammenzureißen. Die Journalisten hatten ihre Entschuldigung dankend angenommen und waren nun wieder Wachs in ihren Händen. Am Ende waren alle zufrieden auseinandergegangen. Die Reporter, weil sie neues Material für ihre Storys hatten, und die Polizeibeamtinnen, weil ihre Taktik funktioniert hatte. Jetzt mussten sie nur die undichte Stelle finden und unschädlich machen. Und natürlich den Mörder fassen.

Kirsten ging in ihr Büro, wo Clausen unterdessen gute Arbeit geleistet hatte. Die Pinnwände waren bestückt und die Regale freigeräumt für neues sensibles Material. Clausen selbst war nirgendwo zu entdecken. Kirsten nutzte die Gelegenheit, um Mimi anzurufen, doch die war nicht erreichbar. Dann wählte sie die Nummer der Freundin aus der Personalabteilung.

»Pernille Hansen.«

»Hej, ich bin's, Kirsten. Sag mal, könntest du mir vielleicht was verraten? So unter der Hand? Ich weiß, dass das eigentlich vertraulich ist, aber wir haben gerade das Problem mit einem Leck in der Abteilung, und ich bin dabei, die einzelnen Leute durchzugehen.«

»Was willst du wissen?«

»Ähm, ich hätte gerne ein paar Infos über Vizekriminalkommissar Jesper Jørn Bæk.«

»Ah, den Neuen. Sieht ganz schnuckelig aus, nicht wahr?«, trällerte Pernille. »Und er soll noch zu haben sein oder besser gesagt wieder zu haben. Er war ja lange verheiratet, eine treue Seele also. Solch einen Mann wünscht man sich, oder nicht?«

Nein, dachte Kirsten, einen wie Bæk wünschte sie sich nicht. Wenn sie denn mal Lust auf einen Kerl hatte, dann eher auf einen wie Barbesitzer Gerlof oder Marits Freund Kjell Martinsson.

»Was genau willst du über Jesper Bæk wissen?«, fragte Pernille.

»Seinen Versetzungsgrund.«

»Aha. Also ich habe gehört, dass er viele Empfehlungen zum Thema Profiling und operative Fallanalyse hat und deshalb …«

»Ich will nicht wissen, was du gehört hast, sondern was in seiner Akte steht.«

»Ja, ja, schon gut. Ich schau mal rein.« Pernille summte vor sich hin, während sie danach suchte. »Hm«, sagte sie. »Dazu finde ich nichts. Beziehungsweise nichts wirklich Aussagekräftiges.«

»Was ist es denn?«, Kirsten wurde langsam ungeduldig. Die Zeit lief ihr davon, erst recht wenn sie sie mit halblegalen Aktivitäten verbrachte.

»Da steht: Berufliche Weiterentwicklung.«

»Mehr nicht?«

»Mehr nicht.«

»Na gut, danke, Pernille. Wir gehen mal einen trinken, wenn der Scheiß hier vorbei ist, okay?«

»Super. Viel Erfolg, meine Liebe.«

Kirsten legte auf und kaute auf ihrer Unterlippe. Berufliche Weiterentwicklung? Für jemanden, der sein ganzes Leben in ein und demselben Ort verbracht hatte? Wer's glaubt, wird selig!

Sie stand auf, stellte sich vor die Pinnwand mit dem Fotomaterial und zwang ihre Gedanken zurück zu dem Fall. Musste sie sich Sorgen machen? Hatte der Täter es auf sie abgesehen? Sie betrachtete die Fotos, die er von ihr geschossen hatte. Was bezweckte er damit? Wollte er ihr Angst einjagen? Oder war das eine konkrete Drohung, die sie besser ernst nehmen sollte? Eigentlich hatte sie sich vorgenommen, sich nicht davon beeindrucken zu lassen, aber tief in ihrem Innern glomm tatsächlich ein kleiner Funken Furcht, der sich nicht löschen ließ.

Ach was! Stell dich nicht so an. Der Täter will sich nur wichtigmachen. Er ist ein Narzisst. So etwas gab es öfter bei psychisch gestörten Tätern, und es stimmte mit dem Profiling überein, das sie und Bæk ausgearbeitet hatten. Der Killer wollte Aufmerksamkeit auf allen Ebenen. Und dazu gehörte die Kommunikation mit der Polizei. Und da Kirsten stellvertretend für die Polizei stand, war sie auf diesen Fotos. Deshalb war sie in seinen Fokus geraten und nicht, weil er es auf sie persönlich abgesehen hatte. Was für einen Grund sollte es dafür auch geben? Sie hatte mit den beiden vorangegangenen Opfern nichts gemein. Oder doch?

Es klopfte, was sie vorerst von ihren quälenden Gedanken erlöste. Sie öffnete die Tür, vor der ein Kollege aus der Postabteilung stand.

»Für dich, kam eben mit dem Expressdienst«, sagte er und drückte ihr einen kleinen Pappkarton in die Hand. Kirsten bedankte sich und schloss ihr Büro wieder ab. Danach las sie den Absender: »Nationalt Kriminaltekniske Center«. War das von Wang?

Sie nahm das Klappmesser, das sie immer auf ihrem Schreibtisch liegen hatte, und schnitt das Klebeband auf. Als sie die Papplaschen öffnete, zuckte sie zurück. Der Geruch, der dem Karton entströmte, war ziemlich eklig. Was zum Teufel schickte Wang ihr da? Mit spitzen Fingern klappte sie die Laschen weiter auf und beugte sich vorsichtig über die Öffnung.

In dem Paket lag Luftpolsterfolie.

Raschelnd schob sie sie beiseite und zog dann fluchend die Hände heraus. Im nächsten Moment ließ sie sich auf ihren Bürostuhl fallen und atmete bewusst flach, weil sie nicht wollte, dass dieser widerliche Geruch noch länger zu ihren Rezeptoren vordrang.

Was für eine abartige Scheiße!

28. KAPITEL

»Kirsten? Bist du da drinnen?« Es klopfte erneut gegen die Tür.

Kirsten erwachte aus ihrer Schreckstarre und öffnete. Auf dem Flur stand Marit in Begleitung von Bæk.

»Du darfst hier nicht rein!«, blaffte Kirsten ihn an. »Du hast nicht die Sicherheitseinstufung dafür.«

»Sicherheitseinstufung? Was soll der Quatsch?«, knurrte Bæk, und gleichzeitig fragte Marit: »Kirsten, wie siehst du denn aus? Ist was passiert?«

Kirsten blickte zwischen den beiden hin und her und schüttelte den Kopf. »Bæk, du gehst nach unten in den Besprechungsraum und lässt dir von Clausen erklären, was sich bei uns in Bezug auf die Sicherheit geändert hat. Aber vorher will ich mein Telefon!« Sie streckte eine Hand aus.

Bæk holte ihr Smartphone aus der Tasche. »Eine gewisse Mimi hat sehr oft versucht, dich zu erreichen. Ich glaube, sie will dir dringend etwas mitteilen«, sagte er bedeutsam und klatschte ihr das Gerät auf die Handfläche. »Hör es dir an und dann frag dich mal, ob das Leck nicht vielleicht an einer ganz anderen Stelle sitzt!«

Er nickte Marit zum Abschied zu und stiefelte ohne ein weiteres Wort davon.

»Was soll das, Kirsten?« Marits Miene spiegelte Verständnislosigkeit wider. »Warum kommandierst du ihn so herum? Jesper und ich haben gerade einen Hinweis gefunden, der den Durchbruch in unseren Ermittlungen bedeuten könnte, und du schickst ihn weg wie einen ungezogenen Schuljungen!«

»Du und Jesper! Seid ihr jetzt das neue Dreamteam, oder was?«

»Und wenn es so wäre, könnte es dir egal sein. Hauptsache, wir liefern Ergebnisse. Mensch, komm mal klar.«

Kirsten gab ihr wortlos zu verstehen, dass sie ins Büro eintreten sollte, und zeigte auf das Päckchen.

Marit warf einen Blick hinein und zuckte erschrocken zurück. »Du liebe Güte! Ist das die abgeschnittene Brust der Meerjungfrau?«

»Davon gehe ich aus.«

Marit spähte erneut in den Karton und runzelte die Stirn. »Ist dir aufgefallen, dass da noch etwas drunterliegt? Unter der Brust?«

»Nein.« Kirsten trat an das Paket heran. Marit hatte recht. Sie streifte sich Gummihandschuhe über und zog einen Gegenstand hervor. Ein von Körpersekreten verschmiertes und nach Verwesung stinkendes Foto.

»Das ist deine Haustür«, konstatierte Marit.

»Ganz recht«, gab Kirsten tonlos zurück. Übelkeit kitzelte in ihrer Kehle. Der Killer wusste, wo sie wohnte. Was sollte sie jetzt machen? Sie drehte das Bild um. Auf der Rückseite standen ein paar Worte, die sie nicht verstand: »Sei meine Maliina, dann bin ich dein Aningaaq.«

»Das bezieht sich auf eine Inuit-Legende«, sagte Marit und erzählte ihr eine Sonne-Mond-Geschichte, aber Kirsten bekam sie nicht richtig mit, weil sie nur noch daran dachte, dass ihr alles entglitt.

Sie spürte, wie Marit sie sanft an der Schulter berührte. »Du solltest der Kriminaltechnik Bescheid sagen, die müssen das Paket untersuchen. Und direkt danach bittest du um Polizeischutz, zumindest vor deiner Haustür.«

Kirsten nickte. In ihrem Kopf war nichts mehr außer einem lähmenden dunklen Nebel.

»Marit«, sagte sie mit wachsendem Kloß im Hals. Ihr war zum Heulen zumute. »Ich glaube, ich schaffe das nicht.«

Marit stellte sich vor sie hin und nahm ihre Handgelenke. Ihre weißblauen Augen blickten mitfühlend. »Du bist nicht allein, Kirsten. Du hast viele tolle Kollegen, die dich unterstützen. Clausen, Camilla, Sanne, Ahmed, Børge, mich und sogar Jesper Bæk.«

»Na sicher!«, stieß Kirsten aus.

»Er würde es tun, wenn du ihn ließest.«

»Habt ihr zwei euch gegen mich verschworen? Das ging ja schnell!«

Marit ließ sie los. »Kirsten, du weißt, dass ich dich sehr schätze, als Polizistin und als Freundin, aber so, wie du dich im Moment aufführst, bist du unerträglich. Was ist los? Das kann doch nicht nur mit Bæk zusammenhängen.«

Unwillig verzog Kirsten das Gesicht, schwieg jedoch.

»Dass du ihn aus dem engsten Kreis der Ermittlung ausschließt, ist nicht richtig. Wenn du ihm misstraust, dann sei wenigstens so konsequent und entferne ihn ganz.«

»Ich habe leider nichts gegen ihn in der Hand.«

»Und deshalb machst du dich mit deinem Verhalten ihm gegenüber auch total lächerlich. Was, wenn er es nicht ist? Wenn du dich täuschst? Alle werden sich über dich kaputtlachen, weil du so paranoid auf ihn reagiert hast. So was bleibt bei den Kollegen hängen, lass dir das gesagt sein.«

»Was soll ich denn sonst tun?«

»Wenn du ihn nicht entfernen kannst und ihn nicht als unmittelbaren Partner möchtest, dann arbeite ich eben mit ihm zusammen.«

»Du machst Witze!« Kirsten sah auf.

»Ich habe keine Probleme mit ihm. Ich finde ihn sogar richtig angenehm. Im Gegensatz zu manch anderen Polizeikollegen, die ich schon erlebt habe und die vor lauter Testosteron kaum laufen konnten, hat er wenigstens Manieren.«

»Aber er hat dich beim ersten Treffen angeglotzt, als würde ihm ein Ei aus der Hose fallen!«

»Ach, Kirsten. So reagieren doch alle Typen. Das ist nichts Besonderes. Außerdem ist das mein Los und nicht deins. Du brauchst mich davor nicht zu beschützen, damit komme ich klar.« Marit legte den Kopf schief. »Und nebenbei kann ich Jesper auf die Finger schauen, wenn es dich beruhigt. Allerdings solltest du ihn nicht unterschätzen, Kris. Ich glaube, der hat ganz schön was auf dem Kasten, nur traut er sich nicht, es rauszulassen. Du solltest sein Talent lieber nutzen, anstatt es zu unterdrücken.«

Als Marit das sagte, loderte in Kirsten plötzlich Eifersucht auf. Warum hatte sie solch einen Narren an Bæk gefressen? Insgeheim wusste Kirsten jedoch, dass Marit ihren wunden Punkt getroffen hatte. Ihre Freundin ahnte wohl, dass Kirsten Angst davor hatte, der neue Kollege könnte ihr den Rang ablaufen. Er war clever, das hatte er bereits bewiesen, und genau dadurch fühlte sie sich bedroht. Als Frau hatte sie in der Truppe härter zu kämpfen als ihre männlichen Kollegen, deshalb arbeitete sie auch mehr als alle anderen und reagierte stets wachsam auf neue Faktoren, wie Jesper Bæk einer war. Leute wie er hatten das Potenzial, das Gefüge zu verschieben. Und Kirsten fürchtete nichts mehr, als von einem männlichen Kollegen ausgebootet zu werden.

Sie spürte, dass Marit auf eine Reaktion von ihr wartete, und nickte. Die Botschaft war bei ihr angekommen. Sie musste aufhören, Bæk gegenüber so paranoid zu sein. Ein solches Verhalten merkten sich die Kollegen, und wenn sie Pech hatte, verlor sie deswegen den Rückhalt der gesamten der Truppe.

»Prima!«, sagte Marit. »Dann können wir uns ja jetzt endlich wieder auf den Fall konzentrieren. Es gibt nämlich eine neue Spur, die Jesper und ich entdeckt haben.« Sie zeigte auf den Karton. »Aber zuerst lässt du das Ding da von der Spurensicherung abholen, es macht mich nervös.«

Wenig später standen Kirsten und Marit in einer ruhigen

Ecke auf dem Flur, während zwei Kollegen vom NKC das Paket im Büro untersuchten. Kirsten war überrascht von dem, was Marit und Bæk im GEUS und im Museum herausgefunden hatten. Es klang zwar nach einem schlechten Mystery-Roman, doch sie hatte die Hoffnung, damit endlich einen Schritt weiterzukommen.

»Rachegeister«, sagte sie kopfschüttelnd. »Klingt verrückt.«

»Das tut es«, pflichtete Marit ihr bei.

»Und an wem sollen die sich rächen?«

»Das habe ich auch schon überlegt. Vielleicht hat es mit dem GEUS zu tun oder der Expedition, an der Bente Villumsen und dieser Kenneth letzten Sommer teilgenommen haben. Immerhin wurden bereits zwei Mitglieder der Gruppe in Tupilaat verwandelt.« Marit machte eine Pause, weil ein uniformierter Kollege an ihnen vorbeiging. Als er außer Hörweite war, fuhr sie fort. »Bente Villumsens Chef am GEUS wusste angeblich nichts von der Expedition, aber er wirkte nervös. Im Jahre 2018 ist bei einer anderen Forschungsreise etwas schiefgegangen und das Ganze hat in einer Katastrophe geendet.«

»War das dieser Allaq-Incident, den du erwähnt hast?«

»Genau, es könnte sein, dass der Professor nicht zugeben will, dass da noch mehr passiert ist. Oder dass sein Institut womöglich Schuld am tragischen Verlauf besagter Expedition trägt. Vielleicht will sich jemand an den Mitarbeitern des GEUS für das Unglück rächen. Vielleicht, weil zu wenig getan wurde, um der Gruppe zu helfen. Diese Fragen konnten wir bei dem Gespräch nicht abschließend klären. Und dass Bente Villumsen nach ihrer Rückkehr aus Grönland im Sommer 2019 plötzlich an Depressionen litt, muss etwas zu bedeuten haben.«

»Du hast recht, dem sollten wir nachgehen. Auch, was es mit dieser Expedition von 2019 auf sich hat. Was denkst du, ist der Mörder ein Grönländer?«

Marit zuckte mit den Achseln. »Darauf würde ich mich nicht

versteifen. Sicher ist, dass er sehr viel Ahnung von der Inuit-Mythologie hat. So was kann man sich allerdings anlesen. Das hat erst mal nicht viel zu bedeuten.«

»Glaubst du eigentlich an diese Sachen? An Tupilaat, die stellvertretend Rache nehmen? An Schamanenzauber und Geschöpfe, die halb Mensch, halb Eisbär sind?« Kirsten sah ihre Freundin interessiert an. Obwohl sie sich oft über Marits Kindheit in Nuuk unterhalten hatten, waren sie doch nie auf spirituelle Dinge zu sprechen gekommen.

»Was willst du hören? Dass ich eine alte abergläubische Grönländerin bin?«

»Bist du?«

Marit senkte den Blick. »Ich denke schon. Und ich fürchte, da schaltet meine Sentimentalität die Ratio vollkommen aus. Das ist wohl meine kleine Schwäche. Bei allem, was mit Grönland zu tun hat, werde ich sofort emotional.«

Kirsten nahm ihre Hand und drückte sie. »Danke für deine Hilfe.«

Marit winkte ab. »Halb so wild. Ich bin ja froh, dass du mir was zu tun gibst.«

»Freu dich bloß nicht zu früh. Ich habe nämlich direkt den nächsten Auftrag für dich. Versuch doch bitte, mehr über diese Expedition von 2019 herauszufinden. Ich finde es nämlich merkwürdig, dass die vom GEUS nichts davon wissen, wo doch zwei ihrer Mitarbeiter daran teilgenommen haben. Und ich kümmere mich darum, diesen Kenneth Dalgård zu durchleuchten.«

»Geht klar.«

Kirsten nickte bekräftigend. Sie fühlte sich wesentlich besser als vorhin. »Wir kriegen das Schwein«, sagte sie.

»Wir kriegen das Schwein«, wiederholte Marit und gab ihr die Ghettofaust.

Als Marit weg war, holte Kirsten ihr Handy hervor. Das Anrufverzeichnis zeigte 14 vergebliche Versuche von Mimi. Kirsten wählte ihre Nummer und diesmal ging ihre Freundin sofort dran.

»Endlich meldest du dich!« Mimi klang ziemlich niedergeschlagen, gleichzeitig auch vorwurfsvoll.

»Ich habe gehört, was passiert ist, konnte aber nicht früher anrufen. Tut mir leid. Hier geht es drunter und drüber.«

»Ich war das nicht, ehrlich«, klagte Mimi. »Ich habe keine Ahnung, wie das mit dem Anwalt nach außen dringen konnte. Das ist mir so unendlich peinlich, er hat extra darum gebeten. Was denkt der jetzt von mir?«

»Er will dich anzeigen.«

»Oh nein.« Mimi begann zu weinen, und Kirsten litt still mit, doch in ihrem Hinterkopf spukte immer noch Bæks bissiger Kommentar herum. *Frag dich mal, ob das Leck nicht vielleicht an einer ganz anderen Stelle sitzt!*

»Mit wem hast du über den Fall mit dem Anwalt gesprochen?«, fragte sie.

»Mit niemandem außer meinem Vorgesetzten. Ach, und deinem Kollegen. Dem Neunen, er war gestern Abend an deinem Telefon. Hat er dir nichts davon erzählt?«

»Du meinst Jesper Bæk?«

»Ja, der. Ich habe ihm von dem Überfall auf den Anwalt berichtet und gesagt, dass es vielleicht eine Parallele zu euren Ermittlungen geben könnte, wegen des Penis.«

»Moment, welcher Penis?«

Mimi berichtete ihr von ihren Überlegungen, und mit einem Mal wurde Kirsten klar, was Bæk vorhin gemeint hatte. Er glaubte, Mimi sei das Leck, weil sie eigentlich nichts über den Seehundmann hätte wissen dürfen. Das stimmte tatsächlich, und es war ihre Schuld, dass es so war. Sie hätte Mimi nichts davon erzählen sollen. Das hieß im Umkehrschluss allerdings auch, dass Bæk über die Sache mit dem Anwalt Bescheid gewusst hatte und es seinerseits weitererzählt haben könnte.

Kirsten rieb sich die Stirn und atmete angestrengt aus. Sie hatte sich vorgenommen, ihr Misstrauen gegenüber Jesper Bæk im Zaum zu halten. Leicht fiel ihr das nicht, doch wenn sie tatsächlich objektiv sein wollte und über die Sache nachdachte, konnte sie nicht vollständig ausschließen, dass Mimi der Whistleblower war. Verdammt! Sie vögelten zwar miteinander, aber das musste ja nicht viel heißen. Konnte es sein, dass Mimi sie als Informationsquelle benutzte, um sich bei der Presse ein Zubrot zu verdienen? Immer angespannter rieb sich Kirsten die Stirn. Oh Mann, erst Bæk, jetzt Mimi. Allmählich wusste sie nicht mehr, wem sie trauen konnte und wem nicht.

»Kirsten? Bist du noch dran?«, fragte Mimi bang.

»Ja, bin ich.«

»Was soll ich denn jetzt machen?«

»Halt erst mal die Füße still, so wie die Therkildsen es gesagt hat. Ich werde sehen, was ich tun kann.«

»Danke, Kris!«

»Kein Ding.«

»Kommst du heute Abend vorbei? Ich könnte echt Gesellschaft gebrauchen.«

»Ich glaube, das wäre keine so gute Idee«, wehrte Kirsten ab und merkte, wie brüsk sie dabei geklungen hatte. Es tat ihr leid, und schnell schob sie eine kleine Ausrede hinterher, die Mimi akzeptierte. Als sie sich voneinander verabschiedet hatten, starrte Kirsten in den schummrigen Flur. Hatte sie sich in Mimi getäuscht? War sie schuld an der ganzen Misere?

29. KAPITEL

Er warf einen Blick auf seine lange To-do-Liste. Es gab noch viel zu erledigen. Mehrere Zettel mit Dutzenden von Punkten warteten darauf, abgearbeitet zu werden. Dabei musste er streng nach Reihenfolge vorgehen, denn alles folgte einer ausgeklügelten Inszenierung. Fehler durften ihm nicht unterlaufen, aber er hatte auch nicht vor, welche zu machen.

Hinter den Punkten »Fotos bearbeiten und wegschicken« und »Handy Meerjungfrau vernichten« setzte er einen Haken. Der nächste Punkt hieß »Grønlandsmonument Christianshavn«.

Mit raschelnder Plastikschürze ging er zu dem großen Kühlschrank, der vor der unverputzten Ziegelwand laut vor sich hin rumpelte. Es war ein uraltes Modell und wog mindestens eine Tonne, doch es erfüllte seinen Zweck. Daneben standen noch weitere Kühleinheiten. Sie sahen aus wie eine traurige Ansammlung aus Eisbergen, die an diesen unwirtlichen Ort angespült worden war.

Er öffnete die Tür und hob die Tüte mit dem schweren Kopf darin heraus. Das Ding war schon reichlich vergammelt, was vermutlich daran lag, dass es nicht gerade leicht war, so etwas zu beschaffen. Nun, ihm war das einerlei. Ihn störte der Gestank nicht. Er hievte die Tüte auf den Stahltisch in dem OP-Zelt.

So, was war als Nächstes dran? Er drehte sich zur Liste. Dort stand »Tupilak Nummer 3, Valby«.

Okay, noch hatte er ein bisschen Zeit, bis er nach Valby fahren müsste. Also würde er sich jetzt erst mal dem Kopf widmen. Er ließ die Gummihandschuhe schnappen und machte sich an die Arbeit.

Eineinhalb Stunden später stellte er den schwarzen Kombi in einer Seitenstraße zwischen zwei winterkahlen Bäumen ab. Er hatte bewusst den kleinen Wagen benutzt, denn er hatte mitbekommen, dass die Polizei nach einem unbekannten Lieferwagen fahndete. Er müsste also in Zukunft vorsichtiger sein. Aber solche Entwicklungen waren mit einberechnet. Und bisher lief alles wie beabsichtigt. Die Polizei war genau dort, wo er sie haben wollte.

Er stieg aus, zog sich die Mütze tief in die Stirn, und obwohl er seinen falschen Bart trug, wickelte er sich einen Schal vor Mund und Nase. Schließlich wollte er auf keinen Fall erkannt werden. Zusätzlich hatte er einen langen Filzmantel an, der ihm bis zu den Knöcheln reichte und unter dem er prima sein Werkzeug verbergen konnte.

Er stieg aus und machte sich auf den Weg zu dem Haus. Es war eines dieser typischen mehrgeschossigen Backsteingebäude, wie sie es in dieser Stadt zu Hunderten gab. Nichtssagende Fassade mit weißen Holzfenstern. Vermutlich war dahinter ein Innenhof mit kleinen Balkonen. Bei den Innenhöfen musste man höllisch aufpassen, dass einen niemand zufällig bemerkte. Hier in Dänemark hatte ja keiner Gardinen und jeder konnte ständig raus- oder ungeniert in die Wohnungen anderer reinglotzen. Was er schon alles gesehen hatte! Das ging auf keine Walhaut!

Er schüttelte den Kopf. Die Dänen würde er nie verstehen.

Er erreichte den Hauseingang, an dem sich zehn Klingelschilder befanden. Er holte die Schlüssel aus der Tasche und schloss auf. Im Flur hielt er inne und lauschte. Es war kurz nach Mittag, die meisten Bewohner waren bei der Arbeit. Er hatte sich genau gemerkt, wer wann üblicherweise aufbrach.

Vorsichtig stieg er die knarzende Treppe hinauf. Im dritten Stock lag sein Ziel, leider wohnte nebenan eine neugierige alte Dame, die aufpasste wie ein Dobermann. Er musste also auf der Hut sein und so schnell wie möglich in die Wohnung schlüpfen.

Auf Zehenspitzen schlich er über den Treppenabsatz und schob den Schlüssel ins Schloss. Einen Augenblick später zog er die Tür hinter sich zu und lauschte erneut. Nebenan lief geräuschvoll der Fernseher. Das war gut für ihn.

Gezielt machte er sich an die Arbeit, kümmerte sich um alles, was für den nächsten Schritt geplant war. Es war ein bisschen so, als erschaffe man ein Kunstwerk. Moderne Kunst selbstverständlich, denn die Betrachter würden ein wenig daran herumrätseln müssen, wie schon bei den Vorgängermodellen. Er ging ins Wohnzimmer, verschob einen Stuhl und zog eine Rolle Klebeband aus seiner Manteltasche. Wie lange die Polizei wohl brauchen würde, um dahinterzukommen, was mit den Skulpturen gemeint war? Sein Ziel war es schließlich nicht, zu verhindern, dass sie es herausfanden. Natürlich sollten sie das. Aber sie sollten es nicht zu einfach haben. Sonst würden sie Verdacht schöpfen.

Er zog sich den Schal vom Mund, um in der warmen Wohnung besser atmen zu können. Dabei achtete er sorgfältig darauf, dass er keine DNA hinterließ. Er musste weiterhin sauber arbeiten.

Er schob den Stuhl noch ein wenig weiter in die Mitte des Raums und betrachtete sein Werk. Ja, so war es gut. Auf diese Weise hätten sie den besten Blick auf seine Installation. Ein bisschen freute er sich über seine Kreativität. Vielleicht sollte er hinterher etwas daraus machen. Er hätte dann ja genug Geld und könnte ein international anerkannter Künstler werden, der …

Er erstarrte, weil er ein Geräusch hörte. Es kam vom Treppenhaus. Im nächsten Moment pochte es laut an die Tür.

30. KAPITEL

Jesper klopfte erneut. Es schien niemand zu Hause zu sein. Eine Nachbarin hatte ihn auf sein Klingeln hin in den Hausflur gelassen. Nun stand er vor der Wohnung und überlegte, wie er sich Eintritt verschaffen könnte. Einen Durchsuchungsbeschluss hatte er nicht, aber vielleicht käme er mit Gefahr in Verzug durch. Kirsten deswegen anzurufen, war für ihn keine Option. Wahrscheinlich entsprach das eh nicht ihren neuen Sicherheitsrichtlinien. Was für ein Scheiß. So etwas hatte er bei der jütländischen Polizei in seinen ganzen 25 Dienstjahren nicht erlebt. Solch ein Misstrauen untereinander. Die tickten doch nicht richtig. Er schüttelte den Kopf. Vielleicht wurde man so paranoid, wenn man in der Hauptstadt arbeitete. Das würde ihm sicher nicht passieren. Er würde seinen Job weiterhin so gut machen, wie er konnte, und wenn es deswegen Ärger gab, so what. Mit Kirsten war er fertig, und wahrscheinlich waren seine Tage bei der Kopenhagener Mordkommission bereits gezählt. War echt eine Scheißidee gewesen, hierherzuziehen. Da konnte er es genauso gut provozieren, rausgeschmissen zu werden. Im Moment war ihm alles egal, und es ging ihm so dreckig, dass er überlegte, ob der Polizistenjob überhaupt noch das Richtige für ihn war. Warum sollte er ständig im Unrat der Gesellschaft wühlen und die Scheiße anderer wegräumen? Ballast abwerfen, das wäre das Richtige.

Er prüfte den Knauf.

Nichts bewegte sich. Er rüttelte daran. Es war eine alte Wohnungstür mit einem einzelnen Schloss, was beinahe schon leichtsinnig war, so oft wie in Kopenhagen eingebrochen wurde. Leider hatte er keinen Schraubenzieher dabei, sonst hätte er das Ding ruckzuck geöffnet. Er nahm Abstand und trat zu.

Die Tür flog auf, krachte gegen die Wand.

Jesper wartete, ob etwas passierte, und wie er es vermutet hatte, spähte ein verschreckter älterer Herr aus der Wohnung nebenan. Jesper hielt ihm seinen Ausweis entgegen. »Polizei Kopenhagen, gehen Sie wieder rein und schließen Sie die Tür!«, sagte er und der Mann gehorchte.

Jesper zog seine Waffe, nur vorsichtshalber, und trat in den dunklen Flur. Seine Jacke raschelte und er verfluchte sich dafür. Morgen würde er sich endlich eine neue kaufen. Mit vorgehaltener Pistole bewegte er sich langsam vorwärts, bis er das Wohnzimmer erreichte. »Polizei!«, rief er erneut. »Ist hier jemand?«

Niemand antwortete. Jesper suchte alle Räume ab und steckte die Waffe weg. Er schwitzte wie ein Schwein und zog die Scheißjacke aus. Danach lehnte er die Wohnungstür an, deren Schloss herausgerissen war, und machte sich an die Arbeit.

Zuerst nahm er sich das Arbeitszimmer vor, weil er sich davon am meisten versprach. Eigentlich war es ein Ankleidezimmer, in dem ein Schreibtisch und ein Regal standen. Auf dem Tisch herrschte Ordnung. Jesper nahm einen Stapel ausgedruckter Papiere auf und wollte sie durchsehen, da klingelte plötzlich sein Handy.

Es war natürlich Kirsten. Fuck! Er überlegte, den Anruf zu ignorieren, doch er befürchtete, dass sie es wieder und wieder versuchen würde.

»Ja?«, blaffte er ins Telefon.

»Wo bist du?«, kam es knapp zurück.

»In der Wohnung von Kenneth Dalgård. Dem Seehundmann.«

Kurze Stille am Ende. »Okay. Dann muss ich da wenigstens nicht hin. Was ist mit dem Institut?«

Jesper war einigermaßen überrascht von der friedlichen Reaktion auf seinen Alleingang. »Im GEUS war ich schon und habe alles an Informationen gesammelt, was es gab.«

»Die da wären?«

»Die Daten von Kenneths und Bentes Computern, die Liste mit den Teilnehmern der schiefgelaufenen Expedition von 2018 und außerdem habe ich noch mal mit Professor Frøhlich gesprochen. Der weiß anscheinend wirklich nicht, mit welcher Gruppe Bente Villumsen 2019 in Grönland war. Auch die Chefin von Kenneth Dalgård hatte keine Ahnung, dass er mit Bente unterwegs war. Allerdings hatten beide zur selben Zeit Urlaub genommen. In Kenneths Büro konnte ich nichts finden, deshalb versuche ich es gerade bei ihm zu Hause.«

»Alles klar, halte mich auf dem Laufenden. Und übrigens, Marit ist jetzt deine Partnerin. Und bevor du fragst: Sie hat alle Befugnisse. Das machen wir oft so, wenn sie für uns arbeitet. Sie war mal bei der Polizei und weiß Bescheid.«

»Sie war bei der Polizei?«

»Ja, früher. Sprich dich bitte mit ihr ab. Ich schicke dir ihre Nummer.« Damit legte Kirsten auf und Jesper guckte verblüfft auf das Telefon.

Plötzlich hörte er ein Geräusch hinter sich und drehte sich um. Doch da war nichts. Er spähte in den Flur. Niemand zu sehen, die Wohnungstür war noch genauso angelehnt wie zuvor. Vielleicht eine Diele, die geknackt hatte.

Er trat wieder an den Schreibtisch und ging die Papiere durch. Leider waren es nur wissenschaftliche Abhandlungen über die Eisschmelze in Südgrönland. Das Regal mit den Aktenordnern gab ebenfalls nicht viel her. War diese Reise so geheim gewesen, dass nicht einmal Unterlagen darüber existierten? Jesper fuhr Kenneths Laptop hoch und überlegte, was er als Passwort eingeben konnte. Kenneths Büro am GEUS war voll mit Fotos von Papageientauchern. Und auch hier in seinem Zuhause hingen einige Bilder. Sogar den Startbildschirm zierte einer dieser drolligen Vögel. Der Kerl musste ein wahrer Fan gewesen sein. Jesper gab nacheinander die Worte »Papageientaucher«, »Lundefugl« und »Lundi« ein, doch nichts passierte. Dann fiel ihm noch der englische Begriff ein: »Puffin«. Im nächsten Moment hatte er Zugriff auf den Laptop.

Na also.

Jesper ließ sich auf dem Schreibtischstuhl nieder und ging konzentriert die einzelnen Dateien durch. Nach einiger Zeit stieß er auf einen Ordner voll mit Fotos. Manche davon kamen ihm bekannt vor. Es waren die von der Expedition, an der Bente und Kenneth teilgenommen hatten.

Jesper holte sein Handy heraus und fotografierte die Personen ab. Insgesamt waren es sechs inklusive der beiden Tupilaat-Opfer. Neben Bente war noch eine weitere Frau dabei gewesen. Rothaarig und von kleiner, gedrungener Statur. Aufmerksam klickte sich Jesper durch die Bilder, versuchte, etwas darauf zu finden, das ihm einen Hinweis auf den genauen Ort in Grönland oder den Zweck der Reise gab. Denn der war ihm nach wie vor nicht ganz klar. Bloß ein paar Eisproben zu nehmen, war irgendwie zu wenig.

Offensichtlich war die Gruppe für kalte Temperaturen ausgerüstet und hatte Ziehschlitten dabei, auf denen diverse Ausrüstungsgegenstände verzurrt waren, Zelte, lange Stangen, Seile, Alukoffer und mehrere Taschen und Gerätschaften wie ein großer Spiralbohrer, der vermutlich dazu diente, die Eisproben zu nehmen. Auf den meisten Fotos bewegte sich die Gruppe durch Eis- und Schneelandschaften. Zwar waren im Hintergrund markante Felsnadeln zu erkennen, für Jesper könnten die sich allerdings überall in Grönland befinden. Das Einzige, was ihm einen Anhaltspunkt bot, waren Bilder von einer Siedlung, eine lockere Ansammlung von bunten Hütten. Jesper fotografierte sie ab, obwohl die Kriminaltechnik die Daten natürlich noch sichern würde, aber er wollte sie später Marit zeigen. Vielleicht wusste sie, wo das Dorf lag. Er klickte sich durch die nächsten Fotos und blieb an einem hängen. Darauf standen Kenneth und ein drahtiger weißblonder Mann neben einem Boot, aus dem gerade die Ausrüstung ausgeladen wurde. Einige Inuit halfen dabei. Jesper kniff die Augen zusammen und zoomte einen bestimmten Ausschnitt heran. Jetzt konnte er den Namen des Bootes lesen: Piniartoq Paamiut.

Paamiut? Wo hatte er das noch gehört? Richtig, das war die Basisstation der Expedition von 2018 gewesen, bei der es zum Allaq-Incident kam. Wie es aussah, schienen Bente und Kenneth ebenfalls in Paamiut gewesen zu sein. War das Zufall, oder hatte ihre Reise etwas mit diesem Allaq-Incident zu tun? Und warum wusste dann keiner der Kollegen am GEUS davon? Wer hatte die Expedition finanziert? Eine solche Reise war doch mit Sicherheit teuer und nicht einfach aus der Kaffeekasse zu bezahlen. Jesper wählte die Nummer von Arnt Villumsen. Wenig später hatte er Bentes Ehemann am Apparat.

»Nein«, entgegnete er auf Jespers Frage hin, »von unserem Konto wurden letztes Jahr keine größeren Beträge abgehoben, und den Flug nach Grönland muss Bente bezahlt bekommen haben. Ich habe nichts dergleichen in ihren Unterlagen gefunden.«

Jesper bedankte sich und klickte den nächsten Ordner an, in dem sich die Bilderserie fortsetzte. Doch an einem bestimmten Punkt war sie plötzlich zu Ende. Die letzte Aufnahme war auf einem Gletscher gemacht worden. Sie zeigte, wie die Gruppe die Schlitten entlud und ein Lager errichtete. Aber wo war der Rest der Dokumentation? Jesper überflog die Inhalte der anderen Order, in denen sich viele Fotos befanden, jedoch keine, die an das letzte aus Paamiut anknüpften.

Seltsam. Vielleicht würde er auf Bentes Rechner fündig, er hatte sich die Daten von Professor Frøhlich auf eine mobile

Festplatte spielen lassen, die schlummerte in der Tasche seiner Jacke. Jesper erhob sich und ging ins Wohnzimmer, das über und über mit Bildern von Papageientauchern dekoriert war. Auf einem Sideboard entdeckte er ein seltsam geformtes Messer, das neben einer Tupilakfigur aus Elfenbein lag. Das musste ein Ulu sein, eine Art Wiegemesser, mit dem die Inuit-Frauen die Jagdbeute enthäuteten und zerteilten. Jesper lief ein Schauer über den Rücken, als er sich vorstellte, dass der Mörder bei der Herstellung seiner Skulpturen vielleicht solch ein Werkzeug benutzt hatte.

Als er sich umdrehte, stand jemand hinter ihm.

31. KAPITEL

Marit saß in einer ruhigen Nische im mollig warmen Café Paludan. Die Mittagszeit war gerade vorbei, und die Zahl der Gäste, hauptsächlich Studenten und Touristen, reduzierte sich allmählich. Sie verbrachte ihre Zeit gerne an solch lebhaften Orten wie diesem Büchercafé, wenn sie nachdenken oder recherchieren musste. Das hielt den Geist in Bewegung, obwohl man stillsaß.

Sie hatte ihr Notebook aufgeklappt und den Bildschirm so gedreht, dass niemand mitlesen konnte. Bei ihrer ersten Recherche über die Expedition von 2018 hatte sie einige wilde Theorien über den Grund des katastrophalen Ausgangs gefunden. Vom Erfrieren der Gruppe bei einem Schneesturm über einen tödlichen Eisbärenangriff bis hin zu der Annahme, dass sich die Teilnehmer gegenseitig umgebracht hatten. So etwas kam durchaus vor. Man nannte es Kälteidiotie oder Kältewahn. Manche der Verschwörungstheoretiker munkelten, dass die Inuit die Gruppe als Eisbärenwesen verkleidet umgebracht hätten, weil diese einen heiligen Ort besudelt hätte.

Und dann war da noch die Theorie mit dem Allaq.

Marits rationale Seite wusste, dass das unwahrscheinlich war. Denn sie kannte die Inuit-Legenden und auch den Zweck, zu dem sie erschaffen worden waren. Sie dienten hauptsächlich dazu, die eigenen Leute davon abzuhalten, Dinge zu tun, die ihnen selbst oder der Gemeinschaft schaden konnten. In einer lebensfeindlichen Umgebung wie der Polarregion brauchte man entsprechend drastische Geschichten, um die Kinder dazu zu bringen, nicht gedankenlos in die Kälte hinauszurennen. Dennoch bildeten diese ganzen Erzählungen ein komplettes Weltbild ab, in dem sich viele Wahrheiten verbargen. Selbst der Allaq stand für eine wichtige Botschaft. Es war die Warnung an den Einzelnen, die Gemeinschaft nicht zu verlassen. Denn alleine war man aufgeschmissen, man wurde zu einem Mischwesen, das nirgendwo zu Hause war, weder in der Tierwelt noch bei den Menschen. Dass also ein Allaq die Expeditionsgruppe niedergemetzelt haben sollte, hielt Marit daher für Humbug.

Sie nahm einen Schluck von ihrem Kaffee und merkte, dass ihre Hand zitterte. Erinnerungen wurden in ihr wach, alte und längst verdrängte. An Grönland, an ihre Freundin Nivi. Die süße, kleine Nivi, die nicht älter als acht geworden war. Marit stellte die Kaffeetasse ab. Sei vernünftig, sagte sie sich selbst. Es war nicht der Allaq.

Sie lenkte ihre Gedanken zurück auf ihre Aufgabe. Bis jetzt hatte sie sich vorrangig mit der Expedition von 2018 beschäftigt. Was aber war mit der von 2019? Wo genau in Grönland hatte sie stattgefunden? Und warum war sie durchgeführt worden? Es musste doch irgendetwas darüber geben. Einen Reiseplan, Flugverbindungen, Hotelbuchungen.

Sie nahm das Telefon und wählte die Nummer von Herrn Villumsen. Der beschwerte sich, dass eben schon dieser Polizeikollege namens Bæk angerufen hätte, dennoch teilte er Marit bereitwillig die Reisedaten seiner Frau vom letzten Sommer mit. Mit dieser Information recherchierte sie die vom Flughafen Kastrup abgehenden Flüge. Das war eine übersichtliche Anzahl, denn von Dänemark gab es nicht viele Verbindungen nach Grönland. Sie fand genau zwei Flüge für den fraglichen Zeitraum, einer nach Narsarsuaq im Süden und einer nach Kangerlussuaq weiter nördlich. Von beiden Flughäfen konnte man seine Reise zu anderen Orten fortsetzen, entweder per Boot, per Hubschrauber oder per Propellermaschine.

Marit gab eine neue Nummer ein und hatte kurz darauf eine Dame von Air Greenland dran, die sie mit der Abteilung verband, welche die Passagierdaten archivierte. Ein sympathisch klingender Mann namens Mads räumte ihrem Anliegen sofortige Priorität ein und prüfte die Listen auf die Namen Bente Villumsen und Kenneth Dalgård. Bei dem Flug nach Narsarsuaq wurde er fündig. Beide waren an Bord der Maschine gewesen.

Marit fragte nach, wer zusammen mit den beiden eingecheckt oder im Flugzeug neben ihnen gesessen hatte, und erhielt zwei Namen, die ihr zunächst nichts sagten: Svea Henriques und Óla Jón Fejfer. Letzterer war isländischer Staatsbürger mit Wohnsitz in Kopenhagen. Das konnten Kollegen von Bente und Kenneth sein oder rein zufällige Sitznachbarn.

Als Nächstes telefonierte Marit sämtliche Unterkünfte in Narsarsuaq ab, denn der freundliche Mads hatte ihr verraten, dass keiner der vier Passagiere von dort aus mit einer anderen Verbindung von Air Greenland weitergereist war.

Frustriert legte sie nach einer halben Stunde auf. Keine der Unterkünfte hatte die Gruppe beherbergt. Marit überlegte, ob sie jemanden kannte, der wiederum jemanden in Narsarsuaq kannte. Grönland war diesbezüglich ein Dorf. Von Ivalu Heilmann bekam sie schließlich einen Freund aus Narsarsuaq vermittelt. Als sie den älteren Herrn erreichte, sprach der ausschließlich Kalaallisut, doch das war kein Problem für Marit. Leider wusste er nur, dass ein Bekannter eine Expeditionsgruppe mit dem Boot transportiert habe. Wohin, konnte er ihr nicht sagen, aber er würde sich umhören und sich bei ihr melden. Marit bedankte sich und überlegte, dann wählte sie Kirstens Nummer.

»Hej, was gibt's?«, fragte ihre Freundin am anderen Ende der Leitung müde.

»Bist du im Präsidium und könntest für mich zwei Namen durch das Register jagen?«

Kirsten bejahte, und Marit gab ihr die Passagierdaten.

»Hmm«, drang es wenig später aus dem Telefon. »Höchst merkwürdig.«

»Was denn?«

»Diese Svea Henriques ist als verstorben gemeldet. Und zwar am 08.07.2019. Sterbeort ist der Avannarleq Bræ in Grönland.«

»Das ist ein Gletscher. Und Óla Jón Fejfer?«

»Der ist noch am Leben und hat eine zweite Adresse, unter der er seit Längerem wohnt. Digevej 110, auf Amager.«

»Wirklich?«, fragte Marit überrascht.

»Ja, warum?«

»Da ist doch die psychiatrische Klinik!«

»Hast recht. Was haben die beiden mit unserem Fall zu tun?«

Marit erklärte, dass Svea und Óla Jón zusammen mit Bente und Kenneth Mitglieder der Expedition von 2019 gewesen waren, und riet Kirsten, sich in der Klinik über Óla Jón zu informieren. Danach legte sie auf und ließ sich den Avannarleq-

Gletscher im Internet anzeigen. Er lag in der Nähe des Ortes Paamiut.

Bingo!

So langsam war sie sich sicher, dass die zweite Expedition in Zusammenhang mit der ersten stand.

Erneut rief sie bei Air Greenland an, diesmal war allerdings nicht der freundliche Mads dran, sondern eine reservierte Ylva, die ihr die gewünschte Auskunft erst erteilen wollte, nachdem sie ihr eine Mail mit dem offiziellen Polizeisiegel geschickt hätte.

»In Ordnung«, sagte Ylva, als sie die Mail erhalten hatte, »die Flüge der vier genannten Personen wurden bezahlt von einer Firma namens Arctic Extraction ApS.«

»Können Sie mir sagen, ob das noch bei weiteren Tickets dieses Flugs der Fall war?«

»Leider nicht. Ich habe nur die Möglichkeit, nach Namen zu suchen, nicht nach Konten. Da müssen Sie sich an die Firma selbst wenden.« Marit vermutete, dass das sehr wohl ging, Ylva jedoch keine Lust darauf hatte. Sie verabschiedete sich freundlich und sah auf die Suchergebnisse, die sie parallel zum Telefonat über Arctic Extraction ApS im Internet gefunden hatte. Der Name der Firma klang nach Bergbau oder Ölförderung, sie fand allerdings keine Webseite dazu. Erst als sie die CVR-Nummer, die zentrale Unternehmensnummer, im landesweiten Firmenregister eingab, stieß sie auf Informationen zum Eigentümer. Oder besser gesagt, zur Eigentümerin.

Vera Riis Sten. Der Name sagte ihr etwas. Konnte das stimmen? Rasch rief sie die Kommunikationskoordinatorin der Sondereinheit Sanne Hougård an. Von ihr erhielt sie die Personendaten von Vera Riis Sten und die Bestätigung für ihre Vermutung.

»Das ist doch die Besitzerin von diesem erfolgreichen Modelabel Verii«, sagte Sanne. »Was hat eine steinreiche Modedesignerin mit einer Explorationsfirma zu tun?«

»Das frage ich mich auch«, entgegnete Marit. Zumindest hätte sie das nötige Kleingeld, um eine Expedition nach Grönland auszurüsten. Aber warum sollte sie sich dafür interessieren?

Sie verabschiedete sich von Sanne und packte ihr Notebook ein. Kurz darauf war sie auf dem Weg zur Nørreport Station. Von dort würde sie den S-Zug nach Charlottenlund nehmen, denn wo sonst residierte man als erfolgreiche Geschäftsfrau, wenn nicht im Beverly Hills von Kopenhagen?

32. KAPITEL

Jesper riss seine Waffe aus dem Holster und richtete sie auf den Eindringling, der mit seinen dürren Beinen und dem zotteligen weißen Pelz im Wohnzimmer vor ihm stand. Sein Herz schlug bis unter seine Schädeldecke. Doch anstatt sich auf ihn zu stürzen, gab die Gestalt einen schrillen Schrei von sich und hob zitternd die Arme.

»Bitte, nicht schießen.«

Jesper überwand den ersten Schock und trat näher an die Person heran. Es war eine junge Frau in Kunstpelzjacke und kein grönländisches Monster.

»Polizei Kopenhagen«, erklärte er. »Wer sind Sie?«

»Sarah, die Freundin von Kenneth. Ex-Freundin!«

Jesper steckte die Waffe weg, und die Frau atmete auf.

»Darf ich die Hände herunternehmen?«, fragte sie zaghaft.

»Natürlich. Was machen Sie hier, wenn Sie die Ex-Freundin sind?«

Sarah erklärte, dass sie sich vor drei Wochen von Kenneth getrennt habe und ein paar Sachen in seiner Wohnung zurückgeblieben seien, die sie gerne wiederhätte. Da er nicht auf ihre Anrufe reagiert habe, sei sie vorbeigekommen und hätte gesehen, dass die Tür aufgebrochen worden war.

»Seit wann geht er denn nicht mehr ans Telefon?«, wollte Jesper wissen.

»Ungefähr seit zwei Wochen.« Sarahs unsicherer Blick traf ihn. »Was hat er denn gemacht, dass die Polizei was von ihm will?«

»Er hat nichts getan«, sagte Jesper. »Es tut mir leid, er ist tot.«

»Tot?« Sarah hob eine Hand vor den Mund und ließ sich aufs Sofa fallen.

Jesper seufzte und brachte ihr schonend bei, dass Kenneth ein Opfer der schrecklichen Mordserie war. »Haben Sie ihn denn nicht auf dem Fahndungsfoto erkannt? Es wurde in allen Zeitungen veröffentlicht. Jesper zeigte ihr das von Marit modifizierte Porträt.

»Was? Das ist Kenneth? Oh mein Gott, ja! Jetzt erkenne ich ihn. Das kann doch nicht sein, er sieht total anders aus.«

»Wie anders?«, fragte Jesper.

»Na, seine Haare sind ganz kurz und der Bart. Er hat ihn abrasiert.« Sie öffnete ein Bild von ihrem Ex-Freund auf dem Handy. »So sah Kenneth aus, als ich das letzte Mal bei ihm war.«

Jesper blickte in das ihm bekannte Gesicht, wie er es von den Fotos kannte, die Arnt Villumsen ihnen gegeben hatte. Kenneth mit langen Zottelhaaren und Bart. Er hatte gedacht, es wäre sein Expeditionslook gewesen.

»Okay«, sagte er. »Haben Sie eine Idee, warum er sein Äußeres so stark verändert hat?«

Sarah zuckte mit den Achseln. »Ich weiß nicht, letztes Frühjahr war mit ihm noch alles okay. Und dann plötzlich, nachdem er im Sommer auf dieser Expedition in Grönland war, wurde er total merkwürdig. Irgendwann vor ein paar Wochen wurde es richtig schlimm, da wollte er gar nicht mehr rausgehen.«

»Warum nicht?«

»Er sagte, ihm sei zu kalt.« Sarah tippte sich an die Stirn. »Ich meine, das ist doch schizo. Der Kerl macht Reisen ins Eis. Und jetzt friert er auf einmal so sehr, dass er das Haus nicht verlassen kann? Er war echt stur und hat sich in seiner Bude regelrecht verbarrikadiert.«

»Er ging also auch nicht mehr arbeiten?«, fragte Jesper verwundert darüber, dass ihm Kenneths Chefin das nicht gesagt hatte.

»Er machte Homeoffice. Er saß eh an einer wissenschaftlichen Arbeit. Wir haben uns in letzter Zeit ständig gestritten.« Gedankenverloren strich Sarah über ein Sofakissen. »Aber Kenneth wollte mir nicht sagen, was ihn belastet. Irgendwann habe ich es nicht länger ausgehalten und Schluss gemacht.« Eine Träne rann über ihr Gesicht. »Ist er wirklich tot?«

»Ja, es tut mir leid.«

Sie nickte und wischte sich die Träne fort. »Haben Sie mit seinen Eltern gesprochen?«

»Nein, aber ich wäre Ihnen dankbar, wenn Sie mir deren Adresse geben könnten.«

»Sie wohnen in Nordjütland.«

»Okay, in diesem Fall besser die Telefonnummer.«

Sarah zeigte ihm den Kontakt auf ihrem Handy und Jesper fotografierte ihn ab.

»Wissen Sie etwas über diese Expedition nach Grönland, an der Kenneth teilgenommen hat und nach der er sich so plötzlich verändert hat?«

Sarah runzelte die Stirn. »Nicht wirklich. Nur dass das Ziel irgendein Gletscher war und dass Kenneth vorher sehr aufgeregt war.«

»Es handelte sich also nicht um eine normale Reise?«

Sarah schüttelte den Kopf. »Tut mir leid, keine Ahnung. Ich kenne mich mit seinen Forschungssachen nicht so gut aus.« Sie sah ihn an. »Haben Sie noch weitere Fragen? Ich würde sonst jetzt gerne gehen und … den Schock verdauen.«

»Natürlich. Danke für die Informationen.«

Sarah stand auf und bückte sich nach ihrer Handtasche, die sie vorhin vor Schreck hatte fallen lassen. Jesper ließ sich ihre Kontaktdaten geben und blickte ihr nach, als sie die Wohnung verließ. Ihre Schritte verhallten auf der Treppe und schließlich war es wieder still.

Jesper dachte an Kenneths Eltern. Noch eine Todesbotschaft, die es zu überbringen galt. Er seufzte. Das würde er später erledigen. Viel dringender war die Suche nach den anderen Teilnehmern der Expedition! Sie schwebten womöglich in Lebensgefahr.

Er ging zurück ins Arbeitszimmer, schloss die mobile Festplatte an und öffnete die Ordner. Leider waren darauf keine passenden Anschlussbilder zu denen auf Kenneths Rechner. Im Gegenteil, Bente hatte überhaupt keine Bilder dieser Unternehmung gespeichert. Nicht einmal jene, die ihr Mann ihnen gegeben hatte. Es schien, als sollte niemand über diese Reise Bescheid wissen. Aber wo waren die Originale? Jesper würde deswegen wohl erneut Herrn Villumsen belästigen müssen. Er durchstöberte die Festplatte nach dem Namen Kenneth Dalgård, fand allerdings nur wissenschaftliche Artikel, die er verfasst hatte. Nichts über eine Expedition nach Grönland.

Er zog die Liste mit den Teilnehmern von 2018 heraus, die er von Professor Frøhlich erhalten hatte, und las sich die sieben Namen durch. Keiner von ihnen kam ihm bekannt vor.

Als er die Festplatte nach ihnen durchsuchte, erhielt er dasselbe Ergebnis wie bei Kenneth: nichts als wissenschaftliche Essays und Berichte.

Fuck. Das brachte ihn nicht weiter. Er zog den USB-Stecker der Festplatte ab. Er würde das Feld von hinten aufrollen müssen. Die Verunglückten von 2018 hatten sicher lebende Angehörige. Vielleicht waren die redseliger, als man es am GEUS war. Beide Expeditionen hatten die Wissenschaftler nach Paamiut geführt. Dort lief womöglich alles zusammen.

Von Sanne Hougård ließ er sich alle vorhandenen Personendaten und Adressen der Expeditionsteilnehmer von 2018 durchgeben, vier davon waren immerhin dänische Staatsbürger. Aufmerksam ging er jeden einzelnen durch. Beim letzten Teilnehmer stutzte er, denn der war mit einer bekannten Person verheiratet.

Rasch holte Jesper seine Jacke und verließ im Laufschritt die Wohnung.

33. KAPITEL

Frau Riis Stens weißgetünchte Bauhausvilla lag direkt am Kystvejen und besaß einen freien Blick auf den Øresund, der in der hereinbrechenden Winternacht als schwarzes Nichts hinter der Promenade lauerte. Marit trat an die von Kameras überwachte

Eingangstür. Über ihr ragte der viereckige Hausklotz empor wie ein Eisberg. In einigen Fenstern brannte Licht, und in der Einfahrt stand ein schwarzer Tesla vor der Garage, es musste also jemand zu Hause sein.

Ihr Finger näherte sich dem Klingelknopf, als sie ein Auto hinter sich halten hörte. Sie drehte sich um und war überrascht, einen Streifenwagen zu sehen, aus dem ein ihr vertrauter Kollege ausstieg.

»Jesper? Was machst du denn hier?«

»Das könnte ich dich fragen.« Er warf die Autotür zu und grinste schief, was ihm gut stand. Überhaupt war es das erste Lächeln, das sie bei ihm wahrnahm.

»Ich verfolge eine mögliche Spur in Sachen Expedition 2019«, sagte sie.

»Oh, das tue ich auch! Ich will die Angehörigen der Verunglückten von 2018 befragen. Eine von ihnen wohnt unter dieser Adresse.«

Marit machte große Augen. »Meinst du etwa Frau Riis Sten?«

»Jep. Ihr Mann war Leiter der Expedition von 2018.«

»Ach, das ist ja interessant!«

Plötzlich wurde die Haustür geöffnet und eine kleine, hagere Frau Mitte 50 erschien. Sie trug ihre blondierten Haare hochgesteckt und ein graues Kostüm mit dazu passenden Pumps. Um ihren Hals lag eine Tahiti-Perlenkette, die allein schon ein Vermögen kosten musste. Frau Riis Sten, schloss Marit.

»Was zum Teufel wollen Sie hier?«, blaffte die Frau, dann bemerkte sie den Streifenwagen. »Oh, Polizei?«

»Ich bin Marit Rauch Iversen und das ist mein Kollege Vizekriminalkommissar Jesper Bæk. Wir würden gerne mit Ihnen sprechen, Frau Riis Sten.«

»Rauch Iversen?« Die Frau legte den Kopf schief. »Sind Sie etwa die Tochter von Richter August Iversen?«

Marit seufzte leise. Sie hätte sich denken können, dass Vera Riis Sten mit ihren Eltern bekannt war. Sie ignorierte den aufmerksamen Seitenblick von Jesper und bestätigte, dass August Iversen ihr Vater war.

Im nächsten Moment öffnete sich die Tür ganz. »Ach, kommen Sie doch herein, Liebes. Ist es nicht furchtbar kalt draußen?« Frau Riis Sten benutzte den belanglosen Plauderton, den Marit aus dieser Gesellschaftsschicht gewohnt war. Zusammen mit Jesper trat sie in den hallenähnlichen Flur, und sogleich eilte eine asiatische Hausangestellte herbei und nahm ihnen wortlos die Jacken ab. Dabei vermied das Mädchen es, Marit allzu lange anzustarren, obwohl es in seinem Gesicht neugierig zuckte.

Sie durften ihre Schuhe anlassen und wurden von der Frau des Hauses ins Wohnzimmer geleitet, hinter dessen bodentiefen Fenstern die Dunkelheit des Sunds lag. Die Einrichtung war geschmackvoll und natürlich teuer. Dänisches Design vom Feinsten. Viele Stücke davon besaßen Marits Adoptiveltern ebenfalls. Und wie fast überall hing auch hier Louis Poulsens obligatorische Artischocken-Lampe von der Decke. Ein Statussymbol, genau wie der Tesla in der Einfahrt.

Obwohl Marit diese verschwenderische Lebensweise mit kritischen Augen betrachtete, konnte sie nicht leugnen, dass sie ein Teil davon war. Nach ihrer Adoption war sie in einer ähnlichen Villa direkt am Meer aufgewachsen und hatte alle Privilegien der Upperclass von Kopenhagen genossen. Aber sie hatte auch eine andere Welt kennengelernt, in ihrem vorherigen Leben in Nuuk, in dem sie mit ihren Eltern in einem schlichten Holzhaus gewohnt hatte.

Vera Riis Sten deutete auf den großen Glastisch, auf dem wertvolle Kerzenständer arrangiert waren, und Marit ließ sich mit geübter Eleganz auf einem der Wishbone-Stühle nieder. Jesper stellte sich ungeschickter an, er schlug mit seinem Waffenholster gegen die gläserne Tischkante und brachte damit die

Kerzenständer mächtig zum Scheppern. Mit knallrotem Kopf entschuldigte er sich, während Marit sich ein Schmunzeln verkniff. Ein wenig tollpatschig war der neue Kollege schon, das musste sie zugeben.

Frau Riis Sten tat so, als hätte sie es nicht mitbekommen. Mit beherrschter Miene trug sie ihrem Hausmädchen auf, eine Kanne Kaffee für die Gäste zu kochen, und nahm ihnen gegenüber Platz. Durch die Tischplatte konnte Marit sehen, dass sie ihre Beine nebeneinanderstellte und leicht schräg hielt, so wie es sich für eine Dame gehörte. Plötzlich fühlte sie sich an die Walfrau von der Bank am Sporthafen erinnert, dem schaurigen Gegenstück zur Meerjungfrau. Die Beine der Skulptur waren ähnlich arrangiert worden. Hatte das etwas zu bedeuten?

»Nun, das ist ja mal was Neues«, sagte Frau Riis Sten in Marits Gedanken hinein. »Ich wusste nicht, dass Augusts Tochter bei der Polizei ist. Sie sollten für mich als Model arbeiten. Sie haben eine sehr besondere Ausstrahlung.« Sie wandte sich an Jesper. »Habe ich recht, Herr Bæk? Solch ein Talent sollte man nicht bei einem gewöhnlichen Job verschwenden.«

Bevor er reagieren konnte, antwortete Marit für ihn: »Vielen Dank, aber ich arbeite gerne für die Polizei.«

Frau Riis Sten zog eine Braue hoch. »Nun denn. Was führt Sie zu mir? Habe ich in der Innenstadt etwa falsch geparkt?«

Marit ignorierte das gekünstelte Lächeln auf Vera Riis Stens Gesicht und nannte den Grund ihres Besuchs. Dabei hielt sie sich bedeckt, was die Motive des Täters anging, wurde jedoch deutlicher, als es um einen möglichen Zusammenhang zwischen den Morden und einer gewissen Expedition nach Grönland ging. Frau Riis Sten wurde spürbar nervös. Das Hausmädchen servierte den Kaffee in feinen weißen Porzellantassen. Als es wieder in der Küche verschwunden war, nahm Frau Riis Sten einen Schluck, musste jedoch husten, weil sie zu hastig getrunken hatte. Rasch drückte sie sich eine Serviette vor den Mund.

»Verzeihung«, krächzte sie undamenhaft. »Es soll einen Zusammenhang zwischen meiner Expedition und diesem Killer geben?« Sie legte die Serviette beiseite, ihr roter Lippenstift hatte darauf abgefärbt. »Das glaube ich nicht.«

»Wir schon«, hielt Marit dagegen. »Übrigens sagten Sie eben ›meine‹ Expedition. Stimmt es also, dass Sie die Geldgeberin für diese Unternehmung waren, besser gesagt Ihre Firma Arctic Extraction?«

»Woher wissen Sie das?«

Ohne darauf zu antworten, holte Marit die Fotos von Bente und Kenneth heraus und schob sie über den Tisch. »Sind das zwei der Teilnehmer der Expedition?«

»Äh, ja. Das sind sie. Aber …«

»Was war der Grund für die Forschungsreise?«, hakte Jesper nach.

Frau Riis Sten griff nach der Serviette und begann sie zu kneten. »Muss ich Ihnen das sagen?«

Marit lächelte sie so aufrichtig an, wie es ihr möglich war. »Müssen Sie nicht, allerdings würde es kein gutes Licht auf Sie werfen, wenn Sie schweigen. Dies ist eine Mordermittlung, die Staatsanwaltschaft wird wenig Rücksicht auf Ihre Vorbehalte nehmen.«

Frau Riis Sten presste ihre Lippen aufeinander und schien abzuwägen, ob sie ihren Einfluss gegenüber den Ermittlungsbehörden geltend machte könnte. Schließlich entschied sie sich zu reden. »Ich würde gerne meinen Mann beerdigen. Aber um das zu erklären, erzähle ich Ihnen die Geschichte besser von vorn: Thorvald hat die Expedition 2018 geleitet und ist mit allen anderen dort oben auf dem Gletscher gestorben. Er war Polarforscher am GEUS und ein erfahrener Grönlandexperte. Er hat viele Forschungsreisen für das Institut organisiert. Ich war oft die Sponsorin. Eine solche Expedition kostet sehr viel Geld, und das GEUS war nicht immer in der Lage, alle nötigen Mittel aufzubringen. Öffentliche Gelder sind bedauerlicherweise knapp. Diese unglückselige Reise diente dazu, Probebohrungen auf dem Inlandeis durchzuführen. Wegen der zunehmenden Schmelze, oder einem unterirdischen See, so exakt ist mir das nicht im Gedächtnis geblieben. Jedenfalls war es nichts Ungewöhnliches, reine Routine. Dergleichen hatte er schon Dutzende Male gemacht. Aber bei dieser Reise ist auf dem Gletscher etwas schiefgegangen und Thorvald und seine Kollegen sind umgekommen. Vermutlich bei einem Sturm, niemand kann es genau sagen, und das ist es, was mich seither nicht mehr schlafen lässt. Ich weiß nicht, was meinem Mann zugestoßen ist, nur dass er tot ist und irgendwo dort oben im Eis liegt. Es ist ein so entsetzlicher Gedanke, dass ich ihn kaum ertrage.« Sie tupfte sich die Tränen von den geschminkten Wimpern und putzte sich verhalten die Nase. Bei all dem aufgesetzten Gehabe schien ihre Trauer echt zu sein. »Ich habe darauf bestanden, dass der Vorfall aufgeklärt wird, doch am GEUS sah man sich dazu nicht in der Lage. Ich hatte sogar das Gefühl, man wolle das Ganze lieber verdrängen und vergessen. Ich habe insistiert und schließlich eine eigene Expedition ausgerüstet.«

»Die von 2019 mit Bente und Kenneth?«

»Und einigen anderen, ja. Es waren sechs Teilnehmer, und natürlich habe ich sie für ihre Expertise angemessen bezahlt. Wie ich auch die sonstigen Kosten dieser Expedition übernommen habe. Dafür hatte ich eigens eine Firma gegründet.«

»Arctic Extraction?«

Sie nickte.

»War das am GEUS bekannt?«

»Selbstverständlich.«

Marit blickte Jesper an, der ebenso verwundert zu sein schien wie sie.

»Dann hat mich Professor Frøhlich vorhin angelogen«,

knurrte er. »Ich habe noch einmal mit ihm gesprochen, da hat er beteuert, dass er keine Ahnung davon hatte.«

»Frøhlich?« Frau Riis Sten stieß ein abfälliges Lachen aus. »Das wundert mich nicht! Der ist das wandelnde schlechte Gewissen. Ich kann Ihnen sagen, warum er nicht darüber reden will. Er war der Koordinator der Expedition von 2018. Er saß im Basislager in Paamiut und hat den Funkkontakt zur Gruppe verloren, während mein Mann dort oben erfroren ist. Das alles ist seine Schuld!«

»Tatsächlich? Das ist ein schwerer Vorwurf«, sagte Marit. »Können Sie den untermauern?«

»Das hatte ich vor, mit der zweiten Expedition von 2019. Ich bin ziemlich sicher, dass Frøhlich Thorvald und dem Rest der Gruppe auf dem Gletscher nicht rechtzeitig von dem Wetterumschwung berichtet hat, sodass sie kein Lager zum Schutz errichten konnten. Wissen Sie, Frøhlich war immer neidisch auf meinen Mann, weil er im Institut beliebter war und die spektakuläreren Expeditionen durchführte.«

»Sie meinen, es war Absicht?«

Frau Riis Sten warf ihr einen harten Blick zu. »Na, wenn es keine Absicht war, dann zumindest sträfliche Nachlässigkeit, oder? Ist auch egal, für mich ist beides unverzeihlich. In meinen Augen ist Frøhlich für den Tod der Gruppe verantwortlich und nicht das Unwetter. Wenn ich jemals Beweise für sein Versagen finde, bringe ich ihn vor Gericht! Bis heute beruft sich der elende Wicht auf höhere Gewalt. Hat einfach kein Rückgrat, zuzugeben, dass es sein Fehler war. Aber so war er schon immer. Hat ›hier‹ geschrien, wenn es was zu holen gab, und den Schwanz eingezogen, wenn es darum ging, Verantwortung zu übernehmen. Armselig. Mein Mann hat mich damals von Grönland aus angerufen, aus diesem Ort, Paamiut. Kurz bevor sie aufgebrochen sind. Er hat erzählt, dass er Streit mit Frøhlich hatte. Das war typisch, die beiden sind ständig aneinandergerasselt. Diesmal ging es um irgendetwas, das bei der Ausrüstung gefehlt hat. Ich erinnere mich nicht mehr, was. Jedenfalls gab mein Mann Frøhlich die Schuld dafür. Und dann hat sich noch der Inuit, der sie eigentlich auf den Gletscher hätte führen sollen, geweigert, mit ihnen zu gehen, obwohl er schon einen Teil der Bezahlung dafür erhalten hatte.«

»Warum?«, fragte Jesper.

»Aus Aberglaube. Er hatte wohl Angst.«

»Sie meinen vor dem Allaq?«, sagte Marit.

»Ja, so war es, mag man nun daran glauben oder nicht. Dieser Umstand hat dazu geführt, dass die Gruppe sich ohne den Guide auf den Weg gemacht hat. Vielleicht haben sie sich verlaufen, oder es gab einen Unfall, der sie davon abgehalten hat, das Wetter im Auge zu behalten. Jedenfalls kam der Sturm, vor dem sie nicht gewarnt wurden, und das war's.«

»Und die zweite Expedition von 2019? Sie sagten eben, dass sie dem Zweck diente, Beweise für Frøhlichs Versagen zu suchen. Haben sie denn welche gefunden?«

»Nein, leider nicht.«

Marit wartete, doch Frau Riis Sten wollte dem nichts mehr hinzufügen, was seltsam war, denn Marit wusste schließlich, dass es noch viel zu erzählen gab über die Expedition.

»Weil etwas schieflief, habe ich recht?«, fragte sie deshalb. »Eine der Teilnehmerinnen, Svea Henriques, ist auf dem Gletscher ums Leben gekommen. Und ein anderer Teilnehmer sitzt deswegen seit Längerem in der geschlossenen Abteilung der Psychiatrie. Da frage ich mich doch, was dort oben passiert ist.«

»Damit habe ich nichts zu tun!«, sagte Frau Riis Sten. Mit einem Mal wirkte sie unterkühlt. »Ich war schließlich nicht dabei.«

»Nun gut, in diesem Fall wäre es schön, wenn Sie uns eine vollständige Liste der Teilnehmer geben würden. Dann können wir diejenigen befragen, die dabei waren.«

Frau Riis Sten starrte sie unwillig an. Schließlich stand sie auf, um den Raum zu verlassen.

In der Zeit, in der sie im oberen Stockwerk des Hauses verschwunden war, unterrichtete Marit Jesper darüber, was sie vorhin über die Expedition von 2019 herausgefunden hatte.

»Was denkst du?«, fragte er im Anschluss. »Wurden die Tupilaat dafür erschaffen, um sich an Professor Frøhlich zu rächen? Weil er Schuld an dem Unglück hat?«

»Du glaubst doch nicht, dass Frau Riis Sten das war?«

Jesper zuckte mit den Schultern. »Vielleicht nicht sie persönlich, aber jemand in ihrem Auftrag.«

Marit schüttelte den Kopf. »Das ist ziemlich weit hergeholt. Außerdem, warum sollte sie Bente und Kenneth töten lassen? Die haben ihr schließlich geholfen.«

»Haben sie das denn?«, fragte Jesper und hob die Brauen. »Wir wissen bisher gar nicht, was genau auf dieser Expedition passiert ist und wie diese Svea Henriques ums Leben gekommen ist, das …«

Marits Handy klingelte und sie sah mit einem entschuldigenden Augenrollen auf das Display. Dabei registrierte sie die Uhrzeit und erschrak. Verdammt, sie musste los! Rasch drückte sie den Anruf weg und stand auf. Im selben Moment kam Frau Riis Sten die Treppe herunter. In der Hand hielt sie eine ausgedruckte Liste, die sie Marit reichte.

»Danke. Wir kontaktieren Sie, sollten wir weitere Informationen benötigen.«

»Lieber nicht. Das wühlt alles auf, und das ertrage ich nicht.«

Marit merkte, dass Jesper sich über diese Antwort ärgerte. Sie traten in die Eingangshalle, wo sie in ihre Jacken schlüpften und dem Hausmädchen zunickten.

An der Tür drehte sich Jesper noch einmal um. »Selbst, wenn Sie uns damit helfen würden, ein Verbrechen aufzuklären?«

Vera Riis Sten musterte ihn von oben bis unten. »Ich sagte

doch, dass es zu viel für mich ist. Ich bitte Sie, das zu respektieren.«

»Ehrlich gesagt fällt mir das schwer.«

»Wie bitte?«

»Ach, nichts. Auf Wiedersehen, Frau Riis Sten!« Jesper trat hinaus in die Kälte, zog den Kragen seiner Jacke enger und stapfte auf den Streifenwagen zu.

Marit folgte ihm. Hinter ihr fiel die Tür ins Schloss.

»Was sollte denn das?«, fragte sie ihn, als sie den Wagen erreicht hatten. Weiße Atemwolken stiegen von ihren Mündern auf.

»Wieso? Ich habe nur gesagt, was ich denke.«

»Das steht uns nicht zu. Wir sind von der Polizei und haben so etwas nicht zu beurteilen.« Marit seufzte innerlich, weil sie ausgerechnet sich selbst solche Worte sagen hörte. Aber es stimmte … leider.

Jesper blickte sie missmutig an, dann fuhr er sich über das Gesicht und seufzte. »Sorry. Du hast recht.«

»Schon gut. Kannst du mich mitnehmen?«

»Klar. Steig ein.«

Als sie losfuhren, versuchte Marit Kirsten zu erreichen, um ihr die Namen von der Liste durchzugeben. Doch es war besetzt. Verdammt! Sie mussten dringend die restlichen Mitglieder der Expedition von 2019 warnen. Sie waren womöglich in Gefahr.

34. KAPITEL

Kirsten hatte das Gefühl, als schwämme ihr Gehirn in einer zähen Masse. Sie griff nach der Wasserflasche auf dem Schreibtisch und trank sie halb leer. Vielleicht half das Wasser dabei, das lähmende Gefühl zu vertreiben. Sie stellte die Flasche weg und dachte über das Telefonat nach, das sie eben geführt hatte, denn endlich hatte sie den verantwortlichen Arzt der psychiatrischen Klinik auf Amager erreicht. Er war schon zu Hause gewesen und partout nicht an sein Telefon gegangen. Diese verdammten frühen Feierabendmacher! Bei der Polizei gab es auch solche Kollegen, die im Urlaub oder am Wochenende einfach ihre verdammten Handys ausstellten, selbst wenn sie in einer wichtigen Ermittlung steckten.

Es klopfte an ihre Tür und sie öffnete. Auf dem Flur stand Jesper Bæk. Er wirkte abgehetzt und schwitzte in seiner dicken Daunenjacke.

»Wo ist Marit?«, wollte Kirsten wissen.

»Sie musste weg.« Bæk war im Begriff, sich an ihr vorbei ins Büro zu quetschen, doch sie verstellte ihm den Weg.

Wütend starrte er sie an. »Ist das dein Ernst? Du willst mich immer noch ausschließen? Können wir den Scheiß nicht endlich mal begraben und uns um den Fall kümmern? Ich habe hier die Namen aller Teilnehmer von der 2019er Expedition. Und ich bin mir sicher, dass unser Mörder genau nach derselben Liste arbeitet!«

»Zuerst schwörst du mir, dass du nicht derjenige bist, der die Presse informiert.«

»Sei nicht albern.«

»Bin ich nicht, ich will es nur von dir hören«, beharrte sie.

»Okay, wenn's dir hilft. Ich schwöre, ich war es nicht.« Das sagte er mit allem gebührenden Ernst und sah sie dabei sogar direkt an.

Nun gut. Kirsten machte einen Schritt zur Seite und ließ ihn ins Büro eintreten. Sie wies ihn an, sich zu setzen, trank die zweite Hälfte der Wasserflasche aus und studierte die Liste, die Jesper ihr ausgehändigt hatte. »Wo habt ihr die her?«

Bæk wirkte reichlich verspannt, doch als er merkte, dass sie ihm nichts Böses wollte, wurde er lockerer und berichtete von seinen und Marits Ermittlungsergebnissen. Ja, er wurde geradezu redselig. Kirsten spürte, wie sich ihre innere Abneigung gegen ihn etwas legte, und begann die Expeditionsmitglieder im Personenregister zu checken. Einen nach dem anderen gingen sie durch, während Bæk rasch alle Informationen auf einem Flipchart sammelte.

† Kenneth Dalgård – der »Seehundmann«, arbeitete am GEUS als Klimaforscher, wohnhaft in Nørrebro.
† Bente Villumsen – die »Meerjungfrau«, Glaziologin, ebenfalls vom GEUS, wohnhaft in Frederiksberg.
† Svea Henriques – Geologin, verstorben auf der Expedition Juli 2019 in Grönland, Todesursache unbekannt.
• Jens Kragh – Geologe, wohnt in Valby.
• Lukas Brems – Polar-Outdoorspezialist, wohnhaft in Glostrup.
• Óla Jón Fejfer – Isländer und Bergrettungsspezialist, stationäre Behandlung in der psychiatrischen Klinik auf Amager.

Als sie fertig waren, trat er einen Schritt zurück und betrachtete die Namen. »Wer wohl der Nächste ist?«, fragte er und jagte Kirsten damit einen Schauer über den Rücken.

»Na, dieser Óla Jón schon mal nicht, der sitzt in der Klinik.«

»Weißt du, warum?«

»Das wollte mir der behandelnde Psychologe am Telefon nicht sagen, aber wir können Óla Jón morgen besuchen. Er ist seit drei Monaten dort. Das Einzige, was der Arzt mir verraten hat, ist, dass Óla sich nicht mehr raus traut.«

Bæk verzog nachdenklich das Gesicht. »Damit war er nicht allein.«

»Wie meinst du das?«

»Ich habe vorhin mit Kenneth Dalgårds Ex-Freundin gesprochen. Sie war überrascht, dass der Mann auf unserem Fahndungsfoto Kenneth war. Sie hat ihn nicht erkannt, weil er sich Haare und Bart abgeschnitten hat. Außerdem wollte er seine Wohnung nicht verlassen. Da frage ich mich doch: Was treibt einen dazu, außer …«

»… man hat Angst vor etwas!« Kirsten sprang auf. »Wir müssen die anderen auf der Liste kontaktieren und warnen. Du nimmst dir diesen Outdoorspezialisten Lukas Brems vor, ich den Geologen Jens Kragh.« Sie steckte sich die Pistole ins Halfter und riss die Tür auf. Wenig später rannten sie nach draußen und über den dunklen Innenhof, wo ihnen die Kälte gegen die blanke Stirn schlug.

Die Menge der Reporter vor dem Präsidium hatte sich ein wenig gelichtet. Nichtsdestotrotz schallten ihnen diverse Fragen entgegen. Kirsten antwortete darauf freundlich, aber bestimmt, dass sie im Einsatz wären und sie sich später äußern würde. Dabei hoffte sie, dass keiner von diesen Pressevögeln auf die Idee käme, ihnen zu folgen.

»Pass auf dich auf!«, rief sie Bæk zu, als sie zu ihrem zivilen Einsatzfahrzeug lief.

»Du auch!«, gab er zurück und verschwand in seinem Wagen.

Sie schlug die Tür zu und versuchte, den Motor zu starten, der aufgrund der Kälte jedoch nicht anspringen wollte. Sie probierte es erneut und nach einigen Hustern ging er endlich an. Als sie losfuhr, drehten die Reifen auf der gefrorenen Straße durch und ließen das Auto gefährlich schlingern. Sie bekam es wieder unter Kontrolle und raste in Richtung Kalvebod Brygge davon.

In Valby fand sie einen Parkplatz in einer dunklen Nebenstraße und stieg aus, wobei sie beinahe hingefallen wäre, weil der Gehweg voller Eis war.

Mann, dieser Winter hatte es wirklich in sich!

Sie raffte ihre Jacke zusammen und marschierte in Richtung der Straße, in der Jens Kragh wohnte. Auf dem Weg dorthin erinnerte sie sich plötzlich an das Paket und die Botschaft. Mit einem mulmigen Gefühl im Bauch kontrollierte Kirsten ihre Umgebung. Sie hätte nicht allein herkommen dürfen. Verdammt! Warum hatte sie nicht Jesper mitgenommen? Sie holte das Handy heraus und rief Clausen an. Der versicherte ihr, sofort loszufahren.

Erneut sah Kirsten sich um. War der Killer dort draußen und beobachtete sie? Saß er hinter dem dunklen Gestrüpp dort drüben an den Bahngleisen oder auf ihrer Straßenseite zwischen den parkenden Autos? Machte er gerade Fotos von ihr oder überlegte, an welcher Stelle er sie durchsägen würde? Kirsten merkte, wie ihre Zähne laut klapperten, aber nicht wegen der Kälte.

Mit wachsender Panik im Nacken lief sie über den Gehsteig weiter bis zum Haus. Dort drückte sie nach kurzer Überlegung auf die Klingel von Jens Kragh. Sie wollte lieber im Schutze des Treppenhauses auf ihren Kollegen warten als hier draußen.

Leider antwortete niemand. Verdammt! Sie spähte an der Backsteinfassade hinauf. In fast allen Fenstern brannte Licht. Hastig betätigte sie die Klingel neben der von Kragh. Sie musste nicht lange warten, da ertönte ein krächzendes »Ja?«.

»Kirsten Vinther, Polizei Kopenhagen. Könnten Sie mich kurz reinlassen?«

»Na, endlich!«

Die Tür sprang auf, und Kirsten stieg in den dritten Stock hinauf, wo Kragh lebte. Dort erwartete sie eine ältere Dame auf dem Treppenabsatz. Aus der Wohnung hinter ihr drang eine unangenehme Geruchsmischung nach Abendessen und Katzenscheiße. Kirsten unterdrückte ein Keuchen.

»Wird auch Zeit, dass ihr euch blicken lasst!«, raunzte die Alte sie an.

»Entschuldigung?«

»Na, wegen der Lärmbelästigung. Ich habe schon zigmal deswegen angerufen. Aber niemand hat sich bequemt, einer alten Frau wie mir zu helfen. Ist mal wieder typisch.«

»Äh, ich komme eigentlich wegen Herrn Kragh. Nicht wegen der Lärmbelästigung.«

»Na den meine ich doch!« Die Alte deutete auf die Wohnung nebenan. »Er ist es, der immerzu Krach macht. So ein Poltern und Klopfen. Und dann reagiert er nicht auf mein Klingeln. Unverschämt! Dabei haben wir eine Hausordnung, in der ganz klar steht, dass …«

»Verzeihung, Sie sagten, Ihr Nachbar macht Krach?«

»Rede ich Chinesisch? Inzwischen lassen sie wohl jeden zur Polizei, was?« Die Frau schüttelte missbilligend den Kopf. »Mädchen, jetzt mal im Klartext: Herr Kragh nebenan rumpelt herum, mitten in der Nacht. Mehrfach. Ich bin rüber und wollte mit ihm sprechen, doch er macht nicht auf, obwohl er die Klingel hören muss.«

»Und wann war das?«, fragte Kirsten.

»Vorgestern war er das letzte Mal so richtig laut. Es war schon spät, und ich habe mich beim Vermieter beschwert, aber der …«

»Wann sind Sie Herrn Kragh das letzte Mal begegnet?«

»Na, heute.«

»Wann?«

»Mittags. Ich habe gehört, wie er nach Hause gekommen ist.

Habe feine Ohren. Deshalb ist es ja auch so eine Qual, wenn alle immer …«

»Sie haben ihn gehört, aber nicht gesehen?«

Die Frau verzog den Mund. »Das ist ja wohl dasselbe!«

»Nein, ist es nicht.« Kirsten musste sich zusammenreißen, um nicht die Geduld zu verlieren.

»Nun gut, ich habe ihn nur gehört und nicht gesehen. Zufrieden?«

»Ja, danke!« Kirsten wollte bei Kragh klopfen, doch dann ließ sie den Arm wieder sinken. Die Frau glotzte sie ungeniert an. »Gehen Sie bitte in Ihre Wohnung.«

»Wieso? Es ist meine Beschwerde, die Sie weitergeben. Da will ich dabei sein.«

So langsam wünschte Kirsten sich, dass Clausen endlich auftauchte und ihr die Alte vom Leib hielt. Unten im Hausflur klappte eine Tür. Aber es kam niemand. Die Lampe im Treppenhaus ging aus und die Alte drückte auf den Lichtschalter, danach verschränkte sie wartend die Arme.

Die Zeit drängte. Kirsten pochte mehrmals gegen die Tür. Nichts rührte sich. »Herr Kragh? Hier ist die Polizei. Bitte öffnen Sie!«

»Der stellt sich tot. Wie immer.«

Bei dem Wort »tot« wäre Kirsten beinahe zusammengezuckt. Was, wenn sie zu spät kam und nur noch seine Leiche fände? Vielleicht war der Killer längst dagewesen und hatte Kragh zum dritten Tupilak verarbeitet? Kirsten schauderte. Wo zur Hölle blieb Clausen? Unsicher blickte sie auf ihr Handy, aber natürlich war da keine Nachricht. Es half nichts, sie musste in die Wohnung. Leider schlummerte ihr Dietrichset in ihrer Schreibtischschublade im Präsidium.

»Brauchen Sie einen Schlüssel?«

Kirsten wandte den Kopf. »Haben Sie einen?«

»Selbstverständlich. Bevor Herr Kragh zum Störenfried

wurde, haben wir uns recht gut verstanden. Warten Sie.« Die Alte schlurfte davon, Kirsten hörte sie rumoren und trat ungeduldig von einem Bein aufs andere. Als die Frau zurückkehrte, hielt sie ihr einen Schlüssel an einem Wollband entgegen.

Im nächsten Moment hatte Kirsten ihn ins Schloss gesteckt und gedreht. Sie dachte kurz daran, auf Clausen zu warten, entschied sich jedoch schnell dagegen. Sie musste jetzt nachsehen!

Vorsichtig spähte sie in die Wohnung. Es roch merkwürdig. Nach alten Polstermöbeln und etwas Gammeligem, leicht Schwefeligem, allerdings nicht nach Verwesung.

Hoffnungsvoll machte Kirsten ein paar Schritte und schaltete das Licht an. Sie spürte, wie die Alte sich ebenfalls in Bewegung setzen wollte, und gab ihr zu verstehen, dass ihr Einsatz an dieser Stelle beendet war. Sie zog die Tür hinter sich zu und sperrte die Frau aus.

Dabei registrierte sie die vielen neuen Schlösser innen am Türrahmen. Es schien, als hätte Bæk recht. Die Teilnehmer der Expedition hatten Angst.

Sie wischte sich über die Stirn, weil sie zu schwitzen begonnen hatte, und drang weiter in die Räume vor. Als sie das Wohnzimmer erreicht hatte, blieb sie abrupt stehen. Vor ihr im Dunkeln saß jemand auf einem Stuhl. Sie tastete nach dem Lichtschalter und fand ihn.

35. KAPITEL

Elias Kaspersen nickte dem Polizisten zu, der unten vor der Haustür im Wagen saß und ihn und seine Familie bewachte. Danach stieg er in sein Auto, startete den Motor und stellte die Heizung auf Maximum. Der Audi Q7 wärmte sich zügig auf, und Kaspersen wartete im Leerlauf darauf, dass die Scheiben frei wurden. Scheiß auf die Umwelt. Bei dieser Arschkälte würde er sich nicht die Finger beim Eiskratzen abfrieren. Er dachte an seine Frau, die gesagt hatte, er solle nicht weggehen. Zur Hölle, seit dem Überfall auf ihn machte sie ihn mit ihrer weinerlich ängstlichen Art regelrecht verrückt. Manchmal musste er sich zügeln, seine Wut nicht an Cecille auszulassen. Sie hatte Angst, ganz klar. Sie und die beiden Mädchen fühlten sich nicht sicher und verließen das Haus nur, wenn es nötig war. Aber er würde sich nicht einschüchtern lassen. Nein, er nicht! Und wenn die Kerle wieder auf ihn warteten. Sollten sie doch. Er hatte keine Scheu, ihnen gegenüberzutreten. Diesmal hatte er eine Waffe. Eine Kleinkaliberpistole. In seinem Job musste man sich schützen. Zu dumm, dass er die Waffe letztes Mal nicht dabeigehabt hatte. Dann hätte er den Wichsern gezeigt, dass man sich nicht mit ihm anlegte. Auf die Polizei konnte man sich eh nicht verlassen. Wie man es an der Handhabung seines Falls mal wieder sehen konnte. Verdammte Uniformschlampe. Hatte die tatsächlich mit der Presse gequatscht. Na, die konnte was erleben, fertigmachen würde er sie. Nicht zu fassen, diese Unfähigkeit. Auf der anderen Seite hatte die allerdings auch etwas Gutes, sonst würden seine Mandanten viel öfter hinter Gitter wandern. Die laufende Verhandlung würde er nicht vertagen, obwohl der Richter ihm das vorgeschlagen hatte, zumindest bis die Kerle gefasst waren. Das war doch genau das, was diese Typen wollten! Und deshalb würde er das nicht tun. Die Verhandlung würde weitergehen. Und er würde seine Mandantin raushauen. Die Zeichen standen gut, dass er es schaffte. Schließlich war sie nur ein Opfer. Das ließ er die Staatsanwaltschaft und die Geschworenen zumindest glauben. Deppen, allesamt.

Die Autoscheiben waren endlich frei und er fuhr los. Zunächst schlitternd, weil in der Seitenstraße mal wieder nicht gestreut worden war, aber als er auf die Østerbrogade einbog, gab er Gas, ließ den Motor des getunten Audis aufbrüllen, und der Sportauspuff tat sein Übriges. Der geile Sound hallte von den Hausfassaden wider, und Kaspersen lächelte. Endlich war er unterwegs. Cecille und seine beiden Töchter gingen ihm mit ihrem Gejammer echt auf die Nerven. Scheißweiber. Die verstanden einfach gar nichts. Aber jetzt würde er schön einen trinken gehen und durch seine Anwesenheit beweisen, dass ein Elias Kaspersen die dicksten Eier hatte.

Im Rückspiegel sah er einen silbernen VW, der ihm folgte. Seine Bodyguards. Auf die war verlass. Vergiss die Bullen. Wenn man sich selbst half, kam man am besten klar. Er fuhr am Trianglen-Platz vorbei und weiter in Richtung Kastell. Als er an einer Ampel erneut in den Rückspiegel schaute, standen ein paar Autos hinter ihm, nicht jedoch der VW. Nicht so schlimm, dachte Kaspersen. Die wussten, wo er hinwollte, und würden ihn finden.

Zehn Minuten später war der VW immer noch nicht da. Verärgert parkte Kaspersen den Audi hinter dem Restaurant Toldboden, das direkt am Hafen lag, und wartete, während er auf den dunklen Parkplatz starrte. Drüben auf der Insel Refshaleøn brannten einige Lichter, und vom Kraftwerk dahinter stiegen dicke weiße Wolken in den düsteren Himmel auf. Von seinen Bodyguards keine Spur. Anfänger! Er würde ein ernstes

Wörtchen mit deren Boss reden müssen. Was für Trottel hatte der ihm bloß geschickt?

Da er sich davon nicht den Abend verderben lassen wollte, stieg Kaspersen aus. Fuck, war das kalt! Wenn der Prozess beendet wäre, würde er sich nach Thailand verpissen. Bei dem Gedanken an süße Thaimuschis bekam er trotz Kälte einen Ständer. Er würde Cecille und die Töchter zu Hause lassen und sich so richtig was gönnen. Ein bisschen Abwechslung, das täte ihm gut. Er steckte die Hände in die Hosentaschen und massierte seinen Schwanz. Mann, am liebsten hätte er sofort einen weggesteckt. Mal sehen, was nachher lief, wenn er zu Hause wäre. Er würde Cecille schon gefügig machen.

Mit einem angenehmen Pulsieren in der Hose ging er auf die dunkle Unterführung zu, die von dem Parkplatz zum Bereich vor dem Restaurant führte. Als die Schatten ihn umfingen, merkte er, dass er einen Fehler begangen hatte.

Er war nicht allein.

Hastig wollte er sich umdrehen, doch da wurde er bereits brutal gegen die Wand geworfen. Ein stechender Schmerz fuhr durch seine Schulter, und im nächsten Moment packte ihn eine Hand im Schritt.

»Wir hatten dich gewarnt!«, ertönte eine verzerrte Stimme, die ihn irrwitzigerweise an die von Darth Vader erinnerte. Die Hand um sein Gemächt drückte fester zu, und er wollte schreien. Doch ein Gummiball wurde in seinen Mund gepresst und ein Sack über den Kopf gestülpt.

»Na, dann wollen wir mal«, sagte die grässliche Stimme, und mit zunehmender Panik spürte Kaspersen, wie der Reißverschluss seiner Hose geöffnet wurde. »Sieh an, da ist ja das Würstchen. Ob er es noch braucht? Ich denke nicht.«

Das Nächste, was Kaspersen hörte, war das schnappende Geräusch eines Springmessers.

36. KAPITEL

Zusammen mit Kirsten starrte Clausen auf das, was mitten in der Wohnung von Jens Kragh auf einem Stuhl saß. Die Gestalt war mit Panzerband an die Rückenlehne gefesselt und trug als Kopf den Schädel eines Rentiers samt ausladendem Geweih. Um die Schultern hing ein Rentierfell, und zahlreiche Steine waren rund um den Stuhl aufgeschichtet worden. Bis zu den Waden steckten die Beine in dem Haufen. Auf dem Schoß hielt die Gestalt einen toten weißen Hasen fest. Die gesamte Inszenierung erinnerte stark an die beiden ersten Tupilaat – mit dem einen Unterschied, dass diese Figur nicht aus Fleisch und Blut bestand. Es war lediglich eine Schaufensterpuppe.

Erleichtert atmete Kirsten aus.

»Was ist das?« Clausen zupfte an einer der fleischigen Girlanden, die das Geweih schmückten.

Kirsten trat näher und rümpfte die Nase. Daher stammte der gammelige Geruch. »Ich glaube, das sind Schinkenstreifen.«

»Schinken? Der Kerl ist doch total irre.« Clausen nickte hinüber zur Rückwand des Wohnzimmers, die über und über mit selbstgemalten Bildern, Textschnipseln, Landkarten, Fotomontagen, Zeitungsausschnitten und kleinen Figuren aus Knochen und Federn voll hing. Jeder einzelne Gegenstand war mit dicken Nägeln in die Wand gehauen worden. Daher der Lärm, mutmaßte Kirsten.

»Was meinst du? Haben wir unseren Täter?«, fragte Clausen.

»Dem Psychofaktor nach zu urteilen, sehr wahrscheinlich. Sieht aus, als hätte er hier geübt«, gab Kirsten von sich. »Wang wird sich freuen, wenn er das sieht. Das ist ein Arsch voll Arbeit.« Sie betrachtete die Dinge näher. Die Tupilakfiguren an der Wand waren eher krude zusammengeschustert worden, mit wenig Sinn für Details, völlig anders als die großen Leichenskulpturen. Auch störte sie das Panzerband, wo doch sonst alles aus Naturmaterialien bestand.

In dem ganzen Wust entdeckte Kirsten plötzlich etwas, das ihr bckannt vorkam. Das Wort »Allaq-Incident«. Daneben hingen Zeichnungen dieses angeblichen Monsters. Halb Mensch, halb Eisbär. Jens Kragh hatte versucht, es zu malen. Viel Talent hatte er dabei nicht bewiesen, das machte die Bilder umso unheimlicher.

Kragh war mit auf dem Gletscher gewesen. Hatte er dort eine Beobachtung gemacht? War er dabei gewesen, als Svea Henriques starb? Was war die Ursache für ihren Tod? Und warum die vielen zusätzlichen Schlösser an seiner Tür? Hatte Kragh eine konkrete Angst gehabt, oder litt er an einer Psychose und ermordete seine Expeditionskollegen? Kirsten rieb sich die Stirn. Es wurde Zeit, dass sie endlich jemanden fanden, der ihnen davon erzählen konnte.

Mit ihrem Handy machte sie einige Aufnahmen von der Wand und dem Tupilak auf dem Stuhl. Danach unterzog sie den Rest der Wohnung einer Inspektion. Doch weder in der Küche noch im Bad konnte sie irgendwelche Spuren entdecken. Alles war sauber. Kenneth und Bente waren sicher nicht hier zerstückelt worden.

Clausen trat neben ihr ins Bad. »Also, auf jeden Fall hat der Typ mächtig einen am Butterkeks.«

»Wir müssen ihn dringend zur Fahndung ausschreiben. Dazu brauchen wir ein Foto von ihm. War da eines an der Wand?«

»Nein, aber ist dir aufgefallen, dass er dort immer wieder ›Zyankali‹ geschrieben hat?«

Kirsten schüttelte den Kopf, woraufhin Clausen sie zu der Collage führte und auf das Wort in zahlreichen bunten Ausführungen zeigte.

»Warum hat er das gemacht?«, fragte Kirsten stirnrunzelnd.

»Vielleicht wollte er sich daran erinnern, dass er Zyankali besorgen muss, um damit seine Expeditionskollegen zu vergiften?«, schlug Clausen vor und strich sich über seine Glatze.

»Was es auch ist, davon müssen die Kollegen so schnell wie möglich erfahren. Kümmerst du dich um ein Foto von Kragh? Ich muss telefonieren.«

Clausen zog ab, und Kirsten wählte Bæks Nummer. Er musste dringend Bescheid wissen! Er war allein da draußen. Doch er nahm nicht ab.

»Shit!«, fluchte sie.

»Was ist?«, rief Clausen.

»Ach, ich kann Bæk nicht erreichen, der ist bei dem anderen, diesem Brems. Was, wenn unser Täter dort ist?«

»Wir können eine Streife hinschicken.«

Das schlechte Gewissen packte Kirsten. Sie hätte Bæk nicht ohne Begleitung gehen lassen dürfen. Damit hatte sie ihn in Gefahr gebracht.

37. KAPITEL

Marit rannte. Sie konnte fühlen, wie sich Eiskristalle an ihren Wimpern und Augenbrauen bildeten. Rasch zog sie sich den Schal vor den Mund und atmete durch die Maschen weiter.

Schlitternd erreichte sie den Nyhavn, der jetzt in der Nacht verlassen dalag, und ging langsamer. Auf der Inderhavnsbrücke hielt sie ihr Tempo weiterhin gedrosselt und beschleunigte ihre Schritte erst wieder, als sie die andere Seite erreichte. Eigentlich war es nicht mehr weit bis nach Hause, aber bei der Glätte waren die Wege gefühlt doppelt so lang. Nicht, dass sie das nicht mit einberechnet hätte. Mit Kälte und Eis hatte sie schließlich Erfahrung.

Rasch bog sie auf die Danneskiold-Samsøes Allé ab und lief auf dem rutschigen Bürgersteig weiter. Rechts und links von ihr kamen die dunklen Gebäude der Königlichen Architektur- und Kunstakademie in Sicht. Niemand war zu dieser späten Stunde noch auf der Straße.

Plötzlich ergriff sie das Gefühl, verfolgt zu werden, dieses Kribbeln im Rücken, das sie neulich am Rigshospital schon einmal verspürte hatte.

Sie blickte über die Schulter. Aber da war nichts. Oder doch? Der Schatten dort zwischen den Häusern. Verbarg sich jemand darin? Sie musste an das Paket denken, das Kirsten erhalten hatte.

Sei meine Maliina, dann bin ich dein Aningaaq.

Ja, das war ganz eindeutig eine Drohung. Denn wie viele andere Legenden der Inuit war auch die Entstehungsgeschichte von Sonne und Mond mit Gewalt verbunden.

Als Marit sich wieder nach vorne drehte, wäre sie beinahe mit jemandem zusammengestoßen.

»Hej, Zuckerschnecke!«, lallte der Typ und rollte dabei das R. Er sah nach Partygänger aus und stank nach Schnaps. Seine Kapuze hatte er tief im Gesicht hängen und er trug einen Bart, der irgendwie angeklebt wirkte.

Marit wich zurück, doch er streckte eine Hand aus und wollte sie begrabschen.

»Wie wär's mit 'nem kleinen Quickie, Süße? Du guckst so, als könntest du einen ordentlichen Schwanz zwischen den Beinen gebrauchen.«

Er versuchte, sie an sich zu ziehen, aber Marit machte einen Ausfallschritt und schlug ihm hart auf den Hinterkopf, sodass er ins Schwanken geriet und mit den Armen ruderte.

»He! Was soll das, du Schlampe!«

Am liebsten hätte sie ihm auf den Solarplexus geboxt, aber sie konnte nicht riskieren, dass er ohnmächtig wurde und in der Kälte liegen blieb. Als der Typ sich umdrehte und sich auf sie stürzen wollte, schlug sie doch zu. Sie traf ihn an der Schulter, was ihn erneut ins Schleudern brachte. Unkontrolliert torkelte er auf die zugeschneite Rasenfläche vor dem Bibliotheksgebäude der Akademie und schrie alle möglichen Schimpfworte auf Norwegisch. Marit nutzte seine Orientierungslosigkeit und floh um die nächste Ecke, wo sie sich in den nächtlichen Schatten verbarg und abwartete.

Doch der Typ schien die Suche nach ihr aufgegeben zu haben, jedenfalls schwankte er wenig später die Straße in Richtung Christiania davon. Marit ließ ein paar Minuten verstreichen, dann hastete sie weiter. Sie überquerte die Brücke zum Holmen, lief an der Einfahrt zum Marinestützpunkt vorbei und bog schließlich auf den Weg am Kanal ab, in dem ihr Hausboot lag.

Das Gefühl, beobachtet zu werden, war noch da, als sie das Deck betrat. Es war irrational, dachte sie. Denn hier war niemand. Auch der Besoffene war weit entfernt. Nein, ihre überreizten Nerven spielten ihr einen Streich. Sie sollte ernsthaft darüber nachdenken, eine Pause einzulegen und ihre nächtlichen Unternehmungen bleiben zu lassen. Zumindest so lange, wie sie in die Mordermittlung mit eingebunden war.

Lautlos schlüpfte sie durch die Tür. Im Bauch des Bootes empfingen sie wohlige Wärme und Stille. Sie blieb stehen und lauschte. War Kjell schon im Bett? Sie schlich die Treppe hinunter und sah die Lampe an der Dunkelkammer leuchten. Das hieß, Kjell arbeitete noch. Gut, denn sie war zu müde für ein Gespräch. Sämtliche Muskeln in ihrem Köper waren verspannt.

Leise huschte sie in ihr Zimmer, zog sich aus und kroch in ihr Bett. Mit der Decke über dem Kopf lag sie da. Aber das Kribbeln in ihrem Nacken ließ einfach nicht nach. Im Gegenteil, es war stärker als zuvor.

38. KAPITEL

Der nächste Morgen begann viel zu früh und viel zu kalt, als Kirsten von ihrem Telefon geweckt wurde. Sie lag ausnahmsweise mal in ihrem eigenen Bett, obwohl der Killer ihre Adresse kannte. Aber erstens wollte sie derzeit weder bei Mimi pennen noch in ihrem Büro bei den furchtbaren Bildern. Und zweitens hatte sie beschlossen, sich keine Angst einjagen zu lassen, was zugegeben nicht leicht war. Clausen hatte zwar angeboten, sie könnte bei ihm auf der Couch schlafen, doch sie wollte seine Frau und Kinder nicht beunruhigen. Vielleicht würde sie Marit fragen, ob sie bei ihr unterschlüpfen konnte, oder sie ging in eines der Safehouses, die die Polizei in Kopenhagen unterhielt. Kirsten gähnte. Die Nacht in Kraghs Wohnung war lang gewesen. Sie hatte Bæk dann schließlich doch erreicht. Er war wohlauf gewesen, hatte den Outdoorspezialisten Lukas Brems aber nicht in dessen Wohnung angetroffen. Die Nachbarn wussten auch nichts und niemand hatte ihn in der letzten Zeit gesehen.

Das Handy hörte nicht auf zu klingeln. Müde streckte Kirsten sich danach aus. »Ja?«, fragte sie und gähnte erneut.

»Wo bleibst du?« Es war Wang Ze. Irritiert überlegte sie, ob sie schon wieder etwas vergessen hatte, aber was der KTU-Chef als Nächstes sagte, ließ sie senkrecht aus dem Bett hochfahren. »Wir haben eine neue Leiche. Im Hafenbecken!«

»Was? Ein Tupilak?«

»Keine Ahnung, der Körper liegt noch im Wasser. Die Feuerwehr beginnt gleich mit der Bergung. Bostrup ist informiert.«

»Bin unterwegs!« Sie sprang aus dem Bett und machte sich im Schnelldurchgang fertig.

Rekordverdächtige 35 Minuten später stand sie neben Wang an der Mole und ließ ihren Blick vom Feuerwehrboot hinüber zum Schauspielhaus schweifen. Sie waren nicht einmal 200 Meter vom Fundort des ersten Toten entfernt. Ein grässliches Déjà-vu überkam sie und ließ sie erschaudern.

»Ist dir kalt?«, fragte Wang. Seine dunklen Augen musterten sie sorgenvoll. Er steckte bereits in seinem weißen Anzug, nur sein Gesicht guckte heraus.

»Nein, mir ist schlecht«, entgegnete sie. »Wang, ich glaube, ich halte das nicht mehr aus.«

»Ach, Kirsten, meine Liebe.« Der Chef der Kriminaltechnik lächelte aufmunternd. »Nicht verzagen. Ich bin bei dir und werde dir helfen. Zusammen schaffen wir das.«

»Danke, das weiß ich sehr zu schätzen.« Sie holte bebend Luft und ließ sie zischend entweichen. Am liebsten wäre sie nach Hause gerannt und hätte sich in ihrem Bett verkrochen. Was hier passierte, war der blanke Horror. Dagegen war der Fall mit dem U-Boot-Killer eine Tüte voller Sahnebonbons gewesen! Zum ersten Mal in ihrem Leben wünschte sich Kirsten, sie wäre nie zur Polizei gegangen.

Unterdessen brachten die Feuerwehrleute ein Netz aus und bugsierten die Leiche damit behutsam zur Kaimauer. Dort wartete der Kran darauf, sie hochzuhieven. Als der Körper über dem Wasser schwebte und die Tropfen leise plätscherten, erwachte Kirsten aus ihrer Starre. Sie rief Marit an und informierte sie über den Fund. Anschließend trug sie Bæk auf, ihren Part an der Seite von Clausen zu übernehmen und mit ihm in die Psychiatrie auf Amager zu fahren, um Óla Jón Fejfer zu befragen. Die höchste Priorität galt jedoch der Suche nach Jens Kragh, dem Geologen und potenziellen Mörder, der seine Wohnung in einen Schrein für Tupilaat verwandelt hatte. Eine Welle der Panik überrollte sie. Mein Gott, es gab so viele lose Enden, an denen sie ansetzen mussten, und jeden Tag kamen neue dazu. Sie konnte doch nicht überall gleichzeitig sein. Kirsten schluckte mit trockenem Mund und merkte, wie ihr trotz Kälte der Schweiß aus den Poren quoll. War es das? Der Moment, vor dem sie sich die ganzen Jahre gefürchtet hatte? Der Tag, an dem sie ihrem Job nicht länger gewachsen war? War das ihr letzter Fall? Würde sie daran zugrunde gehen?

Sie blinzelte mechanisch. Der Tote lag mittlerweile auf einer Plastikplane und wurde von Wang in Augenschein genommen. Der Leichnam war bekleidet und vollständig, kein Körperteil fehlte und es war auch keines von einem Tier hinzugefügt worden. War das vielleicht gar kein Tupilak? Sondern ein »normaler« Toter?

Ein Auto hielt vorn an der Straße und Kirsten sah Bostrup aussteigen. Erik Schmidt, sein Assistent, holte einen silbernen Kasten aus dem Kofferraum und trug ihn beflissen hinter Flemme her. Wie in Trance begrüßte Kirsten die beiden Gerichtsmediziner, die sofort an die Arbeit gingen. Nun knieten sie neben Wang über dem Toten und berieten sich murmelnd. Schaulustige sammelten sich hinter der Absperrung und machten Fotos. Einer von ihnen war ein großer Kerl mit schwarzen Klamotten. Er hielt das Objektiv einer Spiegelreflexkamera genau auf Kirsten gerichtet. Wie elektrisiert kribbelte es plötzlich unter ihrer Haut. War das der Täter? Machte er wieder Fotos von ihr?

Wütend sprang sie auf den Mann zu, packte ihn am Arm und riss ihm den Fotoapparat aus der Hand.

»He, was soll das?!«, protestierte dieser.

»Was machen Sie hier?«

»Ich bin Reporter!« Er hielt ihr einen in Plastik eingeschweißten Presseausweis hin. »Magnus Rungsted von der Berlingske Zeitung. Und jetzt geben Sie mir mein Eigentum zurück!«

Kirsten musterte den Typen. Seine Ohren und Nase waren rot und seine Augen tränten vor Kälte. Sie ignorierte seinen feindseligen Blick, hob die Kamera an und klickte sich durch die zuvor geschossenen Bilder. Es waren alles Großaufnahmen von ihr, Kirsten Vinther.

Scheiße, war das der Typ?

Sie wich einen Schritt zurück. Wenn der Reporter der Killer war, würde das auch die Sache mit dem Leck erklären. Der Mörder gab die Informationen selbst an die Presse weiter.

»He, das dürfen Sie nicht«, beschwerte sich der Typ. »Die Fotos sind vertraulich.«

»Ja, klar«, erwiderte Kirsten und ließ ihn dabei nicht aus den

Augen. »Haben Sie mich denn gefragt, ob Sie mich ablichten dürfen?«

Der Mann schwieg verbissen. Kirsten nahm all ihren Mut zusammen und streckte ihm eine Hand entgegen. Der Reporter zuckte ängstlich zurück. Reagierte so ein hartgesottener Killer? Wohl eher nicht.

»Nanu? Warum so schreckhaft?«, fragte sie.

»Ich dachte, Sie klatschen mir eine, so wie meinem Kollegen gestern.«

Kirsten lächelte süffisant und ließ ihre Finger in einer auffordernden Geste zucken. »Ihre ID, bitte. So einen Presseausweis kann sich jeder basteln.«

»Bekomme ich dann meine Kamera zurück?«, fragte er.

»Vielleicht.«

Mit sichtlichem Widerwillen klaubte der Reporter seine Gesundheitskarte aus der Tasche und zeigte sie Kirsten. Sie fotografierte das Dokument ab und gab es dem Typen zurück. »Ihre Kamera ist erst mal beschlagnahmt, Herr Rungsted, bis wir Sie überprüft haben. Sie können sie sich morgen im Polizeihauptquartier abholen. Einen schönen Tag wünsche ich Ihnen.«

»Fuck!«, zischte er und fügte noch etwas hinzu, das Kirsten nicht verstand, aber bestimmt nichts Nettes war. Dann stapfte er mit den Händen in den Taschen davon. Der gefrorene Schnee knirschte unter seinen Sohlen.

Kirsten händigte den Fotoapparat einem Kollegen von Wang aus und erteilte ihm Anweisung, die Bilder auf der SD-Karte mit den Fotos abzugleichen, die der Täter von ihr gemacht hatte. Außerdem sollte jemand den Reporter überprüfen. Ein Anruf bei der Redaktion der Berlingske reichte vermutlich aus. Sie drehte sich zu den Schaulustigen um, von dem Kerl war nichts mehr zu sehen. Als sie sich der Leiche zuwandte, fühlte sie sich dafür bereit. Sie trat an die drei weiß gekleideten Personen heran.

»Und?«, fragte sie mit frischem Schwung in der Stimme. »Was habt ihr bisher rausgefunden?«

Bostrup hob den Kopf. »Männlich, Mitte 40. Er ist bekleidet, trägt einen Anzug mit Krawatte und teure Lederschuhe. Er ist so weit unversehrt. Keine Verstümmelungen. Das einzig Ungewöhnliche, das mir bisher aufgefallen ist, ist, dass der Reißverschluss seiner Hose offenstand.« Bostrup wies auf den Schlitz.

»Wollte er pissen und ist dabei ins Hafenbecken gefallen?«

»Ausgeschlossen ist das nicht. Ich werde ihn auf Alkohol und andere Substanzen testen. Vielleicht war er besoffen.«

»Dann war das nicht unser Killer!« Kirsten hätte vor Erleichterung beinahe laut gejubelt, aber sie beherrschte sich, schließlich lag ein toter Mensch vor ihr. Dennoch war sie froh, dass der Mann kein weiteres Opfer ihres Verrückten war. Stattdessen wies alles auf ein Unglück hin. Sie hörte, wie der Assistent von Bostrup sich räusperte.

»Ähm, in der Unterhose ist Blut.«

Kirstens Kopf fuhr herum und sie sah, wie der Assistent den Unterleib des Toten freilegte. Der schrumpelige Penis kam zum Vorschein. Erik Schmidt hob ihn an und zeigte auf die Haut.

»Da ist eine Schnittwunde, nicht tief, aber definitiv eine durch Fremdeinwirkung herbeigeführte Verletzung.«

»Hallo! Was haben wir denn hier?«, rief Wang, bevor einer von ihnen etwas sagen konnte. Er wedelte mit einer Pistole und einer nassen Brieftasche, die er aus der Innentasche des Sakkos gefischt hatte. »Der Kerl hatte eine Kleinkaliberwaffe dabei, und gleich haben wir hoffentlich auch seinen Namen.« Er brachte eine ähnliche gelbe Karte zum Vorschein, wie Kirsten sie eben schon in der Hand gehabt hatte, und studierte sie mit zusammengezogenen Brauen. »Verdammt!«, entfuhr es ihm schließlich.

»Scheiße, Wang. Mach nicht so ein Theater! Wer ist es?«

Wang hob den Kopf. »Das ist dieser Anwalt, der gerade erst in der Zeitung gewesen ist. Elias Kaspersen.«

Kirsten rutschte das Herz in die Hose. Nein, dachte sie, das durfte nicht sein!

39. KAPITEL

Bergschrund, Nährgebiet, Kar, Urstromtal, Endmoräne, Sander, Randkluft, Séracs, Firn, Toteis.

Für die Phänomene rund um einen Gletscher gab es fast so viele Ausdrücke, wie die Inuit für Schnee besaßen.

Marit schob die Brille zurecht und versuchte, sich auf den Bildschirm ihres Notebooks zu konzentrieren. Sie saß am Esstisch im Wohnzimmer und las einen Internetbericht nach dem anderen über die grönländischen Gletscher und das Inlandeis. Hauptsächlich über den Avannarleq Bræ, auf dem beide Expeditionen unterwegs gewesen waren. Damit wollte sie sich einerseits ein klares Bild von den Begebenheiten der Unglücksstelle schaffen und sich andererseits von ihrer inneren Unruhe ablenken. Jedenfalls war jener Teil des grönländischen Inlandeises sehr interessant, erst recht für die Wissenschaft, denn unter ihm wurde ein großer Schmelzwassersee vermutet. Solche Seen gab es an vielen Stellen in Grönland, und sie waren an sich nichts

Besonderes, doch mit dem Voranschreiten des Klimawandels wuchsen sie nahezu unbemerkt zu riesigen Reservoiren heran, und es wurde befürchtet, dass sie eines Tages zu einer Gefahr würden. Bräche ein solcher See auf, entlüden sich Abermillionen Liter von Wasser mit einem Schlag ins Meer. Das konnte einen Tsunami auslösen, der in Richtung Westen nach Kanada und Neufundland unterwegs wäre oder in Richtung Osten nach Island, England, Norwegen und sogar Dänemark. Deshalb waren in den vergangenen Jahren verschiedene Expeditionen auf das Inlandeis geschickt worden, um die Seen zu untersuchen und zu überwachen. Die Expedition von 2018, ausgerüstet vom GEUS und dem AWI, hatte genau diesen Zweck gehabt. Leider waren die Teilnehmer nie zurückgekehrt.

Marit öffnete die Satellitenkarte des Fjordes, an dessen Mündung der Ort Paamiut mit seinen immerhin 1.308 Einwohnern lag. Am Ende befand sich der besagte Avannarleq-Gletscher, von dem aus man auf das Inlandeis steigen konnte. Bis auf eine aktive Goldmine in einem Seitenarm des Kvanefjords war dort nichts weiter. Vermutlich lebten die Menschen in Paamiut hauptsächlich vom Tourismus und der Jagd. Sie überlegte, ob sie Kirsten den Vorschlag machen sollte, dort hinzufliegen und sich vor Ort umzuhören. Einige der Einheimischen wussten bestimmt etwas von den Expeditionen zu erzählen.

»Nanu, wann bist du unter die Glaziologen gegangen?«

Sie wandte erschrocken den Kopf. Hinter ihr stand Kjell mit einem dampfenden Kaffeebecher in der Hand.

»Mann, ich wäre dir dankbar, wenn du dich nicht immer so anschleichen würdest!«

»Ein bisschen schreckhaft in letzter Zeit, was?« Kjell sah sie ernst an. »Ist es wegen eures Falls?«

»Ja.«

Kjell trank aus seinem Becher, sagte aber nichts. Er hatte die Zeitungsberichte gelesen und wusste mittlerweile, dass es bei

Marits Arbeit um den Horrormetzger ging. »Bist gestern spät nach Hause gekommen.«

»Ja«, entgegnete sie immer noch einsilbig. Wenn sie an letzte Nacht dachte, bekam sie eine Gänsehaut. Verdammt, der Anruf von Kirsten hatte sie total aus dem Konzept gebracht. Dass der neue Tote dieser Anwalt Kaspersen war, irritierte sie zutiefst.

Sie nahm einen Schluck von ihrem Tee, um sich zu beruhigen. Kjell schlurfte zum Sofa und ließ sich darauf fallen. Er zog eine Decke über sich und seufzte wohlig.

Marit wollte sich gerade wieder den Berichten über den Gletscher zuwenden, als ihr Telefon klingelte. Eine Nummer aus Grönland.

Sie nahm ab und sprach wenig später mit dem Freund von Ivalu Heilmann. Er hatte den Bootsführer aus Narsarsuaq ausfindig gemacht, der die Expedition von 2019 nach Paamiut gebracht hatte. Marit freute sich, dass er zurückrief, und fragte ihn über die Umstände des Auftrags aus. Wann hat die Fahrt stattgefunden? Wie viele Leute waren daran beteiligt? Was wurde transportiert?

»Auf dem Hinweg wohl fast ausschließlich Material und Ausrüstung für die Forscher«, erklärte der Mann, »auf dem Rückweg hat er noch mehr mitgenommen. Nämlich zwei Leichen.«

»*Zwei* Leichen?«, fragte Marit überrascht, die nur von Svea Henriques' Ableben wusste. »Wer waren die Toten?«

»Keine Ahnung, der Bootsführer sagte nur, es wären zwei Leichensäcke gewesen. Offensichtlich ist etwas schiefgelaufen auf dem Gletscher. Die Expeditionsmitglieder waren sehr aufgelöst und eines von ihnen hat gefehlt, eine junge Frau.«

Svea Henriques, dachte Marit. Nur, wer war der andere Tote?

»Hat der Bootsführer erfahren, was genau passiert ist?«, fragte sie.

»Nein, aber in Paamiut glauben sie, es war der Allaq. Angeblich wurde die Gruppe auf dem Gletscher von ihm angegriffen.«

»Wenn, dann eher von einem Eisbären, oder?«

»Auf dem Gletscher gibt es keine Eisbären.«

Das wusste Marit natürlich. Polarbären waren hauptsächlich an den Küsten unterwegs, weil dort ihre Hauptnahrungsquellen lagen. Auf einem Gletscher würden sie schlicht verhungern.

»Und? Glauben Sie auch, dass es der Allaq war?«, wollte sie wissen.

»Die Leute sind da oben rumgerannt, wo es gefährlich ist«, entgegnete der Inuit ruhig. »Ich war nicht dabei. Aber in Grönland kann man Hunderte Tode sterben.« Dabei beließ er es und sagte, dass er nicht mehr wisse.

Marit bedankte sich bei ihm und beendete das Gespräch. Danach saß sie eine Weile nachdenklich da. Kjell lag noch immer auf dem Sofa, er hatte die Augen geschlossen und schien zu dösen. Um ihn nicht zu stören und damit er nicht mithören konnte, ging Marit nach oben. Mit Blick auf das verschneite Vorderdeck wählte sie die Nummer des Kopenhagener Kirchenamtes und erkundigte sich mithilfe von Svea Henriques' Personennummer, ob für sie eine Bestattung oder Kremierung beantragt worden war. Die Auskunft war negativ. Auch bei Air Greenland wusste niemand Bescheid über eine Leichenüberführung unter diesem Namen.

»Aber ich habe hier zwei andere durchgeführte Leichentransporte aus Paamiut beziehungsweise Narsarsuaq. Das war vor zwei Wochen«, sagte der freundliche Mads, mit dem sich Marit hatte verbinden lassen. Als er die Namen der Toten nannte, sog sie überrascht Luft ein.

»Das gibt's doch nicht«, stieß sie verärgert aus. »Und wo sind die Leichen jetzt?«

»Bei uns in Quarantäne. Sie sollen bald vom Bestatter abgeholt und in die Gerichtsmedizin gebracht werden. Kann ich Ihnen sonst noch weiterhelfen?«

»Nein, vielen Dank für Ihre Hilfe.« Marit legte auf und polterte die Treppe nach unten, wo Kjell verwundert aufschaute.

»Was ist los?«

»Ich muss weg.« Hastig packte sie ihr Notebook ein, angelte nach ihrer Jacke und war wenige Minuten später zur Tür raus.

40. KAPITEL

Wie eine Dampfwalze bewegte sich Ebert Clausen auf die Bürotür des zuständigen Psychologen zu. Da Jesper sich mit diesem Bullen von einem Mann nicht um den Vortritt prügeln wollte, folgte er ihm.

Der Psychologe, ein mittelalter Mann mit kurzen dunklen Locken, stand vor einem Panoramafenster, von dem aus man die x-förmigen Türme des Marriott Hotels am Ørestads Boulevard sehen konnte. Nacheinander reichte er ihnen die Hand, anschließend setzten sie sich gemeinsam an den Schreibtisch, wo sie eine Tasse Kaffee eingeschenkt bekamen, die Jesper gleich austrank, weil er wieder mal keine Zeit zum Frühstücken gehabt hatte. Und die Dusche war immer noch kalt gewesen. Ein absoluter Scheißstart.

Clausen begann das Gespräch, was Jesper ebenfalls gleichmütig hinnahm. Ihm war klar: Solange er mit Ebert unterwegs wäre, würde er die zweite Geige spielen. Geschenkt. Hauptsache, er müsste nicht dauerhaft mit diesem Stinkstiefel zusammenarbeiten. Natürlich wünschte er sich Marit als Partnerin zurück. Mit ihr hatte es super funktioniert. Ob das wohl auch an anderer Stelle der Fall wäre …?

»He, glotz nicht so doof in der Gegend rum. Mach wenigstens Notizen, wenn ich schon die ganze Zeit reden muss.« Clausen stieß Jesper an.

Der musste sich zusammenreißen, denn am liebsten hätte er dem feisten Kollegen gesagt, dass er sich den Kram gefälligst selber merken sollte, doch sich mit Clausen zu streiten, hieß, mit dem Kopf gegen eine Wand zu rennen. Also schrieb Jesper fleißig mit. Der Patient war labil, phasenweise sogar suizidal. Zudem litt er unter Verfolgungswahn und hatte Angst davor, sein Zimmer zu verlassen. Ein traumatisches Erlebnis in Grönland hatte ihn in diesen Zustand versetzt. Er war dort mit einer Expedition unterwegs gewesen und hatte miterlebt, wie seine Lebensgefährtin bei lebendigem Leib von einem Eisbären gefressen worden war.

An dieser Stelle sah Jesper von seinem Block auf. »Heißt die Freundin Svea Henriques?«

»Ja, das ist korrekt.«

Jesper nickte und schickte Kirsten und Marit rasch eine Nachricht zur Todesursache von Svea Henriques, während Ebert dem Arzt weitere Fragen stellte. Am Ende erfuhren sie, dass Óla Jón Fejfer sich vor drei Monaten aufgrund seiner massiven Angststörung freiwillig eingewiesen hatte.

»Ist er seitdem noch mal draußen gewesen?«, erkundigte sich Jesper.

»Nein, in der geschlossenen Abteilung gibt es keinen Ausgang. Wie gesagt, Óla Jón ist auf eigenen Wunsch bei uns. Er will nicht raus, geht nicht mal in den überwachten Hof, um frische Luft zu schnappen. Wissen Sie, das liegt daran, dass ihm große Plätze und freie Flächen Panik bereiten, deshalb ist Óla Jón am liebsten in seinen vier Wänden.«

»Hat er Zugang zu Medien, Fernsehen, Zeitung?«

»Nein, wir schirmen ihn vollständig ab. Das war sein eigener Wunsch.«

»Und wie steht es mit der Sicherheit in dieser Einrichtung?«, wollte Jesper wissen.

»Selbst wenn Óla Jón es vorhätte, käme er hier nicht raus. Es gibt mehrere Schleusen, die er überwinden müsste. Dazu Kameraüberwachung und Alarmanlagen an Fenstern und Türen.«

»Ich dachte eher daran, dass jemand zu ihm reinkommt.«

»Ach so.« Der Psychologe guckte ihn irritiert an. »Wie meinen Sie das?«

»Na, ob es jemand schaffen könnte, unbemerkt zu ihm vorzudringen.«

»Nein, auch das nicht. Ausgeschlossen.«

»Sicher?«

Der Psychologe presste pikiert die Lippen aufeinander. »Ganz sicher.«

»Gut«, sagte Jesper und klappte demonstrativ seinen Block zu. »Ich verlasse mich darauf. Dürfen wir den Patienten jetzt sehen?«

Ebert warf ihm einen bösen Blick zu, weil Jesper es gewagt hatte, die Führung zu übernehmen. Aber er hielt sich mit einem Kommentar zurück. Wohl, weil er wusste, dass er sonst seine Schwäche offenbart hätte: nämlich, dass er ein beleidigtes Alphamännchen war. Schließlich saßen sie einem Psychologen gegenüber, und die Blöße wollte sich Ebert offensichtlich nicht geben. Doof war der Bursche nicht, das musste Jesper ihm lassen. Nur ein bisschen zu stiernackig für seinen Geschmack.

Der Psychologe erhob sich und führte sie durch die verschiedenen Flure zum Trakt der geschossenen Abteilung. Auf dem Weg dorthin passierten sie einige Schleusen, die Jesper davon überzeugten, dass man in diese Abteilung tatsächlich nicht so leicht reinkam, und er beruhigte sich diesbezüglich ein wenig. Sicherer wäre es natürlich, wenn sie zusätzlich einen Polizisten vor dem Eingang postierten, um ein Auge darauf zu haben, ob sich in der Klinik jemand herumtrieb. Aber Sorgen zu machen brauchten sie sich um Fejfer nicht. Der war hier so sicher wie die Kerne in einem Kürbis.

Sie betraten einen Raum, der aussah wie ein nett möbliertes Wohnzimmer.

»Das ist unser neutraler Treffpunkt«, erklärte der Psychologe. »Óla Jón mag es nicht, Besuch von Fremden auf seinem Zimmer zu bekommen, das ist sein Heiligtum, zu dem nur bestimmte Personen Zutritt haben. Warten Sie bitte, ich hole ihn.« Damit verschwand er durch die Glastür.

Unschlüssig standen Jesper und Clausen da. Sollten sie sich an den Tisch setzen oder auf die Sofagarnitur? Wo würde sich Fejfer am wohlsten fühlen, wenn sie mit ihm sprachen? Am besten, sie ließen ihn das entscheiden, dachte Jesper. Im nächsten Moment ließ sich Ebert auf das Sofa plumpsen und breitete die Arme auf der Lehne aus. Breitbeinig hockte er da und grinste Jesper an.

»Is' weicher als auf den Stühlen«, sagte er und zwinkerte ihm zu. »Mach dich mal locker, Kollege. Du wirkst immer so verspannt. Seid ihr da in Randers alle solche Spaßbremsen?«

»Ringkøbing.«

»Was?«

»Ich komme aus Ringkøbing.«

»Ach so.« Ebert nickte, doch Jesper wusste, dass es ihm total egal war. Für einen wie Clausen war gesamt Jütland die tiefste Provinz. Arroganter Hauptstadtarsch!

»Und warum bist du jetzt bei uns und nicht in *Ringkøbing*?«, fragte Ebert. »Nimm's mir nicht übel, aber ich finde, man merkt dir an, dass du nicht gerne in Kopenhagen bist.«

Damit lag er ausnahmsweise richtig, den Grund für seine Versetzung würde er ihm allerdings nicht verraten. Ihm als Allerletzten!

»Hast du Scheiße gebaut? Obwohl – ich dachte immer, das ist umgekehrt, man baut Scheiße und wird in die Provinz versetzt.« Er lachte laut über seinen eigenen Witz. »Also hast du bestimmt deine Arbeit richtig gut gemacht und bist hochgelobt worden, nicht wahr? Einen kleinen Streber haben wir hier, habe ich recht?«

Jesper wollte gerade etwas erwidern, da ging die Tür auf und der Psychologe kam herein, an seiner Seite ein verhärmt aussehender junger Mann mit Bart und zotteligen weißblonden Haaren. Er trug normale Straßenkleidung, Jeans, Turnschuhe und ein langärmliges Sweatshirt mit dem Aufdruck »Wanderlust«. Scheu blickte er hin und her und wusste offenbar nicht, was er machen sollte. Jesper erkannte ihn, es war der Typ von dem Foto, auf dem er zusammen mit Kenneth in Paamiut an dem Boot stand.

Der Psychologe erklärte Óla Jón Fejfer, wer die Männer waren, und versicherte ihm, dass ihm nichts geschehen würde. Außerdem würde er die ganze Zeit bei ihm bleiben.

Fejfer nickte und schlich zum Tisch, wo er sich auf einen der Stühle setzte, die Hände im Schoß gefaltet, die Schultern hochgezogen. Sein Gesicht war ausgezehrt, seine Augen erfüllt von stumpfem Kummer.

Jesper war als Erstes bei ihm und setzte sich ihm gegenüber. Ebert brauchte einen Moment, bis er sich schwerfällig vom Sofa hochgestemmt hatte, und stellte sich dann mit verschränkten Armen neben den Tisch. Jesper hörte ihn Luft holen, kam ihm aber zuvor, indem er sich und seinen Kollegen behutsam vorstellte. Er schob sogar seinen Ausweis über den Tisch, den Fejfer misstrauisch studierte und mit schüchternem Einverständnis wieder zurückschob. Da es Jesper nicht für angebracht hielt, einem von schweren Ängsten geplagten Mann wie Fejfer mitzuteilen, dass zwei seiner Expeditionskollegen brutal ermordet worden waren, begann er auf andere Weise. »Sie haben vergangenen Sommer an einer privaten Expedition nach Grönland teilgenommen, stimmt das?«

Fejfer nickte.

»Wussten Sie, wer der Organisator dieser Reise war?«

Fejfer nickte erneut. »Es war die Firma Arctic Extraction.« Er sprach leise, beinahe zu leise, und hatte einen starken Akzent. Jesper erinnerte sich, dass der Mann Isländer war.

»Wir würden gerne wissen, was in Grönland auf dem Gletscher geschehen ist«, fuhr er fort. »Natürlich nur, falls Sie darüber reden möchten.«

»Selbst wenn ich es wollte, ich darf Ihnen nichts darüber sagen.«

»Warum nicht?«

Anstatt zu antworten, ließ Fejfer seinen Blick durch den Raum irren, schien einen Punkt zu finden, an dem er sich festhalten konnte, und sagte schließlich: »Ich habe einen Vertrag unterschrieben.«

»Was für einen Vertrag?«

»Dass ich nicht darüber reden darf.«

Jesper hörte Ebert gereizt aufseufzen. Ihm ging es offenbar zu langsam.

»Wie kann ich das verstehen?«, fragte er. »Meinen Sie eine Verschwiegenheitsklausel?«

Fejfer nickte.

Frau Riis Sten hatte offenbar an alles gedacht, um sich abzusichern, dachte Jesper und hob eine Hand. »Wir haben mit der obersten Verantwortlichen von Arctic Extraction gesprochen. Glauben Sie mir, Sie haben die Befugnis, darüber zu reden. Damit unterstützen Sie die Arbeit der Polizei.«

»Aber warum will die Polizei das überhaupt wissen?« Fejfer sah ihn misstrauisch an. »Warum jetzt?«

Jesper leckte sich über die Lippen. »Es ist etwas sehr Schlimmes in Kopenhagen geschehen und Sie können uns helfen, es aufzuklären. Das hoffen wir zumindest.«

Der Isländer blinzelte ängstlich, und Jesper fürchtete, er hätte ihn verschreckt, doch da senkte Fejfer sein Kinn und sagte entschlossen: »Okay.«

»Das ist gut, danke.« Jesper zückte seinen Block. »Also, wie war das mit der Expedition? Erzählen Sie mir, was Sie erlebt haben.«

»Dieses ganze Projekt war von Anfang an verflucht!«, stieß Fejfer hasserfüllt aus. »Es konnte nur schiefgehen, alle Zeichen deuteten darauf hin, aber ich habe es nicht wahrhaben wollen. Ich habe bloß das Geld gesehen, das es für den Auftrag gab. Ein hübsches Sümmchen plus Bonus, wenn wir es schaffen sollten. Das Wetter spielte bereits am ersten Tag nicht mit. Es war wechselhaft und schneite immer wieder. Svea hatte Kopfschmerzen. Sie fühlte sich nicht gut. Und dann tauchte dieser Inuit auf, Malik hieß der, glaube ich, der wollte uns davon abhalten, auf den Gletscher zu steigen. Er hat gesagt, dass von dort schon einmal Leute nicht zurückgekehrt seien. Na ja, das wussten wir natürlich, deswegen waren wir ja da.«

Ebert holte erneut Luft, doch Jesper warf ihm einen warnenden Blick zu. Er wollte, dass Fejfer nicht aus dem Fluss gebracht wurde und frei erzählte. Fragen konnten sie ihm hinterher stellen. Ebert brummte vor sich hin, hielt jedoch die Klappe.

Fejfer schüttelte den Kopf, als könnte er seine eigene Dummheit nicht fassen. »Der Inuit hat uns gewarnt, und wir sind trotzdem losmarschiert. Wir waren Narren. Aber vorher hat der Kerl uns so eine Art Schutzamulett mitgegeben. Svea fand die Dinger gruselig und hat ihres weggeworfen. Vielleicht hätte sie es behalten sollen, vielleicht wäre sie dann jetzt noch am Leben. Ich habe meines jedenfalls bis heute.« Er zog einen kleinen Gegenstand aus seiner Hosentasche und legte ihn auf den

Tisch. Er war reichlich abgegriffen, trotzdem erkannte Jesper sofort, was es war. Ein Tupilak. Ein echter, kein poliertes Touriding. Zumindest hatte es eine starke Ähnlichkeit mit jenen Figuren aus Federn, Haut und Knochen, die sie im Museum gesehen hatten.

Fejfer drehte den Talisman gedankenverloren in der Hand, während er mit leiser Stimme berichtete. Von der Bootsfahrt durch den Fjord bis zum Gletscher, dem beschwerlichen Aufstieg durch die unberechenbaren Eisfelder. Dem auffrischenden Wind, dem Schnee. Mehrfach schlugen sie zum Schutz gegen den Wind ihr Lager auf, verankerten ihre Pulka, die Ziehschlitten, damit sie nicht davongeweht wurden. Fejfer erzählte von der Faszination, die das Eis auf ihn ausübte. Dass er schon als Kind mit seinem Vater auf die Gletscher gewandert sei und seine Leidenschaft später zum Beruf gemacht habe. Er war ein erfahrener Bergretter mit dem Spezialgebiet Eis gewesen und von den verschiedensten Instanzen angefragt worden. Auch das Bergen von Toten gehörte zu seinem Beruf, aber das habe ihm nie viel ausgemacht. Bis zu dieser verfluchten Expedition.

Ebert trat ungeduldig von einem Bein aufs andere, während Fejfer sich in früheren Rettungsaktionen verlor, die ihn sogar bis hoch in den Himalaya geführt hatten. Jesper ließ ihn reden, und irgendwann kehrte der Isländer von alleine zurück zu den Geschehnissen in Grönland. Doch an einer Stelle unterbrach er sich selbst und blickte Jesper zögernd an. Vermutlich, weil sie sich der Situation näherten, die ihn so traumatisiert hatte.

»Wir haben die Unglücksstelle gefunden und untersucht, wie es unser Auftrag war. Und wir entdeckten tatsächlich zwei Leichen«, fuhr er stockend fort. »Sie stammten eindeutig von der 2018er Expedition. Das erkannten wir an der Ausrüstung, die von Schnee bedeckt überall herumlag, und auch an der Kleidung der Toten. Darauf waren die Symbole vom GEUS und vom AWI. Wir stellten unsere Zelte auf und verstauten eine der

Leichen auf unserem Schlitten. Die Stimmung war mies. Wir haben uns gestritten. Darüber, dass unser Auftrag lautete, wir sollten nur einen der Toten mitbringen. Doch Bente, Kenneth und Svea fanden das unanständig. Wenn wir schon dort wären und mehr als den einen Toten gefunden hätten, dann könnten wir die Leiche auch mitnehmen, sagten sie. Wir stimmten ab. Ich war dagegen, denn das Ziehen der Schlitten mit der zusätzlichen Last hätte uns mehr Kraft gekostet als geplant. Bei klimatischen Bedingungen wie in Grönland kann das schnell lebensbedrohlich werden. Dazu kommen die ganzen Gletscherspalten und Séracs, das unberechenbare Gelände und das Wetter. Na, jedenfalls verlor ich die Abstimmung und wir verluden die Leichen. Kurz darauf wurde das Wetter schlechter, und wir mussten die Suche nach den restlichen Toten einstellen und biwakieren. Zum Schutz vor dem Wind zogen wir uns in unsere Zelte zurück und dann kam …« Er hielt inne und stieß scharf Luft aus. Seine Hände drehten den Talisman immer schneller und schneller. Fejfers Brustkorb pumpte, als hätte er einen schweren Anstieg hinter sich, und seine Pupillen waren auf die Größe von Nadelstichen geschrumpft. Jesper sah den Psychologen an, der wiederum Fejfer im Blick hatte.

»Alles okay, Óla Jón?«, fragte der Arzt.

Fejfer reagierte nicht, pustete nur weiter vor sich hin. Seine Hände krampften sich um die kleine Figur.

»Ja«, sagte er schließlich tonlos. »Ja, ja, ja, okay.« Er atmete tief ein. »Okay, okay. Also in der Nacht … lag ich zusammen mit Svea in einem Zelt, da hörten wir ein Geräusch … draußen … im Schnee … und … und … oh, uh, lalalala. Lalla, lala … und lala … laaa …« Fejfer begann vor und zurück zu wippen, die Figur fest an seine magere Brust gedrückt.

Jesper dachte, dass der Mann als Bergretter bestimmt durchtrainiert gewesen war, seine Muskelmasse jedoch an das Trauma verloren hatte.

»Lalala … und da kam er … lalalaaa.« Fejfer verzog das Gesicht.

Jesper wartete, obwohl er innerlich zum Zerreißen angespannt war. Was hatte Fejfer gesehen? Was hatte ihn so werden lassen, dass er selbst vor seinem Schatten Angst zu haben schien?

Der Isländer wand sich, öffnete seinen Mund und schnappte nach Luft wie ein im Netz gefangener Dorsch. »Ich … und ich … lala. Ich … la … la …«

»Meine Fresse, hör endlich auf mit deinem bescheuerten Lalala und erzähl uns, was da war!«, platzte es aus Ebert heraus. »Wir haben keine Zeit. Da draußen läuft ein gottverdammter Mörder rum, während du hier drinnen auf Staatskosten deine Eier schaukelst!«

Bevor Jesper oder der Psychologe reagieren konnten, sprang Fejfer auf, warf die Arme in die Luft und schrie: »Er wird uns alle holen! Uns alle. Mich und dich, alle! Er ist da draußen in der Kälte. Er hat sie mitgebracht vom Gletscher. Hier zu uns! Denn er will sich an uns rächen. An uns allen. Lalala! Rächen!«

Jesper stand auf und hob beschwichtigend die Hände. »Wer will sich rächen, Óla Jón? Sag es uns.«

Fejfer bedachte ihn mit einem wilden Blick, dann trat Mitleid in seine Miene. »Ihr könnt ihn nicht aufhalten. Niemand kann das. Er wird uns alle holen. Einen nach dem anderen.« Er streckte einen Arm aus und zeigte aus dem Fenster. »Ich kann ihn sehen. Jede Nacht. Da draußen. Von dort winkt er mir zu.«

Jesper wandte sich zum Fenster, natürlich war da nichts außer den tiefhängenden Wolken und der Betontrasse der Metro. Ein Zug glitt fast lautlos vorbei, und er konnte die Gesichter der Passagiere in den hell erleuchteten Waggons erkennen. Unwillkürlich stellten sich die Härchen auf Jespers Unterarmen auf.

»Er wird mich holen«, fuhr Fejfer aufgebracht fort. Speichel flog aus seinem Mund. »Ja, das weiß ich. Ja, lala. Auch ich bin verflucht. Denn ich habe sein Reich betreten. Lalala! Lala!«

Mit bedachten Bewegungen trat der Psychologe an ihn heran. »Beruhige dich, Óla Jón. Du bist in Sicherheit. Niemand wird dir etwas tun.«

»Oh doch! Er schon. Er wird kommen. Glaubt mir. Mit der Kälte. Denn es ist *seine* Kälte. Er hat sie mitgebracht. Habt ihr euch noch nicht gewundert, warum es so kalt ist?« Er guckte sie triumphierend an. »Kälte kann man nicht aufhalten!«

Ebert stieß einen fetten Finger in Fejfers Richtung: »Der ist total plemplem. Wir verschwenden unsere wertvolle Zeit mit dem. Lass uns gehen.« Er wandte sich zur Tür.

»Ja, geht nur. Geht hinaus in die Käääälte!«, rief Fejfer ihm hinterher, während der Psychologe beruhigend auf ihn einredete und Jesper mit einer Geste zu verstehen gab, dass die Befragung zu Ende wäre und sie besser die Klinik verlassen sollten.

Jesper nickte dem Mann zu und folgte Ebert nach draußen auf den Flur. Als er die Tür hinter sich schließen wollte, hörte er wie Fejfers Geschrei in ein verzweifeltes Wimmern überging. Er war wieder in seinen Lalala-Gesang verfallen, mit dem er sich wohl selbst beruhigen wollte.

»Lalalalala. Aalalala. Alalalalalalalaaaaq.«

Auf Jespers Unterarmen prickelte es plötzlich noch stärker als zuvor. Hörte er richtig? Sang Fejfer »Allaq?« Meinte der Isländer etwa, dass dieses Ungeheuer draußen in der Kälte lauerte und sie alle holen wollte? Mit einem Schaudern zog er die Tür ins Schloss.

»Was?«, blaffte Ebert.

Ohne auf die Provokation einzugehen, setzte Jesper seinen Weg durch den Flur fort. Er wollte raus aus diesem Gebäude, raus aus seiner Haut und raus aus dieser Stadt, die nichts als Frustration und finstere Abgründe für ihn bereithielt.

41. KAPITEL

Der Sund lag da wie eine Bleiplatte, und die Wolken hingen so tief, dass sie die Sicht auf Schweden verdeckten. Es schien, als hätte dieser Winter der Welt alle Farben geraubt. Die Straßen, die kahlen Bäume, die Häuser, die ganze Gegend sah aus wie auf einer alten Schwarz-Weiß-Aufnahme. Die weiße Bauhausvilla von Frau Riis Sten wirkte abweisend, als wolle sie niemanden einlassen.

Marit, die versuchte, nicht ständig an diesen Kaspersen zu denken, klingelte, aber nichts tat sich. Der Tesla stand vor der Garage, also musste die Unternehmerin zu Hause sein. Sie klingelte erneut, wohl wissend, dass man sie über die Kameras bemerkt haben musste. Anscheinend wollte man ihr nicht öffnen. Nun gut, dann eben auf die harte Tour, dachte sie und sah sich um. In den Nachbarhäusern brannte Licht, Publikum war also vorhanden.

»Polizei Kopenhagen!«, rief sie laut. »Frau Riis Sten? Öffnen Sie bitte die Tür. Sonst muss ich Sie leider vorladen, und das …«

Die Tür schwang auf, und die Asiatin gab ihr mit einer Handbewegung zu verstehen, dass sie eintreten sollte. Drinnen stand die Herrin des Hauses mitten in der Eingangshalle. Ihre Füße in den hochhackigen Schuhen brav nebeneinandergestellt, die Hände vor dem Körper verschränkt und den Kopf hoch erhoben. Eine Pose der Selbstbeherrschung.

»Was kann ich für Sie tun, Kindchen?«, fragte sie kühl.

»Für Sie Marit Rauch Iversen und nicht ›Kindchen‹.«

»Natürlich.« Ihr Blick war die pure Neutralität.

Marit riss sich zusammen und brachte ihre Anschuldigung in ruhigem Ton vor: »Warum haben Sie uns gestern angelogen?

Sie haben diese Expedition nur auf die Beine gestellt, um die Leiche Ihres Mannes bergen zu lassen. Und nur die!«

»Das ist meine Privatsache. Ich wüsste nicht, seit wann man dazu verpflichtet wäre, die Polizei zu informieren, wenn man jemanden beerdigen möchte?«

»Sie hätten es uns trotzdem sagen müssen. Es geht um eine Mordermittlung!«

»Mit der weder mein verstorbener Mann noch ich das Geringste zu tun haben! Ich möchte an dieser Stelle betonen, dass ich damit nicht in Verbindung gebracht werden will. Ich beabsichtige, meinen Thorvald in allen gebührenden Ehren, jedoch abseits jeglichen Medienrummels, zu beerdigen. Daran ist nichts Falsches oder gar Verbrecherisches. Ich möchte meine Trauer nicht öffentlich zur Schau stellen.«

»Nur dass es Ihnen gar nicht um die Beerdigung oder Ihre Trauer geht«, entgegnete Marit, »sondern vielmehr darum, Professor Frøhlich zu beweisen, dass er schuld am Tod Ihres Mannes ist, nicht wahr? Sie haben bereits eine Obduktion in der Rechtsmedizin beantragt. Und zwei der Leichname sind am Flughafen Kastrup eingetroffen. Wann wollten Sie uns das mitteilen?«

»Ich bereue es zutiefst, Ihnen überhaupt so viel erzählt zu haben!«, gab Frau Riis Sten empört zurück. »Man sieht ja, wohin das führt. So schnell wird man selbst zur Verdächtigen. Denken Sie etwa, ich hätte die beiden Mordopfer zerstückelt?«

»Haben Sie?«

»Eine Frechheit ist das! Unsere Unterredung ist beendet. Fortan werden Sie nichts mehr von mir hören, ohne dass mein Anwalt anwesend ist. Ich würde es begrüßen, wenn Sie jetzt mein Haus verließen, Frau Rauch Iversen!« Sie zeigte auf die Tür und presste demonstrativ die Lippen aufeinander.

»Es tut mir leid, wenn ich Ihnen zu nahe getreten bin.« Marit hob die Hände, dabei setzte sie einen bedauernden Gesichtsausdruck auf. Das Spiel der vorgetäuschten Emotionen beherrschte sie genauso gut. »Ich wollte Ihnen lediglich eine Chance geben, sich zu erklären. Aber wenn Sie sich derart unkooperativ zeigen, lassen Sie mir leider keine Wahl. Der Leichnam Ihres Mannes und der der zweiten Person sind hiermit beschlagnahmt!«

»Was?!« Frau Riis Sten riss die Augen auf. Diesmal war ihre Reaktion unverfälscht. »Das ist Erpressung! Das können Sie nicht tun.«

»Doch, kann ich.«

»Ich werde mich über Sie beschweren. Und Ihren Vat…«

»Mein Vater hat mit der Sache nichts zu tun! Sie können Ihrem Anwalt ausrichten, dass er die Beschwerde bei der Polizei Kopenhagen einreichen soll. Sie haben ja unsere Karte, falls Sie sich entschließen, doch noch mit uns zu sprechen. Haben Sie einen schönen Tag und auf Wiedersehen.« Mit diesen Worten verließ Marit die Villa und ging mit bewusst erhobenem Haupt und ruhigen Schritten zur Straße. Sie spürte Frau Riis Stens Blicke in ihrem Rücken, bis sie um die Kurve war und vor dem Café Jorden Rundt stand. Erst dort atmete sie tief durch.

Da es zu kalt war, um draußen zu telefonieren, betrat Marit das Café, bestellte einen doppelten Espresso und setzte sich an einen Tisch, an dem sie ungestört war.

Sie hatte natürlich damit gerechnet, dass Frau Riis Sten so reagieren würde. Drohungen, Beschwerden, Anwälte. Das übliche, fast schon langweilige Einschüchterungsprogramm, mit dem die Upperclass versuchte, ihren Einfluss zu bewahren. Marit kannte das zur Genüge. Nichts davon konnte sie schocken. Da gab es andere Entwicklungen, die sie mehr beunruhigten. Nämlich der tote Kaspersen im Hafenbecken.

Sie trank einen großen Schluck Espresso und wählte Bostrups Nummer im Teilum. Leider hatte sie kurz darauf nicht den Chef der Rechtsmedizin am Apparat, sondern seinen Assistenten, Erik Schmidt.

»Flemme ist gerade beschäftigt. Was kann ich für dich tun?«

»Du könntest mir sagen, ob es schon etwas zur Todesursache der Leiche von heute Morgen gibt«, erklärte Marit und versuchte, nicht aufgeregt zu klingen.

»Ich weiß nicht, ob ich dir das verraten darf. Das mit dem Anwalt ist schließlich nicht euer Fall. Kirsten hat vorhin erklärt, dass den Kriminalkommissar Damtofte übernimmt, weil er nichts mit den Metzger-Morden zu tun hat. Wegen des Leaks müssen wir alle sehr vorsichtig sein.«

»Da hast du natürlich recht.« Marit fluchte innerlich. Aber immerhin wusste sie jetzt, dass es wegen Kaspersen eine Mordermittlung gab. Das war sehr beunruhigend.

»Hast du schon gehört, dass hier letzte Nacht eingebrochen wurde?«, fragte Erik.

»Nein. Echt?«

»Ja, aber es wurde nichts gestohlen und auch nichts zerstört. Es gab nur zwei aufgebrochene Schlösser. Schon seltsam. Ich hätte gedacht, das waren Junkies, die Medikamente oder Chemikalien klauen wollten, aber es fehlt nichts. Leider ist die Videoanlage kaputt, sonst hätten wir sie auf Film. Vielleicht war's ja ein Studentenscherz.«

»Nightwatch, oder was?«

Erik lachte. »Wäre zumindest genau mein Humor.«

Das konnte sie sich vorstellen. »Noch eine Info von meiner Seite«, sagte sie. »Im Laufe des Tages werden zwei Tote vom Flughafen Kastrup zu euch überstellt. Auftraggeberin für die Obduktionen ist Frau Riis Sten. Ich wollte nur, dass ihr wisst, dass die Leichen von der Polizei beschlagnahmt wurden. Es könnte sein, dass sie mit unserem Fall zu tun haben.«

»Okay, von denen habe ich gehört. Die waren eigentlich für gestern angemeldet, aber es gab eine Verzögerung. Die stammen aus Grönland, nicht?«

»Richtig. Die beiden Männer waren bei der Expedition von

2018 dabei. Einer ist Frau Riis Stens Ehemann. Der andere heißt Mikael Holmqvist. Ich möchte, dass Bostrup sich die beiden priorisiert vornimmt und genau untersucht. Wir wollen wissen, was damals auf dem Gletscher passiert ist.«

»Ich richte es Flemme aus.« Erik räusperte sich. »Du, Marit? Hättest du Lust, heute Abend mit mir einen trinken zu gehen?«

Marit rollte mit den Augen. Never ever, dachte sie. Doch dann hatte sie eine Idee.

42. KAPITEL

Es wurde eng in Kirstens Büro, selbst wenn nur der Inner Circle anwesend war, zu dem jetzt auch Kollege Bæk gehörte. Er und Clausen waren eben erst von der Befragung von Óla Jón Fejfer zurückgekehrt. Ann Katrine Therkildsen und Wang Ze komplettierten die Runde. Der Chef der KTU legte einen dicken Ordner auf Kirstens Schreibtisch, wo bereits Unterlagen mit relevanten Neuigkeiten darauf warteten, verkündet zu werden.

Kirsten nickte Marit zu, die neben Sanne stand und ungewöhnlich müde aussah. Ging ihr der Fall auch so an die Nieren? Kirsten musste an Mimi denken. Sie hatte noch nicht mit ihr sprechen können, war sich jedoch sicher, dass die Schlagzeile von heute Morgen sie aus den Schuhen gehauen haben musste. Bestimmt fühlte Mimi sich furchtbar, weil sie dachte, sie hätte etwas mit dem Tod von Elias Kaspersen zu tun. Ganz ausgeschlossen war das nicht. Es konnte durchaus sein, dass das Durchsickern der Information über den tätlichen Angriff dazu geführt hatte, dass der Anwalt heute Morgen tot aus dem Hafenbecken gefischt worden war. Da lief irgendeine Sache im Hintergrund, aber ob nun bei den Hells Angels oder deren Feinden, das mussten sie erst noch herausfinden. Kirsten war heilfroh, dass Kaspersen nicht zu den Opfern ihres Killers zählte. Denn der Modus Operandi stimmte nicht mit den restlichen Morden überein. Kollege Peder Damtofte war angehalten, sie sofort zu informieren, sollte sich etwas Neues ergeben. Bis dahin wurde der Fall Kaspersen separat behandelt.

Es war Punkt 12, als Kirsten die Besprechung eröffnete. Sie begann mit den wichtigsten Erkenntnissen: »Die Expeditionsteilnehmer Jens Kragh und Lukas Brems bleiben weiterhin unauffindbar. Eine Befragung der Nachbarn brachte keine Anhaltspunkte über ihren Verbleib, deshalb läuft seit heute eine Fahndung. Kraghs Wohnung wird zur Stunde kriminaltechnisch untersucht, dazu erzählt uns Wang später mehr.« Sie blickte den Chef vom NKC kurz an, der die Nacht durchgearbeitet hatte und dennoch wesentlich frischer wirkte als so manch anderer im Raum. »Aufgrund der Spurenlage gilt Jens Kragh momentan als Hauptverdächtiger. Lukas Brems als sein nächstes potenzielles Opfer. Es ist also von äußerster Dringlichkeit, dass wir sie finden!«

»Was ist mit dem Ehemann der Meerjungfrau, Arnt Villumsen, und dessen Geliebter?«, wollte Bæk wissen. »Die gelten auch als verdächtig.«

»Nicht mehr, ich habe ihre Alibis für den Todeszeitpunkt von Bente und Kenneth überprüfen lassen. Sie waren an beiden Tagen bis spät abends an der Universität. Das haben diverse Arbeitskollegen bestätigt.«

Bæk nickte und fuhr sich über das unrasierte Kinn. Er sah aus, als bräuchte er mal wieder eine Dusche. Sein Haar war fettig, und Kirsten meinte, leichten Schweißgeruch wahrzunehmen. Aber sie roch auch noch diverse andere Dinge, was daran lag, dass hier zu viele Leute auf engem Raum zusammenstanden.

»Und was ist mit Professor Frøhlich? Wurde der noch mal befragt?«, erkundigte sich die Therkildsen, die sich sorgfältig in die Akte eingelesen hatte. »So, wie ich es verstanden habe, hat er widersprüchliche Angaben gemacht und sogar gelogen.«

»Ja, dazu gibt es auch etwas.« Kirsten nahm den Bericht vom Tisch. Obwohl sie heute Morgen einen Schock bekommen hatte, als sie so früh zum Hafen gerufen worden war, hatte sie es geschafft, einige Dinge in die Wege zu leiten. »Camilla und Ahmed sind vorhin zum GEUS gefahren und haben Professor Frøhlich zu seiner Falschaussage befragt. Er hat beteuert, dass er nur die Unwahrheit gesagt hat, weil er fürchtet, man könnte ihm die Verantwortung für das Unglück von 2018 anlasten. Er beteuert, dass er nichts falsch gemacht habe und der Sturm zu plötzlich auf dem Wetterradar aufgetaucht sei. Er hat Angst, dass Frau Riis Sten die Informationen gegen ihn benutzt und ihn verklagen wird, wenn er zu offen darüber redet.«

»Diese Angst ist durchaus berechtigt«, bestätigte Marit. »Frau Riis Sten scheint alle Register zu ziehen, um herauszufinden, was 2018 auf dem Gletscher passiert ist. Sie war es, die die Gruppe von 2019 ausgerüstet und losgeschickt hat, um die Leiche ihres Mannes zu bergen.«

»Dazu kann ich noch etwas sagen«, meldete sich Bæk. »Óla Jón Fejfer hat erzählt, dass es wegen der Bergung Streit in der Gruppe gegeben hätte. Die Mehrheit war dagegen, nur die Leiche von Herrn Riis Sten mitzunehmen, sie fanden es unethisch, die anderen Toten dort oben zu lassen. Deshalb haben sie sich entschieden, alle zu bergen, obwohl das gegen ihren Auftrag war. Doch in der Nacht passierte ein Unglück. Svea Henriques wurde von einem Eisbären angegriffen und getötet.«

»Wirklich?«, fragte Marit. »Das ist ungewöhnlich, denn Bären sind normalerweise nicht auf den Gletschern.«

»Das ist die Version von Óla Jón Fejfer ... Na ja, im Grunde ist es eher die des behandelnden Psychologen. Óla Jón denkt, es war der Allaq.«

»Und da wären wir wieder bei Akte X!«, sagte Kirsten, der es schwerfiel, an diese Gruselgeschichte zu glauben. Sie sah, dass es der Therkildsen ähnlich erging.

»Nun, zumindest war die Gruppe trotz des Angriffs erfolgreich«, durchbrach Marit das Schweigen. »Zwei der Toten haben es mittlerweile bis nach Kopenhagen geschafft. Es sind Thorvald Riis Sten und ein Mann namens Mikael Holmqvist. Letzterer, das habe ich recherchiert, war Physiker am GEUS und hat eine Familie mit zwei Kindern zurückgelassen, die in Lyngby wohnt und mit Sicherheit noch nichts davon weiß, dass seine Leiche nach Dänemark überführt wurde.«

»Hast du mit ihnen gesprochen?«, wollte Kirsten wissen.

»Nein, das sollte jemand nachholen. Die zwei Leichen werden jedenfalls heute in der Rechtsmedizin erwartet. Ich habe beim Staatsanwalt eine Beschlagnahmung erwirkt. Ich denke, es sollte keiner außer den Obduzenten Zugang zu den Toten haben, bis wir mehr wissen.«

Die anderen brummten zustimmend.

»Okay, Ebert, die Holmqvists übernimmst du. Fahr dorthin, erklär ihnen, was los ist, und frag sie, ob sie was wissen.«

Clausen nickte.

»Noch mal zurück zu diesem Professor Frøhlich und Frau Riis Sten.« Die Therkildsen tippte auf die Pinnwand mit den Fotos von den Mordopfern. »Nur damit wir nichts außer Acht lassen. Besteht nicht die Möglichkeit, dass einer von ihnen etwas mit den Morden zu tun hat?«

Bæk machte ein nachdenkliches Gesicht, ebenso Marit. Keiner von ihnen schien das kategorisch auszuschließen.

»Frøhlich hätte ein Motiv genau wie Frau Riis Sten«, gab Bæk schließlich an.

»Das sehe ich auch so«, bekräftigte Marit. »Frøhlich hat ein berechtigtes Interesse daran, dass eventuell belastendes Material unter Verschluss bleibt, das seine Schuld an dem Unglück unter Beweis stellt – oder jemand will Frøhlich fertigmachen und ihn mit den grausamen Morden in die Enge treiben. Die Tupilaat dienen möglicherweise dazu, sich sinnbildlich an ihm zu rächen. Vielleicht ist es eine Art Psychospiel, das ihn zum Reden bringen soll. Oder besser gesagt zum Beichten.«

»Und hinter diesem Komplott könnte Frau Riis Sten stecken«, ergänzte Bæk. »Sie möchte Frøhlich beweisen, dass er schuld am Tod ihres Mannes ist. Sie hätte die finanziellen Mittel, um solch eine Inszenierung in Auftrag zu geben.« Er sah hinüber zu Marit, die lächelte. Das Zusammenspiel der beiden wirkte natürlich, und Kirsten spürte leichte Eifersucht in ihrem Bauch rumoren.

»Und wie würde Jens Kragh da reinpassen, wenn wir das mal weiterspinnen?«

»Na, vielleicht hat sie Kragh angeheuert, um die Morde zu begehen und die Tupilaat herzustellen. Sie hat ihn ja schon einmal für die Expedition engagiert«, schlug Marit vor. »Er kennt alle aus der Gruppe. Sie vertrauen ihm und lassen ihn an sich heran. Das würde zu den Ergebnissen der Obduktion passen, zumindest der vom Seehundmann. Erinnert ihr euch an den Rum und die Erdnüsse in dessen Magen?«

Kirsten nickte, Wang und die Therkildsen ebenfalls.

»Okay, dann kommen Frøhlich und Riis Sten mit auf die Liste.« Kirsten notierte diese Namen unter dem von Jens Kragh. »Es gibt da noch einen weiteren Verdächtigen. Vorerst allerdings rein hypothetisch.« Sie schrieb »Reporter« auf das Flipchart und erklärte anhand ihres heutigen Erlebnisses am Hafen, warum sie das dachte. Ihre Argumentation schien den Kollegen einzuleuchten, denn niemand widersprach ihr. Also fuhr sie fort: »Ich habe diesen Magnus Rungsted von der Berlingske Zeitung überprüft, und auch die Bilder auf seiner Kamera. Alles sauber. Das heißt allerdings nicht, dass es nicht trotzdem einen anderen Reporter geben könnte, der unser Täter ist.«

»Eine sehr gute Schlussfolgerung«, warf die Therkildsen ein. »Das würde außerdem die Sache mit dem Leck erklären. Der Reporter gibt die Informationen weiter, weil er als Täter natürlich am besten Bescheid weiß.«

Kirsten nickte. Sie wandte sich an Sanne Hougård, die an der Reihe war, ihre Ergebnisse vorzutragen. Wenig später wussten sie, dass in Sachen Lieferwagen keinerlei brauchbare Hinweise aus der Bevölkerung eingegangen waren und es nur einen gesicherten Fakt gab. Nämlich den, dass die Reifenabdrücke an der Queen-Mary-Statue und am Strand von Amager exakt übereinstimmten. An dieser Stelle klinkte sich Wang ein und setzte die Kollegen über die kriminaltechnische Untersuchung am Hafen von Hellerup und auf dem Segelboot ins Bild. Das Ergebnis war deprimierend.

»Absolut clean wie bei den vorherigen Skulpturen. Keine Fremd-DNA, keine Haare, nicht mal die kleinste Hautzelle! Der Typ muss einen Ganzkörperanzug getragen haben, sonst ist das nicht zu erklären.« Er schüttelte den Kopf. Diese harte Nuss schien ihm wirklich zu schaffen zu machen. »Leider kann ich euren Hauptverdächtigen mit keinerlei Sachbeweis belasten, denn an keinem der Fundorte haben wir Fingerabdrücke oder DNA von Jens Kragh sichergestellt. Jedoch legen sämtliche Untersuchungen den Schluss nahe, dass der Täter äußerste Vorsicht walten lässt. Er nimmt sich Zeit, steht also nicht unter Druck, während er die Taten begeht. Das deutet darauf hin, dass er einen Ort haben muss, an dem er ungestört arbeiten kann.«

Wang schlug seinen Ordner auf. »Jens Kraghs Wohnung fällt als Tatort definitiv weg. Dort wurde kein einziges rotes Blutkörperchen gefunden. Allerdings jede Menge DNA an den üblichen Orten wie im Bad und im Schlafzimmer. Jedoch nicht auf der Skulptur im Wohnzimmer. Die war ohne jegliche Anhaftung. Selbst unter dem Klebeband war nichts außer ein paar schwarzen Fasern. Dafür haben wir jede Menge Fingerabdrücke auf dem Sammelsurium an der Wand. Ausnahmslos von Kragh. Und noch etwas Interessantes, dafür habe ich mich extra mit Flemme Bostrup in Verbindung gesetzt.« Er schlug eine bestimmte Seite im Ordner auf, während die anderen gespannt warteten. »Die Bestandteile, aus denen der Tupilak in Kraghs Wohnung zusammengesetzt war, also die Schaufensterpuppe, der Rentierschädel, das Panzerband, der Schinken und sogar der weiße Hase, der eigentlich ein Kaninchen ist, bekommt man allesamt hier in Kopenhagen. Das Geweih und die Schaufensterpuppe zum Beispiel in einem Kuriositätenladen, wie es sie in der Bredgade gibt, oder einfach im Internet. Das Kaninchen in der Zoohandlung und den Rest im Supermarkt. Die ›Zutaten‹ des Seehundmannes und der Meerjungfrau hingegen nicht, vielleicht bis auf das grobe Flachsband, mit dem die Leichenteile zusammengenäht wurden. Die Bestimmung der tierischen Körperteile hat ergeben, dass sie aus der Polarregion stammen. Die Robbe, der Schweinswal, die Vogelköpfe.« Wang hob den Kopf und sah jeden Einzelnen an, als wollte er prüfen, ob sie ihn verstanden.

»Heißt das, du hast Zweifel daran, dass die drei Tupilaat zusammengehören?«, wollte die Therkildsen wissen.

»Genau. Zwar ist die Ähnlichkeit der Skulptur aus Kraghs Wohnzimmer mit der Meerjungfrau und dem Seehundmann auf den ersten Blick groß, aber auf den zweiten eben auch nicht.«

»Vielleicht ist es ein erstes Modell, an dem Kragh geübt hat?«, schlug Clausen vor.

»Das ist möglich. Wie gesagt, es schließt nicht aus, dass Kragh unser Täter ist, doch ich wollte euch klarmachen, dass es diese Unterschiede zwischen den Skulpturen gibt. Außerdem ist bislang unbekannt, *wann* Kragh seinen Tupilak gebaut hat. War das lange vor den Morden oder danach? Es wäre möglich, dass er generell besessen von dem Tupilak-Thema ist und die Mordopfer nachgebaut hat. Die Informationen kann er ja leider aus der Presse haben.«

Kirsten nickte und vermied es, Bæk anzusehen, damit er sich nicht gleich wieder angegriffen fühlte. Schließlich hatte sie gute Vorsätze. Ihr war es gestern ähnlich gegangen, als sie in der Wohnung die Skulptur auf dem Stuhl betrachtet hatte. Plastik gegen reine Naturmaterialien. Das passte nicht zusammen. Allerdings sprachen die wiederholt an die Wand geschriebenen Worte »Allaq« und »Zyankali« eine eindeutige Sprache. Das bezog sich auf den Fall und war Täterwissen, das sie bisher zurückgehalten hatten. Deshalb blieb Kragh für sie ihr heißester Kandidat.

»Wir müssen den Mann finden und befragen«, sagte sie. »Darauf werden wir alle Kräfte konzentrieren. Ebenso wie bei seinem nächsten potenziellen Opfer Lukas Brems. Dass die Zeit drängt, brauche ich euch ja nicht zu sagen.«

Die Anwesenden nickten.

»Gut.« Kirsten bedankte sich und beendete die Besprechung. Während die Kollegen sich umdrehten, um den engen Raum zu verlassen, blieb die Therkildsen neben ihr stehen, vermutlich, weil sie noch ein Vieraugengespräch wünschte. Aber bevor Kirsten den Mund öffnen konnte, klingelte das Handy von Sanne. Die Koordinatorin nahm den Anruf an und machte plötzlich große Augen.

»Das war die Telefonzentrale«, rief sie in die Runde. »Der Berg kommt zum Propheten. Lukas Brems hat sich gemeldet. Er ist auf dem Weg hierher.«

43. KAPITEL

Jesper musterte den Outdoorspezialisten, der ihnen gegenübersaß. Er war Mitte 20, wirkte sehr sportlich, aber auch nervös, denn er knetete unablässig seine Wollmütze, die er auf dem Schoß festhielt. Jesper hatte den Auftrag erhalten, die Befragung zusammen mit Marit durchzuführen, da sich Kirsten mit der Therkildsen beriet. Dazu hatten sie sich in eines der kleineren Büros im Stockwerk weiter unten zurückgezogen. Für Jespers Geschmack war der Raum viel zu beengt. Er hatte Angst, dass alle jetzt riechen konnten, dass er seit zwei Tagen nicht geduscht hatte. Mann, wie peinlich. Er musste dringend einen Handwerker anrufen, damit er zu Hause wieder Warmwasser bekäme.

»Herr Brems, wo waren Sie die letzten Tage?«, begann er die Befragung.

»In meinem Sommerhaus in Hornbæk«, entgegnete Brems. »Ich hatte mir ein langes Wochenende freigenommen.«

»Okay. Und wann haben Sie gemerkt, dass die Mordopfer Ihre Expeditionskollegen sind?«

»Na, vorhin, kurz bevor ich bei Ihnen angerufen habe. Da ging mir mächtig die Düse, das können Sie mir glauben!«

Jesper nickte. »Diese Expedition von 2019. Um was ging es dabei?«

Brems blickte vor sich auf den Tisch. »Ich weiß nicht, ob ich darüber reden darf.«

»Wegen der Verschwiegenheitsklausel?«

Brems' Augen weiteten sich. »Sie wissen davon?«

»Wir haben so einiges recherchiert, was die Expedition betrifft, aber viele Informationen fehlen uns noch. Es wäre schön, wenn wir die von Ihnen bekämen.«

Brems schien unsicher. »Ich weiß nicht, das alles ist streng geheim. Im Vertrag steht, dass ich 500.000 Kronen Strafe zahlen muss, wenn ich mich nicht daran halte.«

Ein schöner Batzen Geld, dachte Jesper und schürzte die Lippen. Frau Riis Sten wollte ihr kleines Geheimnis unbedingt schützen. Kein Wunder, wenn rauskäme, dass sie nur ihren Mann hatte bergen lassen wollen und nicht die anderen Toten, würde das ihrem Image großen Schaden zufügen. Tja, wäre sie nicht so knauserig gewesen und hätte die Expedition für den Transport von sämtlichen Leichen ausgerüstet, wäre sie als großzügige Wohltäterin gefeiert worden. So aber war sie bloß ein egoistischer Geizhals.

»Ich kann Sie nicht dazu zwingen, mit uns zu reden«, sagte Jesper. »Aber wir gehen davon aus, dass die Morde mit der Expedition zusammenhängen, und Sie könnten uns helfen, herauszufinden, wo die Verbindung liegt. Ich möchte Sie nicht unnötig beunruhigen, aber haben Sie schon mal darüber nachgedacht, dass Sie vielleicht der Nächste in der Reihe sind?« Er sah Brems deutlich an, dass dieser Angst bekam. Der Befragte schlug die Hände vors Gesicht und begann am ganzen Leib zu zittern.

»Ich … ich kann nicht. Ich will damit nichts zu tun haben, bitte!«

Jesper wechselte einen Blick mit Marit, die übernahm.

»Herr Brems, nur ein paar Details«, bat sie ihn sanft.

Der Outdoorspezialist schluckte. »Muss das sein? Reicht es Ihnen nicht, zu wissen, dass es einfach schrecklich war?«

»Was war schrecklich?«, hakte Jesper nach. »Die Leichen zu bergen, was ja Ihr Auftrag war, oder vielleicht der Tod Ihrer Kollegin Svea Henriques? Können Sie uns sagen, was mit ihr passiert ist?« Er wollte es hören. Das war exakt die Stelle, an der Óla Jón Fejfer heute Morgen abgebrochen hatte.

Brems' Gesicht verzog sich. Er hielt seinen Oberkörper mit

seinen Armen umfangen, als sei ihm kalt. Seine Mütze war auf den Boden gefallen.

»Bitte, Herr Brems«, sagte Marit behutsam.

Der junge Mann atmete angestrengt durch. Schließlich nickte er. »Jeder von uns wusste, dass wir mit dieser Bergungsaktion ein Risiko eingingen, doch dass einer von uns dabei stirbt, das hätte ich nie gedacht. Ich kann es heute noch nicht glauben. Die arme Svea. Ich weiß nicht, was genau passiert ist, ich war in einem anderen Zelt. Plötzlich war da viel Geschrei und auch ein Knurren. Jemand hat geschossen. Ich glaube, es war Jens, der hatte zumindest immer eines unserer Gewehre.«

»Und was geschah dann?«, fragte Marit.

»Die richtigen Abläufe habe ich nicht mehr im Kopf, aber ich habe das Zelt von Svea und Óla Jón gesehen. Es war zerfetzt! Und Svea war weg. Eine Schleifspur führte hinaus in das Schneegestöber. Der Sturm machte es unmöglich, irgendetwas zu erkennen, was weiter als zehn Meter entfernt lag. Überall wirbelten Schneeflocken umher. Óla Jón wollte geradewegs in das weiße Nichts rennen, Jens und ich haben ihn davon abgehalten. Es wäre sein sicherer Tod gewesen. Óla Jón war wie von Sinnen, er schrie und weinte. Wir alle hatten panische Angst vor dem, was Svea geholt hatte.«

»Was könnte das gewesen sein?«

»Keine Ahnung.« Brems hob die Schultern. »Ein Eisbär vermutlich. Was wäre sonst in der Lage, einen Menschen davonzuzerren?«

»Sie wissen, dass es äußerst unwahrscheinlich ist, dass sich ein Eisbär auf dem Gletscher aufhält«, entgegnete Marit.

»Ja, das haben die anderen auch gesagt. Aber ich wüsste nicht, was es sonst gewesen sein sollte. Vielleicht der Allaq.« Er lachte bitter. »Ich glaube nicht an solche Märchen, so wie Óla Jón. Der ist daran verrückt geworden. Wussten Sie, dass er sich in eine psychiatrische Klinik hat einweisen lassen?«

»Ich habe ihn heute Vormittag besucht«, erklärte Jesper.

»Wirklich? Wie geht es ihm?«

»Schlecht. Die Sache macht ihm sehr zu schaffen.«

Brems ließ den Kopf hängen. »Nicht nur ihm, uns allen.«

Jesper nickte wissend. Er hatte gesehen, was dieses Erlebnis mit Fejfer gemacht hatte. Der Mann war ein nervliches Wrack. Und jetzt, da sie wussten, was passiert war, ergaben auch Bentes Depressionen einen Sinn. Sie hatte einen Albtraum erlebt und aufgrund der Verschwiegenheitsklausel nicht darüber reden dürfen. Das war doppelt grausam und zeigte, was für eine skrupellose Person Frau Riis Sten war, wenn sie trotz des Todesfalls weiter auf die Einhaltung der Klausel pochte.

»Am Ende haben Sie Paamiut erreicht«, fuhr Marit fort, »mit zwei der geborgenen Leichen.«

»Ja, ich weiß auch nicht, wie wir das geschafft haben, wir standen alle unter Schock, wollten nur noch weg. Wissen Sie, was das Schlimmste ist?«

Marit schüttelte den Kopf.

»Dass wir nicht nach Svea gesucht haben. Dass wir es nicht einmal *versucht* haben! Weil wir uns vor Angst in die Hose gemacht haben. Sie könnte vielleicht noch leben. Das ist unverzeihlich.«

»In einem Schneesturm, wie Sie ihn beschrieben haben? Nein. Glauben Sie mir, ich bin Grönländerin, ich weiß, wovon Sie reden. Sie hätten keine Chance gehabt, sie zu finden, ohne sich selbst in Lebensgefahr zu bringen. Sie haben getan, was vernünftig war.«

Brems sah ihr in die Augen, in seinem Blick lag tiefe Traurigkeit. »Das Vernünftige ist nicht immer das Richtige, nicht wahr?«

»Ja, da haben Sie natürlich recht. Tut mir leid.«

»Schon okay.« Er winkte ab. »Ich war jedenfalls heilfroh, endlich wieder in Kopenhagen zu sein. Seitdem habe ich regelmäßig Albträume. Nach Grönland werde ich sicher nie mehr reisen. Ich will das Ganze am liebsten vergessen.« Lukas Brems fuhr sich mit den Fingern durch die Haare, als wollte er damit die schlimmen Erinnerungen vertreiben.

Jesper fühlte mit dem Mann. Allein die Kälte wäre für ihn ein Graus und dann noch dieser brutale Angriff …

»In Ordnung, Herr Brems. Haben Sie vielen Dank für den ausführlichen Bericht«, sagte er. »Das war hilfreich. Ich hätte noch ein paar weitere Fragen. Die haben nichts mit der Expedition direkt zu tun. Wäre das okay für Sie?«

Brems nickte.

»Gut.« Jesper faltete die Hände auf dem Tisch. »Zunächst einmal: Wurden auf dieser Bergungsexpedition Fotos gemacht?«

»Ja, das hat Jens übernommen. Er hatte eine Kamera dabei und alles dokumentiert. Das war der Wunsch unserer Auftraggeberin.«

»Würden Sie uns diese Fotos zur Verfügung stellen?«

»Das geht nicht«, sagte Brems. »Unsere Auftraggeberin hat verlangt, dass wir sie abgeben.«

»Es gibt keine Kopien?«

»Nein, das steht so im Vertrag, und daran habe ich mich gehalten. Außerdem würde ich die eh niemals mehr ansehen wollen.«

»Könnte Jens Kragh Kopien behalten haben?«

Brems hob die Schultern. »Weiß ich nicht.«

Jesper machte sich eine geistige Notiz, dass er später Wang darum bitten würde, auf Jens Kraghs Computer nachzusehen und auch sonst noch einmal alles aus dessen Wohnung zu prüfen. Die Fotos waren wichtig.

»Gut, nächste Frage«, sagte er. »Die betrifft Ihre Expeditionskollegen. Hatten Sie weiter Kontakt zu ihnen, nachdem Sie aus Grönland zurückgekommen waren? Zum Beispiel zu Bente Villumsen und Kenneth Dalgård?«

»Nein, wir waren nur so ein zusammengewürfelter Söldnerhaufen. Ich kannte die anderen nicht näher.«

»Und was ist mit Jens Kragh? Haben Sie sich mit dem noch mal getroffen? Vielleicht kürzlich?«

»Nein, mit dem habe ich mich von Anfang an nicht so gut verstanden. Der ist ein komischer Kauz.«

»Inwiefern?«

»Ach, ich weiß auch nicht. Der totale Eigenbrötler. Er hat mir erzählt, dass er seit Ewigkeiten Single ist, weil er jahrelang als Geologe in Grönland gearbeitet hat. Er war wohl Prospektor für Bodenschätze. Edelmetalle sind sein Spezialgebiet. Und er ist ein richtiger Steinnarr, sammelt alles von Bohrkernen bis Gesteinsproben aus Grönland. Er hat mir erzählt, dass er unbedingt dorthin zurückwill. Hat sich um diverse Jobs beworben, aber leider keinen davon bekommen. Er interessiert sich total für Grönland und die Kultur, besonders für die Inuit-Legenden. Er kann sogar ein wenig die Sprache. Er sagt, dass er mit Dänemark nicht so gut zurechtkommt und die Wildnis bevorzugt.« Brems stieß abfällig Luft aus. »Irgendwie ist der so ein richtiger Freak. Aber eher von der unangenehmen Sorte. Wissen Sie, was ich meine?«

Jesper verzog den Mund. »Ich glaube schon. Haben Sie eine Ahnung, wo wir Jens Kragh finden könnten? Gibt es irgendwelche Orte außer der grönländischen Wildnis, von denen Sie wissen, dass er sich dort gerne aufhält, oder von denen er Ihnen mal erzählt hat?«

»Nein, tut mir leid. Davon habe ich keine Ahnung.«

»Okay, dann meine letzte Frage für heute.« Jesper setzte sich auf. »Was meinen Sie, wurde Kragh dort oben auf dem Gletscher vielleicht ähnlich traumatisiert wie Óla Jón Fejfer?«

Brems überlegte. Schließlich nickte er langsam. »Ja, das wäre durchaus möglich.«

44. KAPITEL

Marit zwinkerte Gerlof zu, der hinter dem Tresen geräuschvoll den Shaker schwang. Ihr Freund und Barkeeper war in ihren Plan eingeweiht und würde zur Tat schreiten, sobald er von ihr das verabredete Zeichen bekäme. Marit würde sich die Nase putzen und danach hoffentlich von Erik Schmidt erlöst werden.

Draußen schneite es weiterhin. Der Verkehr war nahezu zum Erliegen gekommen, doch vom Präsidium bis zum Nighthawks in der Gothersgade war es nicht weit. Jesper hatte so gewirkt, als hätte er sie gerne begleitet, doch bei diesem Rendezvous wäre er definitiv fehl am Platz. Obwohl sie den Abend wesentlich lieber mit ihm verbracht hätte als mit Erik Schmidt! Bevor sie sich von Jesper verabschiedet hatte, hatten sie sich darum gekümmert, dass Lukas Brems in ein Safehouse gebracht wurde. Danach hatten sie mit Kirsten gesprochen, die wissen wollte, wie das Gespräch mit Brems verlaufen war und ob er der Täter sein könnte. Das hatten sowohl Jesper als auch Marit vorerst ausgeschlossen, weil ihnen Brems' Verängstigung echt erschienen war. Ihr Fokus lag also weiterhin auf Jens Kragh.

Marit seufzte verhalten. Sie würde sich morgen wieder zu den Ermittlungen dazuschalten. Jetzt musste sie zuerst das Scheindate mit Erik hinter sich bringen und anschließend wartete noch eine dringende Angelegenheit auf sie.

Sie griff nach ihrem Glögg und nahm einen großen Schluck. Der doppelte Schuss Rum tat seine Wirkung, indem er sich warm in ihrem Magen ausbreitete, und schnell trank sie zwei weitere Schlucke. Den aufdringlichen Rechtsmedizinassistenten würde sie nur angeschickert ertragen, aber sie erhoffte sich von ihm auf diese Weise Informationen im Fall Kaspersen. Als sie das Glas zurückstellte, sah sie ihn schon die Bar betreten. Er grinste über das bärtige Gesicht, und sie zwang sich ebenfalls ein Lächeln auf die Lippen.

»Hej, Marit!« Er wollte ihr zur Begrüßung einen Kuss auf die Wange drücken, doch sie drehte sich so geschickt zur Seite, dass es bei einem Luftküsschen blieb. Gott, was tat man nicht alles!

Erik zog seine Jacke aus, schüttelte sich wie ein Bär und gab dabei ein unartikuliertes Brummen von sich. »Wow, was für eine arktische Kälte draußen! Aber wir zwei können das ab, was?« Er stieß sie mit dem Ellenbogen an und lachte glucksend. Zum Glück war nicht allzu viel im Nighthawks los und niemand guckte zu ihnen herüber.

»Ich meine, weil du aus Grönland kommst und ich in der Gerichtsmedizin arbeite, wo's immer schön kühl ist.«

Sie nickte und trank rasch vom Glögg.

»Hej, ich hätte gerne auch so einen!«, rief Erik zu Gerlof hinüber und zeigte auf Marits Glas. Dann strich er sich mit cooler Geste über den Wikingerbart und sah sie an. Er hatte seine lockigen Haare wie immer zu einem Männerdutt zusammengebunden, der bei jeder Bewegung auf seinem Kopf hin und her wackelte. »Darf ich fragen, was dich schöne Frau so zum Grinsen bringt?«

Sie schüttelte sich innerlich und sagte: »Ich freue mich, dass du da bist. Habt ihr nicht eigentlich viel zu tun?«

»Puh, und wie! Flemme ist noch immer im Teilum und brütet über den beiden Grönlandleichen.«

»Aha, gibt's da erste Ergebnisse?«

Erik sah sich theatralisch um. »Darf ich dir das hier in der Öffentlichkeit überhaupt sagen?«

»Wenn du leise redest.« Sie zwinkerte ihm zu.

»Also gut«, flüsterte er und rückte näher. Das hatte sie leider nicht mit einberechnet, trotzdem blieb sie tapfer auf ihrem Platz. »Der eine Tote, Mikael Holmqvist, hatte tiefe Kratzer an

Hals und Brust. Irgendwas hat seine Haut bis ins Fleisch hinein aufgerissen. Echt heftig.«

»War es ein Tier? Ein Eisbär?«

»Eher nicht, sagt Flemme. Eines ist dagegen eindeutig.« Erik rückte noch näher, sodass ihre Knie sich berührten. Marit hielt es aus, obwohl sie sich gerne jetzt schon die Nase geputzt hätte. »Holmqvist ist nicht an den Kratzwunden gestorben.« Erik legte erneut eine Pause ein, wollte es übertrieben spannend machen.

Marit rollte gedanklich mit den Augen. »Was ist dann die Todesursache?«

»Er ist höchstwahrscheinlich erfroren.«

»Und der andere, Thorvald Riis Sten?«

»Dasselbe. Nur ohne Kratzer. Dafür postmortalen Tierfraß im Gesicht und an den Händen. Die Finger waren bis auf die Knochen abgefressen. Wahrscheinlich von Vögeln. Ziemlich sicher haben Hände und Gesicht aus dem Schnee geragt.«

Marit nickte. Für Möwen oder Greifvögel war das ein gefundenes Fressen. Sie verirrten sich öfter mal auf einen Gletscher. Im Gegensatz zu den Eisbären.

»Flemme hätte gerne Fotos von der Auffindesituation«, fuhr Erik fort. »Er sagt, daran könnte man vielleicht ablesen, was passiert ist. Denn die Positionen, in denen die Toten eingefroren waren, würden einiges über ihr Ableben verraten.«

»Solche Fotos gibt es leider nicht.«

Erik nickte. »Jedenfalls … bevor der Chef sich endgültig festlegt, will er die Ergebnisse von den Gewebeproben aus dem Labor abwarten. Die erhalten wir vermutlich morgen.«

»Wieso? Gibt es denn Zweifel?«

»Flemme scheint welche zu haben. Keine Ahnung, vielleicht glaubt er, es war der Allaq.« Erik zuckte amüsiert mit den Brauen. Dann ergänzte er: »Nicht dass du denkst, ich glaube das auch, aber das mit dem Allaq-Incident fasziniert mich total.

Ich hatte damals davon gehört und hätte nie gedacht, dass ich diese Leichen mal auf den Tisch bekomme. Voll geil, dass ich an der Auflösung des Rätsels teilhaben darf!«

»Das mit dem Allaq ist natürlich Blödsinn«, sagte Marit ernst.

Erik hörte auf zu grinsen und nickte mit gewichtiger Miene. »Natürlich.«

Marit bestellte sich einen weiteren Glögg mit Schuss und überlegte, wie sie den überdrehten Rechtmedizinassistenten dazu bringen könnte, ihr von dem Anwalt Kaspersen zu erzählen. Sie stieß mit Erik an, der ihr nach wie vor zu dicht auf der Pelle saß. Dabei fing sie Gerlofs Blick auf und musste sich Mühe geben, ihr Gesicht nicht leidvoll zu verziehen. Ihr Freund verstand sie auch so.

»Gibt's was Neues über den Einbruch bei euch?«, fragte sie.

Erik zuckte die Achseln. »Nö. An den Türen mit den kaputten Schlössern waren viel zu viele Fingerabdrücke. Die Polizisten, die bei uns waren, glauben daher nicht, dass sie was finden. Und da nichts gestohlen wurde … werden sie wohl die Ermittlungen einstellen.« Er trank zwei Schlucke Glögg und ließ den letzten geräuschvoll durch seine Zähne zischen. Danach schob er seine Hand gefährlich nahe neben Marits auf den Tresen.

»Du«, sagte er leise und lehnte sich vor. »Ich find's echt toll, dass wir zwei uns endlich mal treffen.« Sein Finger streifte ihre Haut. Marit beherrschte sich und blieb ruhig. Sie setzte ein schmales Lächeln auf. »Ich finde dich nämlich super, seit ich dich das erste Mal bei uns im Teilum gesehen habe.«

Sie spürte, wie Eriks Hand sich auf die ihre legte, und bezwang ihren Reflex, sie wegzuziehen.

»Ich war sofort schockverliebt«, flüsterte Erik. »Flemme wollte mir erst gar nicht verraten, wer du bist. Ich glaube, er war eifersüchtig. Er ist selbst ganz vernarrt in dich.«

Das stimmte, dachte Marit. Aber auf eine vollkommen andere Art. Flemme war ein väterlicher Freund, ein vollendeter Gentleman mit Charme. Das totale Gegenteil zum lurchigen Erik, dessen schweißfeuchte Finger sie streichelten. Er beugte sich vor, schob sein Gesicht nah an ihres. »Ich weiß übrigens, was dem Anwalt passiert ist.«

Marit durchfuhr ein Stromstoß. Ihr Herzschlag beschleunigte sich. Wie wunderbar, dass er das von sich aus ansprach, so war dieser Einsatz hoffentlich schneller beendet als befürchtet. Sie lächelte ihn an.

»Ich habe mir Flemmes Bericht durchgelesen«, fuhr Erik mit einem geheimnisvollen Lächeln fort. »Sehr interessant, kann ich dir sagen!«

Er machte es wieder spannend. Egal, gleich wäre es vorbei. Unauffällig holte Marit mit der anderen Hand, die er nicht umschlossen hielt, ein Taschentuch heraus.

»Der Typ hatte 2,3 Promille, hatte also ziemlich einen intus, als er starb.«

Marit tat so, als hinge sie an seinen Lippen, die dringend Pflege benötigten, denn sie waren total aufgesprungen. »Und wie ist er gestorben?«

»Er lag im Hafenbecken …«, sagte Erik absichtlich zögerlich. »Und er hatte einen Schnitt am Penis.«

»Das weiß ich, deshalb hatte Kirsten ja gedacht, sein Tod hätte etwas mit unseren Morden zu tun.«

Jetzt nickte Erik. »Hat er aber nicht.«

»Aha. Und? Was ist es nun?«

»Zuerst einen Kuss.« Er schob sein Kinn vor und spitzte die Lippen.

Marit zögerte einige Sekunden, weil sie so baff war von seiner Dreistigkeit. Dann lehnte sie sich zurück. »Nein!«

»Was?« Erik öffnete die Augen und sah sie an wie ein kleiner Junge, der nicht kapierte, dass die Süßigkeitenschublade geschlossen war.

»Ich sagte nein.«

»Willst du denn gar nicht wissen, was mit dem Anwalt passiert ist?«

»Schon, aber ich will dich nicht küssen müssen dafür.«

»Küssen *müssen*? Ich dachte ...«

»Falsch gedacht!« Marit stand auf, stopfte das Taschentuch zurück in ihre Tasche und nickte Gerlof zu, der längst verstanden hatte, dass sein Einsatz nicht nötig war.

Ohne ein weiteres Wort verließ sie das Nighthawks und stapfte durch den Schnee, der sich auf dem Bürgersteig angesammelt hatte. Fuck! Solche Typen hatte sie so satt! Was dachte sich dieser Spinner? Dass sie gleich beim ersten Date mit ihm ins Bett hüpfte? Es war doch immer dasselbe. Es ging einzig und allein darum, sie zu erobern. Nicht aber, sich ihr als Freund zu nähern, als Partner oder echter Kumpel. Und ebenso wenig, sich mit ihrer Seele zu verbinden, anstatt nur mit ihrem Körper. Ja, natürlich wollte auch sie Sex, allerdings keine schnelle Nummer nach zwei Gläsern Glögg! Und erst recht nicht mit einem Spacken wie Erik.

»Fahr zur Hölle!«

Wütend trat sie in den Schnee, der so pulverig war, dass er aufstieg und im Licht der Straßenlaternen glitzernd zu Boden sank. Marit schnaubte und sah sich um. Da es zu früh für ihren nächsten Termin war und es sich nicht lohnte, nach Hause zu fahren, ging sie in eine der Kneipen am Nyhavn, wo sie sich einen doppelten Wodka bestellte. Ihr Handy klingelte, als sie sich gerade an einem der kleinen Tische niedergelassen hatte. Es war Gerlof.

»Du hast ihm das Herz gebrochen. Der arme Junge ist mit hängenden Schultern abgezogen.«

»Geschieht ihm recht!« Sie stürzte den Wodka hinunter. Danach bestellte sie gleich einen weiteren. Der Alkohol breitete sich wärmend in ihrem Magen aus und schnitt die Spitzen ihrer Wut ab.

»Hast du wenigstens erfahren, was du wissen wolltest?«

»Leider nicht.«

»Ach, Schatz. Mach dir nichts draus«, versuchte Gerlof, sie zu trösten.

Marit spürte, wie ihr Innerstes noch wärmer wurde. Sie war froh, solch gute Freunde zu haben. Sie gaben ihr das Gefühl von Geborgenheit. Leider konnten ihre Freunde ihr nicht bei diesem speziellen Problem helfen. Sie durften nicht mal etwas davon wissen. Weder Gerlof noch Kjell noch Kirsten. Nein, die erst recht nicht! Sie würde ihr augenblicklich die Freundschaft kündigen, wenn nicht gar Schlimmeres. Kirsten war ein Bulle. Verdammt! Marit kippte den zweiten Wodka runter. Dass es irgendwann einmal brenzlig werden würde, war ihr immer klar gewesen.

45. KAPITEL

Flemming Bostrup wusste nicht mehr, die wievielte Überstunde er gerade ableistete, seitdem diese schreckliche Mordserie begonnen hatte. Es war eigentlich nicht wichtig. Seine Arbeit musste getan werden, damit die Polizei die ihre erledigen konnte. Er hatte den vor Nervosität zappelnden Erik vorhin in den Feierabend geschickt. Der hatte ihm verraten, dass er ein wahnsinnig aufregendes Date habe, und dem wollte Bostrup natürlich nicht im Wege stehen. Der Junge musste schließlich mal seinen Spaß haben. Also hatte er sich alleine weiter mit den Grönlandleichen beschäftigt. Mit Mikael Holmqvist war er fertig und mit Thorvald Riis Sten auch fast. Nur noch zunähen und dann würde er endlich nach Hause gehen. Im Kopf resümierte er die Sektionen. Beide Männer waren ziemlich sicher einen Kältetod gestorben. Doch vorsichtshalber wollte er die Labordaten abwarten. Er glaubte zwar nicht, dass diese wirklich neue Erkenntnisse liefern würden, aber sicher war sicher. Dass es einen Zusammenhang zwischen den Grönlandleichen und den Morden in Kopenhagen gab, glaubte er ebenso wenig. Um einen solchen Zusammenhang zu erkennen, fehlte ihm allerdings der Einblick in die gesammelten Informationen der Ermittlungsakte. Es war zwar nicht seine Aufgabe als Rechtsmediziner, Theorien über einen Tathergang zu entwickeln, doch er rätselte gerne nebenbei ein wenig herum. Und seine Theorie über die zwei Grönlandleichen lautete, dass sie vom Sturm überrascht worden und erfroren waren. Nichts deutete auf Fremdverschulden hin. Einzig die in blutige Fetzen gelegte Haut an Holmqvists Hals und Brust gab ihm zu denken, denn sie war ein Zeichen dafür, dass vor dem Erfrieren etwas passiert war. Wahrscheinlich waren sich einige der Expeditionsmitglieder im Kältewahn gegenseitig an die Kehle gegangen.

Enttäuscht zuckte Bostrup mit den Achseln, er hatte mehr erwartet. Mit eleganten Schwüngen zog er die gebogene Nadel durch das Fleisch auf dem Brustbein von Thorvald Riis Sten. Das Zunähen war stets der letzte Akt bei einer Sektion, und selbst das erledigte Bostrup mit großer Sorgfältigkeit. Er verknotete den Faden, schnitt ihn ab und strich sanft über die wulstige Naht, wischte hier und da Sekretreste von der blassen Haut. Dann trat er einen Schritt zurück und betrachtete sein Werk. Ja, so konnte er den Toten für seinen letzten Weg entlassen.

Behutsam deckte er ihn zu und rollte ihn in den Kühlraum, wo bereits Holmqvist lagerte. Mal sehen, wann die Polizei die beiden Leichen freigeben würde.

Er schloss die Stahltür und ging zurück in den Sektionssaal, wo er alles mit Wasser abspritzte und gründlich säuberte. Eigentlich war das die Aufgabe seiner Assistenten, aber da er sie nach Hause geschickt hatte, machte er es eben selbst. Als der Raum glänzte und die Instrumente an ihren Plätzen lagen, zog er sich die Schutzkleidung aus und wusch sich die Hände am tiefen Waschbecken neben der Tür.

Als er hinaus in den dunklen Flur trat, hielt er kurz inne. Hatte er etwas gehört? Er musste an den Einbruch von letzter Nacht denken. Was hatten die Typen gewollt? Sehr seltsam. Als Erstes hatte er natürlich an Medikamentendiebstahl gedacht, als Zweites an Daten. Aber niemand konnte ohne Passwörter auf die Computer zugreifen. Und die waren auf Kirstens Initiative hin kürzlich geändert worden. Bostrup hatte schon zuvor darüber nachgedacht, ob das Leck vielleicht bei ihm in der Rechtsmedizin saß, denn auch da liefen viele sensible Informationen zusammen. Und jene, die nach außen durchgesickert waren, könnten durchaus von hier stammen. Natürlich hatte Bostrup Kirsten darüber informiert, und sie hatte ihm geraten, er solle die Augen offen halten.

Nach einem langen Blick in den Flur begab er sich in sein Büro. Es war alles wie immer. Oder doch nicht? Er ging um den Schreibtisch herum und schubste die Maus auf dem Pad an. Der Bildschirm sprang an, forderte wie gewohnt das Passwort. Er hatte es gerade eingegeben, da hörte er ein Geräusch. Es kam von der Eingangstür zum Sektionstrakt.

Bostrup öffnete die oberste Schublade und zog den antiken Obduktionshammer aus Blutpflaumenholz heraus, den er dort liegen hatte. Damit bewaffnet spähte er vorsichtig in den Flur. Er lag leer und still da.

»Hallo?«, rief er. »Wer immer hier herumschleicht. Ich kenne mich besser aus. Verstecken hat also keinen Zweck. Ich finde dich!« Damit zog er los und ging erhobenen Hammers und festen Schrittes in Richtung der Sektionssäle. Er würde sich von solch einem lumpigen Dieb nicht ins Bockshorn jagen lassen. Vor Saal eins blieb er stehen. Drinnen hörte er es rumoren. Es klapperte metallisch, als ein Instrument zu Boden fiel. War das ein Junkie, der nach Stoff suchte? Na warte! Er stieß die stählernen Schwingtüren auf und stürmte in den Raum.

Das Letzte, was er sah, war eine vermummte Gestalt mit Signalweste, die mitten im Saal stand und ein Skalpell in der Hand hielt. Dann traf ihn etwas am Hinterkopf und er stürzte in eine bodenlose Schwärze.

46. KAPITEL

Frühdienst war das Schlimmste, erst recht in einem Winter wie diesem. Da musste man eine halbe Stunde extra für den Weg zur Arbeit einplanen. Entweder waren die Straßen und Wege vereist oder einer der S-Züge oder Busse fiel aus. Nicht zum ersten Mal dachte Sven Borglund darüber nach, von Christianshavn nach Gentofte zu ziehen, wo das Krankenhaus lag, in dem er arbeitete. Aber erstens mochte er es, mitten in der Stadt zu wohnen, und zweitens fand er Gentofte mit seinen Mittelschichteinfamilienhäusern furchtbar. Ganz davon abgesehen, dass er es sich wahrscheinlich gar nicht leisten konnte, dort zu wohnen. Also blieb ihm nur das Pendeln. Oder er musste in ein anderes Krankenhaus wechseln. Ins Riget oder nach Amager, dorthin wäre der Weg kürzer. Beides war allerdings irgendwie nicht sein Ding.

Er seufzte, was eine Atemwolke von seinen Lippen aufsteigen ließ, und frierend schob er sich den Schal vor den Mund. Wie ein Pflug stapfte er durch den Schnee, der in der Nacht gefallen war. An der Straßenecke bog er auf den Christianshavns Torv mit dem Grønlandsmonument ein, an dem der Eingang zur Metrostation lag.

Die Uhr auf dem Dach des Kiosks zeigte zehn vor fünf an. Seine Bahn fuhr in sechs Minuten. Sven hatte also genügend Zeit. Er steuerte auf das rot leuchtende M zu, doch heute war etwas anders als sonst. Instinktiv wurde er langsamer. Niemand war zu sehen, was so früh am Morgen nicht ungewöhnlich war, der Super Brugsen hatte noch geschlossen. Die Neoreklame der dänischen Krebshilfe auf dem Dach hinter ihm tauchte den Platz in ein latentes Rot, das in rhythmischen Abständen von der Ampelanlage an der Kreuzung von einem ungesunden Grünton überlagert wurde.

Sven stapfte weiter, als es unvermittelt in seinem Nacken kribbelte. Sei nicht albern, dachte er, lass dich nicht von den Geschichten über den Horrormetzger verrückt machen. Warum sollte der Killer ausgerechnet dich als Opfer auserwählen? Das ist doch total unwahrscheinlich. Oder? Abrupt wandte er sich um und blickte über die Schulter. Der Platz war leer, die Uhr auf der Kioskspitze zeigte sieben Minuten vor fünf an. Verdammt, jetzt musste er sich beeilen!

Sven drehte sich zu dem roten M um und wollte darauf zulaufen, glitt jedoch in dem tiefen Schnee aus und geriet ins Straucheln.

Hilfesuchend streckte er den Arm nach dem Sockel des Denkmals aus, das neben ihm aufragte. Es war ein Inuit mit seinem Kajak auf einer Stele, die von einer runden Bank umschlossen wurde. Irgendetwas hing wie eine Girlande von dem Kajak herab. Aber Sven musste sich darauf konzentrieren, sich auf der Sitzfläche der Bank abzustützen, um sein Gleichgewicht wiederzuerlangen. Als er sich gefangen hatte, bemerkte er eine Gestalt, die hinter dem Sockel auf der Bank hockte. Sie trug eine Kapuze und ihr Kinn war auf die Brust gesackt, als hielte sie ein Nickerchen.

Mein Gott, dachte Sven. Hoffentlich war das nicht einer der Obdachlosen, die sich oft auf dem Platz aufhielten. Bei dieser Kälte überlebte niemand eine Nacht unter freiem Himmel. Er sah auf die Uhr und fluchte innerlich. Entweder er lief sofort zur Bahn, oder er konnte es vergessen, pünktlich zur Arbeit zu kommen.

»Hallo?«, rief er der Person zu. »Alles okay mit Ihnen?«

Die Gestalt rührte sich nicht, und Sven ahnte nichts Gutes. Er trat näher heran und legte eine Hand auf die mit Schneeflocken besprenkelte Schulter. »Hej, Mann. Das ist nicht gut, dass du hier draußen sitzt, hörst du?« Sven rüttelte an dem Kerl, doch er blieb reglos sitzen. War er tot? Er beugte sich vor und wollte der Person ins Gesicht blicken, da geriet der Körper in Bewegung, kippte plump zur Seite und lag nun mit dem Kopf auf der Bank. Die Beine waren immer noch angewinkelt, weil sie offenbar in dieser Stellung eingefroren waren. Der Mantel hatte sich vorn geöffnet und entblößte etwas, das Sven zunächst für ein Kuscheltier mit weißem Fell hielt. Oder war es der Hund des Obdachlosen, der zusammen mit ihm erfroren war?

Sein Herz schnürte sich zusammen, als er sich vorbeugte, um den Mantel zurückzuschlagen. Er wollte wissen, was sich darunter verbarg. Es war eindeutig Fell, aber ein Hund war es nicht und genauso wenig ein Kuscheltier. Mit einem Schrei wich Sven zurück.

Oh Gott! Das konnte nicht sein!

Schlagartig begann er zu zittern und wusste auf einmal nicht mehr, wo er war und ob das alles wirklich geschah. Vielleicht lag er ja zu Hause in seinem Bett und hatte bloß einen fürchterlichen Albtraum, angeheizt durch die schrecklichen Berichte über die Morde. Seine Knie knickten ein und er sackte in den Schnee, während er unkontrolliert wimmernde Laute aus seinem Mund dringen hörte. Ich habe einen Schock, dachte er und schloss die Augen. Als er sie wieder öffnete, war das grausame Ding immer noch da. Direkt vor seinem Gesicht. Der breite Kopf eines Eisbären, der aus der leeren Bauchhöhle des Obdachlosen ragte und ihn mit aufgerissenem Maul und toten Augen anstarrte. Und die Girlanden an dem Kajak über ihm am Denkmal, das erkannte er jetzt, waren gar keine Girlanden, sondern rötlich glänzendes Gedärm.

47. KAPITEL

Sie war kurz davor gewesen, eine Panikattacke zu erleiden, als sie vorhin der Anruf erreicht hatte. Verdammt kurz!

Nervös rauchte Kirsten eine Zigarette, während unter ihren Sohlen der Schnee knirschte. Der Horrormetzger hatte erneut zugeschlagen. Noch immer musste sie sich Mühe geben, dass ihr deswegen nicht die Hände zitterten. Der Fall nagte mächtig an ihren Nerven wie eigentlich bei allen Kollegen.

Sie drückte den Zigarettenstummel an einem Laternenpfahl aus und blickte hinüber zum Eingang der Metrostation. Da die Spurenlage unübersichtlich war, hatten sie den Christianshavns Torv komplett abgesperrt. Der Zeuge, der den Leichenfund gemeldet hatte, ein Krankenpfleger namens Sven Borglund, saß mittlerweile in einem Ambulanzwagen und wurde versorgt. Er hatte einen Schock erlitten. Kein Wunder, denn die Skulptur des Tupilak-Killers war äußerst verstörend.

Was Kirsten daran jedoch massiv irritierte, war, dass das Opfer eine Frau war, denn sie hätte schwören können, dass dieser Lukas Brems als Nächstes an der Reihe war. Bis jetzt hatten sie die Frau nicht identifiziert. Sicher war nur, dass sie kein Mitglied der Expedition von 2019 war. Hatte der Killer notgedrungen ein anderes Opfer ausgewählt, weil Brems seit gestern gut bewacht im Safehouse saß? Hatten sie, die Polizei, ihn dadurch gezwungen, zu improvisieren? Kirsten erschauerte. So oder so, es war ihre Schuld. Sie hatten Jens Kragh noch immer nicht gefunden und damit nicht verhindern können, dass ein weiterer unschuldiger Mensch auf grausame Weise sterben musste.

Sie vermied es, die Statue mit dem Inuit anzusehen und das, was von dem Kajak baumelte. Der diensthabende Rechtsmediziner, ein Kollege von Flemming Bostrup, hatte ein Zelt um den Leichnam herum aufbauen lassen, um ungestört zu arbeiten. Obwohl Kirsten wusste, dass Flemme heute erst später seinen Dienst antreten würde, hatte sie versucht, ihn zu erreichen, doch er war nicht drangegangen. Kirsten beneidete ihn. Vermutlich lag er gerade in seinem warmen Bett und träumte etwas Schönes.

Sie ließ den Blick über den verschneiten Platz gleiten, der von diversen Fuß- und dünnen Reifenspuren zerfurcht war. Hinter der Polizeiabsperrung hatten sich trotz der frühen Stunde schon jede Menge Reporter versammelt, die eifrig Fotos schossen. Ihre Blitzlichter zuckten mit den stumm rotierenden Blaulichtern der Einsatzwagen um die Wette. Kirsten erkannte den Reporter, mit dem Jesper zu Beginn der Ermittlung gesprochen hatte, und ein Stück abseits stand Magnus Rungsted von der Berlingske. Er starrte zu ihr hinüber, als wollte er, dass sie ihn entdeckte. Seine Miene war schwer zu deuten, doch es wirkte, als sei er nach wie vor sauer auf sie. Kirsten beruhigte sich damit, dass Rungsted sauber war, das hatten sie gecheckt. Allerdings galt das nicht für die anderen Journalisten. Deshalb hatte sie zwei uniformierte Beamte darauf angesetzt, die Reporter zu beobachten und Fotos von ihnen zu machen. Die Theorie, dass der Mörder von der Presse sein könnte, war bislang nicht vom Tisch.

Neben ihr setzte sich der Ambulanzwagen in Gang und fuhr mit Blaulicht, aber ohne Sirene, vom Platz. Kirsten hatte Sven Borglund so gut es ging einer ersten Befragung unterzogen. Durch seinen Schock war er leider kaum in der Lage gewesen, einen geraden Satz hervorzubringen. Die Kollegen vom Rettungsdienst hatten ihr geraten, es besser später zu versuchen, und sie hatte eingewilligt, dass sie Borglund ins Krankenhaus brachten. Ein Beamter fuhr mit, der dafür sorgte, dass der Mann nicht von der Presse behelligt wurde.

Sie sah der Ambulanz hinterher, die sich Richtung Knippelsbro entfernte, und spürte, wie ihr Telefon in der Tasche vibrierte. Mit kalten Fingern nahm sie den Anruf an, obwohl es ihr jetzt eigentlich nicht passte. Sie wollte ihre Freundin nicht schon wieder abweisen.

»Was gibt's, Mimi?«, fragte sie ohne Begrüßung.

»Kris, ich brauche dich! Ich habe solche Angst, dass ich meinen Job verliere. Kannst du nicht vorbeikommen? Ich hätte gern jemanden zum Reden.«

»Geht nicht, sorry. Wir haben eine neue Leiche.«

»Etwa vom Metzger?«

Kirsten dachte an die Reporter und entschied, dass sie Mimi diese Information ruhig geben konnte. »Ja. Sieht übel aus. Gibt viel zu tun. Ich werde also nicht vorbeikommen können … Tut mir leid«, schob sie schnell hinterher, denn sie vermisste Mimi. Sie hatte festgestellt, dass es ihr wirklich wehtun würde, wenn sich der Verdacht bestätigte. Im Moment verhielt der Whistleblower sich ruhig, es waren keine neuen heiklen Informationen bei der Presse aufgetaucht. Das konnte natürlich daran liegen, dass Mimi suspendiert und vom Informationsfluss abgeschnitten worden war. Oder es war jemand, der durch die Sicherheitsmaßnahmen nun ebenfalls keinen Zugriff mehr auf die ermittlungsrelevanten Details hatte oder schlicht eine kleine Pause einlegte, aus welchem Grund auch immer. Kirsten hoffte inständig, dass Mimi nicht der faule Apfel war.

»Kris, ich habe nichts falsch gemacht. Das musst du mir glauben«, hörte sie ihre Freundin mit brüchiger Stimme flehen. »Dass Kaspersen tot ist, ist nicht meine Schuld. Oh Gott, das ist es doch, was alle denken, nicht wahr?«

Kirsten schluckte hart, weil sie nicht wusste, was sie antworten sollte. Denn es stimmte, viele Kollegen dachten, dass der Tod des Anwalts in Verbindung mit dem Zeitungsartikel über den Angriff auf ihn stand. Fuck! In solchen Dingen war sie einfach nicht gut. »Mach dir nicht zu viele Sorgen, Mimi. Wir werden das schon klären.« Schwammiger ging es nicht. Warum hatte sie das Gespräch bloß angenommen? Es war klar gewesen, dass es schwierig werden würde. »Ich melde mich, sobald ich ein bisschen Luft habe, okay? Dann können wir reden.«

»Okay«, drang es traurig aus dem Telefon, und schweren Herzens legte Kirsten auf. Als sie aufblickte, war sie dankbar, Marit zu entdecken. Sie kam aus der Straße am Christianshavns Kanal und überquerte mit langen Schritten die Kreuzung. Sie trug hohe Stiefel und einen Expeditionsparka, dessen Kapuze ein Fellkragen zierte. Kirsten nahm sie an der Absperrung in Empfang. Blitzlichter flackerten auf, als die Reporter ihre Begrüßung ablichteten. Genervt brachte Kirsten Marit fort von der Pressemeute.

Vor dem Zelt am Denkmal blieben sie stehen und Kirsten setzte sie ins Bild. Daraufhin wandte sich Marit automatisch in Richtung des Eingangs zur Metro.

»Habt ihr das Filmmaterial von der Videoüberwachung sichergestellt? Das ist meine Station, die benutze ich fast täglich, und ich weiß, da sind einige Kameras am Bahnsteig und an den Treppen. Vielleicht haben sie den Täter oder sein Fahrzeug erfasst.«

»Die Anfrage an die Metrobetreibergesellschaft ist raus.«

»Gut, sag mir Bescheid, sobald ihr sie habt.« Marit bedachte Kirsten mit einem besorgten Blick und nahm schließlich ihre Hand. »Du siehst nicht gut aus. Hast du überhaupt geschlafen?«

Erschöpft stieß Kirsten Luft aus und ließ die Schultern hängen, die sie die ganze Zeit vor Anspannung und Kälte hochgezogen hatte. »Dieser Fall bringt mich um. Der blanke Horror!«

Marit nickte mitfühlend. »Wir schaffen das.« Sie drückte ihre Hand, bevor sie sie losließ und sich umsah. »Wo ist Jesper?«

»Auf dem Weg hierher.«

»Okay.« Marit hob den Blick zur Inuit-Statue, wo ein Kriminaltechniker dabei war, eine Leiter aufzustellen, um die grausige Girlande am Kajak zu fotografieren. »Schon wieder ein Denkmal«, sagte sie leise. »Sind das etwa Gedärme?«

»Ja, vermutlich die von der Toten. Anstelle ihrer Eingeweide steckt ein abgeschnittener Eisbärenkopf in ihrer Bauchhöhle.«

»Ein Eisbärenkopf? Wirklich? Lieber Gott!« Marit verzog das Gesicht. »Wer ist das Opfer? Hat es mit der Expedition zu tun?«

»Keine Ahnung. Das wissen wir bislang nicht«, entgegnete Kirsten gereizt. Sie fühlte sich plötzlich unendlich müde und schaffte es nur mit Mühe, den Arm zu heben und auf das Zelt zu zeigen. »Sie ist da drinnen, mach dir selbst ein Bild.«

Marit sagte nichts mehr. Sie duckte sich leicht, schob die Plane beiseite und trat ein. Kirsten blieb draußen, sie musste diesen Anblick nicht noch einmal haben. Und die Gerüche auch nicht. Kurz darauf hörte sie drinnen Marits überraschten Ausruf. Gepackt von Neugier spähte Kirsten nun doch ins Zelt. Die Leiche lag entkleidet auf einer Matte und präsentierte ihren ausgehöhlten Leib mit dem Bärenkopf. Um sie herum standen weißgekleidete Menschen und Marit, die sich hinkniete, um das Gesicht der Toten zu inspizieren.

»Ich fürchte, dieser Tupilak hat ganz sicher etwas mit der Expedition zu tun.« Marit sah Kirsten an. »Das ist Vera Riis Sten, die Auftraggeberin und Geldgeberin des Bergungstrupps von 2019.«

48. KAPITEL

All die schrecklichen Bilder glotzten sie an. Die zerstückelten Menschen und abgeschlachteten Tiere mit ihren starren, toten Augen. Die Meerjungfrau, der Seehundmann und jetzt auch noch die Bärenfrau. Der Allaq.

Es war nicht zu leugnen, dass die Skulptur von Frau Riis Sten dieses Wesen darstellen sollte. Der Eisbärenkopf, der aus ihrem

Bauch ragte, als wollte er sich seinen Weg aus ihr herausfressen. Es war ein relativ frisches Haupt gewesen, vermutlich von einem Jungtier, das irgendwo in der Arktis geschossen worden war. Woher auch immer der Täter seine einzelnen Bestandteile bezog, das alles war sehr aufwendig inszeniert.

Marit schüttelte ihr Unbehagen ab und schob sich den Laptop auf Kirstens Schreibtisch zurecht. Sie wollte das Filmmaterial aus der Metro auswerten, während Kirsten als Leiterin der Ermittlung durch die unteren Etagen des Präsidiums rotierte, um die nächsten Schritte zu koordinieren. Der Polizeichef hatte ihnen 50 zusätzliche Beamte zur Verfügung gestellt, die eingearbeitet werden mussten. Desgleichen waren jetzt Verbindungsleute der Polizeikreise in Sjælland und die Reichspolizei mit von der Partie. Jesper Bæk war zusammen mit den Kollegen der KTU zum Haus von Frau Riis Sten gefahren, um es auf Spuren zu untersuchen, und Ebert Clausen befand sich auf dem Weg zum GEUS, weil er Professor Frøhlich erneut auf den Zahn fühlen sollte. Der war durch den Tod seiner ärgsten Widersacherin in der Liste der Verdächtigen schlagartig aufgerückt. Schließlich hatte Frøhlich einen Vorteil dadurch, dass Frau Riis Sten tot war, denn nun konnte sie ihn nicht mehr für das Desaster von 2018 verantwortlich machen. Es war zu hoffen, dass der heutige Tag erfolgversprechende Entwicklungen mit sich brächte, sonst erlitt Kirsten vermutlich einen Nervenzusammenbruch. Marit wusste, dass ihre Freundin von schrecklichen Schuldgefühlen geplagt wurde, weil sie Frau Riis Sten nicht als potenzielles Opfer auf dem Radar gehabt hatte. Das hatten sie alle nicht. Und natürlich war es sehr unangenehm, dass der Mörder sie so vorführte und fröhlich seine Skulpturen in der Stadt verteilte, während nach ihm vermutlich die größte Fahndung des Landes seit dem U-Boot-Killer lief.

Marit ärgerte sich am meisten darüber, dass sie Frau Riis Sten jetzt keine Fragen mehr stellen konnte. Die Gute hätte bestimmt noch so einiges über die Expeditionen zu erzählen gehabt. Und deshalb nahm sie an, dass der Killer Frau Riis Sten bewusst ausgewählt hatte. Dass er es von Anfang an so geplant hatte, denn für einen Allaq brauchte man eine Frau. Mittlerweile war es Marit gelungen, sich so weit in den Täter hineinzuversetzen, dass sie zwei Dinge über ihn zu wissen glaubte: Erstens kannte er sich bestens mit den Inuit-Legenden aus, und zweitens schuf er seine Interpretationen ziemlich getreu nach den Vorlagen. Natürlich mischte er hier und da einzelne Elemente zusammen, aber er hätte nie einen Mann zum Allaq gemacht, darin war Marit sich sicher. Sie dachte an Jens Kragh. War er der Mörder? Lukas Brems hatte erzählt, dass Kragh sich sehr für die grönländische Kultur interessierte, und die manisch-künstlerisch gestaltete Wand in seinem Wohnzimmer mit der Skulptur auf dem Stuhl hatte an einen Altar erinnert. So als bete er etwas an. Einen Geist, wie Marit es als Kind getan hatte mit Asiaq oder Equngasoq oder dem Sermilissuaq.

Sie lenkte ihre Aufmerksamkeit auf die Fotos, die Clausen aus Kraghs Wohnung mitgebracht hatte und den Geologen zeigten. Achtsam betrachtete sie die kurzgeschorenen Haare, die engstehenden Augen mit dem stechenden Blick und die relativ kleine Nase. Das waren die offensichtlichen Merkmale, die sich beinahe jeder merken konnte. Marit hingegen hatte sich zudem all die anderen Details eingeprägt, jene, die hinter dem Offensichtlichen lagen, und auch jene, die zum Beispiel für eine K.I. kaum messbar und damit nicht speicherbar waren. Ihr Hirn war wie ein Hochleistungscomputer, der erst noch erfunden werden musste und an dessen Erschaffung sich die Forscher die Zähne ausbissen. Für sie genügte ein einziger Blick in Jens Kraghs Gesicht, und sie würde es fortan unter Millionen wiedererkennen.

Es war unlöschbar auf ihrer Festplatte abgespeichert.

Marit setzte sich aufrecht hin und versuchte, sich auf ihre Aufgabe zu konzentrieren, doch die Beklemmung, die sie in sich trug, seit sie die verunstaltete Frau Riis Sten gesehen hatte, wollte nicht weichen. Der Allaq. Es war, als entspränge dieses Wesen direkt ihren Erinnerungen. Als brächte es Eis und Schnee mit sich und die Schrecken, von denen es sich nährte.

Das ist Quatsch, sagte sie sich und schob den furchteinflößenden Gedanken beiseite. Entschlossen rückte sie ihre Brille zurecht und klickte die erste Videodatei an. Allerdings stoppte sie sie im nächsten Moment gleich wieder, denn ihr Handy klingelte. Es war Bostrups Nummer. Rasch ging sie dran, vielleicht bekäme sie jetzt die Obduktionsergebnisse der Grönlandleichen. Doch Marit irrte sich, es war nicht Flemme, der anrief, sondern sein Assistent. Abrupt schlug ihre optimistische Stimmung in Ärger um. »Erik! Warum benutzt du ständig Flemmes Telefon? Lass das bleiben. Das bringt nichts, ich …«

»Sorry wegen gestern«, unterbrach Erik sie, »das war dumm von mir. Aber deswegen rufe ich nicht an.«

»Was ist los?«, fragte Marit, denn sie hatte den aufgekratzten Klang seiner Stimme sehr wohl bemerkt.

Erik verhaspelte sich, kämpfte mit den Wörtern und brachte den Satz schließlich heraus: »Der Chef, er ist weg!«

»Was meinst du damit?«

»Na, Flemme ist nicht hier und er verspätet sich nie!« Erik holte hektisch Luft. »Außerdem fehlen die beiden Leichen!«

»Welche? Die aus Grönland?« Marit spürte, dass Unheil im Anmarsch war.

»Ja, zusammen mit sämtlichen Proben, die ebenfalls in der Kühlung waren und heute ins Labor gehen sollten. Jemand hat sie geklaut!«

Marit stieß entsetzt Luft aus. Das war nicht gut, gar nicht gut. Zusammen mit dem Einbruchsversuch vorherige Nacht ergab alles einen Sinn. Die Diebe hatten die Leichen mitnehmen wollen, doch da waren sie noch gar nicht in der Rechtsmedizin eingetroffen. Deshalb mussten sie wiederkommen. Hatte

Erik gestern Abend nicht gesagt, dass Flemme bis spät im Sektionssaal geblieben war?

»Erik! Wo könnte Flemme sein?«

»Ich weiß es nicht. Ich habe jeden Winkel abgesucht. Glaubst du, ihm ist etwas passiert?«

»Das ist zu befürchten. Hör zu, fass nichts an. Ich gebe Kirsten Bescheid, damit sie die Kriminaltechnik und ein paar Kollegen bei dir in der Rechtsmedizin und bei Flemme zu Hause vorbeischickt. Vielleicht hat er nur verschlafen.«

»Das glaube ich nicht, Marit, ich habe sein Handy. Es lag auf seinem Schreibtisch.«

Marit ahnte Schlimmes. Das alles hatte mit ihrem Fall zu tun, eindeutig. Aber warum stahl jemand Leichen? »Geh an den Computer und prüf nach, ob die Berichte der Obduktion noch da sind. Flemme wird doch sicher einen vorläufigen Bericht angefertigt oder zumindest seine Sprachaufnahmen überspielt haben, die er während der Sektion gemacht hat.«

Sie registrierte, wie Erik fleißig auf der Tastatur herumtippte.

»Oh je«, hörte sie ihn plötzlich sagen und kurz darauf bestätigte er ihre Befürchtung. »Es gibt keine Dateien zu den beiden Sektionen. Ich kenne die Aktenzeichen, ich habe ja gesehen, wie Flemme sie angelegt hat.«

»Das heißt, jemand hat die Berichte gelöscht?«

»Ich denke, ja.«

Marit musste schlucken. Das war eine Katastrophe. Die Leichen weg, die Daten gelöscht und der Leiter der Rechtsmedizin verschwunden! Sie beendete das Gespräch mit Erik und wählte Kirstens Nummer.

Die war vollkommen außer sich, als sie hörte, was in der Gerichtsmedizin vorgefallen war.

»Da will jemand etwas vertuschen«, sagte Marit. »Ganz klar.«

»Aber was ist mit Flemme? Warum er? Was hat der Täter mit ihm vor? Ich dachte, er hat mich im Visier«, keuchte Kirsten.

»Das verstehe ich auch nicht. Aber so mysteriös uns dieser Überfall auf die Rechtsmedizin erscheint, verrät er uns doch eine entscheidende Sache über den Täter.«

»Ach ja, und was, außer dass er völlig durchgeknallt ist?«, fragte Kirsten bitter.

»Es wurden zwei Leichen gestohlen, ein Obduzent entführt, dazu noch eine Frau, die zuerst ermordet, dann zu einem Tupilak verarbeitet und anschließend auf einer Bank abgelegt wurde. Und das alles in einer einzigen Nacht! Das kann der Täter kaum allein getan haben.«

»Shit!«, entfuhr es Kirsten. »Du hast recht. Diese ganzen schweren Körper, dabei muss Kragh Unterstützung gehabt haben. Auch die zwei Leichen aus dem Teilum samt Flemme! Warum haben wir nicht eher daran gedacht? Ich werde sofort die Videoüberwachung vom Gelände des Rigshospitals anfordern.«

»Ich glaube, das bringt nichts.«

»Wieso?«

»Die Kameras in der Rechtsmedizin sind schon seit Längerem kaputt, das hat Erik mir erzählt.«

»Das kann kein Zufall sein. Da hat jemand nachgeholfen und die Kameras vorsorglich zerstört!«

»Das denke ich auch.« Marit biss sich auf die Lippe. Die Täter schienen wirklich gut organisiert zu sein. Dieser Gedanke war beinahe genauso angsteinflößend wie die Morde selbst.

»Wir müssen herausfinden, wer die Komplizen sind«, sagte Kirsten düster.

»Vielleicht die Angehörigen der ersten Expedition? Womöglich wollen sie sich rächen.«

»Aber doch nicht an Kenneth und Bente und all den anderen? Die wollten schließlich eher helfen und die Leichen bergen. Selbst Frau Riis Sten hatte mit dem Unglück nicht das Geringste zu tun. Nein, was uns fehlt, ist immer noch das verdammte Motiv! Ohne das tappen wir weiterhin im Dunklen wie ein paar strunzdoofe Idioten! Verflucht!«

Marit hörte, wie Kirsten ihre Wut an irgendeinem Gegenstand ausließ, denn im Hintergrund polterte es laut.

»Sorry, ich muss auflegen«, sagte ihre Freundin kurz darauf. »Wir müssen Flemme finden. Danke für die Information. Bis nachher.«

»Ja, bis dann.« Marit ließ das Telefon sinken und versuchte, sich mit einigen tiefen Atemzügen zu beruhigen. Es lag nun bei Kirsten, Leute loszuschicken, um Flemme zu finden, dazu vermochte sie wenig beizutragen. Als Recognizerin war sie dazu verdammt, am Schreibtisch zu sitzen. Was nicht hieß, dass sie untätig war. Sie konnte helfen. Konnte einen besonderen Dienst leisten, den sonst niemand zu leisten vermochte. Darauf musste sie sich konzentrieren. Es war überlebenswichtig, dass sie einen Hinweis fand. Für Flemme, für ein mögliches nächstes Opfer, für sie alle!

Marit schob sich die Brille auf der Nase zurecht und klickte den ersten Film an.

49. KAPITEL

»No. No. No«, sagte das asiatische Hausmädchen immer wieder. Sie hockte auf dem teuren Sofa in Frau Riis Stens Wohnzimmer und weinte in ein Taschentuch. »No, no, no good.«

Jesper wusste nicht, was genau sie mit »no good« meinte, ob nun den Tod ihrer Arbeitgeberin oder vielleicht etwas anderes.

Er wartete, bis sich das Mädchen, das Maria hieß und von den Philippinen stammte, die Nase geputzt hatte, um es weiter über den gestrigen Abend auszufragen. Maria sprach nur wenig Dänisch, weshalb sie schon zu Beginn des Gesprächs ins Englische gewechselt waren. Bisher hatte er erfahren, dass die Hausherrin zu Abend gegessen und anschließend einen Anruf erhalten habe, der sie dazu veranlasst hatte, sofort das Haus zu verlassen. Sie war mit dem Auto davongefahren. Maria wusste nicht, wohin, denn sie hatte nicht gehört, mit wem Frau Riis Sten telefoniert hatte.

Jesper überlegte. Sie mussten versuchen, den Tesla zu finden, vielleicht ergab sich darüber eine Spur zum Tatort. Er ging davon aus, dass der Täter Frau Riis Sten bewusst an einen Ort gelockt hat, an dem er sie unbeobachtet überwältigen und in einen Lieferwagen verfrachten konnte.

»Do you know the license plate of her car?«, fragte er Maria.

»Yes, but …« Sie sah ihn an. »It is a Tesla. You can see, where it is. It has GPS tracking.«

Das stimmte. Rasch schrieb Jesper eine Nachricht an Sanne, die sich darum kümmern sollte, das Auto aufzuspüren. Er wusste bereits von Kirsten, dass sie jetzt nach mehreren Tätern suchten. Das hielt er mittlerweile ebenfalls für wahrscheinlich.

Die Logistik, welche hinter der Inszenierung dieser Morde steckte, war nur schwer alleine zu bewältigen.

Er fragte Maria, ob ihr in den letzten Tagen Personen aufgefallen waren, die das Haus oder Frau Riis Sten beobachtet hatten.

Das Hausmädchen schüttelte den Kopf.

Jesper erkundigte sich nach dem Handy der Unternehmerin und einem etwaigen Terminkalender. Maria antwortete, dass dieser sich im geschäftlichen Telefon befand, das Frau Riis Sten zu Hause gelassen hätte, im Gegensatz zum privaten. Das Mädchen stand auf, steckte das zerknüllte Taschentuch in seine weiße Schürze und ging zu einem Sideboard. Maria wirkte schmal und zerbrechlich, und Jesper empfand Mitleid mit ihr. Mit einem Smartphone kehrte sie zurück und wollte es ihm reichen, aber Jesper gab dem Kriminaltechniker ein Zeichen, es in einen Beweismittelbeutel zu verfrachten. Für das private Handy würden sie beim betreffenden Mobilfunkprovider einen Verbindungsnachweis inklusive des Bewegungsprofils anfordern, um herauszubekommen, wer sie angerufen hatte, doch bis diese Informationen bei ihnen einträfen, konnte es dauern.

Plötzlich klingelte sein Handy. Der Ton hallte unnatürlich laut durch das große Wohnzimmer. Als er sah, wer es war, drückte er den Anruf weg. Für seine Ex-Frau hatte er gerade wirklich keinen Nerv. Außerdem war von seiner Seite alles gesagt, er verstand nicht, warum sie ihn seit gestern andauernd anrief. Kaum hatte er das Telefon zum Schweigen gebracht, klingelte es erneut. Wieder Lisa und wieder drückte er sie weg. Als es zum dritten Mal klingelte, schaltete er das Handy auf leise. Lisa konnte ihn mal. Er würde einen Teufel tun und drangehen, nur um sich von ihr beschimpfen zu lassen.

»And her computer? Can I see it?«, fragte Jesper die Hausangestellte.

»Sure. It's upstairs.« Maria gab ihm zu verstehen, ihr zu folgen, und sie stiegen die Treppe hinauf. Oben befand sich ein offener Arbeitsbereich, dessen Wände mit diversen Modezeichnungen und Fotos bedeckt waren. Der bekannte Schriftzug des Fashionlabels hing als Neonreklame über dem riesigen Schreibtisch. Jesper entdeckte den Computer und wollte ihn hochfahren, dabei stellte er fest, dass er im Standby-Modus lief und sofort ansprang, als er die Tastatur berührte. Gut, dachte er, dann brauchte er sich nicht lange mit dem Passwort aufzuhalten. Er schickte Maria aus dem Zimmer und besah sich die Desktopoberfläche, las die Namen der abgebildeten Icons. Keiner klang verdächtig. Also öffnete er den Explorer und gab verschiedene Suchbegriffe ein, die mit Grönland zu tun hatten. Bei dem Versuch mit »Thorvald« wurde ihm ein ganzer Ordner angezeigt. Er öffnete ihn und sah sich einer wahren Fundgrube gegenüber. Dutzende von Ordnern, Fotos und Berichten von der verunglückten Expeditionsgruppe. Informationen über die Firma Arctic Extraction, über die die Bergungsaktion von 2019 abgewickelt worden war. Jesper fand diverse Bestätigungen für den Kauf von Ausrüstung und Flugtickets und sogar die von den Teilnehmern unterzeichneten Verträge mit der Verschwiegenheitsklausel, in der auch vermerkt war, dass Frau Riis Sten am Ende der Expedition sämtliche filmische und fotografische Dokumentation zu übergeben sei. Soweit stimmte alles mit dem überein, was sie bisher mithilfe der verschiedenen Zeugen zusammengetragen hatten.

Jesper suchte weiter und stieß auf eine Datei, in der sich Frau Riis Sten darüber ausließ, dass sie ihren Mann wiederhaben wollte und dass sie Frøhlich für das Desaster verantwortlich machte. Ihre Worte waren hart und machten klar, dass sie es als ihre Aufgabe betrachtete, Frøhlichs Schuld zu beweisen.

Jesper fuhr sich über das stoppelige Kinn. Hatte Frau Riis Sten sterben müssen, weil sie Dinge ausgraben wollte, die der Täter lieber auf dem Gletscher gelassen hätte? Wenn das der Grund war, konnte er sich eigentlich nur einen vorstellen, der dafür infrage käme: Professor Frøhlich. Hoffentlich würde Clausen dem Mann ordentlich auf die Pelle rücken!

Jesper öffnete einen Ordner mit dem Namen »EXPED« und machte einen sensationellen Fund: Aufnahmen von der 2019er Expedition. Die ersten waren ihm bekannt, er hatte sie bereits bei Bente Villumsen und Kenneth Dalgård gesehen. Hastig scrollte er durch die kleinen Icons, bis er gefunden hatte, wonach er suchte. Das Bild, das auf Kenneths Rechner das letzte in der Reihe gewesen war. Hier bei Frau Riis Sten ging diese Fotoserie weiter.

Sie zeigte das Geschehen auf dem Gletscher und deckte sich mit dem, was Lukas Brems und Óla Jón Fejfer berichtet hatten. Die Gruppe bewegte sich mit mehreren Ziehschlitten über das Eis, das an vielen Stellen zerfurcht und haushoch aufgetürmt war. Manchmal schimmerte es blau, manchmal war es nur von einem stumpfgrauen Weiß. Schließlich folgten die Aufnahmen von der Bergung der Leichen. Sie boten einen heftigen Anblick. Thorvald Riis Stens angefressenes Gesicht, das aus dem Eis ragte, oder der steifgefrorene Körper des zweiten Mannes mit der grauen Haut und der unnatürlich verkrampften Haltung. Etwas irritierte Jesper daran. Sah man so aus, wenn man erfror? Ihm schien es eher so, als hätten die Männer Schmerzen erlitten, bevor sie starben. Er würde diese Bilder einem Experten zeigen, der konnte vielleicht mehr dazu sagen.

Beim nächsten Foto stutzte er. War das ein Ausrüstungsgegenstand, der da durch den Schnee stach? Das ganze Zeug musste dort schließlich noch überall herumliegen. Auf manchen Bildern waren Gegenstände abgelichtet, welche der Bergungstrupp zusammen mit den Leichen freigelegt hatte. Ein Zelt, ein Schlafsack, eine große Fotokamera, Kochgeschirr, ein Gaskocher und Ähnliches. Doch das hier? Das war zu groß, um von jemandem auf den Gletscher geschleppt zu werden.

Außerdem schien sich gleich daneben ein ähnlicher Gegenstand unter dem Schnee zu befinden. Ein rötlicher Schimmer zeichnete sich durch die Schicht aus Eiskristallen ab. Jesper wollte den Ausschnitt vergrößern, da vibrierte sein Handy. Er ignorierte es, aber als es sogleich wieder vibrierte, holte er das Telefon heraus. Lisa würde er jetzt ein paar Takte erzählen!

Doch es war nicht Lisa, die anrief, sondern Sanne.

»Hast du schon gehört?«, rief sie durchs Telefon. »Flemming Bostrup ist vom Tupilak-Killer entführt worden!«

»Was?«, stieß Jesper entgeistert aus.

Sanne erzählte ihm, was passiert war. Schockiert fuhr er sich mit einer Hand durchs Haar. Es schien, als kämen die Einschläge näher. Erst die Fotos und das Paket mit der Drohung an Kirsten, jetzt Bostrup. Was für eine kranke Scheiße lief hier? Hatte der Killer es nun auch auf die Polizei abgesehen? Waren sie alle in Gefahr?

»Äh, Sanne, ich muss auflegen, ich …«

»Warte, ich habe noch weitere Neuigkeiten. Der Tesla von Frau Riis Sten ist aufgetaucht. Ein Spaziergänger hat ihn gemeldet. Im Kongelunden. Das ist ein einsames Waldstück auf Amager, südlich vom Flughafen.«

Also hatte er recht gehabt mit der Annahme, dass sie bewusst an solch einen Ort gelockt worden war.

»Genaueres erfahren wir demnächst von der KTU«, fuhr Sanne fort. »Außerdem hat Ebert das Alibi von diesem Frøhlich überprüft. Es ist wasserdicht.«

»Er könnte trotzdem der Auftraggeber sein, wenn wir es mit einer Gruppe von Tätern zu tun haben«, wandte Jesper ein.

»Frøhlich könnte aber auch das nächste Opfer sein«, entgegnete Sanne. »Deshalb hat Kirsten entschieden, dass er ab sofort Polizeischutz bekommt.«

»Okay.« Jesper fiel etwas ein. »Und was ist mit diesem Doktoranden? Tobias heißt der, glaube ich. Er hat alles über den

Unfall auf dem Gletscher gesammelt. Das war ein seltsamer Knabe, regelrecht besessen von dem Thema.«

»Den hat Ebert ebenfalls überprüft«, sagte Sanne. »Er war an den Mordabenden in seiner WG.«

»Mist. Irgendwas zu Kragh?«

»Er ist weiterhin unauffindbar. Ich glaube, er versteckt sich irgendwo.«

»Oder er ist tot.«

»Das ist natürlich möglich. Sag mal, alles in Ordnung mit dir? Du klingst besorgt.«

»Alles gut. Bin nur ziemlich müde. Danke.« Jesper verabschiedete sich von Sanne und legte auf. Mit einem nervösen Kribbeln im Bauch dachte er an Flemming Bostrup. Dessen Verschwinden machte ihm definitiv Sorgen. Aber er wusste auch, dass er sich davon nicht in seiner Ermittlungsarbeit beeinflussen lassen durfte. Je schneller sie den Tätern auf die Spur kämen, desto schneller fanden sie hoffentlich auch Bostrup.

Konzentriert widmete Jesper sich wieder den Fotos. Leider entdeckte er keins, auf dem die rätselhaften Gegenstände unter dem Schnee besser zu erkennen waren. Es blieb bei zwei ominösen Schatten im Eis. Dafür stieß er bei der Dokumentation von den Bergungsaktivitäten auf eine Sache, die ihn noch mal zurückgehen ließ zu den Aufnahmen der freigelegten Leichen in ihren Schneegräbern.

Die große Fotokamera!

Auf einem Bild hing sie um den Hals von Thorvald Riis Sten. Auf dem nächsten hielt Jens Kragh sie in der Hand. Hatte der Geologe sie mitgenommen? Gab es dadurch womöglich Fotos von der Expedition von 2018? Nur, wo war der Fotoapparat jetzt? Bei Jens Kragh zu Hause?

Jesper musste an die Wand in dessen Wohnzimmer denken und tippte hastig auf seinem Handy herum. Kurz darauf hatte er den Chef der Spurensicherung dran.

»Habt ihr in Kraghs Wohnung eine große Spiegelreflexkamera gefunden?«, fragte er hastig.

»Nein, da war nichts in der Art«, entgegnete Wang. »Wieso?«

»Das erkläre ich dir später. Danke für die Info, bis dann.« Er ließ das Handy sinken und durchsuchte noch einmal Frau Riis Stens Dateien. Wenn in der Vertragsklausel stand, dass die Teilnehmer alle Filme und Fotos abgeben mussten, waren die von der Kamera ja vielleicht auch hier irgendwo. Und tatsächlich stieß Jesper auf einen Ordner mit dem Namen »Bilder Thorvald Kamera«.

Rasch öffnete er ihn. Auf den Fotos waren die Expeditionsteilnehmer von 2018 zu sehen, diesmal lebend. Herr Riis Sten in seiner blauen Polarjacke, sein Blick besorgt gen Himmel erhoben. Neben ihm Mikael Holmqvist und andere aus der Gruppe. Im Hintergrund standen Ziehschlitten und ein übereinandergestapelter Haufen aus rötlichen Gebilden. Es passte exakt zu den Schatten unter dem Schnee.

»Volltreffer!« Jesper klappte den Laptop zu und klemmte ihn sich unter den Arm.

Im nächsten Moment rannte er aus dem Zimmer.

50. KAPITEL

Marit starrte auf die Videofilme. Bei jeder verdächtigen Bewegung, die im Kameraausschnitt erschien, stoppte sie und zoomte das Bild heran. Als Erstes nahm sie sich die Aufnahmen von der Bushaltestelle vor, die gegenüber dem Grønlandsmonument am Christianshavns Torv lag. Marit wusste, dass sie nicht einfach so drauflossuchen konnte. Wenn sie möglichst schnell zu einem Ergebnis kommen wollten – und das mussten sie allein schon wegen Flemme –, hatte sie strategisch vorzugehen. Das hieß, zuerst den Zeitpunkt der Leichenablage einzugrenzen. Da die Gerichtsmedizin bislang keine Information zum Todeszeitpunkt geliefert hatte und dieser bei der ungewöhnlichen Kälte ohnehin schwer zu bestimmen war, brauchte sie andere Anhaltspunkte, denen sie folgen konnte. Bei der Arbeit als Recognizer ging es nicht nur darum, Personen zu identifizieren, sondern auch der Polizei Hilfestellung im Erkennen von Mustern zu geben und die Arbeit dadurch so effektiv wie möglich zu gestalten. Das hatte sie in ihrer Ausbildung bei Professor Henrey gelernt. Hatte man keinen konkreten Anhaltspunkt, wann und ob die betreffende Person an einem bestimmten Punkt vorbeigekommen war, musste man das Material zuerst nach bestimmten Schemata selektieren und immer weiter reduzieren, den Fokus sozusagen schrumpfen. Ansonsten säße man Tage daran, alles zu sichten. Und die hatte man oft nicht. Um also den richtigen Zeitraum ausfindig zu machen, arbeitete man sich am besten von grob zu fein vor. Das hieß, von einem weitgefassten Fokus hin zur endgültigen Nahaufnahme. Da Marit nicht genau wusste, wann die Leiche an dem Denkmal abgelegt worden war, musste sie zuerst prüfen, ob es einen Indikator ab. In diesem Fall war das Wahrscheinlichste ein Fahrzeug, das irgendwo hielt und groß genug war, einen Toten zu transportieren, denn solch einen Körper schleppte man nicht einfach mal eben durch die Nacht. Doch bisher hatte sie kein passendes Gefährt entdeckt.

Sie seufzte, trank einen Schluck Kaffee, den ein Kollege ihr in Kirstens Büro gebracht hatte, und konzentrierte sich auf den Bildschirm, auf dem das ewige Stop-and-go des vorbeifließenden Verkehrs im Schnelldurchgang lief. Von der Bushaltestelle war nicht nur ein Stück der Straße zu sehen, sondern auch der Kiosk auf der anderen Seite und ein Teil des Platzes. Der große Zeiger der Uhr auf dem Dach rückte vor, je weiter Marit mit dem Film kam. Bei 3.20 Uhr rollte zuerst ein Taxi durch das Bild und dann eine weiß umlackierte Ambulanz, die jetzt vermutlich als Lieferwagen diente. Sie fuhr langsamer als normal. Das konnte vieles bedeuten, vielleicht waren keine passenden Reifen für das Winterwetter aufgezogen, oder der Fahrer guckte etwas auf seinem Handy nach. Das war oft genug der Fall. Schließlich fuhr die Ambulanz zügig weiter. Marit notierte sich das Nummernschild.

Eine halbe Stunde später erschien ein schwarzer VW-Bus im Bildausschnitt. Doch es schneite mittlerweile so stark, dass sie lediglich einzelne Zahlen auf dem Kennzeichen ausmachen konnte. Sie schrieb sie trotzdem auf. Darauf folgte ein weißer Lieferwagen, Mercedes Standardmodell mit einem Firmenkennzeichen, und dann geschah eine quälende Weile lang nichts.

Marit gähnte, hielt den Film an und trank mehrere große Schlucke Kaffee. Anschließend lehnte sich zurück und schloss die Augen. Auch das hatte sie von Professor Henrey gelernt. Die Entspannung zwischendrin war wichtig, um in der Lage zu sein, fokussiert zu bleiben. Zwar war es möglich, die durchschnittliche Konzentrationsfähigkeit durch intensives Training zu erhöhen, aber selbst ihre Aufmerksamkeitsspanne war nicht auf ewig strapazierbar.

Nach einer Viertelstunde inneren Abschaltens schob sich Marit die Brille auf der Nase zurecht und ließ den Film weiterlaufen. Bei 4.15 Uhr tauchte die Schnauze eines Krankenwagens auf, ohne Blaulicht. Er hielt am Straßenrand. Leider war nicht zu erkennen, ob jemand ausstieg, denn der Rest des Fahrzeugs lag außerhalb des Kameraausschnitts.

Marit drückte wieder auf »Play«. Der Krankenwagen stand dort für ganze fünf Minuten, dann fuhr er weiter. Sie notierte sich das Kennzeichen und spulte die Sequenz mehrfach vor und zurück. Leider ließ sich dadurch kein einziger zusätzlicher Hinweis finden, warum der Krankenwagen dort fünf Minuten lang geparkt hatte.

Sie nahm sich einen anderen Film vor, einen, der den Eingang zur Metro und einen kleinen Teil der Straße dahinter zeigte. Sie spulte vor bis 4.15 Uhr, und tatsächlich fuhr in dem Moment der Krankenwagen vorbei. Leider war sein Haltemanöver in diesem Ausschnitt nicht zu sehen.

Enttäuscht biss sie sich auf die Unterlippe. Zu dumm, dass der Christianshavns Torv nicht vollständig von Kameras überwacht wurde – gerade deshalb hatten ihn sich die Täter bestimmt ausgesucht. Marit rief sich den Platz ins Gedächtnis. Sie benutzte diesen Eingang zur Metro regelmäßig und versuchte, sämtliche Details wachzurufen. In Gedanken ließ sie ihren Blick über den Torv bis hinüber zum Grønlandsmonument schweifen. Sie sah den Inuit mit seinem Kajak auf der Steinstele stehen, die runde Bank um das Denkmal, die Obdachlosen und gestrandeten Grönländer, die sich tagsüber darum scharten. Den Supermarkt und die Hausfassade dahinter. Nein, da war nichts. Sie lenkte ihren inneren Blick zurück zum Eingang der Station. Kühler Granit, Stahlgeländer, die Treppe, Neonlichter, der Glaskasten des Fahrstuhls.

Marit riss die Augen auf, plötzlich wusste sie es!

Sie durchsuchte sämtliche Überwachungsfilme. Als sie nicht fand, worauf sie aus war, griff sie zum Hörer des Telefons auf Kirstens Schreibtisch und wählte die Nummer der Metrobetreibergesellschaft.

Eine halbe Stunde später hatte sie ein Ergebnis und lehnte sich mit einem Zungenschnalzen zurück. Gotcha, dachte sie.

51. KAPITEL

»Was hast du?«, fragte Kirsten ungeduldig. Sie stand hinter Marit und blickte ihr über die Schulter. Ihre Anspannung war deutlich zu spüren. Sie wünschte sich so sehr, endlich einen entscheidenden Hinweis in die Finger zu bekommen, dass sie förmlich glühte.

Nun, den hatten sie vielleicht gerade gefunden, dachte Marit und klickte den Film auf dem Bildschirm an. Zuerst spielte sie die Sequenz mit dem Krankenwagen ab, der für fünf Minuten hielt, danach schaltete sie um auf einen anderen Videoausschnitt. Dieser zeigte genau jenen Teil vom Christianshavns Torv, der zwischen der Bushaltestelle und dem Grønlandsmonument lag. Er stammte von der Überwachungskamera im Fahrstuhl des Metro-Eingangs. Der Lift war, wie Marit vorhin eingefallen war, seit Tagen kaputt und hing auf dem obersten Level fest. Seine Kamera war so ausgerichtet, dass sie alles aufgenommen hatte!

Kirsten stieß laut Luft aus, als im Filmausschnitt plötzlich zwei Sanitäter erschienen, die eine Rolltrage über den Platz zum Monument schoben und dort die Leiche von Frau Riis Sten mit geübten Griffen so platzierten, wie der Zeuge sie aufgefunden hat. Anschließend brachten sie die Trage zurück.

»Mann, wir haben sie! Gut gemacht, Marit«, sagte Kirsten, und Marit freute sich über das Lob. »Was ist mit den Gesichtern? Kannst du da was erkennen?«

»Leider nicht. Ich habe alles versucht, Screenshots von Einzelbildern, Kontrastverschiebungen, aber die Bilder sind zu stark verpixelt. Dafür habe ich auf andere Weise versucht herauszubekommen, ob einer der Sanitäter Jens Kragh ist, und zwar, indem ich Filmaufnahmen von Kraghs Social-Media-Accounts mit denen hier verglichen habe. Wie man sich bewegt, ist ja typisch für einen Menschen.«

»Und?«

»Er ist es nicht. Keiner von den beiden.«

»Ffffuck.« Kirsten richtete sich auf und begann, unruhig durch das Büro zu laufen. »Wenn es nicht Kragh ist, wer sind diese Leute dann?«

»Keine Ahnung, aber dafür haben wir jetzt einen sicheren Beweis dafür, dass mehrere Personen an den Taten beteiligt sind und dass sie einen Krankenwagen benutzen, das ist ein Riesenfortschritt!«

»Ja, natürlich. Du hast recht.« Kirsten fuhr sich durch die Locken. »Hast du das Kennzeichen gecheckt?«

»Jep. Es ist gefälscht.«

»War ja klar.« Kirsten seufzte.

Marit nickte beipflichtend. Die Täter waren wirklich gründlich. Nur die Kamera im Fahrstuhl hatten sie übersehen. »Vielleicht sollten wir langsam darüber nachdenken, ob Kragh nicht selbst zum Opfer geworden ist«, sagte sie. »Er wäre das dritte Mitglied der Expedition von 2019, das tot ist. Dazu noch Frau Riis Sten. Ich denke, das zentrale Motiv hat sich durch sie nicht verändert: Die Morde haben mit dieser Bergungsaktion in Grönland zu tun. Nach und nach werden Menschen ausgelöscht und zum Schweigen gebracht, die im Zusammenhang mit der Expedition stehen. Diese Leute müssen irgendetwas in Erfahrung gebracht haben, wovon niemand wissen darf.«

Kirsten hob den Kopf. »Wenn das so ist, fehlen den Mördern nur noch Lukas Brems und Óla Jón Fejfer. Und vielleicht sogar Professor Frøhlich.«

»Richtig.«

»Zum Teufel. Wir müssen herausfinden, was da unter Verschluss gehalten werden soll. Was ist dort oben auf diesem verfluchten Gletscher geschehen? Haben wir das, kennen wir das Motiv.«

Marit nickte.

Plötzlich flog die Bürotür auf und Jesper stolperte herein. Beinahe wäre er gegen Kirsten geprallt, konnte aber im letzten Moment ausweichen. Mit einem derben Fluch auf den Lippen blieb er vor dem Schreibtisch stehen, eine Hand auf die Kante gestützt, mit der anderen einen silbernen Laptop umklammernd.

Marit konnte sich ein Schmunzeln nicht verkneifen. Das Bild von Flipperkugeln mit Kirstens und Jespers Gesichtern darauf tauchte vor ihr auf. Die beiden hatten wirklich eine ganz spezielle Dynamik.

»Na, Mister Cannonball«, sagte Kirsten spöttisch. »Alles klar bei uns?«

Jesper richtete sich auf und legte mit demonstrativer Geste den Laptop auf den Schreibtisch. »Ich habe etwas gefunden, hier auf dem Rechner von Frau Riis Sten. Womöglich den wahren Grund für die Morde!«

Kirsten wechselte einen überraschten Blick mit Marit. Konnte das sein? Sie hatten sich vor nicht einmal zwei Minuten darüber unterhalten, und jetzt flog ihnen das Motiv zur Tür herein?

»Dann lass mal hören«, forderte Kirsten Jesper auf, der den Rechner aufklappte und ein paar Bilder lud. Sorgfältig ordnete er sie nebeneinander an.

»Bitte«, sagte er.

Marit stand auf und kam näher. Auch Kirsten beugte sich vor, um die Aufnahmen zu betrachten. Als sie erkannten, was darauf abgebildet war, richteten sie sich auf.

»Verrostete Fässer?« Kirsten verzog verständnislos den Mund. »Tut mir leid, ich verstehe nicht, was das mit den Morden zu tun haben soll.«

»Das«, sagte Jesper und zeigte auf den Bildschirm, »haben beide Expeditionen auf dem Gletscher gefunden. Diese Fässer. Dort oben liegen Mengen davon, und zwar genau an dem Ort, an dem die Expedition von 2018 verunglückt ist! Klingelt es jetzt bei euch?«

Marit betrachtete die Fotos. Dutzende von Fässern, verrostet und zerbeult, die aus dem Schnee ragten. Derartige Aufnahmen kannte sie. In Grönland gab es unzählige solcher Stellen, an denen Müll aus vergangenen Dekaden vor sich hin gammelte. Sie wollte etwas sagen, da betrat Ebert Clausen das Büro. Fragend blickte er sich um.

»Nanu, was ist denn hier los?«

»Gut, dass du da bist, Ebert«, sagte Kirsten. »Jesper hat neue Erkenntnisse aufgetan, die den Durchbruch bedeuten könnten.«

Marit bemerkte, dass ein kurzes Lächeln über Jespers Gesicht huschte, bevor er fortfuhr. »Die Fässer müssen von der Expedition von 2018 entdeckt worden sein. Auf diesen Aufnahmen sieht man, wie sie überall aus dem Schnee ragen. Sie sind mit einer Kamera gemacht worden, die sich bei einer der Leichen befand, genauer gesagt bei Thorvald Riis Sten. Jens Kragh hat sie ihm abgenommen und die Bilder an Frau Riis Sten weitergegeben. Dieselben Fässer sind auch bei der Expedition von 2019 aufgetaucht. Auf dieser Aufnahme sind sie einigermaßen gut zu erkennen.« Er tippte auf die dunklen Schatten, die sich unter dem Schnee abzeichneten.

»Und was ist da drin, dass man deswegen Menschen ermordet?«, fragte Kirsten ungeduldig.

Jesper zuckte mit den Achseln. »Keine Ahnung.«

»Wie? Keine Ahnung? Ich dachte, du hättest den Grund für die Morde gefunden!«

»Woher soll ich das denn wissen?«, blaffte Jesper. »Das steht auf den Fässern nicht drauf!«

Kirsten öffnete den Mund, doch Marit ging dazwischen. Diese ständigen Kabbeleien gingen ihr auf die Nerven. »Hey, Leute. Ruhig bleiben. Ich finde, was Jesper da entdeckt hat, ist ein Riesenschritt in die richtige Richtung. Ich kenne mich etwas mit den Altlasten in Grönland aus. In den Fässern könnte alles sein, von altem Diesel über krebserregende Chemikalien bis hin zu radioaktiven Abfällen.«

»Atommüll?«, rief Kirsten. »Scheiße, nicht wirklich!«

»Wäre möglich.«

»Aber woher stammen diese Fässer?«, fragte Ebert.

»Vielleicht von den Amerikanern«, sagte Marit. »Leider gibt es viele solcher Müllhalden in Grönland. Ein Großteil sind verlassene US-Air-Bases.« Sie zeigte den Kollegen ein Bild auf ihrem Handy. Darauf war ein Meer aus vor sich hin rostenden Fässern in einer kargen, bergigen Landschaft zu sehen. Dazu noch jede Menge schrottreife Autos, Lastwagen und Stahlträger von verrotteten Baracken.

Kirsten saugte hörbar Luft ein, als sie das Ausmaß der Umweltverschmutzung erfasste. »Wo ist das?«

»Das ist das ehemalige Airfield ›Bluie East Two‹ in Ostgrönland gerade mal 50 Kilometer Luftlinie von Tasiilaq entfernt«, erklärte Marit. »Die Amerikaner bauten diesen Stützpunkt 1942 als strategische Landebahn und Wetterstation im Krieg gegen die Nazis. Er wurde 1947 aufgegeben und alles zurückgelassen.«

»Wie bitte?«, stieß Jesper ungläubig aus. »Niemand hat je daran gedacht, das Zeug wegzuräumen?«

»Na ja, schon. Dänemark hat sich jahrelang mit den USA darüber gestritten, wer für die Beseitigung aufkommen soll. Die grönländische Regierung beschwerte sich deswegen natürlich, aber die USA haben gesagt: ›Wir haben den Krieg für euch gewonnen, also müsst ihr Dänen euch jetzt darum kümmern.‹ Die Leidtragenden sind bis heute wir Grönländer, die mit diesem vergifteten Ort leben müssen. Erst 2018 hat sich Dänemark bereiterklärt, die Umweltverschmutzung zu beseitigen, und mit der Entsorgung des Mülls begonnen. Aber es wird noch Jahre dauern, bis es dort wieder sauber ist. Die Menge der Fässer wird auf 200.000 Stück geschätzt und der Abtransport kann ausschließlich per Schiff und in den Sommermonaten stattfinden.«

Jesper schüttelte den Kopf. »Unfassbar.«

»Typisch Amerika«, fügte Ebert hinzu.

Marit nickte. »Und das ist nur ein Beispiel. Es gibt noch Dutzende weitere. Das ›Camp Century‹ in der Nähe der Thule Air Base ist auch so ein Skandal. Da haben die Amerikaner Ende der 50er-Jahre ein unterirdisches Tunnelsystem angelegt, ›Project Iceworm‹ nannten sie es, darin befanden sich auf insgesamt vier Kilometern Gleise und Abschussrampen für Atomraketen, Labore, Lagerhallen, Wohnräume für 250 Soldaten und einer der ersten mobilen Kernreaktoren der Menschheitsgeschichte. Leider haben sie eines nicht bedacht, als sie die Tunnel in den Gletscher bohrten.« Marit wartete ab, doch keiner schien darauf zu kommen. »Ein Gletscher ist ständig in Bewegung. Und das nicht unbedingt gleichmäßig. Die Tunnel brechen auf und verschieben sich unkontrolliert. Das System wird unbenutzbar. Und so wurde es bereits 1967 wieder aufgegeben und der Reaktor angeblich abgebaut. So richtig weiß eigentlich keiner, was da alles herumliegt. Das Kühlwasser soll auf jeden Fall noch als gefrorene Eissäulen dort sein.«

Jesper verzog das Gesicht.

»Die nächste Gefahr ist die Eisschmelze durch die Klimaerwärmung. Sie legt das Tunnelsystem allmählich frei und damit auch das, was sich darin befindet. Nur wissen wir nicht, was es ist, ob nun Sprengköpfe für Raketen oder Atommüll. Die Amerikaner gewähren uns keinen Einblick in ihre Pläne. Topsecret! Und die Dänen haben keinen Plan. Sie haben die Amerikaner einfach gewähren lassen. Aber jetzt kommt's, das könnte eine Verbindung zu unserem Fall darstellen.« Marit warf einen bedeutungsvollen Blick in die Runde. »Ich weiß zufällig, wer vom dänischen Umweltamt beauftragt wurde, das Ganze zu untersuchen, und wer schon mehrere Expeditionen dorthin durchgeführt hat: das GEUS!«

»Verflucht, Marit! Das muss es sein! Es geht um diese Fässer und um das, was darin ist. Keine Ahnung, ob die Expedition von 2018 dorthin geschickt wurde, um mehr darüber herauszufinden, oder ob sie die Fässer durch Zufall gefunden haben. Jedenfalls ist es offensichtlich, dass die Sache vertuscht werden soll.«

»Nur von wem? Etwa von den Amerikanern?«, fragte Jesper ungläubig.

Sie sahen einander an. Ratlos und doch wissend, dass sie ganz nah dran waren am Kern, dem eigentlichen Motiv.

Marits Puls hatte sich beschleunigt und ihre Finger kribbelten. Sie richtete sich auf und hielt ihr Telefon hoch. »Ich habe Kontakte, die mir mehr darüber erzählen können. Dafür brauche ich allerdings einen Raum für mich.«

»Du kannst hierbleiben, wir werden verschwinden«, sagte Kirsten und wandte sich an Jesper. »Bæk, du kümmerst dich darum, dass Professor Frøhlich aufs Revier gebracht wird. Ich will mit ihm reden. Sag Bescheid, wenn er eingetroffen ist. Ich bin ziemlich sicher, dass er uns etwas verheimlicht hat.« Kirstens Blick sprang zu Ebert. »Du suchst Lukas Brems im Safehouse auf und fragst ihn, was er über diese Fässer weiß. Nimm die Fotos mit. Und ich werde die anderen Kollegen davon unterrichten, in welche Richtung sich unser Fall entwickelt hat. Auf geht's, Leute. Wir sind nah dran! Gut gemacht, Jesper. Marit, du auch. Danke.«

Marit sah, wie Jesper versöhnlich nickte. Anschließend verließen die Kollegen mit entschlossenen Gesichtern das Büro, und Marit atmete auf. Hoffentlich half ihnen das, Flemme zu finden. Bei dem Gedanken an den Freund wurde ihr ganz mulmig.

Sie setzte sich an den Schreibtisch und wählte eine geheime Nummer. Zehn Minuten später legte sie wieder auf. Ihr Kontakt hatte ihr versprochen, Recherchen zu der Sache anzustellen und sich bei ihr zu melden, sobald er Ergebnisse hätte.

Nachdenklich betrachtete sie den Computer auf dem Schreibtisch. Von ihm aus hätte sie Zugang zum internen Polizeinetzwerk. Aber zuerst musste sie jegliches Risiko ausschließen, erwischt zu werden. Sie schloss die Bürotür von innen ab, öffnete am Computer die Startseite und gab den allgemeinen Zugangscode ein. Dass ihre Suchanfrage von Kirstens Rechner ausging, würde hoffentlich nicht auffallen. Kirsten war dabei gewesen, als die Leiche geborgen worden war, es wäre nur verständlich, wenn sie sich nach dem weiteren Verlauf der Ermittlung erkundigte.

Marit atmete tief durch und gab schließlich den Namen »Kaspersen« ein.

52. KAPITEL

Als Kirsten durch den Flur zum Büro zurücklief, war sie in Gedanken mit den Fässern beschäftigt. Waren sie der Grund für die Morde? Ging es um irgendwelchen Müll? Um Altlasten? Um Politik? Sollte jemand zum Schweigen gebracht werden? Aber wieso musste man deswegen Menschen auf grausame Weise zerstückeln und zu grönländischen Rachegeistern zusammenbasteln? Oder war genau das beabsichtigt – möglichst viel Aufsehen zu erregen, abzulenken, die Polizei auf falsche Fährten zu locken?

Sie wollte die Tür zu ihrem Büro öffnen, doch die war verschlossen. Stirnrunzelnd klopfte sie. »Marit? Bist du noch da drin?« Sie vernahm leise Schritte, dann wurde der Schlüssel im Schloss umgedreht und Marit stand mit einem entschuldigenden Lächeln vor ihr.

»Sorry, ich hatte abgeschlossen, um in Ruhe mit meinem Kontakt zu telefonieren.«

»Was sagt er?«

»Er kümmert sich darum.«

»Ein paar mehr Hinweise zu der Sache auf dem Gletscher könnten wir wirklich gut gebrauchen. Hoffentlich nimmt der Fall keine internationalen Ausmaße an, sonst sind wir raus aus der Sache und der PET übernimmt.« Kirsten schleppte sich zum Sofa und ließ sich kraftlos darauf fallen. Mann, war sie kaputt! Einen Moment Ruhe, das wäre jetzt das Richtige. Sie lehnte sich zurück und schloss die Augen, genoss die Stille, die lediglich von Marits Mausklicken unterbrochen wurde. Unten im Einsatzraum herrschte das totale Chaos. Telefonklingeln und hektische Betriebsamkeit. Kollegen, die kamen und gingen wie in einem Bahnhof zur Hauptverkehrszeit.

Sie hörte einen Ton. War das ihr Handy? Nur zäh erwachte Kirsten aus ihrem Sekundenschlaf und ging dran. Es war Jesper. Frøhlich war zum Verhör bereit.

Sie bedankte sich und wandte sich an Marit: »Willst du dabei sein?«

Marit schüttelte den Kopf. »Ich mache mit den Überwachungsfilmen weiter.«

»Okay.« Kirsten stand auf und streckte sich. Dann klemmte sie sich den Laptop von Frau Riis Sten unter den Arm und verließ das Büro.

Der »Verhörraum« war das Büro im unteren Stockwerk, das bereits für die Befragung von Lukas Brems benutzt worden war. Am Schreibtisch warteten Kollege Bæk und Professor Frøhlich auf sie. Bæk wirkte genauso verschlossen wie immer und der Professor sah aus, als hätte er die letzten Monate in einer lichtlosen Höhle verbracht. Die Brille saß schief auf seiner Nase und die dunklen Ringe unter seinen Augen verrieten, dass es um seinen Schlaf nicht allzu gut bestellt war.

Kirsten ließ sich neben Bæk nieder. Sie öffnete die Bilder auf dem Laptop und zeigte sie kommentarlos dem Professor. Deutlich wahrnehmbare Reaktionen huschten über seine Züge. Erkennen und Abneigung.

»Ich weiß nicht, was das sein soll«, sagte er mit verschränkten Armen, wobei er vermied, Kirsten direkt anzusehen. Einen schlechteren Lügner hatte sie noch nicht erlebt.

»Herr Frøhlich, finden Sie nicht, dass es langsam an der Zeit wäre, uns die Wahrheit zu sagen? Drei Menschen wurden auf bestialische Weise ermordet, drei Personen, die Sie kannten. Wollen Sie uns nicht endlich mitteilen, was hier los ist?«

»Verdammt, das weiß ich nicht. Das habe ich Ihnen schon hundertmal erklärt. Warum lassen Sie mich nicht endlich in Ruhe und machen Ihre Arbeit richtig!«

Kirsten tauschte einen Blick mit Bæk, der unmerklich nickte. »Es ist Ihnen also egal, dass Sie womöglich selbst im Fokus des Täters stehen und das nächste Opfer sein könnten?« Die Aussage war hart, aber sie mussten die Schrauben anziehen. »Denken Sie an Ihre Frau und Ihre Kinder. Wollen Sie, dass diese Sie in der Zeitung sehen, aufgeschlitzt und wie eine grausame Statue zur Schau gestellt?«

Um Frøhlichs Mundwinkel zuckte es, doch er blieb stumm.

Bæk lehnte sich vor. »Hören Sie, es geht uns nicht um Schuldzuweisungen. Uns interessiert nicht, ob Sie 2018 das Wetterradar im falschen Moment aus den Augen gelassen haben. Uns interessiert nur, was in den Fässern ist und ob Sie etwas darüber wissen. Wurde die Expedition extra deswegen dort hochgeschickt? So wie Ihr Institut auch Forschungsgruppen nach Camp Century in Thule entsendet? War die Expedition von 2018 Teil einer größer angelegten Aktion? Hatte sie politische Hintergründe? Bitte, Herr Frøhlich, es ist wichtig, dass Sie uns das sagen. Es könnte Menschenleben retten. *Sie* könnten Menschenleben retten!«

Frøhlich schluckte, schwieg jedoch beharrlich.

»Wir versichern Ihnen, dass wir Ihre Aussage vertraulich behandeln, sollten Sie sich dafür entscheiden, jemanden zu belasten«, sagte Kirsten.

Der Professor starrte vor sich auf den Tisch. Man konnte förmlich beobachten, wie er gegen sich selbst kämpfte.

»Bitte, Herr Frøhlich«, wiederholte Bæk freundlich, aber bestimmt. »Helfen Sie uns.«

Erneut hüpfte der Adamsapfel des Wissenschaftlers auf und ab. Schließlich brach seine Selbstbeherrschung ein und er begann stockend zu reden: »Die Expedition hatte den alleinigen Zweck, Proben aus dem Eis zu nehmen und verschiedene Untersuchungen durchzuführen. Sie sollte das Ausmaß des unterirdischen Schmelzwassersees unter dem Gletscher erkunden. Mit steigenden Temperaturen besteht nämlich die Gefahr, dass er zu einer ernstzunehmenden Bedrohung wird, wissen Sie? Er könnte eine Flutwelle auslösen.«

»Ja, darüber sind wir informiert«, entgegnete Kirsten. »Ist die Lage dort wirklich so kritisch?«

»Sie ist ernst, aber noch nicht kritisch«, sagte Frøhlich. »Deshalb bedarf es ja einer dauerhaften Observation dieser Region, dieser Überzeugung ist allerdings nicht jeder.«

»Ach, wer denn nicht?«

»Andere Wissenschaftler, gewisse Politiker, bestimmte Wirtschaftszweige, Klimaleugner.«

Kirsten nickte und schrieb fleißig mit. Sie ahnte, dass dieser Fall politische Brisanz in sich trug, und aus diesem Grund wollte sie so sorgfältig wie möglich vorgehen, um nichts zu übersehen, was man ihnen später anlasten würde.

»Und die Fässer?«, fragte sie.

»Wir wussten nichts davon. Das müssen Sie mir glauben. Thorvald und die anderen Expeditionsteilnehmer haben sie zufällig entdeckt. Wir hatten die ganze Zeit über Funkkontakt, bis er plötzlich abbrach. Thorvald erzählte mir, dass dort oben Hunderte Fässer lagerten. Doch keiner von ihnen hatte eine Ahnung, was sich darin befand. Und eines davon zu öffnen, war ihnen zu riskant. Thorvald sagte mir, dass sie alles dokumentieren und Fotos davon machen würden, die habe ich aber nie zu Gesicht bekommen, weil die Gruppe … nun ja, aus bekannten Gründen nie zurückgekehrt ist.«

Kirsten deutete auf den Laptop. »Das sind die Bilder von Thorvalds Kamera. Ein Wunder, dass die das Jahr im Eis überstanden haben.«

»Das ist gar nicht so unwahrscheinlich. Thorvald hat eine Spiegelreflex mit Fotofilm benutzt. Der übersteht so etwas. Eine Digitalkamera wäre höchstwahrscheinlich mitsamt den Bildern futsch. Woher haben Sie die Aufnahmen?«

»Ein Mitglied der 2019er-Expedition hat sie gefunden und mitgebracht.«

Frøhlich verzog zornig sein Gesicht. »Dieses Himmelfahrtskommando!«

»Was meinen Sie damit?«

»Na, diese zweite Expedition. Das war von vornherein eine unvernünftige Aktion. Auch wenn ich oft nicht mit Thorvald einer Meinung war, wusste ich doch, dass er nie gewollt hätte, dass man ihn von dort oben runterholt. Er hat immer gesagt, wenn er je im Eis sterben sollte, möchte er im Eis bleiben. Das war seine Leidenschaft, sein Leben.«

Und sein Tod, dachte Kirsten bei sich, während Frøhlich sich regelrecht darüber in Rage redete, wie egoistisch Frau Riis Sten stets agiert und wie sehr sie ihren Mann gegängelt hatte. Dass jede Expedition, die sie zu finanzieren bereit gewesen war, ihren Mann als Leiter vorausgesetzt hatte, selbst wenn es einen qualifizierteren gegeben hätte. Ständig habe sie sich in die Belange des Instituts eingemischt, ohne wirklich Ahnung zu haben. Und die Institutsleitung hat sie gewähren lassen, da sie eine potente Geldgeberin gewesen war. Dass Vera Riis Sten letztendlich ihm, Frøhlich, die Schuld am Tod ihres Mannes gegeben hatte, hatte ihn an sich selbst zweifeln lassen und in tiefe Schuldgefühle gestürzt, die schließlich in Angst umgeschlagen waren. Womöglich hätte er alles verloren, hätte sie ihn deswegen angezeigt. Ihre Absicht, unbedingt ein Team dort hinaufzuschicken, um die Leiche ihres Mannes zu bergen und nach Beweisen für Frøhlichs Versagen zu suchen, war irgendwann zu einem regelrechten Wahn geworden.

»Ich weiß nicht, was mit ihr los war«, sagte der Professor ratlos. »Ich habe ihr immer wieder erklärt, was passiert ist, aber sie wollte nicht akzeptieren, dass es größere Dinge gibt, die in der Arktis über Leben und Tod entscheiden. Verstehen Sie mich nicht falsch. Ich habe mit Thorvald so meine

Differenzen gehabt, dennoch habe ich ihn als Kollegen sehr geschätzt. Er hatte gute analytische Fähigkeiten. Seine Frau in die Schranken zu weisen, gehörte jedoch nicht zu seinen Qualitäten. Und ja, mich quält mein schlechtes Gewissen, ich schlafe seitdem nicht mehr richtig, weil ich ständig darüber nachgrübele, was ich hätte besser machen können. Ob ich den Sturm hätte bemerken können.«

»Hätten Sie?«, fragte Kirsten.

Frøhlich fuhr sich mit der Hand durch sein graumeliertes Haar. »Ich weiß es nicht. Ich weiß es einfach nicht.«

»Was ist, wenn es gar kein Sturm gewesen ist?«, äußerte Bæk unvermittelt.

Frøhlich stand der Mund vor Überraschung offen. »Wie ... meinen Sie das?«

»Na, was, wenn dort oben etwas anderes geschehen ist? Wenn es nicht der Sturm war, der die Gruppe getötet hat?«

Frøhlich schüttelte verwirrt den Kopf. »Äh, ich verstehe nicht. Wie kommen Sie darauf?«

Bæk zog den Laptop zu sich heran und öffnete weitere Fotos, die er Frøhlich zeigte. Der betrachtete sie stirnrunzelnd.

»Und jetzt sagen Sie mir, was Sie daraus schließen. Sie kennen sich mit den Ausrüstungsgegenständen einer Expedition besser aus als ich. Was sehen Sie?«

»Ich ... äh, die Fotos von den Leichen sind echt heftig, aber es scheint so, als hätten sie es geschafft, ihr Lager noch aufzuschlagen. Die Zeltplanen sind nicht zerrissen, wie es nach einem Sturm dieser Stärke der Fall gewesen sein müsste. Thorvald hatte seine Kamera um den Hals, als hätte er gerade Fotos gemacht. Das würde er nicht tun, wenn sie sich vor dem Sturm in Sicherheit bringen müssten. Und ...« Er richtete sich auf. »Oh Gott, Sie könnten recht haben. Und ich habe die ganze Zeit geglaubt, ich wäre schuld.« Tränen traten dem Wissenschaftler in die Augen. Bæk reichte ihm ein Taschentuch.

»Danke«, sagte Frøhlich mit erstickter Stimme. Er nahm die Brille ab und wischte sich über die Wangen. »Entschuldigung, aber das ist alles so … fruchtbar.«

Kirsten nickte verständnisvoll. Sie wartete, bis sich der Mann beruhigt hatte und er sie mit geröteter Nase ansah.

»Was vermuten Sie, war es dann, was sie getötet hat?«, fragte sie. »Da wir nicht an die Version mit dem Allaq glauben, hoffen wir, dass Sie als Experte und Wissenschaftler uns einen Hinweis liefern können. Hat es mit den Fässern zu tun? War eine andere Partei auf dem Gletscher, die verhindern wollte, dass die Gruppe ihr Wissen über ihren Fund nach Hause trägt?«

Frøhlich hob überrascht die Brauen. »Eine andere Partei? Wer soll das sein?«

»Vielleicht die Amerikaner oder diejenigen, die die Fässer zurückgelassen haben. Ist es wie bei Camp Century oder Bluie East Two? Sagen Sie es uns. Haben Sie eine Idee?«

»Tut mir leid, keine Ahnung.« Frøhlich zuckte mit den Schultern. »Der Avannarleq-Gletscher ist eine gottverlassene Region in Grönland. Schwer vorstellbar, dass da zeitgleich noch jemand gewesen sein soll.«

»Ihre Expedition war öffentlich bekannt. Man hätte wissen oder in Erfahrung bringen können, dass das Team zu dem Zeitpunkt dort oben ist.«

»Ja, das stimmt. Die Leute in Grönland wussten Bescheid, und auch in Dänemark lag den Behörden die Information vor.«

Und irgendwelche ausländischen Geheimdienste hatten sie mit Sicherheit ebenfalls, dachte Kirsten. Die Amis vorneweg. Denen würde sie es zutrauen, wegen einer unüberschaubaren Menge von Atommüllfässern ein paar Leute zu beseitigen, und das auf dänischem Hoheitsgebiet. Sie überlegte, ob sie nicht doch den dänischen Nachrichtendienst PET einschalten sollte, entschied sich aber dagegen. Sie wollte abwarten, was Marits Kontakt für sie herausfand. Danach würde sie die Situation neu bewerten. Ihr Handy piepte und sie blickte kurz auf das Display. Eine Nachricht von Clausen. Lukas Brems hatte keine Ahnung davon gehabt, dass seine Gruppe oben auf dem Gletscher diese Fässer finden würde.

»Okay!«, sagte sie und steckte das Handy weg. »Haben Sie vielen Dank für Ihre Aussage, Herr Frøhlich. Das war sehr hilfreich. Sie dürfen jetzt gehen. Allerdings bitte ich Sie, vorsichtig zu sein. Es wäre möglich, dass Sie in Gefahr sind. Damit haben wir vorhin nicht übertrieben. Deshalb möchte ich Ihnen anbieten, dass wir Sie und Ihre Familie vorerst in einem Safehouse unterbringen, solange wir den Täter nicht haben.«

Frøhlich nickte. »Einverstanden. Ich würde es mir nicht verzeihen, wenn durch diese Sache auch noch meiner Familie etwas zustieße.«

»In Ordnung.« Kirsten erhob sich. »Mein Kollege wird sie nach Hause fahren, dort können Sie ein paar Sachen packen, und danach begleitet er Sie ins Safehouse.«

Bæk schob seinen Stuhl zurück und bedeutete Frøhlich, ihm zu folgen. Als er die Tür öffnete, stand Sanne davor.

»Jesper! Gut, dass ich dich endlich finde«, sagte sie. »An der Pforte wartet jemand auf dich. Sie sagt, es sei dringend.« Sanne grinste so verschwörerisch, dass Kirsten Bæk neugierig musterte. Na, kaum einen Monat in Kopenhagen und schon der erste Frauenbesuch?

»Wer ist es denn?«, fragte Bæk sichtlich gestresst. »Ich habe gerade keine Zeit.«

»Sie sagt, sie heiße Josefine und sei deine Tochter.«

Bæk klappte die Kinnlade herunter, ein Bild für die Götter.

53. KAPITEL

Er legte das scharfe Fleischermesser hin und warf einen Blick hinüber zu seinem Kompagnon, der mit Schürze und Kopfhaube bekleidet am zweiten Stahltisch stand und konzentriert an einem neuen Körper arbeitete. Die Heizlüfter in dem Plastikzelt surrten, während sie die Kälte auf ein Mindestmaß reduzierten, damit den Männern die Finger nicht einfroren. Schließlich verrichteten sie hier filigranes Handwerk.

Seine eigenen Hände steckten in dicken Lagen von Gummihandschuhen. Blut klebte daran, und in seiner Kleidung hing der Geruch von Feuer, das mit Benzin entzündet worden war. Wie Kobolde hatten die orangefarbenen Flammen auf dem gesprungenen Betonboden getanzt und die Schatten an den Ziegelwänden der Lagerhalle zucken lassen. Es hatte stark nach verkohltem Fleisch und Plastik gerochen. Die Leichen, die da vor sich hin brannten, mussten restlos vernichtet werden. In der Abgeschiedenheit des verlassenen Industriegebiets würde niemand das Feuer oder den Rauch bemerken. Es war schon schlimm genug, dass dieser Teil des Plans beinahe schiefgelaufen wäre, weil sie beim ersten Einbruch in die Rechtsmedizin nicht die gesuchten Toten vorgefunden hatten. Sie hatten falsche Informationen erhalten. Unverzeihlich. Zum Glück hatten sie es beim zweiten Versuch doch noch hinbekommen. Aber nur, weil sie in der Lage waren, zu improvisieren. Weil sie Profis waren.

Er sah auf die zersägten Körperteile vor sich auf dem Tisch. Der Leichendoktor würde den nächsten Tupilak abgeben, auch wenn es mehr Arbeit bedeutete. Doch vorher würden sie darauf warten, dass sich ihr Auftraggeber mit ihnen in Verbindung setzte. Bei dem Gedanken daran wurde ihm zugegebenermaßen unwohl, denn das bedeutete, dass sie Rechenschaft ablegen mussten für die Fehler, die ihnen unterlaufen waren. Dazu gehörte, dass die Bullen dahintergekommen waren, welches Fahrzeug sie fuhren. Mittlerweile lief die öffentliche Fahndung auf allen Kanälen, das war ihrem Auftraggeber mit Sicherheit nicht entgangen.

Deshalb hatten sie den Krankenwagen jetzt in der Lagerhalle versteckt. Den würden sie nicht mehr benutzen, genauso wenig wie die Tarnung als Sanitäter. Am Ende würde alles zusammen verbrannt werden. Für die nächsten Aktionen mussten eben die weiß umlackierte Ambulanz, die zwei unauffälligen Kombis oder das Taxi herhalten. Von denen wusste die Polizei nichts.

Er zog sich die Handschuhe aus und warf sie in den Eimer mit den Dingen, die demnächst vernichtet wurden. Anschließend verließ er das Zelt, während sein Kollege noch mit der Säge beschäftigt war. Er würde sich um den nächsten auf ihrer Liste kümmern. Er hieß Óla Jón Fejfer und hockte in einer Psychoanstalt auf Amager. Um an ihn heranzukommen, hatten sie sich etwas Hübsches ausgedacht.

Er ging zu der Kleiderstange auf Rollen, an der verschiedene Kostüme hingen. Neben den Outfits der Rettungssanitäter baumelte ein unförmiges Knäuel aus zotteligem weißem Kunstfell. Der Kopf des Kostüms hing schlapp zwischen den Pfoten mit den langen Krallen herab. Es war ein Eisbär mit aufgerissenem Maul, relativ unrealistisch, aber das war egal. Sie hatten sogar zwei blaue Leuchtdioden in die Augen eingebaut, damit es schön gruselig wirkte. Das Kostüm war schon ein paarmal zum Einsatz gekommen. Sie waren damit abwechselnd spätabends mit der Metro gefahren. Die Green Line am Ørestad Boulevard immer hoch und runter. Es war nur eine Frage der Zeit, bis ihre Bemühungen Früchte tragen würden. Eine Frage der Zeit war auch, wann das ganze Spiel zu Ende sein würde.

Dann wäre endlich Zahltag.

54. KAPITEL

Jesper holte den Wanderrucksack seiner Tochter aus dem Kofferraum des Taxis. Anschließend bedankte er sich bei dem Fahrer und schulterte das Gepäckstück. »Mensch, ist der schwer. Was hast du denn da drin?«

»Alles«, entgegnete Josie trocken, es klang allerdings nur nach einem halben Scherz. Sie wirkte müde und erschöpft.

Jesper wandte sich der Haustür zu, blieb jedoch abrupt stehen, weil sich dort eine Gestalt aus den Schatten löste. »Was willst du hier?«, fragte er den Mann barsch.

»Hej, Jesper. Warum so frostig?«, scherzte Jonny M., der Reporter. »Begrüßt man so alte Freunde?« Er warf einen Blick auf Josie. »Ist das deine Tochter? Sie ist dir wirklich wie aus dem Gesicht geschnitten!«

Jesper schob sich vor Josie. »Was willst du? Und woher weißt du überhaupt, wo ich wohne?«

Jonny M. grinste. »Das fragst du ernsthaft? Ich bin Journalist! Komm, Junge, das Spiel kennst du doch.«

»Ich werde dir nichts geben, hörst du? Nichts«, knurrte Jesper. Auf diese Tour hatte Jonny es schon damals versucht. »Zieh ab!«

»Ach, Jesper, das finde ich nicht nett von dir.«

»Ich bin auch nicht nett.« Er drängte sich an Jonny vorbei zum Eingang und schloss auf. Eilig winkte er seine Tochter ins Haus und warf die Tür zu. Draußen hörte er Jonny darüber lamentieren, dass alte Freundschaften nicht mehr das wären, was sie mal waren.

Als sie endlich in der Wohnung waren, atmete Jesper auf.

»*Der* Typ ist dein Freund?«, fragte Josie entgeistert.

»Nein, er ist ein Reporter aus Ringkøbing, der jetzt in Kopenhagen arbeitet. Wir kennen uns schon lange, sind aber nicht befreundet.«

»Und was wollte er?«

»Informationen über den Fall. Das kann er vergessen!«

Josie nickte und sah sich in der Wohnung um, Jesper stellte ihren Rucksack neben dem Sofa ab. Kurz darauf drang ein Pfiff aus dem Bad. »Wow. Hast du jemanden massakriert?«

»Das ist Rotwein«, brummte Jesper, der wenig Lust hatte, darüber zu sprechen. Er zog seine Jacke aus und hängte sie über die Stuhllehne.

»Du trinkst unter der Dusche?«

»Wenn die Dusche wenigstens funktionieren würde«, murmelte er, ohne dass seine Tochter es mitbekam. Es war ihm gar nicht recht, dass sie hier war. Vor dem Hintergrund der Ermittlung und der Gefahr, die der Fall für die Polizei darstellte, war sie eine zusätzliche Belastung. Was, wenn auch die Killer seine Adresse kannten und ihm eine Warnung zukommen ließen? Er musste an Jonny M. denken, selbst der hatte herausbekommen, wo er wohnte. Verdammt, für die nächste Zeit würde er sich für Josie etwas ausdenken müssen, sonst würde er vor Sorge um sie krank werden. Bis dahin sollte sie nichts davon merken.

»Was willst du essen? Ich habe nicht viel da«, rief er.

»Wir könnten uns eine Pizza bestellen.« Josie erschien im Wohnzimmer und ließ sich aufs Sofa plumpsen.

Er wühlte im Altpapier. »Irgendwo müssen Prospekte von Lieferdiensten rumliegen.«

»Ach, Papa, lass mal, das mache ich online.« Sie nahm ihr Handy. »Das geht megaeasy. Was möchtest du?«

Jesper überlegte. »Eine Quattro Stagioni und ein Carlsberg.«

»Okay.« Sie tippte auf dem Bildschirm herum und legte dann das Handy weg.

»Weiß Mama, dass du bei mir bist?«

»Klar.«

Jesper nickte. Natürlich. Was sonst. Inzwischen ahnte er, was es mit Lisas Anrufterror auf sich hatte. Josie hatte sich einfach eigenständig auf den Weg gemacht. Und nun saß sie auf seinem Sofa. Besorgt und unsicher wirkte sie, gleichzeitig ein bisschen froh.

»Ich will nicht wieder zurück!«, beschied sie.

»Das musst du nicht.«

»Ich kann also hierbleiben?« Ihre jungen Züge hellten sich auf.

Jesper rang mit sich, schließlich nickte er. »Vorerst. Bis wir eine andere Lösung gefunden haben.«

»Du meinst, weil deine Wohnung zu klein ist?« Sie zuckte mit den Schultern. »Das macht nichts. Ich schlafe auf dem Sofa. Alles ist besser, als zu Hause bei Rasmus und Mama zu sein.« Sie sah ihm direkt in die Augen und plötzlich begann ihre Unterlippe zu zittern.

»Wie schlimm ist es?«

»Ziemlich schlimm.« Erste Tränen kullerten über ihre Wangen. Sie sprang auf und warf sich in seine Arme. »Ich habe dich so vermisst!« Laut schluchzend drückte sie sich an ihn.

»Ich habe dich auch vermisst, Josie«, sagte er und strich ihr tröstend über die Haare.

Als seine Tochter sich beruhigt hatte, setzten sie sich zusammen auf das Sofa und redeten. Über die Familie, das Scheitern der Ehe und Rasmus. Immer wieder Rasmus. Wie sehr er ihre Schwester Lærke bevorzugte, weil sie so schön kooperativ war und ihn anhimmelte wie ihre Mutter. Als hätte er zwei Geliebte, und sie, Josie, war das fünfte Rad am Wagen. Ein Störenfried. Eine faule, nichtsnutzige Göre, die ihrer Mutter auf der Tasche lag und nichts als Ansprüche stellte.

»Dabei ist es Lærke, der Rasmus alles bezahlt. Hier neue Sneaker, da eine Jacke. Damit hat er sie voll im Griff, der Arsch.

Lærke lässt sich von ihm kaufen. Aber ich falle nicht darauf rein. Und deshalb hasst er mich.«

Jesper musste sich Mühe geben, vor Wut nicht mit den Zähnen zu knirschen. Was dachte sich dieser Kerl? Wieso behandelte er Josie so schlecht? Wie konnte er seine Tochter derart ausgrenzen? Reichte es Rasmus nicht, dass er ihn, Jesper, aus der Familie gedrängt hatte? Musste er auch Josie vergraulen? Jesper fühlte sich mies, weil er nicht für seine Töchter da war wie vor der Trennung. Aber was noch viel schlimmer war: Wieso ließ seine Ex das zu?

Der Lieferdienst kam, und sie aßen die Pizza mit den Händen direkt aus dem Karton. Anschließend leckten sie sich das Fett von den Fingern und grinsten einander an. Käsefäden am Kinn und Tomatensoße an der Wange.

Zum ersten Mal seit der Trennung fühlte Jesper so etwas wie Zuversicht in sich. Zumindest zwischen ihm und Josie schien alles in Ordnung zu sein – vielleicht war es nicht genau wie früher, denn sie war jetzt erwachsen –, aber es bestand ein festes Band zwischen ihnen, das niemand zerschneiden konnte. Jesper hatte sich immer eine Familie gewünscht, die zusammenhielt, egal, was käme. Die füreinander der Fels in der Brandung war. Nun stand er einsam zwischen den eiskalten Brechern, schutzlos der Macht der Gezeiten und den Sturmböen ausgeliefert. Von heute auf morgen war seine Welt zusammengebrochen. Und er war allein.

Nein, das war nicht ganz richtig. Josie war hier. Sie war gekommen. Zu ihm. Aber würden sie immer füreinander da sein? Irgendwann würde Josie heiraten und eine Familie gründen. Ihr Fokus würde sich verschieben. Auf die eigenen Kinder. Das war normal. Aus Kindern wurden Leute, die ein selbstständiges Leben führten. Jesper hoffte, dass Josie die Enttäuschungen und die Schmerzen, die er hatte erleiden müssen, erspart blieben.

»Vielleicht gehe ich auch zur Polizei!«, sagte sie unvermittelt. »Ich könnte mich für die nächste Bewerbungsrunde anmelden. Die findet in ein paar Wochen statt. Ich habe mich schlaugemacht. Für die Aufnahmeprüfung werde ich bis dahin viel lernen. Und den Sporttest schaffe ich auch. Ich trainiere schon länger, um meine Kondition zu verbessern. Du kannst mir ja ein bisschen dabei helfen. Na, wie findest du das?«

Jesper lächelte schmallippig. Dass seine Tochter zur Polizei wollte, überraschte ihn. Andererseits wunderte es ihn nicht wirklich. Aber wie jeder Vater wünschte er sich für sein Kind einen sicheren Job, keinen, der so gefährlich war wie seiner. Eine Banklehre wäre da nicht verkehrt.

»Komm erst mal richtig an und ruh dich aus, okay? Morgen ist ein neuer Tag, und wir reden in Ruhe darüber.« Ihm fiel plötzlich ein, dass er gar keine Zeit hatte, und er revidierte seine Aussage. »Ähm, das war nicht ganz richtig. Ich muss morgen natürlich arbeiten, das verstehst du ja sicher. Wir haben gerade einen sehr dringenden Fall, der …«

»Den Horrormetzger. Ich weiß, Paps. Das habe ich im Internet gelesen, da war übrigens ein Bild von dir in einem der Artikel. Auf dem warst du zusammen mit einer dunkelhaarigen Kollegin zu sehen. Die, die dem Reporter eine verpasst hat. Die scheint echt cool zu sein. Und ist hübsch.«

Jesper verzog den Mund. Kirsten? Hübsch? Na, wenn seine Tochter das sagte.

»Du magst sie!«

»Äh … nein.«

Josie grinste. »Schon okay, du musst es mir nicht sagen.« Sie drückte seinen Arm. »Aber ich wünsche mir, dass du wieder eine nette Frau kennenlernst. Ehrlich, das hast du verdient.«

Jesper wusste nicht, was er sagen sollte. Die Offenheit seiner Tochter machte ihn verlegen. Unbeholfen tätschelte er ihre Hand.

Dann stand Josie auf und streckte sich. »Ich muss ins Bett. Kann ich vorher noch duschen?«

»Da muss ich dich leider enttäuschen, die Dusche ist kaputt. Es gibt nur kaltes Wasser.«

Sie zuckte mit den Schultern. »Kein Problem. Hast du eine Decke und ein Kissen?«

Jesper holte eine Wolldecke und einen Schlafsack aus dem Schrank und drücke Josie beides in die Hand. Danach legte er zwei 500-Kronen-Scheine auf den Couchtisch, dazu einen Zweitschlüssel für seine Wohnung. »Morgen gehst du los und kaufst dir Bettzeug. In der Innenstadt gibt es ein paar Läden.«

»Okay.« Sie warf die Decken aufs Sofa und sah ihn an. »Danke, Papa.«

»Klar doch. Ich muss übrigens morgen schon um acht im Präsidium sein, wenn du vorher mit mir frühstücken willst, würde mich das freuen.«

»Gern.« Josie gab ihm einen Kuss auf die Wange und verschwand im Bad.

Unterdessen begab sich Jesper ins Schlafzimmer, wo er sich auf die Bettkante setzte und die Nummer seiner Ex-Frau wählte.

»Was willst du?«, blaffte ihn eine Männerstimme an. Es war Rasmus. Augenblicklich sprang Jespers Puls in einen bedenklichen Bereich.

»Warum gehst du dran? Traut Lisa sich nicht?«

»Nein, es ist spät und wir wollen schlafen.«

Jesper sah auf die Uhr. »Es ist gerade mal zehn. Du gibst mir jetzt meine Ex-Frau!«

»Ich sagte nein.«

Was war das hier? Eines dieser Machtspielchen von Rasmus?

»Okay«, sagte Jesper kühl, »wenn Lisa nicht mit mir sprechen will, dann richte ihr aus: Josie wohnt ab heute bei mir.«

»Perfekt!«, kam die zufriedene Antwort. »Wann holst du ihre Sachen ab?«

Jesper musste sich Mühe geben, nicht komplett auszurasten. »Ihr dürft alle bald ausziehen, wisst ihr das? Macht euch besser bereit dafür. Ich will mein Geld, das in dem Haus steckt.« Er wusste genau, dass Lisa nicht in der Lage war, die Summe aufzubringen, um ihn auszubezahlen. Bisher hatte er ihr Zeit gelassen, eine Lösung zu finden, damit seine Töchter ihr vertrautes Zuhause nicht verlören, doch Lisa hatte sich um nichts gekümmert. Sie ging einfach davon aus, dass es für sie so weiterlief wie bisher. Da hatte sie sich geschnitten. Er war zwar ein verklärter Trottel, was Beziehungen anbelangte, aber er würde sich nicht von ihr abzocken lassen. Jesper bezahlte gerne den Unterhalt für seine Töchter, Lisas Leben hingegen würde er nicht finanzieren.

»Du willst deiner Familie das Zuhause wegnehmen?«, sagte Rasmus. »Du bist ein armseliges Arschloch, Jesper.«

»Wir sehen uns vor Gericht«, zischte Jesper und legte auf. Danach hätte er am liebsten laut gebrüllt, doch womöglich schlief seine Tochter nebenan schon. Er stand auf und ging in den Flur. Auf seinem Weg ins Bad spähte er zu Josie ins Zimmer. Sie schlummerte tief und fest. Beim Blick in ihr friedliches Gesicht überkam ihn ein warmes Gefühl. Er freute sich, dass sie hier war, ja, aber zugleich potenzierte sie seine Sorgen ins Unermessliche. Er hätte sie lieber im fernen Ringkøbing gewusst. Gleich morgen würde er ihr einschärfen müssen, niemandem die Tür zu öffnen. Und vielleicht sollte sie das mit dem Einkaufsbummel auch bleiben lassen.

Jesper seufzte. Einmal mehr spürte er, dass sein Polizeijob für andere eine Gefährdung darstellte.

55. KAPITEL

Mit den gleichen Waffen zuschlagen, das war ihr Motto.

Meist zogen sie alle fünf los. Drei als Schläger und zwei als Wachtposten, die die Umgebung im Auge behielten. Sie kleideten sich in schwarze Motorradoveralls, trugen Skimasken und sandgefüllte Handschuhe, benutzten Stimmverzerrer und Zettelbotschaften, Schlagringe, Knüppel, Dildos, ihre Fäuste und Stahlkappenstiefel.

Sie trafen sich stets im Geheimen und immer nachts. Sie, das waren fünf Frauen. Eine Ärztin, die im Rigshospital in der Notaufnahme arbeitete, eine Anwältin, die ausschließlich Frauen vertrat, eine Polizistin im Bereitschaftsdienst, eine Journalistin bei der Politiken und eine Privatermittlerin. Sie nannten sich »Kvindeklub«, Frauenklub.

Das Ganze lief so ab: Zumeist wählte Abbie, die Ärztin, oder Simone, die Polizistin, den Kandidaten aus. Sie sammelten Informationen über ihn und beschatteten ihn so lange, bis sie seine Gewohnheiten und Routinen kannten. Hatten sie einen geeigneten Zeitpunkt gefunden, ging es an die Planung und die Auswahl der Bestrafung. Denn jeder Kandidat erhielt eine eigens auf ihn zugeschnittene »Behandlung«. Ihr Ziel war Einschüchterung, Erniedrigung. Die Männer sollten sich fühlen wie ihre Opfer und endgültig davon abgebracht werden, diese jemals wieder anzurühren. In den meisten Fällen klappte das ganz gut. Leider jedoch nicht bei diesem Anwalt Kaspersen. Der war ein Oberwichser gewesen, wie er im Buche stand. Für ihn waren Frauen Menschen zweiter Klasse, die ihm zu Diensten sein mussten. Seine Ehefrau und seine zwei Töchter, die er regelmäßig missbraucht hatte, bildeten da keine Ausnahme. Seine Frau hatte er so schlimm mit einem Dildo vergewaltigt, dass sie aus dem Innersten geblutet hatte. Sie kam zu Abbie in die Notaufnahme, verheult und ängstlich wie ein scheues Tier. Sie behauptete, dass sie solche Sexspielchen antörnten und sie es mochte, wenn sie hart rangenommen wurde. Abbie glaubte ihr kein Wort und riet Frau Kaspersen, über eine Anzeige nachzudenken. Doch diese wiederholte, dass sie es so gewollt hatte. Abbie waren die Hände gebunden, die Frau war erwachsen, sie musste die Tat selbst anzeigen. Bei Kindern war das anders, da durfte ein Arzt einen Verdacht auf Misshandlung an die Polizei melden. Tja, und drei Wochen später war es dann so weit und vor ihr saß die älteste Tochter der Kaspersens. Gerade mal elf Jahre alt. Sie hatte Verletzungen am Gaumen. Angeblich war sie mit einem Lolli im Mund gestürzt. Abbie wusste gleich, dass das nicht stimmte. Sie zeigte den Fall bei der Polizei an, doch die Anschuldigung wurde vom gewieften Familienvater und Anwalt direkt abgeschmettert. Das war der Moment, in dem er zum Kandidaten wurde. Wer seine Frau vergewaltigte, seine Tochter missbrauchte und sich Recht und Ordnung entzog, dem musste auf andere Weise eine Lektion erteilt werden. Leider war Kaspersen eine besonders harte Nuss und nach der ersten Bestrafung wieder aufgestanden. Deshalb war der Kvindeklub erneut losgezogen und hatte ihm eine weitere Lektion erteilt. Dass der Typ später tot im Hafenbecken gelegen hatte, war nicht der Plan gewesen. Und aus diesem Grund saßen sie heute Abend hier in ihrem Klubhaus. Die Sache musste geklärt werden.

»Ich grüße euch, Schwestern«, sagte Abbie und faltete die Hände auf dem runden Tisch, um den sie sich versammelt hatten. Sie war die Wortführerin. »Wie ihr bereits wisst, hat es eine Komplikation gegeben, die uns alle ins Gefängnis bringen könnte. Elias Kaspersen ist tot.«

»Aber das ist doch nicht unsere Schuld«, stieß Simone aus. Die Polizistin war ein Heißsporn. »Wir haben ihn nur ein bisschen zusammengeschlagen und ihm gedroht, ihm sein Würstchen abzuschneiden.«

»Das stimmt«, eilte die Anwältin Tone ihr zu Hilfe. »Er war noch am Leben, als wir ihn auf dem Parkplatz zurückgelassen haben.«

»Das wissen *wir*«, entgegnete Abbie ruhig, »aber die Mordkommission, die den Fall untersucht, weiß das nicht. Und wir können sie schlecht darauf hinweisen, wie es wirklich war. Zudem hat sich laut Ermittlungsbericht eine Spurenlage ergeben, die sich für uns als problematisch erweisen könnte. Wir müssen darüber sprechen und eine Lösung finden.«

»Ach, und was für Spuren sind das? Wir haben wie immer sauber gearbeitet«, verteidigte sich nun auch Elin, die Journalistin.

Abbie wandte den Kopf und sah jene Person an, die bisher noch nicht gesprochen hatte.

Marit entfaltete einen Zettel mit Informationen, die sie aus dem internen Netzwerk der Polizei hatte, und las laut vor. Es waren die Ergebnisse der Obduktion von Elias Kaspersen. Als sie geendet hatte, wirkten ihre Mitstreiterinnen betroffen.

»Verdammt, die bei der Rechtsmedizin sind wirklich gründlich«, brachte Tone bedrückt hervor. »Dass sie die schwarzen Baumwollfasern von dem Sack in Kaspersens Nase gefunden haben, den wir ihm übergezogen haben, ist wirklich ärgerlich.«

»Aber auch der Schnitt am Penis und die Platzwunde an der Stirn! Mann!«, rief Simone gereizt aus. »Das wäre alles nicht ans Licht gekommen, wenn der Idiot keinen Köpper ins Hafenbecken gemacht hätte. Wie konnte das passieren?«

»Ich denke, das lag daran«, sagte Abbie, »dass er total besoffen war, wovon wir nichts wussten. Aber dieser Umstand kommt uns auch zu Hilfe. Die Polizei wird hoffentlich annehmen, dass er ins Wasser pinkeln wollte und dabei ausgerutscht ist.«

»Ja, und von den scharfen Kanten der Eisschollen könnte der Schnitt an seinem Penis und die Platzwunde stammen!«, warf Elin ein.

»Und die Fasern in seiner Nase?« Simone sah Elin an. »Wie werden sie sich die erklären? Die sind doch wohl der Grund, warum die Polizei nicht von einem Unfall ausgeht, oder?«

»Scheiße, wir hätten Plastiktüten benutzen sollen, die hinterlassen keine Spuren«, jammerte Tone.

»Ich hätte da vielleicht eine Idee«, sagte Marit, und alle Blicke wandten sich in ihre Richtung. »Was, wenn Kaspersen einen Schal getragen hat, der ihm verloren gegangen ist? Und daher stammen die Fasern. Wegen der Kälte hatte er ihn sich vor Mund und Nase gebunden.«

»Hm«, machte Abbie nachdenklich. »Ja, das könnte funktionieren. Wir haben doch jede Menge unbenutzter Säcke, oder? Daraus könnten wir eine Art Schal nähen und ihn auf dem Parkplatz deponieren. Möglichst an einer Stelle, die bisher nicht von der Polizei abgesucht wurde. Kriegt ihr das hin, Mädels?«

»Ich nähe den Schal!«, bot sich Elin an.

»Und ich lege ihn an der richtigen Position ab«, sagte Simone.

Alle nickten. Ja, so kämen sie vielleicht mit einem blauen Auge aus der Sache raus.

Hoffentlich, dachte Marit, die weiterhin ein Auge auf die Ermittlung im Fall Kaspersen haben würde.

»Noch was, Ladys!« Simone lehnte sich vor. »Ich will nicht, dass ihr ein schlechtes Gewissen deswegen habt, okay? Denn das braucht ihr nicht. Ich weiß, dieser Kerl ist der Erste, der durch unsere Aktionen zu Tode gekommen ist. Aber er war ein Schwein und er hat es verdient! Klar?«

Sie sah in die Runde. Dann legte sie eine Hand hinter ihr Ohr: »Ich kann euch nicht hören.«

»No mercy!«, riefen alle wie aus einem Munde und hoben ihre Fäuste.

»And no rest for the wicked!«, fügte Simone mit einem grimmigen Lächeln hinzu.

56. KAPITEL

Erik Schmidt quälten Schuldgefühle. Nervös knotete er seine Haare mit dem Gummiband neu zusammen und wanderte vor Dr. Bostrups Büro auf und ab. Wäre er an dem Abend bloß in der Rechtsmedizin geblieben, dann wäre sein Mentor noch da und nicht …

Er dachte den Gedanken nicht zu Ende.

Nein, Bostrup war am Leben. Etwas anderes kam nicht infrage. Sie mussten ihn aus den Fängen dieser miesen Entführer befreien. Wenn er nur wüsste, wie er dabei helfen könnte. Es fiel ihm unglaublich schwer, einfach seinen normalen Job zu erledigen, während Bostrup in Gefahr war.

Ein Kollege schlurfte an ihm vorbei und grüßte ihn müde. Es war kurz vor sieben in der Früh, und draußen brach der Morgen kalt und zäh über Kopenhagen an. Erik musste etwas tun. Er zupfte an seiner aufgeplatzten Lippe und dachte nach. Kirsten hatte ihm gesagt, dass sie alles täten, um Bostrup zu finden. Wirklich alles! Sie hatte ihm sogar geraten, auf sich selbst gut aufzupassen. Denn niemand wusste, ob nicht weitere Mitarbeiter der Rechtsmedizin, die mit den Leichen aus Grönland zu tun gehabt hatten, gefährdet waren. Und Erik hatte Bostrup bei der Obduktion von Mikael Holmqvist assistiert. Thorvald Riis Sten hatte sein Chef sich dann allein vorgenommen. Aber worum ging es hier eigentlich? Um das, was Bostrup an jenem Abend herausgefunden hatte?

Erik zupfte stärker an seiner Lippe und schmeckte Blut. Es war ihm egal. Seine Gedanken rotierten. Was hatte Bostrup während der Sektion in sein Aufnahmegerät gesprochen? Dass ihm die Wunden an Hals und Brust von Holmqvist merkwürdig vorkamen. Dass es kein Tier gewesen sein konnte. Und dass ein bestimmtes Detail ganz und gar nicht passte. Nämlich die ungewöhnlichen dunklen Verfärbungen auf den Lungenflügeln von Holmqvist, die das Einfrieren und Auftauen überstanden hatten. Dunkle Verfärbungen.

Eriks Körper erwachte zum Leben, er schnellte herum und lief zum Fahrstuhl, wo er ungeduldig auf den Knopf hämmerte. Fünf Minuten später eilte er durch den Flur zwei Stockwerke höher. Neugierige Blicke folgten ihm, als er mit quietschenden Sohlen und wehendem Kittel an den Kollegen aus dem Labor vorbeiflog. Als er die Toxikologie erreichte, wäre er beinahe mit der Schulter gegen den Türrahmen gerannt, so knapp bog er um die Ecke.

»Charlotte!«, rief er atemlos. »Hast du die Proben von den Leichen aus Grönland noch? Holmqvist und Riis Sten?«

Die blonde Laborantin riss überrascht die Augen auf. »Erik! Was ist denn los?«

»Jetzt sag schon: Hast du sie?!«

»Ja, natürlich.«

Erik stieß einen kleinen Jubelschrei aus, der Charlotte noch verständnisloser dreinschauen ließ.

»Wo sind die Proben?«

»Laufen gerade durch, soweit ich weiß.«

»Auch durch den Gaschromatografen?«

»Klar, das hatte Flemme mit Priorität in Auftrag gegeben.«

»Oh Mann! Ich könnte dich knutschen!« Erik trat durch die Tür ins Labor. Der Gaschromatograf stand in einem der hinteren Räume, das wusste er. Eine Kollegin von Charlotte war dabei, ihn zu bedienen.

»Sind das die Proben von Flemme?«, fragte er und zupfte wieder nervös an seiner Lippe.

»Ja, ich schicke sie gerade durch das General-Unknown-Screening. Willst du es sehen? Dann komm mit.« Sie führte ihn zu einem Computer, auf dessen Monitor im nächsten Moment ein Diagramm erschien. Bislang wurden keine Kurven angezeigt, und die Laborantin tippte etwas auf der Tastatur, während der Chromatograf seine Arbeit tat.

Es dauerte nicht lange, da wuchsen vor ihren Augen Kurven und Peaks in verschiedenen Farben quer über den Monitor. Erik beugte sich vor. Ihn interessierte ein blaugefärbter Peak. »Was ist das?«

Die Laborantin lehnte sich ebenfalls vor. »Äh ..., das ist Zyanid.«

»Zyanid? Bingo!« Erik klatschte so laut in die Hände, dass die junge Kollegin zusammenzuckte. »Also sind die dunklen Verfärbungen auf Holmqvists Lunge Tardieu-Flecken!«

»Tardieu-Flecken? Was soll das sein?«

»Das sind grobfleckige Petechien in der Pleura visceralis.«

»Aha?«

»Sie deuten auf Ersticken hin. Ersticken! Verstehst du, was das bedeutet?«

»Nein.«

Erik holte aufgeregt Luft. »Kannst du die Probe von dem anderen Mann auch durchjagen? Von Riis Sten? Und zwar jetzt, wenn's möglich ist?«

»Na klar.«

Zehn Minuten später zeigte das Diagramm eine ähnliche Kurve mit einem extremen Ausschlag bei Zyanid an. Also war es klar! Thorvald Riis Sten war ebenfalls erstickt. Verursacht durch eine Zyanidvergiftung!

Erik bedankte sich bei der Kollegin und rannte aus dem Labor. Er musste sofort mit Kirsten telefonieren.

57. KAPITEL

Marit hatte dringende Neuigkeiten. Es war kurz vor acht und sie wartete ungeduldig vor Kirstens Büro auf die anderen. Ihr Kontaktmann, ein ehemaliger PET-Mitarbeiter, hatte ihr gestern Abend einiges an Informationen übermittelt, und sie hatte den Rest der Nacht mit weiteren Recherchen verbracht. So langsam wurde das Bild klarer, und zum ersten Mal seit Beginn der Ermittlung kristallisierte sich ein Motiv heraus.

Sie hörte Schritte im Flur und sah Jesper auf sich zukommen. Er wirkte wie ausgewechselt. Frisch rasiert und frisiert lächelte er selig vor sich hin. Keine Spur mehr von dem Mann mit dem verschlossenen Wesen und der unsichtbaren Last auf seinen Schultern.

»Halløj, Jesper. Na, so gut gelaunt heute?«, grüßte sie ihn, woraufhin sein Lächeln noch breiter wurde.

»In der Tat. Ich habe bestens geschlafen und hatte nette Gesellschaft beim Frühstück.«

Marit runzelte die Stirn. Er hatte Besuch? Über Nacht? Von wem? Etwa einer Frau? Irgendwie versetzten ihr diese Gedanken einen kleinen Stich, und sie war gleichsam verärgert über ihre Reaktion. Was ging es sie an, was er privat trieb?

»Wie schön«, sagte sie möglichst fröhlich. »Dann fehlen jetzt ja nur noch Kirsten und Ebert. Ich hoffe, die beiden sind auch gut drauf.«

Jesper grinste. »Was? Die zwei gibt es mit guter Laune?«

»Ach, hör auf.« Marit gab ihm einen Klaps auf den Oberarm. »Sie sind echt okay.«

»Aua, du hast einen üblen Schlag drauf!« Jesper rieb sich die Stelle. »Machst du Kampfsport?«

»Kickboxen und Krav Maga.«

»Wirklich? Cool!« Jesper war ein wenig kleiner als sie und musste leicht den Kopf in den Nacken legen, um sie anzusehen. In seinem Blick leuchtete es bewundernd auf, und es war eindeutig, dass er von ihr fasziniert war. Das irritierte Marit. Wenn er bei sich zu Hause eine Freundin hatte, warum schaute er sie dann so an? Sie spürte, wie ihr die Röte ins Gesicht stieg, und wandte sich ab. Sie war froh, als in diesem Moment Kirsten und Ebert im Flur auftauchten.

Kurz darauf standen sie in Kirstens Büro, und Marit freute sich, dass Jesper in ihrer Nähe blieb.

Sei nicht kindisch, sagte sie sich. Alle Männer glotzen dich so an. Da bildete Jesper keine Ausnahme. Er benahm sich nur ein wenig besser als die meisten. Marit seufzte. Sie hatte schon vor langer Zeit aufgegeben, zu glauben, dass es da draußen einen Typen gäbe, der sie als Person liebte und nicht allein wegen ihres Äußeren an ihr interessiert war. Schlaf weiter, Dornröschen. Diesen Prinzen gibt es nicht.

Sie versuchte, sich auf das zu konzentrieren, was Kirsten

ihnen soeben eröffnete, denn es musste etwas Sensationelles sein, so wie die anderen darauf reagierten. Jesper stieß ein leises Pfeifen aus, und Ebert hob die Brauen, was seine Stirn bis hoch zur Glatze in Falten warf.

»Zyanidvergiftung?«, wiederholte Jesper. »Oben auf dem Gletscher?«

»Ja, so sieht es aus. Erik sagt, dass das Ergebnis der Gaschromatografie eindeutig ist«, erklärte Kirsten. »Das gilt für beide Leichen aus Grönland. Sie haben eine letale Dosis Zyanid im Körper. Und wir haben noch einen Bericht aus der Rechtsmedizin: Frau Riis Sten wurde – wie auch Kenneth Dalgård und Bente Villumsen – mit Zyankali vergiftet.«

»Ich höre immer nur Zyankali und Zyanid. Gibt es da etwa einen Zusammenhang?«, fragte Jesper.

»Möglich.« Kirstens Miene blieb ernst.

Während jeder zu überlegen schien, was das bedeuten konnte, hatte Marit den fehlenden Baustein für des Rätsels Lösung bereits. »Es gibt eine mögliche Erklärung. Zumindest für die Grönlandleichen«, sagte sie, und alle starrten sie an. Sie trat an den Schreibtisch, klappte den Laptop auf und lud eine Satellitenkarte von Grönland, genauer gesagt den Ausschnitt mit dem Avannarleq-Gletscher am Kvanefjord.

Sie nahm einen Stift und zeigte damit auf den Bildschirm. »Das ist der Fjord, an dessen Mündung Paamiut liegt. Das war der Startpunkt der zwei Expeditionen. Die Gruppen sind mit Booten den Fjord hinaufgefahren bis zu dieser Stelle.« Sie fuhr mit dem Stift in den obersten der drei Arme, in die sich der Fjord im Landesinneren verzweigte. Dann tippte sie neben eine Gletscherzunge, die bis ins Wasser hineinragte. »Hier in der Nähe landeten sie an, entluden die Boote und zogen mitsamt ihrer Ausrüstung entlang dieser Route auf den Gletscher. Zu Fuß dauert der Aufstieg mehrere Tage, bis man schließlich ein Plateau erreicht: das Inlandeis. Leider werden die Ortsangaben ab diesem Punkt ungenau. Aber nach Auswertung der Fotos beider Expeditionen, die ich mir letzte Nacht angeschaut habe, muss die Stelle mit den Fässern irgendwo in der Nähe dieser Felsspitzen liegen, die dort aus dem Eis ragen.« Marit machte eine kurze Pause, um zu sehen, ob alle mitkamen. »Ich habe meinen Informanten gefragt, ob es in dieser Gegend bekannte US-Stützpunkte mit etwaigen Altlasten gibt. Das hat er verneint. Er versprach mir jedoch, sich zu erkundigen, ob in dieser Gegend geheime Anlagen existieren, von denen nur unsere Geheimdienste oder die der Amis Kenntnis haben. Auch das konnte er zwischenzeitlich ausschließen. Dafür ist er auf etwas anderes gestoßen. Etwas ganz Legales. Zumindest soweit offizielle Quellen es verlauten lassen.« Marit tippte auf den mittleren der drei Fjordarme. In dem gab es ebenfalls eine Gletscherzunge, doch diese hatte sich bereits mehrere Kilometer ins Landesinnere zurückgezogen und ein breites Urstromtal zurückgelassen. Im oberen Bereich vereinten sich zwei Gletscher zu einem einzigen Eisschild, das ins Inlandeis überging. »Diese beiden Zungen haben dasselbe Nährgebiet, wie man sehen kann. Auch von diesem viel kürzeren Gletscher aus wäre es möglich, zu der Stelle mit den Fässern hinaufzugelangen.«

»Das ist ja schön und gut. Aber was willst du uns damit sagen?«, fragte Ebert ungeduldig.

Marit überging den schroffen Kommentar des Kollegen. Sie wusste, dass er ein guter Mann war, nur manchmal ein bisschen impulsiv. »Dazu komme ich gleich. Zunächst einmal will ich euch zeigen, was mein Informant entdeckt hat. Wie gesagt, es ist legal und offiziell, trotzdem weiß kaum einer davon. Am Berghang dieses Tals befindet sich eine Mine. Eine Goldmine.«

»Gold?« Kirstens Augen wurden rund.

»Exakt, Gold. Der Betreiber heißt DRIFT Guld und ist ein dänisches Bergbauunternehmen mit Sitz in Kopenhagen. Er hat die Abbaulizenz 2016 der Vorgängergesellschaft abgekauft, nachdem die Mine über Jahre hinweg stillgelegt gewesen war. Der Abbau hatte sich damals nicht mehr gelohnt. Doch mit den modernen Ausbeutungsmethoden sieht das heute vollkommen anders aus, und nun fördert DRIFT Guld wieder Gold. Und zwar – haltet euch fest – 60.000 Unzen pro Jahr. Das entspricht einem Wert von rund 90 Millionen Euro! Also ein recht lukratives Stückchen Erde, das mitten im Nirgendwo liegt.«

»Wow!«, entfuhr es Jesper. »90 Millionen Euro! Krasse Hausnummer!«

»Allerdings«, sagte Ebert.

Derweil zoomte Marit den Ausschnitt mit der Mine auf dem Satellitenbild heran. Helle dünne Schlangenlinien wurden in der Landschaft sichtbar. Sie stellten Schotterwege dar, die sich von einer Art Camp mit viereckigen Bauwerken über den Sander bis hin zur Küste erstreckten, wo eine Kaianlage mit Förderbändern und Containern zu erkennen war. Eine andere Straße führte in Richtung des Gletschers weiter oben im Tal.

»Ich war auf der Webseite von DRIFT Guld. Dort behauptet der Geschäftsführer Stig Rosenfeldt, dass er darauf achtet, ökologisch und umweltverträglich zu arbeiten. Der Abbau geschieht wie folgt: Das vor Ort zerkleinerte Rohmaterial wird mit Lastwagen zum Fjord transportiert, wo es von einem Frachter aufgenommen wird. Der bringt das Material nach Kanada, wo die Abscheidung vorgenommen wird, also das Auslösen des Goldes aus dem Muttergestein mithilfe eines nasschemischen Prozesses. Dass dies nicht in Grönland vollzogen werden darf, haben wir unseren Umweltgesetzen zu verdanken. Ihr müsst wissen, bei diesem Prozess entstehen hochgiftige Abfallprodukte.«

»Welche denn?«, fragte Ebert.

»Zyanide zum Beispiel.«

»Zyanide wie in den Leichen vom Gletscher?«

»Ja«, bestätigte Marit.

Diesmal war das Schweigen durch Überraschung geprägt.

»Du meinst also, DRIFT Guld spielt ein falsches Spiel?«, fragte Jesper, als er begriffen hatte, worauf Marit hinauswollte.

»Ja. Zumindest ist es möglich, dass sie sich nicht an das vertragliche Abkommen halten, stattdessen den Scheideprozess vor Ort durchführen und …«

»… den Müll auf dem Gletscher entsorgen?!«, ergänzte Kirsten.

Marit tippte mit dem Stift auf die Straße, die zum Gletscher führte. »Wie ich vorhin sagte, an dieser Stelle gelangt man ebenfalls hinauf zum Inlandeis.«

»Teufel noch eins, das ist es!«, stieß Ebert aus.

»Also haben beide Expeditionen diesen Umweltskandal entdeckt, und das war dem Minenbetreiber ein Dorn im Auge«, malte Kirsten das mögliche Szenario weiter aus. »Mann. Bei 90 Millionen Euro im Jahr würde ich auch versuchen, das zu vertuschen. Da sind ein paar Morde Peanuts. Wenn das mit den Fässern rauskommt, verliert der Betreiber sicher seine Abbaulizenz, weil er damit gegen die Auflagen verstößt, oder?«

Marit nickte. »So ist es!«

Kirsten fuhr sich durch die Locken. Ein Lächeln trat auf ihr Gesicht. »Leute, wir haben es. Das ist das Motiv!«

»Na dann«, sagte Jesper und rieb sich die Hände. »Statten wir dem Büro von DRIFT Guld einen Besuch ab!«

58. KAPITEL

»Meinst du, die Killer haben etwas Bestimmtes mit Bostrup vor?«, fragte Jesper vorsichtig, während er mit Kirsten zum Tuborg Havn fuhr, wo das Büro von DRIFT Guld lag. Sie hatten sich aufgeteilt. Marit arbeitete weiter an den Überwachungsvideos, und Clausen überprüfte die Bergbaufirma, deren Einträge im Handelsregister, etwaige polizeiliche oder gerichtliche Vermerke oder ob es irgendwelche verdächtigen Verbindungen gab.

»Ich weiß es nicht. Diese Wichser sind völlig krank. Ihnen ist alles zuzutrauen«, sagte Kirsten und presste die Lippen aufeinander. Ihr war deutlich anzumerken, wie groß ihre Sorge um den Chefobduzenten war. »Wenn sie Flemme auch nur ein Haar krümmen, mache ich Hackfleisch aus denen!«

Jesper nickte. Er konnte sie gut verstehen.

Schweigend fuhren sie einmal quer durch die Stadt und erreichten schließlich den Tuborg Havn, wo sie vor einem von drei futurisch grünen Hochhäusern mit wellenförmigen Fensterlinien parkten.

Jesper stieg aus und wandte erstaunt den Kopf. Das gesamte Viertel schien komplett neu gebaut worden zu sein. Rund herum nur hochmoderne verspiegelte Architekturwunder, die in der blassen Morgensonne kühl und abweisend schimmerten.

»Da drüben ist es.« Kirsten zeigte auf das mittlere der drei Gebäude. Sie traten an den Eingang und klingelten bei DRIFT Guld AB.

»Ja, bitte?«, drang es aus der Lautsprecheranlage.

»Vinther, Polizei Kopenhagen. Wir haben ein paar Fragen an Sie über Ihre Firma.«

Kurzes Schweigen, dann ertönte der Summer.

Das Büro lag im ersten Stock, und sie nahmen die Treppe. Kurz darauf warteten sie vor einer Glastür, die ihnen eine Frau in Businesskostüm öffnete. Jesper und Kirsten zeigten ihre Ausweise, und die Dame ließ sie in einen Vorraum eintreten, der mit Wasserspender, kleinem Tisch und Designerstühlen bestückt war. An der Wand hing der Schriftzug der Firma und eine Luftaufnahme des Fjords, in dem die Mine lag. Eine grönländische und eine dänische Flagge standen auf dem Tresen, hinter dem die Sekretärin sich zurückzog.

»Um was geht es?«, fragte sie barsch.

»Wir würden gerne mit Ihrem Geschäftsführer Herrn Stig Rosenfeldt sprechen.«

»Sie sind doch diese Kommissarin, die den Journalisten geschlagen hat, nicht wahr?« Die Frau musterte Kirsten durchdringend.

Jesper sah, dass Kirsten kurz davor war, die Geduld zu verlieren, deshalb lehnte er sich rasch vor und sagte: »Meine Kollegin hat sich bei dem Journalisten entschuldigt. Die Sache ist damit vom Tisch. Und nun zu unserem Anliegen. Es wäre sehr freundlich, wenn wir Informationen zu dem Betrieb Ihrer Mine in Grönland bekämen.«

»Hat das mit dem Fall zu tun? Mit dem Metzger?«

»Das darf ich Ihnen leider nicht sagen. Ich wünschte, ich könnte es, aber mir sind beide Hände gebunden.« Er lächelte entschuldigend. »Nun, was ist? Dürfen wir Ihren Chef sprechen?«

Die junge Frau bedachte ihn mit einem bereitwilligen Nicken. Sie drückte auf eine Gegensprechanlage, kündigte »die Polizei« an und wies auf die Tür neben den Tresen. »Herr Rosenfeldt erwartet Sie.«

Jesper bedankte sich und ließ Kirsten den Vortritt in das Büro. Dort wiederholten sie das Spiel mit den Ausweisen und trugen den Grund ihres Besuchs vor.

»Mordermittlung?«, fragte der Mann hinterm Schreibtisch. Er war um die 60 und trug einen feinen seidenen Anzug. Sein Haar war komplett weiß und zu einem Pferdschwanz gebunden. Die manikürten Hände lagen auf der Tischplatte und eine teure Golduhr lugte unter den steifen Manschetten hervor. Alles an diesem Typen schrie nach Geld. In der Tiefgarage des Gebäudes müssten sie mit Sicherheit nicht lange nach seinem Auto suchen. Jesper tippte auf Bentley oder Aston Martin.

»Ja, wir sind hier im Zuge einer Mordermittlung«, bekräftigte Kirsten.

»Und was soll ich damit zu tun haben?«

»Um Sie persönlich geht es im Augenblick nicht, sondern um Ihre Firma.«

»Meine Firma? Ich verstehe nicht, wie DRIFT Guld mit einem Mord in Verbindung stehen soll?«

»Es sind mehrere Morde«, betonte Kirsten. »Dürfen wir uns setzen?«

»Wollen Sie denn länger bleiben?«

»Ja, so lange, wie es nötig ist.«

Herr Rosenfeldt deutete gönnerhaft auf die beiden Stühle vor seinem Schreibtisch. Demonstrativ zog Kirsten ihre Jacke aus und Jesper tat es ihr gleich.

»Na!«, sagte sie knapp und nahm ihren Notizblock heraus. »Fangen wir damit an, wann Sie die Abbaulizenz für die Mine in Grönland erworben haben.«

Rosenfeldt lehnte sich vor. »Das war 2016. Ich habe sie dem Vorbetreiber abgekauft.«

»Wurden mit dem Kauf die Auflagen erneuert, die mit der Lizenz verbunden sind?«

»Ja, in einem speziellen Appendix vom grönländischen Umweltamt.«

»Wie lauten diese Auflagen?«

Herr Rosenfeldt runzelte seine verdächtig faltenfreie Stirn. Er war aalglatt und geleckt bis zum letzten Härchen. Jesper konnte den Kerl instinktiv nicht leiden und, wie es den Anschein machte, Kirsten noch viel weniger. Zum ersten Mal befürwortete er ihre Art, wie sie mit ihm umsprang.

»Entschuldigen Sie, aber welchen Bezug sollen die Auflagen zu dem Mordfall haben?«, wich Rosenfeldt aus. Seine Taktik mit den Gegenfragen wurde langsam ermüdend. Das hatte er bestimmt in einem Managertraining gelernt.

»Dazu kommen wir gleich«, sagte Kirsten. »Zuerst beantworten Sie meine Frage.«

»Nun, da gibt es nichts Besonderes zu sagen. Die Auflagen erfordern, dass keine umweltschädlichen Prozesse, in unserem Fall vorrangig die Goldscheidung, auf grönländischem Boden stattfinden darf.«

»Und daran halten Sie sich?«

Jesper beobachtete Rosenfeldt. Sein Blick blieb neutral und er zeigte keinerlei Anzeichen von nervösem Verhalten.

»Natürlich, sonst würde uns die Lizenz sofort entzogen werden«, antwortete er ruhig.

»Betreiben Sie noch weitere Minen?«

»Nein, die am Avannarleq-Gletscher ist die einzige.«

Kirsten nickte und zog zwei Fotos aus der Tasche, die sie im Präsidium ausgedruckt hatte. Eines zeigte die rostigen Fässer und das andere die halb vom Schnee bedeckte Leiche von Thorvald Riis Sten mit dem angefressenen Gesicht. Sie hielt die Bilder so, dass Rosenfeldt sie nicht sehen konnte, und fragte: »Es fallen also vor Ort keine Abfälle an, die zyanidhaltig sind, verstehe ich Sie in diesem Punkt richtig?«

»Ja und nein. Um ehrlich zu sein, gibt es schon ein paar Abfälle dieser Art. Aber die sind so geringfügig, dass sie kaum eine Rolle spielen.«

»Wodurch kommen die zustande?«

»Wir testen vor Ort den Goldgehalt des Muttergesteins, um

zu bestimmen, ob sich eine Ader für den Abbau lohnt. Für diesen Zweck betreiben wir eine kleine Zyanidlaugstation in der Mine. Das ist ein reguläres Vorgehen und vom grönländischen Umweltamt genehmigt, und eigentlich ist es ein in sich abgeschlossener Kreislauf. Da kann kaum Zyanid entweichen.«

»Es ist ja auch nicht viel nötig, um einen Menschen mit Natrium- oder Kaliumcyanid zu vergiften«, sagte Kirsten. »Wenige Milligramm reichen aus. Das ist so viel, wie auf meine Fingerspitze passt.«

Jesper bemerkte, dass der Chef von DRIFT Guld mehrfach zu den Fotos in Kirstens Hand schielte. Wurde er nun doch nervös?

»Das weiß ich natürlich«, sagte Rosenfeldt. »Deshalb haben wir höchste Sicherheitsstandards für unsere Arbeiter, die die Laugerei bedienen. Hören Sie, Bergbau ist immer ein Eingriff in die Umwelt, das geht nie vollkommen sauber vonstatten, aber wir bemühen uns, die Schäden so gering wie möglich zu halten. Grönlands einzigartige Natur liegt uns sehr am Herzen. Ich spende jedes Jahr einen festen Betrag für den Umweltschutz. Außerdem schaffen wir Arbeitsplätze in einer Region, in der es außer Eis und Steinen nichts gibt. Ich bezahle angemessene Löhne und meine Leute sind zufrieden.«

»Wie viele Menschen arbeiten für Sie?«

»50 in Grönland und 30 in Kanada.«

»Und wie viele hier in Kopenhagen?«

»Oh, nur ich und meine Assistentin Stacy.« Er lächelte und zeigte seine kosmetisch gebleichten Zähne.

»Haben Sie Familie?«

»Nö. Ich ziehe es vor, unabhängig zu sein.«

»Lebensgefährtin?«

»Im Moment, ja.«

»Name?«

»Wie bitte? Das geht Sie nichts an.«

»Wir finden es auch so raus. Also bitte?«

Rosenfeldt verzog verärgert das Gesicht. »Lisbeth Singer Holst.«

»Die Schauspielerin?«

»Ja. Hören Sie, was soll das? Was hat mein Privatleben mit all dem zu tun? Könnten Sie vielleicht mal zur Sache kommen?«

»Das tue ich«, sagte Kirsten ungerührt. »Der Name der Firma, die den Scheideprozess für Sie in Kanada durchführt, lautet?«

»REX Aurum Canada Limited.«

»Und wie heißt die Reederei, die das Rohmaterial von Ihrem Port im Kvanefjord nach Kanada transportiert?«

»Bulk Shipping Newfoundland.«

»Okay, danke.« Kirsten notierte sich beide Angaben. »Wie läuft das in Grönland ab? Wo und wie sind die Arbeiter vor Ort untergebracht?«

Rosenfeldt rollte seufzend mit den Augen. »Die Männer arbeiten in Dreimonatsschichten und wohnen in der Nähe der Mine in festen Hauscontainern. Im Winter ist es natürlich härter, da erhalten sie eine Polarnachtzulage.«

»Keiner Ihrer Angestellten hatte je gesundheitliche Probleme? Irgendwelche Vergiftungssymptome?«

»Nein, ich achte sehr darauf, dass es allen gut geht. Es werden regelmäßige medizinische Untersuchungen durchgeführt. Zweimal im Jahr.«

»Gibt es vom Minenfeld eine Route auf den Gletscher?«

Rosenfeldt zuckte mit den Schultern. »Kann sein, die Straßen verändern sich jedes Jahr, der Sander ist in Bewegung.«

»Wie oft sind Sie vor Ort?«

»Mehrmals im Jahr. Ich bin Geologe, und es ist meine Arbeit, nach dem Rechten zu sehen. Ich habe viel Erfahrung in der Prospektion, also der geologischen Erkundung, und der Erschließung neuer Abbaustellen.«

Jesper fielen erneut Rosenfeldts manikürte Hände ins Auge, die nicht wirkten, als kämen sie häufig in Berührung mit der Arbeit in einer Mine.

»Wann waren Sie zuletzt dort?«

»Im Oktober.«

»Und wie steht's mit den Sommern 2018 und 2019?«

Rosenfeldt blickte von Kirsten zu Jesper. Er schien bemüht zu sein, einen ruhigen Eindruck zu vermitteln, dennoch registrierte Jesper ein leichtes Zucken am linken Mundwinkel.

»Da müsste ich nachgucken.«

Kirsten hob eine Hand. »Bitte tun Sie das.«

»Jetzt?«

»Ja, jetzt.«

Rosenfeldt seufzte erneut. Nach ein paar Minuten hatte er die Information. »Ich war jeweils im Juli dort. Reicht Ihnen das?«

Kirsten sah Jesper an, der nickte. Beide Expeditionen waren zur selben Zeit wie er am Gletscher gewesen.

Rosenfeldt hatte ihren nonverbalen Austausch natürlich bemerkt und plusterte sich auf. »Wenn Sie mir nicht endlich sagen, worum es geht, muss ich Sie bitten zu gehen! Sie stehlen meine Zeit.«

»Dann spannen wir Sie nicht länger auf die Folter.« Kirsten drehte das erste Foto um. Es zeigte die Fässer. »Kommen die Ihnen bekannt vor?«

»Nein. Was soll das sein?« Rosenfeldt wirkte unbeeindruckt.

»Wir vermuten, dass es Fässer mit zyanidhaltigen Abfällen sind. Die liegen oben auf dem Gletscher, keine 20 Kilometer Luftlinie von Ihrer Mine entfernt!«

Rosenfeldt lehnte sich zurück. »Wirklich? Das sind bestimmt Altlasten von den Amerikanern, die haben ja viele Stützpunkte in Grönland betrieben, die sie nach dem Krieg zurückgelassen haben, mit allem, was sich dort befand. Ein Umweltskandal ohnegleichen.«

»Das ist uns bekannt, allerdings befand sich an dieser Stelle nie ein Stützpunkt. Das haben wir überprüft.«

Rosenfeldt stieß abfällig Luft aus. »Und Sie glauben den Amis? Die haben so viel Schindluder getrieben und die dänische Regierung angelogen, dass keiner mehr einen Überblick hat, was da sonst noch rumliegt. Vielleicht ist auf Ihrem Foto ein geheimes Camp zu sehen, von dem nie jemand etwas wusste und das durch die Eisschmelze wieder aufgetaucht ist.«

»Möglich«, entgegnete Kirsten. »Sicher ist jedoch, dass diese illegale Müllkippe von einer wissenschaftlichen Expedition entdeckt wurde, die 2018 auf dem Gletscher unterwegs war und auf rätselhafte Weise verunglückte. Niemand kehrte zurück.«

»Davon weiß ich nichts.«

Kirsten drehte das zweite Foto mit Thorvald Riis Stens Leiche um. Als Rosenfeldt erkannte, was darauf abgebildet war, stieß er einen Laut des Ekels aus.

»Verdammt! Warum zeigen Sie mir so was? Das ist widerwärtig.«

»Das«, erklärte Kirsten mit harter Stimme, »ist einer der sieben Teilnehmer jener Expedition von 2018. Dieser Mann und ein weiterer sind an einer Zyanidvergiftung gestorben. Dort oben auf dem Inlandeis, in der Nähe der Fässer. Dazu haben wir gesicherte Erkenntnisse.«

»Ja und? Es berechtigt Sie noch lange nicht, mir ohne Vorwarnung das Bild eines Toten zeigen. Ihr Verhalten grenzt an Psychoterror. Das verbitte ich mir!«

»Sie sagen also, dass Sie oder Ihre Mine nichts damit zu tun haben?«

»Nein, zur Hölle!«

»Wo waren Sie in den Nächten vom 19., 21. und 25. dieses Monats?«

»Im Ernst? Sie halten mich für jemanden, der Menschen tötet?«

»Um die 90 Millionen Euro zu schützen, die Ihre Mine jährlich abwirft? Ja, durchaus.«

»Das ist lächerlich!« Rosenfeldt schüttelte den Kopf. »Aber falls es Sie interessiert: Ich war am 19. bis spät in die Nacht beim Fitnesstraining, ich mache mein Work-out immer spät, das wird das Personal im Studio bestätigen. Am 21. war ich bei Freunden eingeladen, die in Helsingør wohnen, und am 25. war ich mit einem Geschäftskollegen essen.« Er erhob sich und knöpfte sein Jackett zu. »So, und jetzt verlassen Sie bitte mein Büro. Sollten Sie weitere Fragen haben, wenden Sie sich an meinen Anwalt in der Kanzlei Solbjerg. Auf Wiedersehen!«

Wenig später standen Jesper und Kirsten unten vor dem Gebäude.

»Wow, das war mal ein Rausschmiss allererster Güte«, sagte Jesper.

»Trotzdem haben wir viel erfahren. Was hältst du von dem Mann?«

»Der hat was zu verbergen, das war deutlich zu sehen.«

Kirsten nickte.

»Sollen wir seine Alibis überprüfen?« Jesper fror, die Kälte kroch in seine Beine.

»Ja, obwohl ich denke, dass sie stimmen. Ich schätze den Kerl nicht so ein, dass er sich selbst die hübschen Hände schmutzig macht. Er wird darauf geachtet haben, dass seine Alibis wasserdicht sind.«

»Da hast du vermutlich recht. Ich fand es allerdings merkwürdig, dass er so schnell wusste, wo er an den besagten Abenden war, ohne seinen Kalender zu Hilfe zu nehmen. Bei seinen Reisen nach Grönland musste er das jedoch.«

»Das ist dir auch aufgefallen?«

»Klar.« Jesper grinste. »Du hast den Typen übrigens gut in die Mangel genommen.«

»Danke.« Mit einem flüchtigen Lächeln setzte Kirsten sich in Bewegung, stapfte mit langen Schritten auf ihren Wagen zu.

»Was machen wir jetzt?«, rief Jesper ihr hinterher.

»Ich werde mit der Therkildsen sprechen. Für einen Durchsuchungsbeschluss reichen unsere Hinweise vermutlich nicht aus. Aber ich habe eine Idee.«

»Aha, und welche?« Jesper schloss zu ihr auf und steckte die Hände in die Taschen. Der eisige Wind pfiff durch die Häuserschluchten, und der überfrorene Schnee knirschte unter seinen Sohlen.

»Wir schicken jemanden nach Grönland«, sagte sie. »Es ist schließlich nicht verboten, sich ein Bild vor Ort zu machen. Vielleicht bekommen wir von den grönländischen Kollegen die Erlaubnis, uns in der Mine und ihrer Umgebung umzusehen. Solch eine Menge tödlichen Giftes darf nicht einfach auf einem Gletscher herumliegen.«

»Okay …« Jesper schnalzte mit der Zunge. »Und wer von uns soll dorthin fliegen?«

»Na, du!«

59. KAPITEL

»Warum ausgerechnet Bæk?«, fragte Clausen. Seine Glatze glühte.

»Weil wir ihn hier am ehesten entbehren können«, antwortete Kirsten genervt. Sie war es leid, über ihre Entscheidung diskutieren zu müssen. »Bæk kennt sich in Kopenhagen nicht gut genug aus. Um Flemme oder die Täter zu finden, brauchen wir jetzt Leute auf der Straße, die jeden Winkel der Stadt kennen.«

Clausen wollte den Mund aufmachen, doch Kirsten würgte ihn ab, indem sie ihm auftrug, sich darum zu kümmern, weitere Videos von der Straßenüberwachung anzufordern. Sie mussten wissen, wo der Krankenwagen entlanggefahren war, nachdem die Täter die Leiche von Frau Riis Sten am Christianshavns Torv abgelegt hatten. Clausen nahm die Aufgabe mit einem grimmigen Nicken entgegen und ließ sie allein. Kirsten atmete auf und ging durch den Besprechungsraum zu Camilla, die fleißig an einem der Computer arbeitete. Die Vizekommissarin sollte zusammen mit zwei weiteren Kollegen das Unternehmen DRIFT Guld durchleuchten.

»Hast du schon etwas Interessantes gefunden?«, fragte sie.

Camilla nickte, ohne vom Bildschirm aufzusehen. »Jährlich werden laut DRIFT Guld rund 34.000 Tonnen Rohmaterial nach Kanada verschifft. Das hat uns die Reederei Bulk Shipping Newfoundland bestätigt. Das entspricht gemäß der offiziell von DRIFT Guld angegebenen Goldanreicherung von 18,3 Gramm pro Tonne Gesteinsmaterial tatsächlich dem, was man für 60.000 Unzen Gold etwa fördern muss. Das habe ich dem Prospektionsbericht entnommen, der von DRIFT Guld bei der Projektausschreibung veröffentlicht wurde. Es deutet also zunächst nichts darauf hin, dass sie die Goldscheidung mit eventuell abgezweigtem Rohmaterial in Grönland vornehmen.«

»Okay, sonst noch was?«

»Ja. Und zwar die Berichte vom Vorbesitzer der Mine. Auch dort stimmen die Zahlen. Wir versuchen, den Mann zu kontaktieren. Er lebt in Florida. Aber unter der einzigen Nummer, die wir von ihm haben, geht niemand dran, nicht mal eine Mobilbox.«

»Versucht es weiter. Hast du irgendetwas zu aktuellen oder ehemaligen Mitarbeitern der Mine in Erfahrung bringen können?«

»Nope, dazu bräuchten wir Einblick in die Personallisten der Firma, und den haben wir nicht. Wäre wirklich einfacher, wenn der Staatsanwalt uns einen Durchsuchungsbeschluss erteilen würde.«

Kirsten schüttelte bedauernd den Kopf. »Daraus wird vorerst nichts. Die Therkildsen hat mit ihm gesprochen. Momentan haben wir keine Chance, einen zu bekommen. Dafür brauchen wir mehr belastendes Material.«

»Verdammt.« Camilla blickte finster drein, dann hellten sich ihre Gesichtszüge auf. »Warte, es gäbe da noch einen Weg. Zumindest, was die Mitarbeiter von DRIFT Guld betrifft. Ich werde mal bei der zuständigen grönländischen Kommune nachfragen. Soweit ich weiß, benötigen alle Arbeiter, die nach Grönland gehen oder entsendet werden, eine behördliche Genehmigung, wenn sie einen Job ausüben wollen, den auch ein Grönländer übernehmen könnte, was ja auf die Arbeit in einer Mine zutrifft.«

»Gut, versuch das!« Kirstens Telefon klingelte. Es war eine unbekannte Nummer, trotzdem ging sie dran. Vielleicht war es jemand, der Neuigkeiten über Flemme hatte.

»Hallo?«, fragte eine junge weibliche Stimme. »Ist da Kommissarin Vinther?«

»Ja, das bin ich. Was kann ich für Sie tun?«

»Ich bin Josie, die Tochter von Jesper Bæk. Ich kann meinen Vater nicht erreichen, und er hat gesagt, dass ich in dringenden Fällen Sie anrufen soll.«

Kirsten rollte mit den Augen. Sollte sie jetzt auch noch Babysitter für Bæks Kinder spielen? Sie holte leise Luft und fragte, was los war.

»Ich bin auf dem Hausboot von Marit Iversen, mein Vater wollte, dass ich hier unterkomme, solange er in Grönland ist. Und ich sollte mich sofort melden, wenn etwas seltsam ist. Wegen des Horrormetzgers.«

»Ich verstehe nicht ganz«, sagte Kirsten. »Was hast du mit dem Horrormetzger zu tun?«

»Nichts, das hoffe ich zumindest. Mein Vater hat eben Angst, dass der Mann es vielleicht auf ihn oder mich abgesehen hat. Na, weil er Ihnen doch einen Drohbrief geschrieben hat und dieser Doktor verschwunden ist …«

»Ja, ja, das weiß ich alles, aber warum rufst du an?«, drängte Kirsten.

»Weil hier ein totes weißes Kaninchen vor der Tür liegt!«

60. KAPITEL

Die Maschine nach Kangerlussuaq hob pünktlich vom Flughafen Kastrup ab. Marit saß am Gang des Airbus 330 und Jesper am Fenster. Er war recht schweigsam und es schien, als mache er sich Sorgen.

»Ist es wegen deiner Tochter?«, fragte sie. »In dem Punkt kannst du beruhigt sein, sie ist bei Kjell gut aufgehoben. Er hat Übung mit extremen Situationen.«

»Wie meinst du das?« In Jespers Augen leuchtete es alarmiert auf.

»Ich wollte damit sagen, dass Josie bei ihm sicher ist. Kjell ist zwar kein Polizist, aber er weiß sich genauso gut zur Wehr zu setzen.«

»Wollen wir es hoffen«, brummte Jesper.

Sie legte eine Hand auf seinen Arm. »Es wird schon nichts passieren.«

Eine Weile schwiegen sie, und es war nicht unangenehm, wie Marit feststellte. Sie mochte es, neben Jesper zu sitzen, nichts zu sagen und die Berührung seines Ellenbogens zu spüren.

»Freust du dich auf die Tour aufs Inlandeis? Das ist wirklich etwas Besonderes«, sagte sie, nachdem die Stewardess ihnen Kaffee gebracht hatte.

Mit großen Augen sah er sie an. »Gehen wir wirklich da rauf?«

»Natürlich. Ich will schließlich mit eigenen Augen sehen, was dort los ist.«

»Wie oft bist du in Grönland?«

»Nicht so oft, wie ich es gerne wollte«, sagte sie. »Alle zwei Jahre vielleicht.« Das schlechte Gewissen rührte sich in ihr. Ihre

Eltern lagen in Nuuk auf dem Friedhof, und sie schämte sich, dass sie sie nicht öfter besuchte.

»Vermisst du dein Land?«

»Ja, sehr. Aber Dänemark ist genauso meine Heimat. In meiner Brust schlagen zwei Herzen, wenn du so willst.« Sie lächelte still.

»Das verstehe ich. Ich vermisse meine Heimat auch. Mein Gott, ich habe mein ganzes Leben in Ringkøbing verbracht. Echt langweilig, oder?«

»Nein, wieso?« Marit schüttelte den Kopf. Sie war sich sicher: Wenn sie ihre Eltern nicht verloren hätte, wäre sie wahrscheinlich noch immer in Grönland und glücklich damit. Sie fand nichts Schlimmes daran, wenn man sesshaft war.

»Ich dachte nur«, sagte Jesper, dann räusperte er sich. »Sag mal, darf ich dich was fragen? Das interessiert mich schon länger. Du musst auch nicht darauf antworten, wenn es dir zu privat ist.«

»Was denn?«, fragte sie neugierig.

Er zögerte und leckte sich über die Lippen. »Also ... ich habe von den Kollegen im Präsidium erfahren, dass du früher mal bei der Polizei warst. Mich interessiert, warum du aufgehört hast. Als Recognizerin könntest du doch auch direkt für die Truppe arbeiten.«

»Na, ganz einfach, die Bezahlung ist als Freelancer besser. Und ich suche mir die Arbeitszeiten selbst aus!« Marit schmunzelte. »Scherz beiseite. Was haben dir die Kollegen denn sonst noch über mich erzählt?«

Jesper rutschte verlegen auf seinem Sitz hin und her. »Dass du echt gut bist. Hochbegabt und so was.«

Marit lachte. »Das ist ja nett. Aber den Grund, warum ich den Dienst quittiert habe, haben sie dir nicht verraten?«

»Nein. Sorry, wenn ich dir damit zu nahe trete.«

»Keine Sorge, das tust du nicht.« Marit lehnte sich zurück. »Ich werde es dir sagen. Schließlich ist es kein Geheimnis.« Sie suchte nach den richtigen Worten und entschied sich für die ungeschönte Wahrheit. »Ich habe im Dienst einem Typen die Fresse poliert. Habe ihm die Nase und das Jochbein gebrochen. Es geschah bei einer Festnahme. Der Kerl hatte zuvor seine Frau krankenhausreif geschlagen. So richtig übel. Sie hatte mehrere Frakturen, und vergewaltigt hatte er sie ebenfalls. Da hat irgendetwas bei mir ausgesetzt und ich habe zugeschlagen. Wieder und wieder. Ich wollte es. Ich wollte ihm Schmerzen zufügen. Und ich kann dir sagen, ich habe es genossen! Ich hatte es so satt, immer nur zuzusehen. Diese Kerle immer nur festzunehmen und sie wenig später laufen lassen zu müssen, weil ihre Frauen nicht den Mut haben, sie anzuzeigen. Ich hatte es so verdammt satt, nach den Regeln spielen zu müssen, weil ich Polizistin war. Fuck. Ich wollte auch einmal die Richterin sein. Verstehst du, was ich meine?« Sie holte tief Luft. »Die Sache hatte natürlich ein Nachspiel. Der Typ hat mich angezeigt und der Fall ging vor Gericht. Er bekam Recht. Am selben Tag habe ich meinen Dienst quittiert.« Sie blickte Jesper an, dessen Gesicht wie versteinert war.

Erst jetzt wurde Marit bewusst, was sie ihm alles erzählt hatte. Wie sehr sie sich in Rage geredet und dass sie mehr von sich preisgegeben hatte als beabsichtigt. Verdammt! Was, wenn Jesper einer von diesen oberkorrekten Bullen war, die solch einen Kontrollverlust aufs Schärfste verurteilten?

Marit wollte ihm sagen, dass er die Sache einfach vergessen sollte, da begann Jesper langsam zu nicken.

»Ich weiß, wie es dir geht«, sagte er mit belegter Stimme, »mir ist nämlich etwas Ähnliches passiert.«

In diesem Moment wusste Marit, dass sein Versetzungsantrag damit zu tun haben musste. Sie dachte an Kirsten und wie sehr diese sich die Zähne daran ausgebissen hatte, den Grund dafür zu erfahren. Marit wartete schweigend. Sie wollte Jesper von sich aus erzählen lassen.

Er wandte sich ihr zu und sah sie mit seinen leuchtend grünen Augen an. Darin lag tiefes Verständnis, aber auch Reue. »Ich habe meine Frau geliebt, wir waren über 28 Jahre zusammen, 22 davon verheiratet«, begann er. »Ich war immer stolz darauf, dass unsere Ehe so gut funktionierte ... Und dann tauchte dieser Rasmus auf. Einfach so. Ich habe erst nichts mitbekommen. Habe nicht gemerkt, wie er mir allmählich meine Frau weggenommen hat und dass mein Leben bis dahin nur eine Illusion gewesen war. Die große Liebe! Ich bin ein solcher Idiot!« Er schüttelte den Kopf. »Ich hätte das Ganze vielleicht retten und Lisa zurückgewinnen können, doch ich habe die Nerven verloren. So ähnlich wie du. Und ich habe teuer dafür bezahlt. Rasmus hat mir alles genommen, meine Familie, mein Zuhause und meine Heimat.«

»Aber nicht deinen Job.«

»Nein«, er lachte bitter. »Meinen Job nicht. Meinen verdammten Job, wegen dem das überhaupt erst passieren konnte! Der schuld daran war, dass ich oft nicht zu Hause war und Rasmus freie Bahn hatte. Freie Bahn in mein Leben. Ich war so wütend, dass ich nicht wusste, was ich tat. Heute bereue ich es, doch damals habe ich mich vom Affekt leiten lassen, von meinem Hass.« In seinem Blick lag ein Ausdruck, der ihr schlagartig Unbehagen bereitete. Hatte er etwa seine Frau geschlagen?

Marit knirschte leise mit den Zähnen. Das würde sie ihm nicht verzeihen können. Niemals! Sie hatte ihre Prinzipien. Innerlich verfluchte sie sich dafür, so schnell und unvorsichtig Sympathien für diesen Mann entwickelt zu haben. Was für ein dummer Fehler.

Jesper schien ihren inneren Konflikt nicht zu bemerken und erzählte offen weiter, was damals geschehen war. Und am Ende war es völlig anders, als sie befürchtet hatte. Erleichtert atmete sie auf und lehnte sich still lächelnd zurück.

»Was denkst du?«, fragte er besorgt.

»Dass du recht hattest. Und dass dieser Rasmus es verdient hat. Solche Typen sind Raubtiere. Sie nehmen sich, was sie wollen. Ohne Rücksicht auf Verluste.«

Jesper nickte. Er wirkte traurig, aber auch erleichtert, dass er es sich von der Seele geredet hatte. »Trotzdem hätte ich ihm nicht unbedingt eine aufs Maul geben sollen, während ich im Dienst war.«

»Ja, das war nicht ganz so schlau. Eines wundert mich jedoch: Warum hat Rasmus dich nicht angezeigt?«

»Oh, das wollte er, glaub mir. Er und Lisa, meine Ex-Frau, hätten mich am liebsten bluten sehen, das war klar. Ich habe es meiner Tochter zu verdanken, dass es nicht so weit gekommen ist. Josie hat Lisa ins Gewissen geredet. Sie hat sie angefleht, mich nicht anzuzeigen, weil das meine Karriere zerstören würde. Josie hat ihr auch gesagt, dass sie mir ja schon alles genommen hätte und mir wenigstens meinen Job lassen sollte. Darauf hat sich Lisa eingelassen, nachdem ich mich bereiterklärt hatte, Rasmus' Zahnarztkosten zu übernehmen und ihm ein entsprechendes Schmerzensgeld zu zahlen.«

»Es war sehr mutig von deiner Tochter, sich gegen ihre Mutter zu stellen«, sagte Marit beeindruckt.

»Ja, Josie ist ein tolles Mädchen. Leider muss sie jetzt dafür büßen, denn Rasmus mobbt sie, wo er nur kann. Er lässt sie ständig spüren, dass sie nicht erwünscht ist. Aus dem Grund ist sie jetzt bei mir in Kopenhagen. Sie hat es zu Hause nicht länger ausgehalten.«

Marit nickte. Das konnte sie gut nachvollziehen. Warum nur herrschte in so vielen Familien Unfrieden oder gar Gewalt, psychische wie physische?

»Kjell wird gut auf sie aufpassen«, sagte sie leise, während sie in Gedanken plötzlich wieder acht Jahre alt war und durch den Schnee vor etwas floh, vor dem es kein Entkommen gab.

61. KAPITEL

»Hallo. Dies ist die Mobilbox von Marit Rauch Iversen. Hinterlassen Sie eine Nachricht und ich rufe zurück!«

Fluchend ließ Kirsten ihr Telefon sinken.

»Was ist? Gehen sie immer noch nicht dran?«, fragte Kjell. Er saß neben Bæks Tochter am Küchentresen des Hausbootes. Es war spät und Kirsten fühlte sich nach dem langen Tag vollkommen ausgelaugt.

»Nein, verdammt!«, sagte sie müde. »Die sitzen wahrscheinlich noch im Flieger. Wie lange dauert so ein Flug nach Grönland?«

»Acht Stunden inklusive Umsteigen«, entgegnete Kjell.

Kirsten wollte etwas sagen, doch ein Gähnen presste ihre Kiefer auseinander.

»Du kannst dich in Marits Bett legen«, bot Kjell an. »Sie hat sicher nichts dagegen.«

»Danke, aber ich muss wach bleiben, das hier ist ernst.«

Kjell trat zu ihr ans Fenster und legte einen Arm um sie. »Kris, es ist niemandem gedient, wenn du dich komplett kaputt machst. Du schläfst jetzt erst mal ein paar Stunden. Mach dir um Josie und mich keine Sorgen. Ich weiß ja, wo Marit ihre Waffe versteckt.« Er zwinkerte ihr zu. »Außerdem steht ein Streifenwagen direkt vor dem Boot. Was soll da passieren?«

Kjell hatte recht. Mit hängenden Schultern schlurfte Kirsten in Richtung Flur. Plötzlich klingelte ihr Handy und sie nahm ab.

»Kirsten, was ist los? Ich habe deine Nachrichten erhalten.« Es war Marit. Sie klang zutiefst besorgt.

»Vor eurer Tür am Hausboot hat heute Mittag ein totes Kaninchen gelegen. So eines, wie es auch die Skulptur in Jens Kraghs Wohnung auf dem Schoß gehalten hat. Josie hat es entdeckt.«

»Josie?«

Kirsten hörte eine kurze Diskussion am anderen Ende und danach war plötzlich Bæk am Apparat.

»Wie geht es meiner Tochter? Ist ihr was passiert?«

»Nein, Bæk. Alles in Ordnung. Sie ist in Sicherheit. Polizeibeamte bewachen das Boot. Und ich werde heute Nacht auch hierbleiben.«

»Was ist mit dem Kaninchen? Stammt es von unserer durchgeknallten Killerkombo?«

»Davon gehe ich aus. Die KTU untersucht es derzeit. Ich schätze, es soll eine Warnung sein – so wie das Paket an mich. Oder …« Unvermittelt überkam Kirsten ein anderer Gedanke. Das weiße Kaninchen von Alice im Wunderland. Vielleicht stand das tote Tier dafür, unter die Oberfläche zu schauen. Als eine Art ironischer Hinweis.

»Oder was? Verdammt, rede!«, drängte Bæk gereizt.

»Nichts. Die Täter kennen nun also auch Marits Adresse. Ich glaube, dass die Warnung ihr galt und nicht deiner Tochter. Dass Josie das Tier gefunden hat, ist eher Zufall.«

»Na, wollen wir das mal hoffen.« Wieder hörte sie Jesper und Marit miteinander diskutieren und das Telefon wechselte erneut den Besitzer.

»Habt ihr was von Flemme gehört?«, fragte Marit mit banger Stimme.

»Leider nicht. Das Gute ist, dass bisher keine weitere Leiche aufgetaucht ist.« Kirsten fuhr sich durchs Gesicht. Hatte sie das eben wirklich gesagt? Vor Kjell und dem Mädchen? Mann, sie musste sich dringend ausruhen. Sie hörte, wie Marit zischend Luft ausstieß.

»Wir werden ihn finden, das verspreche ich dir. Wir richten unsere Suche jetzt verstärkt auf den Unterschlupf dieser Kerle und den falschen Krankenwagen aus.«

»Und wir werden hier unser Bestes geben«, entgegnete Marit.

»Wir fahren gleich ins Hotel. Morgen geht es mit dem Boot weiter, vielleicht können wir dann auch schon zur Mine, sofern das Wetter es zulässt.«

»Gut, je schneller, desto besser. Ah, und noch eine Info: Wir haben herausbekommen, dass Jens Kragh von 2017 bis Ende 2018 für DRIFT Guld in der Mine tätig war. Vielleicht hilft euch das.«

Marit bedankte sich für die Neuigkeiten und verabschiedete sich.

Nachdem Kirsten aufgelegt hatte, drückte sie das Handy an ihre Brust. Sie wusste, dass Marit sich in Grönland gut auskannte, aber sie hatte plötzlich ein sehr schlechtes Gefühl bei der Sache.

62. KAPITEL

Reisen in Grönland waren beschwerlich. Das stellte Jesper nicht zum ersten Mal fest, als sie nach mehreren Stunden Bootsfahrt endlich den Ort erreichten, in dem die einzige Polizeistation der Region lag.

»Narsaq tikilluarit. Willkommen in Narsaq«, empfing sie ein großer strohblonder Polizeibeamter am Anleger. Er war offensichtlich nordischer Abstammung. »Ich bin Jakob Zeeb und das ist Imaneq Dorph.« Er zeigte auf einen stämmigen Inuit in Uniform, der neben einem Geländewagen der Polizei wartete. »Imaneq ist unser Schnee- und Eisexperte. Er wird uns zur Mine und auf den Gletscher begleiten.«

»Sehr erfreut!« Jesper und Marit schüttelten den Männern die Hände. Danach luden sie ihr Gepäck in den Wagen und fuhren los.

Die Polizeistation von Narsaq war ein grüngestrichenes Holzgebäude, das dem örtlichen Supermarkt gegenüberlag. Als sie eintraten, schlug ihnen bullige Wärme entgegen, die Jesper veranlasste, sich augenblicklich aus seiner Jacke zu pellen. Zur Begrüßung gab es starken Kaffee und einen süßen Kuchen, der ihnen von den Beamten gereicht wurde, die hier am Ende der Welt ihren Dienst versahen. Nach einer kurzen Vorstellungsrunde fasste Jesper für die grönländischen Kollegen zusammen, was sie über den Fall wissen mussten, und weihte sie in den Verdacht ein, den die Kopenhagener Polizei bezüglich DRIFT Guld und der Fässer hatte.

Dabei wurde Jakob Zeebs Gesicht immer ernster, und Imaneq wirkte, als wäre er furchtbar wütend.

Als Jesper fertig war, ergriff der Inuit das Wort: »Wenn die dort oben tatsächlich ihren Giftmüll abladen, dann mache ich den Laden zu! So eine Schweinerei!«

»Sofern die Fässer wirklich zyanidhaltigen Abfall enthalten«, warf Jakob ein.

»Ist doch egal, was für ein Scheißzeug da drin ist. Fakt ist, dieser Dreck verpestet unsere Umwelt.«

»Du hast ja recht, Imaneq. Aber DRIFT Guld wird uns nicht entkommen, wenn wir eindeutige Beweise finden, so wie Jesper es gesagt hat. Darauf müssen wir uns konzentrieren, nicht auf unsere Wut.«

»Trotzdem! Ich bin stinksauer! Stellt euch mal vor, das Eis schmilzt und das Zeug fließt den Gletscher runter in den Fjord.

Das ist ein hochwirksames Gift. Alle Tiere würden sterben, und wenn es nach Paamiut gelangt, tötet es auch die Menschen. Verdammt, wir müssen etwas unternehmen!« Imaneq schlug sich mit der Faust auf den Oberschenkel. »Gut, dass ihr die Sauerei aufgedeckt habt, Kollegen.« Er nickte Jesper und Marit zu. »Mit eurer Hilfe werden wir sie drankriegen.«

»Das hoffe ich«, entgegnete Jesper.

Unterdessen trat Marit an die Karte von Südgrönland, die an der Wand hing, und tippte mit dem Finger auf einen Punkt nördlich des Ortes, in dem sie sich gerade befanden. »Dort liegt die Mine. Wir würden da gerne noch heute hin, denn wir befürchten, dass der Betreiber durch seinen Chef in Kopenhagen vorgewarnt wurde. Eine Laugstation von einer gewissen Größe lässt sich zwar nicht verstecken, trotzdem möchte ich den Leuten in der Mine so wenig Zeit wie möglich geben, sich auf unseren Besuch vorzubereiten.«

Jakob sah auf seine Uhr. »Der Polizeihubschrauber aus Nuuk wird in einer halben Stunde hier eintreffen. Die Wettervorhersage ist gut, und ich denke, wir können spätestens in einer Stunde zum Kvanefjord aufbrechen. Bis dahin rüsten wir euch mit allem aus, was ihr braucht, und anschließend erkläre ich euch, worauf ihr zu achten habt, wenn wir raus in die Wildnis gehen.«

Als Jesper das hörte, atmete er erleichtert auf. Er hatte nicht damit gerechnet, dass sie einen Helikopter haben würden. Das machte die Sache natürlich leichter.

»Folgt mir«, sagte Jakob und winkte Jesper und Marit zur Ausrüstungskammer, die im hinteren Bereich des Gebäudes neben der Arrestzelle lag. Dort erhielten sie je einen daunengefütterten Polaranzug, Thermounterwäsche, Handschuhe, Stiefel und getönte Gletscherbrillen gegen das gleißende Licht auf den Schneefeldern. Anschließend gab Imaneq ihnen eine Sicherheitseinweisung und erklärte, worauf sie im Eis achten müssten und welche Warnrufe und Schutzmechanismen es gab, wenn es brenzlig werden sollte. Der Part mit den Polarbären beunruhigte Jesper dabei am meisten. Er hoffte, dass sich keines der Tiere blicken lassen würde. Im Zoo waren sie putzig anzuschauen, aber in der freien Natur wollte er diesen Killern nicht begegnen.

»Bekommen wir eigentlich auch Waffen?«, fragte er. »Damit würde ich mich wesentlich sicherer fühlen.«

»Imaneq und ich werden Gewehre dabeihaben«, entgegnete Jakob.

»Ich meine eher so etwas Kleines wie unsere Dienstpistolen.«

»Damit wirst du gegen einen Bären nicht viel ausrichten.«

»Ich denke dabei nicht unbedingt an einen Bären«, sagte Jesper, »sondern an den menschlichen Faktor. Was, wenn wir auf diejenigen treffen, die nicht wollen, dass wir den Umweltskandal aufdecken? In Kopenhagen habe ich gesehen, wozu diese Leute fähig sind. Sollten die Morde mit den Fässern zusammenhängen, müssen wir davon ausgehen, dass die Täter keinerlei Skrupel kennen.«

»Verstehe«, entgegnete Jakob. »Welches Modell hättest du gerne – Sig Sauer oder Heckler & Koch?«

»Ich nehme die HK.«

Jakob ging zu einem Waffenschrank, holte eine Pistole, Halfter und eine Schachtel Patronen heraus und gab sie Jesper. »Und du?«, fragte er Marit, die sich für eine Sig Sauer entschied.

»Sicher ist sicher«, sagte sie mit einem Blick auf Jesper und steckte die Waffe ein.

Als Nächstes wurden sie mit einheimischen Telefonen ausgestattet.

»Die funktionieren aber nicht in den entlegenen Regionen wie der Mine oder auf dem Gletscher«, sagte Jakob. »Handys bieten in Grönland lediglich eine trügerische Sicherheit. Dafür bekommt ihr später noch das Funkequipment und ein Satellitentelefon, das gehört zur Standard-Überlebensausrüstung, die sich an Bord des Hubschraubers befindet.«

Jesper dachte gerade über den Zusatz »Überleben« nach, da drang ein entferntes Knattern an seine Ohren. Seine Aufregung steigerte sich zu einem intensiven Kribbeln, als der Lärm der Rotoren lauter wurde und der Hubschrauber vor der Station landete. Schnee fegte gegen die Fensterscheiben, und der Geräuschpegel sank erst wieder, als der Pilot die Maschine in den Leerlauf schaltete.

Jesper betrachtete die erfahrenen Leute um sich herum. Sie kannten sich mit den hiesigen Bedingungen aus. Selbst Marit war ein Profi in Sachen Arktis. Nur er war ein Greenhorn. Hoffentlich würde er sich nicht zu blöd anstellen und alles würde gut gehen.

Bei dem Helikopter handelte es sich um eine Bell 212, die Platz für bis zu 14 Personen und zusätzliche Ausrüstung bot. Jesper war mehrmals mit einer solchen Maschine geflogen, als er Teil einer größeren Ermittlung in Westjütland gewesen war. Damals hatten sie die Küstenlinie tagelang nach zwei vermissten Kindern abgesucht.

Er schnallte sich auf der Sitzbank hinter den beiden Piloten an und setzte sich Kopfhörer auf. Grinsend gab er Marit, die ihm gegenübersaß, ein Daumen-hoch-Zeichen. Ihr Lächeln fiel knapp aus, und sie wirkte angespannt. Ausgerechnet sie, die es gewohnt war, sich in Eis und Schnee zu bewegen. Müsste sie nicht routinierter sein? Oder war dieser Einsatz doch gefährlicher, als die anderen zugaben?

Jesper presste die Kiefer aufeinander, während der Hubschrauber abhob und er in den Sitz gedrückt wurde. Der verschneite Parkplatz, die Häuser und die Berge wurden rasch kleiner. In entsprechender Höhe drehte die Maschine ab, beschleunigte und flog Richtung Nordwest.

»Willkommen an Bord«, drang die Stimme des Piloten über die Kopfhörer. »Ich bin Ivan, die Flugzeit bis zur Destination im Kvanefjord beträgt rund zwei Stunden. Wir haben minus 22 Grad Außentemperatur und kaum Wind. Der Himmel ist wolkenklar. Bestes Flugwetter also. Genießt die Aussicht, Leute. Over.«

Jesper schaute aus dem Fenster. Unter ihnen lag eine zerklüftete Fjordlandschaft aus dunkelblauem Wasser, grauem Fels und blendend weißen Schneefeldern. Weiter oben war einer der Meeresarme zugefroren und Dutzende von Eisbergen trieben in Richtung offener See. Im Landesinnern erwartete sie nichts außer einer schier unendlichen geschlossenen Schneedecke, und Jesper fragte sich, wie sie die Fässer darin überhaupt finden wollten. Um diese Jahreszeit würde der Schnee sie vielleicht gar nicht preisgeben. Womöglich mussten sie bis zum Sommer warten. Jähe Enttäuschung durchfloss Jesper. War diese Reise womöglich umsonst? Sollten sie in der Mine nichts ausgraben, was ihnen weiterhalf, würden die Killer in Kopenhagen weitermorden, ohne dass sie etwas dagegen unternehmen konnten.

Jesper schielte zu Marit hinüber. Dachte sie zuversichtlicher darüber? Oder befürchtete sie gleichfalls, dass das hier Zeitverschwendung war?

»Da! Seht mal zu eurer Rechten! Am Saum des Packeises«, ertönte die Stimme des Piloten. Jesper reckte seinen Hals. Zuerst wusste er nicht, was Ivan meinte, doch dann entdeckte er es. Ein riesiger blassroter Fleck mit ausgefransten Rändern auf dem Eis. Mittendrin der schwärzliche Rest einer unförmigen Masse.

»Was ist das?«, fragte er.

»Ein toter Wal. Entweder wurde er angeschwemmt oder er war eingefroren, bis die Polarbären und andere Räuber auf ihn gestoßen sind. Ich zähle bis zu sieben erwachsene Tiere! Wow!«

Jespers Blick fiel auf die Bären. Kleine gelbliche Punkte auf dem Eis. Sie fraßen sich satt an dem Kadaver. Ein Schauer lief ihm über den Rücken, denn er teilte die Begeisterung des Piloten über den Anblick der Tiere nicht. Das da unten war die Wildnis. Dort hieß es, fressen oder gefressen werden.

63. KAPITEL

Der Helikopter steuerte auf den Einschnitt in jenem Fjord zu, in dem die Mine lag. Schnell kamen erste Strukturen in Sicht, die nicht der Natur entsprangen: eine Kaianlage aus Beton, schwere Maschinen wie Bagger, Schneeraupen und Radlader, dazu eine bunte Ansammlung von Containern und Straßen, die sich wie graue Schnüre durch den Schnee wanden und an manchen Stellen im Berg verschwanden.

Marit nahm jedes Detail in sich auf, während Imaneq das Tal mit einer großen Kamera abfotografierte. Als sie schließlich mit dem Hubschrauber neben dem Containerdorf aufsetzten, warteten dort zwei Gestalten in orangefarbenen Sicherheitswesten auf sie. Marit und die anderen hatten sich darauf verständigt, dass Jakob als ranghöchster Beamter der grönländischen Polizei zunächst das Wort führen würde.

Er trat vor die beiden Männer und erklärte ihnen den Grund des Besuchs, obwohl dieser den Minenarbeitern mit Sicherheit bereits bekannt war, weil ihr Boss sie vorgewarnt hatte.

»Na, das ist ja eine Überraschung. Die Polizei«, sagte der kleinere Typ übertrieben freundlich. Er war Pokerface pur. »Willkommen bei DRIFT Guld. Ich bin Sandro Olofsson, der leitende Ingenieur. Und das hier«, er zeigte auf den unrasierten dunkelhaarigen Typen neben sich, »ist Peder Ålberg, mein Sicherheitschef. Was kann ich für Sie tun?«

»Wir würden uns gerne Ihre Anlage ansehen«, beschied Jakob.

»Selbstverständlich.« Olofssons Lächeln wurde breiter. »Wir führen Sie herum. Kommen Sie.«

»Warten Sie.« Marit hielt ihn zurück. »Vorher würde ich gern wissen, ob Sie einen Geologen namens Jens Kragh kennen.«

Olofsson musterte sie von oben bis unten. »Ja, er hat bis vor zwei Jahren bei uns gearbeitet. Aber dann hat er gekündigt. Einsamkeitskoller. Wissen Sie, aus diesem Grund hören die meisten Männer hier auf. Sie verkraften es nicht, so lange in der Abgeschiedenheit zu leben. Ohne große Ablenkung durch Bars, Einkaufsmöglichkeiten, Kabelfernsehen und ... Frauen.« Beim letzten Wort grinste er sie anzüglich an, während sein Sicherheitschef ebenfalls unverhohlen glotzte.

Marit wurde kalt unter ihrem Polaranzug. Von den beiden Männern schwappte ihr dieselbe feindselige Mischung aus sexuellem Notstand und verrohter Abgestumpftheit entgegen, wie sie es schon oft in Grönland erlebt hatte. Das Land zog solche Individuen geradezu an. Leute, die in der westlichen Gesellschaft nicht klarkamen, die mit den geltenden Konventionen gebrochen hatten oder nach einem harten Schnitt in ihrem Leben einen neuen Sinn suchten.

Unbemerkt ballte Marit eine Faust. Sie verabscheute Männer wie den Ingenieur und den Sicherheitschef. Sie wusste genau, was sie dachten, wenn sie sie anstarrten. Sie konnte ihre Blicke auf ihrem Körper spüren.

Tiere waren das. Raubtiere. Es gab sie überall.

Olofsson wandte seine Raubtieraugen von ihr ab und drehte sich zu Ålberg um. »Hol die Katze, da passen alle rein.«

Der Sicherheitschef nahm das Gewehr von seiner Schulter und ging zu einem großen Polarmobil hinüber. Als er das Gefährt anwarf, quoll schwarzer Rauch aus dessen Auspuffrohren.

Marit verzog das Gesicht.

Eine halbe Stunde später standen sie vor einer Bergwand mit einem großen Loch. Von einem Förderband polterte ein unaufhörlicher Strom zerkleinertes Gestein in einen großen Kipplader, der vor dem Mineneingang wartete.

Olofsson und Ålberg führten sie in die Dunkelheit des Stollens, wobei Marit darauf achtete, den beiden nicht zu nahe zu kommen. Zu gerne ließ sie Jesper und den grönländischen Kollegen den Vortritt. Außerdem konnte sie sich besser umsehen, wenn sie sich ein wenig zurückfallen ließ. Sie schob sich den zu großen Helm mit Stirnlampe auf dem Kopf zurecht, der ihr ausgehändigt worden war, und ließ den Lichtstrahl über die schwarzen Felswände gleiten. Sie waren durchzogen von hellen Adern, bei denen Marit auf Quarzgänge tippte. Das siliziumhaltige Mineral war häufig mit Gold vergesellschaftet. Hier im Berg war es deutlich wärmer als draußen, und je tiefer sie in dem roh behauenen Stollen vordrangen, desto wärmer wurde es. Schließlich blieb Marit stehen und wartete, bis die Gruppe der Männer sich ein Stück entfernt hatte. Dann bückte sie sich und nahm einige Proben vom Boden auf, die sie in robuste Schraubgläschen füllte. In Kopenhagen würde sie sie auf etwaige Rückstände von Zyanid untersuchen lassen.

Als sie fertig war, erhob sie sich und betrachtete eine Weile das ratternde Förderband. Die Staubentwicklung war gering, weshalb Marit davon ausging, dass das Material mit Wasser besprüht wurde.

»Faszinierend, diese Gewalt, nicht wahr? Diese rohe und ursprüngliche Kraft.«

Als sie die Stimme hörte, fuhr sie herum. Viel zu dicht hinter ihr stand Ålberg. Verdammt, wo waren ihre Instinkte? Sie hätte merken müssen, dass er sich an sie heranschlich.

Marit verbarg ihre Überraschung hinter einer versteinerten Miene. Sie dachte an die Pistole in der Tasche ihres Polaranzugs. Würde sie schnell genug herankommen können, wenn Ålberg etwas Dummes plante? Sie sah, wie sich sein Mund zu einem hämischen Grinsen verzog. Sein rechter oberer Eckzahn fehlte.

Unauffällig machte sie ein paar Schritte vom Förderband weg. Ein Schaudern überkam sie. Wie leicht hätte dieser Kerl sie in die Mechanik des Bandes stoßen können, wo die Rollen aus Stahl ihre Knochen zermalmt hätten!

Ålberg schien zu wissen, was sie dachte, denn sein Grinsen wurde breiter, während er sie mit seinem Raubtierblick taxierte. Am liebsten hätte Marit ihm die Nase gebrochen.

Sie hörte einen lauten Pfiff. »He, Marit, wo bleibst du? Wir brauchen die Probengläschen!« Das war Jesper.

Marit nutzte die Gelegenheit und schloss zur Gruppe auf, die sich in einer größeren Kammer versammelt hatte, von der zwei weitere Stollen abgingen. In einem davon verschwand das Förderband.

Jesper sah zuerst sie an und dann Ålberg. »Alles in Ordnung?«, fragte er misstrauisch.

Marit nickte betont unbekümmert. Um keinen Preis wollte sie, dass Ålberg merkte, wie sehr er sie aus der Ruhe gebracht hatte. Sie reichte Jesper zwei leere Gläschen, und er kniete sich hin, um sie zu befüllen.

»Das brauchen Sie nicht zu tun, ich kann Ihnen auch so sagen, dass Sie hier minimale Spuren von Zyanid finden werden. Denn das dort drüben ist eine kleine Laugstation.«

Alle blickten in die Richtung, in die er den Schein seiner Grubenlampe richtete. Aus dem feuchtkalten Dunkel schälten sich die Konturen eines Tanks und einer rostigen Stahlkonstruktion.

»Mit dieser Miniaturausgabe testen wir die Gesteinsproben auf ihren Goldgehalt. Schließlich fangen wir nicht einfach an, blind irgendwo zu graben. Erst nach der Prüfung entscheiden wir, welche Ader sich zur Ausbeutung lohnt. Die Anlage ist also notwendig für unsere Arbeit. Und sie wurde von der grönländischen Umweltbehörde genehmigt. Ich zeige Ihnen später gerne die Papiere.«

Jesper und Jakob nickten. Imaneq beäugte den Tank missbilligend. »Und wenn das Gift ausdringt und ins Grundwasser gerät?«, fragte er. »Das wäre eine ganz schöne Menge.«

»Im Vergleich zu den herkömmlichen Großanlagen ist das ein Glas Cola. Aber ich kann Sie beruhigen, der Kreislauf ist in sich geschlossen, da läuft nichts aus.«

»Tatsächlich?« Imaneq starrte Olofsson an.

»Tatsächlich«, entgegnete dieser kalt. Eine Weile hielten sich die Männer mit ihren Blicken gefangen, dann ließen sie voneinander ab. Imaneq schien nicht überzeugt. Unzufrieden mahlte er mit seinen kräftigen Kiefern.

»Okay«, sagte Jesper, »wohin führen diese Stollen und wie lang sind sie?«

»Beide Gänge sind ungefähr einen halben Kilometer lang und enden jeweils in einer alten und einer neuen Abbauzone. Wollen Sie weitergehen?«

Jesper trat neben Marit und flüsterte: »Was meinst du? Ist es wahrscheinlich, dass sich dort drinnen eine größere Laugstation verbirgt? Ich meine, die müsste doch mindestens so groß sein wie das Klärwerk einer mittelgroßen Stadt, oder?«

»Ich denke nicht, dass wir in den Gängen etwas finden werden«, antwortete Marit leise. »Nimm trotzdem ein paar Proben bei den Stolleneingängen.«

»Mach ich.« Jesper zog los und sammelte Material ein, während sich Marit an den leitenden Ingenieur wandte. »Das hier ist nicht die einzige Mine. Laut Prospektionsbericht gibt es drei weitere Abbaustellen.«

Olofsson hob die Brauen, das Licht auf seinem Helm blendete sie. »Wollen Sie die etwa auch sehen? Ich kann Ihnen sagen, dass …«

»Fahren Sie uns hin. Wir werden uns aufteilen, um Zeit zu sparen. Jeder meiner Kollegen wird in eine der Minen mitgehen. Bitte stellen Sie Ihnen eine Begleitung zur Verfügung.« Sie nickte Jakob und Imaneq zu. »Ich selbst werde zum Rand des Gletschers fahren, ich will wissen, wo die Straße hinführt.«

»Die endet im Nichts am Sander, der ist nahezu unpassierbar.«

»Davon würde ich mich gerne selbst überzeugen.«

»Natürlich, ist Ihre Zeit, die Sie vergeuden.« Olofsson wies seinen Sicherheitschef an, sie dorthin zu bringen.

Ålberg grinste zufrieden. Marit hätte gerne dagegen protestiert, dass ausgerechnet er sie begleitete, damit hätte sie jedoch verraten, dass sie sich in seiner Gegenwart unwohl fühlte. Sie schluckte ihren Zorn herunter und trat zusammen mit den anderen den Rückweg aus der Mine an.

Flankiert von Ålberg fuhr sie mit einem Skidoo auf die Gletscherzunge zu. Die Fahrt tat ihr gut, sie genoss sie sogar. Federnd glich sie die Unebenheiten aus, die sich vom Weg auf die Maschine übertrugen. Sie hätte ewig so dahingleiten können, hinaus in die verschneite Weite, die im blassen Winterlicht blauschattiert dalag. Doch schließlich war die Straße am Sander zu Ende, jener ebenen Schotterfläche am Fuße des Gletschers, die das halbe Tal ausfüllte und auf der das Schmelzwasser im Sommer in einem Zopfmuster aus unzähligen mäandrierenden Strömen gen Fjord floss. Jetzt im Winter zog sich nur ein einziger hellblauer Strom vom Gletschertor über die zugeschneite Ebene in Richtung Meer. Denselben Weg würden etwaige giftige Substanzen nehmen, sollten sie weiter oben freigesetzt werden.

Marit stieg vom Skidoo und blickte zu den Eismassen des Gletschers hinauf. Sie konnte die Kälte, die von ihm ausging, förmlich fühlen, und trotz der Anwesenheit von Ålberg floss ein wohliges Gefühl durch ihren Körper. Hier an diesem Ort war sie zum ersten Mal hörbar: die grönländische Stille. Dazu die geruchslose Polarluft, die frisch und unberührt in ihren Lungen prickelte. Das war Heimat!

Sie holte das Fernglas heraus und suchte die gesamte Oberfläche des Gletschers ab, versuchte zu erkennen, ob es einen Weg dorthinauf gab. Doch da war nichts außer tiefen Spalten, blau leuchtenden Séracs und dem schwarzen Band der Mittelmoräne. Sie schwenkte das Fernglas zu den Bergflanken. Um Fässer in dieser Menge auf den Gletscher zu schaffen, benötigte man schweres Gerät. Ein Kettenfahrzeug mit mehreren Anhängern. Aber vielleicht waren die Fässer auch mit einem Transporthelikopter hinaufgebracht und über dem Eis abgeworfen worden. Leider war nichts zu sehen. Wenn es dort eine Art Straße gab, dann war sie vielleicht nur im Sommer befahrbar. Sie musste sich damit abfinden, dass sie heute nichts finden würde.

Plötzlich stellten sich ihre Nackenhaare auf, und sie ließ das Fernglas sinken. Ålberg stand hinter ihr.

Langsam drehte sie sich um und sah ihm unerschrocken in die Augen. Sie war beinahe so groß wie er. Auf seinen Lippen lag ein breites Lächeln, das deutlich machte, wie stark er sich fühlte. Er zeigte seine Zahnlücke und sagte: »Na, willst du ein bisschen an meinem Schwanz lutschen, Baby?«

Mit einer einzigen fließenden Bewegung zog Marit die Pistole, die sie diesmal griffbereit hatte, und richtete sie auf Ålbergs verbliebene Zähne. »Na, willst du ein bisschen an meiner Pistole lutschen?«

Wenn Ålberg überrascht war, so ließ er es sich nicht anmerken. Auch das war typisch für diese Art Mann. Überlegenheit bis zur letzten Sekunde demonstrieren.

Provozierend langsam hob er die Hände. »Wow, Süße. Kannst du damit überhaupt umgehen?«

Marit machte einen knappen Schwenk nach rechts und drückte ab. Der Schuss hallte laut von den Berghängen wider. Unwillkürlich zuckte Ålberg zusammen.

Einen Moment lang starrten sie einander an. Ålbergs Gesicht war eine harte Maske. Schließlich ließ er die Hände sinken und stapfte zu seinem Skidoo zurück. Er fuhr los, ohne sich noch einmal zu Marit umzudrehen.

Marit hielt mit dem Skidoo bei den Containerbaracken, wo die anderen auf sie warteten. Kopfschüttelnd stieg sie ab und ging ihnen entgegen. »Nichts«, sagte sie und schaute sich um. Von Ålberg keine Spur. Er hatte sich wohl verkrochen und leckte sein angekratztes Ego.

»Wir haben auch nichts«, antwortete Jesper ernüchtert, worauf Sandro Olofsson mit einem mitleidigen Lächeln reagierte.

»Habe ich Ihnen doch gesagt, meine Herren ... Oh Verzeihung, die Dame will ich natürlich nicht vergessen. Kann ich sonst noch etwas für Sie tun, oder sind Sie jetzt fertig?«

Jakob warf einen Blick in den Himmel. »Es wird bald dunkel. Wir sollten zusehen, dass wir zurück nach Narsaq kommen. Den Besuch in Paamiut müssen wir auf morgen verschieben. Ist das okay?« Er wandte sich Marit zu, die nickte.

Daraufhin bedankten sie sich bei dem leitenden Ingenieur für seine Kooperation und stiegen in den Helikopter, dessen Motor bereits warmlief.

Als sie abhoben, entdeckte Marit Ålberg hinter einem der Container. Er reckte seine Hand empor und zeigte ihnen den Mittelfinger.

64. KAPITEL

In dem Büro am Tuborg Havn klingelte ausgerechnet in dem Moment das Prepaidhandy, als Stig Rosenfeldt sich gerade eine Zigarette anstecken wollte.

Obwohl er wusste, dass es meist sehr dringend war, wenn ein Anruf auf diesem Telefon einging, ließ er sein Feuerzeug aufflammen. Tief inhalierte er den Rauch und holte anschließend das Handy aus der Schublade.

»Ja?«

»Wir haben ein Problem.« Die Stimme gehörte dem Sicherheitschef der Mine, Peder Ålberg. Er behielt für Rosenfeldt alles im Blick.

»Was? Waren etwa die Bullen da?« Rosenfeldt zog erneut an der Zigarette.

»Ja, aber sie haben nur das gesehen, was sie sollten. Ein paar Bodenproben haben sie genommen und sich den Maschinenpark zeigen lassen. Eine Bullenfotze wollte die Straße bis zum Gletscher hinauffahren.«

»Und?«

»Sie hat nichts gemerkt. Ich habe ihr erklärt, dass die Straße der Prospektion dient und wir das Material aus dem Sander untersuchen.«

»Hat sie es geglaubt?«

»Ich denke schon.«

»Gut«, sagte Rosenfeldt und pulte sich einen Tabakkrümel von seiner Zunge. Er hatte begonnen, Filterlose zu rauchen, als er damals als junger Geologe in Grönland gearbeitet hatte. Raue Zeiten, die raue Gewohnheiten hervorgebracht hatten. »Denkst du, dass sie noch einmal auftauchen werden?«, fragte er.

»Nein, vorerst nicht. Ich habe jedoch mitbekommen, dass sie in den nächsten Tagen auf den Gletscher wollen.«

Rosenfeldt fluchte lautlos und drückte die Zigarette aus. Die Bullen waren wie lästige Schmeißfliegen. Er musste sie loswerden. Zum Glück war er vorausschauend genug und hatte damit gerechnet, dass so etwas passieren würde. Sein Anwalt war vorbereitet. Der würde sich hier in Kopenhagen um alles kümmern. Was Grönland anging ... nun, oben auf dem Inlandeis lauerten viele Gefahren. »Du weiß, was zu tun ist!«, gab er Ålberg zu verstehen.

»Ja. Aber sie haben einen Helikopter.«

»Verdammt! Worauf wartest du dann noch? Schick sofort ein Team mit Motorschlitten und Dynamit rauf.«

»Ginge es nicht schneller, wenn wir auch einen Hubschraub...?«

»Nein! Das wäre viel zu auffällig. Wir müssten einen anfordern, und das hinterlässt nur unnötig Spuren. Nehmt auf jeden Fall weißes Tarnzeug mit. Ich will, dass die Fässer gesprengt werden. Es soll nichts von ihnen #.«

Er hörte ein Zögern am anderen Ende. »Olofsson sagt, dass eine Sprengung auf dem Eis unerwartete Auswirkungen haben könnte. Wir wissen nicht, was sich darunter befindet. Vielleicht tut sich eine Gletscherspalte auf und ...«

»Ich habe dich nicht eingestellt, damit du Olofssons Bedenken nachplapperst. Du machst, was ich dir sage, klar?«, knurrte Rosenfeldt.

»Ja, natürlich. Und die Polizei? Irgendwelche Anweisungen?«

»Bist doch sonst so ein kluges Köpfchen. Denk dir was aus. Wenn es kreativ ist, erhältst du einen Bonus.«

»In Ordnung.«

»Da wir gerade über Olofsson sprechen«, sagte Rosenfeldt. »Ist er in der Spur, oder bekommt er Panik?«

»Er wirkt nervös, hat sich aber gut im Griff. Ich werde ihn beobachten.«

»Wenn er schlappmacht, kümmerst du dich um ihn.«

»Sicher. Sonst noch etwas?«

»Nein«, sagte Rosenfeldt und legte auf.

65. KAPITEL

Nivi klammerte sich an ihr fest. Sie gab keinen Laut von sich. Nur ihr Atem strich immer wieder über Terianniaqs Wange. Ein zarter, warmer Hauch in der eisigen Höhle, in der sie sich versteckt hatten.

Draußen hörten sie seine schweren Schritte. Er kam näher, der gefrorene Schnee knirschte. Er gab sich keine Mühe, leise zu sein. Das musste er auch nicht. Er wusste, dass seine Beute ihm nicht entwischte, dass er stärker war.

Terianniaq murmelte immer noch wie besessen die Beschwörungsformeln vor sich hin, die sie von der alten Aanaq gelernt hatte. Die, mit denen man Hilfsgeister herbeirief und den gefürchteten Sermilissuaq darum bat, einem beizustehen. Nur warum erschien Sermilissuaq nicht? Rief sie nicht stark genug nach ihm? Sie hörte das Stapfen draußen lauter werden. Wie machte er das? Hatte er Geister an seiner Seite, die ihm halfen?

Dann musste sie versuchen, stärker zu sein! Musste seinen Zauber mit einem Gegenzauber brechen. Voller Inbrunst wiederholte sie die Worte. Der Sermilissuaq war ein mächtiger Geist, viel mächtiger als der Allaq oder als Asiaq, die Herrscherin über Wind und Wetter. Er würde sie beschützen. Er …

Terianniaq spürte, wie etwas sie am Kragen ihres Anoraks packte. Sie wollte sich wehren, doch im nächsten Moment wurde sie mühelos aus dem Loch gehoben. Nivi neben ihr schrie. Es war ein spitzer Laut wie eine Eisnadel, die sich in ihr Ohr bohrte.

Terianniaq sah, wie auch ihre Freundin aus dem Loch gezerrt wurde. Sie wand sich in dem Griff in ihrem Nacken, doch er war steinhart. Schnee und Kälte machten ihm nichts aus. Durch seine Adern jagte der flüssige Teufel. Der Teufel, der ihn verwandelte und ihn vergessen ließ, was er war.

Terianniaq schrie jetzt ebenfalls und strampelte mit den Beinen, trat nach dem Mann, den sie mehr hasste als alles Schlechte dieser Welt.

Nivis Vater.

Er war ein Tunichtgut, wie die Nachbarn ihn nannten. Das war viel zu nett. Denn er war mehr als das, er war ein Monster. Er soff, prügelte und misshandelte, mal Nivi, mal deren Mutter. Er stritt sich ständig mit Mitgliedern ihrer Gemeinschaft. Terianniaq hatte ihrem Vater, dem Polizisten, alles erzählen wollen, doch Nivi hatte sie davon abgehalten, und sie hatte schwören müssen, nichts zu verraten. Nivi schämte sich für ihren Vater und für das, was er ihr antat. Terianniaq konnte sie verstehen. Dennoch war sie wütend. So wütend wie nie zuvor in ihrem Leben. Warum musste sie zulassen, dass dieser Mann seine Familie misshandelte? Warum sagte ihm niemand, dass es unrecht war? Warum musste Nivi leiden?

Terianniaq schlug um sich und hieb mit ihrer Faust auf seinen Oberkörper, der von einer dicken Jacke aus Eisbärenfell geschützt war. Er knurrte irgendwelche Schimpfworte und schleuderte sie und Nivi vor sich auf den Boden.

»Nach Hause! Sofort!«

»Nein!«, brüllte Terianniaq ihn an. Seine Hand traf sie im Gesicht. Sie merkte es kaum, wegen der Kälte. Doch nachdem sie sich über die Braue gestrichen hatte, bemerkte sie Blut an ihrem Handschuh.

Sie wollte sich auf ihn stürzen, aber er wich ihr geschickt aus und ließ sie ins Leere laufen.

»Dann bleibst du eben hier und erfrierst. Mir egal, du blasse Missgeburt. Nivi kommt mit mir.« Er hob seine Tochter mühelos hoch und warf sie sich über die Schulter. Nivi wehrte sich nicht. Sie hatte aufgegeben, hing an seinem Rücken herab wie ein Stück Jagdbeute.

»Nein!«, schrie Terianniaq hinter ihnen her. »Nein!«

Tränen gefroren auf ihren Wangen, ihre verzweifelten Schluchzer wurden von einer Böe fortgetragen. Sermilissuaq war gekommen und hatte den Wind mitgebracht. Leider zu spät. Terianniaq grub ihre Hände in den Schnee. Am liebsten hätte sie eine Lawine losgetreten, doch damit hätte sie auch Nivi in Gefahr gebracht. Sie und ihr Vater waren zwischen den wehenden Flocken verschwunden. Terianniaq wusste, dass sie ihnen folgen musste, sonst würde sie die nächsten Stunden nicht überleben.

Sie quälte sich auf die Beine, den Magen voller Steine. Das Gefühl, vollkommen machtlos zu sein, legte sich um ihren Körper wie ein lähmender Panzer aus Eis. Mit schweren Gliedern marschierte sie los.

Als Terianniaq ihr Haus erreichte, schliefen ihre Eltern. Sie schlich in ihr Zimmer und verkroch sich in ihrem Bett. In Gedanken war sie bei Nivi. Bei dem, was ihr Vater mit ihr tat. Dabei weinte sie die ganze Nacht.

Eine Woche später war Nivi tot. Sie hatte sich in ihrem Zimmer erhängt. Einer von unzähligen Kinderselbstmorden in Grönland. Ihren Eltern war nichts nachzuweisen. An Nivis

Körper fand man nur ein paar blaue Flecken, die auch gut vom Fahren auf dem Hundeschlitten stammen konnten. Ein Versagen auf allen Ebenen, in der Gemeinschaft, im System, von jedem einzelnen Menschen, der sie kannte. Das ewige Wegsehen, das Nichteinmischen, das stoische Ertragen der Grönländer. Das alles war schuld. Und Terianniaq selbst. Weil sie nichts gesagt hatte.

Ihr Vater schien etwas zu spüren. Er wollte mit ihr reden, aber sie blockte ab. Ihre Zunge war wie verwest. Nie würde sie zugeben, dass sie Nivi hätte retten können. Wenn sie ihr Versprechen gebrochen und den Mund aufgemacht hätte, dann wäre sie vielleicht noch am Leben. Die süße kleine Nivi.

Marit erwachte von ihrem eigenen Schluchzen. Sie setzte sich im Bett auf und wischte sich die Tränen von den Wangen. Ohne das Licht anzuschalten, starrte sie in das dunkle Hotelzimmer.

Nivi.

Lange hatte sie verdrängt, was mit ihrer Freundin geschehen war. Ihren gewaltsamen, verzweifelten Tod. Marit hatte ihr Wissen darüber unter Tonnen aus Schnee und Eis begraben und sich selbst hinter einem Schutzschild versteckt, der sie davon abhalten sollte, nicht vor Wut und Scham zu zerspringen. Damals war sie nie wieder in die Nachbarssiedlung gegangen, wo Nivi gelebt hatte, sie war nie wieder ihren Eltern begegnet. Nivi hatte aufgehört zu existieren, und Marit hatte getan, was alle getan hatten. Sie hatte nicht mehr auf den leeren Stuhl in der Schule geblickt. Einer von unzähligen Stühlen, die jährlich in Grönland frei blieben. Eine von unzähligen schmerzhaften Lücken, die man als Grönländer hilflos hinnahm. Ohnmächtig, mit blinden Augen und mit blindem Herzen. Weil einen die Gewalt stumm werden ließ. Gewalt, verursacht durch hohe Arbeitslosigkeit, Alkoholismus, Drogenkonsum, Perspektivlosigkeit und Verzweiflung. Jenes fatale Gemisch, das die Grönländer vergiftete. Menschen, die dazu gezwungen waren, in einem System zu leben, das nicht das ihre war. Das trügerisch verheißungsvolle Füllhorn der Wohlfahrt, welches der Westen ihnen gebracht hatte und das sie dazu verführt hatte, ihr an die harsche Natur angepasstes Leben aufzugeben. Jetzt waren sie Gefangene in ihrem eigenen Land. Abhängige. Ein Volk, das falsch abgebogen war.

Auch Marit war falsch abgebogen, aber sie hatte versucht, weiterzumachen. Klarzukommen in einer Welt, in der es keine Gerechtigkeit gab. Aber dann waren nur ein halbes Jahr nach Nivis Tod ihre Eltern verunglückt. Der nächste brutale Schlag mitten in Marits Gesicht, mitten in ihr bereits verwundetes Urvertrauen. Sie war nach Dänemark zu ihrer neuen Familie gekommen, und Nivi war mitsamt ihren Erinnerungen in Grönland geblieben.

Wie hatte das passieren können? Wieso war niemand für das, was ihrer Freundin zugestoßen war, je zur Rechenschaft gezogen worden? Warum war ein Kind gestorben, ohne dass es einen großen Aufschrei gegeben hatte? Und warum hatte sie, Marit, nichts unternommen, um Nivi in das Bewusstsein der Leute zurückzuholen?

Sie spürte, wie ihr die Tränen über das Gesicht liefen, und rollte sich unter der Decke zusammen. Das Gefühl der Schuld so frisch wie damals.

Sie schreckte auf, weil das Telefon klingelte. Rasch streckte sie ihre Hand in die Kälte des Zimmers und fischte das Handy vom Nachttisch.

»Hej, Marit, habe ich dich geweckt?« Es war Kirsten. »Sorry, habe die Zeitverschiebung vergessen. Aber das, was ich dir zu sagen habe, kann nicht warten.«

»Habt ihr Flemme gefunden?« Bei dem Gedanken an ihren Freund war Marit plötzlich hellwach und sie setzte sich auf.

»Nein, es ist etwas anderes. Gestern Nacht hat Óla Jón Fejfer versucht, sich das Leben zu nehmen. Er und Lukas Brems sind die Einzigen, die von der Expeditionsgruppe noch am Leben sind.«

»Mein Gott! Und wie geht es ihm?«

»Den Umständen entsprechend«, erklärte Kirsten. »Er hat seinen Kopf mehrmals gegen eine Wand gerammt, dabei hat er einen Schädelbruch erlitten, der ein subdurales Hämatom verursacht hat. Er liegt jetzt auf der Komastation im Riget. Niemand weiß genau, was passiert ist. Er erwähnte mehrfach den Allaq, bevor er vollständig das Bewusstsein verlor. Ach ja, und die Metro. Metro und Allaq. Keine Ahnung, was das bedeuten soll. Vermutlich war er höchst verwirrt.«

Auf Marits Unterarmen stellten sich die Härchen auf, und sie kroch zurück unter die Decke, sodass nur ihr Gesicht rausguckte. »Sein Suizidversuch war doch kein Zufall, oder?«, fragte sie leise.

»Nein, das glaube ich auch nicht. Ich kann mir nur nicht vorstellen, wie die Typen an ihn herangekommen sein sollten.«

»Die sind wie die Geister«, flüsterte Marit unheilvoll.

Kirsten zögerte. »Geht es dir gut?«

Marit schwieg.

»Schatz, wenn du dich nicht wohlfühlst ...«

»Ich komme klar!«, entfuhr es Marit gereizt. So, wie ich immer klarkomme, fügte sie in Gedanken hinzu und spürte, dass der kleine, harte Trotz in ihr erwacht war, mit dem sie sich stets davor bewahrte, allzu tief abzurutschen.

»Ist ja schon gut. Wollte nur fragen«, entgegnete Kirsten hörbar verstimmt. »Aber bevor du gleich wieder auflegst, ich habe noch etwas, was euch interessieren könnte. Wir haben noch mehr Videomaterial von der Straßenüberwachung erhalten. Von der Knippelsbro und der großen Kreuzung an der Amagerbrogade. Darauf haben wir den falschen Krankenwagen entdeckt.

Außerdem ein ganz bestimmtes Fahrzeug, und zwar eine weiß umlackierte Ambulanz. Die hattest du ebenfalls notiert.«

»Ja, die war mir aufgefallen, aber ich habe vergessen, in die Richtung weiterzuforschen.«

»Das macht nichts, du hattest ja das Kennzeichen erfasst und das ging in die Fahndung. Aus dem Grund ist die Ambulanz ja überhaupt in unseren Fokus gerückt. Ebert hat sie an verschiedenen Stellen in der Stadt identifiziert, und – jetzt halt dich fest – immer auf derselben Strecke wie den falschen Krankenwagen. Wir gehen verstärkt davon aus, dass das ebenfalls eines der Fahrzeuge der Täter ist, und scannen die ganze Stadt danach ab. Leider haben wir bislang keine Ahnung, wohin die beiden Fahrzeuge unterwegs waren. Wir erhoffen uns Hinweise durch eventuelle Zeugen. Ein Aufruf an die Öffentlichkeit läuft bereits.«

»Okay, das klingt gut«, entgegnete Marit.

Plötzlich klopfte es an der Tür und sie hört Jespers Stimme, die fragte, ob sie ihn zum Frühstück begleiten wollte.

»Ich komme gleich nach!«, rief Marit ihm zu, dann verabschiedete sie sich von Kirsten und legte auf. Wenig später stand sie unter der Dusche und drehte das Wasser auf eiskalt. Der harte Strahl ließ ihre Haut prickeln. Mit zusammengebissenen Zähnen ertrug sie den Schock. Er vertrieb die finsteren Gedanken und bereitete sie auf das vor, was sie heute auf dem Gletscher erwarten würde. Temperaturen von bis zu minus 30 Grad.

66. KAPITEL

Kirsten knabberte an ihren Nägeln, die an manchen Stellen bereits eingerissen waren und bluteten.

Wo war Flemme?! War er überhaupt noch am Leben? Oder kämen sie mal wieder zu spät? Die Ungewissheit über das Schicksal ihres Freundes ließ sie beinahe verrückt werden. Aber was sollte sie tun? Die öffentliche Fahndung nach den Fahrzeugen der Täter verlief schleppend, bislang waren nur spärliche Hinweise eingegangen, die zu keinerlei Ergebnis geführt hatten. Sie schlug mit der Faust auf den Tisch.

Verdammt! Diese Hilflosigkeit war zum Kotzen! Kirsten schlug ihre Zähne erneut in einen Nagel und riss ihn bis zum Nagelbett ab. Der Schmerz ließ sie zusammenzucken. Wütend fegte sie die Unterlagen vom zugemüllten Schreibtisch. »Scheiße! Diese gottverdammten Wichser! Ich hasse sie!«

»Kirsten?«

Beim Klang ihres Namens fuhr sie herum.

In der Tür stand Sanne. Ihre Wangen glühten. »Wir haben ihn!«, rief sie aufgeregt.

»Wen? Flemme?«

»Nein, den weißen Krankenwagen!«, erklärte Sanne. »Das Fahrzeug wurde vor Kurzem von den Kameras der Verkehrsüberwachung an mehreren Stellen in der Stadt erfasst. Außerdem gibt es einen Zeugen, der beobachtet hat, wie es in einer Fabrikhalle verschwunden ist.«

»Was? Wo ist diese Halle?« Kirstens Herzschlag beschleunigte sich.

»In einem Industriegebiet draußen bei Karlstrup, in der Nähe der E 20 direkt neben dem See der Kalkgrube. Die Kollegen aller Polizeibezirke von Sjælland wissen Bescheid, sie versorgen uns mit Material. Und das SEK steht bereit zum Ausrücken. Sie warten auf dich.«

Kirsten stieß zischend Luft aus. Verfickte Scheiße. Endlich eine Spur!

Es schneite leicht, als sie in einem unauffälligen Konvoi die E 20 nach Süden fuhren. Kirsten hockte im Van mit der SEK-Kommandozentrale und besprach sich mit dem Leiter. Es roch nach verschwitzten Bleiwesten, nassen Sitzbezügen und dem Kaugummi, das der Fahrer hektisch kaute. Hinzu kam, dass der fensterlose Wagen unentwegt vor sich hin schaukelte. Kirsten bemühte sich, ihre latente Übelkeit im Bann zu halten. Sie setzte die Wasserflasche an die Lippen und trank sie durstig aus. Hinterher hatte sie immer noch das Gefühl, dass ihr Mund trocken war.

Sie seufzte. Zuvor hatte sie versucht, Marit und Jesper über die neue Entwicklung zu unterrichten, doch die beiden waren nicht zu erreichen gewesen. Wahrscheinlich hatten sie dort oben im Nirgendwo keinen Empfang.

Sie konzentrierte sich auf ihren Einsatz. Sämtliche Fabrikhallen in dem besagten Industriegebiet waren von den Fernerkundungsspezialisten der Polizei untersucht worden. Infrage kamen zwei davon. Zwei Spähtrupps würden sie genauer unter die Lupe nehmen, sobald sie vor Ort wären. Die Kollegen waren ausgerüstet mit Infrarot-Nachtsichtgeräten und Detektoren, die anzeigten, ob irgendwo Kameras oder Bewegungssensoren installiert waren. Schließlich wollten sie nicht, dass die Täter gewarnt wurden.

Kirsten spürte, wie der Van abbremste, mehrmals abbog und schließlich anhielt.

»Wir sind am Einsatzort!«, drang es aus dem Sprechfunk.

»Okay, Zulu 1 und Zulu 2 sollen sich in Stellung begeben«, ordnete der SEK-Einsatzleiter an. »Wir warten auf den Bericht.«

»Alles klar, over.«

Die Minuten vergingen zäh, während Kirsten die spärliche Kommunikation der Spähteams über den Knopf in ihrem Ohr mitverfolgte. Die Anspannung wuchs. Waren sie am richtigen Ort?

Sie öffnete eine neue Flasche. Wenn sie unter Druck stand, schien ihr Körper jegliche Flüssigkeit sofort zu verdampfen. Der Geruch des Kaugummis wurde beinahe unerträglich, weil der Kollege darauf herummalmte wie ein Ochse. Kirsten hätte ihm am liebsten gesagt, er solle den Mund schließen.

Plötzlich knackte es im Funk. »Zulu 2 hier. Objekt eins ist leer. Keine Anzeichen von Personen, die sich dort aufhalten.«

»Was ist mit Objekt zwei? Zulu 1, bitte kommen.«

Stille war die Antwort.

»Zulu 1?«, drängte der Kommandoführer. »Was läuft bei euch?«

Nichts als Rauschen im Kanal.

»Zulu 1! Hört ihr mich?«

»Ja, copy. Wiederhole: An der Halle wurden mehrere Überwachungskameras installiert. Und unser Wärmescan zeigt an, dass sich im Innern einige stromführende Geräte befinden. Ob Personen anwesend sind, können wir nicht feststellen. Zumindest gibt es keine sich bewegenden Wärmequellen.«

»Verstanden, Zulu 1. Wie sieht es mit den Eingängen aus?«

»Es sind zwei aneinandergrenzende Hallen mit je einem Rolltor in der Front. Auf der Rückseite befindet sich eine große Stahltür. Von dort kommt man allerdings nicht weg. Ein hoher Stacheldrahtzaun begrenzt das Grundstück, dahinter liegen Gestrüpp und der See. Keinerlei Spuren im Schnee. An der Ostseite der vorderen Halle befindet sich ebenfalls ein großes Rolltor. Scheint funktionstüchtig zu sein. Dort haben wir im Schnee diverse Fuß- und Reifenspuren entdeckt, die direkt hineinführen.«

»Okay, ihr postiert euch an den Toren, während wir das Gebäude weiträumig umstellen. Die Tore werden auf mein Kommando gesprengt. Gleichzeitig legt ihr die Kameras mit einem Störsender lahm. Meldet euch, wenn ihr in Position seid.«

»Verstanden. Over.«

Der Kommandoführer öffnete die Schiebetür und stieg aus. Kirsten folgte ihm. Sie zog ihre Waffe aus dem Holster und lud durch.

Die Verstärkung aus den anderen Vans ging in Stellung. Sie alle warteten auf das Signal vom ersten Spähtrupp. Der zweite kehrte derweil zurück und reihte sich bei ihnen ein.

»Zulu 1 hier. Sprengsätze klar. Erwarten Befehl«, ertönte wenig später über den Funk.

Der Kommandoführer sah Kirsten an. Sie hielt ihre Waffe umklammert und war auf das Schlimmste vorbereitet. Nickend gab sie ihre Zustimmung.

Was daraufhin folgte, war der Lärm von mehreren Detonationen, mit denen die Türen aufgesprengt wurden, das Scheppern von geborstenem Metall und Glas und das raue Gebrüll der SEK-Leute, die das Gebäude stürmten. Kirsten bekam nicht alles mit, was über Funk gemeldet wurde, aber sie vernahm, dass sich in der vorderen Halle ein großer Aschehaufen befand und dort mehrere Fahrzeuge parkten, darunter ein Taxi, zwei Campingmobile und der falsche Krankenwagen. In der hinteren Halle überschlugen sich die Meldungen. Kühltruhen, Kadaver, Plastikzelte, OP-Tische … aber keine Täter weit und breit.

Kirsten rannte nun selbst in die vordere Halle. »Wo ist Flemme?« Hastig sah sie sich um. Einige Kollegen waren gerade dabei, die Fahrzeuge zu überprüfen. Die zwei Wohnmobile und den Krankenwagen. Doch nach kurzer Zeit kamen sie kopfschüttelnd wieder heraus. »Hier ist er nicht!«

»Und in der anderen Halle?«, rief sie ins Mikro. »Gibt es dort irgendeine Spur von Flemme?«

»Negativ«, lautete die Antwort von nebenan. »Bisher kein menschlicher Körper, dafür viele Kadaverteile. Wie in einem Schlachthof! Die Kühltruhen sind voll. Gott, wie das stinkt!«

Kirstens Atem ging hart und rau. Sie erreichte das hintere Gebäude und erschrak. Der Kollege hatte recht, es sah aus wie in einer Art Frankenstein-Labor. Der Geruch nach Verwesung war überwältigend und ließ Kirsten würgen. Die SEK-Kollegen öffneten einen Deckel nach dem anderen und starrten in das kalte Licht der Geräte. Kirsten prüfte jeden Inhalt persönlich. Es waren lauter in Plastiktüten verpackte Körperteile, allerdings nur von Tieren. Darunter auch weiße Kaninchen. Hastig durchwühlte Kirsten die Truhen, bis sie ihre Finger vor Kälte nicht mehr spürte. Als sie den letzten Eisschrank hinter sich und nirgendwo eine Spur von Flemme gefunden hatte, wandte sie sich mit suchendem Blick um. Ihre Gedanken rasten. Wo konnte er sein?

Die Asche nebenan! Die Täter mussten das Feuer gemacht haben, um etwas zu verbrennen. Beweise. Leichen. Flemme!

Kirsten rannte in die vordere Halle. Der hier herrschende Geruch war nicht unbedingt besser. Verbranntes Gummi, Metall, Teer und Räucherfleisch.

Als sie mit einer Eisenstange in dem Aschehaufen herumstocherte und kleine Knochenreste zum Vorschein kamen, drehte sich ihr endgültig der Magen um. Stolpernd entfernte sie sich und übergab sich auf den kalten Betonboden, der ihr Erbrochenes leicht zum Dampfen brachte. Bei dem säuerlichen Gestank, der zu ihr aufstieg, würgte es sie erneut. Zum Glück hatte sie heute noch nicht allzu viel gegessen und bald war ihr Magen leer. Sie wischte sich über den Mund und drehte sich um, trat entschlossen auf den Aschehaufen zu, ging davor in die Knie. Mit der Eisenstange angelte sie einen schalenförmigen Gegenstand hervor und schob ihn bis vor ihre Stiefelspitzen. Es war unverkennbar eine Schädeldecke. Mit versteinerten Gedanken rührte Kirsten weiter in den Rückständen des Feuers. Schließlich fand sie einen halben Unterkiefer mit Zähnen.

War das Flemme? Sie presste sich eine Hand vor den Mund, um nicht zu schluchzen.

Als sie sich erhob, erfasste sie ein jäher Schwindel. Auf die Eisenstange gestützt wankte sie zurück in die hintere Halle, wo die SEK-Kollegen mittlerweile alles gesichert hatten.

»Da … da drüben sind menschliche Knochen in der Feuerstelle.«

»Rechtsmedizin und KTU sind verständigt«, sagte der Kommandoführer. »Was für ein Horrorkabinett!«

Sie nickte und hielt den Mund geschlossen, weil sie nicht sicher war, ob sie sich erneut übergeben musste. Um sich abzulenken, sah sie sich um. Ein Kollege hatte die beiden großen Plastikzelte geöffnet, darin standen OP-Tische und Rollwagen voller Werkzeug. Messer, Skalpelle, Elektrosägen, gekrümmte Sattlernadeln und Stücke groben Garns, an denen Blut und Fettreste klebten. Schläuche mit angewärmtem Wasser waren in die Zelte gelegt worden, Putzmittel wie Seifenlauge und Chlorreiniger standen bereit. An Infusionsständern hingen mehrere schwere Fleischerschürzen, Gesichtsvisiere, Mund-und-Nasen-Masken, OP-Kopfhauben, dicke Gummihandschuhe und Einmaloveralls. In verschmierten Mülleimern war offensichtlich alles gesammelt worden, was belastende Spuren wie Haare und Hautschuppen an sich tragen könnte. Einer von diesen Eimern befand sich drüben neben mehreren Benzinkanistern bei der Feuerstelle. Vermutlich haben sie nach jedem Durchgang sämtliche Beweisstücke verbrannt. Die waren wirklich sehr gründlich.

»Hier sind Kleidungsstücke!«, hörte sie jemanden rufen.

Sie verließ das Zelt und entdeckte eine Kollegin, die neben einer rollbaren Kleiderstange stand. Als Kirsten zu ihr trat, bemerkte sie vier schwarze Plastiksäcke, die dahinter deponiert worden waren. Die Kollegin hatte sie geöffnet und hielt mit behandschuhten Händen einen Pullover in die Höhe. Gehörte der Flemme? Kirsten hatte keine Ahnung, was der Rechtsmediziner am Abend seiner Entführung getragen hatte. Sie ging vor den Säcken in die Hocke und wühlte in dem Durcheinander aus Kleidungsstücken und Schuhen. Die stammten eindeutig von mehreren Personen. Es gab eine Jeans, zwei Hemden, eine Winterjacke und ein elegantes Kostüm mit Hahnentrittmuster. Das hatte bestimmt Frau Riis Sten gehört, der Sport-BH hingegen eher Bente Villumsen. Was war das Weiße dort unter dem T-Shirt?

Mit steifgefrorenen Fingern zog Kirsten das Stück Stoff aus dem Sack und musste schlucken. Es war ein Kasak. Auf der Brusttasche war ein Name eingestickt: Dr. Flemming Bostrup, Staatsobduzent.

Kirsten stiegen Tränen in die Augen.

Bleib ruhig, sagte sie sich und wischte sich mit ihrem Ärmel über das Gesicht. Das muss nichts heißen. Sie haben Flemme die Kleidung weggenommen, aber das bedeutet noch lange nicht, dass sie ihn getötet haben. Schließlich ist hier nirgendwo seine Leiche zu finden. Und es klebt kein Blut an dem Kasak.

»Kirsten!«

Sie fuhr herum. Es war Wang Ze. Mit kurzen, schnellen Schritten kam er auf sie zu. In seinen weit aufgerissenen Augen lagen Besorgnis und Kummer. »Habt ihr Flemme?«

»Nein, keine Spur von ihm. Nur seine Klamotten. Die sind da drin.« Sie wies auf den Sack.

»Dann haben sie ihn mitgenommen?«

»Möglich. In der Halle nebenan ist allerdings eine Feuerstelle mit Resten von menschlichen Knochen. Vielleicht haben sie ihn verbrannt. Oder es sind die beiden gestohlenen Leichen aus der Rechtsmedizin, die müssen ja auch irgendwo sein. Das Erbrochene ist von mir, sorry.«

»Kein Problem, wir checken das.« Wang berührte sie sanft am Arm. »Kann ich etwas für dich tun?«

Diese freundschaftliche Geste hätte Kirsten beinahe losheulen lassen. Verdammt, wie sehr sehnte sie sich danach, von jemandem in den Arm genommen zu werden. Sie wollte diese ganze Scheiße für einen Moment vergessen. Vielleicht sollte sie heute Abend zu Mimi fahren.

»Danke, Wang. Es geht schon.« Sie warf ihm ein unglückliches Lächeln zu.

»Wir werden herausfinden, was mit ihm passiert ist«, sagte der Chef der KTU. »Das verspreche ich dir.«

Kirsten nickte. In ihrem Kopf tauchte das Bild der weißen Ambulanz auf. Sie war nicht unter den Fahrzeugen in der Halle nebenan gewesen. Wo konnte sie sein? Fuhren die Täter damit gerade durch die Stadt, um Flemme irgendwo abzuladen? An irgendeinem Denkmal in irgendeinem kalten Viertel?

Sie drückte Wang den Kasak in die Hand und eilte aus der Halle.

67. KAPITEL

Jesper fühlte sich regelrecht beklommen in seinem Polaranzug, der seine Bewegungsfreiheit einschränkte. Auch an diesem Morgen herrschte bestes Flugwetter, und die schneebedeckte Landschaft glitt glasklar unter ihnen hinweg. Aber dafür hatte er kein Auge. Er musste unentwegt an seine Tochter denken und das tote Kaninchen. Selbst wenn sie und Kjell Polizeischutz bekamen, fühlte er sich nicht wohl damit. Er hätte gerne selbst auf sie aufgepasst. Verdammt, warum musste er stattdessen in Grönland herumgondeln?

Er schielte zu Marit hinüber, die ihm gegenübersaß. Ihr Gesichtsausdruck war härter als sonst. Überhaupt erschien sie ihm, seit sie hier waren, viel kantiger und abweisender. Lag es an diesem Land? War das ihr grönländisches Ich? War das Terianniaq, der Polarfuchs?

Ihn hatte die Nachricht von Óla Jón Fejfers Suizidversuch ebenfalls erschüttert. Schließlich war er dem jungen Mann in der Psychiatrie persönlich begegnet und hatte gesehen, was für ein Wrack er war. Und wie Marit glaubte er ebenfalls nicht an einen Zufall, dass Fejfer ausgerechnet jetzt versucht hatte, sich das Leben zu nehmen. Doch auch dazu konnte er nichts beitragen, erst recht nicht, wenn sie gleich auf dem Gletscher landeten.

Bei dem Gedanken daran, kilometerweise Eis unter seinen Füßen zu spüren, sank Jesper erneut der Mut. Was sich alles darin verbergen konnte! Hatte Professor Frøhlich nicht von einem großen Schmelzwassersee erzählt? Und dann die vielen Spalten und Risse, in die man stürzen konnte. Wie sollte man diese Gefahr unter dem Schnee erkennen? Imaneq war darin angeblich ein Experte. Jakob zufolge war der Inuit in der Lage,

Schnee und Eis besser zu lesen als ein Westeuropäer seine Morgenzeitung. Aber war er wirklich verlässlich?

»Aufs Eis zu gehen, birgt in Grönland zu jeder Zeit ein Risiko«, hatte Imaneq bei der Sicherheitseinweisung gesagt. »Das können wir nicht leugnen. Im Gegenteil, man muss *immer* auf der Hut sein. Diese innere Wachsamkeit muss zu deiner Grundeinstellung werden. Zu deinem siebten Sinn. Wenn du das berücksichtigst und nah bei der Gruppe bleibst, ist die Wahrscheinlichkeit, dass dir etwas passiert, relativ gering.«

Doch das hatte Jespers Bedenken nicht beseitigt. Am liebsten hätte er sich für die Befragung in Paamiut gemeldet, die Jakob heute dort mit einem Kollegen durchführen wollte, brachte es allerdings nicht über sich, seine Angst zuzugeben. Er presste seine Kiefer aufeinander. Bis sie in Paamiut wären, blieb ihm noch Zeit, es sich zu überlegen.

»Wir sind gleich da!«, sagte der Pilot unvermittelt über den Sprechfunk. »Macht euch bereit, ich setze nur kurz auf.«

Jesper brach der Schweiß aus, während die Maschine in den Sinkflug ging. Unter ihnen kamen die Häuser der Siedlung in Sicht, die verstreut im Schnee lagen. Sie waren verbunden durch schmale Wegspuren, welche die Bewohner zu Fuß oder mit ihren Skidoos benutzten. Jesper schoss eine Idee durch den Kopf. »Wir haben doch gestern aus der Luft alles rund um die Mine abfotografiert, oder?«

»Ja«, sagte Jakob. »Die Bilder sind in Narsaq auf dem Rechner.«

»Ich würde heute Abend gerne einen Blick darauf werfen.«

»Kein Problem.«

Jesper bemerkte, wie Marit leicht nickte. Vermutlich ahnte sie, worauf er hinauswollte. Die Wege. Besser gesagt, die Wege im Schnee. Denn der Schnee war in diesem Fall ein sehr zuverlässiger Zeuge. Oder ein mieser Verräter, je nachdem, wie man es betrachtete. Vielleicht würde sich durch ihn etwas offenbaren, was sie gestern aus ihrer Froschperspektive nicht wahrgenommen hatten.

Der Helikopter setzte auf. Jakob und sein Kollege öffneten die Tür. Kälte und winzige Eiskristalle wirbelten zu ihnen hinein.

Jetzt wäre die Gelegenheit auszusteigen, dachte Jesper.

Aber er rührte sich nicht. Er hockte auf seinem Sitz und hielt seine Hände im Schoß fest umklammert, damit sie nicht doch den Gurt lösen konnten.

»Viel Erfolg!«, rief Jakob, tippte sich zum Abschied gegen die Stirn und warf die Tür zu. Im nächsten Moment hob der Helikopter ab und gewann schnell an Höhe. Jakob und der Kollege waren nur noch schwarze Punkte im Schnee.

Jesper schluckte.

Der Pilot steuerte die Maschine derweil in den Fjord. Schroffe, schneebedeckte Berge ragten zu beiden Seiten auf. Irgendwann schwenkten sie in ein Tal und flogen tief über dem zerklüfteten Rücken des Gletschers dahin, bis sie über den Sattel schossen und das Nährgebiet unter ihnen sichtbar wurde: das Inlandeis. Eine weiße Fläche, die sich bis zum Horizont erstreckte.

Marit verglich die Fotos von den Expeditionen mit der Landschaft. Schließlich zeigte sie auf eine nadelförmige Felsformation, die aus dem Körper des Eises ragte wie ein Schrapnellsplitter aus einer Wunde. Eine dünne schwarze Spur aus Gesteinsabrieb zog sich von dort bis zur Gletscherzunge, wo sie sich mit dem breiteren Streifen der Mittelmoräne vereinte. »Da drüben muss es sein, bei den Felsen. Flieg mal näher heran, Ivan!«

Der Pilot tat, wie ihm geheißen, und steuerte die Maschine auf die schwarzen Felsen zu.

»Kannst du die Formation im Tiefflug umkreisen? Wir würden gerne die Wärmebildkamera einsetzen.«

»Klar!« Ivan ging noch etwas tiefer und setzte zu einem Bogen an. Die Maschine legte sich schräg. Imaneq rutschte auf einen anderen Sitz und nahm über eine fest installierte Tastatur und einen Monitor routiniert die Wärmebildkamera in Betrieb. Jesper beobachtete, welche Flächen er abscannte. Zunächst das Eis am Fuß der Felsen.

Von seinen eigenen Hubschraubereinsätzen, bei denen es hauptsächlich um Personensuchen gegangen war, wusste er, dass die Kamera in der Lage war, Temperaturunterschiede von 0,04 Grad Celsius wahrzunehmen. Je wärmer die Stelle war, desto heller wurde sie angezeigt. So wie jetzt die Felsen. Sie wurden von der Sonne angewärmt und erschienen daher grau vor dem schwarzen Hintergrund des Eises.

»Nichts«, hörte er Imaneq sagen. »Bitte noch einmal einen Bogen um die Felsen. Diesmal mit mehr Anstand.«

Der Pilot passte den Radius an. Doch bis auf den ein wenig heller dargestellten Streifen der Mittelmoräne gab es keine Anzeichen auf wärmere Strukturen im Eis.

»Vielleicht liegen die Fässer zu tief unter dem Schnee vergraben«, sagte Jesper.

»Möglich. Aber so schnell geben wir nicht auf«, entgegnete Imaneq. »Ivan, erweitere den Radius.«

»Roger!«

Der Hubschrauber drehte eine weitere Runde. Die tiefstehende Sonne schien rundum einmal durch jedes Fenster und schließlich Jesper direkt ins Gesicht. Doch Imaneqs Bildschirm blieb schwarz. Nur das Band der Moräne tauchte wieder als grauer Faden auf.

»Verdammt«, raunte Imaneq.

»Die Fässer müssen irgendwo dort sein«, beharrte Marit. »Es waren Hunderte, das muss Auswirkungen auf die Temperatur haben. Lasst es uns noch einmal versuchen. Mit mehr Abstand zu den Felsnadeln.«

Die Maschine umflog die Formation, die Sonne wanderte, der Bildschirm blieb dunkel.

»Mist! Da ist einfach nichts«, stieß Marit enttäuscht aus.

Jesper befürchtete, dass es so war, wie er gedacht hatte. Sie würden bis zum Sommer warten müssen, um die Fässer zu lokalisieren. Solange hätten sie keine Klarheit darüber, was sich darin befand, ob nun Gift oder anderer umweltschädlicher Abfall. Und ebenso wenig, wer dafür verantwortlich war. Der Verursacher hingegen hätte Zeit gewonnen, sämtliche Spuren zu beseitigen.

»Was soll ich machen?«, fragte Ivan.

Marit zögerte. Sie wechselte einen Blick mit Jesper, der mit den Schultern zuckte. Dann sagte sie: »Flieg nach Paamiut zurück. Es hat keinen Sinn.«

»Nein, warte!«, rief Imaneq. Er deutete mit dem Finger auf das graue Band auf dem Bildschirm. »Seht euch die Moräne an. Diese minimal helleren Schatten hier zwischen den anderen Flecken. Das ist nur an dieser einen Stelle so.« Er tippte auf einen Punkt, der geschätzte 800 Meter von den Felsen entfernt lag. »Vielleicht sind das die Fässer.«

»Du hast recht«, sagte Marit. »Ivan, bring uns dort runter.«

Schnell näherten sie sich der besagten Stelle, die Imaneq mit der Kamera fixiert hielt. Die grauen Flecken wurden heller. Wenig später setzte der Hubschrauber am Rand der Moräne auf.

Jesper konnte es kaum erwarten, rauszukommen. Er öffnete die Tür und sprang in den Schnee. Imaneq folgte ihm, holte ein Metallsuchgerät aus dem Laderaum und marschierte in die Richtung, in der er die Fässer vermutete. Während der Pilot die Motoren abschaltete, beobachteten Jesper und Marit Imaneq gespannt bei seiner Arbeit.

Der Inuit ging das Gerät hin und her schwenkend durch den Schnee und markierte bestimmte Stellen mit grellorangen Fähnchen. Es dauerte nicht lange, bis er ein Areal von 50 mal 30 Metern abgesteckt hatte und zu ihnen zurückkehrte.

»Die Fässer befinden sich in vier bis fünf Metern Tiefe innerhalb dieses Quadranten«, sagte er. »Aber an diesem Punkt«, er trat mit dem Fuß auf, »liegen sie nur zwei Meter tief.«

»Okay, dann wollen wir mal.« Marit drückte Jesper Schaufel und Spitzhacke in die Hand, während Imaneq das Gewehr schulterte und damit auf einen größeren Eisbrocken kletterte, von dem aus er die Umgebung im Blick hatte.

»Wir müssen vorsichtig graben«, erklärte sie Jesper. »Trag diese Maske. Wir dürfen keinen Schnee in den Mund bekommen, er könnte kontaminiert sein.« Sie reichte ihm eine FFP2-Maske, die er sich aufsetzte. Anschließend packte er die Schaufel und hatte sie gerade zum ersten Mal in den erfreulich lockeren Schnee gestoßen, als ein Ruf ertönte. Es war der Pilot, der auf sie zueilte.

»Ich habe einen Notruf empfangen. In Paamiut ist ein Mann beim Schneeschippen vom Dach gefallen, er hat schwere innere Verletzungen und muss so schnell wie möglich nach Nuuk ins Krankenhaus. Wir sind der einzige verfügbare Hubschrauber in der Nähe.«

»Alles klar. Wir bleiben hier!«, sagte Marit. »Wir laden nur schnell den Rest unserer Ausrüstung aus. Ihr könnt uns später abholen.«

Der Pilot half mit, das Material aus dem Laderaum herauszuholen. Derweil hielt Imaneq weiter Ausschau. Die Planänderung schien ihn nicht zu stören. Jesper hingegen fühlte sich überrumpelt. War er etwa der Einzige, der ein ungutes Gefühl bei der Sache hatte?

»Äh, und was ist, wenn schlechtes Wetter aufzieht oder es dunkel wird?«, fragte er. »Dann kann der Hubschrauber uns nicht abholen. Wie kommen wir ohne ihn von dem Gletscher runter?«

»Wir haben alles dabei, um ein Lager aufzuschlagen«, entgegnete Marit. »Sogar für mehrere Tage, wenn's nötig sein sollte.

Also kein Grund zur Sorge. Wir werden uns von diesem Fleck nicht wegbewegen. Unsere Position ist klar, ich habe vorhin einen GPS-Marker gesetzt, und Ivan hat Jakob darüber informiert, wo wir sind.«

Aber ich will hier nicht übernachten, schrie Jesper innerlich. Sein Herz pochte. Was, wenn ihnen das Gleiche passierte wie den Expeditionsmitgliedern? Wenn sie erfroren, würde niemand es mitbekommen. Oder es käme ein Eisbär vorbei, oder jemand von der Mine, um sie zu killen …

»Du kannst mit uns mitfliegen. Ich lasse dich in Paamiut aussteigen«, schlug der Pilot vor. »Du musst nicht auf dem Gletscher bleiben, wenn du dich damit nicht wohlfühlst.«

»Und ihr?«, fragte Jesper die anderen beiden. »Ihr wollt das wirklich durchziehen?«

»Wenn ich dadurch die Beweise finde, um den Ärschen unten in der Mine den Saft abzudrehen? Jep!« Marit sah hinüber zu Imaneq. »Außerdem kommen wir schon klar. Das ist nicht unsere erste Nacht auf dem Eis, oder?«

Der Inuit stimmte gelassen zu.

Unschlüssig leckte Jesper sich unter seiner Maske über die Lippen. Was sollte er tun? Er wollte nicht auf dem Gletscher bleiben, nicht ohne die Sicherheit des Helikopters. Aber Marit einfach alleine lassen wollte er auch nicht. Angestrengt stieß er Luft aus. Er hasste es, vor solche Entscheidungen gestellt zu werden. Das war wie Lisas »Du kannst nach Kopenhagen ziehen, das ist kein Problem, aber deine Töchter werden dich vermissen.«

Was für eine verdammte Scheiße!

»Okay«, lenkte er schließlich ein. »Ich bleibe.«

»Schön«, entgegnete Marit und nickte ihm anerkennend zu.

Damit sie nicht merkte, wie sehr ihm der Arsch auf Grundeis ging, half er dabei, die Ausrüstung vom Hubschrauber wegzutragen und auf zwei Ziehschlitten zu laden. Danach prüften sie, ob Funkgerät und Satellitentelefon arbeiteten, und verabschiedeten sich mit einem Daumen-hoch-Zeichen vom Piloten, der bereits im Cockpit saß und die Motoren laufen ließ. Die Rotorblätter begannen sich schneller zu drehen, und in einem Wirbelsturm aus Schneeflocken hob die Maschine ab, drehte sich um ihre eigene Achse und flog davon. Wenig später war sie hinter der Gletscherkante verschwunden.

Oh Gott, dachte Jesper, jetzt war der Hubschrauber weg. Ihre einzige Verbindung zurück zur Zivilisation. Er hätte die Chance gehabt, mitzufliegen, zu Häusern, zu elektrischem Strom, einem guten Essen und einem Bett. Stattdessen stand er auf einem Gletscher, 80 Kilometer von der nächsten Siedlung entfernt, auf dem Rücken eines lebensfeindlichen Eisklotzes, mitten auf einer Insel am Arsch der Welt.

Nur nicht in Panik geraten, sagte er sich und atmete flach durch den Mund. Dreh dich um. Sieh ihm ins Gesicht.

Doch er wagte es nicht, dem Inlandeis die Stirn zu bieten, stattdessen packte ihn eine Welle aus Schwindel und kalten Schweißausbrüchen.

»Hej, Jesper, was ist?« Marit legte ihm eine Hand auf die Schulter.

»Ich weiß nicht«, krächzte er. »Ich … denke, es ist mein Kreislauf. Wir sind hier ziemlich hoch, oder? Ich sollte besser einen Energieriegel essen.«

Marit beobachtete ihn durch die Sonnenbrille. »Ich glaube, du hast eher einen Weitenkoller.«

»Einen Weitenkoller?«

»Eine Form von Agoraphobie. Platzangst. Das bekommen viele, wenn sie mit einer weiten leeren Fläche konfrontiert werden. So wie in der Arktis, in einer Wüste oder auch auf dem Meer. Das ist nicht schlimm. Los, hilf mir beim Graben, das lenkt ab.«

»O-okay. Ist gut.«

Sie führte ihn zu der markierten Stelle. »Vermeide es, auf den Horizont zu blicken, konzentrier dich auf das Loch im Boden.«

Jesper nickte und fing an zu graben. Er schaufelte und schaufelte. Neben ihm tat Marit das Gleiche, und schnell wurde das Loch tiefer. Jesper vergaß, dass sie hier mitten im Nirgendwo abgesetzt worden waren, und begann, dem entgegenzufiebern, was dort im Eis verborgen lag.

Als schließlich etwas Dunkles durch den Schnee schimmerte, richtete er sich auf. »Ich hab was.«

Marit kroch zu ihm herüber, während Jesper seine Arbeit mit einer kleineren Schaufel fortsetzte. Was schließlich zum Vorschein kam, ließ ihn zischend Luft ausstoßen.

Aus dem Schnee ragte ein Arm mit angefressener Hand. Das musste eines der toten Expeditionsmitglieder von 2018 sein. Jesper grub vorsichtig weiter. Er wollte herausfinden, wer das war. Für die Angehörigen. Später würden sie die Leiche mit einem GPS-Marker versehen, damit der Bergungstrupp sie abholen konnte. Bald hatte er mit Marits Hilfe die Schultern und den Kopf freigelegt. Der Tote trug eine Mütze, seine Ohren waren noch dran. Zum Glück, dachte Jesper, während Marit den Rest des Gesichtes vom Schnee befreite. Es war ein Mann unbestimmten Alters mit blondem Bart. Auf der Mütze prangte das Logo vom Alfred-Wegener-Institut.

»Das ist einer von den Deutschen«, sagte Marit. »Ich erkenne ihn von den Fotos, habe aber keinen Namen dazu. Wir sollten später Bilder machen, dann haben wir wenigstens ein bisschen was, was wir von ihm mit zurücknehmen können. Aber jetzt sollten wir uns um die Fässer kümmern.« Sie richtete sich auf und stieß ihre Schaufel in die Wand des bereits gegrabenen Loches, um es auf diese Weise zu erweitern.

Jesper half ihr und versuchte dabei, den starren Blick des Toten zu ignorieren, der auf seinen Rücken gerichtet war. Sie gruben eine ganze Weile und hatten die Tiefe des Lochs fast verdoppelt, als Marit mit der Schaufel auf etwas stieß, das einen dumpfen metallischen Klang von sich gab. Sie kratzte die angefrorene Kruste von der Oberfläche und wenige Minuten später ragte eines der Fässer vor ihnen aus dem Schnee. Rostig und eingebeult.

»Siehst du das?« Marit zeigte auf den oberen Rand des Fasses. Er war aufgerissen oder durch den Frost aufgeplatzt.

Bei dem Gedanken an den möglichen hochgiftigen Inhalt wurde Jesper mulmig. »Nehmen wir Proben?«

»Ja, aber sehr vorsichtig. Für Beweisfotos müssen wir sie noch weiter ausgraben. Vielleicht finden wir eine Prägung, eine Seriennummer oder ein Logo außen an den Fässern. Irgendwas, das uns verrät, von wem sie stammen. Und dann …«

Ein gellender Warnruf hallte zu ihnen herüber. Jesper und Marit kämpften sich aus dem Loch und reckten ihre Köpfe über den Rand.

Imaneq stand auf seinem Posten und hatte den Arm gen Himmel ausgestreckt. »Nittangerpoq!«, rief er ihnen zu. »Schneesturm!«

Tatsächlich hatte sich der Himmel zugezogen. Eine weißliche Schicht Wolken fegte über ihre Köpfe hinweg und wurde von Sekunde zu Sekunde dichter. Sofort war Jespers Panik wieder da.

68. KAPITEL

Der Streifenwagen der Bereitschaft war erfüllt von ihrem Schluchzen und den elektronisch verzerrten Stimmen, die über Funk reinkamen. Doch Kirsten nahm kaum etwas davon wahr. Ziellos fuhr sie durch die Stadt, kurvte kreuz und quer durch die Straßen und hielt verzweifelt Ausschau nach der weißen Ambulanz. Dabei rannen ihr die Tränen ungehemmt über die Wangen, und sie musste sich über die Augen wischen, weil ihre Sicht verschwamm.

Flemme.

Der Freund, den sie kannte, seit sie bei der Kriminalpolizei war. Der ihr von Anfang an wohlgesonnen begegnet war und ihre schroffen Allüren mit einem sanften Lächeln beiseitegeschoben hatte. Der nie den Blick fürs Wesentliche verloren hatte. Der brillante, manchmal leicht verspielte Rechtsmediziner. Er war stets der verlässliche Partner im Hintergrund gewesen. Flemme Bostrup, der sein Leben den Toten gewidmet und immer ein offenes Ohr für die Lebenden gehabt hatte. Sollte er jetzt nicht mehr da sein? Einfach so?

»Nein! Verdammte Scheiße!«, heulte Kirsten auf und drosch auf das Lenkrad ein. Das war nicht gerecht!

Aber was war schon gerecht?

Die Welt, in der sie lebte, jedenfalls nicht.

Schniefend starrte sie durch die Windschutzscheibe. Was sollte sie tun? Sämtliche Denkmäler Kopenhagens abfahren, um zu sehen, ob Flemme dort irgendwo abgelegt worden war? Damit wäre sie Wochen beschäftigt.

Es begann, heftiger zu schneien, und Kirsten schaltete die Scheibenwischer ein. Die großen Flocken flogen ihr entgegen wie ein Schwarm weißer Hornissen. Sie musste das Tempo drosseln, der Verkehr auf dem H. C. Andersens Boulevard wurde dichter, je näher sie dem Rathausplatz und dem Tivoli kam, dessen verspielter Lichterglanz den Winter bunt einfärbte.

Kirsten wusste, dass die Kollegen im Präsidium und auf den Straßen ihr Möglichstes taten, um das gesuchte Fahrzeug zu finden. Clausen hatte erneut die Videos der Verkehrsüberwachung eingezogen und arbeitete mit Hochdruck daran, die weiße Ambulanz aufzuspüren. Alles war in Bewegung gesetzt worden. Oder waren die Täter vielleicht mit einem ganz anderen Wagen unterwegs, von dem sie bislang nichts wussten?

Ihr Handy klingelte und Kirsten fischte es aus der Mittelkonsole. Es war Clausen, und er klang so aufgeregt, wie sie ihn noch nie erlebt hatte.

»Kirsten! Die weiße Ambulanz! Sie ist aufgetaucht. Auf der E 20, unterwegs in Richtung Schweden. Soeben hat sie die letzte Ausfahrt in Dänemark passiert. Wir haben trotz des Wetters einen Hubschrauber rausgeschickt.«

»Okay, ich hänge mich dran. Verständigst du die Kollegen in Schweden?«

»Kirsten, du …«

Sie legte auf, schaltete Blaulicht und Sirene ein und drängelte sich an zwei Autos vor sich vorbei. Auf der Kreuzung am Rathausplatz wendete sie und schoss, soweit die Straßenverhältnisse es zuließen, zurück zur Langebro in Richtung Amager.

Sie fliehen, dachte Kirsten triumphierend. Es war ihnen gelungen, die Täter aufzuschrecken und aus ihrer Deckung zu treiben. Das war gut, denn jemand, der auf der Flucht war, machte Fehler. Und genau das war soeben geschehen. Die Ambulanz hielt direkt auf die Øresundbrücke zu. Von dort gäbe es kein Entkommen.

Kirsten donnerte den Ørestads Boulevard entlang, geriet dabei einige Male gefährlich ins Schlittern und musste unvermittelt stoppen, weil PKW ihr den Weg abschnitten. Dass die Leute nicht in der Lage waren, bei Blaulicht vernünftig zu reagieren!

Während sie erneut Gas gab, hörte sie über Funk, wie die Hubschraubercrew Sichtkontakt meldete. Die Ambulanz hatte gerade den Tunnel passiert und näherte sich nun der Brücke. Geschwindigkeit unter normal.

Darüber wunderte sich Kirsten. Warum wurden sie langsamer? Hatten die Täter den Helikopter bemerkt und ahnten, dass sie in der Falle saßen? Und nun versuchten sie, Zeit zu schinden, um nach einem Ausweg zu suchen? Aber den gab es auf der Brücke nicht. Dort blieb ihnen nur der Sprung in den Sund. Und den würden sie aus dieser Höhe nicht überleben.

Derweil kam für Kirsten die Autobahnauffahrt in Sicht und sie fuhr nach Osten auf. Die rechte Spur war schneefrei und sie beschleunigte auf 200 Kilometer pro Stunde, fegte alle Fahrzeuge aus ihrem Weg.

»Cop 02 hier. Zielfahrzeug wird wieder schneller«, meldete der Helikopter.

Kirsten erreichte nun ihrerseits den Tunnel. Sie wechselte auf die linke Spur und überholte eine Reihe vor sich hin schleichender Lastwagen. Die gekachelten Wände warfen das Blaulicht flackernd zurück und vervielfachten das Geheul des Martinshorns. Die Funkverbindung brach kurz ab. Stille im Äther, während draußen die Hölle los war.

Sie schoss aus dem Tunnel auf die Brückenrampe und war gefühlt sofort im nächsten Tunnel gefangen. Der bestand aus Schneeflocken, die keine einzelnen Punkte mehr waren, sondern helle Streifen, durch die sie hindurchraste.

Es knackte im Funk und der Hubschrauber meldete sich zurück. »Zielfahrzeug kurz vor der Mautstation. Es verringert die Geschwindigkeit.«

»Wissen die schwedischen Kollegen Bescheid?«, rief Kirsten.

»Ja. Zielfahrzeug jetzt nur noch 50 Meter von der Station entfernt. Wird langsamer.«

Sie überlegen, was sie machen sollen. Ob sie die Schranken durchbrechen müssen. Kirsten drückte das Gaspedal bis zum Anschlag durch, überholte zwei schlingernde PKW und passierte den ersten der beiden Pylonen.

»Bitte um Bericht«, sagte sie.

»Zielfahrzeug hat angehalten. Steht 30 Meter vor der Station!«

Was hatten sie vor? Würden sie umdrehen und als Geisterfahrer zurückkommen? Das sollten sie ruhig versuchen, sie würde sie stoppen!

»Niemand steigt aus. Fahrzeug steht immer noch. Bewaffnete Kollegen nähern sich von der schwedischen Seite.«

»Könnt ihr mich mit denen verbinden?«

»Negativ.«

Verdammt!

Der zweite Pylon flog an ihr vorbei. Der Schneefall ließ etwas nach. Erneut wich Kirsten einigen PKW aus, deren Bremslichter aufleuchteten, sobald die Fahrer das Polizeiauto sahen. Doch sie ließ sich davon nicht aufhalten. In der Ferne tauchte die Mautstation auf.

»Bericht!«, rief sie ins Funkgerät.

»Am Fahrzeug ist alles unverändert. Nichts rührt sich. Die Kollegen sind fast da.«

Ich auch, dachte Kirsten und bremste ab. Vor ihr tauchte die weiße Ambulanz auf. Sie stand unschlüssig in einer der Spuren vor der Station. Kirsten entdeckte die schwedischen Kollegen in ihren schwarzen Uniformen, die mit MGs im Anschlag den Wagen in die Zange nahmen.

»Bin vor Ort. Sehe die Lage.« Sie ließ den Motor im Leerlauf, zog ihre Waffe und stieg aus. Schnee wehte ihr in Mund und Nase. Verdammtes Zeug!

Sie hielt sich im Schutz des Wagens, von wo aus sie hörte, wie die Schweden die Insassen des Krankenwagens über ein Megafon aufforderten, mit erhobenen Händen auszusteigen. Nichts geschah, nur der Schnee fiel weiter vor sich hin. Hinter Kirsten bildete sich ein Stau auf der Brücke, eine helle Lichterkette.

Die Aufforderung wurde wiederholt. Schließlich gab es eine Bewegung an der Ambulanz. Die Fahrertür öffnete sich, ganz langsam und ohne dass das Licht im Innern der Fahrerkabine anging.

Kirsten richtete ihre Waffe auf die schwarze Öffnung. Sie war vielleicht 20 Schritte entfernt. Zu weit weg, um einen sauberen Schuss abzugeben oder um auch nur irgendetwas bei diesem Schneegestöber erkennen zu können.

Sie blinzelte die Flocken aus den Augen, hielt ihren Atem an. An der Autotür nahm sie eine Bewegung wahr, ein großer weißer Körper plumpste schwerfällig aus der Ambulanz.

Kirsten runzelte die Stirn, dann erfasste sie die Situation und stieß empört Luft aus.

Zum Teufel! Wollen die uns verarschen?

Die schwedischen Kollegen riefen einander ein paar Worte zu und kurzfristig entstand Verwirrung, doch schnell herrschte wieder Stille, abgesehen von dem Knattern des Helikopters über ihren Köpfen. Kirsten hörte, wie eine Stimme ununterbrochen darum flehte, nicht auf sie zu schießen.

Sie kam von dem Typen im Eisbärenkostüm.

Kirsten reckte den Hals. Wo verbargen sich seine Komplizen? Hinten im Laderaum? War Flemme mit an Bord und es bestand noch Hoffnung für ihn?

Unterdessen sank der Eisbär auf die Knie. Er bat weiterhin inständig darum, dass man ihm nichts tun solle, denn er sei unschuldig. Langsam legte er sich mit ausgestreckten Gliedmaßen auf den Boden, und im nächsten Moment ging alles sehr schnell. Mehrere Kollegen eilten auf ihn zu, drückten ihn zu

Boden und durchsuchten ihn nach Waffen, zwei andere nahmen die Fahrerkabine in Augenschein und weitere liefen mit erhobenen MGs auf die Hecktüren des Krankenwagens zu.

Jetzt setzte auch Kirsten sich in Gang.

»Polizei Kopenhagen!«, rief sie den Schweden zu, die ihre Worte mit einem Nicken zur Kenntnis nahmen. Sie stellte sich hinter einen der schwer bewaffneten Männer und sagte: »Ein Kollege von uns könnte sich im Fahrzeug befinden. Er wurde entführt. Seid also vorsichtig.«

»Verstanden«, entgegnete der Schwede durch seine Sturmhaube. Er näherte sich dem Türgriff, gab seinen Kameraden ein Handzeichen und öffnete. Die Tür schwang auf, im Innern des Wagens war es dunkel.

»Polizei! Mit erhobenen Händen rauskommen!«, rief der Schwede. Ein anderer leuchtete mit einer Lampe hinein. Das Heck der Ambulanz war leer.

»Fuck!«, stieß Kirsten aus. Wütend lief sie zu dem festgenommenen Eisbären. Dem hatte man inzwischen das Plüschhaupt vom Kopf genommen. Es war ein Mann um die 30 mit zerzausten Haaren.

»Bitte!«, rief er panisch. »Ich bin unschuldig. Ich habe damit nichts zu tun! Ich wurde dazu gezwungen. Sie haben meine kleine Tochter entführt. Bitte glauben Sie mir.«

Kirsten sah ihn prüfend an. Schneeflocken bedeckten sein Gesicht, das von echter Angst gekennzeichnet war.

»Erzählen Sie, was geschehen ist«, forderte sie ihn auf.

»Bitte, ich muss meine Frau anrufen. Sie weiß von alldem nichts.«

»Ihre Frau kann Ihnen jetzt nicht helfen. Reden Sie mit uns.«

»Ich … ich war mit Lina unterwegs. Mit dem Kinderwagen. Nicht weit von zu Hause. Da hielt dieser Krankenwagen neben uns an. Maskierte Männer sprangen raus.«

»Wie viele?«

»Drei, glaube ich, ja, drei.«

»Wo war das?«

»Bei uns in Kastrup.«

»Welche Straße?«

»Aspebakken, Ecke Tejn Allé.«

»Und was geschah dann?«

»Sie rissen mir den Kinderwagen aus der Hand, nahmen Lina heraus und schubsten mich in die Ambulanz. Sie zwangen mich, dieses Kostüm anzuziehen, und sagten, ich sollte den Wagen nach Schweden fahren, über die Brücke. Wenn ich es täte, würde meiner Tochter nichts passieren. Bitte, Sie müssen sie finden. Sie tun ihr bestimmt was an, weil ich es nicht geschafft habe.« Der Mann begann zu weinen. »Ich wollte doch nur spazieren gehen.«

»Können Sie die Männer genauer beschreiben?«

»Sie trugen Masken und dicke Winterjacken. Sahen eigentlich ganz normal aus. Bis auf die Masken halt.«

»Was haben sie zu Ihnen gesagt? Wer hat gesprochen, wie hat er gesprochen?«

»Nur einer hat etwas gesagt. Er hatte eine tiefe Stimme. Und er hat das R stark gerollt.«

»Ein Ausländer?«

»Was weiß ich? Ich war in einer Stresssituation!«

»Wo sind die Männer hin, als Sie am Steuer der Ambulanz saßen? Sind sie zu Fuß oder mit einem anderen Fahrzeug geflüchtet?«

Der Mann überlegte. »Mit einem dunklen Kombi.«

»Welches Modell?«

»Ich … erinnere mich nicht. Sie waren so schnell weg.«

»Nummernschild?«

»Keine Ahnung, verdammt! Darauf habe ich nicht geachtet. Sie haben Lina einfach mitgenommen. Meine Tochter. Sie ist gerade mal sechs Monate alt. Die Männer werden ihr was tun. Bitte, darf ich jetzt meine Frau anrufen?«

»Ja. Es wäre gut, wenn Sie uns ein Bild von Ihrer Tochter geben könnten. Wir werden sie zur Fahndung ausschreiben.«

Der Mann nickte erschöpft. »Sie haben mir mein Telefon weggenommen. Aber meine Frau kann Ihnen ein Foto schicken. Bitte, Sie müssen Lina finden!«

Kirsten bekräftigte, dass sie alles tun würde, um das Kind sicher zu ihm zurückzubringen. Danach verständigte sie sich mit den schwedischen Kollegen, dass sie den Mann nach Kopenhagen überstellen sollten, und rief Clausen an. Sie erzählte ihm, was los war, und erklärte, dass sie nun nach drei Männern in Winterjacken mit einem Säugling in einem dunklen Kombi suchten. Sie wies Clausen an, sämtliche Wege, die von Sjælland runterführten, zu überwachen. »Rødby, Gedser, die Storebæltbrücke und die Fähren von Tårs, Sjællands Odde und Helsingør. Die Scheißkerle dürfen die Insel nicht verlassen!«

»Geht klar.« Clausen machte eine Pause. »Und was ist mit Flemme?«

Kirsten seufzte. »Er war nicht im Wagen.«

»Dann haben sie ihn irgendwo abgeladen?«

»Vielleicht, oder es sind seine Knochen, die da in der Asche liegen.« Sie schluckte und wischte sich den Schnee aus dem Gesicht. »Mensch, Ebert. Was sollen wir bloß machen?«

»Das, was wir gut können, Kirsten: unsere Arbeit. Du solltest zurückkommen. Wir müssen uns besprechen, die Therkildsen will einen Bericht.«

»Ist gut, du hast recht«, entgegnete sie leise. Sie verabschiedete sich und legte auf. Über ihrem Kopf drehte der Helikopter wie auf einen unsichtbaren Befehl hin ab und flog in Richtung Dänemark davon.

Kirsten stieg in den Streifenwagen. Einen Moment lang zögerte sie. Wie war noch mal der Name der Straße gewesen, in der die Täter dem Mann das Baby entrissen hatten? Ålebakken? Nein, Aspebakken, Ecke Tejn Allé, in Kastrup. Das war nicht weit entfernt. Einen Versuch war es wert, sie hatte nichts zu verlieren.

Rasch startete sie den Motor und gab die Adresse in das Navigationsgerät ein. Kurz darauf war sie auf dem Weg zurück zur Brücke.

Sie fuhr die Strecke mit Blaulicht und bog eine halbe Stunde später von der Tejn Allé in den Aspebakken ein. Es war eine einspurige Straße durch ein Wohngebiet voller winziger Backsteinbungalows. Alles war tief verschneit, vereinzelt hingen Lichterketten in den Fenstern. Aufmerksam blickte Kirsten sich um, aber nirgendwo in den kleinen Vorgärten war etwas zu entdecken. Vor einem Haus stand ein Streifenwagen und blockierte die Straße. Vermutlich wohnte dort der Mann, dessen Baby entführt worden war. Kirsten stieg aus und suchte zu Fuß weiter. Sie sah hinter Hecken, Müllcontainern und geparkten Autos in den Einfahrten nach.

Wenn die Täter das Baby an dieser Stelle entführt hatten, dann hatten sie hier vielleicht Flemme entsorgt.

Kirsten ging bis zum Ende der Straße und blieb an der Kreuzung stehen. Es herrschte immer noch Schneetreiben, das Viertel war wie leergefegt, kein Auto war unterwegs. Die meisten Menschen saßen drinnen in ihren warmen Stuben, worum Kirsten sie in diesem Augenblick beneidete.

Sie machte kehrt und stapfte wieder in den Aspebakken. Die Kollegen waren nach wie vor im Haus bei der Mutter, die um ihr Kind bangte. Kirsten jedoch dachte nur an Flemme. Sie stieg in ihren Wagen und setzte rückwärts zur Tejn Allé zurück, wo sie wendete und kurz innehielt, um nachzudenken. Hinter ihr mündete die Straße in einer Sackgasse, dort lag eine Schule. Das Gelände war eingezäunt. Kirsten fuhr langsam in die entgegengesetzte Richtung und sah sich aufmerksam um. Parkende Autos, ein schmaler Bürgersteig, der von einer verschneiten Hecke flankiert wurde. Wenig Platz, um irgendwo einen Menschen abzulegen. Und vielleicht irrte sie sich auch, und die Scheißkerle hatten Flemme woanders entsorgt.

Ihr Hals schnürte sich zu. Das war alles ein einziger Irrsinn!

Sie passierte den Parkplatz, der zu einer Sporthalle gehörte und spärlich beleuchtet war. Er lag verlassen da, eine einzelne Autospur führte über die frisch verschneite Fläche. Der Wagen musste ins Schlingern geraten sein, weil er entweder zu schnell gewesen war oder nicht die passenden Reifen aufgezogen hatte. Stirnrunzelnd hielt Kirsten an, setzte zurück und folgte den Reifenspuren über den Parkplatz. An einer Stelle war das Fahrzeug nah an eine Mauer mit Fahrradständern herangefahren. Kirsten reckte den Hals. Lag da nicht etwas unter einer zarten weißen Schicht? Oder war das nur ein Schneehaufen?

Sie stieg aus und näherte sich mit eiligen Schritten dem Hügel. Als sie in die Hocke ging, traf die Gewissheit sie wie ein Schlag auf die Brust und ließ ihren Atem stocken.

Es war ein nackter menschlicher Körper. Flemme!

Mit einem harten Pochen in der Kehle wischte Kirsten den Schnee aus dem friedlich wirkenden Gesicht des Rechtsmediziners und hielt eine Hand unter seine Nase. Dann tastete sie nach einem Puls. Fluchend eilte Kirsten zum Streifenwagen und rief über Funk einen Krankenwagen. Anschließend lief sie wieder zu Flemme und zerrte ihn mit aller Kraft und wütenden Schreien zum Auto, wo sie ihn mit größter Mühe auf den Beifahrersitz hievte und ihn in eine Rettungsdecke und ihre Jacke wickelte. Danach sprang sie hinter das Lenkrad, ließ den Motor an und stellte die Heizung auf Maximum, während sie betend und weinend Flemmes Gliedmaßen knetete und darauf wartete, dass die Ambulanz eintraf.

69. KAPITEL

Völlig erschöpft sah Kirsten dem Krankenwagen hinterher, der mit Blaulicht und Sirene davonfuhr. Beinahe wären ihre Knie weggeknickt, doch sie konnte sich gerade noch in den Streifenwagen fallen lassen. Ihr Gesicht war feucht von kalten Tränen und Schweiß, zitternd atmete sie auf. Flemme war am Leben. Nur ganz schwach zwar, aber er lebte!

Es war ein Wunder!

Sie würden ihn ins Krankenhaus bringen und seinen Kreislauf behutsam hochfahren. Die Sanitäter hatten zuversichtlich geklungen. Kirsten hoffte, dass sie recht hatten. Mit einem erleichterten Stoßseufzer schloss sie die Autotür und lehnte ihre Stirn gegen das Lenkrad. Am liebsten wäre sie an Ort und Stelle eingeschlafen, so kaputt war sie. Eine Weile lang rührte sie sich nicht, hörte nur ihrem Atem zu, der sich langsam beruhigte.

Irgendwann hob sie den Kopf und blinzelte nach draußen. Der Schnee fiel immer noch leise vor sich hin.

Ich fahre jetzt ins Präsidium, dachte sie, in die Wärme, zu einem starken Kaffee und den Kollegen. Dort kann ich zusammen mit den anderen auf Nachricht über Flemmes Zustand warten.

Sie griff nach dem Schlüssel im Zündschloss und drehte ihn um. Im selben Moment knackte das Funkgerät. »An alle Einheiten! Ein schwarzer VW Passat ist nach Fahrerflucht auf der E 47 nach Süden in Richtung Glostrup unterwegs. Ich wiederhole: ein schwarzer Passat.«

Kirsten drückte auf den Sendeknopf. »Kriminalkommissarin Vinther hier. Erbitte Bericht.«

»Der PKW hat ein anderes Fahrzeug gerammt und danach

die Flucht ergriffen. Kollegen waren vor Ort und wollten den Fahrer stoppen, doch der hat nicht auf das Blaulicht reagiert.«

»Ein dunkler Kombi? Das könnten unsere Verdächtigen im Fall der Tupilak-Morde sein! Ich versuche, mich mit dranzuhängen!«

»Gut, die Kollegen der Streife 01-201 und der Heli haben ebenfalls die Verfolgung aufgenommen. Viel Glück!«

Kirsten schnallte sich an und lenkte den Wagen schlitternd vom Parkplatz. Wenig später raste sie mit Blaulicht zur Autobahn und verfolgte verbissen die Kommunikation zwischen Hubschrauber und Streife. Ihre Lebensgeister waren wieder erwacht, und sie hoffte inständig, dass sie die Täter in die Finger bekäme und nicht einer der Kollegen. Sie hatte persönlich ein Hühnchen mit ihnen zu rupfen.

»Zielfahrzeug unterwegs auf der E 47 in Richtung Süden. Passiert gerade die Abfahrt Roskildevej.«

Nach dieser Abfahrt kämen gleich zwei Autobahndreiecke, dachte Kirsten und versuchte, sich in die Verdächtigen hineinzuversetzen. Sie waren auf der Flucht, eine Fähre konnten sie nicht nehmen. Entweder wollten sie zur Øresundbrücke oder zum Storebælt. Oder sie würden irgendwann von der Autobahn abfahren und versuchen, sich auf dem Land zu verstecken. Das würde ihnen aber nur gelingen, wenn sie den Helikopter abhängten.

Kirsten biss sich auf die Unterlippe. Mit Blaulicht schoss sie über die E 20 nach Westen auf die Schnittstelle der E 47 zu.

»Zielfahrzeug fährt auf Autobahnkreuz Avedøre zu …«

Jetzt würde sich zeigen, für welche Richtung sie sich entscheiden würden – Schweden oder Fyn.

»… und biegt ab auf E 20 nach Süden.«

Okay, also vielleicht Storebælt, dachte sie. Oder Rødby, das war ebenfalls noch möglich. Sie überholte einen LKW und beschleunigte trotz des anhaltenden Schneeschauers.

»Ich bin kurz vor dem Kreuz Avedøre«, gab sie über Funk durch.

»01-201 hier. Gut, Kollegin. Wir sind auch gleich da. Bleib dran!« Das war die Streife, die die Verfolgung in Gang gesetzt hatte.

Kirsten passierte das Hinweisschild für das Autobahndreieck, fuhr unter einer Brücke durch und musste aufpassen, nicht mit dem von rechts hereinströmenden Verkehr von der E 47 zu kollidieren. Sie schwenkte scharf nach links und hielt unbeirrt ihr Tempo.

»Bin vorbei!«, sagte sie.

»Wir sehen dich. Sind hinter dir, Kollegin!«

Kirsten warf einen Blick in den Rückspiegel und konnte in einiger Entfernung das Blaulicht erkennen.

»Cop 02 hier. Zielfahrzeug weiter auf E 20 nach Süden«, meldete der Helikopter.

Nicht mehr lange und sie würden an dem Versteck der Killer in Karlslunde vorbeikommen. Wollten sie dorthin? Wussten sie nicht, dass es in den beiden Lagerhallen vor Polizisten nur so wimmelte? Sie mussten doch bemerkt haben, dass ihre gesamte Überwachungsanlage lahmgelegt worden war. Das hatte sie ja vermutlich dazu bewogen, ihren Plan zu ändern und sich abzusetzen. Kirsten hatte plötzlich eine Idee. »Ich will eine Straßensperre bei Karlslunde. Zieht die Kollegen dort ab, die sollen die Autobahn abriegeln.«

»Das ist auf die Schnelle nicht möglich, ohne Zivilisten zu gefährden.«

»Macht es, verdammt noch mal! Eine bessere Chance werden wir nicht bekommen.«

»Negativ. Sie haben vermutlich das Baby an Bord. Das ist zu riskant, wir müssen sie auf andere Weise stoppen.«

Verflucht! Kirsten knirschte mit den Zähnen. »Wo sind sie jetzt?«

»Höhe Greve Nord.«

Meine Fresse! Die waren schnell! Kirsten wechselte erneut auf die linke Spur, auf der nicht so viel los war. Was daran lag, dass sich dort mehr Schnee angesammelt hatte. Hier mit Höchstgeschwindigkeit entlangzudonnern, war äußerst gefährlich. Kirsten drückte das Pedal trotzdem durch. Immer wieder geriet der Wagen ins Schlingern, aber sie behielt die Kontrolle. In der Dunkelheit flog das Schild Greve Nord an ihr vorbei. Der Schneefall hatte etwas nachgelassen und die Sicht wurde besser.

»Position?«

»E 20, kurz vor Solrød Nord.«

Das war die Abfahrt für Karlslunde. »Was machen sie?«

»Sie bleiben drauf.«

Okay, sie wollten also nicht zu ihrem Versteck. Die Möglichkeit für eine Straßensperre war damit allerdings auch dahin. Unvermittelt zog ein Auto vor ihr raus. Kirsten schrie auf und hupte den Fahrer an, der sofort zurückschwenkte. »Hast du mein Blaulicht nicht gesehen, du Vollidiot?!« Sie raste an ihm vorbei.

»Wo sind sie?«

»Solrød Süd.«

»Ich bin bei Solrød Nord.« Sie konzentrierte sich auf die verschneite Fahrbahn. Ihre Hände klebten am Lenkrad, ihr Blick auf der Straße.

»Dann müssten sie gleich in Sicht kommen«, gab der Pilot des Helikopters durch. »Euch trennen nur noch 250 Meter. Zielfahrzeug fährt auf der linken Seite.«

»Verstanden!« Kirsten verengte die Augen und spähte auf die Bahn. Vor ihr befand sich eine frische Fahrspur und weiter vorne tatsächlich zwei Rücklichter. Ob sie das waren?

»200 Meter.«

Sie holte alles aus dem Streifenwagen raus. Er hatte vermutlich mehr PS als das Fluchtfahrzeug und zudem Allradantrieb. Ein Riesenvorteil bei diesen Verhältnissen.

»150.«

Kirstens Blickfeld schrumpfte zu einem Tunnel, in dessen Zentrum die roten Rücklichter schwebten. Wieder wollte jemand auf ihre Spur wechseln, doch diesmal hupte sie rechtzeitig, und der PKW blieb, wo er war. Wieso benutzten die Leute nicht ihre Scheißrückspiegel?!

»100 Meter. Siehst du sie?«

Vor ihr waren die zwei roten Lichter. Ob sie jedoch zu dem schwarzen VW gehörten, konnte sie nicht erkennen. Es war einfach zu dunkel. »Negativ.«

Die Leitplanke zu ihrer Linken kam gefährlich nahe. Eine falsche Lenkbewegung und sie würde sich ins Jenseits katapultieren! Kirsten biss die Kiefer aufeinander und senkte den Kopf. Der Motor des Streifenwagens röhrte laut auf und dann hatte sie endlich Gewissheit. Das Fahrzeug vor ihr war tatsächlich schwarz. Und es war ein VW.

»Habe Sichtkontakt!«, rief sie über Funk.

»Roger.«

Sie hängte sich an die Stoßstange des VW und ließ ihr Fernlicht mehrmals aufleuchten. Über den Außenlautsprecher forderte sie den Fahrer auf, das Auto auf den Seitenstreifen zu lenken und anzuhalten.

Zuerst machte es den Eindruck, als hätte er sie nicht gehört, doch dann schwenkte er plötzlich ruckartig nach rechts rüber. Seine Geschwindigkeit drosselte er dabei allerdings nicht. Kirsten folgte ihm. Wäre das Baby nicht an Bord, würde sie den Wagen von der Straße drängen und zum Anhalten zwingen. Überholen ging bei den vielen Abfahrten, die hier noch folgten, nicht, damit würde sie nur riskieren, dass die Verdächtigen einfach hinter ihr abbogen.

Alles, was sie versuchen konnte, war, auf gleiche Höhe zu gelangen, wenn der Verkehr es zuließ, aber es waren zu viele Autos unterwegs. Der VW fuhr Slalom um sie herum, und immer wieder musste Kirsten anderen Verkehrsteilnehmern ausweichen.

»In einem Kilometer erreicht ihr die Abfahrt auf die E 47 Richtung Rødby!«, meldete der Helikopter.

»Ich glaube nicht, dass er sie nimmt. Er will zur Storebæltbrücke. Ganz bestimmt.« Kirsten machte erneut eine Lautsprecherdurchsage, die jedoch keinen Effekt zeigte. Die Schilder für das Autobahndreieck kamen in Sicht, und die ersten Lastwagen schwenkten von der rechten auf die mittlere Spur, um weiter Richtung Odense zu fahren. Der VW nutzte die so entstehenden Lücken und schoss rechts an einem der LKW vorbei. Kirsten folgte ihm. Sie befanden sich jetzt auf der zweispurigen Abfahrt nach Rødby. Der VW blieb rechts. Wollte er sie abschütteln, indem er bis zur letzten Sekunde zögerte und dann vor einem Lastwagen wieder nach links auf die andere Strecke rüberzöge? Der schwarze Passat bremste und keilte sie zwischen sich und einem LKW zu ihrer Linken ein. Was hatte er vor?

Sie waren nach wie vor auf der Abfahrt, gleich könnte es knapp werden. Kirsten umklammerte das Lenkrad, um es gegebenenfalls herumzureißen. Die gestrichelte Warnfläche der sich trennenden Autobahnspuren tauchte auf. Der VW zuckte, Kirsten nicht.

»Schafft er es noch nach links?«, rief sie über den Funk.

Doch bevor das Helikopterteam antworten konnte, schoss der VW voran und unvermittelt ruckartig nach links. Genau wie sie vermutet hatte! Kirsten trat auf die Bremse, ließ den LKW links überholen und scherte hinter ihm hinüber auf die Überholspur ein. Der Lastwagen hupte.

»Bin im Einsatz, Mann! Siehst du das nicht?« Kirsten schüttelte den Kopf und hielt Ausschau nach den Rücklichtern.

»Position?«, fragte sie.

»Abstand zum Zielfahrzeug wieder 150 Meter. Sie nähern sich der Abfahrt Vemmedrup.«

Kirsten drückte das Pedal bis zum Anschlag durch, der Tacho zeigte 210 Kilometer die Stunde.

»Zielfahrzeug wird langsamer«, drang es durch den Funk.

»Was haben sie vor?«

»Es biegt ab! Wiederhole, Zielfahrzeug verlässt die E 20 an der Abfahrt Vemmedrup.«

»Verstanden.« Kirsten sah das Schild und lenkte den Streifenwagen ebenfalls auf die Abfahrt.

»Sie biegen wieder ab, nach links auf die 150 Richtung Lellinge und E 47.«

Was war das? Wollten sie nun doch auf die Autobahn nach Rødby?

»01-201 hier. Wir sind auf der E 47!«, meldete sich die Streife zurück, die hinter ihr gewesen war. »Wir haben uns so etwas gedacht. Wir fahren ab und kommen dem Zielfahrzeug auf der 150 entgegen.«

»Sehr gut!«, sagte Kirsten und wechselte ebenfalls auf die Landstraße. Jetzt nahmen sie die Kerle in die Zange!

»Cop 02 hier. Achtung!«, meldete der Helikopter. »Zielfahrzeug wechselt noch einmal die Richtung. Diesmal geht es scharf rechts auf einen nicht registrierten Waldweg.«

»Was? Wo führt der hin?«

»Tiefer in den Wald!«

Kirsten runzelte die Stirn. Wollten sie den Hubschrauber abhängen oder das Fahrzeug im Wald zurücklassen und in verschiedene Richtungen fliehen? »Cop 02, habt ihr Sichtkontakt trotz der Bäume?«

»Ja, mit der Wärmebildkamera.«

»Gut. Schaltet den Suchscheinwerfer ein, damit ich euch lokalisieren kann.«

»Roger.«

Kirsten beugte sich vor und entdeckte den Lichtstrahl, der zu ihrer Rechten aus dem Himmel fiel. Sie fuhr langsamer, um die

Einfahrt in den Waldweg nicht zu verpassen. Um sie herum ragten schwer mit Schnee bedeckte Bäume auf. Die Sicht war mies.

Da war der Weg! Kurz bevor sie abbog, sah sie in der Ferne das Blaulicht der anderen Streife und schaltete ihr eigenes ab. »01-201, ich bin auf dem Waldweg. Folgt mir.«

»Verstanden.«

Kirsten musste ihre Geschwindigkeit deutlich reduzieren, denn der Weg war uneben und total zugeschneit. Dafür brachte er den Vorteil mit, dass im frischen Schnee die Spur des VW gut zu verfolgen war.

Wohl doch nicht so schlau, hier entlangzufahren, was, dachte sie. Auch etwaige Fußspuren wären leicht zu erkennen. Wenn es nur nicht so dunkel wäre.

»Zielfahrzeug befindet sich etwa 100 Meter vor dir und fährt in ungleichmäßigem Tempo. Wir haben gute Sicht.«

Im Gegensatz zu Kirsten, die glaubte, durch einen tiefverschneiten Wald in Lappland zu kurven. Wenn wenigstens klar wäre, ob die Typen das Kind bei sich hatten. Dann wäre die Situation überschaubarer. Und sie würde nicht zögern, die Verdächtigen mit Schüssen zu stoppen. Oder …

»Er hat angehalten! Ziemlich abrupt. Vielleicht hat er sich festgefahren.«

»Wo ist 01-201?«, fragte Kirsten.

»200 Meter hinter dir«, meldete der Helikopter.

»Okay, ich fahre langsamer, sie sollen aufschließen. Mache das Licht aus.«

»01-201 hat verstanden«, kam es von der Streife.

Kirsten fuhr im Schritttempo weiter. Vor ihr fiel der Strahl des Suchscheinwerfers senkrecht aus dem Himmel hinab in den verschneiten Wald. Dort musste sich der VW befinden. Als sie die Silhouette des Passats erkannte, hielt sie an.

»Habe sie. Werde jetzt aussteigen und aus der Deckung heraus die Lage sondieren.«

»01-201 hier. Verstanden. Wir sind gleich da, sehen das Licht des Hubschraubers vor uns.«

Kirsten zog ihre Waffe und entsicherte sie. Sie ließ den Wagen mitten auf dem Weg stehen und lief geduckt durch den Schnee, der nasskalt und pappig an ihren Füßen klebte. Abgesehen vom Knattern des Helikopters herrschte absolute Stille. Sie warf einen Blick über die Schulter. Hinter ihr traf 01-201 ein. Mit einem Winken gab sie ihre Position zu erkennen und spähte durch die verschneiten Zweige hinüber zum VW. Der steckte in einer Schneewehe fest. Das Heck war ihr zugewandt, Abgase drangen aus dem Auspuff, und immer wieder drehten die Räder durch. Sie hatten sich tatsächlich festgefahren.

Leider konnte sie von ihrem Standpunkt aus nicht ausmachen, wie viele Leute sich im Auto befanden. Der Beifahrersitz befand sich außerhalb ihres Blickfeldes und die hinteren Scheiben waren getönt.

Kirsten hörte, wie die beiden Kollegen von 01-201 zu ihr aufschlossen.

»Status?«, fragte einer der Uniformierten leise.

»Sie versuchen, aus der Schneewehe zu kommen. Keine Chance, würde ich sagen.«

Der Kollege nickte. »Sollen wir auf Verstärkung warten oder eingreifen?«

Kirsten überlegte, und obwohl sie gerne einen sofortigen Zugriff angeordnet hätte, entschied sie sich für eine defensivere Taktik. »Der Helikopter soll eine Durchsage machen. Danach warten wir ab, wie die Verdächtigen reagieren. Eines vorab: keine wilde Schießerei. Erstens wissen wir nicht, ob sie das Baby dabeihaben, und zweitens könnte der Fahrer wieder jemand sein, den die Täter dazu gezwungen haben.«

»Verstanden.«

»Sollten die Leute allerdings bewaffnet sein und das Feuer

auf uns eröffnen, schießt zurück. Aber versucht bitte, sie nur bewegungsunfähig zu machen, ich will sie später verhören!«

»Natürlich.«

»Gut. Einer geht mit mir und der andere von euch soll sich dem Wagen von der gegenüberliegenden Seite nähern. Ich will alle Türen im Blick haben.«

Der zweite Beamte nickte und setzte sich in Bewegung. Wenig später war er nicht mehr zu sehen.

Über Funk gab Kirsten ihren Wunsch an den Helikopter durch, und kurz darauf hallte eine deutlich zu verstehende Durchsage zu ihnen herunter: »Polizei, Sie sind umstellt. Verlassen Sie mit erhobenen Händen das Fahrzeug!«

Das Durchdrehen der Reifen am VW stoppte, und Kirsten konnte förmlich fühlen, wie in der Fahrgastzelle nachgedacht wurde. Doch nichts tat sich, die Türen blieben geschlossen.

»Durchsage wiederholen«, forderte Kirsten.

Als die Worte zum zweiten Mal verhallt waren, blieb es rund um den VW weiterhin still.

Verdammt, worauf warteten sie?

Da öffnete sich die Fahrertür und ein Mann in Winterjacke schob sich mit erhoben Händen heraus. Ängstlich sah er sich um. Leider war immer noch nicht klar, wie viele Menschen sich im Passat aufhielten.

Der Mann drehte sich zögernd um. »Hallo?«, rief er mit unsicherer Stimme. »Ich war es nicht. Ich musste das Auto fahren. Sie haben mich dazu gezwungen.«

Nicht schon wieder, dachte Kirsten.

»Was sollen wir machen?«, fragte der Kollege neben ihr.

»Abwarten.« Sie sprach über Funk mit dem Helikopter, der daraufhin eine neue Durchsage absetzte.

»Sind weitere Personen bei Ihnen?«, hallte es von oben.

Der Mann hob den Blick zum Licht und schüttelte den Kopf.

»Treten Sie vom Fahrzeug zurück!«

Er tat, wie ihm geheißen, die Tür vom Auto ließ er offen stehen. Der Motor lief.

»Hinlegen, auf den Bauch, Arme und Beine ausstrecken!«, befahl die Lautsprecherstimme des Helikopters.

Der Mann ließ sich auf den Boden sinken, als wollte er einen Schneeengel machen, nur eben bäuchlings.

»Zugriff?«, fragte der Kollege neben Kirsten ungeduldig.

»Nein, wir warten«, ordnete Kirsten an.

»Glaubst du, er lügt und wurde gar nicht gezwungen?«

»Mir gefällt die Situation nicht. Ich weiß nur noch nicht, was genau.«

Der Kollege nickte. Zwei Minuten ließen sie verstreichen. Die Kälte kroch in ihre Glieder, und am liebsten hätte Kirsten auf ihren Fersen gewippt, um sich warmzuhalten, doch damit hätte sie ihre Position verraten. Sie ließ den Mann im Schnee nicht aus den Augen, scannte die Umgebung ab und horchte tief in sich hinein. Und plötzlich wusste sie, was sie störte.

Vom VW stieg Dampf auf, warme Luft. Und zwar nicht nur vom Auspuff und der offenen Fahrertür, sondern auch vom linken hinteren Fenster. Die getönte Scheibe stand einen Spalt offen. Gerade so weit, dass man den Lauf einer Waffe hindurchstecken konnte. Einen Lauf, der auf sie zielte.

»Deckung!«, rief Kirsten und wollte den Polizisten neben sich mit zu Boden ziehen, da knallte es.

Der Kollege schrie auf und sackte zusammen.

»Polizist am Boden!«, keuchte Kirsten ins Funkgerät. »Brauche dringend Hilfe. Die Täter haben das Feuer eröffnet.« Sie beugte sich über den Beamten und fühlte seinen Puls. Er lebte. Leider konnte sie nicht erkennen, wo er getroffen war. Es war zu dunkel.

Erneut fiel ein Schuss. Danach folgten gleich mehrere Salven aus einem MG.

Scheiße! Sie hatten vollautomatische Waffen! Kirsten hörte eine Kugel dicht an sich vorbeipfeifen und robbte hastig hinter einen Baum. Der Beschuss wurde fortgesetzt. Zahlreiche Kugeln schlugen in den Stamm ein und sägten durch das Unterholz neben ihr. Sie umfasste ihre Waffe fester, das Metall war eiskalt und Schnee klebte daran. Mittlerweile fror Kirsten am ganzen Leib und sie spürte ihre Füße kaum mehr. An die Rinde gepresst überlegte sie, was sie tun konnte. Der verwundete Kollege lag einige Schritte von ihr entfernt und stöhnte leise.

Bleib liegen, dachte sie.

Wieder und wieder durchsiebten Schüsse den Wald, woraufhin einige Bäume raschelnd ihre Schneelast verloren. Kirsten wappnete sich und spähte in einer Feuerpause um den Stamm herum. Der Fahrer des VW, der eben noch im Schnee gelegen hatte, war verschwunden. Vermutlich war er bewaffnet und schlich jetzt durch den Wald, während die anderen ihm Feuerschutz gaben.

Aber wo war er?

Aus dem Augenwinkel bemerkte sie eine Bewegung. Mit erhobener Waffe drehte sie sich in die Richtung, doch da war nichts. Verschanzte der Kerl sich dort irgendwo und wartete darauf, dass sie ihre Deckung aufgab? Kirsten blieb starr an ihrem Platz. Ihr Atem klang laut in ihren Ohren, während ihre Augen alles hektisch absuchten. Verdammt, wo war er?

Zu ihrer Rechten knackte plötzlich etwas. Instinktiv fuhr Kirsten herum, nahm die dunkle Gestalt ins Visier und drückte ab. Ein harter Knall traf ihre Trommelfelle und machte sie kurzfristig taub. Als sie den Hals reckte, um herauszufinden, ob sie getroffen hatte, war der Mann weg. Verflucht! Hatte sie ihn verfehlt? War er zu Boden gegangen, oder hatte er sich im Dickicht versteckt?

Und wo war eigentlich der zweite Streifenkollege? Von ihm war nichts zu sehen oder zu hören. Auch die MG-Schüsse waren verstummt, und nur noch der Hubschrauber dröhnte über ihr am Himmel.

Kirsten löste sich vom Baumstamm und bewegte sich vorsichtig auf die Stelle zu, an der der Mann gestanden hatte. Sie musste wissen, ob sie ihn erwischt hatte. Vorsichtig stapfte sie durch den jungfräulichen Schnee und stieß kurz darauf auf eine Spur. Sie folgte ihr und fand den Mann schließlich ein paar Schritte später. Er lag im Schnee mit dem Gesicht nach unten.

Mit vorgehaltener Waffe stieß sie ihn leicht mit dem Fuß an. Er rührte sich nicht.

Kirsten kniete sich hin und nahm seine Pistole an sich, danach drehte sie ihn um. Seine Augen standen offen und starrten an ihr vorbei. Auf seiner Brust prangte ein roter Fleck, der stetig größer wurde. Sie prüfte seinen Puls. Scheiße. Der würde nicht wieder aufstehen.

Mit zusammengepressten Lippen erhob sie sich und drehte sich um die eigene Achse. Was war mit den anderen? »Status?«, fragte sie über Funk.

Es knackte im Äther, dann bekam sie Antwort vom Helikopter: »Zwei weitere Personen haben das Auto verlassen. Sind flüchtig in Richtung Westen. Wir verfolgen sie mit dem Scheinwerfer.«

»Okay.« Kirsten sah den Lichtstrahl ungefähr 100 Meter vor sich durch die Bäume wandern. Ein geisterhafter Anblick.

Kurzentschlossen ließ sie den Toten im Schnee liegen und lief los. Der Untergrund war rutschig und uneben, und sie musste höllisch aufpassen, sich nicht bei einem Sturz zu verletzen. Zum Glück wurde ihr wieder warm, aber der Sprint kostete sie auch Kraft. Als sie über einen umgekippten Baumstamm sprang, wäre sie beinahe ausgeglitten, konnte sich mit einer Hand aber noch an einem Strauch festklammern. Seine Zweige schnitten in ihre Handfläche wie scharfe Klingen. Kirsten ignorierte den Schmerz und rannte weiter. Ihre Lungen brannten von der kalten Luft, und die Pistole in ihrer Faust war ein eisiger Klumpen Metall. Vor ihr schnitt der Suchscheinwerfer des Hubschraubers durch den Wald. Die Verdächtigen mussten in der Nähe sein.

Sie blieb stehen. Nirgendwo war eine Bewegung auszumachen. Lediglich das durch den Scheinwerfer verursachte Spiel von Licht und Schatten warf ein schwarzes Netz aus Ästen auf die verschneiten Konturen.

Unvermittelt ertönte ein Knall, und Kirsten duckte sich. Doch die Kugel hatte nicht ihr gegolten. Sie war in die Luft abgefeuert worden. Hinauf zum Helikopter. Mehrere Schüsse folgten.

»Cop 02 hier, wir müssen unsere Position verlassen, sie schießen auf uns!«

Kirsten beobachtete, wie die Maschine abdrehte. Mit ihr verschwand der Lichtkegel und schlagartig wurde alles dunkel – und ruhig.

Kirsten lauschte und vernahm leise Stimmen und das Knirschen von Schnee. Es kam von irgendwo zu ihrer Linken.

Schnell schaltete sie das Funkgerät aus, das sie in dieser Stille sonst verraten hätte. Der zweite Streifenbeamte würde sie hoffentlich auch so erkennen, wenn er denn dort irgendwo war und sich nicht um seinen verletzten Kollegen kümmerte. So geräuschlos wie möglich schlich Kirsten auf die Stimmen zu. Zwei Männer unterhielten sich gehetzt, und solange sie redeten, kroch Kirsten weiter. Als sie aufhörten, hielt sie hinter einem Busch inne. Wieder horchte sie in den Wald. Waren da noch andere Schritte zu hören?

Unvermittelt wurde es laut. Schreie ertönten, ein Schuss fiel und jemand rang keuchend um Luft.

Unschlüssig verharrte Kirsten hinter dem Busch.

»Lassen Sie uns gehen!«, rief ein Mann. Seine Stimme war sehr tief und er rollte das R. »Wir haben Ihren Kollegen und wir werden ihn töten, sollten Sie uns weiterverfolgen.«

Scheiße, diese Botschaft galt ihr. Die Kerle mussten den zweiten Polizisten in ihre Finger bekommen haben und hielten ihn jetzt als Geisel. Dass sie ihn kaltblütig erschießen würden, bezweifelte Kirsten nicht. Diese Typen hatten weit schlimmere Dinge getan! Fieberhaft überlegte sie, welche Möglichkeiten sie hatte. Dabei bog sie sachte einen Zweig zur Seite, zum Glück behielt er seinen Schnee. Durch den Strauch konnte sie die Täter sehen. Einer war ein großer, massiger Kerl und der andere ein eher drahtiger Typ. Beide trugen Winterjacken und Mützen. Der Große hatte die Waffe auf den Kopf des Streifenkollegen gerichtet.

»Geben Sie sich zu erkennen. Kommen Sie raus und legen Sie Ihre Waffen auf den Boden. Sonst drücke ich ab!«

Die Männer drehten sich in alle Richtungen. Sie hatten also keine Ahnung, dass nur noch Kirsten übrig war.

Mit eisigen Fingern kroch sie durch den Schnee, arbeitete sich heimlich von Busch zu Busch vor, bis sie keine 15 Meter mehr von ihnen entfernt war.

»Wo sind Sie, verdammt noch mal?«, wiederholte der Große mit der tiefen Stimme.

Kirsten tippte inzwischen darauf, dass er Norweger war. Ohne zu antworten, robbte sie ein wenig näher heran. Dann suchte sie sich eine stabile Position und hob ihre Waffe, schob sie zwischen den schneebedeckten Zweigen hindurch. Ihr Zeigefinger war so steifgefroren, dass sie ihn kaum am Abzug spürte.

»Ich zähle bis drei, wenn ihr euch bis dahin nicht zu erkennen gegeben habt, drücke ich ab!«, rief der Große.

Kirsten verhielt sich still. Sie musste es riskieren. Wenn sie die Typen jetzt ziehen ließ, würde es schwer werden, sie später zu finden. Und es war nicht ausgeschlossen, dass sie auf ihrer Flucht weitere Menschen töteten. Kirsten musste an das Baby denken und hoffte, dass es ihm gut ging. Vielleicht war es im Auto. Ganz offensichtlich hatten die Kerle es nicht bei sich.

»Ich meine es ernst!« Der Große verlagerte leicht seine Haltung, dabei gab er seine rechte Schulter preis.

»Eins!«

Kirstens Hände zitterten und ihre Zähne klapperten, ihr war bitterkalt. So würde sie nie einen sauberen Schuss abgeben können. Mit aller Macht presste sie ihre Kiefer aufeinander und zwang sich, die Kälte für einen Moment zu vergessen.

»Zwei!« Der große Kerl bleckte die Zähne. »Wollen Sie wirklich, dass ich Ihren Kollegen erschieße? Kommen Sie raus!«

Warum war er so unschlüssig?

Plötzlich hob der Kerl die Waffe über den Kopf und feuerte in die Luft. Kirsten war überrascht, zog aber in derselben Sekunde den Abzug durch, sodass beide Schüsse übereinanderfielen.

Einen Augenblick geschah gar nichts. Irgendwo rieselte Schnee vom Baum.

Schließlich sackte der Große in sich zusammen, und verdutzt glotzte sein Partner zu ihm hinab. Diesen kurzen Moment der Unachtsamkeit nutzte der Streifenpolizist und schnellte herum. Er schlug dem Kerl seinen Ellenbogen ins Gesicht und entwand ihm die Waffe. Es folgte ein kurzes Gerangel, an dessen Ende der Täter überwältigt auf dem Boden lag. Kirsten lief zu ihrem Kollegen hinüber und half ihm, den Männern Handschellen anzulegen. Der Große lebte noch, sie hatte ihn lediglich an der Schulter getroffen.

»Superschuss!«, sagte der Kollege beeindruckt.

»Danke.« Angestrengt stieß Kirsten Luft aus und strich sich Haare aus den Augen. Über Funk gab sie durch, dass die Verdächtigen festgenommen und die Lage unter Kontrolle war. Danach eilte sie zu dem angeschossenen Polizisten, der zum Glück bei Bewusstsein war und ihr träge eine Hand entgegenreckte. Er war am Oberschenkel getroffen, schien aber nicht mehr zu bluten. Durch die Kälte musste sich sein Metabolismus so weit verlangsamt haben, dass der Blutstrom versiegt war. Er würde bald wieder auf den Beinen sein.

Als Kirsten sich dem VW näherte, tauchte eine Kolonne von Blaulichtern im Wald auf. Endlich! Die Verstärkung. Hoffentlich war ein Krankenwagen darunter.

Sie beugte sich durch die Fahrertür in den Wagen, der immer noch im Leerlauf lief. Und tatsächlich, auf dem Rücksitz lag ein kleines Bündel. Sie öffnete die hintere Tür, hob es heraus und strich die Mütze aus dem blassen Gesichtchen. Das Baby hatte die Augen geschlossen und atmete flach. Kirsten berührte es an der Wange. Es war warm, vermutlich dank der Heizung, die die ganze Zeit gelaufen war, und schlief lediglich.

Ein Sanitäter eilte ihr entgegen, und sie übergab ihm das Kind. Danach ging sie mit steifen Schritten auf die soeben eingetroffenen Kollegen zu. Sie erkannte Clausen, und bevor er etwas sagen konnte, fiel sie ihm um den Hals und drückte ihn fest an sich.

Verdammt noch mal, das brauchte sie jetzt einfach!

70. KAPITEL

»Mach dir keine Sorgen«, sagte Marit. »Es ist normal, dass das Wetter so schnell umschlagen kann. Außerdem haben wir alles dabei, was man braucht, um einen Schneesturm auszusitzen. Es wird uns nichts geschehen.«

Jesper blickte zweifelnd auf die flatternde Zeltwand, die sie umgab und das Einzige war, das sie von dem tosenden Unwetter da draußen trennte. In Windeseile hatten Marit und Imaneq vorhin die zwei Biwaks aufgebaut und sie mit langen Stahlhaken im Eis verankert. Sie hatten eine Stelle ein Stück entfernt von den Fässern gewählt, im Schutz einer Eisklippe. Einem Sérac. Dort war der Boden hart und nicht meterhoch mit lockerem Schnee bedeckt.

Nun hockten sie zu dritt in dem kleinen Zelt, während sich ihre Ausrüstung in dem anderen befand, und warteten darauf, dass der Sturm nachließ. Wann das sein würde, wusste allerdings niemand, denn der Wetterbericht, den sie über das Satellitentelefon bei den Kollegen angefordert hatten, war nicht eindeutig. Auch das war angeblich normal für Grönland.

»Und die Fässer?«, schrie Jesper gegen den Sturm an. »Die schneien doch wieder ein!«

»Ja, leider. Aber wir haben ja den GSP-Marker. Wir werden sie wiederfinden«, beruhigte Marit ihn. Sie kauerte zwischen ihm und Imaneq eingewickelt in ihren Schlafsack. Der Inuit hatte zuvor den Boden mit Thermomatten ausgelegt und lehnte nun bequem mit dem Rücken gegen seinen Rucksack. Draußen rüttelte eine schwere Böe am Zelt.

»Willkommen im Reich von Asiaq, der Herrscherin der Winde«, sagte er mit einem Schmunzeln.

Jesper war nicht zum Lachen zumute, ihm kroch es kalt den Rücken hinunter. Asiaq, Allaq, Tupilak. Von diesen ganzen monströsen Gestalten wollte er jetzt nichts hören.

Marit stupste ihn an. »Hej, mach dir keine Sorgen Es ist gut möglich, dass der Sturm in einer halben Stunde schon wieder vorbei ist.«

Jesper schielte auf das Satellitentelefon, das in der Brusttasche von Marits Polaranzug steckte. Das kleine schwarze Gerät war für ihn die letzte rettende Verbindung zur Zivilisation. Ob es überhaupt noch ging? »Könnten wir vielleicht Jakob in Paamiut anfunken? Ich würde gerne wissen, wie es bei seiner Befragung gelaufen ist. Ich meine, wir haben doch eh nichts zu tun.«

Marit zögerte einen Moment, schließlich willigte sie ein. Sie zog das Gerät heraus, klappte die Antenne aus und schaltete das Telefon ein. Brav leuchtete das Display auf und Jesper atmete durch.

»Aber nicht lange«, sagte Marit, »wir müssen die Akkus schonen.« Sie wählte und hatte einen Augenblick später Jakob dran.

»Halløj!«, rief er aus dem Telefon, das Marit auf laut gestellt hatte. »Ist alles klar bei euch? Hab gehört, es ist schön kuschelig.«

»Uns geht's gut. Vielleicht etwas windig. Hast du was zu schreiben? Hier kommt zur Sicherheit noch mal unsere Position.« Sie gab dem Kollegen die Koordinaten durch, die ihr GPS-Tracker anzeigte. »Die von den Fässern hast du ja.«

»Klar. Echt gut, dass ihr sie gefunden habt. Stammen sie von der Mine?«

»Das wissen wir bisher nicht. Sie wirken ziemlich alt. Älter als ein paar Jahre, aber das täuscht vielleicht. Jedenfalls besteht dringender Handlungsbedarf. Mehrere Fässer sind aufgeplatzt. Ich glaube, da ist schon einiges ausgelaufen.«

»Verdammt, das ist übel!«

Jesper sah, wie Imaneq das Gesicht verzog.

»Wenn es zu schneien aufhört, graben wir weiter«, erklärte Marit. »Dann machen wir Fotos und sichern Proben. Stellen wir darin auch nur ein Mikrogramm Zyanid fest, nehmen wir die Mine auseinander!«

»Das machen wir, das kannst du mir glauben!«, entgegnete Jakob.

»Wie läuft es bei euch? Wie war eure Befragung?«

»Nicht so gut. Wir haben lediglich zwei Zeugen gefunden. Der eine kannte einen Robbenjäger, der bis zu seiner Entlassung für die Minengesellschaft als Scout gearbeitet hat, sein Name ist Malik. Hat sich nebenbei etwas als Touristen- und Expeditionsführer dazuverdient mit Wandertouren auf den Gletscher.

Als der leitende Ingenieur das rausbekommen hat, hat es wohl Ärger gegeben.«

»Du meinst Olofsson?«

»Ja, der soll dem Robbenfänger untersagt haben, Touristen auf den Gletscher zu bringen, sonst würde er ihn feuern.«

»Das klingt danach, als hätte er verhindern wollen, dass die Fässer entdeckt werden.«

»In der Tat. Der Zeuge hat gesagt, dass der Robbenfänger sehr dickköpfig gewesen sein soll und trotz der Warnung weitergemacht hat. Dann ist er von einem auf den anderen Tag verschwunden. Angeblich ist er zum Robbenjagen in die Diskobucht. Seitdem hat ihn niemand mehr gesehen.«

»Klingt so, als hätte man ihn beseitigt.«

»Ja, das ist anzunehmen.«

»Und was erzählt der zweite Zeuge?«

»Dass die Expeditionsteilnehmer selber Schuld gehabt haben, dass ihnen ein Unglück zugestoßen ist. Dort auf dem Gletscher würde der Allaq hausen, und der dulde keine Eindringlinge!«

Obwohl Jesper es nicht wollte, lief ihm bei der Erwähnung des mysteriösen Eismonsters ein Schauer über den Rücken. Marit stieß ungläubig Luft aus. Imaneq hingegen schien plötzlich sehr ruhig zu sein. Wusste der Eisexperte mehr darüber?

»Okay, danke für die Information, Jakob«, sagte Marit.

»Kein Problem. Wir bleiben die Nacht hier in Paamiut. Ihr gebt Bescheid, solltet ihr Hilfe brauchen. Ich denke, der Helikopter könnte euch abholen, sobald der Sturm nachlässt.«

»Das ist gut zu wissen.« Marit warf Jesper einen Blick zu. Dann verabredete sie mit Jakob eine neue Funkzeit und schaltete das Gerät aus.

»Wie lange hält der Akku des Telefons?«, fragte Jesper.

Marit legte ihm eine Hand auf den Arm. »Lange genug, Jesper. Sei unbesorgt. Wir haben auch Ersatzbatterien. Wir müssen nur darauf achten, sie möglichst warmzuhalten. Entspann dich.«

Das würde ich ja gerne, aber ich bin nun mal weder Eisprofi noch Polarexperte, hätte er am liebsten gesagt, ließ es aber. Sie hatten überhaupt keine Ahnung, wie es ihm ging. Er war zum ersten Mal in Grönland auf einem Gletscher und das ausgerechnet bei einem Schneesturm. Er hatte Angst, verdammt noch mal!

»Ich koche uns einen Tee«, sagte Imaneq.

»Aber nicht aus dem Schnee!«, rief Jesper.

»In diesem Fall tatsächlich nicht«, bestätigte der Inuit. »Die Gefahr, dass er kontaminiert ist, ist zu groß. Wir haben genügend Wasserreserven.« Er machte sich an seinem Rucksack zu schaffen und wenig später hörte Jesper das Zischen eines sturmfesten Gaskochers.

Er vermied es, Marit anzusehen. Dass er kurz davor stand, die Nerven zu verlieren, musste sie nicht mitbekommen. Stattdessen versuchte er, das Zerren des Sturms an den Zeltwänden zu ignorieren und an etwas Schönes zudenken. Gerne hätte er jetzt mit Josie telefoniert und ihr von seinem unfreiwilligen Abenteuer berichtet. Sie würde ihn bestimmt auslachen, wenn sie erfuhr, wie sehr er sich deswegen in die Hose machte. Im nächsten Moment hielt ihm jemand einen dampfenden Becher unter die Nase. Es war Imaneq.

»Sollte dir kalt werden, sag Bescheid«, sagte er. »Zur Not haben wir Rettungsdecken und ein paar Wärmepads. Aber lass immer deine Kleidung und deine Schuhe an, hörst du? Und nicht in den Schlafsack atmen, das macht ihn feucht und klamm und dann friert er ein.«

»Klar«, sagte Jesper. »Und was ist, wenn ich mal muss?«

»Musst du denn?«

Jesper grinste und schüttelte den Kopf. »War nur ein Scherz.«

Sie lachten und schlürften ihren Tee. Dabei unterhielten sie sich über den Fall. Jesper war erstaunlicher Weise gar nicht so kalt.

Irgendwann wurden sie schläfrig. Das eintönige Tosen des Windes über ihren Köpfen wurde zu einem fast angenehmen Hintergrundrauschen, und Jesper fielen die Augen zu. Als er sie wieder aufmachte, merkte er, dass sich Marit an ihn geschmiegt hatte. Ein Arm lag über ihm und sie schlief. Imaneq saß halb aufrecht gegen seinen Rucksack gelehnt und hatte die Augen ebenfalls geschlossen. Das Gewehr lag griffbereit neben ihm. Jesper lauschte eine Weile auf das Heulen des Sturms, genoss das Gefühl der Nähe zu Marit und döste mit dem Gedanken weg, dass so ein Wetterumschwung doch seine Vorteile hatte.

Er erwachte mit einem Ruck, weil er etwas gehört hatte. Etwas, das nicht in die Geräuschkulisse des Sturmes passte. Und überhaupt, das Rauschen und Flattern war komplett verstummt. Anscheinend hatte der Wind sich gelegt. Dafür war es jetzt dunkel und er konnte nicht das Geringste sehen. Jemand hatte die Campinglampe ausgeschaltet. Er hob die Hand und tastete nach seiner Stirnleuchte, aber sie war nicht mehr an ihrem Platz auf seinem Kopf. Mist! Sie musste ihm im Schlaf runtergerutscht sein. Er spürte, wie auch Marit erwachte. Sie gab ein tiefes Seufzen von sich und bewegte sich raschelnd.

»Was ist los?«, fragte sie verschlafen.

»Ich weiß nicht. Ich habe was gehört.«

Endlich schaltete Marit ein Licht an, wodurch Jesper seine Lampe fand und sie sich aufsetzte. Er wandte sich zu dem Platz um, wo Imaneq die ganze Zeit gesessen hatte, doch der war weg. Mit ihm seine Waffe.

»Wo ist er?«

»Ssscht!« Marit hob einen Finger vor ihren Mund und lauschte.

Tatsächlich war ein entferntes Scharren zu hören. Darauf folgten ein leises Knurren und ein Klacken, als würde ein Gewehr entsichert.

»Was ist da los?«, formte Jesper mit den Lippen.

Marit zuckte mit den Schultern und holte ihre Pistole aus ihrem Polaranzug hervor.

Jesper tat es ihr gleich. Lautlos schob sich Marit zum Zelteingang, der geschlossen war. Langsam zog sie den Reißverschluss auf, Zähnchen um Zähnchen, und versuchte, keinen Laut zu verursachen.

»Lampen aus«, flüsterte sie, und kurz darauf war es finster um sie herum.

Jesper lauschte erneut, aber es war nichts mehr zu hören.

Marit hatte den Reißverschluss fast komplett geöffnet, als plötzlich ein lautes Knurren ertönte. Mit einem Schlag blieb Jespers Herz stehen.

Was war das? Der Eisbär, der Óla Jón Fejfers Freundin getötet hatte? Oder der Allaq?

Er streckte eine Hand aus, um Marit davon abzuhalten, aus dem Zelt zu kriechen, da knallte draußen, ganz in der Nähe des Biwaks, ein Schuss. Das Knurren erklang erneut, diesmal von weiter weg. Im nächsten Moment drang ein Schrei an ihre Ohren. Imaneq!

71. KAPITEL

Marit erstarrte mitten in ihrer Bewegung und lauschte. Das konnte doch kein Bär sein.

»Was machen wir jetzt?«, flüsterte Jesper hinter ihr ängstlich.

»Imaneq braucht Hilfe. Wir müssen nachsehen, was los ist. Ich gehe voran, die Lampen schalten wir erst an, wenn ich es sage.«

»Okay.«

»Mach dich bereit zu schießen, aber denk an Imaneq. Ich werde zuerst aus dem Zelt kriechen und du folgst mir. Immer schön langsam. Wenn der Bär auf eines reagiert, dann auf hektische Bewegungen.«

»Verstehe.«

Marit zog den Verschluss ganz auf und nahm die kalte Luft wahr, die zu ihnen hereinströmte. Sie hob die Nase und schnupperte. Tatsächlich nahm sie einen Geruch wahr, aber nicht von Blut oder einem wilden Tier, sondern von etwas Chemischem. Und jetzt vernahm sie auch wieder die Geräusche. Es war ein leises Flüstern. Sie runzelte die Stirn. Redete Imaneq auf den Bären ein?

Sie schob sich aus dem Zelt und richtete sich in Zeitlupe auf. Hinter sich spürte sie Jesper. Flach atmend sah sie sich im Dunkeln um. Der Himmel war aufgeklart und ein Halbmond spendete gerade so viel Licht, dass sie die Konturen des Séracs und die der Zelte erkannte. In der Ferne machte sie den Rücken des Gletschers aus. Ein Déjà-vu streifte sie. Nivi und sie bei Mondlicht auf der Flucht durch den Schnee. Kalte Felsen und die unsichtbare Präsenz der Geister. Aber leider auch die des Unheils.

Marit schüttelte die Angst ab, die sie im Nacken packen wollte. Diesmal nicht! Sie war kein wehrloses Kind mehr.

Sie umfasste den Griff der Pistole fester und machte einen vorsichtigen Schritt auf die Ebene hinaus. In ungefähr 100 Metern Entfernung lagen die Fässer, vermutlich unter einer Schicht Neuschnee begraben. Auf dem Boden vor Marit waren frische Spuren, sie führten vom Zelt weg und den Sérac hinauf. Sie gab Jesper ein Zeichen und folgte der Fährte, die im Mondlicht gut zu erkennen war.

Je näher sie der Abbruchkante des Séracs kam, desto stärker wurde der Geruch. Da fast kein Wind mehr ging, hing er in der Luft wie ein Fremdkörper.

Plötzlich wusste sie, was es war: Abgase.

Aber nicht von einem Hubschrauber oder einem Kleinflugzeug, sondern von einem Motorrad oder eben einem Skidoo.

Marit drehte sich zu Jesper um. »Hier ist jemand!«, sagte sie leise.

»Wie meinst du das?«

»Da draußen sind noch andere Leute. Ich rieche Abgase von mindestens einem Motorschlitten!«

»Meinst du, sie haben Imaneq?« Jespers Augen leuchteten besorgt im Mondlicht auf.

»Ja. Und sie führen sicher nichts Gutes im Schilde.«

»Sind es die Männer von der Mine?«

»Wer sonst? Ich glaube, sie verstecken sich hinter dem Sérac.«

»Was sollen wir machen? Hilfe rufen über das Satellitentelefon?«

»Ja, das wäre besser.« Marit tastete nach dem Gerät, doch sie fand es nicht. Es musste ihr beim Schlafen aus der Tasche gerutscht sein. »Mist!«

»Was ist?«

»Das Telefon ist im Zelt. Ich gehe runter und setze einen Notruf ab. Du bleibst hier oben und hältst Ausschau. Warne mich, sobald du jemanden siehst.«

»Geht klar.«

Marit drückte seine Schulter und kroch vorsichtig von dem Sérac hinunter. Oben an der Kante kauerte Jesper als schwarze Gestalt. Marit wandte sich von ihm ab und trat vors Zelt. Sie beugte sich hinab, um hineinzukriechen, da hörte sie Jespers Stimme.

»Marit! Ein Bär! Hinter dir!«

Sie wollte sich umdrehen, bekam jedoch einen harten Stoß in den Rücken und landete bäuchlings in der Zeltöffnung. Ein Knurren erklang und ein erneuter Hieb in die Nierengegend raubte ihr den Atem. Das Zelt erzitterte, die Plane riss und eine schwere Gestalt trampelte über sie hinweg. Gleichzeitig ertönte ein Schuss. War das Jesper? Sie riss den Kopf hoch und erhaschte einen Blick auf weißes Fell. Im nächsten Moment war das Tier zwischen den Eisbrocken verschwunden. Aus der Ferne ertönte ein Knurren, aber irgendetwas war daran seltsam, auch die Bewegungen des Bären waren nicht normal gewesen.

Allaq, flackerte es grell in ihrem Bewusstsein auf. Das war der Allaq!

Hastig richtete sie sich auf und zielte mit der Pistole in die Nacht. Wo war das Vieh? Und wo war Jesper? Hatte er geschossen? Marit drehte sich um die eigene Achse. Oben auf dem Sérac war keine dunkle Gestalt mehr zu sehen.

Jesper, verdammt!

Wieder hörte sie dieses Knurren. Es war ganz nah. Sie fuhr herum. Hinter ihr stand eine Kreatur auf zwei Beinen. Sie war groß und ihre breiten Schultern waren bepackt mit dickem weißem Fell. Doch der Kopf des Wesens war merkwürdig klein und passte nicht zu den Proportionen des Körpers. Auch besaß das Tier kein Maul mit langen Zähnen, sondern einen dunklen Bartansatz und menschliche Züge, die im Schatten einer Kapuze lagen.

Im nächsten Augenblick fühlte sich Marit zurück in die Vergangenheit gerissen und starrte in das Gesicht von Nivis Vater. Diese bösartige Miene mit den schwarz glühenden Augen eines Grönländers, der zu viel Alkohol und Gewalt in sich trug. War er das? Nivis Vater mit seinem Eisbärenanorak?

Sie riss die Pistole hoch und wollte schießen, aber ihr Finger am Abzug gehorchte nicht. Er war steifgefroren.

Im nächsten Augenblick krachte ein Schuss über sie hinweg, und der Eisbärenmann zuckte zusammen. Hastig hob er das MG, das sie erst jetzt bemerkte, und gab eine Salve in Richtung des Séracs ab. Die Schüsse dröhnten in Marits Ohren und sie wollte sich instinktiv aus der Gefahrenzone bringen, da wurde sie von hinten gepackt und herumgeschleudert. Die Pistole wurde ihr aus der Hand geschlagen und sie selbst mit einem Tritt zu Boden befördert. Unterdessen zerrissen immer mehr Schüsse die Stille. Die einen stammten von dem MG und die anderen von einer wesentlich kleineren Waffe. Das musste die HK von Jesper sein. Gegen ein MG könnte er damit nicht viel ausrichten.

Marit stemmte sich auf die Arme, um sich zu orientieren. Doch sie bekam erneut einen Tritt von hinten und fiel mit dem Gesicht in den Schnee. Kalt drangen ihr die kleinen Kristalle in Mund und Nase. Jemand presste ihr mit seinem ganzen Gewicht das Knie in den Rücken. Nach Luft ringend bog sie den Hals zurück und spuckte den Schnee aus. Wo war Jesper?!

Noch immer waren Schüsse zu hören. Die Männer in den weißen Anzügen fluchten, gingen in Deckung und schossen zurück. Dann erhob sich plötzlich Triumphgebrüll.

»Du hast das Bullenschwein erwischt!«, schrie einer.

Marit riss die Augen auf. Jesper!

Sie sah seine dunkle Gestalt oben auf dem Sérac stehen. Seine Arme hingen schlapp an seinem Körper herab und er wankte leicht. Langsam kippte er rücklings über die Abbruchkante und war verschwunden.

»Nein!«, schrie sie. »Jesper! Nein!« Irgendetwas in ihr wurde gesprengt und ließ die Wut aus ihr herausplatzen. Mit aller Kraft schlug und trat sie um sich und schrie aus voller Kehle ihren Hass heraus. Das Gewicht verschwand von ihrem Rücken, und beinahe wäre es ihr gelungen, sich aufzurichten. Doch jemand packte sie an den Haaren und zerrte ihren Kopf herum. Ein Schlag traf sie am Jochbein. Sie spürte ihn kaum und brüllte lauthals weiter.

Die Hand in ihren Haaren schüttelte sie, ein Gewehrkolben landete in ihrem Magen und ließ sie zusammenklappen.

Keuchend atmete sie in den Schnee.

Jesper, dachte sie. Nivi.

Es tut mir leid.

Im nächsten Augenblick wurde sie hochgezerrt und ein Gesicht schob sich in ihr verschwommenes Blickfeld. Es war weder Nivis Vater noch der Allaq, sondern der bärtige Eisbärenmann.

»Na, Schätzchen«, kam es aus seiner grinsenden Fresse. »Du hättest mein Angebot, mir den Schwanz zu lutschen, besser annehmen sollen.«

72. KAPITEL

Kirsten zitterte. Die Verfolgungsjagd steckte ihr in den Knochen, obwohl sie schon einige Stunden zurücklag. Sie stellte die Wasserflasche, die sie eben geleert hatte, im Vorraum des Vernehmungszimmers auf dem Regal ab und stieß keuchend Luft aus. Ihr erschöpfter Körper wollte nur noch ins Bett. Es war kurz vor 2 Uhr nachts, aber sie war nicht die Einzige, die hier im Präsidium ihren Dienst versah. Fast alle Kollegen der Ermittlungseinheit waren noch da. Trotz der späten Stunde hatten sie sich dazu entschlossen, eine erste Befragung der beiden Verhafteten durchzuführen. Selbst wenn die Sache so gut wie überstanden war – sie würde sich erst besser fühlen, wenn sie wusste, warum die Männer die Morde begangen hatten. Sicher, sie hatte eine Theorie, aber sie wollte es aus ihren Mündern hören.

Sie warf einen Blick auf den Bildschirm, der den Verhörraum und den größeren der Verdächtigen zusammen mit seinem milchgesichtigen Pflichtverteidiger zeigte. Im Nachbarraum nahm sich Clausen den dürren Typen vor. Sie hatten ihre Strategie aufeinander abgestimmt und würden gegebenenfalls später tauschen. Außerdem war Camilla Fries mit von der Partie. Kirstens Gedanken wanderten zu Flemme. Mittlerweile war er im Rigshospital auf die reguläre Station verlegt worden. Er war stark unterkühlt gewesen, hatte sich jedoch erstaunlich schnell erholt und war ansprechbar. Er hatte sogar einen Witz über den Vorteil vom Arbeiten in Kühlkammern gerissen. Kirsten musste schmunzeln. Ja, das war ihrer aller Flemme.

Erleichtert darüber, dass ihr Freund in Sicherheit war und es ihm besser ging, schnalzte Kirsten mit der Zunge. Sie gab Camilla ein Zeichen und dann betraten sie den Verhörraum.

Kirsten setzte sich direkt gegenüber dem Verhafteten an den Tisch und Camilla stellte sich im rechten Winkel zu ihnen an die Wand. Sie schaltete das Aufnahmegerät ein, nannte Datum und Uhrzeit und begann mit den ersten Fragen. »Sie sind also norwegischer Staatsbürger, Herr Ege?«

Der Mann, dessen Arm in einer Schlinge steckte, blickte sie feindselig an. »Ich bin angeschossen worden. Ich fühle mich nicht in der Lage, Ihre Fragen zu beantworten.«

»Der Arzt sagte, Sie sind fit. Und aus welchem Land Sie stammen, dürften Sie ja wohl noch wissen, oder?«

Ege presste die Lippen aufeinander. Der Anwalt flüsterte ihm etwas zu und Ege stieß einen theatralischen Seufzer aus. »Meine Fresse, ja. Ich komme aus Norwegen. Zufrieden?«

Kirsten nickte. Natürlich wusste sie längst, dass der Kerl Norweger war. Bei der Durchsuchung der Fabrikhallen hatten sie in einem der Campmobile, in denen die drei Täter gewohnt hatten, eine Kiste mit verschiedenen Währungen und Pässen gefunden. Die Männer waren, wie sie es vermutet hatte, von der Stürmung der Hallen überrascht worden. Vermutlich waren sie gerade unterwegs gewesen, als sie bemerkt hatten, dass die Polizei ihr Überwachungssystem lahmgelegt hatte, weshalb ihre Dokumente den Beamten in die Hände gefallen waren.

Die Spurensicherung hatte auch noch mehr belastende Beweise gefunden, die nahelegten, dass die drei Männer die Morde begangen und ihre Opfer zu den Tupilaat verarbeitet hatten. Was Kirsten fehlte, war allein das Warum.

»Herr Ege, wie war das, als Sie die Leichen zersägt haben?«

»Ich habe niemanden zersägt.«

Kirsten lehnte sich mit verschränkten Armen zurück. »Wer war es dann?«

»Keine Ahnung.«

Kirsten ließ sich nicht beirren. Die meisten Täter stellten sich dumm und Berufskriminelle im Besonderen. Das gehörte zu ihrem Kodex. Sie betrachtete Ege eindringlich. Sein Kopf war kahlrasiert, ebenso seine Arme. Vermutlich, um nicht unabsichtlich DNA-Spuren zu hinterlassen. Der Typ war ein Profi, das war offensichtlich.

»Wie viel Geld hat man Ihnen für Ihre Dienste geboten? Ich meine, das war eine logistische Meisterleistung. Respekt! War sicher nicht einfach, alles zu koordinieren. Ich war von Anfang an beeindruckt und habe mich gefragt, welch brillantes Hirn wohl dahinterstecken mag. Die Arbeit mit den Leichen war makellos, beinahe künstlerisch.«

»Wollen Sie mich verarschen?«

Kirsten blieb ernst. »Nein, das ist ernst gemeint. In meiner ganzen Polizeilaufbahn habe ich nie so schöne Leichen gesehen.«

Ege presste die Zähne aufeinander, dabei traten seine Kiefermuskeln hervor. Er war ein kräftiger Typ mit breiten Schultern.

»Und die Idee mit den Tupilaat ist auch sehr originell«, fuhr sie fort. »Damit geht derjenige in die Annalen der dänischen Kriminalgeschichte ein. Das übertrifft sogar den U-Boot-Killer. Die Presse liebt den ›Horrormetzger‹. Wirklich schade, wenn jemand anderes die Lorbeeren dafür ernten würden.«

Ege regte sich auf seinem Stuhl. Ein milderer Ausdruck trat in seine Augen und er schürzte die Lippen. Er fühlte sich offensichtlich geschmeichelt.

»Ich könnte mir gut vorstellen, dass er seinen Ruhm auskosten will. Derjenige hätte es verdient, ehrlich. Ich habe gehört, dass er schon einige Fans hat. Und ich bin einer davon.«

»Wie bitte? Was redest du denn da, Kirsten?«, platzte es aus Camilla heraus. »Das ist doch abartig! Diese Morde sind widerlich! Du findest sie nicht im Ernst gut?«

Kirsten wandte sich ihrer Kollegin zu, deren Gesicht vor Wut glühte. Ihre gespielte Empörung war natürlich abgesprochen.

»Wieso?«, fragte sie unbekümmert. »Ich kann doch ein Verbrechen auf gewisse Art bewundern. Ich finde Täter mit Fantasie tausendmal besser als immer dieselben stumpfen Gangschießereien. So was ödet mich an. Der Fall hier, der war atemberaubend … ja, wunderschön.«

»Du spinnst ja! Das ist krank und nicht schön.«

Kirsten zuckte mit den Schultern. Aus dem Augenwinkel sah sie, wie auch der Pflichtverteidiger sie indigniert anblickte. »Es gibt nun mal schöne und hässliche Morde, und diese waren unbestritten schön. Was regst du dich auf?«

»Wieso ich mich aufrege? Du verherrlichst Morde! Du bist Polizistin!«

»Ich weiß. Wer sagt denn, dass ich nicht trotzdem eine gewisse Sympathie für einen Täter entwickeln darf? Guck mal, Herr Ege hat Fotos von mir gemacht und sie mir geschickt. *Mir*, verstehst du? Du bist ja nur neidisch. Ich jedenfalls fühle mich geehrt. Es ist wie eine Liebeserklärung.«

»Ich glaube, du hast den Verstand verloren!« Camilla tippte sich gegen die Stirn.

»Dann geh, wenn dir meine Einstellung nicht passt.«

Camilla schnappte nach Luft und stürmte zur Tür hinaus. Peinlich berührtes Schweigen machte sich breit. Der Pflichtverteidiger wich Kirstens Blick aus. Er wirkte, als wollte er ebenfalls das Weite suchen. Einzig Ege schien sich zu freuen. Auf seinem Gesicht lag ein heiterer Ausdruck.

Kirsten beugte sich vor. »Okay, Herr Ege, das war eigentlich nicht für Ihre Ohren bestimmt. Ich entschuldige mich dafür und verstehe es, wenn Sie nicht mehr mit mir sprechen wollen. Sie können gerne jemand anderen anfordern, der die Befragung fortsetzt. Das ist Ihr gutes Recht.«

Der Pflichtverteidiger öffnete den Mund, aber Ege kam ihm zuvor. »Schnauze, Kleiner. Ich will mit der Frau reden, und zwar nur mit ihr, kapiert?«

Der Anwalt nickte verschüchtert, und jetzt war es Kirsten, die innerlich grinste. Sie schaltete das Aufnahmegerät aus. Sie wusste, dass ihr Gespräch über die Kameras trotzdem mitgeschnitten wurde.

»Okay, mal unter uns. Was Sie im Folgenden sagen, werde ich nicht gegen Sie verwenden. Und ich gebe offen zu, dass ich Ihre Arbeit bewundere. Sie war so … kreativ. Wie Sie diese Frauenkörper ummodelliert haben – einfach genial. Aber eines frage ich mich: Wie sind Sie an den Mann in der Anstalt rangekommen? Diesen Óla Jón Fejfer?«

»Das war meine Idee«, sagte Ege stolz und sein Lächeln wurde noch selbstgefälliger. »Und es war auch nicht besonders schwer. Durch unseren Auftraggeber wussten wir, dass Fejfer an einer Eisbärenphobie leidet. Also haben wir einen von uns in ein Eisbärenkostüm gesteckt und ihn damit Metro fahren lassen. Die Trasse führt an der Anstalt vorbei, direkt an dem Fenster von diesem Kerl. Das haben wir fast jeden Abend gemacht … Tja, und dann …« Er grinste verschlagen.

Du perfides Arschloch, dachte Kirsten. Mit einem Lächeln lehnte sie sich vor. »Wirklich intelligent. Chapeau!«

»Ist der Typ jetzt eigentlich Matsche? Erinnert der sich noch an irgendwas? Na, im Krankenhaus hätten wir jedenfalls leichter Zugang zu ihm gehabt.« Ege bedachte sie mit einem brennenden Blick, als wollte er sie prüfen, doch Kirsten ließ sich nichts anmerken.

Sie klopfte auf den Tisch. »Ich mag Täter mit Köpfchen, ehrlich. Sind Ihre Kollegen genauso professionell wie Sie?«

Ege legte den Kopf schief. »Meine Kollegen sind ganz okay. Aber manchmal leider etwas nachlässig. Ich musste sie ein paarmal zurechtweisen.«

»Kannten Sie sich vorher?«

»Nein.«

Das stimmte vermutlich. Von den Ausweisdokumenten

wusste Kirsten, dass der Dürre ein Finne war, und der dritte Mann, den sie erschossen hatte, stammte aus Estland. Wenn das kein bunt zusammengewürfelter Trupp von Auftragskillern war.

Sie nickte. Im Darknet gab es regelrechte Kataloge mit Kriminellen, die für Geld alles taten. Jetzt musste sie nur herausfinden, wer der Auftraggeber war. Wenn Ege das überhaupt wusste, denn oft wurden solche Typen anonym oder über Strohmänner engagiert.

»Die Opfer, die Sie in die Tupilaat verwandelt haben, standen die schon fest?«

Der Norweger schwieg. Sein Blick wurde plötzlich stechend. Ahnte er, dass er verschaukelt wurde?

»Ich glaube, ich sage jetzt nichts mehr«, gab er von sich, und sein Pflichtverteidiger nickte bestätigend.

»Keine Angst, das hier bleibt unter uns. Ich habe das Aufnahmegerät ausgeschaltet.«

Ege schüttelte den Kopf. »Sorry.«

Warum war er auf einmal so verschlossen? Bereute er, dass er so viel erzählt hatte?

Kirsten richtete sich auf ihrem Stuhl auf. »Nun gut, ich kann Ihnen …«

Plötzlich ging die Tür auf und Camilla kam zusammen mit einem uniformierten Kollegen herein. »Ich will, dass Sie das Verhör sofort beenden. Kommissarin Vinther ist nicht länger tragbar.«

»Wie bitte?«, fragte Kirsten.

»Du hast schon richtig gehört. Ich übernehme die Befragung. Du hast jetzt einen Termin bei der Chefin.« Camilla zeigte auf den Ausgang.

Kirsten stieß einen ungläubigen Laut aus. »Du hast mich angeschwärzt?«

Camilla sagte nichts, deutete nur weiter auf die Tür.

»Das ist ja wohl das Letzte!« Sie wollte sich erheben, da mischte sich Ege ein.

»Sie bleibt!«

»Was?«, fragte Camilla.

»Die Frau bleibt. Sonst sage ich kein Wort mehr!«

Camilla klappte den Mund zu und sah Kirsten an, die grimmig zurückstarrte. Auch das war geplant. Camilla sollte eingreifen, wenn es so aussähe, als würde der Verdächtige sich aus dem Gespräch zurückziehen.

»Haben Sie kapiert, Blondchen?«, rief Ege. »Mit Ihnen will ich nicht reden!«

»Also … Unglaublich!« Camilla drehte sich um und verließ den Raum. Der Uniformierte folgte ihr und schloss die Tür. Von draußen drang noch eine Weile Camillas aufgebrachte Stimme zu ihnen, mit der sie über die »vollkommen durchgeknallte Kollegin« schimpfte.

Kirsten saß mit gesenktem Blick am Tisch. Eine gespielte Verlegenheitsgeste, die ihre Wirkung nicht verfehlte. Ege lehnte sich vor, so weit es seine Hand- und Fußfesseln zuließen. »Ich wäre bereit, Ihnen etwas zu geben, mit dem Sie es dem Blondchen so richtig schön zurückzahlen können«, sagte er leise.

»Nein, sorry. Das müssen Sie nicht. Ich habe es verkackt.« Sie stand auf.

»Wo wollen Sie hin?«

»Ich gebe das Verhör ab.«

»Was? Warum? Sind Sie blöde? Wollen Sie etwa klein beigeben?«

»Es tut mir leid, dass Sie unseren Streit mitbekommen haben. Das war unprofessionell. Ich werde veranlassen, dass Sie ein anderer Beamter befragt.«

»Nein, verdammt! Ich will mit Ihnen reden, wann schnallen Sie das endlich?«

Kirsten hielt auf ihrem Weg zur Tür inne. »Ehrlich?«

Ege ruckte sein Kinn in Richtung Tisch. »Setzen Sie sich!«

Kirsten tat, wie ihr geheißen. Ege sollte ruhig glauben, dass er jetzt das Heft in der Hand hätte. Das gehörte zu ihrer Taktik. Sie ließ sich auf den Stuhl sinken und wartete darauf, dass er etwas sagte.

Eges Miene wurde weich. »*Ich* habe die Fotos von Ihnen gemacht und Sie Ihnen geschickt. Sie gefallen mir. Ehrlich. Noch besser würden Sie mir gefallen, wenn Sie es der Tussi da draußen so richtig zeigen würden. Ich verspreche Ihnen, dass Sie gleich hier rausgehen werden und es geschafft haben.«

»Was geschafft?«

»Nun stellen Sie sich nicht blöder, als Sie sind.« Ege zwinkerte ihr zu. »Normalerweise verrät ein Profikiller seinen Auftraggeber nicht. Das ist unsere oberste Regel. Aber ich werde Ihnen diesen Gefallen tun. Meine Lage ist eh aussichtslos. Und wenn ich Ihnen jetzt entgegenkomme, können Sie mir bestimmt etwas geben, oder?«

»Sicher«, sagte Kirsten, obwohl sie vermutete, dass seine Eitelkeit der wahre Grund für seine Offenheit war. Er wollte die Lorbeeren haben.

»Gut.« Ege lächelte. »Wir erhielten den Auftrag übers Darknet. Erst später hatten wir telefonischen Kontakt mit unserem Auftraggeber über Prepaidhandys. Es gab 20.000 Euro Vorschuss für jeden und es wurden uns weitere 700.000 versprochen. Wir bekamen eine Liste mit Zielpersonen, die wir innerhalb eines bestimmten Zeitplans terminieren und zu diesen Tupilaat verarbeiten sollten. Die Ablageorte waren genau vorgegeben. Hintergrundinformationen zu den Zielpersonen, Material, die Tierkörper, das Werkzeug, Arbeitsort, Fahrzeuge, Handys, die Wohnwagen – all das stand bereit. Wir mussten uns um nichts kümmern, nur unsere Arbeit so sauber wie möglich erledigen. Das war die oberste Priorität unseres Kunden. Am Ende sollte es so aussehen, als hätte ein Mann namens Jens

Kragh die Nerven verloren und seine Kollegen umgebracht. Es sollte einen Grönlandbezug geben, daher die Tupilaat. Also haben wir die Leichen dementsprechend präpariert und auch die Wohnung von diesem Kragh.«

»Und wo ist Kragh? Wir haben weder ihn noch seine Leiche gefunden.«

»Der Auftrag lautete, ihn als Erstes umzubringen. Weil er am meisten wusste. Es ging da wohl um eine Erpressung.«

»Eine Erpressung?« Das war neu.

»Unser Auftraggeber fühlte sich von Kragh bedroht. Wir mussten seinen Computer durchsuchen und eine Mail und eine Datei löschen.«

»Was stand darin?«

»Dass er von unserem Auftraggeber Schweigegeld gefordert hat und ihn hochgehen lassen wollte, wenn er die Summe nicht bekäme. Reiner Amateurquatsch, aber unser Auftraggeber wollte, dass wir es aus der Welt schaffen. Das haben wir getan. Wir haben Kragh Zyankali verabreicht und fertig.«

»War das Zyankali Teil des Auftrags?«

»Ja, aber ich arbeite nicht gerne mit Gift. Nur, wenn es der ausdrückliche Wunsch des Kunden ist. Er hat das Zeug für uns besorgt.«

»Und wo ist Kraghs Leiche?«

»Wir haben sie verbrannt und die Knochenreste bei der Aktion mit der Meerjungfrau im Sund versenkt. Das hätten wir mit den Resten der beiden Leichen aus der Rechtsmedizin auch so gemacht, wenn Sie uns nicht dazwischengefunkt hätten.«

Kirsten hob scheinbar verlegen die Schultern.

Ege winkte ab. »Schon gut. Wir sind erwischt worden, weil wir Fehler gemacht haben. Hätten wir sauber gearbeitet, würden Sie bis heute im Dunkeln tappen.«

»Das ist richtig«, gab Kirsten zu. »Was ist mit Lukas Brems? Wie wollten Sie den erledigen?«

»Ihn hätten wir in ein Rentier verwandelt. Aber dann ist er plötzlich untergetaucht. Irgendwann wussten wir aber, dass er bei Ihnen in einem Safehouse gelandet ist. Wenn wir ihn lokalisiert hätten, hätten wir ihn mit dem Essen vergiftet, das Sie ihm tagtäglich kommen lassen.«

Kirsten verzog den Mund. »Und Ihr Auftraggeber?«

Schmunzelnd lehnte sich der norwegische Auftragsmörder zurück, wobei seine Handschellen klirrten. »Sie lassen nicht locker, wie?«

»Das tue ich nie.«

Ege musterte sie mit kaltem Blick. »Wenn ich Ihnen verrate, wer es ist, müssen sie mir vorher etwas versprechen.«

Kirsten verharrte reglos auf ihrem Stuhl. Sie würde den Teufel tun und einem Schwerverbrecher irgendwelche Zugeständnisse machen.

Ege grinste verschlagen und deutete mit dem Kopf in Richtung Tür. »Sie müssen Ihrer Blondchenkollegin ordentlich den Arsch versohlen.«

»Das«, sagte Kirsten mit einem zufriedenen Lächeln, »mache ich mit Vergnügen!«

73. KAPITEL

»Bringt die Schlampe rüber zu den Zelten. Und den Scheißeskimo auch!« Ålberg machte eine ruckartige Armbewegung. »Die Zelte präpariert ihr so wie beim letzten Mal, verstanden?«

Ålbergs Kumpane nickten, sie schnürten Marits Hände zusammen und schleiften sie zu den Biwaks. Die Lichtkegel ihrer Stirnlampen schnitten durch die eisige Nacht. Drei Männer auf einem Skidoo hielten neben ihnen. Einer davon war Imaneq, den sie ebenfalls gefesselt hatten. Die beiden Kerle zerrten ihn zu Marit und stießen ihn neben sie in den Schnee. In seinen Augen blitzte es hasserfüllt auf. Eine große Platzwunde klaffte an seiner Braue und Blut klebte ihm an der Wange. Einer der Männer trug Imaneqs Gewehr über der Schulter.

»Und was jetzt?«, blaffte Marit Ålberg an. Sie ahnte, was folgen würde, deshalb wollte sie ihn in eine Diskussion verwickeln, um Zeit zu gewinnen. Am liebsten hätte sie den Kerl angespuckt, aber ihr Mund war zu trocken. Im Stillen schwor sie sich, ihn umzubringen, sollte sich die Gelegenheit dazu ergeben. Ja, sie würde ihn killen, die Welt von ihm befreien. Nicht einfach nur verprügeln, so wie es der Kvindeklub tat. Nein, Ålberg verdiente den Tod. Er hatte Jesper auf dem Gewissen und vermutlich auch die Wissenschaftler der zwei Expeditionen.

»Was soll sein, Schlampe?«, fragte er verächtlich, eine Hand lässig am MG. Sein Schritt war dabei auf Höhe ihres Gesichtes. Leider war er zu weit entfernt, als dass sie ihm mit dem Kopf einen Stoß in seine Weichteile hätte verpassen können. Er hob die andere Hand und rieb sich über das Kinn. »Hm, lass mich überlegen. Wie wär's mit dem Blowjob, den du mir schuldest, du Fotze? Als kleine Entschädigung dafür, dass ich nichts mehr auf dem Ohr höre, das du mir beinahe abgeschossen hättest.«

»Ich hätte dir die Kugel mitten in dein hässliches Gesicht jagen sollen!«, knurrte sie.

Ålberg lächelte, dann schnellte sein Fuß vor und traf sie am Kinn. Marit kippte nach hinten. Der Schmerz explodiert in ihrem Kiefer, und sie drückte ihn in den Schnee.

»Lass sie in Ruhe, du Schwein!«, hörte sie Imaneq rufen. Kurz darauf landete er neben ihr.

»Was sollen wir machen?«, zischte sie ihm auf Kalaallisut zu, ihre Unterlippe taub vom Tritt.

»Ich habe ein Messer in der linken Tasche, wenn du deine Hände in die Nähe bekommst, zieh es rau…«

»Schnauze! Was redet ihr da?«, rief Ålberg.

»Diese Scheißeskimosprache!«, entgegnete einer seiner Leute.

»Noch ein Wort und ich schneide euch die Zungen raus!« Ålberg gab seinem Kumpan zu verstehen, dass er die Gefangenen aufrichten sollte, und wenig später hockten sie wieder im Schnee. Marit spürte etwas Warmes ihr Kinn hinablaufen. Sie blutete.

»Holt den Gaskocher!«, befahl Ålberg, und einer der Männer kramte im Zelt. Er kehrte mit dem Gerät zurück, mit dem Imaneq Tee gemacht hatte. Was hatte er vor? Wollte er ihr das Gesicht verbrennen?

Der Mann verschwand erneut, lief in Richtung der Fässer in die Nacht und tauchte mit einem Topf voll Schnee wieder auf. Dann entzündete er die Flamme und stellte den Topf darauf.

»Eure Kollegen werden euch morgen finden. Leider hat es während der Nacht ein Unglück gegeben. Tja, traurig. Aber ich kann euch beruhigen. Es wird kaum wehtun.« Ålberg rief zwei seiner Handlanger zu, dass sie den dritten Bullen suchen und seine Leiche herbringen sollten. Zwei weiteren Kerlen gab er die Anweisung, sich um das Dynamit zu kümmern. Sie sollten die Fässer in die Luft sprengen, und den toten Bullen gleich mit.

Marit nutzte die Gelegenheit und wandte sich leicht zur Seite, mit den Händen tastete sie über Imaneqs Polaranzug. Sie spürte den Reißverschluss der Tasche und versuchte, ihn zu öffnen. Er klemmte!

Ålberg wandte sich ab. »Sie werden vermuten, dass euer Kollege im Kältewahn auf den Gletscher hinausgelaufen und abgestürzt ist. Armes kleines Bullenschwein.«

Sie presste die schmerzenden Lippen aufeinander. Ålberg schien nicht bemerkt zu haben, dass sie näher an Imaneq herangerückt war. In ihrem Rücken nestelte sie am Reißverschluss. Warum bewegte er sich nicht? Verdammt!

Sie hörte die Skidoos davonfahren. Ob sie Jespers Leiche fanden? Wie sollte sie seiner Tochter beibringen, dass er nicht aus Grönland zurückkehren würde?

Marits Brust zog sich zusammen. Ihre kalten Finger zerrten verzweifelt weiter.

Ålberg wandte sich an den Typen mit dem Kocher. »Fertig?«

Marit tat so, als habe sie Schmerzen und beugte sich mit einem Stöhnen vor, dabei riss sie einmal fest an dem Reißverschluss, und endlich löste er sich. Mit ihren zusammengebundenen Händen fuhr sie in die Tasche, dazu musste sie ihren Oberkörper noch mehr zur Seite biegen. Hoffentlich drehte sich Ålberg nicht um! Sie fand das Messer und holte es raus. Es war warm und relativ groß. Ein Einhandmesser. Lautlos klappte sie es hinter ihrem Rücken auf. Imaneq ließ sich nichts anmerken.

Ålbergs Aufmerksamkeit war noch immer auf den Mann gerichtet, der am Gaskocher behutsam zwei Tassen mit dem Wasser füllte und sich damit erhob. Wollte er sich jetzt einen Tee schmecken lassen?

Der Typ blieb neben Ålberg stehen, aber er reichte keine der Tassen an ihn weiter. Was sollte das?

Plötzlich dämmerte es ihr. Nicht die Männer würden das heiße Wasser trinken, sondern sie! Das Gift! Natürlich. Der Schnee, den er geholt hatte, war verseucht.

Mit ihnen würde das Gleiche geschehen wie mit der Expedition von 2018! Sie würden das Zyanid zu sich nehmen, das sich in ihrem Magen in Blausäure verwandelte, und sie würden elendig krepieren!

Der Typ mit den Tassen trat vor sie hin. Marit spannte sich an. Egal, was als Nächstes passierte, sie würde sich irgendwie auf Ålberg stürzen und ihm das Messer in den Körper rammen. Sie fixierte ihn. Ålberg erwiderte ihren Blick hämisch grinsend.

»Warte!«, sagte er unvermittelt und hielt den anderen Typen zurück. Er machte einen Schritt nach vorn und öffnete den Schlitz an seinem weißen Tarnanzug. Im nächsten Moment hatte er seinen Schwanz herausgeholt, der in der Kälte lächerlich schrumpelig wirkte. »Es wäre doch eine Verschwendung, wenn mir diese heiße Schlampe nicht vorher einen blasen würde.«

»Bist du verrückt? Die beißt dir deine Peitsche glatt ab!«

»Ganz sicher nicht. Oder, Schätzchen? Du wirst sanft sein, nicht wahr? Mit deinen süßen warmen Lippen.« Ålbergs Lächeln wurde breiter, seine Zahnlücke kam zum Vorschein. »Na los, was ist?« Er zog seinen Schwanz lang. »Ich verspreche dir, er schmeckt nach Schoko.«

Sein Kumpan sah ihn zweifelnd an. »Peder, bist du dir sicher, dass …?«

»Natürlich nicht, du Idiot!«, rief Ålberg lachend und ließ seiner Pisse freien Lauf. Der warme Strahl traf Marit mitten ins Gesicht, brannte in ihren Wunden, aber sie zuckte keinen Millimeter zurück. Stattdessen schloss sie Augen und Mund und suchte in ihrem Rücken nach dem besten Griff um das Messer. Die Klinge ragte jetzt gerade nach hinten.

Als Ålberg fertig war, schüttelte er die Tropfen ab und schloss den Anzug. »Ach, das tat gut.«

Marit öffnete die Augen und starrte ihn an. Ålbergs Pisse begann bei der Kälte bereits auf ihrer Haut zu gefrieren. Sie schmeckte den Urin auf ihren Lippen.

»Och, bist du enttäuscht, dass du ihn nicht lutschen durftest? Tja, sorry. In den Genuss kommt nicht jede.«

»Peder!«, drängte der Kumpan. »Wenn wir noch länger warten, muss ich das Wasser wieder auftauen.«

»Ach, richtig, wir hatten ja was vor. Okay, dann lass sie es schlucken.« Der Typ beugte sich mit den Tassen vor. »Zuerst der Eskimo. Ich will, dass sie dabei zusieht, wie er abkratzt.«

Imaneq presste den Mund fest zusammen. Der Typ packte ihn an der Nase und hielt sie ihm zu. Imaneq wehrte sich und drehte sich hin und her. Der Typ fluchte und verschüttete etwas von dem Wasser. Unterdessen grub Marit ihre Füße tiefer in den Schnee auf der Suche nach einem festen Halt.

»Verdammt, der hält nicht still. Du musst mir helfen, Peder.«

»Du bist aber auch zu blöde, Mann!« Ålberg trat neben den Typen.

Darauf hatte Marit gewartet. Nun war er in ihrer Reichweite. Sie machte sich bereit.

Ålberg umfasste Imaneqs Kopf mit beiden Händen. Das MG baumelte dabei unter seinem Arm. Er zwang Imaneq, den Mund zu öffnen.

»So, jetzt gieß es ihm einfach rein, es reicht schon, wenn er ein bisschen davon schluckt.« Ålberg war voll darauf konzentriert, Imaneq festzuhalten. Er stand keinen halben Meter von Marit entfernt, seine Hüfte war auf Höhe ihres Kopfes. Der zweite Typ hob die Tasse. Marit bohrte ihre Stiefel in den Schnee.

Das war der Moment.

Sie mobilisierte all ihre Kräfte und stieß sich ab. Sie hatte guten Grip unter den Sohlen und kam sofort hoch. Noch in der Bewegung drehte sie sich um, machte einen leichten Buckel und warf sich zusammen mit dem Messer rücklings gegen Ålberg.

Dabei benutzte sie ihr ganzes Gewicht, um die Klinge durch seinen wattierten Anzug zu stoßen.

Ålberg schrie auf, während Marit spürte, dass das Messer auf einen Widerstand traf und dann in den Körper ihres Gegners eindrang. Da sie nicht wusste, wo oder wie tief, versetzte sie dem Messer einen Stoß und trieb es weiter rein. Zusammen mit Ålberg kippte sie nach hinten, wobei sie mit dem Rücken auf ihm landete. Ålberg kreischte und versuchte, sie von sich wegzustoßen, doch wegen des tiefen Schnees bekam er seine Hände nicht unter sie. Vielleicht hatte er sich auch im Gurt seines MGs verheddert. Verbissen versuchte Marit, auf ihm draufzubleiben wie ein Rodeoreiter. Dank ihrer Größe hatte sie einiges an Körpergewicht zu bieten.

»Hilf mir, du Idiot!«, rief Ålberg seinem Kumpan zu. »Nimm die Furie von mir runter! Knall sie ab!«

Doch der zweite Typ hatte anderes zu tun. Imaneq hatte sich fast gleichzeitig mit Marits Angriff auf ihn gestürzt, und nun wälzten sich beide Männer im Schnee. Marit konnte nur die Kampfgeräusche hören und wusste daher nicht, wie die Chancen für Imaneq standen. Mit gefesselten Händen würde es für ihn jedoch sehr schwer werden, den Kerl zu überwältigen.

Unter ihr im Schnee kreischte Ålberg noch immer. Sie musste ihn mit dem Messer gut erwischt haben. Aber langsam schliefen ihr die Arme ein, weil sie mit vollem Gewicht auf ihnen lag. Sie spürte, dass Ålberg seine Hände freibekam und sie an den Haaren packte. Er zerrte an ihr herum, doch Marit kämpfte und schrie dagegen an, sie wand sich und versuchte, stärkeren Druck auf die Klinge auszuüben. Neben ihr hatte der Kerl Imaneq abgeworfen und kroch schnell aus dessen Reichweite. Schwankend stemmte er sich auf die Beine und suchte nach seiner Waffe. Wenig später richtete er eine Pistole auf Imaneq, der es immerhin geschafft hatte, wieder auf die Knie zu kommen.

»Scheißeskimo!«, knurrte der Typ und schoss.

»Nein!«, rief sie. »Imaneq!« Sie konnte nichts sehen, weil Ålberg mit seinen behandschuhten Händen nach ihrem Gesicht griff.

Sie hörte ein Stöhnen. Ein zweiter Schuss ertönte, und jemand fiel in den Schnee.

»Nein!«, brüllte sic voller Wut und trat mit den Hacken ihrer Stiefel gegen Ålbergs Beine.

»Du verdammtes Miststück!«, kreischte er. »Ich werde dich massakrieren.« Er ließ von ihrem Kopf ab und schob seine Hände unter sie. Mit erstaunlicher Kraft hob er sie an. Dabei schrie er vor Schmerz auf, als das Messer aus seinem Körper glitt.

»Jetzt hilf mir doch endlich jemand! Scheiße, verdammt!«

Doch niemand kam. Ålberg boxte Marit in den Rücken und stieß sie seitlich von sich herunter. Sie bemühte sich, auf die Knie zu fallen, aber es gelang ihr nicht. Ihre Füße steckten im Schnee fest.

Hinter ihr erhob sich Ålberg. Sie hörte, wie er fluchend an sich herumtastete. Gleich hätte er das MG schussbereit in der Hand und würde sie durchlöchern. Das war's.

Mit aufeinandergepressten Kiefern wandte sie den Kopf und blickte hinauf in den klaren Sternenhimmel, an dem in diesem Moment der grünliche Vorhang des Polarlichts zu tanzen begann. Die Geister, sie waren gekommen. Aningaaq, Nalaarsik, Qullermiut und all die anderen. Marit fühlte, wie ihr Herz leichter wurde und sich ein gewisser Frieden bei ihr einstellte. Wenigstens fand sie den Tod in Grönland. So wie ihre Eltern. Sie machte sich bereit für den Schmerz, der jäh und heftig sein würde. Danach würde die Stille folgen. Die ewige Stille des Eises.

Ålberg stand als schwarze Silhouette über ihr, hinter ihm das grüne Wabern am Himmel. Er griff nach dem MG und richtete die Mündung auf sie.

»Danke«, flüsterte Marit den Geistern zu und lenkte ihren Blick hinauf zum Polarlicht.

Plötzlich tauchte hinter Ålberg eine Gestalt auf. Sie drückte eine Pistole an dessen Schläfe und knurrte: »Waffe weg!«

Marit riss die Augen auf. Konnte das sein?

Ålberg zuckte überrascht zusammen. Auf seiner Miene zeigte sich Verärgerung, und einen Moment wirkte er, als wollte er trotzdem abdrücken, dann ließen seine Hände vom MG ab, dessen Gurt immer noch um seinen Hals hing.

»Leg die Waffe weg! Schön langsam.«

Marit hockte mit offenem Mund da. Sie konnte es nicht glauben. Aber er war es tatsächlich!

Unterdessen tat Ålberg, wie ihm geheißen. Er löste den Gurt und warf das MG vor sich in den Schnee.

»Und jetzt auf die Knie!«

»Ich kann nicht, ich bin verletzt und blute!«, protestierte Ålberg.

»Mach, was ich sage. Um alles andere kümmern wir uns später!«

Ålberg ließ sich in den Schnee fallen und legte beide Hände an den Hinterkopf. Imaneq tauchte aus dem Dunkel auf und nahm das MG auf. Danach schnitt er Marits Handfesseln auf. Endlich konnte ihr Blut wieder zirkulieren und sie hauchte ihren warmen Atem gegen die eisigen Finger. Mühsam stemmte sie sich auf die Beine, während Imaneq Ålberg die Arme auf den Rücken band.

Sie rannte auf Jesper zu und fiel ihm um den Hals. »Mein Gott, du lebst!« Sie drückte ihn fest an sich, was ihn laut aufjaulen ließ.

»Was ist?« Besorgt betrachtete sie ihn. »Bist du verletzt?«

Jesper stützte sich auf seinen Oberschenkeln ab. »Alles gut«, keuchte er, verzog dabei jedoch schmerzhaft das Gesicht. »Ich habe mir beim Sturz von dem Eisfelsen die Rippen geprellt und den Kopf angestoßen und ... ich glaube, ich habe überall blaue Flecken.« Er stöhnte unglücklich.

Marit legte eine Hand auf seine Wange. »Vielen Dank, Jesper. Ohne dich wären Imaneq und ich tot. Das war Rettung in letzter Sekunde.«

»Kein Problem«, gab er bescheiden zurück und sank erschöpft in den Schnee.

»Was ist mit den restlichen Kerlen?«, fragte Marit und sah sich um.

»Hinter mir waren zwei von denen her«, sagte Jesper. »Auf einem Skidoo. Ich habe sie ausgetrickst, habe meine Lampe und die Jacke abgelegt, sodass sie dachten, ich läge dort. Dann habe ich mich an den Motorschlitten herangeschlichen und sie damit überfahren. Einer der Kerle hat es nicht überlebt. Der andere wartet gefesselt bei dem Skidoo.«

»Und die Männer, die zu den Fässern wollten? Die mit dem Dynamit? Wo sind sie?«

»Dynamit?« In Jespers Augen leuchtete es alarmiert auf. »Davon weiß ich nichts.«

»Ålberg hat sie beauftragt, alles in die Luft zu sprengen. Scheiße, dann sind die noch da draußen! Wir müssen sie aufhalten!« Marit wollte losrennen, doch Imaneq hielt sie zurück.

»Nicht so schnell! Wir brauchen vorher einen Plan. Die Typen sind bewaffnet.« Er wechselte einen Blick mit Jesper, der sich mühsam auf die Beine stemmte. Marit hörte, dass er mit den Zähnen klapperte. Sie bräuchten dringend Wärme, sonst erlitten sie womöglich Erfrierungen oder Schlimmeres. Aber zuerst mussten sie die restlichen Kerle unschädlich machen.

»Wir schleichen uns von drei Seiten an«, schlug Imaneq vor. »Es sind nur zwei Kerle, die sollten wir zu dritt überwältigen können.« Er erklärte, wie sie sich aufteilen sollten. Marit links, Jesper rechts und er in der Mitte. Er würde so tun, als sei er alleine, um die Männer abzulenken. Und Marit und Jesper sollten von den Flanken her angreifen. Es war kein besonders ausgefeilter Plan, aber auf die Schnelle war das ihre beste Option.

Sie wünschten einander Glück und machten sich im Angesicht des flimmernden Polarlichtes auf den Weg in Richtung der Fässer. Dabei folgte Imaneq der frischen Motorschlittenspur, und die beiden anderen orientierten sich aus der Ferne an ihm. Der Neuschnee machte das Vorankommen zäh und erschöpfte Marit zunehmend. Ihre Blessuren schmerzten und das pochende Kinn beeinträchtigte ihre Konzentration. Sie warf einen Blick nach rechts. Die gedrungene Gestalt von Imaneq erkannte sie gerade noch so. Jesper war zu weit entfernt, als dass sie seine Silhouette hätte ausmachen können. Aber er war da, das spürte sie. Im Gegensatz zu vorhin, als sie gedacht hatte, er wäre tot.

Hoffentlich ging das alles gut aus.

Sie leckte sich über die aufgeplatzte Lippe, von der sie sich den Urin von diesem Wichser Ålberg mit Schnee weggewischt hatte. Als ihre Zunge auf die geschwollene Stelle stieß, zuckte sie zusammen. Sie biss die Zähne aufeinander und versuchte, sich auf das Dunkel vor sich zu konzentrieren. Es war gefährlich, ohne große Orientierung über einen Gletscher zu laufen. Nicht nur wegen der möglichen Spalten, sondern weil die Gefahr bestand, dass sie sich schlichtweg verirrte. Über ihr zogen stumm die grünlichen Schleier der Aurora borealis dahin, und wie immer, wenn sie dieses Naturschauspiel beobachtete, fühlte sie sich winzig klein und bedeutungslos. Aber die Geister waren dennoch bei ihr und boten ihr ihre Unterstützung an.

Sie mussten eine größere Katastrophe verhindern. Es durfte nicht geschehen, dass das Zyanid in den Fässern durch eine Explosion in den unterirdischen Schmelzwassersee gelangte und auf diesem Weg in den Fjord floss. Oder noch schlimmer. Die Detonation könnte den Eisdamm des Sees sprengen und dadurch das Gift mit einem Schlag ins Meer strömen lassen. Die Folge wäre ein giftiger Tsunami, der die Orte an den Küsten Westgrönlands und Kanadas dem Erdboden gleichmachte und das Leben in der Labradorsee vollständig vernichtete.

Ein eiskalter Schauer jagte über Marits verschwitzten Rücken. Das durften sie nicht zulassen! Sie sah erneut zu Imaneq hinüber. Er war stehen geblieben und hatte einen Arm nach vorne ausgestreckt. Sie folgte seiner Geste und entdeckte zwei tanzende Lichter im Eis. Die beiden Männer, die sich um das Dynamit kümmern sollten.

Behutsam näherte sie sich der Stelle, krümmte ihre Haltung und imitierte mit ihrem Buckel einen zugeschneiten Eisblock. In ihrer Hand hielt sie ihre Pistole umklammert, die Imaneq ihr zurückgegeben hatte. Sie würde nicht zögern, die Kerle zu erschießen. Sie konnte es nicht riskieren, dass diese auch nur eine Stange Dynamit zündeten.

Sie beobachtete die zwei Lichter, die im nächsten Moment ausgeschaltet wurden. Im lautlosen grünen Himmelschimmer erkannte Marit, dass die Männer sich hinter ihren Motorschlitten gekauert hatten, an dem ein Anhänger voll mit Kisten angekoppelt war.

Natürlich hatten sie mitbekommen, dass etwas vorgefallen war, die Schüsse waren ja nicht zu überhören gewesen. Aber offenbar hatten sie keine Funkgeräte, über die sie mit ihrer Truppe kommunizieren konnten. Es wirkte, als seien sie unschlüssig. Sie schlich ein Stück näher heran und fing ihre flüsternden Stimmen auf, die einander fragten, was sie tun sollten.

Leise arbeitete sich Marit vorwärts, bis sie und Imaneq nur noch wenige Meter entfernt waren. Wo sich Jesper befand, wusste sie nicht.

Plötzlich gingen die Lichter wieder an und die hellen Kegel schwenkten über die verschneite Fläche zwischen ihnen und den Kerlen.

»Wer ist da?«, rief einer von ihnen. »Wir schießen, wenn ihr euch nicht zu erkennen gebt!«

Mit schussbereiter Waffe ließ Marit sich auf den Bauch fallen. Aus dem Augenwinkel bekam sie mit, wie Imaneq das Gleiche tat. Reglos verharrte sie in ihrer Stellung, bis der Lichtkegel an ihr vorbeigeglitten war.

»Kommt raus, oder wir zünden das Dynamit!«

Scheiße! War das ein Bluff? Oder würden diese Wahnsinnigen das tatsächlich machen? Was sollten sie tun? Sich zu erkennen geben? Nein, die Typen würden das Zeug so oder so zünden. Sie mussten ihre Taktik durchziehen.

Sie registrierte, wie Imaneq sich erhob und seine Lampe einschaltete. »Bitte nicht schießen! Ich bin hier!«, rief er und hielt das Licht in der Hand weit von sich gestreckt.

Marit stemmte sich auf die Beine und machte ein paar schnelle Schritte, lief so leise wie ein Polarfuchs. Das Gehen auf Schnee hatte sie nicht verlernt.

»Hände hoch! Und Waffe weg!«, schrie einer der Männer Imaneq an. »Sonst zünden wir eine Stange Dynamit und werfen sie zu dir rüber.«

Imaneq ließ die Waffe fallen. Die Lampe hielt er nach wie vor so weit wie möglich von sich entfernt und stellte damit ein falsches Ziel dar. Er würde sie so weit wie möglich von sich schleudern, sobald einer schoss, und sich in die entgegengesetzte Richtung in Sicherheit bringen.

»Ich ergebe mich«, rief Imaneq.

»Bleib stehen. Zuerst sagst du uns, was mit unseren Leuten ist. Wir haben Schüsse gehört.«

»Ein paar von ihnen sind tot. Ebenso meine Begleiter. Nur ich bin übrig. Bitte zündet nicht das Dynamit, ich flehe euch an, das hätte schlimme Auswirkungen auf die Umwelt. Ihr würdet einen ganzen Landstrich damit verseuchen. Meine Heimat!«

Während Imaneq die beiden Männer mit seinem Plädoyer ablenkte, pirschte Marit sich näher heran. Jetzt nahm sie die Gestalten der Typen hinter dem Skidoo wahr. Sie schienen sie nicht zu bemerken. Etwas weiter hinten entdeckte sie Jesper. Er schlich sich von der anderen Seite an. Doch er musste ein

Geräusch von sich gegeben haben, denn die zwei Kerle fuhren zu ihm herum. Marit hörte einen Schuss und sah, wie Jesper sich zur Seite warf. Sie nutzte die Ablenkung, rannte zu den Männern und trat dem einen mit aller Kraft die Pistole aus der Hand. Dem anderen drückte sie den Lauf ihrer Waffe an die Schläfe.

»Fallen lassen und auf den Bauch legen! Sonst schicke ich euch zu euren Wikingerahnen!«

»Was? Verdammt!«

Der Arm des einen Kerls zuckte in Richtung der Pistole im Schnee, doch Marit schoss direkt an seinem Kopf vorbei, und er erstarrte mitten in seiner Bewegung. Im nächsten Moment waren Jesper und Imaneq zur Stelle und halfen ihr, die Männer zu fesseln.

Wenig später hockten die Kerle verschnürt auf dem Anhänger des Skidoos, und Marit fuhr zusammen mit Jesper und Imaneq zurück zu den Biwaks. Die Dynamitkisten, die sie ebenfalls im Gepäck hatten, verursachten ihr dabei ein unangenehmes Kribbeln im Bauch. Sie würde heilfroh sein, wenn sie von diesem Teufelszeug endlich wegkäme.

Am Camp luden sie ihre Gefangenen ab. Danach holten sie Ålberg und denjenigen, den Jesper überfahren hatte. Als sie schließlich erschöpft neben den Zelten in den Schnee sanken, spürte Marit, wie schummerig ihr war. Sie musste dringend etwas Kalorienreiches essen, damit das Zittern in ihren unterzuckerten Gliedern aufhörte. Sie kramte Energieriegel aus ihrem Gepäck und reichte welche an Jesper und Imaneq weiter. Imaneq nahm seinen dankend an, riss die Verpackung auf und verspeiste ihn hungrig. Jesper hingegen wirkte so matt, als würde er gleich in Ohnmacht fallen.

»Nicht einschlafen«, sagte Marit. »Zumindest nicht hier draußen. Wir müssen wach bleiben, bis uns Jakob mit dem Helikopter abholt. Imaneq hat ihn angefunkt. In einer Stunde wird er da sein. Solange solltest du dich mit dem Schauspiel am Himmel ablenken. Ist es nicht wundervoll?« Sie hob einen Arm, aber Jespers Blick folgte ihrer Bewegung nicht. Er starrte sie unverwandt an.

»Alles gut mit dir?«, fragte sie.

Er nickte in Zeitlupe. »Eines ist sicher, ich werde mich nie wieder über den Winter in Dänemark beschweren.«

74. KAPITEL

Stig Rosenfeldt holte die SIM-Karte aus dem Prepaidhandy, warf sie in die Toilette und spülte. Das Handy schleuderte er wütend in die Duschkabine. Es zersprang laut scheppernd in seine Einzelteile.

»Fuck!« Mit der Faust schlug er gegen die Fliesen. Danach klatschte er sich hastig Wasser ins Gesicht. Er brauchte dringend klare Gedanken. Es ging um sein Überleben.

Mit verschlafenem Gesicht erschien seine Freundin in der Badezimmertür. »Was machst du denn für einen Lärm, Süßer? Und das so früh am Morgen.«

Rosenfeldt beachtete sie nicht. Mit dem Anruf, den er gerade von Olofsson aus Grönland erhalten hatte, hatte Lissi für ihn aufgehört zu existieren. Nun zählte nur noch seine eigene Haut. Er schob Lissi unsanft zur Seite und verließ das Bad.

»He, Stig! Was soll das?« Sie lief ihm hinterher. »Was ist los?«

Er verdrängte sie aus seinem Bewusstsein und fokussierte sich auf seinen Notfallplan, den er sich in weiser Voraussicht zugelegt hatte. Er war stets darauf vorbereitet gewesen, dass etwas schiefgehen konnte. Dass es jetzt passierte, war ärgerlich, würde ihn aber nicht umbringen. Er musste nur zusehen, dass er schnell von hier verschwand. Er riss die Tür zum begehbaren Kleiderschrank auf und öffnete eine Abdeckung hinter der Stange mit den Anzügen. Dahinter kam ein großer Tresor zum Vorschein. Rasch gab er die Kombination ein und zog die schwere Tür auf. Im Innern lagen Dokumente, kleine Schatullen und eine schwarze Duffelbag. Die griff er sich, der Rest im Tresor war nicht mehr wichtig. In der Tasche befand sich alles, was er brauchte. Pass, Handys, Waffen, Geld, Gold.

Er drehte sich um und wäre beinahe mit Lissi zusammengestoßen. Grob schubste er sie beiseite. Sie wog fast nichts und flog gegen eines der Regale, danach landete sie unsanft auf dem Boden. Ihr Seidennegligé rutschte hoch und gab ihre mageren Schenkel preis. Sie war eigentlich viel zu dürr für seinen Geschmack. Warum hatte er sich überhaupt mit ihr abgegeben? Egal, dort, wo er hinwollte, gab es andere Weiber.

»Stiiig!«, stieß Lissi wütend aus und stemmte sich hoch. »Was ist in dich gefahren?« Sie wollte auf ihn zugehen, doch er wandte sich ab und zog sich Jeans, Shirt und einen dicken Kaschmirpulli an. Danach Sportschuhe und einen Parka mit vielen Taschen, in denen sich bereits sämtliche Schlüssel verbargen, die er brauchte. Er nahm die Tasche auf und wollte den begehbaren Kleiderschrank verlassen, aber Lissi versperrte ihm den Weg.

»Wo willst du hin?«

Sie hatte Mumm, das musste er ihr lassen. Dafür hatte er jetzt allerdings keine Zeit. Er packte sie an den Haaren und zerrte sie vom Ausgang weg. Sie kreischte und schlug nach ihm. Stig ließ sie los und eilte in das Schlafzimmer, sah sich ein letztes

Mal um. Hatte er alles? Ach ja, sein Smartphone, das sollte er besser mitnehmen. Er würde es später in den Øresund werfen.

Als er auf die Tür zusteuerte, sprang ihm erneut Lissi in den Weg. Zum Teufel, langsam wurde sie lästig.

Er holte aus und boxte ihr in den Bauch. Stumm klappte sie zusammen und blieb auf dem Teppich liegen. Ohne sie eines weiteren Blickes zu würdigen, stieg er über sie hinweg und lief die Treppe nach unten. Seine Finger tasteten nach den Schlüsseln in seiner Tasche. Da war der vom Jaguar und der seiner Motorjacht draußen im Hafen von Skovshoved. Bis dahin wären es keine 15 Minuten Fahrt. Erst recht nicht, wenn er schneller als erlaubt fuhr. Jetzt um diese frühe Uhrzeit wäre eh niemand auf der Straße. Es war schade, dass er den Jaguar zurücklassen müsste, doch auf seinem Schweizer Bankkonto befand sich genug Kohle, um sich an seinem Zielort gleich mehrere neue Luxuskarren zu kaufen.

Er zog den Autoschlüssel heraus und streckte die andere Hand nach der Haustür aus. Plötzlich zögerte er. Was, wenn dort draußen bereits jemand auf ihn wartete? Die Bullen hatten bestimmt längst von dem Desaster auf dem Gletscher erfahren. Unsicher sah er aus dem Fenster neben der Tür. Alles schien ruhig. Trotzdem lief Stig ins Wohnzimmer und warf einen prüfenden Blick in den Garten. Der lag einsam und verschneit da. Hastig holte er sein Handy heraus und kontrollierte mithilfe seiner Überwachungsapp, welche Aktivitäten es in den vergangenen Stunden rund um sein Haus gegeben hatte. Der Zeitungszusteller war hier gewesen und etwas später noch eine Katze, die durch den Schnee gestakst war. Sonst nichts.

Zischend entließ er die angehaltene Luft und rannte zurück zur Haustür. Er öffnete das Drehschloss und spähte durch den Spalt in die Einfahrt. Niemand war zu sehen, keine Fußspuren im frischen Schnee. Im Laufschritt eilte er hinüber zur Garage und verfluchte sich dafür, keinen direkten Zugang zum Haus gebaut zu haben. Er drückte auf den Knopf, und das Garagentor fuhr hoch. Das Licht ging an, und er entriegelte den Jaguar mit der Fernbedienung. Er warf die Tasche auf den Beifahrersitz und glitt hinters Steuer. Der Motor sprang ohne zu zicken an. Das satte Brummen legte sich beruhigend um seine angespannten Nerven. Gleich wäre er unten am Hafen und dann fuck off Dänemark!

Er fuhr los. Der Schnee knirschte unter seinen Reifen, aber er war schön griffig, und der Wagen rutschte kaum. Bestens. Stig lenkte den Wagen die Auffahrt hinab. Unten wollte er gerade das Lenkrad herumreißen, um schwungvoll auf die Straße einzubiegen, da rauschten sie wie aus dem Nichts an und schnitten ihm den Weg ab. Drei schwarze Wagen. Stig bremste, doch die Reifen blockierten, und der Jaguar rutschte einfach weiter und direkt in den ersten schwarzen Wagen hinein. Es gab einen Knall und einen harten Ruck, der Stigs Gesicht gegen das Lenkrad prallen ließ, weil er sich nicht angeschnallt hatte.

Der Schmerz explodierte in seiner Stirn und ihm wurde schwarz vor Augen. Als er den Kopf hob und ihn schüttelte, um bei Sinnen zu bleiben, nahm er mit verschwommenem Blick zwei Gestalten wahr, die sich mit erhobenen Waffen seinem Auto näherten. Einc war ein bulliger Typ mit Glatze und die andere … Fuck! Stig biss sich auf die aufgeplatzte Lippe.

Es war die Kommissarin, die ihn neulich in seinem Büro besucht hatte.

75. KAPITEL

Jesper wünschte sich nichts sehnlicher als eine heiße Dusche und etwas Warmes zu essen. Ungeschickt pellte er sich aus dem Polaranzug und spürte jede einzelne Blessur. Vor einer Stunde waren sie in der Polizeistation in Narsaq angelangt und hatten die vier Gefangenen in die Zellen gesperrt, nachdem sie medizinisch versorgt worden waren. Morgen würde man Ålberg und seine Kumpane in das Gefängnis nach Nuuk überführen. Die dortigen Polizeikollegen wussten über die Ereignisse auf dem Gletscher Bescheid. Vom zuständigen Staatsanwalt war ihnen bereits ein Durchsuchungsbeschluss für die Mine erteilt worden. Wenn es hell wurde, würden Beamte aus Narsaq und Nuuk ausrücken und bei den DRIFT-Guld-Minen alles auf den Kopf stellen. Fliehen würde so schnell niemand können. In diesem Punkt hatte Imaneq ihn beruhigt. Das hier war Grönland, ohne Fluggerät oder Boot kam keiner weg.

Jesper warf den Anzug auf einen Stuhl und hob seinen Fleecepullover und das Thermounterhemd an. Sein Oberkörper war übersät mit bläulich angelaufenen Prellungen.

»Autsch!«, sagte Jakob. »Waren das die Kerle?«

»Nein, der Gletscher.«

Jakob nickte wissend und reichte Jesper eine Tasse mit dampfendem Kaffee, die er dankbar annahm. Er setzte sich und trank gierig die heiße Flüssigkeit.

»Ihr habt einen guten Job gemacht da oben«, fuhr der grönländische Kollege fort und blickte dabei auch Marit und Imaneq an. »Ich danke euch dafür. Ein Team aus Nuuk wird sich in den nächsten Tagen darum kümmern, dass zuerst das Dynamit weggeräumt wird und später die Fässer fortgeschafft werden. Die Umweltverschmutzung vollständig zu beseitigen, wird allerdings ein größerer logistischer Aufwand sein, denn der Schnee darum herum ist kontaminiert. Vermutlich war das der Grund, warum die erste Expedition nicht zurückgekehrt ist: Sie haben sich Schnee geschmolzen, ihn getrunken und sich damit vergiftet.«

»Was für ein tragischer Zufall«, sagte Marit betroffen.

Jakob stimmte ihr nickend zu. »Das Verschwinden der Wissenschaftler hat damals viel Aufsehen erregt, nicht nur in Dänemark, auch in Grönland. Die Betreiber von DRIFT Guld müssen es mitbekommen und daraus ihre Schlüsse gezogen haben. Und als sie von der zweiten Expedition erfahren haben, haben sie ihre Leute dort hinaufgeschickt, um diese Gruppe daran zu hindern, auf die Fässer zu stoßen.«

Imaneq verzog beipflichtend das Gesicht.

Doch Jesper störte etwas an dieser Version. »Dass DRIFT Guld Leute beauftragt hat, um die Mitglieder der zweiten Expedition zum Schweigen zu bringen, glaube ich sofort. Trotzdem muss dabei was schiefgelaufen sein, denn es starb ja lediglich diese eine Frau bei einem angeblichen Eisbärenangriff. Den anderen glückte die Flucht vom Gletscher. Und sie gelangten unbehelligt zurück nach Kopenhagen.«

Marit sah ihn aufmerksam an. »Was willst du damit sagen?«

»Dass ich es merkwürdig finde. Hätte es den Sicherheitsleuten von der Mine bei ihrer besseren Ausrüstung und mit dem Überraschungsmoment auf ihrer Seite nicht gelingen müssen, die ganze Gruppe auszuschalten?«

»Vielleicht wollten sie das Expeditionsteam zu diesem Zeitpunkt noch nicht komplett aus dem Weg schaffen, sondern bloß erschrecken, und inszenierten deshalb einen Eisbärenangriff. Dabei töteten sie eines der Mitglieder, um die restlichen in die Flucht zu schlagen. Das wäre jedenfalls einfacher, als es bei allen nach einem Unfall aussehen zu lassen, so wie sie es bei uns vorhatten.«

»Möglich«, sagte Jesper. »Ich frage mich aber, warum die Verantwortlichen bei DRIFT Guld in Kopenhagen plötzlich einen solch auffälligen Weg gewählt haben, um die einzelnen Teilnehmer der Expedition umzubringen, nachdem sie es auf dem Gletscher auf so unauffällige Weise versucht haben. Sie hätten sie viel stiller zur Seite schaffen können. Das passt irgendwie nicht zusammen. Was sollte die Sache mit den Tupilaat?«

»Darüber wird uns Kirsten hoffentlich mehr erzählen«, sagte Marit. »Sie hat die Typen festgenagelt. Und den Besitzer der Mine haben sie ebenfalls festgenommen, diesen Stig Rosenfeldt. Einer der Auftragsmörder hat ihn mit seiner Aussage stark belastet. Rosenfeldt wollte sich übrigens gerade absetzen, als Kirsten bei ihm zu Hause auftauchte. Ihn will sie als Nächstes befragen. Bin gespannt, was sie aus ihm herauskriegt, wenn sie und Ebert ihn so richtig in die Mangel nehmen. Sein Fluchtversuch spricht jedenfalls für sich.«

»Darf diese Firma jetzt eigentlich in der Mine weiterschürfen?«, wollte Jesper von Jakob wissen.

»Nein«, entgegnete Jakob. »Die grönländischen Behörden werden DRIFT Guld die Lizenz entziehen, weil sie gegen die Umweltauflagen verstoßen haben.«

»Und was geschieht mit der Mine? Es ist schließlich noch jede Menge Gold zu holen.«

»Irgendjemand anders wird sich für die Abbaurechte bewerben.«

Jesper seufzte. »Ich wünsche, ich hätte das Kleingeld für eine solche Genehmigung.« Er streckte seine schmerzenden Glieder. »Dann müsste ich nicht mehr als Bulle durch den Schnee kriechen.«

»Wieso? Hat es dir bei uns etwa nicht gefallen?« Jakob grinste schief.

»Das schon. Aber der Service ist mies. Ich warte immer noch auf meinen Cocktail mit Schirmchen und die Wellnessbehandlung.«

Alle lachten, und Imaneq schlug ihm auf die Schulter, was Jesper gequält aufstöhnen ließ. Erschrocken hob der Inuit beide Hände und entschuldigte sich. Doch Jesper warf ihm ein scherzhaftes Augenzwinkern zu und nahm sich ein Stück des süßen Kuchens, den die grönländischen Kollegen ihnen hingestellt hatten. Erschöpft lehnte er sich in dem Stuhl zurück und stellte mit Erstaunen fest, dass er sich trotz seiner Schmerzen zum ersten Mal seit seinem Wechsel nach Kopenhagen wohlfühlte. Er biss vom Kuchen ab und schielte, während er kaute, hinüber zu Marit. Ihr schönes blasses Gesicht hatte einige Blessuren davongetragen, unter anderem einen Bluterguss am Kinn und einen Cut an der Unterlippe. Sie erinnerte ihn an eine Boxerin nach einem Kampf. Stark und selbstbewusst.

Sie bemerkte seinen Blick, und diesmal wich er ihr nicht aus, sondern sah sie weiterhin an. Ein Lächeln umspielte ihre Mundwinkel, und er spürte, dass sie jetzt etwas verband. Ein tiefes Vertrauen ineinander. Er hoffte, dass es so bleiben und Marit noch öfter für die Polizei arbeiten würde. Denn es wäre ziemlich schade, wenn sich ihre Wege nach dieser Sache einfach so trennten.

76. KAPITEL

35 Stunden ohne Schlaf. Mittlerweile hatte Kirsten ihre Wasserflaschen gegen literweise Kaffee eingetauscht. Seit Rosenfeldts Verhaftung war sie durchgängig im Präsidium und wurde allmählich ungeduldig. Von den grönländischen Kollegen hatte sie alle notwendigen Informationen erhalten, die sie brauchte, um ihren Hauptverdächtigen verhören zu können. Leider hatte der Flug von Marit und Jesper Verspätung, und sie wollte mit der Befragung nicht länger warten. Sämtliche Indizien und Beweise sprachen gegen Rosenfeldt. Ege und die Entwicklungen in Grönland belasteten ihn schwer. Jetzt galt es nur noch, ein Geständnis aus ihm herauszukitzeln. Aber selbst wenn er nichts zugäbe, würde er hinter Gitter wandern. Rosenfeldt war fertig.

Dieser Gedanke beflügelte Kirsten. Eine der schlimmsten Mordermittlungen, an denen sie jemals teilgenommen hatte, würde bald ein Ende finden.

Sie atmete auf und wandte sich Clausen zu, der an der Wand im Flur lehnte und auf seinen Einsatz wartete. Bei Ege hatte Camilla ihre Rolle perfekt gespielt, doch bei Rosenfeldt brauchten sie eine andere Taktik, deshalb würde Clausen sie in dieser Vernehmung unterstützen. Natürlich hatte Rosenfeldt seinen Rechtsbeistand dabei, der würde ihm allerdings nicht viel nützen.

Sie nickte Clausen zu und öffnete die Tür.

»Guten Tag, Herr Rosenfeldt«, sagte Kirsten und ließ sich am Tisch nieder, an dem der Minenbetreiber mit seinem Anwalt saß, während Clausen sich im Hintergrund hielt. »Wie ich sehe, hat man Ihnen Kaffee und ein Stück Kuchen gebracht. Wünschen Sie sonst noch etwas?«

»Filterlose Zigaretten.«

»Klar.« Kirsten gab dem uniformierten Kollegen an der Tür ein Zeichen, woraufhin dieser verschwand. Danach musterte sie Stig Rosenfeldt. Er wirkte ruhig bis leicht überheblich. Der Anwalt neben ihm sah aus wie der nette Opa von nebenan. Kirsten kannte ihn, der Typ war ein knallharter Hund und berüchtigt für seine scharfe Zunge. Eine Paragrafenpeitsche.

Es klopfte und der Uniformierte reichte ihnen die Zigaretten rein. Mit einem zufriedenen Seufzen zündete sich Rosenfeldt eine davon an und sog den Rauch tief in seine Lungen.

Kirsten ignorierte den beißenden Qualm und schaltete das Aufnahmegerät ein. »Herr Rosenfeldt. Wir haben Ihnen bereits mitgeteilt, wessen wir Sie beschuldigen. Möchten Sie eine Aussage dazu machen?«

Rosenfeldt wechselte einen Blick mit seinem Anwalt und schüttelte unbekümmert den Kopf. »Ich bin unschuldig, da ist eine Aussage unnötig.«

»Wie Sie meinen.« Kirsten öffnete eine Mappe, in der sie die Punkte aufgelistet hatte, die sie Rosenfeldt zur Last legte. »Beginnen wir mit der Goldmine in Grönland. Sie halten die Abbaulizenz dafür und haben eine Vereinbarung mit der grönländischen Umweltbehörde unterschrieben, in der Sie sich verpflichten, sämtliche nasschemischen Goldscheideprozesse außerhalb des Landes durchzuführen, stimmt das?«

»Ja.«

»Und warum brechen Sie diesen Vertrag, indem Sie eine große Lauganlage mit 800.000 Litern Natriumcyanid-Lösung auf dem Gelände Ihrer Mine unterhalten?«

»Von einer derartigen Anlage weiß ich nichts.«

»Ach, natürlich. Die ist ja auch gut versteckt. Vier riesige Tanks in einem der stillgelegten Minenstollen samt ausgeklügelter Lüftungsanlage wegen der giftigen Dämpfe und zwei großer Dieselgeneratoren, mit denen die Laugstation betrieben wurde. Und dann das Lager mit den alten Ölfässern, die von der US Air Force stammen und in denen Sie den Giftmüll entsorgt haben, um es aussehen zu lassen, als wären es die Amerikaner gewesen. Das ist natürlich nichts, wovon ein Minenbesitzer etwas wissen könnte.«

»Das hat der leitende Ingenieur veranlasst. Ich habe damit nichts zu tun.«

Kirsten stieß verächtlich Luft aus. »Und das soll ich Ihnen glauben? Das ist Ihre Mine und es geht um Gold! Meines Wissens nach wird in solchen Betrieben jeder Vorgang penibel kontrolliert, jedes Gramm, das dort abgebaut wird, jeder Posten für Investitionen. Außerdem steht die Aussage des leitenden Ingenieurs Sandro Olofsson gegen Ihre. Er gibt an, dass die Laugstation auf Ihren Wunsch hin errichtet und betrieben wurde, um den Profit zu maximieren. Sie wollten sich die teuren Transportkosten für das Rohmaterial nach Kanada sparen. Außerdem haben Sie veranlasst, dass alles dafür getan wird, dass die Lauganlage sowie der von Ihnen auf dem Avannarleq-Gletscher deponierte Giftmüll um jeden Preis geheim gehalten wird.«

»Olofsson lügt. Er ist ein gieriger Scheißkerl.«

»Diese Aussagen stammen nicht von Olofsson, sondern von dem Sicherheitschef Ihrer Mine, Peder Ålberg, und einem weiteren Angestellten, den wir oben auf dem Gletscher festgenommen haben. Übrigens bei dem Versuch, unsere Kollegen zu töten und die Fässer zu sprengen. Auf Ihren Befehl hin.«

»Dafür gibt es keinen Beweis. Ålberg will mit dieser Behauptung bloß seinen Kopf retten«, entgegnete Rosenfeldt gelassen.

»Und warum hatten Sie eine Tasche mit Papieren, Geld und Pässen dabei, als wir Sie festgenommen haben? Sie wollten fliehen, das war der Grund! Vielleicht, weil Sie gerade Nachricht von Olofsson erhalten hatten, dass Ihre kleine Taskforce auf dem Gletscher versagt hat und Sie aufgeflogen sind.«

Rosenfeldt blinzelte. Er beugte sich zu seinem Anwalt hinüber und tauschte sich flüsternd mit ihm aus. Als er sich wieder zurücklehnte, lag Verachtung in seinem Blick, seine hängenden Schultern sprachen hingegen eine andere Sprache. Nämlich die der Erkenntnis, dass sich die Schlinge um seinen Hals immer enger zuzog.

»Sie haben keinerlei Beweise gegen mich«, entgegnete er. »Das hier ist eine Farce. Sie wollen mit meiner Verhaftung nur von Ihrer eigenen Unfähigkeit ablenken.«

»Was ist mit den Giftfässern?«, fragte Kirsten, ohne auf die Provokation einzugehen. »Die stammen von Ihrer Mine, *dafür* gibt es eindeutige Beweise. Und Sie sind der Betreiber, Herr Rosenfeldt, Sie werden dafür geradestehen müssen. Das ist ein Umweltskandal ohne Gleichen. Die grönländische Umweltbehörde wird Ihnen die Lizenz entziehen und Sie darauf verklagen, die Fässer auf Ihre Kosten zu beseitigen.«

Rosenfeldt zuckte mit den Schultern. »Dann werde ich eine Gegenklage einreichen.«

Kirsten hätte den Kerl am liebsten gepackt und geschüttelt. Sie beugte sich vor. »Die Arbeiter Ihrer Mine entsorgen Tonnen hochgiftigen Mülls in der Natur, und Ihnen ist es egal? Ich sage Ihnen jetzt was, selbst wenn Sie vor uns einen auf Saubermann machen, die Richter werden das anders sehen.«

»Nun mal langsam, Frau Kommissarin«, meldete sich der Anwalt zu Wort. »Ich möchte wissen, warum Sie sich ausgerechnet in diesem Punkt so sicher sind. Wie soll denn die Anklage lauten, mit der Sie meinen Mandanten vor Gericht bringen wollen?«

»Schwere und mutwillige Umweltverschmutzung mit hochgiftigen Stoffen, wobei *Ihr Mandant* billigend in Kauf genommen hat, dass Menschen und Tiere sterben.«

»Es ist aber niemand gestorben!«, wandte der Anwalt ein.

Rosenfeldt blinzelte. Er wusste es besser.

Kirsten holte die Fotos von den Leichen und den Fässern aus der Mappe und legte sie den beiden Männern vor. »Das sind die Mitglieder einer wissenschaftlichen Expedition, die 2018 auf dem Gletscher unterwegs war. Sie haben Eis aus der Nähe der Fässer geschmolzen und anschließend das daraus gewonnene Wasser getrunken. Dadurch haben sie sich mit Zyanid vergiftet. Sieben Männer und Frauen sind elendig gestorben. Zwei der Leichen wurden hier in Kopenhagen untersucht. Es gibt also stichfeste gerichtsmedizinische Beweise. Und jetzt sagen Sie mir noch mal, dass niemand zu Schaden gekommen ist!«

Zufrieden registrierte Kirsten, dass der Anwalt die Lippen zusammenpresste. Vermutlich ärgerte er sich darüber, dass sein Mandant ihm diese Sache verheimlicht hatte.

»Nun«, sagte er. »Darüber wird zu verhandeln sein. Bezüglich angeblich bewusster Tötungsaufträge Herrn Rosenfeldts zum Zwecke einer Vertuschung gebe ich zu bedenken, dass ein paar Aussagen und Indizien nicht ausreichen, um diesen Tatverdacht zu erhärten. Laut Paragraf …«

»Mann, mir wird schlecht!«

Der Anwalt wandte den Kopf und sah Clausen an, von dem diese Aussage stammte. »Wie bitte?«

»Na, ich könnte kotzen, wenn ich mir Sie beide so anhöre!« Clausen trat an den Tisch und mit ihm seine bullige Präsenz. Unwillkürlich lehnte sich Rosenfeldt zurück.

»Sie sind ein gieriger kleiner Lurch, wissen Sie das?«, sagte Clausen. »Einer, der den Hals nicht vollkriegt. Dem es egal ist, ob durch sein dreckiges Geschäft Menschen sterben oder die Umwelt vergiftet wird.«

»Ich verbitte mir diesen Ton gegenüber meinem Mandanten.« Der Anwalt erhob sich empört.

»Halt die Schnauze, du Paragrafenpfuscher!«

»Was erlauben Sie sich? Ich verlange, dass diese Anhörung auf der Stelle beendet wird. Es ist unzumutbar für meinen Mandanten, von einem Staatsbeamten verunglimpft zu werden. Das wird ein Nachspiel haben, das sage ich Ihnen.« Er stieß drohend einen Finger in Clausens Richtung.

Der hätte dem Gockel am liebsten seine Paisley-Krawatte neu gebunden, das konnte Kirsten aus seiner Haltung herauslesen.

»Ebert, bitte. Bleib ruhig«, sagte sie innerlich grinsend. »Das ist wenig konstruktiv. Außerdem bin ich mir sicher, dass Herr Rosenfeldt und sein Rechtshelfer gerne erfahren möchten, was wir ihm neben Umweltverschmutzung noch zur Last legen. Es gibt da nämlich einen weiteren Punkt, der womöglich weit schwerwiegender ist als der erste. Zudem sind die Beweise gegen ihn in dieser Sache erdrückend.«

Der Anwalt sah sie an. Dann ließ er sich auf seinen Stuhl zurücksinken und hob beide Hände. »Nun gut. Wenn Ihr Kollege sich mäßigt, dürfen Sie weitermachen.«

Kirsten nahm mehrere Fotos aus der Mappe und legte sie auf den Tisch. Es waren Aufnahmen von jedem einzelnen Mordopfer. Die Meerjungfrau, der Seehundmann, der Allaq.

Rosenfeldt wurde blass. »Was soll das?«, fragte er. »Warum zeigen Sie mir diese furchtbaren Bilder? Das ist ja verstörend!«

»Verstörend – in der Tat«, bestätigte Kirsten sarkastisch. »Verstörend ist aber auch, was dahintersteckt.«

Rosenfeldt sah sie unsicher an, und Kirsten ließ ihn einen Moment zappeln.

»Das«, sagte sie schließlich und zeigte auf die Fotos, »sind alles Mitglieder einer Expeditionsgruppe, die 2019 auf den Gletscher entsandt wurde. Sie wurden ermordet und grotesk verstümmelt, weil sie Ihre Giftfässer entdeckt hatten. Einer der Expeditionsteilnehmer, sein Name ist Jens Kragh, hatte die richtigen Schlüsse gezogen und einen Zusammenhang zwischen Fässern und Mine hergestellt, weil er zufällig selbst einmal für DRIFT Guld als Geologe tätig gewesen war. In seiner Wohnung haben wir jede Menge Material gefunden, was belegt, welchen Verdacht er hatte. Mit diesen Informationen hätte er Sie drankriegen können, wäre er zur Polizei gegangen, doch das hat er nicht getan. Stattdessen hat er versucht, Sie zu erpressen.«

Sie beobachtete Rosenfeldt, der mit verschränkten Armen dasaß und sichtlich darum bemüht war, keine Regung zu zeigen.

»Das konnten Sie ihm natürlich nicht durchgehen lassen. Sie würden sich doch nicht von einem dahergelaufenen Ex-Angestellten unter Druck setzen lassen. Sie engagierten drei Auftragskiller, um nicht nur Kragh, sondern vorsichtshalber auch die anderen Mitglieder der Expedition und weitere mögliche Mitwisser wie Frau Riis Sten zu beseitigen. Und das hier«, Kirsten tippte erneut auf die Fotos, »ist das Ergebnis Ihrer perfiden Mordnummer. Sie wollten es so groß wie möglich aufblasen, um uns blöde Bullen in die falsche Richtung rennen zu lassen. Es sollte den Eindruck erwecken, als wäre Jens Kragh durchgedreht und hätte im Wahn nach und nach seine Expeditionskollegen umgebracht.«

Rosenfeldt schluckte vernehmlich. Schweiß stand auf seiner Stirn. Hatte sie ihn so weit? Würde er alles zugeben?

»Ich …«, er räusperte sich, »… ich habe keine Auftragskiller engagiert. Was für eine seltsame Geschichte ist das denn?« Er flüsterte beinahe, so sehr hatten ihn Kirstens Worte aus der Fassung gebracht.

»Wir haben die Aussage von einem der Männer vorliegen, die die Morde für Sie durchgeführt haben. Er sagt, dass Sie der Auftraggeber sind.«

»Das stimmt nicht!« Rosenfeldt riss die Augen auf und sah sich hilfesuchend um.

Kirsten fuhr ungerührt fort: »Wir haben auf Jens Kraghs Computer ein Erpresserschreiben gefunden, in dem er Ihnen vorwirft, die Fässer illegal entsorgt zu haben. Er hat zwei Millionen Dollar Schweigegeld von Ihnen gefordert.« Sie schob den ausgedruckten Text zu ihm hinüber. Nachdem sie von Ege den Hinweis zu dem Erpressungsversuch erhalten hatte, war Wang dem nachgegangen und hatte Kraghs Rechner nach entfernten Dateien durchforstet. Und tatsächlich war es seinen Spezialisten gelungen, das Dokument wiederherzustellen. Mit der gelöschten Mail, in der Kragh seine Forderungen an Rosenfeldt geschickt hatte, würde das allerdings länger dauern, dafür müssten sie zuerst den Mailprovider kontaktieren.

Rosenfeldt las sich den Text durch und schüttelte vehement den Kopf. »Dieses Schreiben sehe ich zum ersten Mal. Das habe ich nie erhalten.« Er wandte sich an seinen Anwalt. »Ich war das nicht! Ehrlich. Da versucht jemand, mir etwas in die Schuhe zu schieben. Für diese abscheulichen Morde trage ich keine Verantwortung.«

»Stig«, sagte der Anwalt eindringlich, »du musst dich nicht dazu äußern. Wir besprechen das später in Ruhe. Ich schlage vor, wir beantragen eine Unterbrechung der Befragung.«

»Nein!«, Rosenfeldt sprang auf, seine Lippen zitterten. »Hörst du nicht? Ich war das nicht! Du musst mir glauben.« Er wandte sich an Kirsten. »Ich habe keine Ahnung, was hier läuft, aber mit diesen Metzger-Morden habe ich nichts zu tun. Gar nichts! Jemand will mich fertigmachen.«

Der Anwalt sah ein wenig verwirrt aus. »Ähm, dürfte ich kurz mit meinem Mandanten alleine sprechen?«

Kirsten hob beide Hände. »Klar. Wie lange brauchen Sie?«

»Fünfzehn Minuten«, sagte der Anwalt, woraufhin Kirsten das Aufnahmegerät ausschaltete und zusammen mit Clausen den Raum verließ. Draußen auf dem Flur stieß sie erstaunt Luft aus. »Das war aber eine recht heftige Reaktion, oder?«

»Vielleicht hat er begriffen, dass es für ihn zu Ende ist, und er gerät in Panik.«

Kirsten nickte nachdenklich, und Clausen steckte sich einen Ga-Jol-Drops in den Mund. Sie konnte riechen, dass es Salzlakritz war.

»Auch einen?« Er hielt ihr die Schachtel hin und sie nahm sich einen. Während sie den Drops auf ihrer Zunge zergehen ließ, dachte Kirsten über Rosenfeldts Reaktion nach. War er, was die Morde in Kopenhagen anbelangte, tatsächlich so unschuldig, wie er beteuerte? Oder war das nur Taktik? Zuzutrauen wäre es ihm. Sein Anwalt war ein gewiefter Fuchs, der ihn sicher mit allen möglichen Tricks ausgestattet hatte.

Die fünfzehn Minuten waren noch nicht ganz verstrichen, als die Tür vom Vernehmungsraum aufging und Rosenfeldts Anwalt seinen Kopf herausstreckte. »Würden Sie bitte wieder reinkommen, mein Mandant möchte eine Aussage machen.«

77. KAPITEL

»Rosenfeldt hat gestanden?«, fragte Marit überrascht. Zusammen mit Jesper war sie direkt vom Flughafen ins Präsidium gefahren und saß nun in dem großen Einsatzraum, in dem die Kollegen bereits ihre Plätze aufräumten. Alle freuten sich darauf, nach diesem langen Tag endlich Feierabend zu machen.

»Ja«, entgegnete Kirsten. »Aber er hat lediglich das mit den Fässern zugegeben und was die Sicherheitsleute der Mine in seinem Namen angerichtet haben.«

»Du meinst den Mordversuch an uns auf dem Gletscher?«, warf Jesper sarkastisch ein.

Kirsten nickte. »Den hat er unumwunden eingestanden.«

»Dann ist es jetzt also vorbei«, stieß Marit erleichtert aus. Sie war hundemüde. Während Jesper den Flug über durchgeschlafen hatte, hatte sie kein Auge zugetan. Das war immer so. In den engen Sitzen wusste sie nie, wohin mit ihren langen Gliedmaßen, und sie war jedes Mal froh, wenn der Flug vorbei war. Sie freute sich darauf, gleich nach Hause zu fahren und sich in ihrem Bett ausstrecken zu können. Dazu ein Glas Wein …

»Da muss ich dich leider enttäuschen, Marit«, sagte Kirsten ernst. »Vorbei ist die Sache in Grönland. Nicht aber die mit den Tupilak-Morden. Wie ich sagte: Rosenfeldt hat die Taten in Bezug auf die Fässer gestanden, allerdings nicht die Morde in Kopenhagen. Davon distanziert er sich ausdrücklich. Er hat gesagt, dass er seine Straftaten nur zugibt, um seinen guten Willen zu zeigen und zu beweisen, dass er mit den Tupilak-Morden nichts zu tun hat.«

»Pah! Reine Ausweichtaktik«, entgegnete Jesper. »So was kennt man doch. Wirf den Bullen einen Brocken hin, damit sie beschäftigt sind und das andere erst mal liegen lassen. Der Penner spielt auf Zeit, das liegt auf der Hand. Vermutlich hat er seinem Anwalt aufgetragen, rasch alle Zeugen zu beseitigen, die ihn belasten könnten.«

»Daran habe ich auch gedacht«, lenkte Kirsten ein. »Aber das dürfte schwer für ihn werden, denn diese Belastungszeugen sitzen entweder bei uns in U-Haft oder sind tot.«

»Hast du nicht etwas von Vergiften erzählt?« Jesper sah sie an. »An deiner Stelle würde ich diesem Ege und seinem Kumpan schnellstmöglich einen Vorkoster zur Seite stellen. Nicht dass jemand Zyankali unter deren Gefängniskost mischt.«

»Ich habe mich darum gekümmert. Tatsächlich gibt es mit Eges Aussage gegen Rosenfeldt ein Problem. Er hat gesagt, dass er mit ihm lediglich telefoniert hätte, gesehen habe er ihn nie. Wir müssen Ege also zuerst ein paar Stimmproben zur Identifizierung vorlegen, bevor wir einigermaßen sicher sein können, dass es Rosenfeldt war, der ihm den Auftrag erteilt hat. Leider.« Sie ließ den Kopf hängen, was gar nicht zu ihr passte. Aber nach all dem, was Kirsten ihnen erzählt hatte, verstand Marit gut, dass ihre Freundin dringend eine Pause benötigte.

»Ich weiß nicht«, murmelte Jesper derweil nachdenklich. »Irgendwie ist da was faul. Ein Auftragskiller, der seinen Auftraggeber verrät …«

»Du glaubst, er hat mich angelogen?«, reagierte Kirsten gereizt.

Jesper wollte darauf antworten, doch Marit ging dazwischen. Sie war zu müde für einen Streit. »Was ist mit dem Erpresserschreiben von Kragh?«, warf sie ein. »Beweist das nicht, dass Rosenfeldt ihn und alle anderen, die von den Fässern wussten, umbringen lassen wollte?«

»Nicht unbedingt«, brummte Jesper missmutig. »So etwas lässt sich fingieren, und wir können nicht nachweisen, dass Rosenfeldt das Schreiben überhaupt erhalten hat. Habe ich recht?« Er bedachte Kirsten mit einem grimmigen Blick.

»Ja, Herr Oberbulle«, zischte diese zynisch. Dann fuhr sie sich mit einer gereizten Geste über die Stirn und ließ seufzend die Schultern sacken.

Sie sah wirklich erschöpft aus, dachte Marit und nahm Kirsten am Arm. »Am besten, wir ruhen uns alle erst einmal aus. Und später überlegen wir in alter Frische, ob wir etwas übersehen haben, okay?«

Zuerst machte Kirsten nicht den Eindruck, als würde sie auf ihren Vorschlag eingehen, doch schließlich nickte sie ergeben. »Okay. Ich lege mich oben im Büro aufs Sofa. Wir treffen uns in ein paar Stunden wieder zu einer Besprechung.« Damit schlurfte sie von dannen.

Marit wandte sich an Jesper. »Ich fahre nach Hause. Kommst du mit? Deine Tochter freut sich bestimmt, dich zu sehen.«

Jesper schüttelte den Kopf. »Danke, ich bleibe hier. Ich muss wissen, was an der Sache faul ist. Bin eh viel zu aufgewühlt, um zu schlafen.«

Marit stöhnte innerlich. Sie war fix und fertig. Die Blessuren in ihrem Gesicht pochten und ihre Glieder schmerzten von den Strapazen. Aber konnte sie Jesper einfach so alleine weitermachen lassen? Verdammt!

»Na gut«, sagte sie, während sie in Gedanken schon unten in der Kantine beim Getränkeautomaten war, wo sie sich mit dem gesamten Vorrat an Energydrinks eindecken würde. »Ich helfe dir.«

»Prima! Womit fangen wir an?« Tatenfreudig klatschte Jesper in die Hände.

Marit seufzte. Woher nahm er nur diese Energie?

»Ich glaube, ich werde mir als Erstes die Videos von den Vernehmungen ansehen«, sagte sie. »Dabei kann ich mir ein Bild von Rosenfeldt und Ege machen und gleichzeitig eine Stimmprobe von Rosenfeldt mitschneiden, um sie Ege vorzuspielen.«

»Gute Idee. Wo ist Sanne?«

»Hier!«, ertönte eine Stimme aus der anderen Ecke des Raumes.

Marit und Jesper drehten sich um. Sanne trug einen Laptop und einen Stapel Papiere gegen ihre Brust gedrückt und warf ihnen ein müdes Lächeln zu. Auch sie wirkte hohlwangig und ausgelaugt. Der Fall hatte jeden von ihnen bis zum Äußersten in Anspruch genommen.

»Äh, wir bräuchten die Videoaufzeichnungen von den Verhören«, erklärte Jesper. »Weißt du, wo wir die finden?«

Sanne nickte. Sie legte den Laptop auf dem Tisch ab und wollte zu ihnen herüberkommen, da klingelte ihr Handy. »Sorry«, sagte sie und nahm den Anruf an. Kurz darauf wandte sie sich an Marit und Jesper. »Es ist einer der Kollegen, die sich um die Bewachung von Lukas Brems und Óla Jón Fejfer kümmern. Er will wissen, wie die Lage ist.«

Jesper zuckte mit den Schultern. »Die Killer sind nachweislich verhaftet. Damit dürften Fejfer und Brems in Sicherheit sein, oder?«

»Denke schon«, entgegnete Marit etwas ratlos.

Plötzlich schlug Jesper sich mit der flachen Hand vor die Stirn. »Das ist es!« Er sah Marit an, die nicht wusste, was er meinte. »Scheiße! Was ist, wenn einer von denen die Morde in Auftrag gegeben hat?«

»Du meinst Fejfer oder Brems?« Marit verzog skeptisch das Gesicht. »Was sollte der Grund dafür sein? Ich erkenne kein Motiv. Außerdem – woher sollen sie das Geld für die Killer haben? 720.000 Euro mal drei, das ist eine enorme Summe!«

»Das ist wahr«, sagte Jesper aufgeregt, »aber lass uns einfach mal darüber nachdenken, was wäre, wenn Rosenfeldt tatsächlich nicht der Auftraggeber ist, dann muss es jemand anderes sein! Und wer käme dafür infrage?«

Marit zögerte, sie konnte immer noch nicht folgen. Warum sollten ausgerechnet Fejfer oder Brems derartige Morde geplant haben?

»Schau mal«, versuchte Jesper ihr zu erklären. »Einerseits dreht es sich um die Umweltverschmutzung mit den Giftfässern. Diesen Sachverhalt haben wir geklärt. Auf der anderen Seite geht es um viel Geld. *Sehr* viel Geld. Um eine lukrative Goldmine, die 90 Millionen Euro im Jahr abwirft. Darauf könnte es einer von den beiden abgesehen haben.«

»Wie soll ich mir das vorstellen? Das Geld hat doch Rosenfeldt, ihm gehört die Firma. Wie sollen die Morde ihn dazu bringen, das Geld herzugeben?«

»Vielleicht geht es gar nicht um Rosenfeldt selbst«, gab Jesper zu bedenken, »sondern um die Abbaurechte. Wäre gut vorstellbar, dass jemand ihm die abluchsen will. Nimm Fejfer zum Beispiel, möglicherweise hat er es nur gespielt – seine Angststörung, seine Panikattacken und den Selbstmordversuch. Denk mal darüber nach. Das ist das perfekte Alibi! Wenn man in einer psychiatrischen Klinik einsitzt und 24 Stunden unter Beobachtung steht! Fejfer hätte vorher alles in Ruhe einfädeln können. Besser geht es nicht! Und Brems? Hast du dir nie Gedanken darüber gemacht, warum er der Einzige ist, der unbeschadet aus der ganzen Sache rausgegangen ist? Vielleicht war er es. Oder er und Fejfer zusammen!«

Marits Puls beschleunigte sich, und Sanne starrte Jesper an, als hätte sie der Schlag getroffen. Das Telefon an ihrem Ohr hatte sie vollkommen vergessen.

»Mein Gott, Jesper!«, rief Marit. »Vielleicht hast du recht! Wir müssen Fejfer und Brems befragen. Sofort!«

Im nächsten Moment waren Jesper und Marit schon auf dem Weg zum Treppenhaus. Marit würde Fejfer übernehmen und Jesper Brems. Unten vor dem Tor des Präsidiums verabschiedeten sie sich voneinander und eilten jeder in eine andere Richtung davon.

78. KAPITEL

Marit betrat das Rigshospital durch den Haupteingang und wandte sich nach rechts, um zu den Fahrstühlen zu gelangen, als ihr Telefon klingelte. Zuerst dachte sie, es sei Jesper, aber dann sah sie, dass es Abbie war. Gott, den Kvindeklub hatte sie völlig vergessen!

»Hej«, sagte sie und zog sich in eine ruhige Ecke zurück.

»Halløj«, antwortete ihr die ruhige Stimme der Ärztin. »Wo bist du?«

»Zufällig ganz in deiner Nähe, im Riget. Ich besuche einen Zeugen.«

»Okay, ich mache es kurz. Es gibt Neuigkeiten zum Fall Kaspersen.«

Marits Pulsschlag beschleunigte sich.

»Wir sind aus dem Schneider«, fuhr Abbie fort. »Die Polizei hat den Schal gefunden, und die Rechtsmedizin hat daraus die richtigen Schlüsse gezogen. Seit heute steht es in den Zeitungen: Es war ein tragischer Unfall, Kaspersen ist betrunken ins Hafenbecken gestürzt. Die Ermittlungen werden eingestellt.«

»Gut zu wissen. Danke«, sagte Marit erleichtert und beendete das Gespräch. Sie trat vor den Fahrstuhl. No rest for the wicked, dachte sie und drückte auf den Knopf.

Der uniformierte Polizist vor Fejfers Zimmer wirkte müde. Marit zeigte ihm ihre Ermittlungsbefugnis und er ließ sie eintreten.

Fejfer lag auf dem Rücken. Schläuche ragten ihm aus Nase und Armen, und an einem Injektionsgestell leuchteten Displays für die automatische intravenöse Medikamentengabe.

Der ehemalige Bergretter hatte die Augen geschlossen und schien zu schlafen. Sein Kopf steckte in einem dicken Verband und sein Gesicht war geschwollen. An einigen Stellen prangten dunkle Hämatome. Fejfer hatte sich selbst übel zugerichtet. Und das alles für ein Alibi?

Marit trat an das Bett heran. »Herr Fejfer? Ich bin Marit Rauch Iversen von der Polizei Kopenhagen. Ich hätte ein paar Fragen an Sie.«

Der ausgemergelte junge Mann rührte sich nicht.

»Herr Fejfer? Hören Sie mich?«

Die Hände, die auf der Decke lagen, waren dürr und abgemagert und wirkten wie die eines Greises. In ihnen schien kein Leben zu sein, obwohl der Monitor über Fejfers Bett einen regelmäßigen Herzschlag anzeigte. Tat er nur so, oder war er tatsächlich weggetreten?

Marit beugte sich vor und betrachtete ihn eingehend. War da ein Zucken der Augenlider gewesen?

Hinter ihr ging die Tür auf, und eine Frau im Arztkittel betrat den Raum. »Ich bin die leitende Stationsärztin«, sagte sie. »Was kann ich für Sie tun?«

Marit erklärte ihr, wer sie war und was sie wollte.

»Herr Fejfer ist nicht ansprechbar«, entgegnete die Ärztin. »Er ist zwar aus dem Koma erwacht und seine Vitalfunktionen sind grundsätzlich stabil, aber er reagiert nicht auf seine Umwelt.«

»Das heißt, er war schon mal wach?«

»Ja, allerdings nimmt er nichts um sich herum wahr. Weder uns noch etwas anderes.«

»Kann man das vortäuschen?«

Die Ärztin schürzte die Lippen. »Sie meinen, er spielt seine Apathie?«

Marit nickte.

»Nein, das ist ausgeschlossen.«

»Warum?«, wollte Marit wissen.

»Das beweist seine Tomografie. Fejfer zeigt dauerhafte Schäden am rechten Frontallappen, sein Hirn wurde durch das subdurale Hämatom so stark beeinträchtigt, dass er vermutlich nie wieder in der Lage sein wird zu sprechen, sich die Schuhe zuzubinden oder schlicht zu lächeln. Wir haben zwar eine Drainage in seinen Schädel gelegt, um den Druck auf das Gehirn zu mindern, aber der Eingriff kam zu spät.«

Marit war erschüttert von dieser Nachricht. Also war Fejfer tatsächlich schwer geschädigt. In seinem Fall konnten sie ihre Theorie also vergessen. Es war kaum anzunehmen, dass sich ein Mensch aus Berechnung selbst so stark verletzte, dass er dabei einen Hirnschaden erlitt, nur um ein Alibi zu haben. Nein, das war äußerst unwahrscheinlich. Was hätte Fejfer davon? Sein Gehirn war beschädigt – dauerhaft.

Marit empfand Mitleid mit Fejfer. Er war kein Täter, sondern ein Opfer, das schwer traumatisiert worden war. Und zwar von Peder Ålberg und seinen Mittätern, welche wiederum von diesem Rosenfeldt angestiftet worden waren. Wenn sie in dieser Sache einen Schuldigen suchten, dann den Minenbetreiber.

Sie biss sich auf die Unterlippe, weil sie plötzlich Zweifel spürte. War soeben nicht genau das passiert, was Jesper gesagt hatte? Dass es ein Ablenkungsmanöver von Rosenfeldt war? Er hatte mit seinem scheinheiligen Geständnis Unsicherheit gesät und deswegen waren sie jetzt hier. Sie hatten sich austricksen lassen. Nur, wovon sollten sie abgelenkt werden? Wollte Rosenfeldt tatsächlich Zeit schinden, um etwas zu beseitigen? Weitere Beweise für seine Schuld? Zeugen?

Marit musste dringend mit Jesper telefonieren. Sie bedankte sich bei der Ärztin für ihre Einschätzung und verließ das Zimmer.

Unten im Bereich des Haupteingangs holte sie ihr Handy heraus und wählte Jespers Nummer. Ein paar Herzschläge später hatte sie ihn dran.

»Fejfer war es nicht!«, sagte sie aufgeregt.

»Brems ebenfalls nicht«, entgegnete Jesper enttäuscht. »Seine Alibis sind wasserdicht.«

»Jesper, er muss dringend im Safehouse bleiben und bewacht werden! Es ist noch nicht vorbei. Rosenfeldt hat uns verarscht!« Marit versuchte, trotz ihrer Erregung leise zu sprechen. »Er wird versuchen, an die beiden heranzukommen.«

»Meinst du? Vielleicht hat dieser Ege Kirsten auch nur an der Nase herumgeführt.«

»Warum sollte er? Was hätte er davon?«

»Ein Auftragskiller verrät niemals seinen Auftraggeber. Das ist ein ungeschriebenes Gesetz.

Warum soll er ausgerechnet bei Kirsten auspacken? Das finde ich nicht glaubwürdig.«

Marit hatte eine Idee. »Was, wenn das zu seinem Auftrag gehörte?«

Jesper stutzte. »Du meinst, Ege sollte Rosenfeldt fälschlich beschuldigen?«

»Ja!«

»Okay.« Sie konnte deutlich hören, wie Jesper nachdachte. »Aber wer ist es dann? Wer ist der wahre Auftraggeber der Morde, wenn es weder Rosenfeldt noch Brems noch Fejfer sind?«

Das war die große Preisfrage, dachte Marit und leckte sich über die Lippen. Sie blickte hinaus auf die dunkle Zufahrt des Krankenhauses. In der Scheibe spiegelten sich die Menschen, die hinter ihr durch das Foyer eilten. Familien, Patienten im Rollstuhl, Ärzte, Pflegepersonal … und sie selbst: eine große blasse Frau.

»Ich weiß es nicht«, sagte sie leise. »Und das macht mich fast wahnsinnig. Wir müssen etwas übersehen haben, Jesper. Nur was?«

»Es muss jemanden geben, der von all dem profitiert. Vielleicht auch davon, Rosenfeldt komplett zu zerstören und ihm die Abbaulizenz abzunehmen, so wie du es vorhin gesagt hast.«

»Aber wie passt das zu den Fässern? Ach, ich kann gar nicht mehr richtig denken!«, stieß Marit erschöpft hervor.

»Geht mir genauso«, seufzte Jesper. »Vielleicht sollten wir versuchen, *anders* zu denken. Deshalb sollten wir ein weiteres Mal alles und jeden durchgehen, der mit dem Fall zu tun hatte, und ganz von vorne anfangen.«

»Ganz von vorne?«, stöhnte Marit »Ich werde irre.«

»Was hältst du davon, wenn wir zurück zum Präsidium fahren und uns dort mit Kirsten beraten? Danach ruhen wir uns aus. Es hat keinen Sinn, es mit Gewalt erzwingen zu wollen.«

»Du hast recht. Eine Pause wäre gut. Bis gleich im Hauptquartier.« Marit verabschiedete sich und legte auf. Einen Moment lang verharrte sie vor ihrem hochgewachsenen Spiegelbild im Fenster, dann zog sie sich die Mütze über den Kopf und trat durch den Haupteingang in den eisigen Abend.

Auf dem Fußweg zur Metrostation am Trianglen versuchte sie, Kjell zu erreichen, um ihm mitzuteilen, dass sie wieder im Lande war und demnächst nach Hause käme, doch er nahm nicht ab. Also hinterließ sie ihm eine Nachricht und steckte das Handy weg. Auf Höhe des Niels-Bohr-Instituts hatte sie plötzlich das Gefühl, verfolgt zu werden. Es war, als zögen sich sämtliche Kapillaren in ihrer Haut zusammen. Ein beklemmender Sinnesreiz … und ein Déjà-vu.

Sie verlangsamte ihren Schritt und warf im Gehen einen Blick über die Schulter. Der Bürgersteig lag leer und dunkel hinter ihr. Dabei hätte sie schwören können, dass dort jemand war.

Marit setzte ihren Weg fort und drehte sich nach 100 Metern noch einmal um, doch der Gehsteig war nach wie vor verwaist. Lediglich eine Frau mit einem Kinderwagen ging ein kurzes Stück auf ihm entlang, bog ab und überquerte die Straße.

Kopfschüttelnd lief Marit weiter. Sie erreichte den Eingang zur Station und stieg die hellerleuchtete Treppe hinunter. Vor ihr schlenderte ein Pärchen Hand in Hand, ein junges Mädchen überholte sie eilig und kurz darauf zwei Männer. Einer von ihnen nahm die Stufen mit lässig sportlichem Schwung, er trug ein Basecap mit Kapuze darüber und hatte beide Hände in den Taschen vergraben. Der Typ hatte etwas an sich, das Marit vage bekannt vorkam. Aber das war nichts Ungewöhnliches, da sie sich neben Gesichtern auch Bewegungsmuster einprägte. Deshalb passierte es ihr oft, dass sie jemanden »wiedererkannte«.

Als der Mann vor ihr um die Ecke bog und nicht mehr zu sehen war, blieb sie abrupt auf der Treppe stehen. Von unten im Gang drang das leise »Duding« der Eincheckssäulen an ihre Ohren. Zahlreiche Fahrgäste strömten an ihr vorbei und checkten mit ihren Reisekarten ein.

»Duding, duding.«

Marit löste sich aus ihrer Starre und eilte nach unten. Auf dem Bahnsteig hielt sie mit pochendem Herzen Ausschau. Der Mann stand ungefähr zehn Meter von ihr entfernt und hatte seinen Blick auf sein Handy gerichtet.

Marit versuchte, sich nichts anmerken lassen, aber mit der unerschütterlichen Gewissheit der Intuition wusste sie plötzlich, dass er sie eben verfolgt hatte. Sie überlegte, was sie tun sollte. Ihr war klar, dass der Mann sie beobachtete. Allerdings hatte sie den kleinen Vorteil, dass er nicht ahnte, dass sie das jetzt ebenfalls tat. Unauffällig spähte sie zu ihm hinüber, musterte sein Gesicht im Profil. Es war kein Problem für sie, in Gedanken daraus eine Frontalansicht zu konstruieren, ihr Gehirn setzte das Bild automatisch zusammen, und sie erschauerte. Ja, er war es. Sie erkannte ihn!

Im nächsten Moment kam die Bahn und hielt. Zusammen mit den anderen Fahrgästen stieg der Mann ein. Marit folgte ihm und stellte sich mit gewissem Abstand zu ihm ans Fenster. Die Türen schlossen sich und der Zug fuhr los. Gespielt gelangweilt holte Marit ihr Telefon aus der Tasche und stöpselte sich einen Knopf ihrer Kopfhörer ins Ohr. Sekunden später hatte sie Jesper dran.

»Ich habe ihn!«, flüsterte sie ins Mikro.

»Was? Wen? Wo bist du?«

»In der Metro, Cityring Richtung Østerport. Ich werde ihm folgen.«

»Marit! Unternimm nichts, hörst du? Der Typ ist gefährlich. Warte, bis ich da bin! Ich fahre dir entgegen. Bleib dran und gib mir von unterwegs durch, wo du bist, okay?«

»Ich werde vorsichtig sein, versprochen«, sagte sie und ließ das Handy in ihre Tasche zurückgleiten. Während sie ihren Blick scheinbar unbeteiligt über die anderen Fahrgäste schweifen ließ, hörte sie über den Kopfhörer lautes Rascheln und Jespers schnellen Atem. Vermutlich rannte er gerade.

Marits Augen blieben an dem Mann hängen. Er wirkte, als interessiere er sich nur für sein Handy. Allerdings hielt er es so, dass er sie theoretisch filmen könnte. Vielleicht beobachtete er sie über die Kamera. Schnell nahm sie eine Frau neben ihm in den Fokus, die ihren kleinen Hund auf dem Arm trug.

Er hat etwas mit seinem Gesicht gemacht, dachte sie. Irgendwie standen seine Wangenknochen weiter heraus als auf den Bildern, die sie von ihm gesehen hatte, und seine Augenbrauenwülste wirkten ausgeprägter. Seine Nase war schmaler und seine Lippen voller. Vielleicht eine OP? Unterspritzungen mit Collagen, um seine Konturen zu verändern? Eine Nasenverkleinerung?

»Wo bist du?«

Marit erwachte aus ihrem Entsetzen und kontrollierte die U-Bahn-Anzeige. »Ich erreiche gleich Østerport. Und du?«

»Lergravsparken – bin in der Yellow Line. Noch drei Stationen, dann kann ich in den Cityring umsteigen.«

»Okay.«

Die Bahn hielt an der Station und Fahrgäste stiegen hinzu. Marit nutzte die Gelegenheit und wechselte den Platz, sie klammerte sich nun an der Haltestange über ihrem Kopf fest und beobachtete den Mann über die Spiegelung im Fenster. Sie verließen Østerport. Die Station Marmorkirken kam und ging. An der nächsten Haltestelle stieg sie normalerweise aus, aber nicht diesmal. Sie würde in der Metro bleiben und den Mann verfolgen. Vielleicht führte er sie ja zu seinem Versteck.

Marit erstarrte unvermittelt. Verdammt, sie machte gerade einen Denkfehler! Nicht sie verfolgte ihn, sondern er sie!

Himmel! Beinahe hätte sie sich verraten. Was sollte sie tun? Sie musste sich so unauffällig wie möglich verhalten, damit er keinen Verdacht schöpfte.

»Nächste Station Kongens Nytorv«, informierte sie eine Durchsage. Jetzt musste sie sich entscheiden.

»Jesper!«, sagte sie leise in das Mikro. »Ich muss am Nytorv aussteigen. Sonst merkt der Kerl etwas.«

»Verstanden.«

»Wo soll ich hingehen? Zum Präsidium?«

»Nein, er wäre nicht so blöd, dir dorthin zu folgen. Hast du eine Idee, wo ein guter Ort für einen Hinterhalt sein könnte?«

Marit überlegte. In Richtung ihres Hausbootes gäbe es gleich mehrere gute Möglichkeiten, und es würde nicht auffallen, weil es ihr Heimweg war. Sie ahnte, dass der Kerl sie nicht zum ersten Mal verfolgte, vermutlich kannte er ihre Gewohnheiten.

Dieser Gedanke machte sie plötzlich wütend. War er in ihrer Nähe gewesen und sie hatte es nicht gemerkt? Sie musste an die Geräusche auf dem Hausboot denken. Aber hatte er da schon gewusst, dass sie zu dem Fall hinzugezogen werden würde? Bestimmt hatte es ihn beunruhigt, dass die Polizei von Kopenhagen Unterstützung von einer Recognizerin bekam. Sonst hätte er sein Gesicht nicht verändern lassen. Marit presste die Lippen aufeinander. Sie würde sich nicht noch einmal von ihm zum Narren halten lassen.

Die Bahn hielt und sie stieg aus. Die Präsenz des Typen in ihrem Rücken spürend nahm sie die Rolltreppe nach oben.

»Bin am Kongens Nytorv«, sprach sie leise ins Mikro. »Werde jetzt in Richtung Nyhavn gehen und von dort über die Inderhavnsbrücke nach Christianshavn rüber. Dahinter biege ich gleich links ab und folge dem Kanal. Wo der Takkelloftvej auf den Fabrikmestervej trifft, direkt an der Brücke zur Oper hinüber, da ist eine gute Stelle für einen Hinterhalt. Gib das an Kirsten weiter, die weiß, wo das ist und wie sie dort hinkommt, ohne dass der Kerl etwas merkt.«

»Wird gemacht«, antwortete Jesper. »Ich bin kurz vorm Nytorv. Werde versuchen, mich an dich dranzuhängen. Kannst du irgendwie Zeit schinden?«

»Ja, ich bleibe kurz an dem großen Anker stehen und tu so, als wäre ich mit meinem Handy beschäftigt.« Sie beschrieb ihm noch die Kleidung des Typen, damit er ihn leichter identifizieren konnte.

»In Ordnung. Keine Sorge, ich bin gleich bei dir.«

»Danke.« Tatsächlich beruhigte sie dieser Gedanke, dass Jesper bald in ihrer Nähe sein würde, trotzdem hämmerte ihr Herz heftig in ihrer Brust. Sie überquerte die Straße vor dem Magasin du Nord und stand ein paar Minuten später frierend neben dem Anker am Nyhavn.

»Ich weiß nicht, wo er ist«, sagte sie mit minimaler Lippenbewegung.

Es blieb still am anderen Ende.

»Jesper?«

»Ich bin da! Ich sehe dich … und deinen Verfolger! Er steht schräg hinter dir und tut so, als mache er Fotos mit seinem Handy.«

In Marits Nacken kribbelte es. Am liebsten hätte sie sich zu dem Kerl umgedreht. Was wollte er von ihr? Sie umbringen?

»Was hat er vor?«, fragte sie mit bebenden Lippen. Ihr war plötzlich kälter als in Grönland.

»Das frage ich mich auch schon die ganze Zeit. Aber mach dich nicht verrückt. Ich werde einschreiten, sollte er eine einzige falsche Bewegung machen. Kirsten hat mir eben Bescheid gegeben, dass sie mit dem SEK zu dem verabredeten Ort unterwegs ist. Du kannst also weitergehen, wenn du möchtest.«

»Ja.« Marit wählte die belebtere Seite des Nyhavnkanals, damit Jesper ihr unauffälliger folgen konnte. Zehn Minuten später erreichte sie die Fahrradbrücke über den Innenhafen und überquerte das schwarze Wasser, auf dem die Eisschollen herumdümpelten.

»Er ist noch hinter dir. Ich muss mich etwas zurückfallen lassen, damit er mich nicht bemerkt. Hier ist leider weniger los.«

»In Ordnung.« Am Ende der Brücke hielt sie sich weiter geradeaus und bog an der zweiten Brücke nach links auf den dunklen Weg am Kanal ab, der an der Oper vorbeiführte. Der gefrorene Schnee knirschte unter ihren Sohlen, während sich das Prickeln in ihrem Nacken bis zu ihrem Rücken ausbreitete. Der Drang, sich umzudrehen, wurde schier übermächtig. An einer Stelle am Kanal blieb sie stehen und blickte auf ihr Handy, dabei schielte sie hinter sich. Da war niemand.

»Wo ist er?«, fragte sie Jesper.

»Er hat sich hinter einer der Hecken in den Vorgärten der Speicherhäuser versteckt.«

»Okay.« Sie drehte sich um und setzte ihren Weg fort, erreichte den Abzweig zur Philip De Langes Allé. Die nächste Querstraße würde der Fabrikmestervej sein. Dort war hoffentlich alles bereit für den Zugriff. Marit schluckte. Sie war jetzt so angespannt, dass es ihren Gang beeinflusste. Sie musste ihren Köper unter Kontrolle bringen, denn ihr Verfolger durfte nicht merken, dass sie ihn in die Falle lockten. Kirsten und die SEK-Leute warteten bestimmt schon hinter der nächsten Ecke. Und Jesper war auch in ihrer Nähe. Ihr würde nichts passieren.

Sie grub die Hände in ihre Jackentaschen. »Die Verstärkung ist auf Position«, hörte sie Jespers Stimme. »Geh ganz ruhig weiter. Wenn du an der Ecke bist, wirst du sie sehen. Lass dir nichts anmerken.«

»Wo ist er jetzt?«

»50 Meter hinter dir.«

Marits Kiefermuskeln begannen zu schmerzen, weil ihr bitterkalt war und sie ihre Zähne zusammenpresste, damit sie nicht hart aufeinanderschlugen. Die Präsenz des Kerls glühte in ihrem Rücken wie eine Fackel. Wie bei Aningaaq, dem Mondmann, der seiner Schwester die Brust abgeschnitten hatte.

Ein plötzliches Frösteln überkam sie und ließ sie fast in Panik ausbrechen. Doch sie riss sich zusammen und marschierte verbissen weiter. Sie durfte sich nicht verraten!

Noch fünf Meter bis zum Fabrikmestervej.

Noch drei.

Noch zwei.

Sie bog rechts um die Hausecke und tatsächlich, dort hatte sich das Sondereinsatzkommando verschanzt. Erleichtert atmete sie auf und suchte die schwarzgekleideten Gestalten nach Kirsten ab. Ihre Freundin stand am Ende der Reihe. Marit wollte sie gerade ansprechen, da hörte sie Jespers Stimme in ihrem Ohr.

»Er ist stehen geblieben! Ungefähr 20 Meter vor der Ecke. Ich glaube, er hat etwas gemerkt!«

»Scheiße«, zischte Marit. »Was jetzt?« Sie sah Kirsten an, deren Gesicht als blasses Oval in der Dunkelheit schwebte.

»Wir warten«, antwortete ihre Freundin ruhig.

»Jesper. Was macht er?«, fragte Marit über das Telefon.

»Nichts. Er steht einfach da. Verdammt! Er läuft los!«

»Wohin?«

»Nach vorn zur Brücke!«

»Zugriff!«, rief Kirsten. Vor ihnen tauchte die fliehende Gestalt auf. Sie überquerte die Brücke und lief in Richtung Opernhaus.

Das Sondereinsatzkommando nahm die Verfolgung auf, wobei es ausschwärmte und ein umgekehrtes V bildete, um den Flüchtenden in die Zange zu nehmen.

»Halt, Polizei!«, rief Kirsten durch ein Megafon. »Weglaufen hat keinen Zweck.«

Der Kerl rannte einfach weiter. Einer der SEK-Leute gab einen Warnschuss ab, aber auch darum schien sich die Gestalt nicht zu kümmern. Stattdessen beschleunigte sie noch.

»Mist!«, fluchte Kirsten.

Eine Abteilung scherte nach links aus. Sie sollte zurück zu der anderen Brücke, um dem Kerl einen möglichen Fluchtweg von der kleinen Insel abzuschneiden.

»Stehen bleiben!«, rief Kirsten in das Megafon, doch es verhallte ungehört. »Er kann nicht von der Insel runter!«, keuchte sie und hetzte weiter. Marit folgte ihr.

Der Mann floh über den leeren Parkplatz, das SEK lief in einigem Abstand hinter ihm her. Zu ihrer Linken erhob sich das alte Gerüst eines Ladekrans, dahinter lag ein Seitenarm des Hafenbeckens. Marit beobachtete, wie der Fliehende auf die Fußgängerbrücke am Ende der Insel zusteuerte, allerdings kamen ihm auch von dort mehrere SEK-Leute entgegen. Daher machte er kehrt, blieb jedoch nach einigen Schritten abrupt stehen, weil er erkannte, dass hinter ihm alles voller bewaffneter Polizisten war. Er saß in der Falle.

Langsam drehte er sich um und hob die Hände. Die SEK-Beamten nahmen ihn mit ihren MGs ins Visier.

»Keine Schussfreigabe!«, rief Kirsten über Funk. »Ich wiederhole, keine Schussfreigabe!«

Zusammen mit Marit schloss sie zu den SEK-Leuten auf und konnte den Mann nun aus der Nähe betrachten. Er stand schwer atmend an der Kaimauer und hatte seine Hände auf den Kopf gelegt.

Kirsten drückte einem Kollegen das Megafon in die Hand und zog ihre Waffe. »Ich verhafte Sie wegen …« Weiter kam sie nicht, denn der Kerl ließ sich mit einem höhnischen Grinsen nach hinten fallen. Im nächsten Augenblick ertönte ein lautes Platschen.

»Zielperson im Wasser!«, brüllte einer der Polizisten. »Er ist ins Hafenbecken gesprungen!«

»Verdammt, dieser Idiot!«, stieß Kirsten aus.

Sie eilten zur Kaimauer und schauten in das schwarze Wasser. Dort war Bewegung in die Eisschollen gekommen, aber keine schwimmende Gestalt auszumachen. Jemand rief, dass er reinspringen würde. Marit sah, wie zwei Kollegen fast nackt einen Kopfsprung machten. Ein Rettungsring flog nach unten. Eisschollen wurden zur Seite geschoben und Gliedmaßen ruderten durch die Schwärze.

»Hab ihn!«, rief einer der Schwimmer. Und tatsächlich zog er kurz darauf einen reglosen Körper hinter sich her. Mit vereinten Kräften hievten sie ihn die Kaimauer hinauf. Die nassen Kollegen wurden sofort in Rettungsdecken gehüllt, ebenso der völlig entkräftete Mann. In der Ferne ertönte ein Martinshorn. Vermutlich der Krankenwagen, der in sicherer Entfernung auf Abruf bereitgestanden hatte.

Marit und Kirsten schoben sich zu dem am Boden liegenden Menschen durch. Jemand hatte eine Taschenlampe angeschaltet und leuchtete ihm ins Gesicht. Der Mann, der all diese perfiden Morde geplant hatte, blinzelte ihnen kraftlos entgegen.

Kirsten kniete sich neben ihn und sagte ihren Text auf: »Hiermit verhafte ich Sie wegen Anstiftung zum Mord in mindestens drei Fällen und versuchten Mordes in wenigstens einem

Fall. Sie können schweigen und haben das Recht, einen Anwalt zurate zu ziehen. Haben Sie das verstanden?«

Der Geologe Jens Kragh starrte sie reglos an.

Erst Sekunden später schien er zu begreifen, dass es endgültig aus war, und nickte langsam. Vor Kälte hatte sein Körper angefangen, unkontrolliert zu zucken, und laut schlugen seine Zähne aufeinander. Er war stark unterkühlt und bekäme vielleicht eine Lungenentzündung.

Marit verspürte deswegen keinerlei Mitleid.

79. KAPITEL

Der Einsatzraum war gerammelt voll. Jeder, der an dem Fall beteiligt war, hatte sich hier eingefunden. Auch die Therkildsen und der Polizeichef. Sie alle wollten hören, was Jens Kragh ausgesagt hatte.

Kirsten war aufgeregt. Sie mochte es nicht, vor so vielen Leuten zu sprechen, selbst wenn es den erfolgreichen Abschluss der Ermittlungen betraf. Neben ihr stand Wang Ze als Leiter des NKC und die Chefs und Chefinnen der Polizeikreise von Sjælland sowie der Reichspolizei. Marit, Jesper, Clausen und Camilla hatten es vorgezogen, nicht im Rampenlicht zu stehen. Kirsten sah zu ihnen hinüber und wippte nervös auf den

Füßen. Einen ähnlichen Bericht würde sie morgen zusammen mit der Therkildsen der Presse geben müssen. Aber das war morgen. Jetzt galt es, die Kollegen und Kolleginnen zu informieren. Die Vernehmung hatte viele Stunden gedauert. Zum Glück war Kragh so weit stabil gewesen. Er hatte sich angesichts der Beweislage kooperativ gezeigt und sämtliche Taten allumfassend gestanden. Er war zwar ein Mensch mit perfiden Neigungen und brutaler Fantasie, jedoch kein routinierter Berufskrimineller, der es vermochte, sie eiskalt anzulügen. Er hatte sich einen Plan ersonnen, der an kühler Berechnung und mangelndem Mitgefühl nicht zu übertreffen war, aber er wäre nicht in der Lage gewesen, ihn selbst durchzuführen. Ein Messer in die eigenen Hände zu nehmen, um einen Leichnam durchzuschneiden, das entsprach nicht seiner Natur. Er war ein eher schüchterner Zeitgenosse, der mit leiser Stimme und scheuem Blick mit Kirsten geredet hatte. Nachdem er das Geständnis abgelegt hatte, war Kragh in sich zusammengesackt wie eine leere Hülle. Sein brillanter Plan war gescheitert, und nun wusste er nicht mehr weiter.

Kirsten räusperte sich, und sofort wurde es still im Raum. Sie blendete die Gerüche von zu vielen Menschen auf einem Haufen aus und begann mit der Ansprache. »Heute Nachmittag um 15.25 Uhr hat der Geologe Jens Kragh ein umfassendes Geständnis abgelegt. Mit anwesend waren die Kollegen Jesper Bæk und Ebert Clausen. Herr Kragh hat zugegeben, der Auftraggeber für die Morde an seinen Expeditionskollegen und Frau Riis Sten sowie für die darauffolgenden Leichenschändungen zu sein. Beauftragt hat er mit der Tat drei Männer, die er über das Darknet angeheuert hat. Sie stammen aus Norwegen, Finnland und Estland. Der Täter aus Estland ist bei der Verhaftung leider zu Tode gekommen. Die beiden anderen wurden vernommen, und ihre Aussagen decken sich mit den Angaben unseres Geständigen.« Kirsten machte eine Pause, weil sie an Ege denken musste. Sie hatten sich bei der ersten Vernehmung gegenseitig verarscht. Das hatte sie anfangs gewurmt, aber sie hatte dennoch kapiert, dass es Eges Auftrag gewesen war, Rosenfeldt ans Messer zu liefern, sollte er hochgenommen werden. Die Unbekümmertheit des Norwegers hätte ihr auffallen müssen. Es hatte ihn scheinbar nicht gestört, dass er seine Prämie verlor, wenn die Polizei seinen Auftraggeber festnahm. In Wahrheit hätte Kragh Ege bezahlt, wenn alles nach Plan verlaufen wäre. Dann hätte der Berufskiller seine Strafe abgesessen und anschließend als reicher Mann das Gefängnis verlassen. Nachdem Kirsten Ege jedoch mitgeteilt hatte, dass sie seinen richtigen Auftraggeber festgenommen hatten, war er plötzlich sehr schweigsam geworden, denn ihm war klar geworden, dass er jetzt in den Knast ging, ohne hinterher auch nur irgendetwas zu bekommen. Das hatte Kirsten eine gewisse Genugtuung verschafft.

Sie holte Luft und fuhr fort: »Jens Kragh hat den Minenbetreiber Stig Rosenfeldt dahingehend entlastet, dass dieser nichts mit den Tupilak-Morden zu tun hat. Sehr wohl aber mit der Umweltverschmutzung auf dem Gletscher und der Ermordung eines Expeditionsmitglieds von 2019. Aber das ist ein gesonderter Fall. Kommen wir zu Kraghs Motiv.« Kirsten bemerkte eine kurze Unruhe. Für einige Kollegen waren diese Information vollkommen neu. »Kragh hat all das inszeniert, um Rosenfeldt in Verruf zu bringen. Er wollte provozieren, dass DRIFT Guld die Abbaulizenz verliert. Denn die Goldfördergenehmigung war sein zentrales Motiv. Nachdem er von der Expedition auf den Gletscher zurückgekommen war, wo er und die anderen Teilnehmer die Fässer entdeckt hatten, hatte er seine Chance gewittert. Er begann, einen Plan zu entwickeln, wie er es anstellen könnte, dass DRIFT Guld die Lizenz verlieren und Rosenfeldt für lange Zeit ins Gefängnis gehen würde. Dafür hat er die Tupilak-Morde ersonnen. Mit ihnen wollte er Rosenfeldt als Täter inszenieren, und das möglichst spektakulär. Das ist der einzige Grund, warum drei Menschen sterben mussten.« Kirsten machte eine Pause. Die meisten Kollegen blickten betroffen drein.

»Aber wie wollte Kragh am Ende die Lizenz erwerben? Die ist teuer und setzt eine eigene Firma mit Abbaukonzept voraus«, fragte der Polizeichef.

»Kragh hatte mithilfe eines Strohmanns eine Minengesellschaft im Ausland gegründet. Außerdem hat er Geldgeber in der Schweiz und in Norwegen gefunden, die ihm die Lizenzgebühr vorgestreckt hätten. Mit dem Gewinn, den die Mine jährlich abwirft, hätte er schließlich die Auftragskiller bezahlt. Da Kragh vorgehabt hatte, nach der ganzen Sache unterzutauchen, hatte er sich bereits eine falsche Identität samt Pass und Personennummer zugelegt und damit eine zweite geheime Wohnung angemietet. Dort hatte er sich die ganze Zeit versteckt gehalten. Zusätzlich hatte er sein Aussehen so weit verändert, wie das auf die Schnelle möglich gewesen war. Aber unsere Recognizerin Marit Iversen hat er damit nicht getäuscht. Sie hat ihn erkannt!«

Die Kollegen klatschten begeistert, und Kirsten sah, wie Marit verlegen den Blick senkte.

Nach dem Beifall fuhr sie fort: »Selbstverständlich werden wir die Verhältnisse rund um die von Kragh gegründete Firma prüfen. Vorerst gehen wir allerdings davon aus, dass die Geldgeber nicht in seinen Mordplan eingeweiht waren.«

»Warum hat Kragh nicht den Umweltskandal bei der Polizei angezeigt, um anschließend die Lizenz legal zu erwerben?«, fragte der Polizeichef. »Das wäre doch weniger riskant für ihn gewesen. Warum inszeniert er diese furchtbaren Morde?«

»Ganz einfach«, entgegnete Kirsten. »Weil ja irgendwann rausgekommen wäre, wer hinter der Anzeige steckt, und dann hätte Rosenfeldt seine Männer darauf angesetzt, ihn zu beseitigen. Kragh kennt Rosenfeldt, weiß um seine Methoden. Er hat sie bei der Expedition auf den Gletscher hautnah miterlebt. Also entschied er sich für den Plan mit den Morden, bei dem es so aussehen sollte, als wäre er selbst ein Opfer der Killer geworden. Nur so konnte er sicherstellen, dass Rosenfeldts Handlanger ihn nicht in den Fokus nehmen würden.«

»Bravo!«, sagte der Polizeichef anerkennend. Er trat einen Schritt vor. »Ich muss sagen, liebe Kolleginnen und Kollegen, ich bin beeindruckt von eurer Arbeit. Ihr habt euch trotz der besonderen Schwere dieses Falles nicht davon abbringen lassen, die Ermittlung voranzutreiben. Ihr habt die Nerven behalten und den Täter gefasst. Das war wirklich ausgezeichnet. Dafür gebührt euch meine Hochachtung!«

»Dem schließe ich mich an!«, rief Kirsten. »Ich danke euch allen für euren unermüdlichen Einsatz. Ohne euch hätten wir es nicht geschafft. Ihr seid die beste Unterstützung, die man sich als Ermittlungsleiterin wünschen kann. Tausend Dank! Zwei von euch will ich bei dieser Gelegenheit besonders loben. Denn ihnen ist es zu verdanken, dass Kragh sich der Festnahme nicht durch einen Sprung ins Hafenbecken entziehen konnte. Einen Applaus für die dänischen Meister im Eisbaden!« Schmunzelnd schwenkte sie ihren Arm in Richtung der beiden SEK-Kollegen, die Kragh aus dem eiskalten Wasser gefischt hatten. Gelöstes Lachen ertönte und schulterklopfend beglückwünschten die Anwesenden sich gegenseitig für den erfolgreichen Abschluss der Ermittlung.

Die Therkildsen kam auf Kirsten zu. Sie lächelte glücklich. »Gut gemacht, meine Liebe«, sagte sie mit einem Augenzwinkern. Danach reichte sie Marit, Jesper und den anderen Kommissaren die Hand. Kirsten registrierte, wie erleichtert ihre Chefin war, und spürte, dass ihr selbst eine zentnerschwere Last von den Schultern fiel. Heute würde sie das erste Mal seit Tagen ohne das Gefühl von Unzulänglichkeit und Selbstzweifel ins Bett gehen. Es gab nur eine Sache, die einen hartnäckigen Schatten auf ihre gute Laune warf.

Das Leck.

Bis heute wusste sie nicht, wer es war. Und das ärgerte sie. Sie sah hinüber zu Jesper Bæk, der neben Marit stand und sehr vertraut mit ihr wirkte.

»Bæk!«, rief sie quer durch den Raum und ging auf ihn zu. Mit gewissem Amüsement registrierte sie, wie er beim Klang ihrer Stimme zusammenzuckte. Nervös wanderten seine Augen hin und her. Es fiel ihm immer noch schwer, ihr länger als eine Sekunde ins Gesicht zu blicken.

Kirsten unterdrückte ein belustigtes Schmunzeln und streckte ihm eine Hand entgegen. »Danke, Jesper!«

Leicht irritiert erwiderte er die Geste. »Äh ja, ich danke dir auch, Kirsten.«

»Und ich entschuldige mich für mein Verhalten. Das war ein schlechter Start und reichlich unangemessen. Ich hoffe, dass ich dich als Kollegen trotzdem weiter an meiner Seite haben werde?«

Bæk zögerte, schließlich sagte er: »Natürlich.«

»Schön!« Kirsten bedachte ihn mit einem anerkennenden Nicken, und ein verhaltenes Lächeln trat auf seine Lippen.

Na also, dachte sie, geht doch! Sie wandte sich an Marit. »Treffen wir uns später im Nighthawks? Das müssen wir feiern.«

»Tut mir leid, ich glaube, ich mache mir lieber einen ruhigen Abend zu Hause. Bin völlig k. o.«, sagte Marit bedauernd.

»Na, macht nichts. Ich habe ja eigentlich auch noch etwas vor.« Kirsten sah auf die Uhr. Ein wenig Zeit hatte sie noch. Sie umarmte ihre Freundin zum Dank für ihre Hilfe und mischte sich unter die Kollegen, um Fragen zu beantworten. Irgendwann verabschiedete sie sich aus der feierfröhlichen Runde und verließ das Präsidium. Sie hatte eine Verabredung.

80. KAPITEL

Josie verabschiedete sich mit einer Umarmung von Kjell Martinsson, was Jesper misstrauisch beobachtete. Danach gab sie Marit die Hand.

»Danke, dass ich hier sein durfte. Ihr habt ein tolles Zuhause.«

»Kannst immer gerne auf einen Kaffee vorbeischauen«, sagte Kjell. »Du bist jederzeit willkommen.«

Jesper bedankte sich ebenfalls bei Kjell dafür, dass er auf Josie aufgepasst hatte, woraufhin der attraktive Schwede abwinkte.

»Det var så lidt.«

Josie nahm ihren Rucksack, und sie wurden von Marit zur Tür geführt, wo sie noch einmal stehen blieben.

»Danke«, sagte Jesper erneut.

Marit schüttelte den Kopf und lachte leise. Sie trat auf ihn zu und umarmte ihn. Jesper war überrascht, ihren Körper so nah zu spüren, erwiderte die herzliche Umarmung aber gerne. Mit einem verlegenen Räuspern löste er sich von ihr.

»Wir sehen uns«, sagte er.

»Wir sehen uns«, entgegnete Marit lächelnd.

Anschließend traten sie nach draußen in den beißend kalten Winterabend. Josie schlitterte den Bootssteg hinunter bis auf den Kai. Jesper drehte sich noch einmal um. Marit stand im Türspalt und nickte ihm zu. Das warme Gefühl der Zuneigung, das ihn dabei durchfloss, war unbeschreiblich. Er fühlte sich wie ein Teenager. Frisch verliebt. Leider auch hoffnungslos unbeholfen.

Jesper nahm Josie den schweren Rucksack ab und sie marschierten durch den Schnee in Richtung Metrostation.

Auf Höhe des Christianshavns Kanals grinste Josie ihn schelmisch an.

»Was ist?«, fragte er.

»Du lächelst schon die ganze Zeit vor dich hin.«

»Ja und?«

»Du magst sie!«

Ertappt verzog er das Gesicht. »Na ja …«

»Warum fragst du sie nicht?«

»Frage sie was nicht?«

»Ob ihr ausgehen wollt.«

»Ach.« Er fuhr mit der Hand durch die Luft.

»Willst du mir erzählen, das läuft bei euch anders als sonst?« Josie kicherte. »Wohl kaum. Sie mag dich, das sieht man deutlich.«

»Tatsächlich?«

Josie blieb stehen. »Sei kein Blödmann, Papa. Ich merke doch, dass du sie toll findest. Du rufst sie jetzt gleich an und fragst sie!«

Jesper erstarrte. Auf keinen Fall! Er würde sich doch nicht zum Deppen machen.

»Du traust dich nicht«, sagte Josie mit schiefgelegtem Kopf.

»Josie, das … das ist alles unausgegoren. Ich weiß überhaupt nicht, wie Marit dazu steht.«

Josie stieß ihn an. »Dann schreibst du ihr eine Nachricht, wenn du dich nicht traust, sie anzurufen.«

»Vielleicht später.«

»Nein, sofort!«

Jesper erinnerte sich daran, wie hartnäckig seine Tochter sein konnte, und seufzte. »Weißt du, ich lasse das lieber auf mich zukommen. Ich treffe Marit ja bei der Arbeit wieder, und wir werden sehen, wie sich die Sache entwickelt.« Er ging weiter.

»Feigling!«, rief Josie ihm hinterher. Sie holte auf und boxte ihn auf den Oberarm, was ihn an Marit erinnerte.

Ja, dachte er selbstmitleidig. Er war ein Feigling. Oder ein Spätzünder. Oder einfach ein Idiot. Verdammt, er war das erste Mal seit 28 Jahren Single! Er musste alles neu lernen. Allerdings hatte er keinen Zweifel, dass Josie ihm dabei nur zu gerne behilflich sein würde. Bei der Vorstellung, dass seine Tochter hier bei ihm in Kopenhagen wohnen würde, wurde ihm warm ums Herz. In den nächsten Tagen wollte er damit beginnen, eine Wohnung zu suchen, die groß genug für sie beide wäre. Und dann könnte Josie selbst entscheiden, wo sie später hinziehen wollte. Denn auch sie würde irgendwann Freunde in der Stadt finden, wenn sie erst mal studierte und …

»Ähm, wegen der Polizeischule«, sprach er unvermittelt an, was ihm seit Längerem auf der Seele lag.

»Ich bin gut vorbereitet, wenn es das ist, was du meinst. Ich habe fleißig mit Kjell gelernt. Und den Sport schaffe ich locker. Die Prüfung ist in ein paar Tagen in Brøndby. Bringst du mich hin?« Sie sah ihn an.

»Ja, darüber wollte ich mit dir reden.«

»Wieso?« Josie runzelte die Stirn. In ihren Blick schlich sich Argwohn. »Findest du es etwa nicht gut?«

Er blieb stehen. Sie war so jung, hatte das ganze Leben noch vor sich. Ein Leben, das so fragil war und nur für diejenigen Glück versprach, die es einzufangen und auch festzuhalten vermochten. Er legte eine Hand an ihre Wange. »Nein, Josie. Ich wollte dir sagen, dass ich es wunderbar finde, wenn du zur Polizei gehst. Polizist ist ein guter Beruf. Und ich bin stolz, dass du ihn dir ausgesucht hast.«

»Na ja, erst muss ich die Prüfung bestehen«, wiegelte sie ab. »Aber danke, dass du mich unterstützt, Papa.« Sie drückte sich fest an ihn.

Dann gingen sie weiter am verschneiten Kanal entlang, jeder einen Arm um den anderen gelegt.

81. KAPITEL

Flemme Bostrup war erleichtert, als die Tür zu seinem Krankenzimmer aufging.

»Hej, Kris!«, rief er und erhob sich von dem Stuhl, der neben seinem Bett stand. »Schön, dich zu sehen.«

»Das finde ich auch, Flemme!« Kirsten trat auf ihn zu und nahm ihn fest in den Arm. Bostrup war so überrascht davon, dass er leise aufgluckste. Derartige Gefühlsausbrüche zeigte die toughe, unnahbare Kirsten so gut wie nie. Vergnügt drückte Bostrup sie.

Als sie ihn losließ, bemerkte er Tränen, die in ihren Augen glitzerten. »Alles gut mit dir, Schätzchen?«

»Ach«, sie ließ sich auf die Bettkante fallen. »Ich bin nur froh, dass du wohlauf bist. Ich habe mir solche Sorgen um dich gemacht.«

Bostrup schenkte ihr ein sanftes Lächeln. Er war zutiefst gerührt. »Diese Männer haben mir nichts getan, außer meiner Würde einen kleinen Kratzer verpasst. Aber darüber werde ich hinwegkommen.«

Ein erleichterter Ausdruck glättete ihre Züge.

»Du bist ziemlich blass, Schätzchen. Solltest dir ein paar Tage freinehmen und dir was Gutes gönnen.«

Kirsten nickte. »Jetzt, da wir alle Täter haben, werde ich das machen, denke ich.«

»Glückwunsch übrigens.«

»Danke, ebenfalls. Du warst dabei eine große Hilfe – so wie immer.« Kirsten stieß sich von der Matratze ab. »Wollen wir? Oder möchtest du eine weitere Nacht hier verbringen?«

»Auf keinen Fall!« Bostrup stand auf. Die zwei Tage im Krankenhaus reichten ihm vollkommen. Die paar Schrammen, die er hatte, und die Erkältung könnte er auch zu Hause auskurieren. Er nahm seine Tasche und zögerte. Denn es gab da noch einen anderen Ort, nach dem er sich mehr sehnte als sein Zuhause. Er drehte sich zu Kirsten um. »Meine Liebe, würdest du es mir übelnehmen, wenn ich nicht mit dir fahre?«

Kirsten zog die Brauen hoch. »Wo willst du hin?«

Bostrup grinste verlegen, was Kirsten belustigt auflachen ließ.

»Ah, verstehe. Flemme, Flemme, du solltest besser auf deinen eigenen Ratschlag hören und dir selbst eine Pause gönnen, meinst du nicht?«

»Das werde ich, keine Sorge. Aber da ist noch etwas, das ich überprüfen will.«

»Und was?«

»Das verrate ich dir, wenn ich es weiß.«

»Na, du machst es ja spannend.« Kirsten schnalzte mit der Zunge.

»Sind Geheimnisse nicht die Würze unseres Lebens?« Bostrup sandte ihr ein schelmisches Grinsen zu. Dann klopfte er auf seine Tasche. »Ich werde nachher ein Taxi nach Hause nehmen. Hab lieben Dank für dein Kommen.«

»Ich begleite dich gern bis zum Teilum, wenn du magst.«

»Nicht nötig, meine Liebe. Das liegt ja gleich um die Ecke. Du machst jetzt schön Feierabend, den hast du dir verdient.«

Kirsten nickte dankbar.

Gemeinsam verließen sie das Zimmer und verabschiedeten sich unten vor dem Haupteingang. Während Kirsten mit ausgreifenden Schritten in die Dunkelheit hinausstapfte, bog Bostrup nach links ab. Keine zehn Minuten später betrat er das Gebäude der Rechtsmedizin. Wie es seine Gewohnheit war, warf er einen Blick auf die Uhr im Eingangsbereich. Es war kurz nach neun. Ziemlich spät. Die Kollegen waren sicher längst gegangen, aber die Ergebnisse könnte er über seinen Computer einsehen, dafür brauchte er niemanden. Leise summend fuhr er mit dem Fahrstuhl nach unten.

Als die Türen sich öffneten, lag der Trakt der Sektionsabteilung dunkel vor ihm. Ein kurzes Schaudern überkam ihn, weil er an den Abend seiner Entführung denken musste, an die finstere Gestalt, die ihm in seinen heiligen Hallen aufgelauert hatte.

Grimmig wischte er seine Furcht beiseite und ging durch den Flur. Das hier war sein Zuhause! Wäre doch gelacht, wenn er sich dieses Gefühl der Behaglichkeit verderben lassen würde.

Zufrieden sog er den vertrauten Geruch ein. Ach ja! Das hatte er vermisst. Als er um die Ecke bog, stutzte er. Licht fiel durch eine angelehnte Tür. Und zwar aus seinem Büro! Arbeitete dort noch jemand? Oder hatten die Kollegen vergessen, das Licht auszuschalten?

Auf leisen Sohlen schlich er näher. Vertraute Geräusche waren zu hören. Das Rascheln von Papier und das Tippen auf einer Tastatur. Das gab es ja wohl nicht! Jemand war an seinem Computer! Ein absolutes Tabu. Und außerdem, woher kannte derjenige sein Passwort?

Vorsichtig spähte er in den Raum, in dem nur die Schreibtischlampe brannte. Dennoch erkannte er die Person sofort, und jähe Enttäuschung vernichtete seine bis eben heitere Laune. Und noch eines wurde ihm in diesem Moment klar.

Dieses Aas, dachte er und stieß mit Schwung die Tür auf.

Die völlige Entgeisterung auf dem Gesicht, das ihm entgegenblickte, verschaffte ihm eine gewisse Genugtuung. Dennoch fühlte er sich zutiefst ausgenutzt und getäuscht. Bostrup schluckte seinen Ärger hinunter und baute sich vor dem Schreibtisch auf.

»Na«, sagte er, »mal wieder auf der Suche nach Informationen, die du meistbietend an die Presse verkaufen kannst?«

82. KAPITEL

Mimi hatte geweint. Jetzt saß sie neben Kirsten auf dem Bett und lehnte erschöpft an ihrer Schulter. Sie hatten lange miteinander gesprochen und Kirsten hatte Mimi getröstet. Eigentlich hatte sie vom Rigshospital direkt nach Hause fahren wollen, doch dann hatte Flemme sie aus der Rechtsmedizin angerufen, und was er ihr berichtet hatte, hatte sie schlichtweg umgehauen. Er hatte das Leck enttarnt! Einfach so. Durch einen Zufall.

Flemme hatte den Kerl in seinem Büro erwischt und zur Rede gestellt, wobei dieser eingeknickt war und alles zugegeben hatte. Er hatte mit dem Verkauf der Informationen an die Presse sein Gehalt aufgebessert, um sich irgendwann einen amerikanischen Straßenkreuzer kaufen zu können. Vermutlich, um endlich mal eine Frau aufzugabeln, so verklemmt wie der Typ war. Kirsten schüttelte den Kopf, sie hatte Erik Schmidt schon immer ein bisschen creepy gefunden. Aber Flemme hatte große Stücke auf ihn gehalten und ihn protegiert. Erik sei der talentierteste Obduktionsassistent gewesen, den er je gehabt hatte. Tja, das war's dann wohl für Herrn Schmidt. Der konnte seine Koffer packen. Ob Flemme ihn anzeigen würde, war allerdings noch nicht klar. Denn Dr. Fleming Bostrup hatte einfach ein zu gutes Herz.

Kirsten strich Mimi über das Gesicht, das feucht von Tränen war. »Mann, Mimi«, sagte sie, »du weißt gar nicht, wie erleichtert ich bin, dass wir endlich wissen, wer das Leck war.«

Ihre Freundin nickte. »Ich auch. Und es tut mir leid.«

»Es tut dir leid? Nein, mir tut es leid, Mimi. Du hast nichts falsch gemacht. Ich müsste dich tausendmal um Verzeihung bitten, denn ich habe dir nicht geglaubt.«

»Schon okay«, sagte Mimi. »Ich verzeihe dir. Die Fakten sprachen gegen mich, ich hätte mir wahrscheinlich auch nicht geglaubt.«

Kirsten blickte sie prüfend an. An Mimis Stelle wäre sie nicht so großmütig, denn Kirsten hatte sie ganz schön im Stich gelassen. Sie musste an Bæk denken, den sie auf ähnlich unfaire Weise behandelt hatte. Rückblickend betrachtet war ihr Verhalten komplett daneben gewesen, und sie schämte sich dafür. Für Bæk war es bestimmt nicht leicht gewesen, in Kopenhagen neu anzufangen und so eine misstrauische Zicke wie sie als Chefin abzubekommen. Hoffentlich war er nicht nachtragend, denn inzwischen war sie froh, Bæk als Kollegen dazugewonnen zu haben. Er war eine große Bereicherung für ihr Team, selbst wenn er als Mensch furchtbar langweilig war. Was Marit bloß an ihm fand? Dass zwischen den beiden was lief, war ja vorhin ziemlich eindeutig gewesen. Ernsthaft? Kirsten schüttelte den Kopf. Mit Mr. Countryboy Bæk? Innerlich schlug sich sie auf die Finger. Sie sollte nicht schon wieder damit anfangen! Jesper Bæk war ein zuverlässiger, bodenständiger Typ. So einer war allemal besser als Partner als sämtliche Poser aus der Bereitschaft. Und außerdem wusste Marit selbst, was sie tat. Kirsten musste sich nicht den Kopf für sie zerbrechen. Wenn ihre Freundin etwas an Jesper fand, war das ihre Sache.

»Woran denkst du gerade?«, fragte Mimi.

»An meine Kollegen.« Kirsten lächelte. »Die haben mir echt den Arsch gerettet.«

Mimi blickte sie verführerisch an. »Darf ich an deinen Arsch eigentlich auch mal wieder ran?« Sie beugte sich vor und küsste sie. Kirsten öffnete die Lippen und ließ es zu, dass Mimis Zunge in ihren Mund eindrang. Hitze durchspülte ihren Unterleib und eine angenehm warme Woge nahm ihr endlich alle Anspannung. Zusammen mit Mimi ließ sie sich rückwärts auf das Bett fallen, umfing Mimis Gesicht und erwiderte den Kuss mit Leidenschaft. Eng schmiegte sie sich an sie und wollte sich ihr gerade endgültig hingeben, da hörte sie von irgendwoher ein Klingeln.

Verdammt! Das war ihr Handy.

Kirsten löste sich von Mimi, aber diese hielt sie fest.

»Nicht«, sagte sie sanft. »Du hast jetzt frei.« Ihre blauen Augen fixierten sie.

Kirsten wollte es klingeln lassen, wirklich. Doch sie verlor die Nerven, streckte sich und fischte das Smartphone aus ihrer Jacke.

»Flemme, du schon wieder. Was gibt's?«, fragte sie, als sie dranging. Sie ließ es zu, dass Mimi ihr derweil langsam das Hemd aufknöpfte und ihre Schlüsselbeine küsste.

»Sorry, dass ich dich noch mal störe, Schätzchen, aber ich habe ein endgültiges Ergebnis zu den Grönlandleichen.«

»Wir wissen doch längst, dass sie an Zyanid gestorben sind.«

»Ja. Eine Frage war da allerdings noch offen, und zwar, wodurch die Wunden an Hals und Brust von Mikael Holmqvist entstanden sind. Wir hatten ja gedacht, dass es ein Tier gewesen sein könnte oder dass die Expeditionsmitglieder sich im Kältewahn gegenseitig an die Kehle gegangen sind.«

»Ja.«

»Tja, er war es selbst.«

»Was?«

»Er hat sich selbst die Kehle zerfetzt. Unter seinen Fingernägeln waren Partikel seiner eigenen Haut zu finden. Ich nehme an, es war so: Die Zyanidvergiftung hat ein innerliches Ersticken ausgelöst. Holmqvist muss gedacht haben, er hätte etwas im Hals, und hat sich in Panik die Haut an Brust und Kehle aufgerissen. Ich gehe davon aus, dass …«

Kirsten spürte, wie Mimi nach dem Telefon griff. Sie wollte sich wegdrehen, doch Mimi war schneller.

»Kirsten ruft morgen wieder an, Flemme. Mach's gut. Hej hej.« Mimi drückte auf den roten Hörer und stierte Kirsten durchdringend an. »Du hast genug für die Toten getan. Du hast den Täter gefasst und verdammt noch mal den krassesten Fall der dänischen Kriminalgeschichte gelöst! Jetzt entspann dich gefälligst mal. Morgen ist auch noch ein Tag.« Sie warf das Handy außerhalb ihrer Reichweite aufs Bett und stürzte sich auf sie. Kirsten stieß einen Schrei aus und ergab sich lachend den zärtlichen Bissen ihrer Freundin.

Mimi hatte recht. Morgen war auch noch ein Tag.

ENDE